KB234317

한시 미학 산책

한시 미학 산책

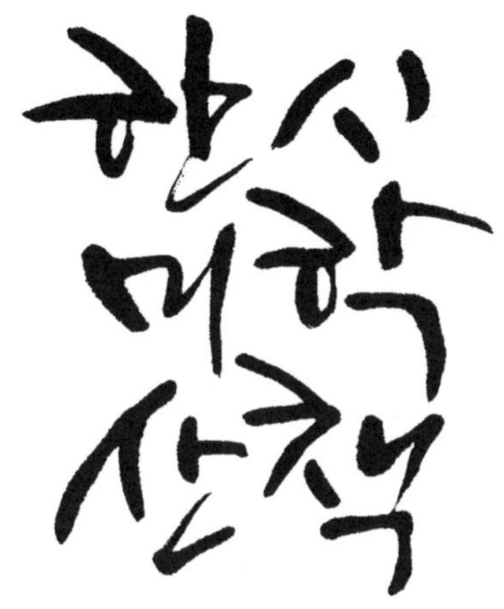

정민 지음

Humanist

초판을 펴내고 15년이 지났다. 이 책으로 참 과분한 사랑을 받았다. 그사이에 한시에 대한 이론서가 여럿 나왔다. 독자의 한시 이해는 폭과 너비에서 예전 같지 않다. 필자 또한 세월 따라 생각이 바뀌고 안목이 달라졌다. 젊어 쓴 글이라 과욕과 치기가 더러 보인다. 전에 안 보이던 부분이 새로 짚인다. 인용 작품도 더 적절한 예가 눈에 띄곤 했다. 그래서 부족한 것은 채우고, 넘치는 부분은 덜어냈다. 대부분의 문장을 고쳤다. 내용은 특별히 손대지 않았다. 책은 나름의 운명이 있는 법이다. 틀을 그대로 둔 것은 그동안 이 책을 아껴 준 독자에 대한 일종의 예의이기도 하다. 개정은 주로 덜어내고 깎아내고, 관점을 교정하는 일에 주안을 두었다.

선시禪詩와 잡체시를 비롯한 몇 항목은 새로 쓰다시피 고쳤다. 한시와 현대시를 비교해 읽은 글은 앞서 없던 것이다. 시 번역을 모두 바꿨고, 제목도 통일을 기해 손질했다. 도판을 여럿 넣어 눈을 즐겁게 한 것이 특별히 자랑스럽다. 보기가 한결 시원하다. 혹 지난 책을 아껴 읽어주신 독자라면 달라진 부분을 견줘보는 일이 필자에게처럼 기쁨이 되었으면 싶다.

묵은 자취를 매만지는 작업은 때로 새로 쓰기보다 힘들다. 게다가 이런저런 일에 치여 차일피일 많이 늦어졌다. 제 딴엔 한층 업그

레이드 된 이해로 새 독자와 만나게 되어 설렌다. 몸가짐은 무겁게 말은 더욱 아껴서, 오래 함께하고 싶다. 초판을 낼 당시 다섯 살배기 아들은 아빠가 저하고 안 놀아주고 다시 연구실로 갈까 봐 집에 오면 막무가내로 양말부터 벗겼다. 그러던 녀석이 이제 훌쩍 커버려 아비가 올려다보아야 하는 장정이 되었다. 그 세월을 두고도 왜 할 말이 없겠는가?

2010년 10월 다시 한양 동산에서

정민

한시는 전달의 특수성 때문에 오늘날 그 효용가치를 상실했다. 한시는 전문 연구자들의 학술적 관심사가 되고 있을 뿐, 이미 가시덤불로 막혀버린 낡은 길이다. 그렇다고 한시가 추구한 정신의 깊이나 미학의 너비마저 덤불 속에 버려둘 수는 없다. 먼지 쌓인 역사의 뒤편에 방치된 채 날로 그 빛이 바래가고 있는 한시에다 신선한 숨결을 불어넣고, 막힌 길을 새로 뚫어 현대적 의미를 밝히는 일은 우리에게 맡겨진 책무다.

이 책은 시 전문지 〈현대시학〉에 1994년 2월부터 1996년 5월에 걸쳐 연재한 글을 보태어 손질하고 차례를 가다듬어 정리한 것이다. 고전 시학의 정수를 오늘의 시인과 독자들이 좀 더 가깝게 느끼고 접근하게 할 수는 없을까? 한시는 정말로 골동적 가치만을 지닌 퇴영적 문화유산에 지나지 않는 걸까? 이런 의문을 품고 정해놓은 틀 없이 선인들의 뜰을 거닐고자 했다.

우리 전통 한시 작품과 이론 중에는 소중한 깨달음을 던져주는 값진 보석들이 많다. 특히 서구 문예이론에만 친숙해 있는 우리에게 한시의 높고 깊은 미학 세계는 신선한 느낌을 주기에 충분하다. 서양의 경우, 미학가들 가운데 실제로 예술가였던 사람은 극히 드물다. 반면 동양에 있어 미학은 시인 예술가들이 삶 속에서 구분됨

없이 실천적으로 통합되어 추구되었다. 그러므로 이들이 던지는 미학적 물음에는 생생한 삶의 체취가 묻어난다.

바야흐로 새롭고 풍성한 담론이 홍수를 이루고 있는 작금이다. 새로움에 팔려 여기저기 기웃거리다 보면 정작 나 자신의 정체성은 어디가서 찾을 것인가. 개중에는 저도 모르면서 떠드는 현학이 있고, 속임수도 없지 않은 듯하다. 이런 터에 선인들의 숨결 생생한 한시 이야기를 먼지 털어 선뵌 일은 때늦은 느낌을 지울 수 없다. 단지 우리 것이어서 소중하다는 말이 아니다. 낯설기까지 한 선인들의 안쓰러운 시 사랑에 한번쯤 귀기울여볼 여유가 이제 우리에게도 필요하지 않을까? 여기에는 우리가 까맣게 잊고 있던, 전혀 새로운 담론의 체계가 있기 때문이다.

이 글을 쓰는 동안 내내 시마詩魔에 붙들린 듯 다른 일에는 손을 댈 수가 없었다. 근원이 깊지 않고 보니 퍼가기만 한 샘에 고인 물이 얼마 없다. 다시 저 원두源頭로부터 청정한 물줄기가 콸콸 솟아나기를 기대해본다. 그만두고 싶을 때마다 용기로 채워주신 사백詞伯들의 성원을 잊을 수가 없다. 다만 옛말에 "말을 듣기 전에는 그래도 알 만했는데 들을수록 아리송해진다."더니, 자칫 이짝이나 되지 않을까 걱정이 앞선다.

아내는 이 글을 처음부터 끝까지 꼼꼼히 읽고 비평해주었다. 밝고 건강하게 자라는 딸 마루와 아들 벼리가 고맙다. 연구실에만 처박혀 놀아주지도 못하는 아빠의 미안한 마음을 이 책에 담아본다. 가족에게 작은 기쁨이 되었으면 좋겠다.

1996년 7월 행당 동산에서

정민

허공 속으로 난 길

한시의 언어 미학

푸른 하늘과 까마귀의 날개 빛깔

연암燕巖 박지원朴趾源(1737~1805)의 〈답창애答蒼厓〉란 글에 동네 꼬마가 《천자문》을 배우다가 게으름을 부리자, 선생이 야단치는 이야기가 나온다. 야단맞은 꼬마의 대답이 걸작이다. "하늘을 보면 푸르기만 한데, '하늘 천天' 자는 푸르지가 않으니, 그래서 읽기 싫어요!" 《천자문》을 펼치면 처음 나오는 말이 '천지현황天地玄黃'이다. 하늘은 검고 땅은 누르다 했다. 꼬마의 생각에는 암만해도 하늘이 검지 않고 푸른데, 책 첫머리부터 당치도 않은 말을 하고 있으니 공부하고 싶은 마음이 싹 달아나고 만 것이다.

> 저 까마귀를 보라. 깃털이 그보다 더 검은 것은 없다. 하지만 홀연 유금乳金빛으로 무리지고, 다시 석록石綠빛으로 반짝인다. 해가 비치면 자줏빛이 떠오르고, 눈이 어른어른하더니 비췻빛이 된다. 그렇다면 내가 이를 푸른 까마귀라고 말해도 괜찮고, 붉은 까마귀라고 말해도 상관없다. 까마귀는 본디 정해진 색깔이 없는데, 내가 눈으로 먼저 정해버린다. 어찌 눈으로 정하는 것뿐이겠는가. 보지 않고도 그 마음으로 미리 정해버린다.

연암이 〈능양시집서菱洋詩集序〉에서 한 말이다. 《천자문》이 푸른 하늘을 검다고 가르친 것에 대해 의문을 가져보았던가? 까마귀의 색깔 속에 감춰진 많은 빛깔을 관찰한 적이 있었던가? 연암은 이렇듯 시인에게 죽은 지식이나 고정된 선입견을 훌훌 털어버리고, 건강한 눈과 열린 가슴으로 세계와 만날 것을 요구한다. 〈답경지答京之〉

에서는 또 이렇게 적었다.

> 아침에 일어나니 푸른 나무 그늘진 뜨락에 이따금 새가 지저귄다.
> 부채를 들어 책상을 치며 외쳤다. "이것은 내 날아가고 날아오는 글
> 자飛去飛來之字이고, 서로 울고 서로 화답하는 글相鳴相和之書이로다."
> 오색 채색을 문장이라고 말한다면, 이보다 나은 문장은 없을 것이다.
> 오늘 나는 책을 읽었다.

이른 아침 나무 그늘에서 노니는 새들의 날갯짓과 지저귐 속에서
연암은 글자로 쓰이지 않고 글로 표현되지 않은 문장을 읽는다. 새
들의 날갯짓이 주는 터질 듯한 생명력, 조잘대는 울음소리가 들려
주는 약동하는 봄날의 흥취興趣를 어떤 언어로 대신할 수 있겠는
가? 옛 사람은 이를 '생취生趣' 또는 '생의生意'라 하였다. 말 그대로
살아 영동靈動하는 운치인 것이다.

생취나 생의가 없는 시는 결코 독자의 마음을 사로잡을 수 없다.
사물의 심장부에 곧장 들어가 핵심을 찌르려면 죽은 정신, 몽롱한
시선으로는 안 된다. 시인은 천지현황의 나태한 관습을 거부하는
정신을 지녀야 한다. 선입견에 붙박여 간과하고 마는 까마귀의 날
개 빛깔을 살피는 관찰력이 있어야 한다. 생동하는 물상 속에서 순
간순간 포착되는 비의秘儀를 날카롭게 간파할 수 있어야 한다. 시는
언어의 사원이다. 시인은 그 사원의 제사장이다. 시는 촌철살인의
미학이다.

영양이 뿔을 걸듯

시인은 천기天機를 누설하는 자이다. 시를 쓰는 능력은 누구나 타고 나는 것이 아니다. 배워서 되는 것도 아니다. 노력하지 않고 절로 되는 것은 더더욱 아니다. 송나라의 유명한 평론가 엄우嚴羽는 그의 《창랑시화滄浪詩話》에서 이렇게 말한다.

> 무릇 시에는 별도의 재주가 있다. 책과는 아무 상관이 없다. 시에는 별도의 지취旨趣가 있다. 이치와도 관계가 없다. 그러나 책을 많이 읽고 이치를 많이 궁구하지 않으면 지극한 경지에는 도달할 수가 없다. 이른바 이치의 길에 빠지지 않고, 언어의 그물에 걸리지 않는 것이 윗길이 된다. 시라는 것은 성정을 읊조리는 것이다. 성당盛唐의 여러 시인들은 오직 흥취에 주안을 두어, 영양이 뿔을 거는 것과 같아 자취를 찾을 수 없다. 그런 까닭에 그 묘한 곳은 투철하고 영롱하여 꼬집어 말할 수가 없다. 마치 공중의 소리와 형상 속의 빛깔, 물속의 달, 거울 속의 형상과 같아서, 말은 다함이 있어도 뜻은 다함이 없다.

시에는 별재別才와 별취別趣가 있다. 사변적 지식이나 논리적 이치만으로는 결코 시의 비밀에 접근할 수가 없다. 그렇다면 타고난 재능만 있으면 되는가? 그런 것은 아니다. 이도저도 아니라면 어찌해야 하는가? 엄우는 '이치의 길에 빠지지 않고, 언어의 그물에 걸려들지 않는不涉理路 不落言筌' 것이야말로 가장 훌륭한 방법이라고 덧붙인다. 언어에 끌려 다니지 말고 언어를 주재하라는 주문이다. 시인이 한 번 사변의 늪에 빠져들면 생취는 간데없고 진부한 관념의 시체들만 뒹굴게 된다. 이것은 시가 아니라 구호다. 표현의 기교에 지나치게 빠져도 안 된다. 언어를 매만지며 단어들의 질량을 느끼는 일은 시인의 큰 기쁨이다. 그러나 이에 대한 지나친 집착은 시인의 정신을 본질 아닌 말단으로 쏠리게 한다. 그 결과, 시인의 정신은 간데없고 가공된 언어만 판치게 된다. 이것은 시가 아니라 암호이다. 옛사람은 이를 조충전각雕蟲篆刻, 즉 벌레를 조각하고 글자를 아로새기는 교묘한 재주에 불과하다고 깎아 말했다.

엄우는 시인이 지녀야 할 미덕을 '흥취'에서 찾는다. 앞에서 말한 '생취'와도 같은 뜻이다. 영양이 뿔을 건다는 것은 무슨 말인가. 이는 본래 선가禪家의 비유로, 《전등록傳燈錄》에 설봉존자雪峯尊者의 말로 전해진다. 영양은 뿔이 둥글게 굽은 양이다. 잠을 잘 때 외적의 해를 피하기 위해 뿔을 나뭇가지에 걸고 허공에 매달려 잔다고 한다. 그래서 영양의 발자취만 보고 따라가다가는 어느 순간 발자취는 끊어져버리고 영양은 간 곳이 없다는 것이다. 시인이 독자에게 보여주는 것은 단지 영양의 발자취뿐이다. 발자취가 끝난 곳에서도 영양은 그 실체를 쉽게 드러내지 않는다. 정작 시인이 전달하려는 의미는 문면에 있지 않고 글자와 글자의 사이, 행과 행의 사이, 혹은 아예 그것을 벗어난 공중에 매달려 있다. 마찬가지로 독자 또한 영양의 발자취에 지나치게 현혹되거나 그것만이 전부라고 속단해서는 안 된다. 시인이 쳐놓은 언어의 통발에 걸려들어서는 안 된다. 언어라는 감옥에 갇혀서도 안 된다.

흥취를 지닌 시는 어떤 시인가. 그것은 투철하고도 영롱하여 꼬집어 말할 수 없는 그 무엇이다. 엄우는 이를 다시 몇 가지 비유로 제시한다. 공중지음空中之音, 상중지색相中之色, 수중지월水中之月, 경

주견심朱見深, 〈동지양생도冬至陽生圖〉, 15세기, 58.5×39cm.
뿔 굽은 영양 한 마리가 걸어가고 있다. 저 뿔을 어찌 나무에 걸고 매달렸을까?
이것은 단지 비유의 언어일 뿐이다.

중지상鏡中之象이 그것이다. 허공에 울려 퍼지는 소리나 형상 속에 깃들어 있는 미묘한 색채, 물속에 찍힌 달, 거울 속의 형상은 모두 우리가 감각기관을 통해 분명히 파악할 수 있는 것들이다. 그러나 물속의 달은 잡으려고 손을 뻗는 순간 흔들려 사라지고 만다. 달의 실체는 하늘에 떠 있고, 물은 그 실체를 투영할 뿐이다. 공중으로 퍼져가는 소리도 마찬가지다. 물속에 녹아 있는 소금은 어떤가. 다만 짠맛으로 소금이 녹아 있음을 알 수 있을 뿐, 만지거나 직접적으로 볼 수는 없다. 흥취 또한 이와 같다. 시인의 정신은 저만치 허공에 떠 있고, 언어를 통해 수면 위에 그 정신의 그림자를 드리울 뿐이다. 한 편의 훌륭한 시는 독자에게 느껴서 알게 할 뿐, 따져서 납득시키려 들지 않는다.

엄우는 '언유진이의무궁言有盡而意無窮'이란 말로 위 단락을 맺었다. 종을 치면 종소리는 긴 파장을 내면서 허공으로 퍼져 나간다. 이렇듯이 시는 독자로 하여금 읽는 행위가 끝나는 순간부터 정말로 읽는 행위를 시작하게 만들어야 한다. 시의 언어는 젓가락으로 냄비 뚜껑을 두드리듯 해서는 안 된다. 범종의 소리와 같은 유장한 여운이 있어야 한다.

허공 속으로 난 길

시는 시인이 짓는 것이 아니다. 천지만물이 시인으로 하여금 짓지 않을 수 없게끔 만드는 것이다. 그래서 시에서는 사물이 직접 말을 건넨다. 이옥李鈺(1760~1812)은 〈이언인俚言引〉이란 글에서 이렇게 말했다. "시는 만물이 사람에게 가탁하여 짓게 하는 것이다. 물 흐르듯 귀와 눈으로 들어와서 단전 위를 맴돌다가 끊임없이 입과 손을 따라 나오니, 시인과는 아무 상관이 없다." 사물은 제 스스로 성색정경聲色情境을 갖추고 있다. 이것이 시인의 입과 손을 빌려 언어로 형상화될 뿐이라는 말이다. 말하자면 이때 시인은 사물의 몸짓을 언어로 전달하는 매개자일 뿐이다. 따라서 시는 함축을 귀하게 여긴다. 시인이 직접 다 말해서는 안 된다. 사물이 제 스스로 말하도록 해야 한다.

시에서 시인이 말하고 있는 표면적 진술은 그리 중요하지 않다. 그것은 엄우의 말대로 영양의 발자취일 뿐이다. 겉으로 드러난 진술에만 집착하는 독자는 시를 읽을 자격이 없다. 행간에 감춰진 함축, 단어와 단어가 만나 부딪치는 순간순간의 스파크, 그런 충전된 에너지 속에서 살아 숨쉬는 생취를 읽을 수 있어야 한다.

이제 몇 수의 작품을 함께 감상해보자.

어젯밤 송당에 비 내렸는지	昨夜松堂雨
베갯머리 서편에선 시냇물 소리.	溪聲一枕西
새벽녘 뜨락의 나무를 보니	平明看庭樹
자던 새 둥지를 뜨지 않았네.	宿鳥未離栖

고조기高兆基(?~1157)가 지은 〈산장의 밤비山莊夜雨〉란 작품이다. 어찌 보면 무덤덤하기 짝이 없다. 간밤에 비가 와서 아침까지 새가 둥지에 틀어박혀 있다는 것이 시인이 말하고 있는 전부다. 그래서 어쨌다는 말인가?

속세를 떠난 호젓한 산중이다. 처음에 시인은 밤새 비가 왔다는
사실을 알지 못했다. 그는 새벽녘 들창을 연다. 여느 때 같으면 동
트기가 무섭게 조잘대며 시인의 잠을 깨웠을 새들이 오늘따라 잠잠
한 것이 궁금했던 것이다. 새들은 여태 둥지 속에 가만히 깃들어 있
다. 녀석들은 왜 둥지를 떠나지 않고 있을까? 간밤 비로 숲이 온통
젖었기 때문이다. 그제야 시인은 간밤 잠결에 어렴풋하던 시냇물
소리가 실은 밤새 내린 비로 물이 불었기 때문임을 문득 깨달았다.

산이 있고, 그 속에 집이 있다. 방 안에는 시인이 있고, 둥지 안에
는 새들이 있다. 사방은 고요하고, 정신은 해맑다. 이른 새벽 들창
을 열어 가만히 밖을 내다보는 시인의 시선 속에 떠돌고 있는 법열
의 생취. 이것을 그 이상 무슨 언어로 부연할 수 있겠는가.

이웃집 꼬맹이가 대추 서리 왔는데	隣家小兒來撲棗
늙은이 문 나서며 꼬맹이를 쫓는구나.	老翁出門驅小兒
꼬맹이는 되돌아서 노인에게 소리친다	小兒還向老翁道
"내년 대추 익을 때까진 살지도 못할걸요."	不及明年棗熟時

이달李達(1539~1612)이 지은 〈대추 따는 노래撲棗謠〉이다. 파란
하늘 아래 빨갛게 대추가 익어가는 촌가의 가을 풍경을 소묘했다.
이웃집 대추를 욕심내 서리를 하러 온 아이와 "네 이놈! 게 섰거
라." 하며 작대기를 들고 나서는 늙은이가 있다. 그 서슬에 놀라 달
아나던 꼬맹이가 약이 올랐다. 달아나다 말고 휙 돌아서더니 소리
를 지른다. 의미 그대로 번역하면 4구는 "영감! 내년엔 뒈져라."가
된다. 그래야 내년엔 마음 놓고 대추를 따먹을 수 있을 테니까. 늙

한시 미학 산책 — ●

정선鄭敾, 〈인곡유거仁谷幽居〉, 18세기, 27.5×27.3cm, 간송미술관.
인왕산 골짜기 봄 안개 속이다. 주인은 방문을 활짝 열고 밖을 본다. 앞에 책 한 권이 놓였다.
온통 연둣빛으로 물오른 산과 나무와 풀들. 쇄락하다.

은이가 아무리 잰걸음으로 쫓아온대도 꼬마는 얼마든지 붙잡히지
않고 달아날 자신이 있었던 게다.

이 시의 주제는 무엇일까. 문면에 드러난 것은 대추 서리를 하다
가 들킨 꼬맹이의 버르장머리 없는 말버릇이다. 그렇다고 이 시의
주제를 꼬맹이의 행동에 맞춰 '윤리의 타락을 슬퍼함'으로 읽는 독
자는 없을 것이다. 파란 가을 하늘과 빨갛게 익은 대추의 색채 대
비, 커가는 어린 세대와 살아온 날이 더 많은 늙은 세대의 낙차, 이
런 것들이 어우러져 빚어내는 정감 넘치는 시골의 정겨운 풍경이
마치 단원 김홍도의 붓끝에서 생동감 있게 펼쳐지는 듯하다.

백광훈白光勳(1537~1582)의 〈홍경사에서弘慶寺〉란 작품을 함께
읽어보자.

가을 풀 고려 때 절	秋草前朝寺
남은 빗돌 학사의 글.	殘碑學士文
천 년을 흐르는 물	千年有流水
지는 해에 돌아가는 구름을 본다.	落日見歸雲

1·2구에서 시인은 가을 풀과 고려 때 절, 남은 비석과 학사의 글
을 명사로만 나열한다. 각 단어를 연결하는 서술어가 일체 없다. 때
문에 시인이 말하려 한 것이 가을 풀에 묻혀버린 퇴락한 절인지, 가
을 풀처럼 영락한 고려 때의 절인지 분명치 않다. 2구의 '잔비殘碑'
와 '학사문學士文'도 그렇다. '잔비'는 빈터에 남은 깨진 비석이다.
거기에는 예전 이름난 학사의 글이 새겨져 있다. 시인의 의도는 퇴
락한 절과 깨진 비석처럼 아무도 알아주는 이 없는 예전 명문의 허

망함을 일깨우려는 것인가, 아니면 그 긴 세월이 지났어도 문장만
은 아직도 빗돌에 남아 전함을 말하려는 것인가? 막상 중요한 것은
이런 것을 시시콜콜 갈라 따지는 것이 오히려 시의 총체적 이해에
장애가 될 뿐이라는 사실이다.

　다시 여기에 3·4구가 이어진다. 천 년을 흘러가는 물과 지는 해
에 돌아가는 구름. 이번엔 1·2구와 달리 천 년의 긴 세월과 저물녘
의 한때가 나란히 놓임으로써 1·2구의 대응관계가 3·4구에서는
대립관계로 전이된다. 물은 천 년을 한결같이 그렇게 흘러갔다. 그
러나 구름은 어떠한가. 그것은 언제나 잠시도 그대로 있지 못하고
변하며 정처 없이 떠도는 것이 아닌가. 즉 3·4구는 천 년과 하루에
서만이 아니라 물과 구름을 통해서도 대립관계가 형성된다. 4구의
‘견見’의 주체는 누구인가. 시인 자신이거나 천 년을 흘러가는 물일
수도 있다. 주체를 시인으로 이해한다면 3·4구는 자연을 통해 변
하는 것과 변하지 않는 것을 바라보는 시인의 착잡한 심회를 노래
한 것이 된다. 또 주체를 물로 이해한다면, 천 년을 변함없이 흐르
는 물이 덧없이 변화해가는 온갖 것들을 묵묵히 지켜보고 있음을
뜻한다.

　가을 풀은 여름날의 번화함을 뒤로하고 시들어간다. 그 풀과 같
이 예전의 영화를 뒤로하고 퇴락한 절, 예전 학사의 명문을 새긴 비
석에는 세월이 할퀴고 간 상처만 남았다. 그 글을 쓴 사람은 이미
가고 없는데, 그래도 글만은 아직 남았다. 천 년을 쉼 없이 흐르는
물, 물은 흘러갔건만 언제나 그 자리에 그대로 있다. 그 위에 해는
지고 구름은 다시 온 곳으로 돌아간다. 하루가 가고, 한 해가 간다.
구름은 왔던 자리로 돌아가고, 인간도 결국은 흙으로 돌아간다. 그

러나 비석에 새겨진 글씨처럼, 흘러도 흘러도 그 자리에서 넘치는 강물처럼 모든 것은 또 그대로가 아니었던가.

위 시에서 서술관계가 생략됨으로써 발생하는 모호성ambiguity은 일상 언어에서처럼 이것이 아니면 저것이 되는 양자택일의 성격을 띠지는 않는다. 이렇게 볼 수도 있고 저렇게 볼 수도 있는, 결과적으로 시의 함축과 내포를 더욱 유장한 것으로 이끌어주는 역할을 한다. 스무 자에 불과한 짧은 시인데 담긴 함축은 참으로 심장하다. 한시가 아니고서는 도저히 맛볼 수 없는 대목이다.

이상 세 편의 감상을 통해서도 볼 수 있듯, 시인이 글자로 말하고 있는 지시적 사실은 시에서는 별로 큰 의미가 없다. 그 행간에 감춰진 울림, 언어의 발자취를 벗어나 허공에 매달려 있는 떨림이 중요하다. 그런 울림이 아예 없거나 그런 떨림을 외면한 시는 화려한 수사로 대중의 기호에 영합하는 교언영색에 지나지 않는다. 천진天眞에서 우러나오는 흥취가 없는 시는 독자를 짜증나게 만든다.

눈과 귀가 있다 말하지 말라

한시는 이미지의 구성이 탄탄하고, 언외의 함축이 유장하다. 그로 인해 한시의 감상은 매우 지적이고 감성적인 바탕이 요구된다. 그 비밀은 아무에게나 알려줄 수도 없고, 누구나 알 수도 없다. 홍양호 洪良浩(1724~1802)는 〈질뢰疾雷〉란 글에서 이렇게 말한다.

우렛소리에 산이 무너져도 귀머거리는 못 듣는다. 해가 중천에 솟

     한시 미학 산책 — ◉

아도 소경은 못 본다. 도덕과 문장의 아름다움을 어리석은 자는 알지 못하고, 속인은 왕도와 패도, 의義와 이利를 변별하지 못한다. 아아! 세상 사람들이여, 눈과 귀가 있다고 말하지 말라. 총명은 눈과 귀에 있는 것이 아니라 오직 한 조각 영각靈覺에 있다.

알아들을 수 있는 귀, 바라볼 수 있는 눈 앞에서만 예술은 제 모습을 드러낸다. 그 눈과 귀는 육체에 속한 것이 아니다. 정신의 심층부에 자리 잡고 있다. 그것을 일러 영각靈覺이라고 한다. 《채근담菜根譚》에서는 이렇게 말했다. "세상 사람들은 고작 유자서有字書나 읽을 줄 알았지 무자서無字書를 읽을 줄은 모르며, 유현금有絃琴이나 뜯을 줄 알았지 무현금無絃琴은 뜯을 줄 모른다. 그 정신을 찾으려 하지 않고 껍데기만 쫓아다니는데 어찌 금서琴書의 참맛을 알 도리가 있겠는가?" 홍양호의 글과 담긴 뜻이 서로 같다.

다음은 이규보李奎報(1168~1241)가 시로써 시를 논한 〈논시論詩〉란 작품이다.

시 지음에 특히나 어려운 것은	作詩尤所難
말과 뜻이 아울러 아름다운 것.	語意得雙美
머금어 쌓인 뜻이 깊어야지만	含蓄意苟深
씹을수록 그 맛이 순수하다네.	咀嚼味愈粹
뜻만 서고 그 말이 걸끄러우면	意立語不圓
뻑뻑해 뜻조차 펼 수 없으리.	澁莫行其意
그중에도 나중으로 해야 할 것은	就中所可後
아로새겨 아름답게 꾸미는 것뿐.	彫刻華艶耳

아름다움 어이 굳이 마다하랴만　　　　　　　　華艶豈必排
또한 자못 곰곰이 생각해볼 일.　　　　　　　　頗亦費精思
꽃만 따고 그 열매를 버리게 되면　　　　　　　攬華遺其實
시 속에 담긴 뜻은 잃게 되느니.　　　　　　　　所以失詩旨
오늘날 시 쓴다는 저들 무리는　　　　　　　　　爾來作者輩
시의 바른 의미는 생각지 않고,　　　　　　　　不思風雅義
겉으로만 꾸며서 치장 일삼아　　　　　　　　　外飾假丹靑
한때 기호 맞추기만 구하고 있다.　　　　　　　求中一時耆
뜻은 본시 하늘에서 얻는 것이라　　　　　　　　意本得於天
갑작스레 이루기는 쉽지가 않네.　　　　　　　難可率爾致
얻기가 어려운 줄 가만 헤아려　　　　　　　　　自揣得之難
인하여 화려함만 일삼는구나.　　　　　　　　　因之事綺靡
이로써 여러 사람 현혹하여서　　　　　　　　　以此眩諸人
담긴 뜻의 궁핍함을 가리려 한다.　　　　　　　欲掩意所匱
이런 버릇 어느새 습성이 되어　　　　　　　　　此俗寢已成
문학의 정신은 실추되었다.　　　　　　　　　　斯文垂墮地
이백 두보 다시는 나지 않으니　　　　　　　　　李杜不復生
뉘와 함께 진짜 가짜 가리어볼까.　　　　　　　誰與辨眞僞
무너진 터 내 다시 쌓으려 해도　　　　　　　　我欲築頹基
한 삼태기 흙조차 돕는 이 없네.　　　　　　　　無人助一簣
시경 시 삼백 편을 외운다 한들　　　　　　　　誦詩三百篇
어디에다 풍자함을 보탤 것인가.　　　　　　　何處補諷刺
홀로 감도 괜찮다 말은 하지만　　　　　　　　自行亦云可
외론 노래 사람들은 비웃으리라.　　　　　　孤唱人必戱

모두 32구에 달하는 긴 시다. 시의 참뜻을 벗어나 알맹이 없는 수식만 일삼는 당대 시단의 통폐를 매섭게 나무란 내용이다. 진짜와 가짜를 구별할 수 없는 세상, 현란한 기교로 대중의 기호에만 영합하는 시인들, 그들은 눈속임에만 급급하여 함축함양하는 공부는 내팽개친 지 오래다. 참다운 시정신은 이미 땅에 떨어져 회복의 희망도 찾을 길 없다. 어찌할 것인가. 이규보의 이러한 한탄은 오늘의 시단에도 여전히 유효할 듯싶다.

다산 정약용丁若鏞(1762~1836)도 〈초의승 의순을 위해 준 말爲草衣僧意洵贈言〉에서 이렇게 말했다. "뜻이 본시 낮고 더럽고 보면 비록 억지로 맑고 높은 말을 하더라도 알맹이가 없게 된다. 뜻이 좁고 비루하면 비록 툭 터진 말을 한다고 해도 사정에 꼭 들어맞지 않는다. 시를 배우면서 그 뜻을 온축하지 않는 것은 거름흙에서 맑은 샘물을 긷고, 고약한 가죽나무에서 기이한 향기를 구하려는 것과 다름없다. 죽을 때까지 하더라도 얻지 못할 것이다." 중요한 것은 번드르르한 거죽이 아니다. 속 알맹이다.

이명과 코골기

다시 연암에게로 돌아가자. 〈공작관문고자서孔雀館文稿自序〉의 한 토막이다.

> 어린아이가 마당에서 놀고 있는데, 그 귀에서 갑자기 소리가 들렸다. 놀라 기뻐하며 가만히 옆의 아이에게 말했다. "얘! 너 이 소리를

들어보아라. 내 귀가 울리는구나. 피리를 부는 듯, 생황을 부는 듯, 마치 별처럼 동그랗게 들려!" 옆의 아이가 맞대고 귀를 기울여보았지만 마침내 아무 소리도 들리지 않았다. 그러자 이명耳鳴이 난 아이는 답답해 소리 지르며 남이 알아주지 않음을 한탄하였다.

한 번은 시골 사람과 함께 자는데, 코를 드르렁드르렁 고는 것이 게우는 소리 같기도 하고, 휘파람 소리 같기도 하고, 탄식하거나 한숨 쉬는 소리 같기도 하며, 불을 부는 듯, 솥이 부글부글 끓는 듯, 빈 수레가 덜그럭거리는 듯하였다. 들이마실 때에는 톱을 켜는 것만 같고, 내쉴 때에는 돼지가 꽥꽥대는 것 같았다. 옆 사람이 흔들어 깨우자 발끈 성을 내면서 말하기를, "내가 언제 코를 골았는가?" 하는 것이었다.

왜 연암은 난데없이 이명과 코골기를 들고 나왔을까. 이명은 자기만 알고 남은 결코 알 수가 없다. 코골기는 남들은 다 아는데 정작 자기만 모른다. 사람들이 안목이 없어 나의 이 훌륭한 작품을 알아주지 않는다고 탄식하고 원망하는 시인이 있다면 그는 이명증에 걸린 꼬마다. 남의 적절한 지적에도 공연히 얼굴을 붉히며 화를 내는 사람은 코를 고는 버릇이 있는 시골 사람이다. 정작 문제는 사람들이 자신의 이명에는 쉽게 도취되면서, 자기의 코 고는 습관만은 좀체 인정하려 들지 않는다는 사실이다. 연암의 말을 더 흉내 내면 이렇다. 이명은 병인데도 남이 알아주지 않는다고 성화이니, 만약 그가 병 아닌 어떤 것을 지니고 있다면 그 으스대는 양을 어찌 볼 것인가. 코골기는 병이 아닌데도 남이 먼저 안 것에 발끈하니, 정말 그의 병통을 지적해준다면 그 성내는 꼴을 또 차마 어찌 보겠는가.

　예전 요동 땅에 정령위丁令威란 사람이 신선술을 익혀 신선이 되었다. 그 뒤 800년 만에 학이 되어 돌아왔으나 아무도 그를 알아보는 사람이 없었다. 또 한나라 때 양웅揚雄이 《태현경太玄經》을 지을 적에 뒷날 자신의 저술을 아무도 알아주는 이가 없어 장독대의 덮개로나 쓰일 것을 생각하며 탄식하였다. 막상 그가 죽고 나자 《태현경》은 세상에서 귀히 여기는 저술이 되어 낙양의 종이 값을 올렸다. 그런데 당사자인 양웅은 이를 보지 못하고 불우하게 세상을 떴다.

　세상의 시인들이여! 그대들의 시는 정령위의 불로장생을 원하는가? 양웅의 기림을 받고 싶은가? 양웅의 성예聲譽를 정령위처럼 살아서 누리려 한다면 그것은 아마도 지나친 욕심일 것이다.

그림과 시

사의전신론 寫意傳神論

그리지 않고 그리기

시와 그림은 전통적으로 서로 연관이 깊다. 시는 '소리 있는 그림有聲之畫'이요, 그림은 '소리 없는 시無聲之詩'란 말도 있다. 특히 한시는 경물의 묘사를 통한 정의情意의 포착을 중시한다. 이는 마치 화가가 화폭 위에 자신의 마음을 담아 표현하는 것과 같다. 경물은 객관적 물상에 지나지 않는다. 여기에 어떻게 자신의 마음을 얹을 수 있는가. 화가는 말을 할 수 없으므로 경물이 직접 말하게 하지 않으면 안 된다. 이를 '사의전신寫意傳神'이라 한다. 말 그대로 경물을 통해 '뜻을 묘사하고 정신을 전달'해야 한다. 그 구체적 방법은 '입상진의立象盡意'이니, 상세한 설명 대신 형상을 세워 뜻을 전달한다. 이제 몇 가지 실례를 들어보기로 하자.

송나라 휘종徽宗 황제는 그림을 몹시 좋아하는 임금이었다. 그는 곧잘 유명한 시 가운데 한두 구절을 골라 이를 화제畫題로 내놓곤 했다. 한 번은 "어지러운 산이 옛 절을 감추었네.亂山藏古寺"란 제목이 출제되었다. 깊은 산 속의 옛 절을 그리되, 드러나게 그리면 안 된다는 주문이었다. 화가들은 무수한 봉우리와 계곡, 그리고 그 구석에 보일 듯 말 듯 자리 잡은 퇴락한 절의 모습을 그리느라 여념이 없었다. 그런데 1등으로 뽑힌 그림은 화면 어디를 둘러보아도 절을 찾을 수가 없었다. 그 대신 숲 속 작은 길에 중이 물동이를 지고 올라가는 장면을 그렸다. 중이 물을 길러 나왔으니 가까운 곳 어딘가에 분명히 절이 있겠는데, 어지러운 산에 가려 보이지 않는다. 절을 그리라고 했는데, 화가는 물 길러 나온 중을 그렸다. 화제에서 요구하고 있는 '장藏'의 의미를 화가는 이렇게 포착했던 것이다.

김창업金昌業, 〈괴암산사도怪巖山寺圖〉, 17세기, 16.5×19.5cm, 개인 소장.
물가 작은 길에 물동이 이고 가는 사람이 있고, 절은 산꼭대기 바위 사이에 숨었다. 숨은 그림 찾기 같다.

유성兪成의 《형설총설螢雪叢說》에도 이런 이야기가 보인다. 한 번은 그림대회에서 "꽃 밟으며 돌아가니 말발굽에 향내 나네.踏花歸去馬蹄香"라는 화제가 주어졌다. 말발굽에서 나는 꽃향기를 그림으로 그리라는 희한한 요구였다. 모두 손대지 못하고 끙끙대고 있을 때, 한 화가가 그림을 그려 제출하였다. 달리는 말의 꽁무니로 나비 떼가 뒤쫓는 그림이었다. 말발굽에서 향기가 나므로 나비는 꽃인 줄 오인하여 말의 꽁무니를 따라간 것이다.

"여린 초록 가지 끝에 붉은 빛 한 점, 설레는 봄빛은 굳이 많을 것이 없네.嫩綠枝頭紅一點, 動人春色不須多."라는 시가 출제된 적도 있었다. 화가들은 너나없이 초록빛 가지 끝에 붉은 꽃잎 하나를 그렸다. 모두 등수에는 들지 못했다. 어떤 사람은 푸른 산허리를 학 한 마리가 가르고 지나가는데, 그 학의 이마 위에 붉은 점 하나를 찍어 '홍일점紅一點'을 표현하였다. 그런데 정작 1등으로 뽑힌 그림은 화면 어디에서도 붉은 색을 쓰지 않았다. 다만 버드나무 그림자 은은한 곳에 자리 잡은 정자 위에 한 소녀가 난간에 기대어 서 있는 모습을 그렸을 뿐이었다. 중국 사람들은 흔히 여성을 '홍紅'으로 표현한다. 화가는 그 소녀로써 '홍일점'을 표현했던 것이다. 오늘날 우리가 흔히 쓰는 홍일점이란 말의 연원이다. 진선陳善의 《문슬신어捫蝨新語》에 나온다.

"들 물엔 건너는 사람이 없고, 외로운 배 하루 종일 가로 걸렸네.野水無人渡, 孤舟盡日橫." 적막한 강나루엔 하루 종일 건너는 사람 하나 없다. 할 일 없는 빈 배만 가로놓여 강물에 흔들린다. 이 제목이 주어졌을 때, 2등 이하로 뽑힌 사람 가운데 어떤 이는 물가에 매여 있는 빈 배의 뱃전에 백로가 한쪽 다리로 서서 잠자고 있는 장면을

전傳 김홍도金弘道, 〈춘의도春意圖〉, 18세기, 45×30cm, 개인 소장.
대낮 섬돌 위에 남녀 신발이 한 켤레씩 놓였고, 방문은 굳게 닫혔다. 사방은 고요하고 인적도 끊겼다.
노골적인 남녀의 성애性愛를 그린 것은 춘화도春畵圖라 하고,
에로틱한 분위기만 나타낸 것은 춘의도라 한다. 수십 장의 연작 중 하나다.

그렸다. 또 어떤 이는 아예 배의 뜸 위에 까마귀가 둥지를 튼 모습을 그렸다. 그런데 1등 한 그림은 그렇지가 않았다. 사공이 뱃머리에 누워 피리를 빗겨 불고 있었다. 시는 어디까지나 건너는 사람이 없다고 했지 사공이 없다고 하지는 않았던 것이다. 아예 사공도 없이 텅 빈 배보다는 하루 종일 기다림에 지친 사공이 드러누워 있는 배가 오히려 이 시의 무료하고 적막한 분위기를 드러내기에는 제격일 듯싶다. 화가는 상식을 뒤집어 의표를 찌른 것이다. 등춘鄧椿의 《화계畵繼》에 나오는 이야기다.

구한말의 유명한 화가인 소치 허련許鍊(1809~1892)이 고종高宗(1852~1919) 앞에 불려갔다. 고종은 그를 골탕 먹이려고 춘화도를 한 장 그려 바칠 것을 명하였다. 얼마 후 소치가 그려 바친 것은 외딴 집 섬돌 위에 남녀의 신발이 한 켤레씩 놓인 그림이었다. 환한 대낮, 닫힌 방 안에서의 진진한 일은 알아서 상상하시라는 재치였다.

지금까지 살펴본 여러 예화는 모두 같은 원리를 전달한다. 즉 그리려는 대상을 직접 보여주는 대신, 물 길러 나온 중, 말의 꽁무니를 쫓아가는 나비, 난간에 기댄 소녀, 피리 부는 뱃사공, 남녀의 신발 한 켤레로 대신 전달하고 있다는 점이 그것이다. 동양화의 화법 가운데 '홍운탁월법烘雲托月法'이란 것이 있다. 수묵으로 달을 그릴 때 달은 희므로 색칠할 수 없다. 달을 그리기 위해 화가는 달만 남겨둔 채 그 나머지 부분을 채색한다. 이것을 드러내기 위해 저것을 그리는 방법이다. 시에서 시인이 말하는 법도 이와 같다. '성동격서聲東擊西'란 말처럼 소리는 이쪽에서 지르면서 정작은 저편을 치는 수법이다. 나타내려는 본질을 감춰두거나 비워둠으로써 오히려 더 적극적으로 그 본질을 설명할 수 있다는 것이다.

이인문李寅文, 〈운룡도雲龍圖〉, 19세기, 37×30cm, 개인 소장.
용을 다 그리면 미꾸라지나 도마뱀이 되고 만다.
구름 속에서 여기저기 끊겨야 변화가 백출하고 신령함이 살아난다.

말하지 않고 말하기

화가가 그리지 않고 그리는 방법과 시인이 말하지 않고 말하는 수법 사이에는 공통의 정신이 있다. 구름 속을 지나가는 신룡神龍은 머리와 꼬리만 보일 뿐 몸통은 다 보여주지 않는다. "한 글자도 덧붙이지 않았으나 풍류를 다 얻었다.不著一字, 盡得風流."는 말이 있다. 또 "단지 경물을 묘사했는데도 정의情意가 저절로 드러난다.只須述景, 情意自出."고도 말한다. 요컨대 한 편의 훌륭한 시는 시인의 진술을 통해서가 아니라 대상을 통한 객관적 상관물objective correlative의 원리로써 독자와 소통한다. 시인은 하고 싶은 말을 직접 건네는 대신, 대상 속에 응축시켜 전달한다. 그래서 "산은 끊어져도 봉우리는 이어진다.山斷雲連"는 말이 나왔다. 지금 눈앞에 구름 위로 삐죽 솟은 봉우리의 끝만 보인다 해서 그 아래에 봉우리가 없는 것이 아니다. 다만 가려져 보이지 않을 뿐이다. 이와 같이 시 속에서는 "말은 끊어져도 뜻은 이어진다.辭斷意屬" 시인이 말하고 있는 것은 구름 위에 솟은 봉우리의 끝뿐이지만, 그것이 결코 전부는 아니다. 시인이 진정으로 하고 싶은 말은 구름 아래 감춰져 있다.

1920년대 이미지즘 시인 아치볼드 매클리시Archibald MacLeish는 〈시의 작법Ars Poetica〉이란 시에서 "시는 의미해서는 안 된다. 다만 존재할 뿐이다.A Poem should not mean/But be"라고 했다. 그는 또 "시는 사실 그 자체를 진술해서는 안 되고 등가적이어야 한다.A Poem should be equal to/Not true"고 했다. 시는 이미지를 통해 간접적으로 의경意境을 전달해야 함을 말한 것이다.

한시에서 이러한 원칙은 이미 천 년이 넘는 문학 전통 속에서 불변의 준칙으로 엄격하게 지켜져 왔다. 다시 말해 시인은 할 말이 있어도 직접 말하지 않고 사물을 통해 말한다는 것이다. 아니, 사물이 제 스스로 말하게 한다. 시는 어떤 사실이나 사물에 대한 정보를 전달하는 데 그 목적이 있지 않다. 시는 언어 그 자체로 살아 숨쉬는 생물체여야 한다. 시인은 외롭다는 말을 해서는 안 된다. 그러면서 독자를 외로움에 젖어들게 해야 한다. 괴롭다는 말을 해서도 안 된다. 그래도 독자가 그 마음을 읽을 수 있어야 한다. 만약 시인이 직접 나서서 시시콜콜한 자신의 감정을 죽 늘어놓는다면 넋두리나 푸념일 뿐, 시일 수는 없다.

돌아가던 개미가 구멍 찾기 어렵겠고	返蟻難尋穴
돌아오던 새들이 둥지 찾기 쉽겠구나.	歸禽易見巢
복도에 가득해도 스님네는 싫다 않고	滿廊僧不厭
하나로도 속객은 많다고 싫어하네.	一個俗嫌多

　위 시는 무엇을 노래한 것인가. 개미는 왜 구멍을 찾지 못하며, 새는 왜 둥지를 쉽게 찾는가. 복도에 가득한데도 스님네가 싫어하지 않는 것은 무엇일까. 속객은 왜 이것을 싫어할까. 이것은 당나라 때 시인 정곡鄭谷이 낙엽을 노래한 시이다. 낙엽이 쌓이는 형상을 염두에 두고 읽으면, 시의 모든 상황은 석연해진다. 그러나 어디에도 낙엽과 관계되는 말은 조금도 비치지 않았다. 낙엽귀근落葉歸根이라 했다. 한 인연이 끝나면 다시 흙으로 돌아가는 것은 낙엽만이 아니다. 우리네 인생도 또한 그러하지 아니한가. 그러므로 스님네가 이를 싫어하지 않는다 함은 담긴 뜻이 유장하다. 하지만 한 잎

낙엽을 속객이 싫어하는 까닭은 세시이변歲時移變에 초조한 상정常情의 속태俗態를 내보임이 아니겠는가. 이러한 정황 속에 쓸쓸한 가을날의 풍경이 어느덧 가슴을 가득 메운다.

흔히 시인이 시를 짓는 것은 무엇을 말하는 과정이 아니라 하고 싶은 말 가운데서 불필요한 것을 덜어내는 과정이라고 한다. 시인이 200자의 할 말이 있다면, 그는 이것을 어떻게 20자로 줄여 말할 것인가로 고민하는 것이 아니라, 어떻게 180자를 걷어낼 것인가로 고민한다는 말이다. 반대로 독자는 시인이 하고 싶었지만 절제하고 걷어낸 말, 즉 행간에 감추어둔 뜻을 어떻게 충분히 이해하고 깨닫느냐의 문제가 주된 관심사가 된다. 다음은 두보杜甫의 유명한 〈춘망春望〉이란 시이다.

나라는 망했어도 산하는 남아　　　　　　　國破山河在
봄 성엔 초목만 우거졌구나.　　　　　　　城春草木深
시절 느껴 꽃 보아도 눈물이 나고　　　　　感時花濺淚
이별 한해 새소리에 마음 놀라네.　　　　　恨別鳥驚心

이 시를 지을 당시 두보는 안녹산의 난리 중에 반군의 손에 사로잡혀 경성에 갇혀 있는 처지였다. 만신창이가 된 종묘사직과 도탄에 빠진 백성의 생활은 그로 하여금 무한한 감개에 젖어들게 했다. 그는 이러한 감개를 흐드러진 봄날의 경물에 얹어 노래하고 있다. 사마광司馬光은 이 시를 평하여 《온공속시화溫公續詩話》에서 이렇게 적었다. "산하가 남아 있다고 했으니 나머지 물건은 없는 것이 분명하다. 초목이 우거졌다 했으니 사람이 없는 것이 분명하다. 꽃과 새는 평상시에는 즐길 만한 것인데, 이를 보면 눈물 나고, 이를 들으면 슬프다 하였으니 그 시절을 알 수 있겠다." 즉 시인의 기억 속에 남아 있던 태평성대는 무참히 사라지고, 세상은 어느새 폐허로 변하여 시인으로 하여금 무한한 감개와 슬픔 속으로 젖어들게 한다.

시인이 말한 것은 '나라는 망했지만 산하만은 남아 있다.'는 것인데, 시인이 말하려 한 것은 '나라가 망하고 보니 남은 것은 산하뿐이다.'이다. 시인이 말한 것은 '봄날 성에는 풀과 나무가 우거졌다.'는 것이지만, 시인이 말하고자 하는 것은 '사람들로 붐비던 성에는 사람의 자취를 찾을 길 없고, 단지 잡초만 우거져 있다.'는 것이다. 만일 이러한 것들을 일일이 다 설명한다면 여기에 무슨 여운이 남겠는가. 그래서 사마광은 윗글에 이어 이렇게 말했다. "옛사람은 시를 지음에 뜻이 말 밖에 있는 것을 귀하게 여겨, 사람으로 하여금 생각하여 이를 얻게 하였다." 시인이 다 말해버려서 독자가 더는 생각할 여지가 없는 것은 시가 아니다.

기왕의 집에서 늘상 보더니	岐王宅裏尋常見
최구의 집 앞에서 몇 번 들었나.	崔九堂前幾度聞
강남 땅 풍경이 정히 좋은데	正是江南好風景
꽃 지는 시절에 그댈 만났네.	落花時節又逢君

유명한 두보의 〈강남에서 이구년을 만나江南逢李龜年〉란 시이다. 필자는 이 시를 고등학교 시절 《두시언해杜詩諺解》를 배우면서 처음 접했다. 그때는 시를 읽고 나서 '뭐가 이렇게 싱거워?' 하는 생각뿐이었다. 기왕과 최구의 집에서 익히 만나 알던 이구년이란 가수를

강남에서 좋은 봄날 또 만났다는 것이 이 시가 전달하고 있는 의미의 전부였기 때문이다. 여기에 무슨 시적인 표현이 있는가.

안사安史의 난리를 겪은 당나라는 이미 지난날 태평성대의 자취는 찾아볼 길 없었고, 당시 두보는 "서남의 천지 사이를 떠돌며漂泊西南天地間" 지내다가 간신히 강남에 다다랐을 때였다. 꽃이 분분히 지는 늦봄에 그는 길에서 우연히 장안 시절 알고 지내던 당대의 유명한 가수, 그러나 이제는 생계를 위해 거리의 악사로 전락해버린 이구년을 만나게 되었던 것이다. 장안 시절에는 두보나 이구년이나 모두 당대의 귀족이었던 기왕과 최구의 파티에 초대받을 정도로 명성이 있었다. 그러나 세상일은 한꺼번에 변해버려, 이제 두 사람은 지친 피난민의 신세로 하늘가를 떠돌다 낯선 거리에서 서글픈 상봉을 하게 되었던 것이다.

3·4구는 그저 평담한 듯하지만, 그 가운데에는 실로 침통하고도 무한한 감개가 서리어 있다. 3구는 앞서 〈춘망〉의 '국파산하재國破山河在'의 독법으로 헤아릴 수 있으려니와, 4구의 '낙화시절'은 그 뜻이 참으로 심장하다. 우선은 두 사람이 만난 계절이 '낙화시절'이라는 의미이고, 이는 좋은 시절을 다 보내고 난 두 사람의 '낙화시절'이기도 하다. 동시에 성세의 번화를 뒤로 보낸 당나라의 '낙화시절'이기도 한 것이다. 한 층 한 층 의미가 확장되면서 울리는 여운이 길고 가녀린 파장을 남긴다.

홀로 앉아 찾아오는 손님도 없고	獨坐無來客
빈 뜰엔 비 기운만 어둑하구나.	空庭雨氣昏
물고기 흔드는지 연잎이 건듯	魚搖荷葉動

까치가 밟았는가, 가지 뒤채네.　　　　　　鵲踏樹梢翻

거문고 젖었어도 줄은 울리고　　　　　　琴潤絃猶響

화로는 식었건만 불씨 남았네.　　　　　　爐寒火尚存

진흙길이 출입을 가로막으니　　　　　　泥途妨出入

온종일 문을 닫아걸고 있으리.　　　　　　終日可關門

서거정徐居正(1420~1488)의 〈홀로 앉아獨坐〉란 작품이다. 일견 속세를 떠나 칩거하고 있는 은사의 유유한 생활을 노래한 작품인 듯하다. 하지만 속사정을 따져보면 꼭 그렇지도 않다. 찾아오는 손님 없이 혼자 앉아 있다는 1구에서 우리는 아무도 나를 찾아올 리가 없다는 체념과 그래도 혹시 누군가 오지 않을까 하는 기다림의 마음이 뒤섞인 모순된 심리 상태와 만난다. 그러나 결국 아무도 오지 않고, 시인은 찌푸려 흐린 날씨에 빈 뜰을 그저 허허롭게 바라볼 뿐이다.

3·4구에서 시인의 시선은 물고기가 흔들어 움직이는 연잎의 살랑거림과 까치가 앉았다 날아간 나뭇가지의 일렁거림을 포착한다. 그는 지금 서재나 마루에서 빈 뜰을 내다보고 있다. 그러니 마당 연못, 그것도 연꽃 아래 물고기의 모습이 보일 까닭이 없다. 그러니까 '물고기가 흔들었다'는 진술은 시인의 추정이다. 마찬가지로 그는 까치도 보지 못했으나 나뭇가지의 일렁임을 통해 상황을 짐작한다. 이렇듯 주변의 사소한 변화도 민감하게 반응하는 그의 모습을 통해 시인이 고독할 뿐 아니라 몹시 권태로워서 변화를 갈망하고 있음을 보여준다.

다시 5·6구를 보자. 이번에는 습기를 잔뜩 머금어 눅눅한 거문

한시 미학 산책 — ◉

고와 싸늘하게 식은 화로가 등장한다. 거문고는 비 기운에 습기를 잔뜩 머금어 소리가 날 것 같지 않았다. 그런데 퉁겨보니 뜻밖에 소리가 난다. 화로는 손을 대어보니 싸늘하여 불씨가 모두 꺼진 줄로만 알았다. 막상 헤집어보니 불씨가 그대로 남아 있다. 그는 왜 갑자기 거문고와 화로로 화제를 돌렸을까. 소리가 안 나는 거문고와 불씨가 꺼진 화로는 제 기능을 상실해버린 상태를 의미한다. 소리가 안 날 줄 알았는데 나고, 불씨가 없을 줄 알았으나 남아 있다는 것은 겉으로 보기에는 쓸모없어 보여도 그 안에는 아직 쓸모를 간직하고 있다는 항변이다. 이 거문고와 화로의 원관념이 바로 시인 자신인 것을 알게 해준다. 시인은 결국 지금 세상이 쓸모없다고 자신을 버려도, 나는 아직 가슴 속에 경국제세의 포부를 간직하고 있노라고 말하고 있는 셈이다.

이렇게 볼 때 7·8구의 문맥이 비로소 소연해진다. 진흙탕 길이 정상적인 출입을 가로막고 있으니 나가지 않고 문을 닫아걸고 있겠노라고 했다. 진흙탕 길은 곧 뜻있는 인사가 자신의 경륜과 포부를 펼칠 수 없도록 억압하고 제한하는 현실의 상황이다. 대개 이러한 과정을 거쳐서야 우리는 서거정의 이 시를 제대로 이해할 수 있다. 그가 제목에서 말한 '홀로 앉아 있음'의 참의미는 하수상한 시절에 때를 기다리는 오롯한 몸가짐과 기다림이었던 것이다.

송나라 때 유명한 화가 이공린李公麟이, 한나라 때 장수 이광李廣이 오랑캐 아이와 말을 빼앗아 적지에서 탈출하는 그림을 그린 적이 있었다. 이광은 아이를 옆에 낀 채 말을 몰아 남으로 달리면서 오랑캐 아이의 활을 빼앗아 추격해오는 기병을 향해 힘껏 당겨 겨누고 있었다. 화살이 곧바로 발사될 곳을 보니 사람과 말이 모두 활에 응하고 있었다. 이공린은 함께 그림을 보던 황정견黃庭堅에게 웃으며 말했다. "속된 자로 하여금 이를 그리게 한다면 마땅히 추격하는 기병이 화살에 맞은 모습으로 그렸겠지요." 황정견은 이 말을 듣고 그림의 격에 대해 크게 깨달았을 뿐 아니라, 시의 원리 또한 한 가지임을 깨닫게 되었다고 적고 있다. 〈연나라 곽상보를 모사한 그림에 제하다題摹燕郭尙父圖〉에 나오는 이야기다. 이광의 화살이 추격병의 가슴을 꿰뚫어야만 그의 용맹한 정신이 전달되는 것이 아니다. 오히려 그것은 '사의전신'의 본질을 해칠 뿐이다. 다 말하지 않고 말하기, 다 그리지 않고 그리기, 시와 그림은 이러한 공통점을 지니고 있다.

장수는 목이 없고, 미인은 어깨가 없다

이왕 그림 이야기가 나왔으니 몇 가지 더 보기로 하자. 형호荊浩의 〈화론畵論〉을 보면 "장수는 목이 없고, 여인은 어깨가 없다.將無項, 女無肩."란 말이 나온다. 목이 없는 장수가 어디 있는가? 여인은 어째 어깨가 없을까? 이것은 그림을 그릴 때 장수의 기상은 목이 없는 듯 짧게 그리는 데서 드러나고, 미인의 가녀린 모습은 어깨 없이 부드럽게 흘러내린 곡선을 통해 강조된다는 말이다.

또 왕유王維가 〈원안와설도袁安臥雪圖〉를 그렸는데, 고사 원안袁安이 눈 쌓인 파초 아래 누워 있는 모습이었다. 실제 파초는 남국의 식물이므로 눈 내리는 추위 속에서는 시들고 만다. 그러니까 왕유의 그림은 사리에는 맞지 않는다. 그러나 왕유는 사리에 어긋남을

개기改琦, 〈미인도美人圖〉,
19세기, 57.5×25.2cm.
꽃송이 손에 들고 시선을 돌렸다.
어깨선이 아무 굴곡 없이
흘러내렸다. 가녀린 자태가
더욱 살아난다.

감수하면서 푸른 파초 위에 흰 눈을 그려 넣음으로써 원안의 맑고
시원한 정신의 풍격을 드러내고자 했던 것이다.

동진의 유명한 화가 고개지顧愷之가 은중감殷仲堪의 초상화를 그
리려 했다. 은중감은 평소 눈병이 있었으므로 한사코 거절하였다.
그러자 고개지는 눈동자를 또렷이 그린 다음 그 위에 흰색을 흩날
려, 마치 엷은 구름이 달을 가린 듯하게 하여 은중감의 눈에 낀 백
태를 처리하였다. 이는 사실에 대한 미화이기는 하지만 그의 눈병
을 은폐한 것은 아니었다. 또 그가 배해裵楷의 초상화를 그리는데,
그림을 다 그린 후 뺨 위에 터럭 세 개를 덧그렸다. 그러고는 “배해
는 명철하여 식견이 있는데, 이것이 바로 그 식견이다.”라고 하였
다. 그러자 신채가 아연 살아났다.

이런 몇 가지 예화는 화가가 살아 있는 정신을 표현하기 위해 의
도적으로 사실을 일부 과장하거나 변형시킬 수 있음을 보여준다.
그것이 설사 사실을 일부 왜곡했다 하더라도 문제가 되는 것은 아
니다. 그렇다면 화가는 사실을 무시해도 좋은가. 결코 그렇지 않다.
이러한 과장과 변형은 의경의 함축에 목적이 있다.

고시에 ‘백발삼천장白髮三千丈’이라 한 것이 있다. 도대체 삼천 장
이나 되는 백발이 어디 있는가. ‘비류직하삼천척飛流直下三千尺’이라
니, 삼천 척이나 쏟아져 내리는 폭포는 세상 어디에도 없다. 그러나
여산폭포 아래서 귀가 멍멍할 정도로 쏟아져 내리는 물소리가 주는
압도감은 삼천 척의 길이가 아니고서는 도저히 방불하게 표현할 수
없었을 것이다. 이것이 시가 언어의 과장과 함축이다. 그러고 보면
의자왕의 삼천 궁녀도 많은 수효의 범칭이지 꼭 세어 삼천 명은 아
니며 천리마란 빨리 달리는 말이라는 뜻이지 정말 하루에 천 리를

한시 미학 산책 — ●

달리는 말은 아닌 것이다. 세상에 어떤 말이 하루에 서울서 진주까지 달려갈 수 있단 말인가. 그러므로 시를 읽는 독자는 시인이 쳐놓은 언어의 그물에 걸려들어서는 안 된다. 그 대신 행간을 읽을 줄 아는 식견을 길러야 한다.

그래서 박지원은 〈능양시집서〉에서 이렇게 말한다.

> 미인을 보면 시를 알 수 있다. 그녀가 고개를 숙임은 부끄러운 것이다. 턱을 괸 것은 한스러움을 보여준다. 홀로 서 있을 때는 누군가를 그리는 것이다. 눈썹을 찌푸림은 근심스러운 것이다. 누군가를 기다림이 있을 때에는 난간 아래 서 있는 모습을 보여주고, 원망하는 바가 있을 때엔 파초 아래 서 있는 모습으로 보여준다.

화가가 굳이 미인의 심리를 묘사하지 않더라도, 동작 하나만 보면 그녀의 심리 상태를 다 알 수가 있다.

유몽인柳夢寅(1559~1623)의 《어우야담於于野談》에는 이런 시가 실려 있다. 한 사나이가 길을 가다가 나귀를 타고 가는 미인을 만났다. 선녀가 적강한 듯 아름다운 모습에 그는 그만 발길이 얼어붙었다. 연정의 불길을 주체할 수 없었던 그는 즉석에서 시를 써서 그녀에게 보냈다.

마음은 미인 따라가고 있는데	心逐紅粧去
이 몸은 부질없이 문 기대섰소.	身空獨倚門

넋은 이미 그대에게 빼앗겨버리고 나는 빈 몸뚱이만 남아 문에

기대섰노라는 애교 섞인 푸념이었다. 그녀가 답장을 보내왔다.

노새는 짐 무겁다 투덜대는데
그대 마음 그 위에 또 얹었으니.

驢嗔車載重
却添一人魂

그녀의 대답은 아무래도 뚱딴지같다. 당신이 내 마음을 온통 가져가버렸으니 책임지라는 말에 그녀는 온통 나귀 걱정만 한다. 늙은 나귀는 등에 태운 미인도 무겁다고 연신 가쁜 숨을 씩씩 몰아쉰다. 그런데 여기에 한 사람의 넋을 더 얹었으니 나귀만 죽어나게 생겼다는 말이다. 사랑하는 마음의 무게는 얼마나 될까? 그녀의 대답은 기실, '나를 향한 그대의 마음을 접수했노라'는 의미다. 그대의 눈길에 내 마음도 철렁 내려앉았고, 그 내려앉은 무게만큼 노새만 더 무거워 괴롭겠다는 멋들어진 응수이다. 일상적인 예상을 빗겨가는 이러한 비약에는 참으로 사람을 미혹케 하는 예술적 매력이 넘쳐흐른다. 글자는 스무 자에 지나지 않는데, 두 사람 사이의 사랑의 감정과 씩씩대는 나귀의 숨소리, 그와 함께 커져가는 두 사람의 맥박 소리가 영화의 한 장면처럼 선명하게 전달되고 있지 않은가.

푸른 치마 아가씨 목화 따러 나왔다가
길손과 마주치자 길가로 돌아섰네.
흰둥이 누렁이의 뒤를 따라 달리더니
주인아씨 앞으로 짝지어 돌아오네.

青裙女出木花田
見客回身立路邊
白犬遠隨黃犬去
雙還却走主人前

신광수申光洙(1712~1775)의 〈골짝 어귀에서 만난 광경峽口所見〉이란 시이다. 푸른 치마를 입은 아가씨가 목화를 따러 나왔다. 바구니를 들고 가다가 그녀는 저만치서 오는 낯선 남정네를 보았다. 수줍은 그녀는 다소곳이 몸을 돌려 빗겨 선다. 바로 그때 그녀가 데리고 나온 누렁이란 녀석이 컹컹 짖으며 앞으로 달려 나간다. 흰둥이도 뒤질세라 누렁이를 쫓아간다. 두 놈은 그렇게 어우러져 한참을 뒹굴며 장난치다가 언뜻 생각났다는 듯이, 나그네의 짓궂은 시선이 난감하기만 한 주인아가씨 앞으로 짝을 지어 돌아온다.

1 · 2구에는 푸른 치마와 흰 목화밭, 부끄러워 돌아선 그녀의 붉은 뺨이 빚어내는 색채의 선명한 대비 속에 그녀를 향한 나그네의 감정이 잘 나타나 있다. 시인이 만일 3 · 4구에서 '몹시도 수줍은 아름다운 그 모습, 다정하게 사랑을 속삭이고 싶어라.'와 같이 표현했다면 시가 아니라 유행가의 가사가 되고 만다. 시인은 그렇게 말하는 대신 돌연히 개 두 마리를 등장시켰다. 멀리 떨어져 있던 누렁이를 흰둥이가 쫓아가서는 어느새 어우러져 이보란 듯이 제 주인에게 돌아오듯, 멀리서 조금씩 가까워지며 설레어버린 마음을, 그 아가씨와 다정히 앉아 정겨운 대화라도 나누고픈 마음을 시인은 이렇게 표현했다. 그녀 또한 흰둥이와 누렁이의 모습에서 자신의 두근대는 마음을 나그네에게 들켜버린 것만 같아 얼굴이 더 붉어졌을 테고, 가슴은 두방망이질 쳤을 게다. 2구와 3구 사이에 생긴 시상의 단절과 비약, 의도적인 의미의 단층과 암시적 결합 속에 바로 이 시의 참 묘미가 있다.

정오의 고양이 눈

옛날에 절묘하다고 세상에 전하는 그림이 있었다. 장송長松 아래 한 사람이 고개를 들어 소나무를 올려다보는 모습이 마치 살아 있는 듯하여 천하의 명화로 일컬어졌다. 처사 안견安堅이 보고 말했다. "그림이 묘하기는 하다. 다만 사람이 고개를 올려보면 목 뒤에 반드시 주름이 잡히는 법이다. 이 그림에는 그것이 없으니 뜻을 크게 잃었다." 이로부터 마침내 버린 물건이 되었다.

또 묘필妙筆로 일컬어진 오래된 그림이 있었다. 늙은이가 손자를 안고 숟가락으로 밥을 떠먹이는 그림이었다. 성종대왕께서 이를 보고 말씀하셨다. "그림은 좋다만, 사람이 어린아이에게 밥을 먹일 때는 반드시 자기 입이 절로 벌어지는 법이다. 이 그림은 다물고 있으니 크게 실격이다." 이로부터 아무도 거들떠보지 않는 그림이 되고 말았다.

《어우야담》에 나오는 이야기다. 두 그림 모두 기교로 보아서는 이미 정점에 도달해 있었다. 다만 사소하다면 사소할 수도 있는 목 뒤의 주름과 자기도 모르게 벌어진 입에 대한 관찰을 화가는 놓치고 말았다. 그러나 정작 화가가 놓친 것이 낙락한 소나무의 기상을 우러르는 선비의 마음과 손자에게 한 숟가락이라도 더 먹이고자 하는 할아버지의 마음이고 보니, 그것은 결코 사소한 실수라 할 수 없다. 호리毫釐의 차이가 천 리의 현격한 거리를 낳는다. 이 이야기들은 기교가 아무리 뛰어나도 그 속에 예리한 관찰과 예술가의 정신이 없다면 아무 쓸모가 없다는 교훈을 전달한다. 유몽인은 다시 이렇게 덧붙인다. "무릇 그림과 문장이 무엇이 다르겠는가. 한번 본의

마군후馬君厚, 〈묘도猫圖〉, 18~19세기, 국립중앙박물관.
오후 3시의 고양이 눈이다. 발톱도 긁을 때만 나오니 화가의 눈매가 매운 줄을 알겠다.

를 벗어나면, 제아무리 화려하게 꾸민 문장이라 해도 식자는 취하지 않는다. 오직 안목 갖춘 자만이 능히 이를 알 것이다." 예술 작품의 감상은 바로 이 호리의 차이를 변별하는 안목을 기르는 일이다.

송나라 휘종 황제가 용덕궁龍德宮을 완공한 후 어원의 화가를 불러 궁중 각처에 벽화를 그리게 했다. 그림이 완성되어 황제가 직접 둘러보았으나 하나도 칭찬하지 않았다. 다만 전각 앞 주랑에 그린 월계화月季花 그림을 가리키며 누가 그린 것이냐고 물었다. 신출내기 소년 화가가 앞으로 나왔다. 황제는 크게 상을 내렸다. 사람들은 까닭을 몰라 의아해하였다. 황제가 말했다. "월계화는 잘 그리기가 어렵다. 대개 사계절 아침저녁의 꽃술과 잎 모양이 모두 같지 않기 때문이다. 이 그림은 봄날 정오의 것이다. 터럭만큼의 차이도 없다. 그래서 후하게 상을 준 것이다."라고 하였다. 등춘의 《화계》란 책에 보이는 일화다.

《몽계필담夢溪筆談》에도 이런 이야기가 있다. 구양수歐陽修가 한 떨기 모란꽃 아래 고양이 한 마리가 앉아 있는 그림을 얻었다. 잘된 그림인지 어떤지를 알 수 없어 다른 사람에게 물어보았다. 그 사람은 그림을 가만히 보더니 이렇게 말했다. "꽃이 활짝 피고 색이 말라 있는 걸 보니 이것은 해가 중천에 있을 때의 모란이다. 고양이 눈의 검은 눈동자가 실낱같이 가느니 이 또한 정오의 고양이 눈이다." 예술작품의 진가는 이렇듯 알아보는 안목 앞에서만 빛나는 법이다.

또 황전黃筌이란 화가가 나는 새를 그렸는데 목과 다리를 모두 펴고 있었다. 어떤 사람이 지적했다. "나는 새는 목을 움츠리면 다리를 펴고, 다리를 움츠리면 목을 펴지, 둘 다 펴는 법은 없다." 알아보았더니 실제로 그러하였다. 이 또한 예리한 관찰이 얼마나 중요한가를 일깨워준다. 가짜와 진짜는 종이 한 장의 차이도 없다. 가짜가 오히려 더 진짜같이 보인다. 관념화된 그림, 진정을 상실한 그림은 좋은 그림이 아니다. 정신은 간데없이 손끝의 기교만으로 그리려 드니, 난초를 그린다는 것이 파가 되고, 대나무를 그렸는데 갈대가 되고 만다.

화가가 형상을 핍진하게 묘사하거나, 시인이 대상을 방불하게 묘사하는 것은 그리 어려운 일이 아니다. 정말 어려운 것은 거기에 정신을 담는 일이다. 그래서 송나라 진욱陳郁은 《설부說郛》에서 이렇게 말했다.

> 대개 형상을 그릴 때는 반드시 정신을 전해야 하고, 정신을 전하려면 마음을 그려야 한다. 그러지 않으면 군자와 소인이 모습은 같지만 마음은 다른데, 귀하고 천하며 충성스럽고 사악한 것을 어찌 스스로 구별하겠는가? 겉모습이 비록 닮았다 한들 무슨 보탬이 있겠는가? 그러므로 마음을 그리기가 가장 어렵다고 하는 것이다.

고개지가 "손으로 오현을 타는 것은 그리기가 쉽지만, 돌아가는 기러기를 눈으로 보내는 것은 그리기가 어렵다.手揮五絃易, 目送歸鴻難."고 한 것도 다 같은 뜻에서 나온 말이다.

이러한 점은 시에서도 마찬가지다. 시인이 정을 머금어 이를 펴고, 경물을 대하여 마음을 움직이며, 물상을 그려냄에 그 정신을 얻게 된다면, 저절로 사람의 마음을 움직이는 시를 얻을 수 있다. 그러나 만일 정신의 향기 없이 표현의 아름다움만을 추구한다면, 성정의 천진함은 어느새 사라져버린다. 그 결과 생동감도 찾아볼 수 없다. 청나라 원매袁枚가 《속시품續詩品》에서 한 말도 같은 맥락에서 나왔다.

> 용모에 부족함이 있는지라 분을 바르고 연지를 칠한다. 재주가 부족하므로 전고를 끌어다 쓰고 책에서 찾는다. 옛사람의 문장이라고 해서 다 잘된 것은 아니다. 꾸며서 웃고 거짓으로 슬퍼하는 것이라면 나는 광대일 뿐이다. 이에 미인을 그려도 사랑스럽지 않고, 난초를 그려도 향기가 없게 된다. 그 연유를 헤아려보면 진정 나타내려고 한 것이 사라져버렸기 때문이다.

홍만종洪萬宗(1643~1725)의 《소화시평小華詩評》에 이런 이야기가 보인다. 이호민李好閔(1553~1634)이 어느 날 소나기가 창문에 후드득거리자 갑자기 시 한 구절을 얻었다.

> 산 비는 창문에 후드득 지고 山雨落窓多

이를 이어 대구를 이렇게 맞추었다.

> 시냇물은 대숲 뚫고 졸졸 흐른다. 磵流穿竹細

마침내 앞뒤를 이어 시 한 편을 완성한 후 이산해李山海(1539~1609)에게 보였다. 그러자 그는 '산우낙창다山雨落窓多'에만 비점을 찍어 돌려보냈다. 이호민이 그 까닭을 묻자 이산해가 말했다. "공이 실제 경물과 만나 먼저 이 구절을 얻었을 것이다. 나머지 구절은 그 다음에 만든 것이다. 시 전편의 참된 뜻이 모두 이 구절에 있기 때문에 거기에만 비점을 쳤다." 비록 속인들을 속일 수는 있어도, 안목 있는 사람 앞에서 진짜와 가짜는 금세 판별되고 만다.

다음은 강혼姜渾(1464~1519)의 〈임풍루臨風樓〉란 시의 일련이다.

제비가 짝져 날아 버들가지 날리는데	紫燕交飛風拂柳
청개구리 개굴개굴 비 기운에 산 어둡네.	靑蛙亂叫雨昏山

김류金瑬(1571~1648)가 〈나그네 도중客中〉이란 시에서 이를 변용시켜 다음의 일련을 얻었다.

먼 산 비 기운에 못 개구리 시끄럽고	遙山帶雨池蛙亂
버드나무 바람 맞아 바다제비 빗겨 난다.	高柳含風海燕斜

한시는 7언의 경우 4, 3으로, 5언은 2, 3으로 끊어 읽는다. 또 각 구는 허사와 실사로 이루어진다. '자연紫燕'과 '청와靑蛙'에서 '자紫'와 '청靑'이 꾸밈말에 해당하는 허사라면, '연燕'과 '와蛙'는 몸말이다. 자! 이제 두 구절을 비교해보자. 위 시의 실사는 '연燕·풍風·류柳·와蛙·우雨·산山'의 여섯 글자다. 이 여섯 글자에 번호를 매겨 표시한 후, 뒤의 시에서 같은 글자가 어떤 위치로 옮겨가 있는지 살펴보자. 김류의 시는 단지 강혼의 시를 아래위로 바꾸고 앞뒤의 순서도 뒤집었다. 그러고 나서 허사를 교체했을 뿐이다.

이제 두 시의 의경을 비교해보자. 둘 다 봄날 비 올 무렵의 경물을 묘사했다. 강혼은 제비의 날갯짓이 바람을 일으켜 버들가지를 하늘거리게 하고, 청개구리 울음에 응답하듯 먼 산이 비의 기운에 어둑해지더라고 했다. 봄날의 약동하는 흥취가 제비의 경쾌한 날갯짓과 청개구리의 울음소리 속에 넘쳐난다. 뿐만 아니라 미물인 제비와 청개구리의 행동이 자연물인 버드나무와 산을 움직여 서로 교감한다. 김류의 시는 어떠한가. 그저 먼 산이 비의 기운을 띠자 개구리도 그걸 보고 시끄럽게 울고, 버드나무 사이로 부는 세찬 바람에 제비의 날갯짓도 비스듬하다고 했다. 밥 먹으니 배부르다는 소리와 다를 바 없다. 단어와 단어 사이의 탄력이 없고 여운도 적다. 어음語音 면에서도 음악미가 부족하다. 강혼이 봄날의 경치와 직접 마주하여 떠오른 흥취를 노래했다면, 김류의 시는 강혼의 구절을 가공하여 인위적으로 합성한 것이다. 그래서 비슷한 이미지를 사용했는데도 시의 격은 크게 달라지고 말았다. 말하자면 하나는 진짜고 하나는 가짜다. 그 차이는 종이 한 장밖에 되지 않는다.

마음에서 얻어 뜻으로 깨달으니

구양수의 《육일시화六一詩話》에 매요신梅堯臣과 나눈 시에 대한 토론이 보인다. 매요신이 먼저 말했다. "반드시 능히 묘사하기 어려운 경치를 형상화하여 마치 눈앞에 있는 것같이 하고, 다하지 않는 뜻을 머금어 말 밖에 드러나게 한 뒤라야 시가 지극하게 된다." 구양수는 도대체 어떤 시를 두고 하는 말이냐고 되물었다. 매요신이 대답했다.

한시 미학 산책 —

짓는 사람은 마음에서 얻고, 보는 이는 뜻으로 깨달으니, 무어라고 꼬집어 말하기가 어렵다. 그렇지만 그 비슷한 경계를 대략 말할 수는 있다. 온정균溫庭筠의 "주막집 달빛에 새벽닭 울고, 판교의 서리 위엔 사람 발자국鷄聲茅店月, 人迹板橋霜." 같은 것이나, 가도賈島의 "괴이한 새 광야에서 우짖어대니, 지는 해 나그네를 두렵게 한다.怪禽啼曠野, 落日恐行人."와 같은 것은 길 가는 괴로움과 나그네의 근심이 말 밖에 드러나 있지 않은가?

온정균의 시를 좀 더 살펴보자. 주막집 지붕 위로 달이 떠 있는 닭 우는 첫새벽이다. 판교板橋는 널빤지로 계단을 두어 만든 다리다. 다리 위엔 밤새 서리가 하얗게 내렸다. 그 서리를 밟고 가는 사람. 그 뒤로 발자국이 또렷이 찍힌다. 걸을 때마다 삐걱거리는 소리가 들려오는 것만 같다. 뼈에 저미는 새벽의 추위는 또 어떠한가.

가도의 시도 마찬가지다. 드넓은 광야에 먹이를 찾는 괴조怪鳥의 날카로운 금속성이 울려 퍼진다. 시선 끝 간 데까지 바라봐도 사람 사는 집은 보이지 않는다. 서산 너머로 또 하루해가 넘어간다. 오늘도 저 짐승들의 위협 속에서 풍찬노숙風餐露宿의 하룻밤을 지내야 하는 것이다. 두 시 모두 단 열 글자 안에 길에서 겪는 나그네의 신고辛苦가 농축되어 있다.

정몽주鄭夢周(1337~1392)가 일본에 사신으로 갔을 때 지은 시 중에 이런 구절이 있다.

매화 창가에 봄빛 이른데　　　　　　　　　　梅窓春色早
판잣집엔 빗소리만 요란하구나.　　　　　　　板屋雨聲多

매화가 막 피는 계절이니 아직 겨울의 끝자락이다. 판자 지붕 위에는 벌써 빗소리가 자못 요란하다. 우리나라에서는 겪어보지 못한 섬나라의 기후와 풍정을 잘 묘사하였다. 정작 이 시의 묘처는 '판옥板屋'이란 표현에서 찾아진다. 판옥, 즉 판잣집은 우리에게는 낯선 풍물로, 읽는 이에게 이국정서를 불러일으킨다. 또 판자 지붕을 때리는 빗소리의 경쾌한 울림은 창밖으로 매화를 바라보는 시인의 설렘까지 담아 독자의 정서 속으로 파고든다. 떠나올 때는 가을이었다. 하지만 어느새 해를 넘겨 이역만리 타국 땅 여관에서 봄비 소리를 듣는다. 시인의 마음속에는 절로 떠오르는 아련한 고향 생각이 묻어 있다. 이것이 이 시가 일본을 노래한 절창으로 사람들의 입에 오래 오르내리게 된 연유이다.

목은牧隱 이색李穡(1328~1396)은 그의 〈부벽루浮碧樓〉에서 이렇게 노래했다.

성은 텅 비었고 달만 한 조각	城空月一片
바위는 늙어도 구름은 천 년.	石老雲千秋

텅 빈 성과 조각달, 바위와 구름의 대비는 읽는 이로 하여금 참으로 많은 생각에 젖게 한다. 예전 번성했던 성엔 사람의 자취를 찾을 길 없다. 조각달만 옛 기억처럼 희미하게 떠 있을 뿐이다. 그나마 저 달마저 얼마 안 있어 그믐의 암흑 속으로 사라지고 말 것이 아닌가. 바위에는 세월이 할퀴고 간 흔적만이 남았다. 그 위로 또 무심한 구름은 천 년 세월을 덧없이 흘러갔다. 그 세월 동안 인간 세상의 영고성쇠는 또 말하여 무엇 하겠는가. 이렇듯 각 구절 사이에는

말하지 않고 남겨둔 여운이 길고도 깊다.

다시 김종직金宗直(1431~1492)의 〈불국사에서 세번과 얘기를 나누다佛國寺與世蕃話〉의 두 구절을 보자.

푸른 산 반쪽에선 비가 내리고	靑山半邊雨
해지는 상방에선 종이 울린다.	落日上房鍾

시인은 청산의 반쪽에 비가 온다고 말하여 다른 한쪽에는 비가 내리지 않음을 보였다. 이편에는 비가 오는데 저편에서는 해가 진다. 떨어지는 해가 못내 아쉬운 듯 절에서는 종소리가 울려 퍼진다. 푸른 산과 붉은 해, 서늘한 비와 맑은 종소리. 경물과 마주하고 선 시인의 맑고 쇄락한 정신이 이러한 이미지들의 결합 속에서 자연스럽게 드러난다.

이번에는 차천로車天輅(1556~1615)의 〈외로운 기러기詠孤雁〉의 두 구절이다.

산하엔 외로운 그림자 지고	山河孤影沒
천지에 한 소리만 비장하더라.	天地一聲悲

날아가던 기러기의 외로운 그림자는 시야에서 사라져버렸다. 그런데도 아직 시인의 귀에는 천지를 가득 메운 기러기의 구슬픈 울음소리가 떠나지 않는다. 기러기야 무슨 외롭고 말고 할 것이 있겠는가. 그러나 깊은 밤 까닭 모를 근심에 겨워 잠 못 이루고 뜰을 서성이던 시인의 마음은 그렇지가 않아, 저도 모르는 사이에 기러기

라는 대상에 자신의 감정을 얹어 노래하게 되었던 것이다.

대개 이러한 것이 경물과 시인의 정신이 만나 결합되는 양상들이다. 한 편의 훌륭한 시는 겉으로는 덤덤한 듯하지만 하나하나 음미해보면 그 행간에 감춰진 함의가 무궁하다. 시인의 진실한 느낌이 없는 시는 아무리 아름답게 표현되었다 해도 독자의 감흥을 불러일으키지 못한다. 맹자는 아무리 서시西施와 같은 미인이라도 오물을 뒤집어쓰면 사람들이 모두 코를 막고 지나간다고 말했다. 이와 마찬가지로 아무리 훌륭한 뜻을 담고 있어도 올바른 표현을 얻지 못하면 읽는 이들은 외면하여 돌아보지 않는다. 또한 시는 본바탕의 부족함을 감추려고 덕지덕지 화장한 여인의 분내를 경멸한다.

추사秋史 김정희金正喜(1786~1856)의 〈세한도歲寒圖〉는 글씨를 쓰다 남은 먹을 버리기 아까워 그린 듯한 갈필渴筆의 거친 선 몇 개로 이루어져 있다. '대교약졸大巧若拙', 정말 큰 기교는 겉으로 보기에는 언제나 졸렬해 보이는 법이다. 그러나 시인의 덤덤한 듯 툭 던지는 한마디가 예리한 비수처럼 독자의 의식을 헤집는다. 좋은 시는 독자에게 방심하고 있다가 느닷없이 허를 찔린 느낌을 준다. 이에 반해 화가의 정신이 들어가 있지 않은 그림은 이발소 그림, 목욕탕 벽화에 지나지 않는다. 사진과 똑같이 그려진 영화관의 간판은 결코 우리를 감동시키지 못한다. 가끔 그 기교에 감탄할 뿐이다. 예술과 기술의 차이가 여기에 있다.

언어의 감옥

—

입상진의론立象盡意論

싱거운 편지

함경도 안변 땅에 벼슬을 살러 가 있던 봉래蓬萊 양사언楊士彦(1517~
1584)이 서울의 백광훈에게 편지를 보내왔다. 반가운 마음에 겉봉
을 뜯어보니, 딱 열두 자 한 줄의 사연이었다.

> 삼천 리 밖에서 한 조각 구름 사이 밝은 달과 마음으로 친히 지내고
> 있소.
> 三千里外, 心親一片雲間明月.

　고작 이만 한 사연 전하자고 천릿길에 편지를 띄웠더란 말인가.
그러나 음미할수록 새록새록 정감이 넘쳐나는 뭉클한 사연이다. 한
조각 구름 속에 밝은 달이라 했으니, 달은 달이로되 구름에 가려 잘
보이지 않는 달이다. '심친心親'이라 하여 그 밖에 다른 것에는 마음
을 붙이지 못하고 있음을 보였다. '월인천강月印千江'이랬거니, 달은
나 있는 안변이나 너 있는 한양이나 가뭇없이 비출 것이 아니냐. 그
래서 널 보듯이 달을 보고, 달 보듯이 너를 생각한다는 사연이다.
그나마도 그 모습은 보일 듯 구름 사이로 숨기 일쑤이니 이 아니 안
타까운가. 단지 열두 자의 편지가 심금을 울린다.
　야릇할손 봉래의 편지여! 삼천 리 밖에서 한 조각 구름 사이로 얼
굴을 빠끔히 내민 달과 친하다니 말이다. 그리움을, 보고 싶단 말을
이리 전하는 마음. 삼천 리 밖에서 보낸 편지치고는 싱거워서 뭉클
한 사연이다. 노산鷺山 이은상李殷相(1903~1982)의 시조에도 "매화
꽃 졌다 하신 편지를 받자옵고, 개나리 한창이라 대답을 보내었소.

둘이 다 봄이란 말은 차마 쓰지 못하고"라고 한 것이 있다.

서울 봄날 한 통의 편지를 받아드니	一紙書來漢口春
글 속에 적힌 것은 '심친'이란 말뿐이라.	書中有語只心親
그리는 맘 구름 달을 외려 선망하셨구려	相思却羨雲間月
삼천 리 밖 사람에게 나누어 비출 테니.	分照三千里外人

앞 편지를 받고 쓴 백광훈의 답시이다. 편지를 손에 들고 그리움
에 눈물이 글썽글썽했을 모습이 눈에 선하다. 백광훈의 시를 한 수
더 감상해본다.

뜬 인생 백 년 간을 홀로 괴로워하며	浮生自苦百年間
서로 좋은 얼굴로 처자식을 달래었지.	說與妻兒各好顔
금릉성 아래 와서 문득 올려다보니	却到金陵城下望
흰 구름은 여태도 구봉산에 걸렸구나.	白雲猶在九峯山

제목은 〈집을 떠나며別家〉이다. '부생浮生'을 탄식하며 '자고自苦'
한다 했으니, 떠나는 사연이야 짐작할 만하다. 젊은 날 그는 실의와
곤궁 속에 처가에서 더부살이하는 처지였다. 이후로도 좌절은 평생
을 두고 따라다녔다. 한미한 집안의 선비로 기약 없는 청운의 길을
찾아 처자식을 처가에 맡겨두고 길 떠나는 참담함이 1·2구에 눈물
처럼 배어 있다. 좋은 얼굴로 처자를 달랜다는 말이 그래서 더 안쓰
럽다.

집을 떠나 내를 건너고 뫼를 넘어, 금릉성 아래쯤까지 와서 참고

참다 집 쪽을 돌아보았다. 산마루가 가로놓여 있으니 보일 리 없다. 그러나 구봉산엔 흰 구름이 그대로 걸려 있구나. 집을 나설 때 암담 하게 막아서던 구봉산. 그때 그 멧부리에 걸려 있던 그 구름이 여태 도 그곳에 머물러 있다. 1구의 '부생浮生'과 4구의 '백운白雲'이 여 기서 다시 만난다. 정처 없이 떠돌아도 좋은 날은 오지 않는데, 저 산마루 위 구름은 공연히 저 혼자 바쁜 '공자망空自忙'의 부생을 비 웃기나 하는 듯이 제가 무슨 바위인 양 꿈쩍 않고 있는 것이다. 또 한편, 웃는 얼굴로 헤어졌지만 가슴을 에는 씁쓸한 느낌, 금릉성을 내려와 구봉산 돌아보니, 올라올 적 흰 구름이 그대로 걸려 있네. 아직도 가족 생각에 애잔한 내 마음처럼.

　백광훈은 다정다감한 시인이다. 이런 그이고 보니 앞서 봉래의 편지가 있었음 직도 했겠다. 그의 시를 읽노라면 필자는 늘 그 잔잔 한 슬픔에 감염되어 가슴이 뻐근해지는 느낌을 받곤 한다.

왜 사냐건 웃지요

옛 글에는 야단스러움이 없다. 간결하게 할 말만 하고, 때로 아무 말 않기도 한다. 그래도 마음은 글자 사이로 흘러, 행간에 고여 넘 친다. 예전 중국의 곽휘원郭暉遠이란 이가 먼 데로 벼슬 나가 있다가 집에 편지를 보냈는데, 착각하여 백지를 넣고 봉하였다. 그 아내가 오랜만에 온 남편의 편지를 꺼내보니 달랑 백지 한 장뿐이었다. 답 시를 보냈다.

> 푸른 깁창 아래서 봉함을 뜯어보니　　　　　碧紗窓下啓緘封
> 편지지엔 아무것도 써 있질 않더이다.　　　　尺紙終頭徹尾空
> 아하! 우리 임이 이별의 한 품으시고　　　　應是仙郎懷別恨
> 말 없는 가운데 그리는 맘 담으셨네.　　　　憶人全在不言中

청나라 원매의 《수원시화隨園詩話》에 나오는 이야기다. 아내의 난데없는 답장을 받아든 곽휘원은 아마 그때까지도 무슨 영문인지 몰라 고개를 갸웃했을 것이다. 꿈보다 해몽이 더 좋은 경우이긴 하지만, 일껏 편지를 써놓고 백지를 봉해 부치는 곽휘원의 약간 모자란 듯한 멍청함도 매력적이다. 정작 원매도 쓰다 달다 말없이 단지 그녀의 답장만 실어놓았다.

본래 동양의 예술 정신은 다변과 요설을 싫어한다. 긴장을 머금은 함축을 소중히 여긴다. 진晉나라 때 환이桓伊는 유명한 피리 연주자였다. 왕희지王羲之의 아들 왕휘지王徽之가 시냇가에 배를 대고 있는데, 때마침 환이가 언덕 위로 지나갔다. 두 사람은 그때까지 서로 인사가 없던 터였다. 왕휘지가 사람을 보내 말했다. "듣자니 그대가 피리를 잘 분다는데, 나를 위해 한 곡 연주해주겠는가." 환이는 당시 높은 신분이었지만, 또한 평소 왕휘지의 명망을 듣고 있었다. 두말없이 수레에서 내린 그는 호상胡床에 걸터앉아 그를 위해 세 곡의 노래를 연주하였다. 연주가 끝나자 그는 말없이 다시 수레에 올라 그 자리를 떠나갔다. 두 사람 사이에는 한마디의 말도 직접 오가지 않았다. 유명한 환이삼롱桓伊三弄의 고사가 이렇게 생겨났다.

예전 토머스 칼라일과 랠프 에머슨이 처음 만나 30분가량을 아무 말 않고 앉았다가는 오늘은 퍽 재미나게 놀았다며 악수하고 헤어졌다는 싱겁고도 이상한 이야기도 있다. 실제 마음이 통하는 사람들 사이에서 언어는 부질없는 군더더기일 뿐이다.

어이하여 푸른 산에 사느냐고 묻기에
웃고 대답 아니 해도 마음 절로 한가롭네.
복사꽃 흐르는 물 아득히 떠가거니
또 다른 세상일래, 인간이 아니로세.

問余何事棲碧山
笑而不答心自閒
桃花流水杳然去
別有天地非人間

이백의 〈산중문답山中問答〉이다. 산속에 묻혀 사는 나에게 왜 답답하게 산속에 사느냐고 묻는다. 묵묵부답, 싱긋이 웃기만 하고 대답은 하지 않았다. 말한다고 한들 그가 내 마음을 어이 헤아리겠는가. 또 낸들 무슨 뾰족한 대답이 있을 리 없다. 그저 "산이 좋아 산에서 사노라네."나, "왜 사냐건 웃지요."밖에는. 복사꽃이 물 위로 떠가니, 상류 어디엔가 무릉의 도원이 있지나 않을는지.

다음은 고려 때 최유청崔惟淸(1095~1174)의 시 〈잡흥雜興〉 연작 가운데 한 수이다.

봄풀이 어느덧 저리 푸르러
동산 가득 나비가 날아다닌다.
봄바람 잠든 나를 속여 깨우려
침상 위 옷깃을 불어 흔드네.
깨고 보면 고요히 아무 일 없고
숲 밖엔 저녁 해만 비추고 있다.
난간에 기대어 탄식하려다

春草忽已綠
滿園蝴蝶飛
東風欺人睡
吹起床上衣
覺來寂無事
林外射落暉
依檻欲歎息

연초록 푸르른 동산에 나비 떼가 꽃을 찾아 날아다니는 꿈같은 봄날의 소묘다. 감미로운 햇살에 곤한 봄잠이 깊어 있던 그를 봄바람이 자꾸 흔들어 깨운다. 이 고운 봄날을 잠만 자며 보내느냐는 심술이다. 무슨 일인가 싶어 부스스 일어나도 아무 일이 없다. 3구에서 '기欺'를 말한 것은 이 때문이다. 여전히 나비 떼는 날아다니고, 동산은 싱그럽고, 어느덧 햇살만 뉘엿해졌다. 하지만 아무 일도 없는 것은 아니었다. 잠이 덜 깬 눈으로 기운 햇살에 반짝이는 물상들의 모습을 바라보던 시인은 자기도 모르게 '아!' 하는 탄식을 금할 수 없었다. 하지만 그 소리는 입술을 채 벗어나기도 전에 사라지고, 어느덧 내가 누구인지 지금 무엇을 하고 있는지조차 잊고 말았다는 것이다.

시인이 보여주는 영상을 따라가다 보면, 독자들은 어느새 시인 대신 침상 위에 누워 있는 자신을 발견한다. 선잠을 깨어 바라보는 봄날 해질녘 광경의 황홀함 속에서 그가 느낀 것은 무엇이었을까? 내 마음 속에서 기심機心, 즉 분별하고 헤아리는 마음마저 앗아가 버린 것의 정체는 무엇이었을까? 이 시는 이렇듯 모든 것이 기화해버리고 남은 순수한 결정의 세계를 노래한다. 그래서 내가 봄 동산이 되고, 그 동산의 나비가 되어 봄날의 석양 속으로 훨훨 날아가버리는 느낌을 노래한다. 필설로 옮기려 하는 순간 증발해버리듯 사라져버린 기심, 사물과의 순간적인 만남이 가져다주는 이러한 생취를 설명적 언어로 옮기려는 시도는 얼마나 허망한가. 그리고 보면 언어는 참으로 무력하기 짝이 없는 도구에 불과하다.

언덕에 오르려면 뗏목을 버려라

《장자莊子》〈천도天道〉에 이런 이야기가 나온다. 제齊나라 환공桓公이 누각 위에서 책을 읽고 있었다. 그 아래서 땀을 흘리며 수레바퀴의 굴대를 끼우던 윤편輪扁이 계단을 올라와 임금에게 물었다.

"전하! 지금 읽고 계신 것이 무엇입니까?"

"옛 성인의 책이니라."

"그분은 지금 살아 계신가요?"

"죽었지."

"그렇다면 전하께선 옛사람의 껍데기를 읽고 계신 거로군요."

환공은 화가 났다.

"네 이놈! 무엄하구나. 그 말이 무슨 뜻인가? 까닭이 있으면 살려주려니와, 그렇지 않다면 살려두지 않으리라."

윤편은 대답한다.

"저는 저의 일을 가지고 판단할 뿐입니다. 제가 바퀴를 끼운 것이 지금까지 수십 년입니다. 그런데 굴대가 조금만 느슨해도 금세 빠져버리고, 조금만 빡빡해도 들어가질 않습니다. 느슨하지도 빡빡하지도 않게 하는 것은 제 마음과 손으로 느껴 깨달을 뿐이지요. 그 이치는 제 아들 녀석에게도 가르쳐줄 수가 없고, 전하께도 알려드릴 수가 없습니다. 옛 성인들이 하고 싶은 말이 있었다 해도, 그가 죽으면서 그 말은 다 없어지고 말았을 것입니다. 그러니 전하께서 읽으시는 것은 옛사람의 껍데기일밖에요."

윤편이 수레바퀴를 깎는 미묘한 기술을 어떻게 언어로 전달할 수 있겠는가. 그것이 가능하다면 누구나 수레바퀴를 깎는 기술을 익힐 수 있었을 것이다. 언어란 이렇게 불완전하다. 이런 불완전한 도구를 가지고 인간들은 자신들의 의사를 전달하려고 한다. 그러니 그 과정에서 오해가 발생하고, 시비가 생겨난다. 장자는 다시 덧붙인다. "세상에서 귀하게 여기는 것은 글이다. 글은 말에 지나지 않는다. 말에는 귀히 여기는 것이 있다. 말이 귀히 여기는 바는 뜻이다. 뜻에는 따르는 바가 있다. 뜻이 따르는 바는 말로는 전할 수가 없다."

'언어가 뜻을 온전하게 전달할 수 없다言不盡意'는 생각은 고대로부터 널리 인식되어왔다. 《주역周易》〈계사상繫辭上〉에서는 공자의 입을 빌려 "글은 말을 다하지 못하고, 말은 뜻을 다하지 못한다.書不盡言 言不盡意"고 했다. 장자의 말과 그 뜻이 같다. 그러고 보면 옛 성인들이 남긴 글은 그들이 전달하고자 했던 뜻과는 두 단계나 떨어져 있다. 그래서 순찬荀粲은 "비록 육경이 남아 있다고 해도, 진실로 성인의 겨와 쭉정이일 뿐"이라고까지 말하였다. 언어 표현이 갖는 한계를 철저히 인식한 발언이다.

백아伯牙의 절현絶絃은 지음知音이던 종자기鍾子期의 죽음 때문이었다. 백아가 물 흐르는 것을 생각하며 연주하면 종자기는 곁에서 "강물이 넘실대는 것 같군."이라고 했다. 산을 오르는 것을 생각하면 종자기는 또한 그 마음을 그대로 읽었다. 그가 죽자 백아는 거문고 줄을 끊고 평생 다시는 연주하지 않았다.

〈수선조水仙操〉란 시의 서문에는 백아가 처음 성련成連에게서 거문고를 배울 때의 이야기가 전한다. 성련에게서 3년을 배운 백아는 연주의 대체를 터득하였다. 하지만 정신을 텅 비게 하고 감정을 전일하게 하는 경지에까지는 이르지 못하였다. 성련은 "내가 더 이상은 가르칠 수 없다. 내 스승 방자춘方子春이 동해에 계시다." 하고는 그를 따라오게 하였다. 봉래산에 이르러 백아를 남겨두고 "내 장차 내 스승을 모셔 오마." 하고는 배를 타고 떠나가 열흘이 되도록 돌아오지 않았다. 백아는 너무도 슬퍼, 목을 빼고 사방을 둘러보았지만 단지 파도 소리만 들려올 뿐, 숲은 어둡고 새소리는 구슬펐다. 그때 백아는 문득 스승의 큰 뜻을 깨달았다. 그는 하늘을 우러러 탄식하며 말하였다. "선생님께서 장차 내게 정을 옮겨주신 게로구나." 그러고는 거문고를 당겨 노래를 불렀다. 더는 나아갈 수 없는 깨달음은 말로는 가르쳐줄 수가 없다. 마음으로 깨달아 가슴으로 느껴야 한다. 이른바 심수상응心手相應이다. 성련은 마지막 단계에서 백아가 강렬한 바람을 가지고 자연의 소리에 귀를 기울이게 함으로써 말로는 도저히 전해줄 수 없었던, 마음을 전일하게 하는 최후의 심법을 전수해주었던 것이다.

석가가 연꽃을 따서는 제자들에게 들어 보였다. 아무도 그 뜻을 몰라 의아해할 때 가섭迦葉만이 빙그레 웃었다. 그리하여 문자로 세울 수도 없고 가르쳐 전할 수도 없는 부처의 정법안장正法眼藏 미묘법문微妙法門이 그에게로 이어졌다. 염화시중拈華示衆의 미소가 바로 이것이다. 언어란 본시 부질없는 것이기에 큰 진리는 언제나 언어를 초월하여 전해지고, 깨달음은 언어의 벽을 허물어야 한다. 그래서 불가에서는 '사벌등안捨筏登岸'의 법을 말한다. 언덕을 오르려면 뗏목을 버려라. 장자는 '득어망전得魚忘筌'을 말한다. 고기를 얻었으면 통발을 잊어라. 또 '득의망언得意忘言', 즉 뜻을 얻었거든 말을 잊으라고 주문한다. "지붕에 올라간 다음에는 누가 쫓아오지 못하게 사다리를 치워야 한다. 유용한 진리는 언젠가는 버려야 할 연장과 같은 것이다." 이것은 움베르토 에코Umberto Eco의 말이다. 그래서 도연명陶淵明은 시 〈음주飮酒〉에서 "이 가운데 참다운 뜻이 있으나, 말하려 하니 이미 말을 잊었네.此中有眞意, 欲辨已忘言."라 했다.

내 혀가 있느냐?

언어가 이처럼 불완전한 도구라면 우리는 언어를 통해 자신의 뜻을 전달하려는 노력을 포기해야 할 것인가? 서진西晉의 구양건歐陽建은 〈언진의론言盡意論〉에서 이렇게 말한다. "고금에 이름을 바로잡으려 힘쓰고, 성현이 말을 능히 떠나지 못한 것은 그 까닭이 무엇인가? 진실로 이치를 마음에서 얻어도 말이 아니면 펼 수가 없고, 사물을 말에 고정시켜도 이름이 아니면 구분할 수 없기 때문이다." 언어가 제아무리 불완전한 존재라 해도, 인간은 언어를 떠나서는 결코 살 수가 없다.

그렇다면 옛 성인의 뜻은 어떻게 전달되는가? 〈계사〉는 다시 이렇게 말한다. "성인은 상象을 세워서 그 뜻을 다하고, 괘卦를 세워서 참과 거짓을 다하며, 문사를 이어서 그 말을 다한다." 여기에서 '입상진의立象盡意'의 말이 나왔다. 말로 뜻을 다할 수 없다면 형상으로써 뜻을 전달하라는 것이다.

《주역》에서 입상진의하고 있는 몇 예를 보자. 중부괘中孚卦 구이九二의 효사爻辭에는 "우는 학은 그늘에 있고, 그 새끼가 화답한다. 내게 좋은 술잔 있어, 그대와 함께 나누리라.鳴鶴在陰, 其子和之. 我有好爵, 吾與爾靡之."라 하였다. 무슨 말인가? 괘는 이를 '군자는 언행

한시 미학 산책 — ●

을 조심해야 한다.'는 뜻으로 풀이한다. 어미 학이 산기슭에서 울면 그 새끼는 어미의 모습이 보이지 않아도 화답하여 운다. 이처럼 사람의 마음도 뜻 없이 던지는 한마디 말에도 민감하게 반응한다. 좋은 술잔이 있으면 여러 사람이 이것을 가지고 함께 술을 마신다. 이와 같이 아름다운 언행은 여러 사람에게 영향을 미친다. 그러니 군자는 각별히 언행에 조심하지 않으면 안 된다.

또 해괘解卦 육삼六三의 효사에는 "짐을 지고 수레를 타니, 도적을 불러들인다.負且乘 致寇至"고 하였다. 상하의 기강이 문란해지면 외적의 침입을 자초하게 됨을 경계한 말이다. 어째서 그런가? 등에 짐을 지는 것은 천한 소인이나 하는 일이다. 수레는 고귀한 신분의 군자가 탄다. 등에 짐을 져야 할 소인이 귀한 사람의 수레를 탔으니, 기강이 문란함을 알 수 있다. 그러니 외적이 이 틈을 타서 도발하려 함은 당연하다. 그 분석 유추의 과정이 마치 한 편의 시를 분석하는 것과 방불치 아니한가.

말하는 이의 '입상立象'이 듣는 이에게 '진의盡意'되기까지는 이렇듯 몇 차례의 유추와 비약이 감행된다. 박지원은 〈이중존에게 보낸 답장答李仲存書〉에서 이렇게 말한다. "속담에 꿈에 중을 보면 부스럼이 생긴다고 하는데 무슨 말인가? 중은 절에 살고, 절은 산에 있고, 산에는 옻나무가 있으며, 옻나무는 사람에게 부스럼이 나게 하니, 꿈속에서 서로 인하게 되는 것이다." 중과 부스럼, 이 두 '상象' 사이에는 '중-절-산-옻-부스럼'이라는 여러 단계의 유추가 생략되어 있다. 생략된 이 여러 단계를 복원시켜야만 의미가 비로소 파악된다.

《토정비결土亭秘訣》이 일러주는 점괘는 모두 '입상'만으로 되어 있다. 그 안에 담긴 뜻은 그래서 사람마다 귀에 걸면 귀걸이, 코에 걸면 코걸이로 풀이된다. 《토정비결》이 언제든지 신통력을 잃지 않을 수 있는 까닭이다. 그러나 실제로 이러한 '입상'들은 흔히 뒷사람들의 견강부회를 낳게 마련이다. 땅이름에서 이러한 오해를 자주 본다. 문경에 가면 새재가 있다. 한자로는 조령鳥嶺이다. 새재가 먼저고 조령은 한자로 옮긴 말이다. 조령이 입에 굳어지자 새도 날아 넘어가지 못하는 고개라는 식의 견강이 이루어진다. 그러나 새재란 '사이재', 즉 '샛고개'라는 뜻이다. 경상도에서 한양으로 올라올 때에는 이 길이 가장 지름길이므로 생긴 이름이다. 광주 무등산無等山의 '무등無等'은 향찰식 표기이다. '무진武珍'으로 적기도 했다. 향찰로 읽으면 둘 다 '무돌'이다. '무지개를 뿜는 돌'이라는 근사한 뜻이다. 이 산의 옛 이름을 서석산瑞石山이라고도 하는데, 이때 서석瑞石은 바로 무돌을 한자식으로 표기한 것이다. 하지만 무등을 한자로 풀이하려다 보니, 하도 좋아서 등급으로 매길 수 없는 산이라든지, 산이 평퍼짐하여 들쑥날쑥하지 않아서 무등이라 한다는 등의 그럴 듯한 부회를 낳는다. 모두 입상을 진의하지 못한 데서 온 오해들이다.

그러나 이러한 오해의 염려 때문에 입상을 포기할 수는 없다. 직설적 언어의 나열보다 전달 면에서 더욱 훌륭한 효력을 지니고 있기 때문이다. 허균許筠(1569~1618)의 《한정록閑情錄》에는 이런 이야기가 실려 있다.

> 상용商容은 어느 때 사람인지 모른다. 그가 병으로 눕자 노자가 물었다.

"선생님! 제자에게 남기실 가르침이 없으신지요?"

"고향을 지나거든 수레를 내리거라. 알겠느냐?"

"고향을 잊지 말라는 말씀이시군요."

"높은 나무 아래를 지나거든 종종걸음으로 가거라. 알겠느냐?"

"노인을 공경하라는 말씀이시군요."

상용이 입을 벌리며 말했다.

"내 혀가 있느냐?"

"있습니다."

"내 이가 있느냐?"

"없습니다."

"알겠느냐?"

"강한 것은 없어지고 약한 것은 남는다는 말씀이시군요."

"천하의 일을 다 말했느니라."

이렇게 말하고 나서 상용은 돌아누웠다.

이것이 입상진의이다. 상용이 노자에게 준 가르침은 자신의 본바탕을 잊지 말고, 윗사람을 공경하며, 부드러움으로 강한 것을 이기라는 것이었다. 어찌 보면 당연하고 싱겁기 짝이 없는 주문이다. 하지만 이것을 비유의 언어로 바꾸어 말하니 가슴 속에 깊이 각인되어 생동하는 깨달음이 되었다. 큰 가르침은 사람마다 일깨워 가르칠 수 없다. 본래 알아들을 귀가 있는 사람은 어떻게 말해도 알아듣고, 모를 사람에게는 아무리 친절하게 설명해준댔자 더 혼란스럽기만 할 뿐이다.

어부가 도롱이를 걸친다

다시 그림으로 돌아가 보자. 산수화에서 비가 오는 광경은 어떻게 그리는가? 화면 위에 빗금을 그어 빗줄기를 그리지는 않는다. 눈이 오는 것을 어떻게 그릴까? 학생들이 크리스마스카드를 그릴 때처럼 칫솔에 흰 물감을 묻혀 뿌리지도 않는다. 그렇다면 바람은? 비가 오고 바람이 불 때는? 바람은 없고 비만 올 때는? 비를 그리지 않고, 눈을 그리지 않고, 바람을 그리지 않으면서 보는 이로 하여금 비가 오고 눈이 오고 바람이 부는 것을 어떻게 전할 수 있을까? 왕유의 저술로 전해지는 〈산수결山水訣〉은 이렇게 말한다.

> 비가 오면 천지가 구분되지 않고 동서를 알 수가 없다. 바람만 불고 비는 오지 않으면 단지 나무의 가지만 보인다. 비는 오지만 바람이 없으면, 나무 끝이 축 처지고, 행인은 우산이나 삿갓을 쓰고, 어부는 도롱이를 걸친다.

자! 이 비결을 가지고 겸재謙齋 정선鄭敾의 〈만천풍우滿天風雨〉를 읽어보자. 냇가 정자에 고사 한 사람이 시내를 보며 앉아 있다. 정자 위의 나뭇가지가 온통 한 방향으로 쏠린 것을 보아 바람이 세게 불고 있는 줄을 알겠다. 건너편 계곡으로 콸콸 쏟아지는 물은 갑작스런 비에 시내물이 불어났음을 말한다. 배경에서 천지의 구분이 안 되고, 동서의 분간도 어렵다. 그러니까 현재도 소낙비가 퍼붓고 있는 중이다.

연암은 〈종북소선서鍾北小選序〉에서 또 이렇게 말한다.

정선, 〈만천풍우滿天風雨〉, 18세기, 20×24.5cm, 고려대박물관.
화면 상단에 '활화풍경活畵風景' 네 글자를 써놓았다. 산세와 나뭇가지는 서에서 동으로 빗겨 쏠리고,
불어난 냇물은 반대편에서 쏟아진다. 정자 안의 사람은 눈, 코, 입이 없다. 천지 분간이 안 되는
것으로 보아 비는 지금도 쏟아지는 중이다.

먼 물은 물결이 없고, 먼 산은 나무가 없으며, 먼 사람은 눈이 없다.
말하는 것은 가리키는 것으로 나타내고, 듣는 것은 두 손을 마주잡는
것으로 표현한다.

다시 겸재의 〈우여춘수雨餘春水〉란 그림을 보자. 두 사람이 서 있
는 바로 맞은편 언덕에는 소나무 몇 그루가 보인다. 물 건너편 산에
는 그저 점만 찍어 나무를 표현했다. 그 너머 산은 아예 실루엣만
그렸다. 화면 속 두 사람은 얼굴만 있지 눈, 코, 입이 없다. 그만큼
거리가 떨어져 있음을 나타낸다. 한 사람은 손을 내밀어 반대쪽을
가리키며 무언가 설명하고 있고, 다른 한 사람은 두 손을 맞잡고 서
서 그의 말을 듣고 있다. 연암의 언급과 조금의 차이가 없다.

화면 속에 두 사람이 나오면, 으레 한 사람은 어딘가를 가리키고
있고, 한 사람은 두 손을 맞잡는다. 가리키는 사람이 말하는 사람이
고, 맞잡은 사람은 듣고 있는 사람이다. 겸재의 그림 속에 등장하는
두 사람은 어김 없이 같은 포즈를 취하고 있다. 이것이 바로 그림에
서의 입상진의이다.

이제 입상진의의 거울에 비추어 시 몇 수를 감상해보자.

정선, 〈관폭한담觀瀑閑談〉 부분,
18세기, 고려대박물관.

정선, 〈총석정叢石亭〉 부분,
18세기, 개인 소장

정선, 〈만폭동萬瀑洞〉 부분,
18세기, 서울대박물관

정선, 〈우여춘수雨餘春水〉, 18세기, 18×23.5cm, 고려대박물관.
눈 없는 두 사람이 버들 아래 서 있다. 한 사람은 어딘가를 가리킨다. 물에는 물결이 없고, 먼 산엔 나무가 없다.

차운 밤 고양이는 가까이 붙고	夜冷狸奴近
갠 하늘 제비는 높이 나누나.	天晴燕子高
남은 해 문을 깊이 닫아걸고서	殘年深閉戶
맑은 새벽 나 홀로 뜰을 걸으리.	淸曉獨行庭

《소문쇄록謏聞瑣錄》에서 한적시閑寂詩의 대표적 예로 들고 있는 목은 이색의 작품이다. 서늘해진 가을밤, 추위를 못 이긴 고양이는 자꾸 사람 곁을 찾아들고, 하늘 높이 제비는 강남 가는 길을 서두른다. 시인은 고양이와 제비를 끌어와 가을이 깊어감을 말했다. 유난히 추위를 타는 고양이만이 그의 곁을 지키고 있다. 외롭고 춥기야 고양이나 나나 마찬가지가 아닌가. 나뭇잎이 지듯 모든 것들은 훌훌 떠나버리고, 남은 생애도 하잘것없어 사립문을 닫아걸었다. 닫아건 사립 안에서 맑은 새벽 홀로 뜰을 거니는 시인의 심사는 안으로 잔잔한 서글픔과 허탈함을 담았으면서도, 새벽 공기처럼 맑고 깨끗하다. 그러나 세상과 어그러져 닫은 사립문은 밖에서 열기 전에는 스스로도 열 수가 없다. 사립문 속에서는 자신과의 싸움이 있고, 치열한 자기 갱신이 있다.

다음은 고려 말 이제현李齊賢(1287~1367)의 〈산중설야山中雪夜〉란 작품이다.

홑이불 한기 들고 불등은 희미한데	紙被生寒佛燈暗
사미는 밤새도록 종조차 울리잖네.	沙彌一夜不鳴鐘
나그네 일찍 문 엶 투덜대고 있겠지만	應嗔宿客開門早
암자 앞 눈 소나무를 누른 모습 보리라.	要看庵前雪壓松

한시 미학 산책 — ●

깊은 산에 자리 잡은 암자에 손님이 찾아들었다. 궁벽한 암자라서 식구라야 스님과 심부름하는 사미승 둘이 고작이다. 예기치 않던 손님을 맞아 군불도 때지 않은 법당에다 잠자리를 마련했던 모양이다. 얇은 이불로 스멀스멀 스며드는 한기에 손님은 잠을 이루지 못했다. 시인이 잠 못 잔 것을 어떻게 알 수 있는가. 사미승이 종을 울리지 않은 것을 말하고 있기 때문이다. 불등 희미한 법당 한구석에서 추위에 떨고 있으려니, 날이 어서 새었으면 하는 바람이 굴뚝같았다. 그런데 사미승 녀석은 따뜻한 제 방에서 잠만 쿨쿨 자느라 종을 울리지 않으니 깜깜한 밤에 나그네는 도무지 시각을 짐작할 수 없었던 것이다.

춥고 괴로운 밤이 지나고 터오는 먼동이 나그네는 어느 때보다 반가웠겠다. 내다보니 밤새 흰 눈이 내려 천지는 은세계로 변해 있었다. 소담스런 눈에 덮여 눈뜨는 물상들의 조촐한 모습에 이끌린 나그네는 간밤의 추위와 불면도 까맣게 잊고 탄성 속에 밖으로 나선다. 3구는 눈이 쌓여 잘 열리지 않는 문을 밀고 나서면서 나그네가 혼자 하는 독백이다. 밤새 잠만 잔 사미승 녀석은 이른 새벽부터 나그네가 부산을 떨어 아침잠을 깨운다고 투덜대겠지. 네 녀석이 뭐라든 말든 이 기막히게 아름다운 설경만은 꼭 보아야겠노라는 말이다. 산중 경치에 익은 사미승이야 눈이 온댔자 치울 일이 귀찮기만 할 것이다. 그러나 속세의 나그네야 어디 그런가. 나그네와 어린 사미승 사이의 보이지 않는 신경전이 절로 웃음을 자아낸다. 이 시의 흥취는 속세의 시간이 멈춰 선 눈 온 아침 겨울 산사의 고즈넉한 정경과 이를 바라보는 시인의 약간은 들뜬 시선 사이에서 내밀하게 독자에게 다가온다.

봄바람 문득 이미 청명이 가까우니　　　　　　春風忽已近淸明

보슬비 보슬보슬 늦도록 개이잖네.　　　　　　細雨霏霏晩未晴

집 모퉁이 살구꽃도 활짝 피어나려는 듯　　　屋角杏花開欲遍

이슬 먹은 몇 가지가 날 향해 기울었네.　　　數枝含露向人傾

권근權近(1352~1409)의 〈봄날 성남에서春日城南卽事〉란 작품이다. 청명이 가까워진 어느 봄날 성남의 소묘다. 굳이 두목杜牧의 저 유명한 "청명 시절 부슬부슬 비가 내리니淸明時節雨紛紛"를 말하지 않더라도, 이 시절에는 꽃소식을 재촉하는 봄비가 대지를 촉촉이 적신다. 이른바 행화杏花의 시절이 온 것이다. 가을날의 근심이 덧없이 스러진 청춘의 꿈을 애상하는 허탈한 독백이라면, 봄날의 근심은 무언가 알 수 없는 꼼지락대는 설렘을 동반한다. 늦도록 개지 않고 내리는 보슬비를 맞으며 그는 뜰로 내려선다. 집 모퉁이 살구꽃은 망울이 부풀어, 이제 막 꽃송이를 일제히 터뜨릴 기세다. 그 위에 봄비의 빗방울이 얹히니, 꽃가지는 그만 제 무게를 못 이겨 기우뚱하다. 4구의 '향인경向人傾', 즉 '날 향해 기울었네'라는 말은 기실 '날 향해 인사하네'의 뜻이다.

해묵은 절 문 앞에서 또 한 봄을 보내니　　　古寺門前又送春

남은 꽃 비를 따라 내 옷 위에 점을 찍네.　　　殘花隨雨點衣頻

돌아올 제 맑은 향내 소매에 가득하여　　　　歸來滿袖淸香在

무수한 산벌들이 먼 데까지 따라오네.　　　　無數山蜂遠趁人

임억령林億齡(1496~1568)의 〈자방에게示子芳〉 셋째 수이다. 봄이 떠나는 옛 절 문 앞에서 시인은 봄비에 젖어 숲을 걷는다. 가는 봄과 지는 꽃잎, 거기에 어우러진 이끼 낀 옛 절의 모습. 비는 내리고, 걷는 옷깃 위로 자꾸 묻어나는 꽃잎. 이러한 몇 개의 겹쳐진 장면 속에 봄을 보내는 울적한 심사는 어디에도 없다. 꽃잎이 묻은 소매라서 맑은 향기가 가득하고, 벌은 꽃으로 오인하여 잉잉대며 쫓아온다. 가는 봄에 져버린 꽃은 땅에 떨어지고 마는 것이 아니다. 내가 꽃이 되고 봄이 되어 벌을 몰고 돌아오는 것이다.

네 구 가운데 어디에도 시인의 정은 드러남이 없다. 단지 있는 그대로를 서술했을 뿐이다. 그런데도 이미 많은 이야기가 독자에게 건네지고 있다. 경물 속에 몰입하면서 독자들은 마치 자신이 직접 숲 속을 거니는 듯한 흥취를 만끽한다. 벗과 헤어져 있음을, 봄이 떠나감을, 떠나감이나 헤어짐으로 인식치 아니하고, 꽃잎이 묻은 소매로 내가 꽃이 되고 봄이 되는 인식의 갱신에서 시인은 몰아의 희열 속으로 빠져든다.

청산 위로 학이 날아간 자취

송나라 때 관사복管師復은 스스로 와운선생臥雲先生이라 부르며 전원에 묻혀 살았던 사람이다. 인종仁宗이 그를 불러 물었다. "경이 전원에 살며 얻은 것은 무엇인가?" 그가 시로 대답했다.

둔덕 가득 흰 구름은 갈아도 끝이 없고	滿塢白雲耕不盡
못 속의 밝은 달은 낚아도 자취 없네.	一潭明月釣無痕

흰 구름 자옥한 둔덕, 그 구름을 밭 삼아 다 갈아볼 날은 과연 언제이겠는가. 못 위에 덩두렷하게 떠오는 밝은 달은 제아무리 낚아채도 한량없는 무진장이다. 그러느라 이래저래 바빠서 바깥세상 일에 관심 둘 겨를이 없다는 말씀이다.

섬돌 쓰는 대 그림자, 먼지는 그대로요	竹影掃階塵不動
못을 뚫는 달빛에도 물에는 흔적 없네.	月光穿沼水無痕

대나무 그림자는 바람에 일렁이며 섬돌 위를 빗질한다. 그래도 섬돌 위의 먼지는 움직이지 않는다. 달빛은 연못 밑바닥을 뚫고 비친다. 물에는 아무런 흔적이 없다.

푸른 바다 배 간 자취 찾기가 어렵고	滄海難尋舟去迹
청산에는 학 난 흔적 보이지 않는구나.	靑山不見鶴飛痕

시란 이와 같은 '진공묘유眞空妙有'의 세계와 닿아 있다. 무언가 꼬집어 말하려 하면 사라져버리는 느낌, 분명히 있기는 있는데 잡을 수 없는 그 무엇을 노래한다. 효용가치로 보면 아무것도 아니지만, 그 저편에서 울려오는 떨림, 그 떨림의 미묘함을 소중히 여긴다. 그러므로 시인은, 인간에게는 단지 입상을 통해서만 진의할 수 있는 묘오妙悟의 세계가 있음을 믿는 사람들이다.

명나라의 사진謝榛은 그의 《사명시화 四溟詩話》에서 이렇게 말했다.

시를 지을 때 실제와 똑같은 것은 마땅치 않다. 아침에 나가 멀리 바라보면 청산의 아름다운 빛이 은은하여 사랑스럽고, 안개와 노을은 변화무쌍하여 말로는 설명하기가 어렵다. 그러나 막상 올라가보면 별반 기이한 경치가 아니고, 오직 바위 덩어리와 몇 그루 나무뿐이다. 멀고 가까움에 본 바가 같지 않기 때문이다. 묘는 어렴풋함에 있으니, 그 속에서 비로소 솜씨가 드러난다.

시에서 입상진의를 귀히 여기는 까닭이 바로 여기에 있다. 막상 시인이 말하고자 한 것을 일상의 언어로 풀어놓고 보면 무미건조하기 짝이 없는 몇 줄의 교훈이거나, 무어라 꼬집어 말할 수 없는 미묘하고 추상적인 느낌의 단편뿐이다. 마치 멀리서 본 산이 아름답지만, 막상 올라서서 보면 바윗돌 몇 개, 나무 몇 그루뿐인 것과 같다. 그렇다고 멀리서 바라보는 산의 아름다움을 거짓이라고 거부할 일은 아니다. 〈어부사시사〉에서 "강촌의 온갖 꽃이 먼 빛에 더욱 좋다."고 노래한 고산孤山 윤선도尹善道(1587~1671)는 시가 무엇인지 제대로 알았던 사람이다. 소월이 말한 "저만치 혼자서 피어 있네."도 그 뜻이다. 양파의 껍질은 아무리 벗겨도 알맹이가 나오지 않는다. 시를 낱낱이 해부하여 파헤치고 나면, 남는 것은 언어의 시체뿐이다. 멀리서 바라보이던 은은하고 아름다운 산의 모습은 간곳없게 된다.

보여주는 시, 말하는 시

당시와 송시

꿈에 세운 시의 나라

심의沈義(1475~?)가 지은 〈기몽記夢〉은 〈대관재몽유록大觀齋夢遊錄〉이란 제목으로 더 잘 알려져 있다. 지은이가 어렴풋이 잠이 들었다가 홀연 금빛으로 번쩍이는 화려한 궁궐에 이르렀다. 궁궐에는 천성전天聖殿이라는 편액이 걸려 있었다. 그곳은 선계에 자리 잡은 시의 왕국이었다. 이 나라의 왕은 최치원崔致遠이고 수상은 을지문덕乙支文德이며, 이제현과 이규보가 좌우상左右相을 맡고 있다. 그 밖에 내로라하는 역대의 쟁쟁한 시인들이 한자리씩 차지했다. 이 나라에서 지위의 높고 낮음은 단지 시를 쓰는 능력에 따라 결정될 뿐이다. 당대에 쟁쟁하던 선배인 서거정徐居正, 성현成俔, 어숙권魚叔權 등은 지방의 미관말직을 전전하고 있는 데 반해, 현세에서 불우를 곱씹던 그는 자신이 꿈속에 세운 시의 왕국에서 천자의 총애를 한 몸에 받고 승승장구한다. 다른 대신들이 손을 못 대는 문제도 척척 해결한다. 대개 현세의 불우에 대한 보상심리의 반영인 셈이다.

그런데 이 가운데 문천 군수 김시습金時習의 반란 사건이 우리의 흥미를 끈다. 지은이가 시 왕국의 일상에 익숙해갈 무렵 난데없이 김시습의 반란 소식이 전해진다. 천자 최치원이 당시풍만 좋아하여 자기와 같이 송시풍을 즐겨 쓰는 사람들은 박대하여 등용치 않으므로 참을 수 없어 거병했다는 사연이니, 참으로 시 왕국다운 반란 이유다. 이에 이색의 천거로 토벌의 임무를 맡게 된 심의는 몇만의 군대를 주겠다는 천자의 제의를 거절하고, 소영비술嘯咏秘術만으로 대적하겠다며 첨두노尖頭奴 몇을 데리고 혼자서 적진을 향해 돌진한다. 소영비술이란 천지의 풍운조화를 일으키는 피리 부는 비술로 다름 아닌 시를 말함이요, 첨두노란 머리가 뾰족한 하인이니 붓의 다른 말이다.

적진에 다다른 심의가 한 곡조 피리를 불자 반란군은 그만 간담이 서늘해지고 기운이 꺾이며, 두 번 불자 그만 몇 겹의 포위를 풀고 달아나버리고 말았다. 적장 김시습은 손을 뒤로 묶고는, "사단詞壇의 노장이신 심영공沈令公께서 이르실 줄은 생각지 못했습니다." 하며 투항하고 만다. 반란군의 토벌치고는 싱겁기 짝이 없다.

이 작품은 소설적 구성으로 되어 있지만, 실은 심의의 시관과 역대 시인에 대한 평가가 잘 드러난 글이다. 두보를 천자로 하는 중국의 시 왕국에 천자 최치원이 초청되어 두 나라의 시인들이 시로써 재주를 겨루는 내용 등 적잖은 홍미 요소가 가미되어 있다. 여기서 특히 우리의 주목을 끄는 것은 김시습의 반란 사건이다. 최치원은 당나라, 특히 화려하고 유미한 시풍으로 대표되는 만당 시기의 인물이니, 그가 당시풍을 추구한 것은 당연하다. 그가 천자로 군림하는 시 왕국에서 신하들도 당시를 추구했을 것은 말할 필요가 없다. 반면 송시풍을 추구했던 김시습은 자신의 뛰어난 역량에도 벼슬길에서 소외된 것이 불만스러웠고, 급기야 반란을 일으켰던 것이다.

그렇다면 여기서 말하는 당시풍과 송시풍은 도대체 어떤 시풍을 말하는 걸까? 반란을 일으킨 것을 보면 두 시풍은 타협이나 공존이 어려울 듯하다. 고전 시비평서를 읽다 보면 여기저기에서 '당시에 핍진한다'거나 '송시에 가깝다'는 표현을 만나게 된다. 또 이 두 가지가 함께 거론될 때면 대부분 당시풍을 더 높이 평가했다. 비평 현장에서 당시나 송시는 왕조 개념이 아닌 시의 취향 혹은 성향을 말하는 풍격 용어로 쓰인다. 달리 말해 당나라 시인의 시에서도 송시풍을 찾아볼 수 있고, 청나라 시인의 시에서도 당시풍을 이야기할 수 있다는 것이다.

구체적으로 당시와 송시는 어떻게 다른가? 이 두 가지는 왜 한시사에서 끊임없이 논란을 빚어왔던가? 이번에는 이 문제에 대해 살펴보기로 하겠다.

작약의 화려함과 국화의 은은함

송대의 유명한 화가 곽희郭熙는 그의 《임천고치林泉高致》에서 이렇게 말한다.

> 진짜 산수의 안개와 이내는 네 계절이 같지 않다. 봄 산은 담박하고 아름다워 마치 웃는 듯하고, 여름 산은 자욱이 푸르러 물방울이 듣는 듯하다. 가을 산은 맑고 깨끗하여 단장한 듯하고, 겨울 산은 어두침침하고 희미하여 잠자는 듯하다.

산은 늘 그 자리에 서 있지만, 애정을 가지고 바라보면 날마다 그 모습을 바꾼다. 봄 산이 좋아도 여름 산의 짙푸름은 마음을 시원하게 해준다. 가을 산의 조촐함과 겨울 산의 담박함은 또 그것대로의 매력이 있다. 사람마다 기호가 같지 않으므로, 꼬집어 어느 산이 더 좋다고는 말할 수 없다.

시 또한 이와 다를 것이 없다. 당시를 두고 흔히 중국 고전시가의 꽃이라고 말하여 계절로 치면 봄에 해당한다고들 하고, 이에 반해 송시는 가을에 비긴다. 백화난만한 고궁의 봄 뜰을 친구와 어울려 산책하는 정취를 당시의 세계에 견주고, 들국화 가득히 핀 가을 들판을 홀로 걸으며 사색에 잠기는 것을 송시의 세계에 비유하기도 한다. 또 어떤 이는 당시는 호탕한 기개를 지닌 장부가 높은 산에 올라가서 큰 소리로 노래하는 것 같고, 송시는 달밤에 호수에 배를 띄우고 선비가 마주앉아 학문을 논하는 것 같다고 말하기도 한다.

한편으로 당시와 송시의 차이는 보여주기와 말하기의 차이로도 설명한다. 어떤 시인은 시 속에서 자꾸 무엇인가를 말하고자 하고, 또 어떤 시인은 가급적 말하는 것을 절제하는 대신 보여주기를 좋아한다. 이때 말한다는 것의 의미는 도덕적이거나 교훈적인 메시지의 전달을 뜻한다. 시인이 독자에게 무엇인가를 말하는 시는 이해가 쉬운 반면 자칫 식상한 느낌을 주거나 거부감을 일으키기 쉽다. 반면 보여주기만 하는 시는 무슨 말인지 갈피 잡기가 쉽지 않고 자칫 추상의 나락으로 떨어지기 쉽다. 또 이 경우 시인의 의도는 단지 이미지를 통해 전달되므로 독자의 적극적인 독시讀詩가 요청된다. 말하는 시가 좋은지 보여주는 시가 좋은지는 순전히 읽는 이의 기호에 달린 것이다. 둘 사이의 우열을 갈라 말하기가 어렵다. 가을 산이 가장 좋다는 사람에게 겨울 산을 좋아하지 않는다고 타박할 수 없는 것과 같은 이치이다.

무월繆鉞은 〈논송시論宋詩〉란 글에서 이렇게 말한다.

> 당시는 작약이나 해당처럼 짙은 꽃과 화려한 색채가 있다. 송시는 한매寒梅나 추국秋菊처럼 그윽한 운치와 서늘한 향기가 있다. 당시는 여지荔枝를 씹는 것처럼 한 알을 입 안에 넣으면 단맛과 향기가 양 볼

윤두서尹斗緒, 〈춘경답우도春景畓牛圖〉, 18세기 초, 25×21cm, 윤형식 소장.
"이려, 이려!" 농부는 밭을 갈고 아래쪽 풀밭에선 소가 풀을 뜯는다.
안개에 지워진 봄 산은 촉촉하다. 희미하게 웃고 있다.

에 가득 찬다. 송시는 감람橄欖을 먹는 것처럼 처음엔 떨떠름한 맛을 느끼지만 뒷맛이 빼어나고 오래 간다. 이것을 산수에 노는 것에 비유하면 당시는 곧 높은 봉우리에서 멀리 바라보매 의기가 드넓어진 것과 같고, 송시는 곧 그윽한 골짜기의 냇물을 찾아가 정경이 서늘한 것과 같다.

작약이나 해당화의 화려한 색채는 화려하게 성장한 미인의 우아한 자태를 연상시킨다. 이것이 당시이다. 반면 눈 속에 피어나는 매화나 서리를 이겨내는 국화의 은은하고 그윽한 향기는 화장을 하지 않고 소복 입은 여인의 얼음 같은 아름다움을 떠올린다. 이것이 바로 송시이다.

신경준申景濬(1712~1781)은 〈시칙詩則〉에서 역대로 많은 시가 있어왔지만, 시의 작법은 '영묘影描'와 '포진鋪陳', 두 가지를 벗어날 수 없다고 전제하면서 이렇게 말했다.

당인은 광경을 즐겨 서술하였다. 그래서 그 시에 영묘가 많다. 송인은 의론 세우기를 즐겨하였다. 그래서 그 시에 포진이 많다. 무릇 광경을 서술함은 국풍國風의 뒤를 이어 나온 것이라서 참되고 두터운 맛이 적다. 의론을 세움은 양아兩雅에서 나온 것으로 생각의 자취가 완전히 드러나 있다. 세상 사람들은 모두 당인은 시를 가지고 시를 지었고, 송인은 문을 가지고 시를 지었다고 여겨 당시가 송시보다 훨씬 뛰어나 송시는 당시에 미치지 못한다고 생각한다. 이는 당시에는 영묘가 많고, 송시에는 포진이 많은 까닭이다. 그러나 송시가 당시만 못한 것은 바로 기격氣格이 미치지 못하기 때문이지 포진이 영묘만 못하여서 그런 것은 아니다.

당시의 묘사적이고 서정적인 경향과 송시의 사변적이고 설리적說理的인 경향을 갈라 대비한 내용이다. 당시의 특징으로 거론한 '영묘'란 글자 그대로 그림자를 묘사하는 것이다. 그림자는 실체가 아니다. 실체가 아닌 것을 어떻게 묘사해낸다는 말인가. 대상과 마주하여 일어나는 시인의 감정은 실로 그림자와 같아서 꼬집어 말하기가 어렵다. 그렇다면 시는 그 무어라고 꼬집어 말할 수 없는 느낌을 언어로 옮겨내는 것이라는 말이다. 반면 '포진'이라 함은 있는 그대로 펼쳐 진술한다는 의미이다. 시인이 의론을 세워 자신의 주의 주장을 전달하려 할 때 흔히 이 방법을 사용한다.

당시가 낭만적이고 감성적인 취향이라면, 송시는 고전적이고 이성적인 취향이다. 감성의 욕구는 자칫 무절제로 흐르기 쉽고, 이성의 욕구는 논리의 함정에 쉬 빠진다. 한시사의 전개에서 당시풍과 송시풍의 변화 교체가 쟁점이 되어온 것은 그 시대 문학의 풍격과 성향의 자연스런 변화와 관계된다. 전종서錢鍾書가 《담예록談藝錄》에서 "사람의 일생에서 소년 시절에는 재기가 발랄하여 마침내 당시의 기풍을 띠게 되고, 노년 시절에 이르면 사려가 깊어져서 송시의 기풍을 띠게 마련이다."라고 한 것은 매우 시사적이다. 한 사람의 생애에서도 이럴진대, 문학 환경의 변화에 따른 시풍의 변모는 오히려 자연스러운 일이다. 사실 이러한 점은 현대의 시인도 비슷하다. 젊은 시절 격동하는 감정의 분출과 화려한 비유로 독자를 사로잡던 시인도 만년에는 인생에 대한 깊은 통찰을 담담한 언어에 담아 노래하는 것을 흔히 본다. 이로 보면 당시와 송시의 구분은 실제로는 인생을 바라보는 태도와 연관되는 것이기도 하다.

　다음 이수광李睟光(1563~1628)의 언급은 당시와 송시를 구분하는 한 실례를 제시한다. 《지봉유설芝峯類說》에 보인다.

> 　당나라 사람의 시에 이르기를, "꽃 피자 가지마다 나비 많더니, 꽃 지니 나비는 보이지 않네. 다만 저 옛 둥지의 제비가 있어, 주인이 가난해도 돌아왔구나.花開蝶滿枝, 花謝蝶還稀. 惟有舊巢燕, 主人貧亦歸."라 하였다. 또 송나라 사람이 길가의 나무를 읊어 이르기를, "미친바람 뽑아서 거꾸러지니, 뽑힌 나무 뿌리까지 드러났구나. 그 위의 몇 줄기 등나무 넝쿨, 푸릇푸릇 여태도 모르고 있네.狂風拔倒樹, 樹倒根已露. 上有數枝藤, 靑靑猶未悟."라 하였다. 이 두 시는 구법이 서로 비슷하다. 그러나 당시와 송시의 구분 또한 뚜렷하다.

　두 시가 모두 사물을 보고 떠오른 생각을 말했다. 하지만 두 작품은 같으면서도 확실히 다르다. 앞의 시는 봄날의 무상한 변화를 지켜보다가 문득 옛 주인을 찾아온 제비를 보고 떠오른 느낌을 자연스레 나비에 대비시켰다. 그 다음 판단은 독자의 몫이다. 시인이 간섭하지 않는다. 뒤의 시는 제가 붙어살던 나무가 광풍에 뿌리째 뽑혀 죽어가는데도 그 상황을 깨닫지 못한 채 푸름을 뽐내고 있는 어리석은 등나무 줄기를 노래했다. 하지만 이 경우 시인이 정작 하고 싶은 말은 이런 것이 아니다. 시인의 의도는 당시 권력의 주변에 빌붙어 기생하던 모리배들에게 던지는 엄중한 경고에 놓여 있다. 당시의 문맥으로 살펴보면 이 시는 분명하게 지시하는 바가 있다. 말하자면 시 속의 경물은 자신의 의논을 펼치기 위해 짐짓 끌어온 차

용물에 불과한 것이다. 이런 것이 당시와 송시의 차이를 설명하는
한 방식이다.

홍만종은 그의 〈시화총림증정 詩話叢林證正〉에서 이렇게 적었다.

> 당시를 존중하는 사람은 송시를 배척하여 비루하여 배울 바가 못
> 된다고 한다. 송시를 배우는 사람은 당시를 배척하여 나약해서 배울
> 것이 없다고들 말한다. 그러나 이러한 말은 모두 편벽된 언론이다. 당
> 이 쇠퇴하였을 때에는 어찌 속된 작품이 없었겠으며, 송이 성할 때에
> 도 어찌 고아한 작품이 없었겠는가. 우리가 어떻게 받아들이느냐가
> 중요할 뿐이다.

당시나 송시 어느 한쪽으로만 흐르는 편벽된 경향을 경계했다.

당음, 가슴으로 쓴 시

당시는 가슴으로 쓴 시이다. 여기에는 시인의 웃음과 눈물이 있어,
마음으로 전해오는 인간의 체취가 물씬하다. 이에 반해 송시는 머
리로 쓴 시이다. 그래서 인생에 대한 깊고 담담한 관조와 거리를 두
고 물끄러미 바라보는 조망이 있다. 마음을 차분히 가라앉혀주는
위안과 인간의 정신을 고원한 곳으로 이끌어주는 깊이가 있다. 그
래서 예전부터 시에서 서정 함축을 중시하고 의흥意興이 뛰어난 시
를 '당음唐音'이라 하고, 생각에 잠기고 이치를 따지며 유현한 맛을
풍기는 시를 '송조宋調'라고 일컬어왔다.

　이러한 두 풍격은 실제 작품에서 어떤 차이를 보여주는가. 먼저 당시풍의 시를 감상해보자. 이달은 조선 중기에 당시풍의 대가로 손꼽힌 시인이다. 다음은 그의 〈양양곡襄陽曲〉이다.

평호 긴 둑 서편으로 하루해가 기울고	平湖日落大堤西
꽃 아래 놀던 이들 취해서 비틀대네.	花下遊人醉欲迷
다시금 교방의 남쪽 길로 나서려니	更出敎坊南畔路
집집 골목마다 백동제 가락일세.	家家門巷白銅鞮

　평호는 중국 남방에 있는 아득히 넓은 호수다. 호숫가로 끝도 없이 긴 방죽이 펼쳐져 있고, 그 너머로 장엄한 봄날의 하루해가 저문다. 꽃놀이 나온 벗님들은 거나하게 술에 취해 걸음을 가누질 못한다. 그들은 다시 술집이 즐비하게 늘어선 교방 남쪽 길로 비틀대는 걸음을 옮긴다. 거리거리마다에선 흥겨운 노랫가락이 흘러넘친다. 백동제白銅鞮는 중국 남조南朝 때 민가의 가락이다.

　시인은 상상을 통해 멋진 봄날의 장면을 한 폭 그려 보였다. 무슨 심각한 주제의식이나 철학적 사변이 끼어들 틈이 없다. 이 시를 읽고 감상하는 독자들의 정서적 반응은 어떤 것이었을까? 그들은 시인이 그려 보이는 이국 풍물의 아름다움에 도취되어, 마치 자신이 봄날의 흥취에 듬뿍 취해 교방 남반의 길을 걷고 있는 듯한 착각에 빠져든다. 그의 귀에는 술집에서 들려오는 농탕한 노랫가락이 들릴 것만 같다.

　이 시에서 시인의 의도는 어디에 있는가? 시인이 그려 보이고 있는 경물은 그 자체로 합목적적일 뿐 제3의 의도를 지향하지 않는

전송암錢松巖, 〈중남해 영대中南海瀛臺〉, 20세기.
넘실대는 물결, 버들 휘늘어진 둑길. 유정한 봄날의 하루해가 간다. 청춘이 간다.

다. 장엄하리만큼 아름다운 봄날의 풍광 속에 그려지는 젊음의 낭만은 관념 속에 남아 있는 태평성대에 대한 열망에 다름 아니다. 이러한 낭만적 상상은 일그러지고 부조리한 현실의 모순에서 자아를 멀찌감치 떼어놓아 정서적 정화와 일탈을 경험하게 한다. 그렇다면 이달이 언어로 그려낸 한 폭의 그림은 서구 낭만주의 시들이 그려 보이고 있는 이국정서의 표출과 다를 것이 없다. 상상의 화면으로 그려낸 평호의 긴 둑은 곧 윌리엄 예이츠William B. Yeats의 이니스프리와 같은 의미를 지니는 것이다. 그것은 또 박목월이 그려낸 구름에 달 가듯이 가는 나그네의 눈에 비친, 남도 삼백 리의 타는 저녁노을과도 본질에서 다르지 않다.

저물어 외로운 객점에 드니	日入投孤店
산 깊어 사립도 닫지를 않네.	山深不掩扉
닭 울어 앞길을 물으려는데	鷄鳴問前路
누런 잎 날 향해 날려 오누나.	黃葉向人飛

선조 때 시인 권필權韠(1569~1612)의 〈도중途中〉이란 작품이다. 권필은 우리나라 역대 시인 가운데 두시杜詩의 경지에 가장 근접했다는 평가를 들을 정도로 당시풍에 정통한 시인이다.

깊은 산속에는 주막이 있고, 지친 걸음을 쉬어가는 나그네가 있다. '황엽黃葉'이라 했으니 늦가을이다. 종일 걷기에 지친 나그네는 해가 서산을 넘어간 뒤에야 산속 주막에 들었다. 밤중에도 열린 사립문이 시인의 시선을 끌고 있는 것을 보면, 그의 내면 깊숙이 자리잡은 불안과 초조의 심리가 엿보인다. 깊은 밤까지 도둑 걱정 없이 문을 열어둘 수 있는 평온함을 그는 부러워하고 있는 것이다.

　닭이 우는 가을 새벽, 먼동이 트기도 전에 나그네는 다시 쫓기듯 길을 재촉한다. 뼈를 저미는 추위. 어디로 가야 할까. 길을 묻는 나그네 앞에 들려오는 대답은 공허한 바람 소리와 자신을 향해 날려오는 누렇게 시든 낙엽뿐이다. 그러고 보면 애초에 갈 길은 있지도 않았다. 인생이란 결국 길을 찾아 헤매는 과정의 연속일 뿐이 아니겠는가. 길을 가로막고 달려드는 낙엽은 시인에게 인생은 이와 같이 덧없는 것이라고, 길은 어디에도 있고 또 어디에도 없다고 말하는 것만 같다. 스무 자에 불과하지만 길 가는 나그네의 신고辛苦와 뼈에 저미는 외로움이 생생하게 마음을 파고든다.

집에 보낼 편지에 괴로움 말하려 해도	欲作家書說苦辛
흰머리의 어버이 근심할까 저어하여,	恐敎愁殺白頭親
그늘진 산 쌓인 눈이 깊이가 천 장인데	陰山積雪深千丈
올 겨울은 봄처럼 따뜻하다 적었다네.	却報今冬暖似春

　이안눌李安訥(1571~1636)의 〈집에 편지를 부치며寄家書〉란 작품이다. 이안눌은 평생에 두보의 시를 1만 3천 번이나 읽었다는 시인이다. 위 시는 그가 함경도 북평사로 북방에 가 있을 때 집에 편지를 보낸 시다. 문집에는 처음 편지를 받고 지은 시가 위 시의 바로 앞에 실려 있다. 그 사연은 이렇다. 지난해 집에서 보낸 편지와 겨울옷을 해를 넘겨서야 받았다. 그간 변방에서 고생하느라 하도 야위어, 아내가 예전 치수대로 지어 보낸 겨울옷이 커서 입을 수가 없었다.

그러니까 위 시는 그 편지와 옷을 받고 지은 시이다. 따뜻한 남쪽 고향을 떠나 북풍한설 휘몰아치는 낯선 변방에서 키가 넘게 쌓이는 눈과 혹독한 추위 속에 보낸 겨울은 참으로 견디기 힘든 괴로움의 연속이었다. 몸은 견디다 못해 예전 옷이 헐거워질 정도로 야위었다. 막상 이러한 괴로움을 편지에 쓰려 하니 안 그래도 변방에 자식을 보내놓고 근심에 쌓여 계실 늙으신 어머님의 모습이 떠올랐다. 그래서 도리어 '어머님! 이번 겨울은 마치 봄처럼 따뜻합니다.' 하고 거짓말로 적고 말았다는 것이다.

먼 변방 산은 길고 도로는 험준하니	塞遠山長道路難
서울에 닿을 제면 한 해도 늦었으리.	蕃人入洛歲應闌
봄날 올린 편지에 가을 날짜 적은 뜻은	春天寄信題秋日
근래 부친 편지로 여기시라 함일세.	要遣家親作近看

이어지는 둘째 수이다. 아득한 변방 험한 길, 어렵사리 인편을 구해 편지를 보낸대도 이 편지는 연말이 다 되어서야 서울에 닿을 것이다. 그래서 봄날 쓰는 편지에 가을 날짜를 적었다. 조금이라도 날짜가 가까워 어머니를 기쁘게 해드리고 싶은 까닭이다. 봄날 보낸 편지를 겨울에야 받는다면 그 상심은 오죽하시겠는가. 늙으신 어머니를 생각하는 자식의 붉은 마음이 뭉클한 감동을 준다.

이와 같이 당시는 가슴으로 전해오는 정감의 세계를 노래한다. 때로 들뜬 어감으로, 간혹 슬픔에 젖어 노래하지만 감정의 노예가 되는 법은 좀체 없다. 이런 까닭에 당시풍의 시는 이성의 원리가 지배하는 시대보다는 감성의 원리가 지배하는 시대에 즐겨 불린다.

당시풍과 송시풍이 시사의 전개에서 반복 교체의 양상을 보이게 되는 것은 당연하다.

송조, 머리로 쓴 시

당시풍에 대비되는 송시풍의 특징을 일괄하여 말하기는 어렵다. 그러나 대체로 송시는 이 시기 발달한 선종禪宗과 성리학의 영향으로 인생에 대한 철학적 음미를 내용으로 하는 경향이 짙다. 또 쓸데없는 수식을 배제하고 섬세한 관찰과 개성적 표현을 중시하였으며, 제재 상 일상생활에의 관심과 밀착이 두드러진다. 이에 따라 시의 공용성은 더욱 강조되었고, 표현은 다분히 산문적이고 서술적이 되었다. 정감이 풍부하고 유려한 당시에 비해 송시는 이지적이고 심원한 풍격을 갖추고 있다. 또 송대에 발달한 사문학詞文學은 시에 비해 낭만적이고 서정적인 세계를 노래하여, 이때에는 시와 사 사이에 역할 분담이 이루어진 것도 간과할 수 없다.

온종일 짚신 신고 발길 따라 가노라니	終日芒鞋信脚行
한 산을 가고 나면 또 한 산이 푸르도다.	一山行盡一山靑
마음에 생각 없어 형상 부림 안 당하니	心非有想奚形役
도는 본시 무명커늘 어찌 빌려 이룰까.	道本無名豈假成
간밤 이슬 마르잖아 산새는 지저귀고	宿露未晞山鳥語
봄바람 다하기 전 들꽃이 피었구나.	春風不盡野花明
지팡이로 돌아올 때 천봉이 고요터니	短筇歸去千峯靜

| 푸른 절벽 안개 속에 저녁 햇살 비춰든다. | 翠壁亂烟生晚晴 |

　앞서 송시풍을 대우해주지 않는다며 반란을 일으켰던 김시습의 〈무제無題〉라는 작품이다. 앞서 본 세 작품과는 사물에 접근하는 태도가 사뭇 다르다. 그저 풍경을 노래한 것 같지만 3·4구로 보아 뭔가 묵직한 주제를 말하려 한 듯도 한데 그것이 무엇일까?

　1구에는 짚신을 신고 종일 길을 가는 나그네가 나온다. 그의 생각에 눈앞에 있는 저 산마루만 넘어가면 목적지에 닿을 수 있겠지 싶었다. 그러나 산은 산에 연하여 끝없이 펼쳐져 있다. 이 1·2구는 옛 시에서 "저 들판 끝난 곳이 곧바로 청산인데, 행인은 다시금 청산 밖에 있도다.平蕪盡處是靑山, 行人更在靑山外."라 한 탄식을 일깨운다.

　3·4구는 의론이다. 1·2구의 체험이 이끌어낸 깨달음을 노래했다. 종일 길을 걸었던 것은 산 끝 간 데까지 가고야 말겠다는 내 마음의 집착 때문이었다. 다만 그 집착을 마음에서 걷어내 전미개오轉迷開悟하고 나면 공연히 육신을 괴롭힐 이유가 없다. 4구에서 시인은 의도를 구체적으로 드러낸다. 그는 느닷없이 도는 본래 무명한 것인데 이것을 어찌 이루고 말고 하는 이치가 있겠느냐고 반문한다. 도를 이루고야 말겠다는 욕망, 즉 성도成道 성불成佛에의 욕망은 한 산을 가고 나면 또 한 산이 막아서듯 이루어질 수 없는, 마음이 빚어낸 허망한 집착일 뿐이라는 것이다. 그리고 보니 1·2구의 언술이 구도의 행각에 나선 구도승의 수행 과정을 비유하고 있고, 3·4구는 그 과정 끝에 도달한 어떤 깨달음을 말하고 있음을 알게 된다.

5·6구에서 다시 시적 화자는 숨고 사물의 세계를 노래한다. 간밤의 이슬이 채 마르지도 않았는데 새들은 어느새 날이 샌 것을 알아 노래한다. 봄바람이 미처 끝나기도 전에 꽃들은 망울을 터뜨린다. 누가 알려주지 않아도 제 스스로 알아 지저귀고 망울 부푸는 것이 자연의 섭리다. 구도의 깨달음도 이와 같다. 누가 알려주어서 관념으로 깨칠 수 있는 것이 아니다. 스스로 통연자득洞然自得, 활연관통豁然貫通해야 한다.

먼 산을 향해 걸음을 재촉하던 화자는 이제 왔던 길로 발걸음을 돌린다. 7구에서 '천봉이 고요하다'고 한 것은 사실 앞서의 깨달음이 가져온 내면의 고요, 내면의 평정을 말하려 함이다. 돌아온다는 것은 밖을 향해 있던 집착에서 놓여나 본래의 자신에게 되돌아옴을 뜻한다. 8구의 푸른 절벽 앞을 가로막고 있던 어지러운 안개는 무슨 말인가. 절벽은 아득한 높이로 사람의 길을 막는다. 앞선 행각의 길에서 이 절벽은 무문無門의 관문처럼 앞길을 막았고, 어지러운 안개는 지척을 분간할 수 없게끔 혼란을 가중시켰다. 그러나 이제 모든 미망을 던져버리고 돌아오는 길에 '늦저녁의 햇살'이 비쳐들어 이전 나를 괴롭히던 망집의 실체를 극명하게 드러내고 있는 것이다.

언뜻 보아 이 시는 자연을 서성이는 나그네의 노래로 보기 쉽다. 하지만 그 의미를 하나하나 따져보면 뜻밖에 이같이 심오한 깨달음의 세계와 만나게 된다. 마치 어느 고승의 상승법문을 접한 느낌마저 든다. 흔히 큰 사찰의 대웅전 둘레에 그려진 심우도尋牛圖의 이치를 시로 표현한다면 이보다 적절한 것이 있을까.

김시습의 시는 송나라 어느 비구니가 지은 〈오도시悟道詩〉의 분

위기와 흡사하다. 오도시란 도를 깨달은 순간의 법열을 노래한 시
이다.

종일 봄을 찾았어도 봄은 보지 못했네	終日尋春不見春
짚신 신고 산머리 구름 위로 가보았지.	芒鞋踏破嶺頭雲
돌아올 때 우연히 매화 향기 맡으니	歸來偶把梅花臭
봄은 가지 위에 어느새 와 있었네.	春在枝上已十分

그녀는 하루 종일 봄을 찾아 온 산을 헤맸다. 산꼭대기 구름 위까
지 가보았지만 봄은 어디에도 없었다. 지친 그녀는 생각을 접고 터
덜터덜 집으로 돌아온다. 그런데 바로 그때 그녀의 코끝에 매화의
향기가 스쳐오는 것이 아닌가. 정작 봄은 자기 집 뜰 매화가지 위에
와 있었던 것이다.

앞서와 마찬가지로 봄을 찾으려고 온 산을 헤매는 것은 도를 깨
닫고자 구도의 행각에 나섬을 뜻한다. 그녀는 온갖 고행을 무릅쓰
며 일념으로 정진에 정진을 거듭하였다. 그러나 온 산 어디에도 없
는 봄처럼, 도의 실체는 끝내 찾을 수 없었다. 무엇을 이루고야 말
겠다는 집착 속에서 우리는 아무것도 얻을 수가 없다. 위의 시는 모
리스 메테를링크Maurice Maeterlinck의 〈파랑새L'Oiseau bleu〉를 떠
올리게 한다. 틸틸과 미틸은 파랑새를 찾기 위해 온 세상을 헤맨다.
그들은 결국 파랑새를 찾지 못하고 집으로 돌아온다. 파랑새는 자
기 집 새장 안에서 울고 있었는데 말이다. 깨달음은 먼 데 있는 것
이 아니다. 바로 우리 곁에 있다. 그런데 그것을 보지 못하는 것은
우리의 마음이 욕망과 아집으로 가득 차 있기 때문이다.

특히 성리학의 영향을 강하게 받았던 우리나라에서 송시풍은 흔히 염락풍濂洛風의 철리적 내용을 노래한 시풍을 지칭하는 의미로 인식되기도 한다. 이는 즉 자연물을 통해 물아일체의 온유돈후溫柔敦厚하고 충담소산沖澹蕭散한 경지를 노래함으로써 음영성정吟詠性情하는 시풍으로 대표된다. 퇴계退溪 이황李滉(1501~1570)의 시를 한 수 보기로 하자.

이슬 젖은 풀잎은 물가를 둘러 있고	露草夭夭繞水涯
조그마한 연못 맑아 모래조차 뵈지 않네.	小塘淸活淨無沙
구름 날고 새 지남은 어쩔 수 없다지만	雲飛鳥過元相管
때때로 제비 와서 물결 찰까 걱정일세.	只怕時時燕蹴波

퇴계가 연곡리라는 곳에 갔다가 맑은 못을 보고 느낌이 있어 지었다는 시이다. 조그만 연못가에 여린 풀잎이 이슬에 함초롬히 젖어 있다. 못물은 어찌나 맑은지 바닥이 다 들여다보인다. 그 위로 이따금 지나가던 구름이 와서 쉬고 새가 날아간다. 시인은 거울같이 매끄러운 수면 위로 제비가 날아와 물결을 차서 수면의 평정을 깨면 어쩌나 하고 염려한다.

이 시를 읽고 나면 고요한 연못가에 엎드려 맑고 잔잔한 수면을 바라보는 순수함이 마음을 고요하게 만드는 것을 느낄 수 있다. 여기서 퇴계가 말하고자 한 것은 사물 자체의 세계가 아니다. 맑고 일렁임이 없는 연못은 사실은 일체의 삿됨이 끼어들지 않은 순수 무구한 마음을 상징한다. 그래서 이 시를 두고 제자인 김부륜金富倫(1531~1598)은 "천리가 유행함에 인욕이 끼어듦을 염려한 것天理流

行而恐人欲間之"이라고 설명한 바 있다.

사람의 마음은 본디 순선純善하여 맑고 깨끗하기가 이슬 머금은 풀잎이나 일렁임 없는 수면과도 같다. 그러나 자꾸만 인욕이 끼어들어 순수를 잃게 만든다. 지금 시인은 제비가 물결을 차서 평정을 깰까 염려하듯 혹 자신의 삶에 인욕이 개입되어 본성을 잃는 일은 없어야겠다고 다짐하고 있는 셈이다. 이때 시인이 표층에서 묘사하고 있는 외물은 시인이 전달코자 하는 내용의 표피에 불과하다. 그 안에는 깊고 유원한 사변의 세계가 자리 잡고 있다.

송시풍의 시는 이와 같이 담담한 가운데 깊이를 지녔다. 또한 일반적으로 당시가 대상 그 자체에 몰입함으로써 자연스레 시인의 정의情意를 드러내는 방식을 취하는 데 반해, 송시는 시인이 자신의 정의를 대상을 통해 드러내는 방식을 취한다.

뱃속에 넣은 먹물

마이어 에이브럼스Meyer Howard Abrams는 《거울과 등불The Mirror and the Lamp》이란 책에서 문학의 기능을 거울과 등불의 두 가지로 나누었다. 시인은 캄캄한 밤에 어둠 속을 헤매는 영혼들의 길을 등불로 비춰주는 선지자이어야 하는가? 아니면 그 시대를 물끄러미 비쳐주는 거울일 뿐인가? 보기에 따라서는 당시와 송시도 거울과 등불이라는 문학의 두 기능을 대변하고 있는 듯하다. 다만 '나는 당시풍을 좋아한다.'고 말하는 것은 괜찮지만, '송시풍의 시는 시가 아니다.'라고 말해서는 안 된다. 내가 빨간색을 좋아한다고 해서 다른 사람이 파란색을 좋아하면 안 될 이유가 어디 있는가. 그보다 더 중요한 것은 시가 지녀야 할 기본적인 미덕을 갖추지 못한 작품을 두고는 이러한 논쟁 자체가 무의미하다는 사실이다.

한때 우리 시단에서도 참여시니 순수시니 하는 이름으로 소모적인 논쟁이 반복되었던 것을 기억한다. 한편에서는 암흑의 시대에 거울만 닦고 있는 시인을 향해, 창밖에서 천둥 번개가 치든 말든 안방에서 내방가사나 읊고 있는 바퀴벌레 같은 인간들이라고 매도했다. 또 한쪽에선 등불을 높이 들고 무조건 따라오라고만 외치는 시인을 향해 시가 무슨 혁명의 도구냐고 항변했던 것으로 기억된다. 아무리 시의 겉모양을 갖추었다 해도 선동가의 연설이나 '삐라'를 시라고 말하지는 않는다. 가슴을 저미는 감미로운 유행가의 가사도 시와는 다르다.

시는 우선 시가 되어야 한다. 당시와 송시의 구분이나 참여니 순수니 하는 변별은 그 다음 문제다. 동시에 그것은 세계관의 문제이므로 좋고 싫음의 판단이 있을 뿐 우열의 기준이 될 수는 없다. 시인이 시적 언어의 규율을 무시하고 목청만 높이면 한때 대학가에 요란스레 나붙었던 대자보나 근엄한 목회자의 설교와 다를 바 없다. 웅변이나 설교를 시의 형식을 빌려 듣고 싶은 독자는 없다. 시는 결코 관념의 퇴적장이어서는 안 된다. 또 자신이 지금 무슨 소리를 하고 있는지도 모르면서 몽환적 어휘의 나열이나 이미지의 배합에만 몰두하고 있다면 혹세무민의 연금술사에 지나지 않는다. 시는 결코 독해할 수 없는 상형문자이거나 암호문일 수가 없다.

다시 심의의 〈기몽〉으로 돌아가 보자. 꿈속의 시 왕국에서 현세에서는 누려보지 못한 득의의 세월을 보내고 있던 심의에게 군신들의 시샘에서 비롯된 탄핵이 올라온다. 천자는 마지못해 그에게 다시 인간 세상으로 복귀할 것을 명한다. 이러한 결구는 대개 각몽覺夢을 위한 장치이다. 복귀에 앞서 이색은 심의를 깨끗이 목욕시키고 칼로 배를 갈라 먹물 몇 말을 붓는다. 그러고는 40년 뒤에 다시 만나 부귀를 함께 누릴 것이니 근심하지 말라고 당부한다.

홀연 배가 칼로 찌르듯 아파, 놀라 깨어보니 배는 북처럼 불러 있고, 잔등殘燈은 꺼질 듯 가물거리며, 병든 아내는 곁에 누워 끙끙대고 있을 뿐이었다. 꿈속에서의 환상이 급전직하 티끌세상의 나락으로 추락하고 있다. 그러면서도 심의는 복수가 차서 배가 부른 것을 이색이 앞으로 40년 동안 인간 세상에서 사용하라고 넣어준 먹물로 치부하는 오만을 버리지 않는다.

그러나 어찌하리. 현세에서 시인의 삶이란 곁에 누운 병든 아내의 신음처럼 고달프고 괴로운 것을. 그리고 보면 시란 까맣게 잊고 있던 신선세계, 또는 존재하지 않는 피안의 세계를 향한 회귀의 몸부림일지도 모르겠다. 천상의 백옥루가 준공되었으나 상량문을 지을 사람이 없자 옥황상제가 당나라의 유명한 시인 이하李賀를 하늘나라로 불렀던 것처럼, 티끌세상의 귀양살이가 끝나 천상으로 복귀할 때까지 뱃속의 먹물이 다 마르도록 시인은 다만 깨어 노래할 뿐이다.

다섯 번째 이야기

버들을 꺾는 뜻은

한시의 정운미情韻味

남포의 비밀

<blockquote>

비 개인 긴 둑에 풀빛이 고운데 　　　　雨歇長堤草色多

남포에서 임 보내며 슬픈 노래 부르네. 　　送君南浦動悲歌

대동강 물이야 언제나 마르려나 　　　　大同江水何時盡

이별 눈물 해마다 푸른 물결 보태나니. 　別淚年年添綠波

</blockquote>

널리 알려진 정지상鄭知常(?~1135)의 〈송인送人〉이란 작품이다. 필자는 이 시만 보면 고등학교 1학년 국어 첫 시간에 배웠던 이수복 시인의 시, "이 비 그치면/내 마음 강나루 긴 언덕에/서러운 풀빛이 짙어오것다.//푸르른 보리밭길/맑은 하늘에/종달새만 무어라고 지껄이것다."를 외우던 시절이 아련히 떠오른다.

대동강가 연광정練光亭에는 고금의 제영題詠이 수없이 걸려 있었다. 그런데 중국 사신이 오면 모두 떼어내고 정지상의 이 작품만 남겨두었다고 한다. 이것만은 중국에 내놔도 손색이 없겠다는 자신이 있었던 때문이었다. 이 시를 본 중국 사신들은 하나같이 신운神韻이라는 찬탄을 아끼지 않았다.

정지상의 〈송인〉은 사랑하는 사람을 떠나보내는 안타까운 심정을 절묘하게 포착한 작품이다. 떠난 이를 그리며 흘리는 눈물로 대동강 물이 마를 날 없다는 엄살은 허풍스럽기는커녕 그 곡진한 마음새가 콧날을 찡하게 한다. 이 섬세한 시심만으로도 과연 신운절창의 감탄은 있음 직하다. 다만 중국 사신들이 결정적으로 무릎을 치며 감탄치 않을 수 없었던 것은 바로 2구의 '송군남포送君南浦'라는 표현에 있었다. 이 구절은 흔히 임을 남포로 떠나보내며 슬픈 노

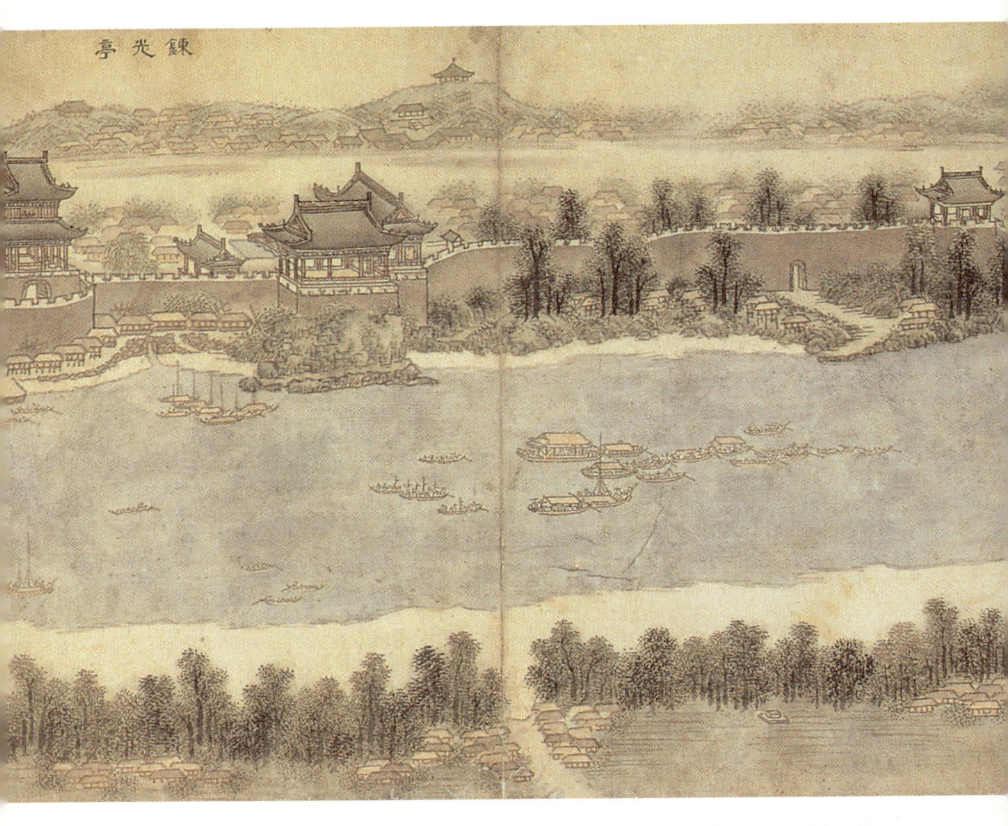

작자 미상, 〈관서명구첩關西名區帖〉 중 평양 연광정 부분, 18세기, 41.7×59.3cm, 개인 소장.
뒤쪽에 보이는 것이 부벽루와 모란봉이다. 모란봉 꼭대기에 보이는 것은 최승대最勝臺다.

래를 부른다고 해석하기도 하는데, 그런 것이 아니고 현재 두 사람이 헤어지는 장소를 말한다.

남포란 단어에는 유장한 연원이 있다. 굴원屈原은 일찍이 〈구가九歌〉 중 〈하백河伯〉에서 "그대의 손을 잡고 동으로 가서, 고운 임을 남포에서 떠나보내네.子交手兮東行, 送美人兮南浦."라고 노래한 바 있다. 그 뒤 많은 시인들이 실제 헤어지는 포구가 동포이든 서포이든 북포이든 간에 남포라고 말하곤 했다. 굴원의 이 노래가 있은 뒤로 '남포'란 말은 시인들에게 으레 '이별'이란 단어를 떠올리는 정운情韻이 담긴 말이 되었다.

강엄江淹은 〈이별의 노래別賦〉에서 "봄풀은 푸른 빛, 봄물은 초록 물결, 남포에서 그댈 보내니, 슬픔을 어이하리.春草碧色, 春水綠波, 送君南浦, 傷如之何."라 했다. 무원형武元衡은 〈악수 물가에서 벗을 보내며鄂渚送友〉에서 "강 위 매화는 무수히 지는데, 남포서 그대 보내니 마음만 안타깝다.江上梅花無數落, 送君南浦不勝情."고 노래하였다. 두 작품 모두에서 '송군남포'라는 넉 자가 보인다. 또 당나라의 시인 맹교孟郊는 〈처가를 떠나며別妻家〉에서 "부용꽃 새벽이슬 젖어 있는데, 가을날 남포에서 헤어지누나.芙蓉濕曉露, 秋別南浦中."라고 했고, 백낙천白樂天도 〈남포의 작별南浦別〉에서 "남포의 구슬픈 작별, 서풍에 나부끼는 가을.南浦凄凄別, 西風裊裊秋."이라 하였다. 이로 보면 정지상의 '송군남포'라는 표현이 중국 사신들에게 일으켰을 정서적 환기가 실감난다.

뿐만 아니라 두보는 일찍이 〈고상시께 삼가 부침奉寄高常侍〉에서 이렇게 노래했다. "하늘가 봄빛은 저물기를 재촉하는데, 이별 눈물 아득히 비단 물결 보태지네.天涯春色催遲暮, 別淚遙添錦水波." 4구의

'이별 눈물 해마다 푸른 물결 보태나니別淚年年添綠波'도 두보의 이 구절을 환골탈태한 것이다.

다시 시로 돌아가 보자. 비 갠 긴 둑에 풀빛이 곱다. 겨우내 먼지를 뒤집어쓰고 있던 대지에 비가 내리자, 그 아래 어느새 파릇파릇 돋아난 봄풀이 마치 갑자기 땅을 헤집고 나온 것처럼 제 빛을 찾았던 것이다. 지루했던 겨울의 묵은 때를 말끔히 씻어내는 봄비를 맞는 마음은 설레는 흥분이 아닐 수 없었겠다. 그런데 그 춥고 길었던 겨울이 이제 막 끝나려는데 사랑하는 사람을 떠나보내니 그 안타까운 심정이야 어찌 말로 다할 수 있겠는가.

김동환은 〈강이 풀리면〉에서 "강이 풀리면 배가 오겠지./배가 오면은 임도 탔겠지.//임은 안 타도 편지야 탔겠지./오늘도 강가서 기다리다 가노라.//임이 오시면 이 설움도 풀리지./동지섣달에 얼었던 강물도,//제멋에 녹는데 왜 아니 풀릴까./오늘도 강가서 기다리다 가노라."라고 노래한 바 있다. 봄이 오면 동지섣달에 얼었던 강물이 풀리듯 내 마음의 시름이 풀려도 시원찮은데, 오히려 나는 거꾸로 임을 떠나보내며 슬픈 노래를 부르고 있는 것이다. 이 대목은 다시 고려가요 〈동동〉의 제2연을 연상시킨다. "정월 시냇물은 아으 어져 녹져 하는데, 누릿 가운데 나곤 몸하 호올로 녈셔. 아으 동동다리." 정월의 강물은 녹으려 하는데, 그와 같이 내 시름을 녹여줄 임은 오실 줄 모르고, 나는 어이해 한세상을 홀로 살아가느냐는 탄식이다.

대동강 물이 어느 때 마르겠느냐는 3구는 좀 엉뚱하다. 슬픈 노래를 부르다 말고 왜 갑자기 강물 마르는 이야기냐 말이다. 한시의 기승전결起承轉結 구성이 갖는 묘미가 바로 이 대목에서 한껏 드러난다. '기'는 글자 그대로 대상을 보면서 생각을 일으키고, '승'은 이를 이어받아 보충한다. '전'에서는 시상을 틀어 전환해야 한다. 그렇게 되면 1·2구와 3구 사이에 단절이 온다. 그 단절에 독자들이 의아해할 때, 4구 '결'에 가서 하나로 묶어줌으로써 완결된 구조를 이룬다. 3구에서 뜬금없는 강물 타령으로 화제를 돌려놓고, 4구에 가서 설사 강물이 자연적 조건의 변화로 다 마를지라도, 강가에서 이별하며 흘리는 눈물이 마르기 전에는 강물은 결코 바닥을 드러내는 일이 없을 것이라고 한 것이다. 눈물을 제아무리 많이 흘린다 한들 도대체 그것이 대동강의 유량에 무슨 영향을 줄 수 있단 말인가. 그렇다 해도 이를 두고 허풍 좀 그만 떨라고 타박할 독자는 없다. 이 엄청난 과장은 시인의 슬픔이 그만큼 가눌 길 없음을 표현하기 위한 것일 뿐이다.

이 시는 하평성下平聲인 가운歌韻을 쓰고 있다. 이 운목에는 '가歌·다多·라羅·하河·과戈·파波·하荷·과過' 등 한시에서 자주 쓰이는 운자가 많이 포진하고 있어서 고금의 시인치고 이 운으로 시를 쓰지 않은 이가 거의 없다. 따라서 이를 가지고 새로운 표현을 얻어내기가 몹시 어렵다. 실제 이 작품 뒤로도 아예 '다多·가歌·파波'의 운을 그대로 써서 차운한 시가 적지 않으나, 어깨를 나란히 할 만한 작품은 눈을 씻고 찾아보아도 없다. 오늘날 운자는 한시 감상에서 특별한 고려의 대상이 아니지만, 중국 사신의 찬탄 속에는 앞서 남포가 주는 신운 위에, 이러한 운자 사용의 산뜻함도 용해되어 있는 것이다.

버들을 꺾는 마음

김만중金萬重(1637~1692)은 《서포만필西浦漫筆》에서 정지상의 위 작품을 두고 우리나라의 '양관삼첩陽關三疊'이라 하였다. '양관삼첩'이란 저 유명한 왕유의 〈안서로 사신 떠나는 원이를 전송하며送元二使之安西〉가 세상에 널리 전해져 악곡으로 편입된 뒤의 이름이다. 김만중의 말은 〈송인〉이 양관삼첩에 버금가는 이별 노래의 절창이란 뜻이다.

위성의 아침 비가 가는 먼지 적시니	渭城朝雨浥輕塵
객사엔 파릇파릇 버들 빛이 새롭다.	客舍靑靑柳色新
그대에게 다시금 한 잔 술 권하노라	勸君更進一杯酒
양관을 나서면 아는 이가 없을지니.	西出陽關無故人

위성은 당나라 때 수도인 장안의 서쪽, 지금의 섬서성陝西省 함양시咸陽市 동편 일대이다. 이른바 실크로드로 들어가는 출발점이다. 당나라 때 장안에는 동쪽에는 파교灞橋가 있고 서쪽에는 위교渭橋가 있어, 동쪽으로 길 떠나는 나그네는 파교에서, 서쪽으로 길 떠나는 나그네는 위교에서 전별의 자리를 가졌다. 양관은 지금의 감숙성甘肅省 돈황현敦煌縣에 있다. 당시에는 서역과 수많은 전쟁을 치르느라 황량한 사막 길을 오가는 발걸음이 끊이지 않았다. 시인들은 이 길을 오가며 구슬픈 새하塞下의 노래를 불러 오늘까지 전하는 명편이 적지 않다.

작품을 감상해보자. 여기서도 새봄을 재촉하는 빗속에 이별을 노래한다. 아침부터 내린 보슬비로 사람이 지날 때마다 길 위로 풀풀 날리던 먼지가 차분히 가라앉았다. 그러나 실제로 촉촉이 젖은 것은 흙먼지이기보다 사랑하는 벗을 멀리 떠나보내는 나의 마음이 아니었을까. 그 비에 씻기어진 버들잎이 푸르다. 버들을 보면서 시인은 이별을 예감하고, 다시금 한 잔 술을 권한다. '다시금更進'이라 했으니 이미 두 사람 사이에 거나해질 만큼의 대작이 오갔을 것은 두말할 필요가 없다.

척박한 땅, 인적도 없는 사막을 지나 아득한 안서 땅까지 가야 할 벗이 이제 말에 오르려 한다. 이별이 아쉬운 시인은 "내 술 한 잔 더 받고 가게." 하면서 소매를 잡는다. 양관 땅을 나서면 다시는 한 잔 술을 권해줄 벗은 없을 테니 하는 말이다. 붙잡는 사람이나 떠나는 사람이나 두 눈에는 그렁그렁 눈물이 맺혔다. 우리 옛 시조에, "말은 가자 울고 임은 잡고 아니 놓네. 석양은 재를 넘고 갈 길은 천리로다. 저 임아 가는 날 잡지 말고 지는 해를 잡아라."란 것이 있다. 바로 이 정황에 꼭 맞을 듯하다.

2구에서 시인은 파릇파릇한 버들 빛을 헤아리며 이별을 예감한다. 당나라 때는 벗과 헤어지며 버들가지를 꺾어 이별의 정표로 주는 풍습이 있었다. 그래서 '절류折柳', 즉 '버들가지를 꺾는다'는 말에는 앞서 본 '남포'와 마찬가지로 '이별'이란 의미가 함축되어 있다. 버들가지가 이별의 신표가 된 사정은 이러하다. 버드나무는 꺾꽂이가 가능하다. 신표로 받은 버들가지를 가져다 심어두면 뿌리를 내려 새 잎을 돋운다. 보내는 사람은 '님은 갔지만 나는 님을 보내지 아니하였습니다' 하는 심정으로 버들가지를 꺾어주었고, 또 꺾이어 가지에서 떨어졌어도 다시 뿌리를 내려 생명을 구가하는 버들

가지처럼, 우리의 우정도 사랑도 그와 같이 시들지 말자는 다짐의 의미도 담겼다.

또 '류柳'의 중국 음은 머무른다는 의미의 '류留'와 똑같다. 그러니 버들가지에는 가지 말고 머물러달라는 의미도 있다. 우리나라 홍랑의 시조에, "묏버들 가려 꺾어 보내노라 님의손대. 계시는 창밖에 심어두고 보소서. 봄비에 새 잎 곳 나거든 날인가도 여기소서."라 한 것이 바로 이 뜻이다.

당나라 때 시인 저사종儲嗣宗은 〈증별贈別〉에서, "동성엔 봄풀이 푸르다지만, 남포의 버들은 가지가 없네.東城草雖綠, 南浦柳無枝."라고 하였다. 여기에는 '남포'와 '버들'이 이별을 상징하는 어휘로 동시에 쓰였다. 봄이 와서 풀은 푸른데, 떠나는 임에게 버들가지를 꺾어주려 해도 많은 사람들이 죄다 꺾어버려 남은 가지가 없다는 말이다.

<table>
<tr><td>내 긴 버들 어느새 금실을 너울대니</td><td>烟楊窣地拂金絲</td></tr>
<tr><td>이별의 징표로 꺾이어짐 얼마던고.</td><td>幾被行人贈別離</td></tr>
<tr><td>숲 아래 저 매미도 이별 한을 안다는 듯</td><td>林下一蟬諳別恨</td></tr>
<tr><td>석양의 가지 위로 소리 끌며 오르누나.</td><td>曳聲來上夕陽枝</td></tr>
</table>

조선 때 시인 김극기金克己(1379~1463)의 〈통달역通達驛〉이란 작품이다. 역시 버들가지가 이별의 징표로 쓰인 예다. 1구의 '연양烟楊'은 계절이 아지랑이 가물대는 봄날임을 말한다. 파릇파릇 물오른 버들가지의 여린 초록빛을 '금사金絲'로 표현한 데서 더 분명하다. 여린 버들가지는 푸른 잎을 달아보기도 전에 많은 사람들의 손에

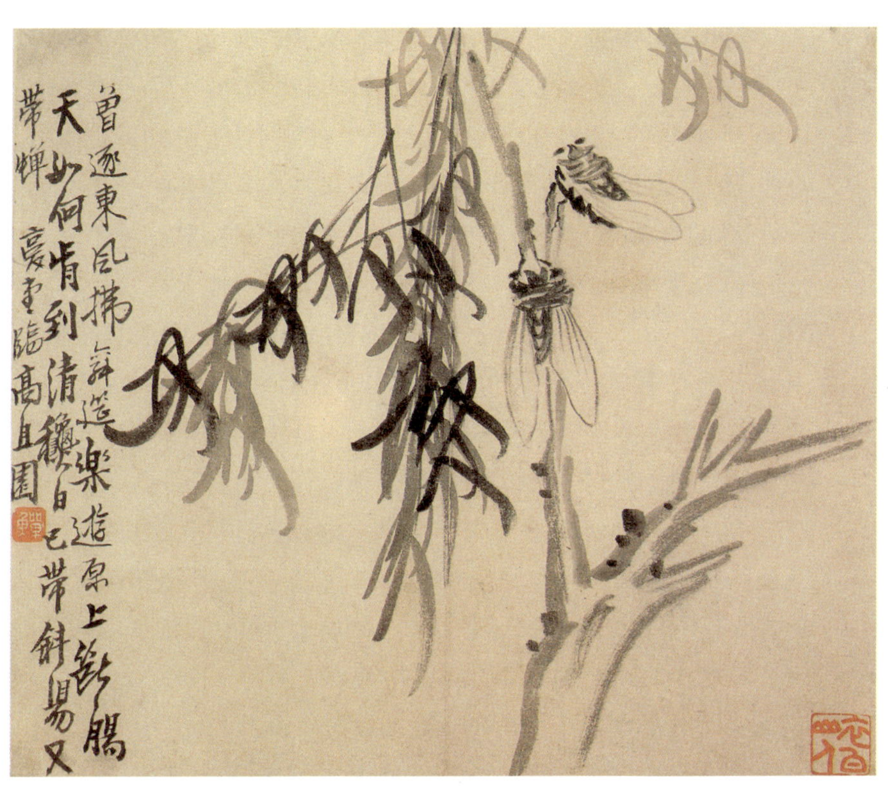

이선李鮮, 〈류선柳蟬〉, 18세기.
휘늘어진 버들가지에 매미가 운다. 이제 더 올라갈 데도 없구나. 쓰리게 운다. 목이 터져라 운다.

수도 없이 꺾이었다. 헤어지는 장소가 역참驛站이고 보니, 수양버들은 으레 수많은 이별의 현장을 지켜보았을 터이다.

3구에서 시인은 갑자기 매미를 등장시킨다. 매미란 본시 버들가지에 물오르는 아지랑이 봄날에 우는 곤충이 아니다. 춘접추선春蝶秋蟬이란 말이 있듯, 봄날의 꽃밭을 넘나드는 것이 나비라면, 매미는 여름도 깊어 가을이 오는 어스름에야 비로소 목청이 훤히 트인다. 이로 보아 1·2구와 3·4구 사이에는 많은 시간의 단절이 있었음을 알게 된다. 봄날 아지랑이 속에 한번 떠난 임은 매미가 목청을 틔우는 여름이 다 가도록 돌아올 줄 모른다. 그녀는 날마다 역참에 홀로 나와 하릴없는 기다림을 계속한다.

3구의 '임하林下'에서 현재 그녀가 있는 곳이 숲이 내려다보이는 꽤 높은 곳임을 짐작한다. 종일 덧없는 기다림에 지친 그녀는 이제 누가 조금 건드리기만 해도 울음이 터질 것만 같다. 기다리는 임의 모습은 보이질 않고, 해만 속절없이 진다. 바로 그때, 아래쪽 숲에서 울던 매미 한 마리가 상향 곡선을 그으면서 그녀가 서 있는 나무 위로 날아든다. 매미는 마치 그녀의 마음을 헤아려 잘 알기라도 한다는 듯 우렁찬 울음을 터뜨린다. 숲 아래에 있던 매미가 위로 올라온 것에서 시인은 조금이라도 더 높이 올라가 더 멀리 바라보고픈 그녀의 마음을 포착한다. 그녀는 지금 저렇듯 해가 지고 마는 것이 원망스럽고 아쉽다. 그렇게 세월이 가고, 임은 영영 안 오고, 내 청춘의 한 시절도 그렇듯 한숨 속에 시어지고 말 것이 아닌가 싶어서이다. 이제 매미의 목청 푸른 울음소리만 아무도 오지 않는 적막한 허공 위로 가득히 메아리치고 있다. 이 사무치는 그리움을 임은 들으시는가. 청마 유치환의 〈대인待人〉이란 시가 있다. "나날은 훠언

  한시 미학 산책 — ◉

히 하늘만 뜨는 것, 재 너머도 뱃길로도 아무도 안 오는 것. 한 잎 두 잎 젊음만 꽃잎 지는 것." 고금의 시상이 한 솜씨 같다.

여러 해 전 신문에서 어느 조경학자가 우리나라 한시에 자주 나오는 초목의 빈도수를 조사하여 통계 낸 결과를 발표한 적이 있다. 당당히 1위를 차지한 것은 소나무도 국화도 아닌 바로 버드나무였다. 그는 이 결과를 놓고 버드나무가 우리 생활공간 가까이에 많이 있었으므로 빈번하게 시의 제재로 쓰인 것이 아니겠느냐는, 지극히 상식적인 결론을 내리고 말았다. 그는 버드나무가 봄날의 서정을 촉진시키는 환기물인 동시에 '이별과 재회에의 염원'을 상징하고 있다는 사실을 알지 못했다. 다시 말해 버드나무가 빈도수에서 1위를 차지했다면, 그것은 봄날의 서정이나 이별을 주제로 한 작품이 제일 많았다는 것과 같은 의미다. 임제林悌(1549~1587)의 시를 보면 이 점은 더욱 확연해진다.

이별하는 사람들 날마다 버들 꺾어
천 가지 다 꺾어도 가시는 임 못 잡았네.
어여쁜 아가씨들 하많은 눈물 탓에
부연 물결 지는 해도 수심에 겨워 있네.

離人日日折楊柳
折盡千枝人莫留
紅袖翠娥多少淚
烟波落日古今愁

제목은 〈패강곡浿江曲〉, 쉽게 말해 '대동강 노래'다. 10수의 연작 가운데 한 수이다. 이별하는 사람들은 재회에의 염원 때문에 날마다 대동강변에 나와서 떠나는 임에게 버들가지를 꺾어 보낸다. 허구한 날 꺾다 보니 대동강 버드나무는 아예 대머리가 될 지경이다. 그래보았자 떠나는 임을 붙잡지도 못하고, 떠나신 임이 돌아오는 것도 못 보았다. 보내는 사람은 이별이 서러워 눈물을 흘리고, 기다리는 사람은 임이 오지 않아서 눈물을 떨어뜨린다. 그러고 보면 앞서 대동강 물이 마를 날 없다던 정지상의 말은 빈말이 아닐 성싶다. 그녀들의 하염없는 기다림이 안쓰러워, 강물 위엔 한숨인 양 안개가 짙어 있고 눈물인 듯 강물은 넘실거린다. 강물을 붉게 물들이며 지는 해도 수심을 보태고 있다.

가을 부채에 담긴 사연

한시에서 사랑과 연관되어 상징적 의미로 쓰이는 어휘를 더 살펴보자. '추선秋扇', 즉 가을 부채가 그것이다.

은촉불 가을빛에 그림 병풍 차가운데	銀燭秋光冷畫屛
작은 비단 부채로 반딧불을 치누나.	輕羅小扇撲流螢
하늘가 밤빛이 물처럼 싸늘해도	天際夜色涼如水
견우와 직녀성을 오도카니 바라보네.	坐看牽牛織女星

당나라 두목의 〈가을 저녁秋夕〉이다. 가을밤의 애상적 분위기가 물씬 풍긴다. 방 안에는 은촉불이 타고 화사한 그림 병풍이 둘려 있다. 그녀는 손에 가벼운 비단 부채를 들었다. 한눈에도 매우 넉넉한 귀족풍의 규방이 떠오른다. 제목을 '가을 저녁'이라 하고, 3구에서 밤빛이 물처럼 싸늘하다 해놓고는, 손에 부채를 쥐고 있다고 했으니 앞뒤가 안 맞는다.

'가을 부채'는 한시에서 으레 '버림받은 여인'을 상징한다. 부채는 더운 여름날에 없어서는 안 될 소중한 물건이다. 하지만 더위가 물러가고 가을이 오면, 여름내 애지중지하던 부채는 언제 그랬느냐는 듯이 잊힌다. 마찬가지로 한때 내게 그토록 다정하던 임은 어느덧 나를 까맣게 잊고 돌아보지 않으신다. 시인은 비록 아무 말도 하지 않았지만, '가을 부채'를 손에 쥐었다는 말만 가지고 이미 그녀가 '임에게 버림받은 여인'임을 구체적으로 말한다.

홀로 지새우는 깊은 가을밤, 달마저 져버린 창가로 반딧불이가 날아다닌다. 옛사람은 풀이 썩어서 반딧불이가 된다고 믿었다. 반딧불이는 황폐한 풀덤불에서 날아다니는 곤충이다. 그 반딧불이가 그녀의 창가를 난다고 하여 지금 그녀의 거처가 얼마나 황폐하고 황량한지를 말했다. 임이 찾지 않는 꽃밭엔 잡초만 우거졌다. 그녀는 반딧불이를 부채로 후려침으로써 자신을 향해 끊임없이 달려드는 처량함과 황량함을 "저리 가!" 하며 몰아내려 안간힘을 쓴다. 그녀는 엄연한 현실을 차마 인정하고 싶지 않은 듯하다. 물처럼 싸늘한 하늘은 밤이 어느덧 깊었음을 말한다. 앉아서 별을 바라보고 있으니 그녀는 아예 잠 잘 생각을 버리고 근심에 겨워 긴긴 가을밤을 새우고 있는 중이다.

그녀는 무슨 별을 보고 있나. 견우성과 직녀성이다. 그들은 그래도 일 년에 칠월 칠석 하루는 만날 수 있다. 자신의 신세는 어떠한가. 임은 한 번 떠나신 뒤 돌아올 줄 모르고, 이 기나긴 기다림이 끝없이 이어져도 임을 다시 만날 날은 영영 올 것 같지가 않다. 이러한 초조감과 절망감이 견우성과 직녀성을 바라보는 그녀의 표정 위에 서리어 있다.

당인唐寅, 〈반희단선班姬團扇〉,
16세기, 150.4×63.3cm,
대만 국립고궁박물원.
둥근 부채를 손에 든 반첩여의
모습을 그렸다. 봉황 장식의
머리핀을 꼽고 먼 곳을 응시한다.

가을 부채가 버림받은 여인의 상징으로 쓰이게 된 것은 한나라 때 반첩여班婕妤가 지은 〈원가행怨歌行〉이란 작품 때문이다.

제나라 고운 비단 새로 자르니

깨끗하기 마치도 눈서리 같네.

말라서 합환선을 만들고 나자

밝은 달 모습처럼 둥그렇구나.

임께서 출입할 제 손에 들고서

흔들흔들 바람을 일으키누나.

언제나 근심키는 가을이 와서

찬바람이 무더위 빼앗아 가면,

고리 속에 깊숙이 내던져져서

사랑하심 중도에 끊어짐일세.

新裂齊紈素

鮮潔如霜雪

裁爲合歡扇

團團似明月

出入君懷袖

動搖微風發

常恐秋節至

凉飈奪炎熱

棄捐篋笥中

恩情中道絶

제나라의 질 좋은 흰 비단을 잘 말라서 둥근 합환선을 만들었다. 이를 임께 드리니 임은 늘 품속에 지니시며 더울 때마다 부치신다. 그러나 혹 가을이 되어 더위가 수그러들면 임께서 이를 버리시지나 않을까 싶어 벌써부터 그녀는 한 걱정이다.

왕창령王昌齡은 〈서궁의 가을 원망西宮秋怨〉에서 "누가 울음 삼키며 가을 부채 얼굴 가려, 허전한 달빛 아래 임금을 기다리나.誰分含啼掩秋扇, 空懸明月待君王."라 하였고, 당나라 때 어느 궁녀는 〈낙원의 오동잎 위에 쓰다題洛苑梧葉上〉란 작품에서 "묵은 총애 가을 부채 구슬퍼하고, 새 은총은 이른 봄에 부치었다네.舊寵悲秋扇, 新恩寄早春."라 하여 잊혀버린 자신과 새로 총애 받는 여인을 대비하여 노래하였다. 유운劉雲은 또 〈반첩여〉에서 "임금 은혜 다시는 볼 수 없으니, 첩이 어이 가을 부채 같다 하리오. 가을 부채 되찾을 날이 있어도, 첩의 신세 영영 아주 미천하다네.君恩不可見, 妾豈如秋扇. 秋扇尙有時, 妾身永微賤."라고 하였다. 모두 가을 부채를 버림받은 자신의 신세에 견준 예들이다.

> 그때 듬뿍 괴임 받음 말하지 말지니　　　　莫道當時恩愛多
> 가을 들어 영락하니 시든 연잎 같구나.　　　秋來零落似殘荷
> 뜰 가득 서리 이슬 춥기가 이러한데　　　　滿庭霜露寒如許
> 설령 맑은 바람이 있다 한들 어찌 하리.　　　縱有淸風可奈何

권벽權擘(1520~1593)의 〈가을 부채에 적다題秋扇〉란 작품이다. 가을 부채가 갖는 정운의 뜻을 십분 활용하였다. 그러나 행간에 담긴 뜻은 염정이 아니라 풍자다. 지금은 서리 이슬 내리는 추운 가을날이다. 설사 맑은 바람을 지녔다 한들 쓸 데가 없다. 서리 맞아 시든 연잎 같은 한때의 은애는 말하지 말라. 인간의 부귀영화도 그렇듯 하릴없는 것이다.

고려가요 〈동동〉에 보면, "6월 보름에, 아으 별해 버린 빗 다워라. 돌아보실 님을 적곰 좇니노이다. 아으 동동다리."라 한 것이 있다. 머리를 많이 빗어 이빨이 빠진 빗, 쓸모없어진 그 빗처럼 임이 나를 버리셔도 나는 임이 나를 돌아보실 때까지 언제나 따르겠다는 다짐을 담은 노래이다. 그러고 보면 가을 부채만 버림받은 여인을 상징하는 것은 아니다. 다만 어떤 것이 더 보편성을 얻느냐에 따른 차이일 뿐이다.

난간에 기대어

한시에서 자주 보이는 표현 중 하나가 누각 또는 난간에 기댄다는 말이다. 누각 위에는 왜 오르는가? 누각의 난간은 높은 곳에 있어, 그곳에서 보면 먼 곳에서 오는 사람을 잘 알아볼 수 있기 때문이다. 난간에는 왜 기대는가? 기다림에 지친 까닭이다. 그래서 누각에 오르거나 난간에 기댄다는 뜻의 '등루登樓', '의루倚樓', '의란倚欄' 혹은 '빙란憑欄' 등의 표현 속에는 '그리움'의 의미가 담긴다.

이경李璟이 〈탄파완계사攤破浣溪沙〉에서 "보슬비에 꿈을 깨니 닭 울음 아득하고, 작은 누대 위서 부는 젓대 소리 서늘하다. 구슬처럼 지는 눈물 맺힌 한 끝이 없어, 난간에 기대이네.細雨夢回鷄塞遠, 小樓吹徹玉笙寒. 多少淚珠無限恨, 倚欄杆."라 한 것이나, 이욱李煜이 〈낭도사浪淘沙〉에서 "홀로 난간엘랑 기대질 마오. 끝없는 강산, 헤어지긴 쉬워도 만나보긴 어렵나니.獨自莫憑欄, 無限江山, 別時容易見時難."라고 한 것 등이 바로 그러한 예이다. 정철鄭澈(1536~1593)이 〈사미인곡思美人曲〉에서 "하룻밤 서리김에 기러기 울어 옐 제, 위루危樓에 혼자 올라 수정렴水晶簾 걷은 말이, 동산東山의 달이 나고 북극北極의 별이 뵈니, 임이신가 반기니 눈물이 절로 난다."고 한 것도 다 한가지 뜻이다.

그동안 소식이 어떠신가 여쭈려니	向來消息問如何
하룻밤 그리움에 머리가 다 세겠네.	一夜相思鬢似華
난간에 홀로 기대 잠들지 못하는데	獨倚雕欄眠不得
주렴 밖 성근 댓잎에 빗소리 후득인다.	隔簾疎竹雨聲多

김육金堉(1580~1658)의 딸이 지은 〈그리움相思〉이란 작품이다. 임께 소식이나 전하려고 '그간 어떠하신지요'라고 말하고 나자 그만 목이 멘다. 주렴 밖 대숲에선 성근 댓잎에 후드득대는 빗소리가 요란하다. 임을 향한 그리움은 그녀의 머리칼을 하룻밤 사이에 백발로 만들어버릴 것만 같다. 깊은 밤 그녀는 잠을 이루지 못하고 누각 위 난간에 기대어 앉아 있다. 댓잎을 두드리는 빗소리가 마치 임의 발소리인 것만 같다. 혹시나 싶어 발을 걷어보지만, 댓잎에선 빗물만 눈물인 양 뚝뚝 떨어진다.

검은 머리 곱게 빗고 높은 누각 기대앉아	雲鬟梳罷倚高樓
쇠 피리 빗겨 부는 손가락도 부드럽다.	鐵笛橫吹玉指柔
만 리라 관산의 둥두렷한 달빛에	萬里關山一輪月
두 줄기 맑은 눈물 이주에 떨궜다오.	數行淸淚落伊州

강혼이 은대선銀臺仙이라는 기생에게 준 〈성주 기생에게 주다呈星州妓〉란 작품이다. 3·4구의 '관산월關山月'과 '낙이주落伊州'는 모두 피리의 곡조 이름이다. 당나라 때 어느 여인이 멀리 벼슬살이 가서 소식조차 없는 임을 그리며 지었다는 노래다. 구슬픈 곡조에 얼음같이 맑은 눈물이 떨어진다. 가녀린 손가락도 알지 못할 슬픔에 곡조 속으로 잠겨든다. 윤기 나는 머리를 곱게 빗어 땋고서 누각에 기대앉아 피리 부는 여인. 피리 소리는 허공 속에 사무치고, 그 소리에 달빛조차 흐느끼며 서쪽 나라로 떠내려간다. 여기서도 '의루倚樓'는 예외 없이 그리움의 정서를 담고 있다.

임은 서울 계시고 첩은 양주 있는데　　　　君居京邑妾楊州

날마다 임을 그려 취루에 오릅니다.　　　　日日思君上翠樓

방초는 짙어지고 버들은 늙어가니　　　　芳草漸多楊柳老

석양엔 흘러가는 강물만 보입니다.　　　　夕陽空見水西流

최경창崔慶昌(1539~1583)의 〈무제無題〉란 작품이다. 한시에서 '무제'를 표제로 내거는 것은 마땅히 붙일 만한 제목이 없어서가 아니다. 제목을 붙이지 않은 채 오히려 독자의 적극적인 독시를 요구하기도 한다. 또한 무제시는 이상은李商隱 이래로 남녀 간의 애정을 다루는 염정풍艶情風의 분위기를 띠는 것이 보통이다.

서울 계신 임을 그려 날마다 누각에 오르는 여인의 하소연을 담았다. 마음만 먹으면 그리 먼 거리도 아니다. 금세 오마 하던 임은 소식이 끊긴 지 오래다. 방초는 푸르러만 가는데, 임과 헤어질 때 재회를 약속하며 꺾어준 버들가지는 날로 추레해져 간다. 그녀는 날마다 누각에 올라 목을 빼어 임 계신 곳만 바라본다. 그러나 눈에 들어오는 것은 그 길로 뚜벅뚜벅 걸어오시는 임의 모습이 아니다. 그녀의 슬픔처럼 출렁이며 흘러가는 강물뿐이다.

저물녘의 피리 소리

예전 진晉나라 때 향수向秀는 죽림칠현竹林七賢의 한 사람이었다. 뒤에 칠현이 죽거나 뿔뿔이 흩어진 후, 예전 벗들과 함께 노닐던 산양山陽 땅 옛집을 지날 때였다. 옛 생각에 잠겨 배회하는데 저물녘에 이웃에서 들려오는 피리 소리를 들었다. 향수는 그리움에 사무쳐 〈옛날을 그리는 노래思舊賦〉를 지었다. 이후 석양 무렵의 피리 소리는 옛날을 그리워함, 또는 가고 없는 벗을 향한 그리움의 정운을 띠게 되었다.

<blockquote>

그때에 쫓겨간 이 몇이나 남았던고　　當時逐客幾人存

봄바람에 말 세우니 홀로 애가 끊는다.　　立馬東風獨斷魂

안개비 자욱한 개산 한식 길에서　　烟雨介山寒食路

저물녘 피리 소리 차마 듣지 못하겠네.　　不堪聞笛夕陽村

</blockquote>

신광한申光漢(1484~1555)의 〈김세필의 옛집을 들러過金世弼故居〉라는 작품이다. 김세필金世弼(1473~1533)은 기묘사화 때 조광조趙光祖(1482~1519)를 사사한 일이 부당하다고 중종에게 간하다가 귀양 갔다. 돌이켜보면 어지러운 시절이었다. 말 한마디 거스르면 쫓겨나고, 목숨을 부지하기도 벅찬 세월이었다. 하나 둘 떠나가고, 새로 맞은 봄바람 앞에 나 홀로 가슴 아프다. 개자추介子推의 넋을 기려 찬밥 먹는 한식날, 문득 그대의 그 정신이 그리워 그대의 옛집을 찾았다. 그대의 자취는 이미 찾을 길이 없고, 저물녘 피리 소리만 그리움의 애간장을 녹이는구나. 3구의 개산介山은 실제 지명이기도 하다. 《현호쇄담玄湖瑣談》에 보인다.

<blockquote>

저물녘 강물 위엔 피리의 소리　　夕陽江上笛

보슬비 맞고서 강 건너는 이.　　細雨渡江人

남은 소리 아득히 찾을 길 없네　　餘響杳無處

</blockquote>

나무마다 봄 맞아 강 꽃이 폈다.   江花樹樹春

　백광훈의 〈능소대 아래서 피리 소리를 듣고陵霄臺下聞笛〉란 작품
이다. 저물녘 피리 소리엔 그리움이 묻어 있다. 보슬비에 그리움을
묻혀 강을 건너가는 사람. 어디서 들려오는 피리 소릴까? 허공은
그 소리를 삼켜버린다. 능소대 위인가 올려다보니 피리 부는 사람
은 보이질 않고, 나무마다 강 꽃이 활짝 폈구나.

봄바람에 옥피리 낙양성을 울리니   春風玉笛洛陽城
애 끊는 그 소리 차마 듣지 못하겠네.   腸斷難堪聽一聲
만발했던 매화도 모두 다 떨어지고   滿樹梅花零落盡
강물 같은 푸른 하늘 둥근 달이 밝구나.   碧天如水月輪明

　권벽의 〈봄밤에 피리 소리를 듣고春夜聞笛〉이다. 삘릴리 피리 소
리가 서울 밤하늘에 울려 퍼진다. 가고 없는 옛 친구가 문득 그립
다. 그리움 담아 활짝 핀 매화꽃도 떨어지니 내 마음 허전하여 둘
데 없는데, 올려다본 하늘엔 달이 떴구나. 그리운 벗의 얼굴이 거기
있구나.

봄 그늘 아득히 황혼 향해 가는데   春陰漠漠向黃昏
빈 골목 사람 없고 참새만 조잘댄다.   空巷無人雀自喧
다만 홀로 산양 땅엔 옛 벗만 남아서   獨有山陽舊儔侶
피리 소리 없어도 그만 애가 녹는다.   不聞隣笛也消魂

권필이 지은 〈성산 땅 구용의 집을 지나며過城山具容宅〉 두 수의 둘째 수이다. 세상을 떠난 벗의 옛집을 지나다가 앞서 향수의 고사를 떠올렸다. 석양 무렵 쓸쓸히 가고 없는 옛 벗의 집을 찾았다. 주인 잃은 골목은 텅 비었고, 참새가 제 집처럼 떼를 지어 시끄럽다. 막막한 것은 봄 그늘이 아니라 내 마음이다. 예전 같이 놀던 벗들은 찾아볼 길 없고, 집주인은 대답 없이 흙 속에 누워 있다. 나 홀로 여기 서니 이웃에서 들려오는 피리 소리 없어도 스산한 마음을 가눌 길 없다.

이상 몇 수의 시에서 보듯 저물녘의 피리 소리는 가버린 시절이나 세상을 떠난 벗을 향한 그리움과 맞닿아 있다.

이해 못할 〈국화 옆에서〉

어떤 시인이 부른 노래가 사람들의 정서를 파고들어 깊은 공감을 일으키면, 이것이 자주 여러 시인의 입에 오르내리게 된다. 그렇게 되면 특정 단어 위에 사전적 의미를 넘어선 정운이 얹힌다. 지금까지 살펴본 '남포南浦'나 '절류折柳', 그리고 '추선秋扇'과 '의루倚樓', '문적聞笛' 등이 다 그런 예들이다. 한시에는 이런 정운이 풍부한 어휘들이 유난히 많다. 한시의 언어 특성상 이러한 어휘들은 시가 언어의 함축을 더욱 유장하고 깊이 있게 해주는 효과를 발휘한다. 한시 감상에서 이러한 어휘를 바로 알지 못하면 시를 전혀 엉뚱하게 곡해할 염려가 크다.

대개 특정의 어휘가 정운을 머금는 과정에는 동질의 문화를 공유

하는 집단의 내적 교감이 전제된다. 같은 어휘가 다른 문화권에서
는 전혀 다른 의미로 읽히기도 한다. 외국시를 읽을 때는 특히 이
점이 어렵다. 이러한 어휘들은 시가 속에 감춰둔 암호와도 같아, 이
것을 해독하지 않고는 그 시에 접근하는 통로를 열 수가 없다.

미당 서정주의 〈국화 옆에서〉를 프랑스어로 번역하여 프랑스 시
인에게 한국의 대표시로 소개했더니 고개를 갸우뚱하더라는 말을
들은 적이 있다. 그도 그럴 것이, 우리는 중고등학교 때부터 국화
하면 "도리桃李야 곳이온 양 마라, 임의 뜻을 알쾌라."나 "아마도 오
상고절傲霜孤節은 너뿐인가 하노라."처럼 추위를 아랑곳 않는 매운
절개를 상징하는 꽃으로 배워왔다. 그러기에 "머나먼 젊음의 뒤안
길에서 이제는 돌아와 거울 앞에 선 내 누님같이 생긴 꽃"이라는 시
인의 언급은 이것의 자연스런 변용으로 받아들여진다. 반면 프랑스
에서 국화는 장례식 때나 쓰는 '죽음'을 의미하는 꽃이다.

그리고 보면 그 프랑스 시인은 "한 송이 국화꽃을 피우기 위해 봄
부터 소쩍새는 그렇게 울었나 보다."라는 문장을 "봄부터 죽음을
예감하고 소쩍새가 울었다."는 의미쯤으로 받아들였을 법하다. "천
둥은 먹구름 속에서 또 그렇게 울었나 보다."에 이르러서는 여름까
지 지속된 자살의 충동을 떠올렸을지도 모르겠다. 그러니 여기에서
무슨 감동이 피어나겠는가.

무궁화만 해도 그렇다. 우리나라 사람들은 무궁화를 두고 "피고
지고 또 피어 무궁화라네."라고 노래한다. 저녁때 졌는가 싶으면 다
음 날 아침 어느새 나무 가득 꽃을 피우는 그 모습에서 '무궁無窮'
의 의미를 읽어 나라꽃으로 기린다. 이에 반해 중국 사람들은 이를
'조개모락화朝開暮落花', 즉 아침에 피었다가 저녁이면 지는 꽃이라

정선, 〈동리채국東籬採菊〉, 18세기, 22.7×59.7cm, 국립중앙박물관.
빼끔히 열린 사립, 울타리 아래서 국화를 캐다 말고
멀리 남산을 바라본다. 저물녘이다. 햇살이 곱구나.

하여 인간의 덧없는 부귀영화를 상징하는 꽃, 또는 한치 앞을 내다
보지 못하는 소인배의 상징으로 폄하한다. 그러니 우리나라의 무궁
화 운동가가 우리나라 사람이 지은 무궁화 시가 별반 없음을 통탄
하여 중국 시인이 노래한 무궁화 시를 잔뜩 모아보았자 자신이 바
라던 무궁화를 예찬한 노래는 한 수도 얻을 수가 없다. 맹교가 〈사
귄審交〉에서 "소인배 같은 근화의 마음, 아침엔 있다가도 저녁엔 없
네.小人槿花心, 朝在夕不存."라 한 것이나, 백낙천이 〈방언放言〉에서 "소
나무는 천 년 만에 마침내 썩는데, 무궁화는 단 하루를 영화롭게 여
긴다네.松樹千年終是朽, 槿花一日自爲榮."라 한 예만 보아도 알 수 있다.

  한시에는 이렇듯 한시 문화권에서만 통용되는 상징적 의미를 가
진 어휘들이 많다. 다른 한 예로, 도연명이 〈음주〉에서 "동쪽 울 밑
에서 국화를 캐다, 유연히 남산을 바라보노라.采菊東籬下, 悠然見南
山."라고 한 이래로 은사를 자처하는 이들은 자신의 집 울타리가 어
느 방향으로 나 있건 간에 모두 '동리東籬'라고 하였다. 화가들도 덩
달아 '채국동리도采菊東籬圖'를 다투어 그렸다. 이후 이 말은 '세상
을 피해 사는 고상한 선비의 거처'를 상징하는 의미로 굳어져 시문
속에 자주 등장한다.

  특정 어휘가 특수한 정운을 띠게 되면 요즘 식으로 말해 사은유
dead metaphor가 된다. 이것이 진부한 표현으로 떨어지지 않으려면
시인은 늘 새로운 감성과 참신한 생각으로 이를 다스릴 줄 알아야
한다. 진부한 것에 생명을 불어넣는 것, 익숙한 것을 새롭게 만나도
록 하는 것, 이것은 시인의 창조적 정신이 만들어내는 하나의 마술
이다.

즐거운 오독

—

모호성에 대하여

그리고 사람을 그리다

언어는 종종 오해를 일으킨다. 필자가 근무하는 대학의 화장실에 이런 스티커가 붙은 적이 있다. "이단은 당신의 영혼을 노리고 있다." 그 아래에 이른바 이단 종파에서 내세우는 상투적 주장을 열거한 뒤, 여러 교파의 이름을 나열하고 끝에 '○○○ 이단집단대책위원회'라고 써놓았다. 화장실에 갈 때마다 이 단체가 이단을 집단으로 대책하는 위원회인지, 이단집단을 대책하는 위원회인지 알 수가 없어 고개를 갸우뚱하곤 했다. "할머니가죽을드신다."는 "할머니가 죽을 드신다."인가, 아니면 "할머니, 가죽을 드신다."인가. "예수가 마귀를 쫓는다."고 할 때, 예수가 쫓는 것이 마귀인가 까마귀인가? 웃자는 말이지만 일상의 언어는 자칫 듣는 이에게 엉뚱한 상상이나 오해를 불러일으키는 경우가 많다.

등화관제가

실시됐던

지나간

여름

밤

사이렌 소리에 불이 꺼지자 망 쳐진 내 창으로 수천의 눈동자가 나를 노려보고 있었다.

대학 시절 〈은하수〉란 제목으로 썼던 습작이다. 서울 하늘에 은

하수는 없는 줄 알았다. 1980년대 초 어느 여름 등화관제가 실시되던 밤, 불이 꺼지자 서울의 하늘에 황홀하게 내걸리던 은하수를 잊을 수 없다. 좌표를 설정하지 못해 방황하던 청춘에게 느닷없이 모습을 드러낸 은하수의 불빛은 나를 질타하며 내리꽂히던 눈동자로 보였다.

'망 쳐진 내 창'은 원래 '망網이 쳐진 내 창'이라는 뜻이었다. 문학 동아리에서 시를 합평할 때 일이다. 친구 녀석이 내 습작 속의 '망 쳐진'을 '망가져버린'으로 읽어 기막힌 표현이라고 감탄을 거듭하는 바람에 필자는 졸지에 훌륭한 시인이 되고 말았다.

신문의 신간 소개를 보니 '그리고 사람을 그리다'라는 제목을 단 수필집이 보인다. 여기서 '그리고'는 '그림을 그린다'인가, 누군가를 '그리워한다'인가. 아니면 단순히 'and'의 뜻인가. 또는 사람을 그려놓고 그 사람을 그리워한다는 것인가, 어떤 사람을 그리워하다가 그림으로 그렸다는 것인가? 이 경우 언어는 어느 하나의 의미로 고정되기를 즐기지 않는다.

한일병합 당시 병합조약 문서에 당시 조정 대신들이 서명한 후 그 아래에 가부를 적었다. 내무대신이었던 김윤식金允植은 '불가불가不可不可'라는 네 글자를 썼다. 병합에 찬성한다는 말인가, 반대한다는 말인가? '불가! 불가!'로 끊어 읽으면 병합을 결사반대한다는 말이니 만고의 충신이다. "불가하다고 하는 것이 불가하다"로 읽을 수도 있다. 이 경우 병합은 안 되려야 안 될 수 없는 역사의 필연임을 강조한 것이 되어 천하의 매국노가 된다. 또 "불가불 가"로 읽으면 어떨까? '불가불'이나 '부득불'은 '어쩔 수 없어서', '아니라고 할 수 없어서'의 뜻이니, '속으로는 반대하고 싶지만 어쩔 수 없이 찬성한다.'는 의미가 된다. 회색분자, 박쥐의 언행이다. 이 말의 해석을 두고 당시 말들이 시끄러웠다. 병합이 되자 그는 일제로부터 자작의 작위와 은사금을 받았다. 나아가 자신의 문집으로 일본 학술원상을 수상하기까지 했다. 매국노의 소행이 분명하다. 하지만 뒤에 3·1운동이 일어나자 조선의 독립 승인을 요구하는 〈대일본장서對日本長書〉를 일본 정부에 제출하여 징역 2년에 집행유예 3년을 선고받고 작위 또한 박탈당했다. 일생의 출처 행적이 그의 말과 어찌 그리 방불한가.

그런가 하면 이 띄어쓰기가 사람을 잡기도 한다. 《논어》〈향당鄕黨〉에는 "구분廐焚이거늘, 자퇴조子退朝, 왈曰 : '상인호傷人乎?'아 하고 불문마不問馬러시다."라는 구절이 나온다. "마구간에 불이 났다. 공자께서 조정에서 퇴근하여 말씀하셨다. '사람이 상했는가?' 말에 대해서는 묻지 않으셨다."로 새긴다. 주자는 이에 대해 공자께서 말을 사랑치 않은 것이 아니나, 사람이 상했을까 염려하는 마음이 많았기 때문에 물어볼 겨를이 없었던 것이라 풀이하고, 대개 사람을 귀히 여기고 가축을 천하게 여기는 것은 도리가 마땅히 이와 같다고 하였다.

뒤에 왕양명王陽明은 "구분廐焚이거늘, 자퇴조子退朝, 왈曰 : '상인호부傷人乎不?'아 하고 문마問馬러시다."로 구절을 끊어서 뒷부분을 "사람이 다치지 않았느냐 하시고는 말을 물으셨다."고 풀이하였다. 앞서는 사람만 묻고 말은 묻지 않은 것이었는데, 띄어쓰기를 이렇게 하고 보니, 사람을 먼저 묻고 나서 말을 뒤에 물으신 것이 된다. 주자학이 서슬 푸르던 때 백호白湖 윤휴尹鑴(1617~1680)는 왕양명의 설을 채용하여, 성인이 사람만 사랑하고 말을 사랑치 않을 까닭이 없으나 사람과 짐승은 구분이 있는지라 사람을 먼저 하고 짐승을 나중에 물으신 것으로 보아야 한다고 주자의 풀이에 이의를 제기하였다. 경전에 대한 주자의 여러 해석에 줄곧 의문을 제기하던 그는 마침내 사문난적斯文亂賊의 낙인이 찍혀 죄를 입어 죽임을 당했다. 이른바 띄어쓰기가 사람을 잡은 이야기다. 이 시기 이데올로기화한 주자학은 이미 해석의 융통성조차 인정하지 못하는 맹목적 권위로 중무장해 있었던 것이다.

오랑캐 땅의 화초

일상의 언어에서 의미는 어느 하나가 옳으면 나머지는 그른 것이 되지만, 시의 언어에서는 꼭 그렇지가 않다. 이 대목에서 모호성 ambiguity의 문제가 발생한다. 어떤 면에서 시인은 이러한 언어의 모호성을 은근히 즐기는 사람들이다. 시 속에서 이러한 의미들은 오히려 풍부와 함축이 된다.

모호성의 문제가 시학의 관심사가 된 것은 영국의 언어학자 윌리엄 엠프슨William Empson이 〈모호성의 일곱 가지 유형Seven Types of Ambiguity〉이란 논문에서 시에서 모호성이 발생하는 일곱 가지 패턴을 소개하면서부터였다. 'ambiguity'라는 말은 '두 길로 몰고 간다'는 뜻에서 나왔다. 시의 어휘나 구절들은 대개 어느 하나로 규정하기 어려운 포용력과 융통성을 지닌 문맥을 형성한다. 특히 한시 언어에서 이러한 점은 놀라울 정도로 잘 발휘된다. 뛰어난 시는 어떤 의미에서 언어의 포용력과 융통성을 극대화한 시라고 말해도 괜찮다.

한나라 원제元帝 때의 궁녀 왕소군王昭君은 절세의 미녀였다. 원제는 궁녀가 하도 많아 일일이 얼굴을 볼 수 없었다. 그는 화공을 시켜 궁녀의 얼굴을 그려 바치게 하고는 마음에 드는 궁녀를 낙점하였다. 궁녀들은 당시 궁중화가였던 모연수毛延壽에게 뇌물을 주면서 자신의 얼굴을 예쁘게 그려줄 것을 간청하였다. 그러나 도도했던 왕소군은 모연수에게 뇌물을 바치지 않았다. 기분이 상한 모연수는 그녀의 얼굴을 몹시 추하게 그려 임금에게 보였다. 그녀는 당연히 임금을 가까이에서 모실 기회가 한 번도 주어지지 않았다.

한나라는 흉노 문제로 늘 골치를 썩고 있었다. 그때 마침 흉노 왕 호한야胡韓邪가 한나라의 미녀로 왕비 삼을 것을 청하므로, 원제는 못생긴 왕소군을 그에게 주기로 하였다. 막상 왕소군이 오랑캐 땅으로 떠나려고 예를 올릴 때 보니 그녀는 여러 궁녀들 가운데 제일가는 미인이었다. 그녀가 뇌물을 쓰지 않아 모연수가 그녀의 얼굴을 추하게 그린 사정을 뒤늦게 안 황제는, 격노하여 모연수를 죽여버렸다. 그녀는 쓸쓸히 흉노 땅에 들어가 마음에도 없는 오랑캐의 후궁이 되었다.

그녀의 이 가슴 아픈 이야기는 역대 시인들에게 널리 회자되었다. 당나라 때 시인 동방규東方逵는 〈왕소군王昭君〉 다섯 수의 제2수에서 그녀가 떠나는 모습을 이렇게 묘사하였다.

왕소군 옥안장에 올라타는데	昭君拂玉鞍
말 타자 붉은 뺨엔 눈물 흐른다.	上馬啼紅頰
오늘은 한나라 궁녀의 몸이	今日漢宮人

 　내일 아침 오랑캐 땅 첩의 신세라.　　　　　　　　　　明朝胡地妾

　그녀는 졸지에 흉노의 땅에 와 흉노 왕의 첩이 되었다. 그녀의 미모를 본 흉노 왕은 입이 함박만큼 벌어졌다. 하지만 그녀는 말도 통하지 않는 답답함 속에 버림받은 자신의 신세를 한탄하면서 날로 야위어만 갔다. 계절이 바뀌어 봄을 맞은 느낌을 동방규는 제5수에서 이렇게 노래했다.

　　오랑캐 땅이라 화초가 없어　　　　　　　　　胡地無花草
　　봄이 와도 봄 온 것 같지가 않네.　　　　　　春來不似春
　　저절로 옷 허리띠 느슨해지니　　　　　　　　自然衣帶緩
　　몸매를 가꾸기 위함 아닐세.　　　　　　　　非是爲腰身

　절기로는 꽃 시절이 벌써 지났건만 삭막한 북방에는 꽃이 피질 않으니 봄은 봄이로되 봄 같지가 않다는 말이다. 안타까운 근심에 몸이 여위어 허리띠가 자꾸 헐거워진다. 혹자는 첫 두 구절을 이렇게 새기기도 한다.

　　오랑캐 땅 화초야 없으랴마는　　　　　　　　胡地無花草
　　봄이 와도 봄 온 것 같지가 않네.　　　　　　春來不似春

　이렇게 보면 의미가 바뀐다. 오랑캐 땅이라고 화초야 왜 없겠는가. 다만 마음을 붙이지 못하는 이역 땅에서 꽃을 대하니, 봄은 왔어도 봄날의 설렘을 느낄 수가 없다는 것이다. 두 가지 가운데 어떻게 읽는 것이 옳을까? 아마도 후자로 읽을 때 그녀의 기막힌 심정이 더 잘 살아날 듯싶다.

특히 '춘래불사춘'이라는 구절은 1980년 봄에 모 정치가가 당시 군부의 서슬 푸른 위세를 빗대어 말해 인구에 회자되기도 했던 사연 많은 구절이기도 하다. 뒷날 그녀는 죽어 흉노의 땅에 묻혔다. 겨울이 되어 흉노 땅의 풀이 모두 시들어도 그녀 무덤의 풀만은 늘 푸르렀다 하여 그 무덤을 '청총靑塚'이라 하였다. 사람들은 그 푸름이 한나라 황제를 향한 변치 않는 마음을 나타낸 것으로 보아 찬탄한다.

조선시대의 일이다. 어떤 고을의 향시鄕試에 제목이 '호지무화초胡地無花草'로 내걸렸다. 응시생들은 모두 왕소군의 고사를 들어 장광설을 늘어놓았다. 막상 장원에 뽑힌 작품은 덩그러니 제목을 네 번 반복해서 쓴 한 서생의 작품이었다.

오랑캐 땅 화초가 없다고 하나	胡地無花草
오랑캐 땅엔들 화초 없을까?	胡地無花草
어찌 땅에 화초가 없으랴마는	胡地無花草
오랑캐 땅이라 화초가 없네.	胡地無花草

어떤가? 같은 글자의 풀이가 모두 제가끔이다. 한문 해석의 모호성을 말할 때 인용하곤 하는 이야기이다. 위 시는 흔히 김삿갓金炳淵(1807~1863)의 시로 알려져 있기도 하다.

개가 짖는 이유

늘은 몸 지친 말 방죽 길은 끝없는데　　　　　　　　　老身倦馬河堤永
느릅나무 지나가자 회나무 그림자라.　　　　　　　　踏盡黃楡綠槐影

늙은 몸으로 지친 말을 끌고 가던 나그네는 끝없이 이어진 방죽 길이 고단하기만 하다. 길옆으로 느릅나무 행렬이 한동안 줄을 잇더니, 이번에는 짙푸른 회나무 그림자가 나그네 위로 드리운다. 아무리 가도 방죽 길은 끝이 보이질 않는 것이다.

송나라 때 유반劉攽이 시를 지은 소동파蘇東坡에게 물었다.

"이것은 그대의 시가 아닌가?"

"그렇네만."

"그렇다면 이것은 해의 그림자인가, 달의 그림자인가?"

"안 가르쳐주겠네. 한퇴지韓退之가 〈성남연구城南聯句〉의 첫 구에 쓴 '대 그림자에 금가루 부서지고竹影金琲碎'에서도 언제 해의 그림자니 달의 그림자니 말하였던가?"

둘은 서로 마주보며 크게 웃었다. 지친 말의 터덜대는 걸음 위로 비춰들던 그림자는 저물녘 석양의 그림자라야 옳은가, 아니면 해진 뒤 잎사귀 사이로 스며든 달그림자라야 좋을까. 소동파는 대답 대신 네 마음대로 생각하라고 시치미를 뚝 떼고 말았다. 설사 둘 다라면 어떻겠는가?《도산청화道山淸話》에 나오는 이야기다.

또 당나라 때 무가상인無可上人의 시 〈가을에 사촌형 가도에게 부치다秋寄從兄賈島〉에서는 이렇게 노래했다.

빗소리 듣느라 찬 밤 새우니	聽雨寒更盡
문 열자 낙엽만 수북 쌓였네.	開門落葉深

그렇다면 그가 밤새 들은 소리는 빗소리였을까, 낙엽 지는 소리였을까? 빗소리였다면 그 비에 나뭇잎이 떨어져 쌓인 것이고, 낙엽 지는 소리였다면 그것을 빗소리로 착각한 것이다. 후자로 볼 경우, 가을날 아침 밤새 내린 비로 땅이 온통 추적추적할 것으로 생각하고 문을 열자 낙엽만 잔뜩 쌓여 있음을 확인하는 머쓱함이 행간에 추가된다.

조선조의 문인 이경전李慶全(1567~1644)이 아홉 살 때 일이다. 할아버지 이산해가 손자를 무릎 위에 앉혀놓고 눈앞의 풍경을 읊게 하였다.

첫째 개가 짖어대자	一犬吠
둘째 개가 짖어대네.	二犬吠
셋째 개도 따라 짖으니	三犬亦隨吠
사람일까, 범일까, 바람 소릴까?	人乎虎乎風聲乎
"산 달은 촛불처럼 환히 밝고요	童言山月正如燭
뜰에는 오동잎새 소리뿐예요."	半庭惟有鳴寒梧

가을 밤 산골 마을의 고즈넉한 광경이다. 한 마리가 짖어대자 동네 개가 모두 짖는다. 무슨 일일까? 뉘 집에 도둑이라도 들었는가, 아니면 범이라도 나타났는가? 그도 저도 아니면 바람 소리에 놀라 저리 짖는가? 끝의 두 구절은 누가 왔나 바깥 좀 내다보라는 어른

말씀에 대한 꼬맹이의 맹랑한 대답이다. 산달이 촛불처럼 환히 밝고, 뜰에는 오동잎이 바람에 서걱대는 소리뿐이라는 말이다. 사람이 온 것도, 범이 온 것도, 그렇다고 세찬 바람이 부는 것도 아니니, 그저 동네 개들은 달빛을 보며 저리 짖어대고 있었던 것이다. 환한 달밤이면 개들은 제 몸을 비비 꼬며 달빛을 보고 컹컹 짖어댄다.

한편 시인은 오동잎이 바람에 바스락대는 소리가 자꾸만 멀리서 신발을 끌며 걸어오는 '예리성曳履聲'으로만 들려, 누가 오는가 싶어 온 동네 개가 저리 짖어대는가 하고 생각했는지도 모르겠다. 시인은 결코 똑 부러지게 말하지 않는다. 여운을 즐기려는 까닭이다. 《소화시평》에 실려 있다. 천금千錦의 시조에도 이런 것이 있다.

> 산촌山村에 밤이 드니 먼 데 개 짖어온다.
> 시비柴扉를 열고 보니 하늘이 차고 달이로다.
> 저 개야 공산空山 잠든 달을 짖어 무삼 하리요.

양식은 달라도 의경意境이 마치 한 솜씨에서 나온 것만 같다.

> 온갖 일 유유하게 한 웃음에 부쳐두고 　　　萬事悠悠一笑揮
> 초당의 봄비 속에 사립을 닫아거네. 　　　草堂春雨掩松扉
> 얄미워라 주렴 밖 강남 갔던 제비야 　　　生憎簾外新歸燕
> 한가한 사람더러 시비를 말하는 듯. 　　　似向閑人說是非

이식李植(1584~1647)의 〈새로 온 제비咏新燕〉란 작품이다. 세상일을 한 웃음에 부쳐두고 봄비 속에 사립마저 닫아걸었다. 야인의 안

장승업張承業,
〈오동폐월도梧桐吠月圖〉,
19세기, 123.4×31cm,
선문대박물관.
저 개야, 짖지 마라. 달빛
환한 밤마다 동네 개들이
다 짖는다. 넓은 오동잎에
가린 달빛에 온 동네가
시끄럽다. 옛 그림의 친숙한
소재 가운데 하나다.

온한 삶 속에도 계절의 섭리는 어김없이 찾아든다. 강남 갔던 제비는 어느새 돌아와 봄비에 풀린 진흙을 물어 보금자리를 꾸미느라 부산스럽다. 4구의 의미가 잘 들어오지 않는다. 지지배배 지지배배 쉴 새 없는 그 소리를, 시인은 시시비비 시시비비쯤으로 듣고 있다. 일껏 시비是非를 벗어나자고 세상을 향한 문을 닫아걸고 있는 나에게 제비가 자꾸만 무엇이 옳고 그른지 좀 더 가늠해보자고 따지는 것 같더란 뜻이다. 염결廉潔을 향한 자의식도 이쯤 되면 지나치다 하겠지만, 새소리의 음사音似로 뜬세상의 작태에 상관하지 않겠다는 주제를 담아내는 재치는 대가란 기림이 아깝지 않다.

《논어》〈위정爲政〉에 "아는 것을 안다 하고, 모르는 것을 모른다 하는 것, 이것이 아는 것이니라.知之爲知之, 不知爲不知, 是知也."라고 한 구절이 있다. 원문을 소리 내어 읽으면 꼭 제비가 지지배배 우는 소리와 비슷하다. 그래서 예전에는 제비가 《논어》를 안다고 하는 말도 있었다. 이렇듯 모호성은 문화적 교양이나 문학 관습을 공유하지 못하는 데서 발생하기도 한다. 예전 같으면 즉각 손뼉이 터져 나왔을 대목도 무슨 말인지 잘 알 수 없게 되는 것이다.

무지개가 뜬 까닭

한시에서 모호성은 흔히 문장 성분이 생략되어 그 여백을 채우는 과정에서 많이 발생한다. 다음은 이달의 〈김양송의 화첩에 적다題金養松畵帖〉란 작품이다.

한시 미학 산책 — ●

한 줄 두 줄 기러기   一行二行雁
만 점 천 점 산.   萬點千點山
삼강 칠택 밖   三江七澤外
동정 소상 사이.   洞庭瀟湘間

번역을 거부하는 시다. 말이 번역이지 글자를 위와 같이 옮기고
보면 서술어 하나 없이 그저 명사를 토막토막 이어놓았을 뿐이다.
그래서 어쨌다는 것인가. 독자를 당혹스럽게 한다. 제화시題畵詩니
만큼 화면으로 재구성해보자. 먼저 조그만 점으로 한 줄인지 두 줄
인지 분명치 않게 그려진 기러기 떼가 날고 있다. 그 너머로 만 점
인지 천 점인지 헤일 수 없이 많은 봉우리들이 연달아 펼쳐진다. 그
사이사이에는 호수와 강물의 흐름도 보인다. 그곳이 삼강三江과 칠
택七澤 그 너머인지, 동정호洞庭湖와 소상강瀟湘江의 사이인지는 가
늠할 수가 없다. 이렇게 풀이해놓고 단어 사이 빈칸에 감춰둔 서술
어를 채우면 이렇다.

한 줄인지 두 줄인지 기러기 날고   一行二行雁
만 점인지 천 점인지 산도 많구나.   萬點千點山
삼강칠택 그 너머 어딘가 싶고   三江七澤外
동정호와 소상강의 사이 같기도.   洞庭瀟湘間

동요에 "달 밝은 가을밤에 기러기들이 찬 서리 맞으면서 어디로
들 가나요."란 노랫말을 떠올리게 하는 시경이다. 아득한 산과 강
너머로 기러기 떼가 날아간다. '일一'과 '양兩', 그리고 '만萬'과 '천

千’으로 늘어났다 줄었다 하는 배열로 재치를 부렸고, 또 ‘삼三’과
‘칠七’의 변화를 얹어서 숫자의 묘미를 한껏 살렸다. ‘일행一行’과
‘이행二行’의 사이, ‘만점萬點’과 ‘천점千點’의 가운데에 시인이 의도
적으로 비워둔 공간을 채우는 것은 전적으로 감상자의 안목에 달려
있다.

서울을 떠도는 저 나그네야	京洛旅遊客
구름 산 어드메가 그대 집이뇨.	雲山何處家
엷은 안개 대숲 길에 피어나오고	疎煙生竹徑
보슬비 등꽃 위로 떨어집니다.	細雨落藤花

　역시 이달의 〈윤서중의 시에 차운하여次尹恕中韻〉란 작품이다.
1·2구에서는 개방형 언사로 나그네에게 집이 어디냐고 묻는다. 이
어지는 3·4구는 연결이 매끄럽지 않다. 집이 어디냐고 물었는데,
시인은 고향이 어디라고 말하는 대신 대숲 길에 엷은 안개가 피어
나고, 보랏빛 등꽃 위로 보슬비가 보슬보슬 내린다고 말한다. 동문
서답 같지만 시인은 지금 “제 고향은 바로 그렇게 아름다운 곳이랍
니다.”라고 대답하고 있는 중이다. 이것을 알아차리지 못하면 이 시
는 매끄럽게 읽히지 않는다.

백로 하나 버들 뿌리 밟고 서 있고	一鷺踏柳根
백로 하나 물속에 그냥 서 있네.	一鷺立水中
산허리 짙푸르고 하늘은 캄캄한데	山腹深青天黑色
무수한 백로들이 번드쳐 날아간다.	無數白鷺飛翻空

한시 미학 산책 — ●

아이가 소를 타고 시내를 첨벙대자   頑童騎牛亂溪水
시냇물 건너편에 무지개가 오르누나. 隔溪飛上美人虹

　박지원의 〈도중에 날이 잠깐 개어道中乍晴〉란 작품이다. 종일 비가 내렸다. 먹구름은 여전히 하늘에 검게 드리웠다. 산허리도 검은 구름에 눌려 우중충하게 잠겨 있다. 물가에는 여기저기 백로가 빗속에 꼼짝도 않고 서 있다. 잔뜩 찌푸린 하늘과 푸르다 못해 검은 산 빛은 백로의 흰 깃을 파묻을 듯 압도한다. 그런데 갑자기 한두 마리가 아닌 무수한 백로들이 허공을 번드치며 솟아오른다. 어둡던 하늘이, 우중충하던 산허리가 온통 백로의 흰빛으로 차오른다. 웬일일까? 어디선가 나타난 아이가 소를 타고 시냇물을 첨벙대며 건너왔던 것이다. 고요하고 팽팽하던 긴장이 일순간에 무너졌다. 바로 그때 강 저편에 무지개가 찬란히 걸렸다. 소 탄 아이의 첨벙대는 물장난이 백로를 놀래 깨웠고, 백로의 비상이 날을 개게 하고 무지개를 띄웠다. 자연이 인간과 만나 하나로 교감하는 현장이다. 왕국유王國維의 말을 빌리면 불격不隔, 즉 틈이 없다.

북악은 창끝처럼 높이 솟았고   北岳高戌削
남산의 소나무는 검게 변했다.   南山松黑色
송골매 지나가자 숲은 겁먹고   隼過林木肅
학 울음에 저 하늘이 새파래지네. 鶴鳴昊天碧

　시의 제목은 〈지독한 추위極寒〉이다. 역시 박지원의 작품이다. 어지간히 추운 날씨였던 모양이다. 멀리 북악산은 매운 날씨에 창끝

을 세운 듯 삐죽 솟았고, 맞은편 남산의 소나무는 파랗게 질리다 못
해 숫제 검은빛을 띠었다. 안 그래도 추워 움츠린 판에 송골매 한
마리가 숲 위를 선회하자 숲은 병아리 떼처럼 겁을 먹고 목을 움츠
린다. 팽팽하다. 그 팽팽한 긴장을 깨뜨리며 학은 청아한 목을 빼어
허공을 운다. 그 소리에 하늘은 얼음장에 쨍 하고 금이 가듯 더 푸
르러진다. 턱이 덜덜 떨리는 추위이다.

스무 글자 어디에도 춥다는 말은 없다. 그저 경물을 묘사하고 있
을 뿐이다. 제목마저 없었다면 무슨 말을 하고 있는지 어리둥절해
질 법하다. 시인은 제목으로 분위기를 잡아놓고, 정작 시 속에서는
독자의 예상을 외면하고 딴청을 부렸다. 여기에서 의미의 단절이
온다. 단절을 채워 제목과 본문을 잇는 것은 독자의 몫으로 남겼다.
참으로 귀신이 곡할 붓이 아닌가. 미당이 〈동천冬天〉에서, "내 마음
속 우리 님의 고운 눈썹을/즈믄 밤의 꿈으로 맑게 씻어서/하늘에다
옮기어 심어났더니/동지 섣달 날으는 무서운 새가/그걸 알고 시늉
하며 빗기어가네."라 했는데, 어쩌면 고금의 솜씨가 이렇듯 암합暗
合하는가.

백발삼천장

<table>
<tr><td>흰머리 풀어헤쳐 삼천 장 됨은</td><td>白髮三千丈</td></tr>
<tr><td>근심으로 이다지 길어진 걸세.</td><td>緣愁似箇長</td></tr>
<tr><td>해맑은 거울 속 그 어드메서</td><td>不知明鏡裏</td></tr>
<tr><td>가을 서리 얻었는가 모르겠구나.</td><td>何處得秋霜</td></tr>
</table>

첫 구로 아주 유명한 이백의 〈추포의 노래秋浦歌〉 중 한 수이다. 추포는 가을날의 물가가 아니라 양자강 연안 안휘성安徽省 귀지현貴池縣의 옛 지명이다. 황숙찬黃叔燦은 《당시전주唐詩箋注》에서 "거울에 얼굴을 비추다가 백발을 보자 갑자기 느낌이 일어 차례도 없이 곧장 말하여 이처럼 돌올하게 되었다."고 풀이했다. 어느 날 우연히 거울을 보다가 문득 흰머리를 발견하고 놀란 마음을 삼천 장의 길이로 환치하여 다짜고짜 '백발삼천장'의 표현으로 말문을 열었다고 본 것이다. 흔히 이 시의 주제를 '탄로嘆老'로 새기는 데 고금의 이론이 없는 듯하다. 1·2구와 3·4구를 뒤집은 돌연한 도치도 주목되거니와, 머리카락을 무려 삼천 장이라는 어마어마한 길이와 연결시킴으로써 한시의 수사적 과장을 말할 때면 '나는 물결 곧바로 삼천 척을 떨어지네飛流直下三千尺'나 '마치도 은하수가 구천에서 떨어진 듯疑是銀河落九天'의 구절과 함께 거론되는 명구이다.

그러나 필자는 이러한 단순한 풀이에 얼마간 의문을 갖고 있다. 〈추포가〉는 모두 17수의 연작시이고, 위 시는 제15수이다. 당시 이백은 실의 속에 장안을 떠나 추포 땅을 전전하던 처지였다. 대낮에도 흰 원숭이만 끽끽 울어대는 이곳의 황량하고 적막한 풍광 속에서 인생의 신산辛酸과 우수에 젖어 있었다. 제1수의 첫 구절은 "추포는 언제나 가을 같아서, 쓸쓸히 근심에 잠기게 하네.秋浦長似秋, 蕭條使人愁."라 하였고, 제2수도 "추포의 잔나비 밤 시름겹고, 황산도 머리가 희게 다 셌네.秋浦猿夜愁, 黃山堪白頭."라 하였다. 또 제4수에서는 "잔나비 울음이 백발 재촉해, 머리칼 온통 희게 세었네.猿聲催白髮, 長短盡成絲."라 하였다. 추포란 고장이 시인에게 지울 길 없는 삶의 근심을 일깨워 어깨를 짓누르는 암울한 그림자를 드리우고 있음을 보게 된다.

제12수에서는 "강물은 마치도 흰 비단 같고, 물과 하늘 맞닿아 평평하도다. 밝은 달빛 타고서 노닐 만해라. 꽃 보며 술 배에 올라 타리라.水如一疋練, 此地卽平天. 耐可乘明月, 看花上酒船."라고 노래했다. 추포의 달밤은 수면은 마치 흰 깁을 펼쳐놓은 듯 곱고, 강물은 하늘과 맞닿아 끝 간 데를 알 길 없는 황홀경이다. 제13수에서는 "맑은 물은 흰 달을 깨끗이 씻어, 달 밝자 백로가 날아오르네.淥水淨素月, 月明白鷺飛."라 했다. 역시 달밤의 경물을 해맑게 묘사하였다. 그러고 나서 문제의 제15수가 나온다. 그렇다면 1구의 '백발삼천장'은 시인의 머리칼이 아니라 달빛을 받아 흰 깁을 펼쳐놓은 듯 길게 흘러가는 추포의 강물 줄기로 보아야 옳지 않을까? 안 그래도 시름에 겨워 있던 시인은 좀 전에 흰 깁 같다던 강물을 굽어보다가 문득 '네 머리칼도 나처럼 희게 세었구나.' 하는 탄식을 떠올렸던 것이다.

모곡풍毛谷風은 《당인오절선唐人五絶選》에서 3구의 명경明鏡은 바로 추포의 한 지명인 '옥경담玉鏡潭'을 지칭한다고 보았다. 그럼에도 그는 위 시의 주제를 '탄로嘆老'로 보아 1구를 극도의 과장으로 이해했는데, 달빛 찬란한 밤 배 위에서 강물에 비친 제 모습을 보다가 흰 머리칼을 발견하고 깜짝 놀랐다는 것은 왠지 부자연스럽다. 흰 달빛 아래 무슨 흰 머리칼이 비친단 말인가. 요컨대 위 시는 달빛 받아 반짝이는 강물을 바라보다가, "강물아! 너는 무슨 근심이 그리 깊어 기나긴 머리칼이 희게 물들었느냐. 명경과도 같다는 옥경담 강물 위에 웬 서리가 이리도 내렸더란 말이냐."며 내뱉은 탄식으로 보아야 옳겠다. 만일 달빛 아래 배를 타고 노닐던 시인이 갑자기 품에서 거울을 꺼내 자기 얼굴을 들여다보고, 거울에 비친 자기 모습에 뜨악하여 '백발삼천장'을 외쳤다면 이 얼마나 싱거운 일이 겠는가.

그러고 보면 '백발삼천장'이란 표현은 달빛 어린 흰 강물을 '백발'에 견준 그 발상의 참신함을 높이 살 일이지, '삼천장'의 과장에 '역시 중국 사람은 못 말려.' 하고 혀를 내두를 일은 아닌 듯싶다. 이백이 쳐놓은 언어의 그물에 고금의 독자들이 다 걸려들었던 것일까. 필자의 생각과는 조금 다르지만 성호星湖 이익李瀷(1681~1763)도 일찍이 《성호사설星湖僿說》에서 백발삼천장의 해석에 의심을 품어 추포 옆 수거령水車嶺 꼭대기의 빙설氷雪이 물에 거꾸로 비친 것을 말한 것으로 해석한 바 있다.

이와 비슷한 경우를 하나 더 보자. 병주幷州에 얽힌 이야기가 그것이다. 타관 땅을 떠돌며 '고향이 그리워도 못 가는 신세'를 되뇌다가도 막상 고향 언덕에 서서 변해버린 산천을 바라보노라면, 또 정지용의 시처럼 '고향에 고향에 찾아와도 그리던 고향은 아니러뇨.'의 탄식을 금할 수 없는 법이다.

권필은 그의 시 〈술회述懷〉의 서두에서 이렇게 노래했다.

> 건덕이 어찌 내 살 땅이리　　　　　　　建德豈吾土
>
> 병주도 또한 고향 아닐세.　　　　　　　幷州非故鄉

건덕과 병주는 땅 이름이다. 그 속에는 깊은 의미가 함축되어 있다. 건덕은 《장자》〈산목山木〉에 나오는 도가적 이상향의 이름이다. 그 나라 백성은 어리석고 소박하며 욕심이 적다고 했다. 남에게 베

풀고도 보답을 바라지 않고, 예의가 무엇인지 알지 못하지만 천지를 마음껏 다니면서 즐겁게 사는 사람들이 모여 사는 고대인의 유토피아다.

병주는 당나라 때 시인 가도에 얽힌 고사가 있다. 그는 본래 함양 사람이었다. 오랫동안 병주에 살면서 늘 고향 함양을 그려왔었다. 그런데 어느 날 문득 강을 건너 함양에 오고 보니, 이제는 도리어 병주가 그리워지더라는 이야기다. 그래서 사전을 찾아보면 병주는 흔히 '제2의 고향'이란 의미로 나와 있다. 가도는 승려였는데 추고推敲의 고사가 인연이 되어 만난 한유韓愈의 권유로 환속하여 벼슬을 살았다. 권필이 위 시에서 건덕도 내 땅이 아니고, 병주도 내 고향이 아니라고 한 것은, 한때 도불道佛에 탐닉했던 지난날을 돌이켜보며 유자 본연의 자세로 돌아오겠다는 선언인 셈이다. 열 자 안에 담긴 함축이 깊고 깊다.

병주지정幷州之情의 고사를 낳게 한, 가도가 병주를 떠나면서 지은 시를 보자.

병주 땅 객사에서 십 년 세월 보내며
가고픈 맘 밤낮으로 함양을 그렸었지.
뜬금없이 다시금 상건수를 건너서
병주를 바라보니 이 또한 고향일레.

客舍幷州已十霜
歸心日夜憶咸陽
無端更渡桑乾水
却望幷州是故鄕

10년 세월 동안 고향 함양을 밤낮으로 그리며 돌아갈 꿈을 키워왔는데, 이제 다시금 상건수桑乾水를 건너고 나니 도리어 병주가 고향처럼 여겨진다는 것이다. 서울 사는 사람은 언제나 전원의 목가

적 풍광을 사모한다. 그러나 막상 그곳에 가면 며칠이 못 되어 다시
도회의 번화한 풍광과 따뜻한 커피 한잔이 그립게 마련이다. 이에
대한 처방은 무엇일까? 서울과 시골의 중간쯤에 사는 것은 어떨까?
　가도의 이 시가 널리 회자되어 일본 에도 시대의 대표적 시인 마
쓰오 바쇼松尾芭蕉는 이런 하이쿠를 남겼다.

> 가을 십 년에
> 도리어 에도江戶 쪽을
> 가리키는 고향

　10여 성상의 에도 생활을 청산하고 고향으로 떠나는데, 문득 되
돌아보니 고향인 이가伊賀를 향한 설렘보다 에도를 향하는 애틋한
마음이 더욱 간절하다는 사연이다.
　그런데 병주와 관련된 고사의 인용은 옛사람들의 착각에서 비롯
된 것이라서 흥미롭다. 요점부터 말하면, 상건수는 병주와 함양 사
이를 흐르는 강이 아니라 병주의 북쪽에 흐르는 강이다. 말하자면
시인은 상건수를 건넘으로써 함양에 되돌아온 것이 아니라, 함양에
서 오히려 더 멀어진 것이다. 그러니까 시인은 고향 함양을 밤낮으
로 간절히 그리다가, 고향에 돌아가기는커녕 상건수를 건너 그 반
대편으로 더 멀어지고 보니, 이제 병주를 바라보며 위안을 삼는다
고 말한 셈이다. 그러니 고향에 돌아갈 날은 그 언제일 것인가? 이
것이 시인이 위 시에서 전달하려고 한 본뜻이다. 왕세무王世懋의
《예포힐여藝圃擷餘》에 나온다.
　이수광도 《지봉유설》에서, "살펴보니 당나라 때 상건도독부를 설

치하였는데 병주의 북쪽에 있었다. 이제 상건수를 건넜다고 했으니 함양에서 더욱더 멀어진 것이다."라고 이미 정확하게 지적했다. 더욱이 최근의 연구에서 이 작품은 애초에 가도가 아닌 유조劉皂의 작품이며, 제목도 〈상건수를 건너며渡桑乾〉가 아닌 〈여차삭방旅次朔方〉이라는 주장이 유력하게 제기되었다.

과연 두 곳의 지명과 연관하여 상건수의 위치를 비정해보면, 지금까지 위 시에 대한 고금의 착각이 자못 통쾌하다. 또 병주란 말은 망향과 그에 따른 모순 심리의 정운이 담뿍 담긴 말이 되었다. 이제 와서 사실이 그렇지 않다고 해도 설복시키기가 쉽지 않은 일이 되고 말았다.

뱃속 아이의 정체

위와 같은 오독은 감상자의 착각, 즉 상식의 허에서 말미암은 경우지만, 시구 해석상의 오독일 경우는 그 문제가 자못 심각하다. 그 대표적인 예가 정몽주의 〈정부원征婦怨〉이란 작품이다.

한 번 떠난 뒤로 여러 해 소식 없어	一別年多消息稀
수자리의 삶과 죽음 그 누가 알랴.	寒垣存沒有誰知
오늘 처음 솜옷을 지어서 보내나니	今朝始寄寒衣去
울며 보내고 돌아올 때 뱃속에 아기 있었네.	泣送歸時在腹兒

위 풀이는 《한국 한시》(민음사, 1991)에 수록된 김달진 선생의 번

역을 그대로 옮긴 것이다. 한 번 헤어진 뒤 여러 해가 되도록 임은 생사조차 알 길이 없다. 3구에서 오늘 아침에야 비로소 임께 겨울옷을 보낸다고 했다. 이 '비로소'란 말은 임이 떠난 뒤 처음이라는 의미거나, 아니면 추위가 이미 닥친 뒤인 오늘에서야란 의미로 이해할 수 있겠으나, 아무래도 전자가 옳겠다. 먼 변방으로 남편을 떠나보낸 아낙네의 안타까운 심정이 절절하다.

그런데 4구에서 이야기가 갑자기 엉뚱하게 전개된다. 남편에게 솜옷을 보내고 울며 돌아올 때 뱃속에 아이가 있었다고 하여, 현재 자신이 임신 중임을 말하고 있는 것이다. 그녀는 남편과 헤어진 지가 이미 여러 해가 되었다고 분명히 말했다. 그렇다면 뱃속의 아이는 누구의 아이란 말인가? 남편과의 사이에서 아이를 가질 상황이 아닐진대, 그녀는 남편이 수자리 살러 간 사이에 다른 남자와의 사이에서 불륜의 씨앗을 잉태한 것이다.

우리의 궁금증은 여기에서 한없이 증폭된다. 1구에서 '소식이 드물다'고 했지만, '희稀'가 운자임을 고려한다면 아예 한 번도 소식이 없었다는 말로 이해해도 무방하다. 다른 남자의 아이를 임신한 여자가, 생사조차 모르는 옛 남편에 대해 무슨 애틋한 정이 있어 새삼 솜옷을 지어 부친다는 말인가. 알 수 없는 것이 여자의 마음이라고는 해도, 이 여인의 마음은 도무지 종잡을 수가 없다.

사학자 M 모 교수는 그의 《신라사연구》라는 책에서 이 시를 인용하면서, "여말의 명유 정몽주의 〈정부원〉이란 시에서 수년 간 소식이 없던 남편에게 겨울옷을 보내면서 뱃속에 아이를 가졌노라고 인편에 알리는 외설문학적인 작품이 근엄한 유학자의 문집에 있고" 운운하여, 아예 이 시를 고려 후기 민간의 문란한 성 풍정을 투영하고 있는 사료적 가치를 지닌 작품으로까지 원용했다.

한마디로 말해 어처구니없는 오독이다. 4구는 "울며 보내고 돌아올 때 뱃속에 있던 아이 편에요."라고 옮겨야 한다. 뱃속에 아이가 있던 시점은 여러 해 전 남편이 수자리 살러 떠나던 당시다. 그러니까 그때 뱃속에 있던 그 아이가 아버지의 겨울옷을 가져다주러 변방으로 떠날 만큼 자랐다는 말이다. 이렇게 보면 제4구는 이 시의 처절한 애원哀願을 극도로 농축시킨 표현이다. 뱃속에 있던 아이가 변방으로 아버지를 찾아 심부름을 떠날 수 있을 만큼 자라도록 아버지는 생사조차 모른 채 돌아오지 못하고 있었던 것이다.

10년 가까운 세월 동안 남편의 생사조차 알 길 없어 막막하던 여인은, 마침내 마지막 결심을 하기에 이른다. 그러나 어린 아들이 아버지를 찾아 나선다고 한들 과연 찾을 수나 있겠는가. 아버지는 아들의 얼굴을 모르고, 아들도 아버지의 얼굴을 본 적이 없다. 얼굴도 모르는, 죽었는지 살았는지도 모르는 아버지를 찾아 나서는 아들과 그 아들을 떠나보내는 어미의 마음, 그 갈피갈피에 서린 애끊는 슬픔이야 어찌 필설로 미칠 수 있겠는가. 그러니 이 시를 놓고 근엄한 유학자의 입에서까지 서슴없이 이런 외설적인 이야기가 시화될 정도로 고려 사회의 성 풍정이 타락했다고 지적하는 오독을 지하에서 포은이 듣는다면 과연 어떤 표정을 지었을지 궁금하다.

이 외에도 고사를 모르고 글자의 사전적인 뜻대로만 번역하는 데서 오는 오류는 연구자들 사이에 수도 없이 발견되는 것이다. 권필이 중국 사신을 맞으러 의주에 갔다가 겨울을 나며 몇 달을 머물 때에 형 권겹權韐이 멀리 그곳까지 아우를 찾아왔다. 감격의 상봉을 한 형제가 겨우 감정을 추스른 뒤 아우는 이렇게 그 심경을 읊었다.

서울서 손 나누고 헤어진 뒤로	京口分離後
오래도록 소식도 아득했었네.	音書久杳茫
서로를 그리기 몇 달이던가	相思今幾月
더욱이 낯선 땅서 이리 만났네.	玆會却殊方
눈 속에도 봄빛은 피어나거니	雪裡生春色
하늘가도 고향인 양 포근하구나.	天涯似故鄕
인하여 문 기대어 바라보자니	仍懷倚門望
기쁨은 스러지고 구슬퍼지네.	喜極輒悲傷

필자의 번역이지만 7구만은 한 연구서의 번역을 그대로 좇았다. 이 시의 묘처는 7·8구에 있는데 이렇게 번역해서는 전혀 의미가 살지 않을 뿐 아니라 엉뚱한 소리가 되고 만다. 형제가 오랜만에, 그것도 일생에 한 번 갈까 말까 한 북쪽 변방 의주에서 만나고 보니 감회가 어찌 남다르지 않았으랴.

그런데 7구의 '의문망倚門望'은 고사가 있다. 전국시대 제齊나라 요치淖齒의 난에 왕손가王孫賈가 민왕湣王을 따르다 왕의 소재를 잃고 터덜터덜 집으로 돌아왔다. 그 어머니가 자식에게 말했다. "네가 아침에 나가 저녁에 오면 나는 대문에 기대어 기다렸고, 네가 저녁에 나가 돌아오지 않으면 나는 마을 문에 기대어 기다렸다. 네가 이제 임금을 섬기다가 임금이 도망가셨는데 그곳을 알지 못하니, 네가 어찌하여 돌아왔느냐."고 하며 자식을 다시 내쫓았던 고사에서 나온 말이다. 양주동이 가사를 쓴 〈어머니 마음〉이라는 노래 2절에 "어려선 안고 업고 얼러주시고, 자라서는 문 기대어 기다리는 맘"이라 한 것이 바로 이 뜻이다. 그러니까 위 시의 7구는 "문득 문 기대어 기다리실 어머니를 생각하니"의 뜻이 된다. 우리 형제가 먼 변방에서 이리 만나니 기쁘기 한량없으나, 멀리 서울에서 우리 형제 걱정에 매일 대문간에 기대어 서 계실 어머니를 생각하니 기쁘던 마음은 간데없고 구슬픈 생각에 목이 멘다는 이야기다. 한문이 갖는 언어의 함축과 정운, 그리고 시인이 행간에 감춰둔 마음을 십분 이해하지 못한 탓에 이런 오역이 나왔다.

때로 무정견, 몰안목으로 인한 오독은 읽는 이를 민망하게 한다. 요즘 시집에 혹처럼 붙어 다니는 해설에서도 이런 오독과 만날 때가 종종 있다. 그런 해설일수록 주례사에 가까운 덕담이나 개인적 친분관계를 수다스럽게 늘어놓기 일쑤다. 꼼꼼한 독시의 과정 없이 무성의한 치레나 선입견에 의한 오독으로 일관하는 이런 해설은 오히려 독자의 바른 이해를 방해한다. 해설자의 명망이 시인의 수준을 결정지어주는 것이 아닐진대 이런 해설이 꼭 필요한지 의아할 때가 있다.

시를 읽는다는 것은 시인이 언어의 미로 위에 숨겨놓은 코드를 독자가 찾아가는 과정이다. 그 과정은 진진한 지적·감성적 여정이어서 때로는 오독도 즐겁다. 시인은 부러 말꼬리를 흐려 독자를 어리둥절하게 하고, 독자는 잠시 멍해 있다가 다시 코드를 찾아 나선다. 설사 가다가 길을 잠시 잃은들 어떠랴. 아니, 애초부터 길은 없었는지도 모른다.

사물과 자아의 접속

정경론情景論

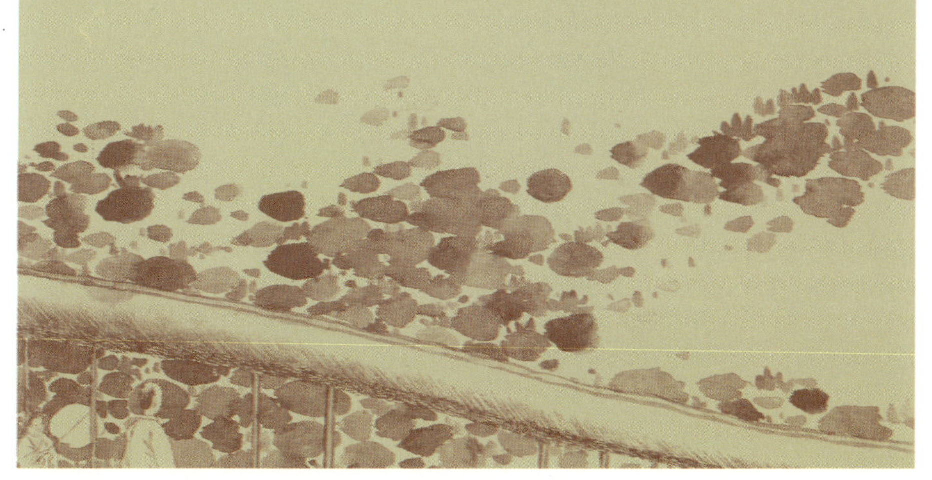

묘합무은, 가장자리가 없다

산 첩첩 물 감돌고   山沓水迎
나무 구름 합해지네.   樹雜雲合
눈길 갔다 오는 사이   目旣往還
마음 또한 움직인다.   心亦吐納
봄날 해는 느릿느릿   春日遲遲
가을 바람 스산해라.   秋風颯颯
정을 줌은 건네듯이   情往似贈
흥이 옮은 답하는 듯.   興來如答

유협劉勰의 《문심조롱文心雕龍》〈물색物色〉의 한 대목이다. 산과 물이 휘돌아나간 곳, 구름은 숲을 감싸 안는다. 산과 물, 숲과 구름의 경계는 어디인가? 있는가, 없는가? 눈길이 사물에 한번 갔다가 돌아오는 사이에 어느새 마음에는 느낌이 자리 잡는다. 하루의 물리적 시간이야 봄가을이 다를 바 없고, 부는 바람 또한 차이가 없다. 그러나 봄날의 하루해는 느릿느릿 좀체 흐르지 않고, 가을바람은 공연히 뼈에 저밀 듯 스산한 마음을 일으킨다. 마음에 일어나는 정을 건네듯 사물에 보내면, 사물은 답이라는 듯이 흥을 불러일으킨다. 경물은 이렇듯 시인의 눈 속에서 어느 순간 정으로 착색된다. 숲과 구름이 한데 합쳐지듯 경과 정은 하나로 결합되어 분리할 수가 없다.

명나라 때 사진은 《사명시화》에서 이렇게 말했다. "경景은 시의 매개이고, 정情은 시의 배아다. 이 둘이 합하여 시가 된다. 몇 마디

말로 만 가지 형상을 부려서 원기가 혼성渾成하니 그 넓음이 가없다." 무심히 경물과 마주하여 마음속에 정이 일어난다. 경이 정의 매개가 되는 까닭이다. 가슴에 자욱한 정을 품고 경을 바라보면 무심한 경물이 내 마음의 빛깔로 물든다. 정은 경에 의미를 불어넣는 배아인 셈이다. 정만으로는 시가 되지 않는다. 경만 가지고 시가 되는 법도 없다.

청나라 왕부지王夫之는 《석당영일서론夕堂永日緖論》에서 또 이렇게 말했다. "정과 경은 이름이 둘이나 실제로는 나눌 수 없다. 시에 뛰어난 자는 이 둘을 절묘하게 결합하여 가장자리가 없다. 빼어난 시는 정 가운데 경이 있고, 경 가운데 정이 있다." 이른바 '묘합무은妙合無垠'의 주장이다. 선녀의 옷은 꿰맨 자취를 찾을 수 없어 천의무봉天衣無縫이다. 정과 경이 만나 하나가 되는 것도 이와 같다. 어디까지가 경이고 어디부터가 정인지 그 가장자리를 찾기 어렵다. 정을 말하는가 싶은데 어느새 경을 묘사하고 있고, 경을 그려 보이는가 싶어 보면 다시금 정을 토로한다.

명나라 도목都穆도 《남호시화南濠詩話》에서 이렇게 말했다. "시를 지을 때 반드시 정이 경과 만나고, 경은 정과 합해져야만 비로소 함께 시를 말할 수 있다." 그는 정과 경이 만나 하나 되는 예를 이렇게 들었다.

> 방초는 사람 함께 도리어 쉬 늙고   芳草伴人還易老
> 지는 꽃 물을 따라 동으로 흘러간다.   落花隨水亦東流

이것은 정이 경과 만나 하나가 된 예이다. 시든 풀은 늙음의 한탄

을 부추긴다. 덧없이 물 위로 떠가는 꽃잎은 세월의 무상을 일깨운
다. 경물과 마주하기 전에 시인은 별다른 생각이 없었는데, 경물과
마주하는 순간 문득 정이 일어났다.

이것은 경이 정과 합하여 하나가 된 예다. 추적추적 가을비가 하
염없다. 마당엔 잎이 누렇게 시든 나무 한 그루. 내일 아침이면 가
지의 잎도 모두 지리라. 화려하던 인생의 잎사귀들도 이제는 시들
어 다 졌다. 삶의 얼룩을 지우지 못한 채 근심 겨운 가을밤이 또 깊
어 간다. 본시 이는 경물일 뿐인데, 시인의 정이 뭉클 묻어나 가슴
을 에인다.

정과 경을 사이에 두고 벌이는 미묘한 줄다리기는 시 감상의 즐
거움이다. 시인은 가장자리를 굳이 감추려 들고, 읽는 이는 경물 안
에 감춘 시인의 정을 자꾸 들춘다. 한데 합쳐졌던 정과 경이 독자의
의경 속에서 어느 순간 분리되면서 새로운 미감이 발생한다. 정과
경이 만나 이루는 조합에는 여러 경우가 있다. 정경의 선후로 보아
경을 보고 정을 일으키는 '정수경생情隨景生, 촉경생정觸景生情'의 방
식과 정을 머금어 경에 투사하는 '이정입경移情入景, 경종정출景從情
出'의 방식으로 나눈다. 둘 사이의 선후를 구분할 수 없는 '정경교
융情景交融, 물아위일物我爲一'의 경우와 경만 묘사하면서도 글 속에
절로 정의를 드러내는 '지수술경只須述景, 정의자출情意自出'의 방식,
또 정만을 말하여 경을 보이지 않았으나 곡진함을 다한 '즉정견경

이인문, 〈초옥독서도草屋讀書圖〉, 18세기, 31×26cm, 개인 소장.
봄이 오는 숲속 초옥에 주인은 책을 읽고, 숲 저편 마을에서
동자를 앞세워 지팡이를 짚고 다리를 건너오는 벗이 있다.

卽情見景, 정의핍진情意逼眞'의 방식이 더 있다. 이제 이러한 구분을
두고 작품을 감상해보겠다.

정수경생, 촉경생정

양재楊載가 《시법가수詩法家數》에서 한 말이다. "경을 묘사함은 경
가운데 뜻을 머금고, 일 가운데 경을 보여주어야 한다. 섬세하며 맑
고 담백해야지, 진부하거나 교묘하면 못 쓴다. 뜻을 묘사할 때도 뜻
가운데 경을 담아 의론을 분명히 해야 한다." 비경우費經虞는 《아론
雅論》에서 또 이렇게 말했다. "시는 정을 일으키는 것을 귀하게 여
긴다. 그렇다고 편편마다 정을 마구 늘어놓으면 마침내 제멋대로가
된다. 시는 경이 핍진함을 높이 친다. 다만 작품마다 경을 펼치면
조잡하고 천박해진다." 정과 경의 미묘한 줄다리기 속에서 서로 긴
장을 유지할 수 있어야 좋은 시다.

산에는 꽃 피고 언덕엔 수양버들	岸有垂楊山有花
이별의 정 안타까워 홀로 한숨 내쉰다.	離懷悄悄獨長嗟
지팡이 굳이 짚고 문 나서 바라봐도	强扶藜杖出門望
그대는 오지 않고 봄날 해만 저문다.	之子不來春日斜

　　조선 중기의 문인 송희갑宋希甲(?~?)의 〈봄날 사람을 기다리며春
日待人〉란 작품이다. 봄이 왔다. 언덕 수양버들에 파르라니 물이 올
랐다. 산에는 붉게 꽃이 피었다. 무심히 경물을 바라보던 시인은 문

득 먼 곳으로 마음이 끌렸다. 사물에 정이 접촉하는 순간 누군가를 향한 그리움으로 변한 것이다. 그리움이 먼저였을까, 꽃을 보는 설렘이 먼저였을까? 꼬집어 말할 수가 없다. 앓아누웠던 몸을 추슬러 대문께로 나선다. 누구를 기다리는가. 딱히 누구랄 것도 없는 막막한 기다림이다. 봄날의 하루해는 뉘엿뉘엿 기운다. 그리움처럼 그림자가 길어진다.

위 시를 지은 송희갑은 일찍이 권필의 명성을 사모하여 강화까지 찾아갔다. 10년을 기약하고 시 공부를 시작했다. 뒤에 스승이 장티푸스에 걸려 수십 일 간 사경을 헤맬 때 한시도 떠나지 않고 곁에서 시중을 들었다. 땔나무와 집안일도 그가 도맡아 했다. 충직한 그를 권필은 각별히 아꼈다. 권필이 그에게 이렇게 말했다. "사람이 천하를 널리 보지 못하면 시가 국한되고 만다. 나는 유감스럽게도 이미 할 수가 없지만, 네 근골로는 능히 이 일을 할 수가 있다. 다만 압록강 북쪽은 관문의 방비가 몹시 엄하니 반드시 어두운 길에 숨어 엎드려 있다가 물 있는 곳을 만나면 수영을 해서 몰래 건너야 갈 수가 있다. 너는 모름지기 중국말을 배우고 수영을 익히도록 해라."

행만리로行萬里路의 강산지조江山之助가 있어야만 비로소 시가 얽매임 없이 툭 터진다. 시를 제대로 짓기 위해서라면 불법으로 국경을 넘는 것도 마다할 것 없다고 스승은 제자를 부추겼다. 순진한 제자는 허구한 날 바다에 뛰어들어 수영을 익히다가, 마침내 바다의 짠 기운에 기혈이 삭아서 일찍 죽고 말았다. 우암尤庵 송시열宋時烈(1607~1689)이 〈남운경에게與南雲卿〉란 편지에 적은 사연이다. 그깟 시가 무어라고 불법 월경도 마다 않고 목숨을 걸면서까지 애를 썼더란 말인가. 시키는 스승이나 하란다고 하는 제자나 다 딱하다.

한편으로 그토록 도탑던 사제의 정과 시를 향한 맹목적인 열의가 그립다. 앞서 본 송희갑의 시는 병들어 고향에 가 있을 때 죽음을 앞두고 지었다는 시다.

강가 비탈 가팔라 높았다간 낮아지니	危磴臨江高復低
행인이 가고서야 물새가 울음 운다.	行人過盡水禽啼
세간의 근심 슬픔 언제나 다하려나	世間憂樂何時了
필마로 다시 오매 마음만 심란하다.	匹馬重來意自迷

이현李袨(1584~1637)의 〈강천의 옛집을 지나다가過江川舊莊〉란 작품이다. 가파르다 싶으면 문득 낮아지는 산비탈, 낯선 침입자가 다 지난 뒤에야 물새는 비로소 다시 운다. 이 모양을 보다가 시인은 갑자기 세상살이 지고 가는 근심을 떠올렸다. 세상의 근심이란 것이 평탄한가 싶다가 갑자기 가팔라지는 비탈길과 진배없다. 시간의 강물은 쉴 새 없이 흐른다. 느닷없이 찾아드는 근심 걱정 앞에 조바심하는 인간이나 예고 없이 지나가는 행인을 보고 움츠러드는 물새는 다를 게 없다. 1·2구의 경은 사실 눈앞에 펼쳐진 그대로의 실경이었다. 시인은 여기에 3·4구의 정을 삼투함으로써 절묘한 의경을 만들어냈다. 제목을 다시 떠올리면 옛 놀던 자취는 그때 그대로인데 함께 있어야 할 사람이 없어 쓸쓸하다는 뜻이 보태진다. 경이 먼저고 정은 나중이다.

새벽녘 배 위서 일어나서는	舟中晨起坐
푸르른 등불 보며 마주앉는다.	相對是靑燈

닭 울음에 개 짖으니 마을 가깝고   鷄犬知村近
은하수로 물 맑음을 알 수 있겠네.   星河驗水澄
늙음과 질병만이 이 몸 따르고   隨身唯老病
손꼽아도 친구는 몇이 안 된다.   屈指少親朋
세상일 내 마음 또 돋우는데   世事又撩我
동녘에 붉은 해가 솟아오른다.   東方紅日昇

홍귀달洪貴達(1438~1504)의 〈광나루 배 안에서 아침 일찍 일어나 廣津舟中早起〉란 작품이다. 떠도는 것이 인생살이라지만 그는 무슨 일로 배 위에서 밤을 지새웠을까. 축축하고 서늘한 서리 새벽에 일어나니 밤이 아직 깊었다. 조금이라도 따뜻해질까 싶어 등불과 마주앉는다. 여기는 어디인가. 나는 누군가. 가물거리는 등불을 보다가 시인은 허망한 느낌이 일었다. 2구의 '상대'란 말에 그 허전함을 담았다. 새벽을 알리는 닭 울음소리, 덩달아 컹컹 개 짖는 소리. 인가가 멀지 않구나. 강물엔 은하수가 그대로 떠 있다. 참 맑다. 마을을 가까이 두고도 그는 배를 그리로 델 생각 없이 새벽 강물에 어린 별빛과 푸르스름한 등불을 바라보며 앉아 있다. 허균은 《국조시산 國朝詩刪》에서 처음 네 구를 두고 '가을 경치 묘사가 기가 막힌다秋景甚巧'는 평어評語를 남겼다.

가을 새벽의 해맑은 경은 자연스레 자신을 돌아보는 시인의 정을 일으켰다. 돌아보면 뭐 하나 제대로 이룬 것이 없다. 남은 것은 늙고 병든 고단한 몸뚱이뿐이다. 손꼽을 만한 벗도 없다. 제 몸 하나 갈무리하기도 버거운데 세상일은 더하여 마음을 심란케 한다. 이때 동편 저 너머로 붉은 해가 떠오른다. 실망하지 말라고, 아직 늦지

182

않았다고 위로해준다. 몽롱하던 사물이 새벽 첫 빛에 비로소 제 모습을 드러낸다. 첫 4구의 경으로 시상을 열고, 다음 3구로 정을 받쳤다. 끝구에 다시 경을 끌어와 의경을 반전시켰다. 앞뒤의 경으로 정을 감싸 안은 형국이다.

간밤 비 맞아 꽃을 피우곤	花開昨夜雨
오늘 아침 바람에 꽃이 지누나.	花落今朝風
슬프다 한바탕 봄날의 일이	可憐一春事
비바람 가운데서 오고 가노매.	往來風雨中

조선 중기 송한필宋翰弼(?~?)의 〈우연히 읊다偶吟〉이다. 1구와 2구는 다섯 글자가 정연한 대구를 이루었다. 꽃을 피운 것은 간밤의 비인데, 꽃을 떨어뜨린 것은 오늘 아침 바람이다. 참 얄궂다. 겨우내 씨눈을 아끼고 망울을 부풀려 어렵사리 꽃 피운 보람이 무색하다. 시인은 이를 '가련可憐'으로 압축했다. 한 봄의 일이 비바람 가운데 오간다. 우리네 인생도 풍파 속에 덧없다. 아름다운 자태를 뽐낼 겨를도 없이 허망하게 진 꽃잎이 세상에 어디 한둘이겠는가? 바람은 언제나 딴 데서 불어온다. 그 심술을 탓하기엔 꽃잎의 힘이 너무 여리다. 떨어진 꽃잎을 보고 정이 촉발되어 '일춘사'가 '일생사'로 확장되었다. 뭔가 행간이 있는 시다.

낙엽이 답쌓인 명사 길에서	落葉鳴沙逕
찬물은 어지런 산 달려가누나.	寒流走亂山
홀로 가다 날 저묾이 근심 겨운데	獨行愁日暮

　　백광훈의 〈보림사를 지나며過寶林寺〉이다. 가을 찬 시내는 산이 어지럽다고 쏜살같이 달아난다. 백사장 모래 밟는 발걸음에 낙엽 밟는 소리를 곁들였다. 진 잎은 뿌리로 돌아간다. 모든 것은 제자리를 찾아 떠난다. 허허로운 가을 산길에 강물은 무엇이 바빠 저리 서두는가. 갈 곳 모르고 내닫는 시내를 바라보다 문득 나그네의 마음이 부산해진다. 저물녘 길 위의 나그네를 땅거미가 덮쳐온다. 어디서 묵어가나. 잎이 흙으로 돌아가듯 지친 몸 길게 뉠 안식의 자리는 어디서 찾을까. 그때다. 두서 없는 근심 속에 댕그랑 댕그랑 은은한 풍경 소리. 무얼 걱정하느냐고, 여기 절이 있다고, 와서 쉬어 가라고.

이정입경, 경종정출

　　심웅沈雄이 《고금사화古今詞話》에서 말했다. "정은 경 때문에 그윽해진다. 정이 너무 두드러지면 의경이 노출된다. 경은 정으로 인해 아름답게 된다. 경만 있게 되면 엉기어 막히고 만다." 왕창령은 《시격詩格》에서 또 이렇게 말했다. "시가 뜻만 말하면 맑지 않아 맛이 없고, 경만 말해도 또한 맛이 없다. 모름지기 경과 뜻이 어우러져야 비로소 좋다." 문제는 언제나 정과 경의 조화다.

정승의 번화함이 백 년을 못 갔구려.　　　　　　　相國繁華未百年

깊은 골목 적막해라 한식이 지났는데　　　　　　深巷寥寥過寒食

해묵은 담장 가에 수유꽃이 피었네.　　　　　　茱萸花發古墻邊

최경창의 시 〈대은암 남지정의 옛집에서大隱巖南止亭故宅〉를 읽어
보자. 대은암大隱巖은 남곤南袞(1471~1527)의 옛집이다. 기묘사화
때 수많은 선비들이 그의 손에 죽었다. 그가 잘나가던 시절엔 청탁
하려는 수레와 말로 골목길이 미어졌다. 지금은 그때의 번화함이
흔적도 없다. 그 알량한 권세와 영화를 누리자고 뜻 높은 선비들을
그다지도 죽였던가. 남곤은 훗날 자신의 잘못을 뉘우치고 제가 쓴
시문을 다 불사르고 죽었다. 시에서 정은 경을 앞지른다. 준엄한 나
무람을 앞세운 후 뒤를 경으로 받쳤다. 한식 지난 골목길, 묵은 담장
너머로 노란 수유꽃이 버짐 피듯 피었다. 다 부질없다고, 흩어지고
남은 것은 천추에 더러운 이름뿐이라고 말하는 듯하다.

명예 이익 다퉈보니 마음이 어떠한가　　　　　爭名爭利意何如

산림에 늙어 깃듦 그 계획 성글잖네.　　　　　投老山林計未疎

거친 뜰 참새 짖고 사람 발길 끊겼는데　　　　雀噪荒堦人斷絶

대나무 창 빗긴 해에 누워 책을 보노라.　　　　竹窓斜日臥看書

이민성李民宬(1570~1629)의 〈거처에서齋居卽事〉이다. 명리를 다투
는 싸움은 지긋지긋하다. 늙은 몸을 산림에 맡기니 마음이 흡족하
다. 1·2구를 이렇게 정으로 열었다. 3·4구는 다시 경으로 받았다.
종일 기척이 없자 제 세상 만난 참새 떼가 섬돌까지 올라와 쨕쨕 한

바탕 운동회를 열었다. 죽창에 해가 빗겨 하루해가 또 간다. 주인은 이리 뒹굴 저리 뒹굴 종일 누워 책을 본다. 기약을 두지 않은 독서라 '간서看書'다. 보려 보는 것이 아니라 눈앞에 있어 본다는 뜻이다. 속세의 아웅다웅하던 삶이 인적 끊긴 마당에서 찧고 까부는 참새 떼와 같다. 명리名利를 향한 마음은 죽창에 빗긴 사양斜陽인 양 시들하다.

팔백 곡 후추를 쌓아두다니	貯椒八百斛
어리석음 천 년 두고 비웃는도다.	千載笑其愚
어이하여 벽옥으로 됫박을 삼아	如何碧玉斗
종일토록 명주 구슬 되고 또 되나.	竟日量明珠

최해崔瀣(1287~1340)의 〈빗속의 연잎雨荷〉이다. 당나라 때 원재元載가 지위를 이용하여 뇌물로 재산을 모았다. 죽은 뒤 창고를 열자 후추 800곡에 종유鐘乳 500량이 나왔다. 나라에서 이를 몰수했다. 얼마나 살겠다고 후추를 800곡이나 쌓아두었더란 말인가?

1·2구에서 엉뚱하게 원재의 고사를 들이밀고 3·4구로 받았다. 원재를 능가하는 탐욕이 시인의 앞마당에서 목하 진행 중이다. 벽옥 됫박이 종일 명주를 달아 채웠다간 들이붓고 채웠다간 들이붓기를 되풀이한다. 벽옥 됫박은 다름 아닌 푸른 연잎이다. 무수한 빗방울이 맑은 구슬로 넓고 푸른 연잎 위를 댁데굴 구른다. 옥구슬이 꽤 모여 묵직해지면 그제야 흡족해서 기우뚱 연못 위로 말구슬을 쏟아붓는다. 구슬을 되는 됫박은 하나 둘이 아니다. 수면 위로 나온 연잎마다 뒤질세라 됫박질이 한창이다. 종일 비는 내리고 이제 연못

한시 미학 산책 — ●

연잎ⓒ김경녀

빗방울이 연잎을 치면 데굴데굴 굴러 잎 가운데로 모인다. 이따금 무거워
고개를 숙이면 말 구슬이 연못 위로 쏟아진다. 연못은 온통 구슬 천지다.

은 그렇게 주워 담은 구슬로 가득하다. 그런데도 천공天公의 탐욕은 비가 그치기 전에는 좀체 끝날 것 같지가 않다. 원재의 탐욕도 이 앞에선 무색하다. 처음에 원재의 탐욕을 나무라는 듯한 어조를 취하다가 뒤에 가서 한꺼번에 뒤집는 반전이 상쾌하다.

> 명주明珠 사만 곡四萬斛을 연잎에 다 받아서
> 담는 듯 되는 듯 어디로 보내는다
> 헌사한 물방울란 어위 계워 하는다

위는 정철의 시조다. 그는 최해의 한시를 염두에 두고 이 시조를 지었던 것이 분명하다.

찬 날씨에 해묵은 주막에 드니	天寒宿古店
나그네 밤 마음 외롭기만 해.	歸客夜心孤
불 꺼도 영창엔 눈빛이 밝고	滅燭窓明雪
베갯머리 화로에선 차가 끓는다.	燃茶枕近爐
밤 깊자 마구간서 말발굽 소리	深更知櫪馬
종놈에게 이런저런 얘기를 듣네.	細事聞鄕奴
달 지고 첫닭이 소리쳐 운 뒤	月落鷄鳴後
다시금 유유히 길에 오른다.	悠悠又上途

신광수의 〈미륵당에서 묵고宿彌勒堂〉란 작품이다. 북풍한설에 하루 노정을 마치고 꽁꽁 언 채 절집을 찾아들었다. 허겁지겁 허기를 채운 뒤 객방에 앉았자니 마음을 가눌 길 없다. 잠을 청하려 등불을

끈다. 외로움은 꺼진 등불과 함께 사위어지지 않고, 창밖 환한 눈빛에 도로 환해진다. 윗목 화로의 주전자가 달그락대더니 모락모락 김이 솟는다. 발갛게 불을 지핀 방 안의 화로, 하얗게 비치는 창밖의 눈빛. 자리에 눕고 나서도 그는 종내 잠을 못 이룬다. 추위를 못 견딘 마구간의 말은 연신 발을 구른다. 춥고 배고프니 여물을 더 달라는 투정이다. 심부름하는 아이를 불러 세상 돌아가는 이야기를 듣는다. 세상일이야 언제나 그렇지. 두런거리는 중에 새벽달이 지고 닭이 운다. 여물을 든든히 먹이고 안장을 조여 다시 길을 떠난다. 여명은 아직 트지도 않았다. 처음 1·2구의 정이 고독의 그림자를 경물 속에 배어들게 하여 동화 같은 겨울밤을 애잔하게 물들였다.

정경교융, 물아위일

육시옹陸時雍은 《시경총론詩鏡總論》에서 이렇게 말한다. "정을 잘 말하는 자는 말이 깊은 듯 얕고 드러날 듯 감추어져서 그 마음의 무한함을 깨닫게 한다. 경을 잘 말하는 자는 형용함을 생략한 채 약간만 보태도 참모습이 또렷하고 생기가 넘쳐난다." 드러낼 듯 감추는 데서 정의 맛이 깊어진다. 시시콜콜한 묘사를 버리자 경이 한층 살아난다. 사실 녹아든 정과 경의 경계를 갈라 구분해내기는 쉽지가 않다.

박은朴誾(1479~1504)만큼 역대 시화에서 자주 거론되는 시인이 없다. 중종조의 시인이었던 그는 18세기 들어 다시 각광을 받았다.

김창협金昌協뿐 아니라 정조正祖도 박은의 열렬한 팬이었다. 그의 작
품 중 절창으로 일컬어진 다음 구절을 보자.

봄 그늘 찌푸려도 새들은 조잘대고　　　　　　春陰欲雨鳥相語
늙은 나무 무정한데 바람만 서글프다.　　　　老樹無情風自哀

〈복령사福靈寺〉 시의 5 · 6구이다. 봄 그늘은 잔뜩 찌푸려 금방이
라도 비를 내릴 것만 같다. 새들은 아랑곳 않고 즐거운 노래가 한창
이다. 풍상을 겪어 늙은 나무는 무표정하다. 슬픈 것은 엉뚱하게도
바람이다. 찌푸린 봄 그늘과 지저귀는 새, 무정한 늙은 나무와 유정
한 바람, 대구의 짜임새에 미묘한 긴장이 있다. 시무룩할 새들은
신이 났고, 덤덤해야 할 바람이 슬프다. 바람이야 슬프고 말고 할
것이 없으니, 이를 슬프게 듣는 것은 시인일밖에. 시인의 정이 경
에 녹아들어 가장자리를 찾을 수 없다. 박은의 시 한 수를 더 읽어
보자.

베개 베고 시를 얻어 계속 읊조리자니　　　　枕上得詩吟不輟
마구간의 마른 말도 더욱 길게 우는구나.　　　羸驂伏櫪更長鳴
밤 깊어 초승달은 그림자를 만들고　　　　　　夜深纖月初生影
고요한 산 찬 솔은 절로 소릴 내누나.　　　　山靜寒松自作聲
늙은 종이 재를 털자 등불은 밝아지고　　　　老婢撥灰明兀兀
아내는 술을 퍼와 내게 권해 따라주네.　　　　孺人挹酒勸卿卿
얼큰해져 이불 덮고 다시 높이 누웠자니　　　醉來捉被還高臥
가슴 속에 불평 있음 깨닫지 못하겠네.　　　　未覺胸中有不平

〈밤중에 누워 시를 읊조리다 느낌이 있어夜臥誦詩有感〉란 시다. 베개를 베고 누워 이전에 지은 시를 펼쳐 들고 읊조린다. 목청을 돋워 읽다 소리가 점점 낭랑해지고, 그 소리에 무슨 느낌이 있었던가 마구간에 엎드렸던 파리한 말도 발굽을 쳐 힝힝대며 화답한다. 어디 그뿐인가. 가녀린 초승달이 그 여린 빛으로 마당에 그림자를 만들었다. 고요하던 산의 찬 솔이 파도 소리를 내며 시 읽는 내 가락에 박자를 맞춘다. 교향악의 합주처럼 완벽한 하모니가 아닌가.

그을음 때문에 등잔불이 자꾸 너울댄다. 늙은 계집종이 심지를 털자 방 안이 도로 환하다. 아내는 소리 내서 읽으려면 컬컬하겠다고 술을 걸러 내온다. 한 잔 마시고 시 한 수 읽고, 시 한 수 읽다가 또 한 잔 마신다. 술이 자못 거나해졌다. 이불을 깔아 활개 뻗고 눕자 이 몸이 구름 위로 둥실 떠간다. 가슴 속의 불평은 흔적도 없다. 자! 여기서 어디까지가 정이고 어디까지가 경인가. 무엇이 물物이고 무엇이 아我인가.

청평사 찾아드는 길손이 있어	有客淸平寺
봄 산을 제멋대로 노니는도다.	春山任意遊
외론 탑 고요한데 새는 우짖고	鳥啼孤塔靜
흐르는 작은 시내 꽃잎이 진다.	花落小溪流
산나물 때를 알아 우쩍 자라고	佳菜知時秀
이끼는 비 온 뒤라 보드랍구나.	香菌過雨柔
신선의 골짝에서 거닐며 읊어	行吟入仙洞
백년의 내 시름을 풀어보리라.	消我百年憂

김시습의 작품이다. 첫 구 두 자를 따서 제목이 〈유객有客〉이다. 넓은 의미의 무제시다. 청평사는 지금은 소양호에서 배 타고 들어가는 절이지만, 예전엔 굽이굽이 호젓한 산길을 돌아 들어갔다. 고려 때 선비 이자현李資玄(1061~1125)이 은거해 더욱 이름 높다.

상념에 잠겨 봄 산을 배회하는 나그네는 마음이 여유롭다. 지는 꽃과 우는 새, 푸른 봄나물, 봄비를 맞아 한결 보드라운 이끼, 모든 것이 한갓져서 봄 산은 그 품이 넉넉하다. 나그네의 여유가 봄 산을 품어 안고, 산도 따뜻하게 시인을 감싸 안는다. 탑 둘레에서 듣는 이 없이 우짖는 새는 봄날의 막막함을 부추기지 않는다. 떠가는 꽃잎을 바라보는 안타까움도 없다. 신선의 골짜기라 속세의 백 년 근심은 간 곳이 없다. 경물과 정이 어우러져 서로 자기편으로 당기고 이끌릴 뿐, 먼저와 나중이 없다.

집 모퉁이 하얗게 피어난 배꽃
화사함 지난해와 다름없구나.
봄바람 묵은 병이 애처로운지
약 달이는 창가로 바람 보낸다.

屋角梨花樹
繁華似昔年
東風憐舊病
吹送藥窓邊

정렴鄭礦(1505~1549)의 〈배꽃梨花〉이란 작품이다. 봄기운을 타고 집 모퉁이에 배꽃이 활짝 피었다. 적막하던 마당이 환하니 밝다. 꽃은 지난해와 다름없는데 주인의 쇠락은 좀체 회복될 기미가 없다. 긴 병 끝에 맞은 꽃잔치는 마음 한구석에 애잔한 그림자를 드리웠다. 그래도 아직은 실망하지 말라는 듯, 추운 겨울을 견뎌 활짝 핀 꽃처럼 어서 빨리 회복하라고, 봄은 약탕관 위로 살랑살랑 바람을

보낸다. 어김없는 자연의 섭리 속에서 인간의 무상을 되새기는 정
조가 애틋하다. 물아일체의 호흡이 따뜻하다.

산창서 하루 내내 책 안고 잠을 자니	山窓盡日抱書眠
돌솥엔 상기도 차 달인 내 남았구나.	石鼎猶留煮茗烟
주렴 밖 보슬보슬 빗소리 들리더니	簾外忽聽微雨響
못 가득 연잎은 동글동글 푸르도다.	滿塘荷葉碧田田

서헌순徐憲淳(1801~1868)의 〈우연히 읊다偶詠〉이다. 종일 누워 책
을 읽는다. 꼭 어디까지 읽을 작정은 없다. 심심하면 차 마시고, 곤
하면 가슴에 책 얹고 잔다. 돌솥에 여태 남은 차 향기가 잠 덜 깬 내
후각을 자극한다. 창밖엔 사분사분 빗소리. 흐리멍하던 정신이 돌
아온다. 누운 몸을 일으켜 주렴을 걷는다. 비에 씻긴 이들이들한 연
잎들이 연못에 가득하다. 마음조차 푸르다.

　시적 화자는 풍경 속의 일부로 녹아들어 버렸다. 한 폭의 그림 속
이다. 주관 정의가 객관 경물에 완전히 녹아들어 차 향기를 맡고 빗
소리를 듣는 주체가 시인인지 나인지조차 분간하기 어렵다.

지수술경, 정의자출

이어李漁는 《한정우기閑情偶寄》에서 "정을 버려두고 경을 말하는 것
은 노력을 줄이려는 시도인 셈"이라고 했다. 하상賀裳이 《추수헌사
전皺水軒詞筌》에서 말했다. "시는 함축을 귀하게 여긴다. 곧장 말해

나빙 羅聘 , 〈인물산수책人物山水冊〉, 18세기, 24.3×30.7cm, 중국 북경고궁박물원.
연못가 회랑에 나와 둥글둥글 연잎과 군데군데 연꽃을 바라본다. 속이 다 시원해진다.

버리면 문제가 생긴다. 시인은 그저 경상景象을 묘사하면서 정의가
절로 드러나게 해야 한다." 왜 경만 보여주는가? 저도 모를 정서를
말로 표현하기는 말하는 이나 듣는 이나 쉽지 않다. 효과도 신통치
않다. 경물만 묘사했는데 정의가 드러날 수 있을까? 시를 통해 살
펴보자.

허공 가득 푸른 이내 옷 위로 방울지고　　　　　　滿空山翠滴人衣
초록의 연못에는 백조가 날아간다.　　　　　　　　艸綠池塘白鳥飛
밤 지새운 묵은 안개 깊은 숲에 남았다가　　　　　宿霧夜棲深樹在
낮 바람 불어오자 부슬부슬 비 뿌리네.　　　　　　午風吹作雨霏霏

이진李瑱(1244~1321)의 〈산속 집에서 우연히 짓다山居偶題〉란 작
품이다. 산 가득 푸른 이내[嵐]에 옷이 젖는다. 짜면 파란 물이 떨어
질 것 같다. 초록의 못물 위로 백조가 난다. 시인은 파랑과 초록 물
감을 화면 전체에 온통 풀어놓았다. 안개는 어디에 숨었다가 이렇
게 몰려나온 것일까. 숲 속 깊은 곳에서 밤을 지새운 묵은 안개는
날이 새고 바람이 불자 제 무게를 못 이겨 부슬부슬 비를 흩뿌린다.
　시인은 이러고 저러고 말하지 않았다. 새가 날고 옷이 젖고 비가
부슬부슬 내린다고만 했다. 하지만 허공 가득한 안개, 초록 연못 위
로 나는 흰 새, 부슬부슬 내리는 빗속에 절로 쇄락灑落하고 청신한
기운이 깃들었다.

탱자나무 울타리에 낮은 사립 닫아걸고　　　　　　枳殼花邊掩短扉
참을 내간 아낙네는 돌아올 줄 모르네.　　　　　　餉田邨婦到來遲

멍석에 나락 쬐는 추녀 밑은 조용한데　　　蒲茵茵穀茅檐靜

병아리는 짝을 지어 울 틈새로 나온다.　　　兩兩鷄孫出壞籬

　양경우梁慶遇(1568~?)의 〈시골 풍경村事〉이란 작품이다. 길 가던 나그네는 목이 말라 물이라도 한잔 얻어 마실까 싶었다. 길가 집은 가시 많은 탱자나무로 울타리를 둘러쳤다. 들여다봐도 인기척이 없다. 주인 아낙이 참 내러 들에 갔는지 낮은 사립이 비스듬히 닫아 걸렸다. 추녀 끝 볕 자리에는 멍석을 깔아 갓 거둔 곡식이 널렸다. 고요하다. 문득 어디선가 무슨 소리가 나는가 싶더니, 주인 없는 빈 집 터진 울타리 사이로 병아리 떼가 뿡뿡뿡 짝을 지어 나서고 있다. 오랜만에 마음 놓고 포식을 해볼 참이다. 한 폭의 정겨운 풍경화이다. 까치발로 주인 없는 담장 안을 들여다보는 나그네와 천연덕스럽게 삐악대며 곡식을 향해 돌진하는 병아리 떼의 행진 속에 시인의 정이 고스란히 묻어난다.

반쯤 닫은 사립문에 울타리 촘촘한데　　　籬落依依半掩扃

석양에 말 세우고 앞길을 묻는다.　　　夕陽立馬問前程

푸른 안개 밖으로는 보슬비 흩뿌리고　　　翛然細雨蒼烟外

때마침 농부가 소를 몰고 오는구나.　　　時有田翁叱犢行

　성간成侃(1427~1456)의 〈도중途中〉이다. 싸리울에 사립이 반쯤 닫혔다. 뉘엿한 해에 나그네는 잠자리가 걱정이다. 앞길을 물어 마땅찮으면 예서라도 묵어야 할 형편이다. 안쪽에선 좀체 기척이 없다. 주인이 들일을 나가고 없는 것이다. 나그네의 먼 시선에 자욱한 안개 너머 보슬비 흩뿌리는 광경이 잡힌다. 더 갈 생각을 말라고 엄포를 놓는 것 같다. 이럴 수도 없고 저러지도 못해 그는 난감하다. 그때 마침 저만치서 "이려! 이려!" 하는 소리와 함께 하루 일과를 마친 농부가 소를 몰고 돌아온다. 엉거주춤 말 위에 앉아 문간에 선 나그네, 소를 몰고 집으로 돌아오는 농부, 들판 가득 번져가는 푸른 안개, 부슬부슬 내리는 가랑비. 광경도 아름답지만 나그네의 표정 위로 번져가는 안도감이 눈에 보이는 듯하다.

동쪽 뫼에 구름 안개 아침 햇살 가리어	東峯雲霧掩朝暉
숲 깊이 깃든 새는 늦도록 날지 않네.	深樹棲禽晚不飛
이끼 낀 낡은 집은 빗장이 질려 있고	古屋苔生門獨閉
맑은 이슬 뜰에 가득 장미를 적시었다.	滿庭淸露濕薔薇

최경창의 〈낙봉의 인가駱峰人家〉이다. 자옥한 안개가 아침 햇살을 가렸다. 새들이 해 뜬 것을 모를 만큼 숲은 깊은 적막 속이다. 푸른 이끼 오른 낡은 집은 대문이 굳게 잠겼다. 뜨락 장미가 함초롬 이슬에 젖었다. 새들도 날지 않는 안개 낀 아침, 주인도 아직 잠에서 안 깬 것일까? 아니면 혹 주인을 잃은 빈집일까? 곱고 쓸쓸한 정경이다.

이상 몇 수의 시에서 보듯 시인이 아무리 경만 말해도 그 속에 어느새 정이 녹아든다. 시인은 눈앞의 여러 대상 중 어느 하나에 초점을 맞춘다. 렌즈야 아무런 감정이 없지만, 초점을 맞추는 시인의 선택에 감정이 스민다. 시 속에서는 어떤 경물도 포착과 동시에 주관의 색채로 물들고 만다.

즉정견경, 정의핍진

'시언지詩言志', 즉 시가 뜻을 말한다는 말은《시경詩經》이래 가장 친숙한 시의 정의다. 시란 무엇인가? 품은 뜻을 말하는 것이다. 그렇다면 뜻은? 나아가 말한다는 것은 무엇인가? 어떻게 말하는가? 문제가 여기까지 미치면 다소 복잡해지지만 위진魏晉 이전의 고시들은 영물詠物보다는 영회詠懷에 더 관심을 기울였다. 서거정은《동인시화東人詩話》에서 이렇게 말한다. "시는 뜻을 말하는 것이다. 뜻이란 마음이 가는 바이다. 그래서 시를 읽으면 그 사람을 알 수 있다." 장계張戒가《세한당시화歲寒堂詩話》에서 "자신의 생각을 말하려는 것이 시인의 본뜻이다. 사물을 노래하는 것은 시인의 여사餘事일 뿐이다."라고 한 것도 의미가 같다. 이제 경물 묘사 없이 정의의 표출만으로 이루어진 시를 몇 수 감상해보기로 하자.

자장자장 우리 아가 울지 말아라	抱兒兒莫啼
울타리 바로 옆에 살구꽃 폈다.	杏花開籬側
꽃 지고 살구가 곱게 익으면	花落應結子
너랑 나랑 둘이서 같이 따먹자.	吾與爾共食

이양연李亮淵(1771~1853)의 〈아가야 울지 마라兒莫啼〉이다. 자장자장 자장가에 울던 아기가 방긋 웃는다. 아기의 웃음이 활짝 핀 살구꽃 같다. 저 꽃같이 예쁘게 무럭무럭, 토실토실 건강하게 자라다오. 손자를 안고 어르는 할아버지의 흐뭇한 꿈이 꽃처럼 벙긋벙긋 피어올라 살구처럼 영글어간다. 아기는 어느새 쌔근쌔근 꿈나라 속

이다. 한시에서도 이런 호흡을 발견할 수 있다는 것이 즐겁다. 시는 할아버지가 손자에게 건네는 진술만으로 이루어졌다. 그렇지만 눈 앞에 영상이 펼쳐진다.

이필운李弼運의 부인 남씨南氏가 죽은 손녀를 애도하여 지은 시다. 여덟 살배기 손녀는 일곱 해를 병마에 시달리다 저세상으로 떠났다. 아프다고 보채 울던 어린것이야 고통 없는 세상으로 간 것이 오히려 편안하겠지. 하지만 이 겨울 그 어린것이 제 어미 품을 떠나 추운 줄도 모르고 꽁꽁 언 땅 속에서 눈 감고 누워 있을 생각을 하니, 금이야 옥이야 안쓰럽던 할머니의 가슴이 걷잡을 수 없이 무너진다. 임천상任天常(1754~?)은《시필試筆》에서 이 시를 이렇게 평했다. "시는 정에서 나오고, 정은 시에서 생겨난다. 경과 함께 이르러 글자마다 눈물을 흘릴 만하다. 참으로 죽음을 애도하는 시의 가작이라 하겠다. 그러나 평일에 비록 친척조차도 부인이 시에 능한 줄을 알지 못하였으니, 또한 규방에 모범이 될 만하다." 슬픔이 지극하면 외물을 끌어들일 여유도 없다. 네 구 모두 정의 술회임에도 그 감정의 절절함이 비탄에 빠지지 않은 '애이불비哀而不悲'의 경계를 얻었다.

평생의 성벽이 혜강과 비슷하여	平生性癖似嵇康
육십 평생 남의 초상 위문함 게을렀지.	懶弔人喪六十霜
공을 알지 못하거늘 어이하여 곡을 하나	曾未識公何事哭
나라 어지럽던 그때 강상을 지켜설세.	亂邦當日守綱常

오억령吳億齡(1552~1618)은 광해 계축년 인목대비 폐비의 논의가 있었을 때 분연히 일어나 부당함을 논했던 기개 있는 인물이다. 그의 무덤은 원주原州에 있었는데, 뒤에 배천白川 선영으로 천장하였다. 이때는 광해의 난정이 인조반정으로 종식되었던 때라 천장을 할 때 그를 사모하던 선비들이 많이 모였다.

그 자리에 이정귀李廷龜(1564~1635)가 있었다. 마침 살아 생전 망자와 일면식이 없던 동악 이안눌이 문상을 왔다. 상주가 이정귀에게 가서 말했다. "선인께서는 동악공과는 서로 알지 못하셨는데도 조문하여주시니 감격스럽습니다. 동악공은 당대의 거수이시니 만시로 황천길을 빛내고 싶사오나 감히 청하지 못하겠습니다." 이에 이정귀가 이안눌에게 이 뜻을 전하고 운을 불렀다. 위 시는 이때 이안눌이 지었다는 시다. 평소에 아는 이의 문상조차 게으르던 그가 왜 평생 면식도 없던 이를 조문 왔던가. 폭군의 서슬에 모두 입을 다물고 있을 때, 강상綱常으로 제자리를 굳게 지켰던 그 정신을 사모해서라는 것이다. 선비의 늠연한 기개가 장하다. 이 시가 나오자 그때 지은 여러 만시 중에 가장 으뜸이라 하였다. 오억령의 이름 석 자가 이 한 수로 세상에 더욱 드러났다. 위대할손 시의 힘이여.

형님의 모습이 누구와 닮았던가   我兄顔髮曾誰似

아버님 생각나면 형님을 뵈었었네.   每憶先君看我兄

오늘 형님 보고파도 어데 가 만나볼까   今日思兄何處見

의관을 정제하고 시냇가로 나가본다.   自將巾袂映溪行

박지원의 〈연암협에서 세상을 뜬 형님을 생각하며燕巖憶先兄〉이다. 형님은 이제 세상에 계시지 않는다. 아버님이 돌아가신 뒤로 아버님 뵙듯 형님을 따랐다. 이제 형님마저 세상을 뜨니 어디 가서 그 모습을 볼 것인가. 가만히 의관을 갖춰 입고 시냇가로 나가본다. 시내에 비친 제 모습을 보려 함이다. 덤덤한 듯 별 말 하지 않았으되, 그리움이 메아리쳐 긴 울림을 남긴다.

이상 크게 다섯 범주로 나누어 한시에서의 정과 경의 어울림을 살펴보았다. 이들 사이에 우열은 없다. 시인의 그때 감정 상태나 놓인 환경에 따른 선택이 있을 뿐이다. 청나라의 유희재劉熙載가 《예개藝槪》에서 말했다. "시는 혹 경이 앞서고 정이 뒤따르거나, 혹 정이 먼저고 경이 나중한다. 정과 경이 나란히 이르기도 하는데, 서로 떨어진 듯 융합하니 각기 그 묘가 있다."고 했다. 그 미묘한 저울질에 대해 김시습은 〈학시學詩〉란 시에서 이렇게 노래한다.

객은 시를 배울 수 있다 하지만   客言詩可學

시의 법은 차가운 샘물과 같네.   詩法似寒泉

바위에 부딪히면 목 메 울다가   觸石多鳴咽

연못에 가득 차면 고요하다네.   盈潭靜不喧

굴원 장자 강개함 많았다지만 　　　　　　屈莊多慷慨

위진에 이르러선 번다해졌지. 　　　　　　魏晉漸拏煩

심상한 격조야 없앤다 해도 　　　　　　　勦斷尋常格

묘한 이치 말로는 전키 어렵네. 　　　　　玄關未易言

　시는 찬 샘물이다. 시를 잘 쓰려면 물의 선변善變을 배워야 한다. 굴원의 시와 장자의 산문에는 강개의 비분이 담겨 있다. 그러나 그 강개는 어디까지나 돌에 부딪혀 난 여울의 소리였지, 악악대며 떠드는 왜가리 소리가 아니었다. 후대로 내려올수록 시의 법은 점차 시끄럽고 번다해져 옛사람의 정신은 찾아보기가 어렵다. 수다스럽게 말하고 아프다고 끙끙대는 소리가 시의 내용이 되고 말았다. 심상尋常의 나락으로 떨어지지 말라. 그러나 진정한 시법에 들어가려면 반드시 통과해야 할 최후의 '현관玄關'이 있다. 그 현관 앞에 서려면 많은 과정이 필요하다. 그 문을 여는 법은 아무도 일러줄 수가 없다. 스스로 깨달아야 한다. 제 손으로 직접 열고 들어가야 한다.

일자사一字師 이야기

—

시안론詩眼論

한 글자를 찾아서

서거정이 《동인시화》에서 말했다. "시는 묘함이 한 글자에 달려 있다. 옛사람은 한 글자를 가지고 스승으로 삼았다." 호자胡仔도 《초계어은총화苕溪漁隱叢話》에서 "시구는 한 글자가 공교로우면 절로 빼어나게 된다. 마치 한 낱의 영단靈丹으로 돌을 두드려 금을 만드는 것과 같다."고 했다. 원매가 《수원시화》에서 "시는 한 글자만 고쳐도 경계가 하늘과 땅 차이로 달라진다. 겪어본 사람이 아니고서는 이해할 수 없다."고 한 것도 다 같은 뜻이다.

신기질辛棄疾은 〈청옥안靑玉案〉에서 "뭇 사람 속에서 백 번 천 번 그를 찾았네.衆裏尋他千百度"라고 노래했는데, 시인이 뭇 글자의 숲 속에 숨어 있는 꼭 맞는 딱 한 글자를 찾는 과정도 이와 다를 것이 없다. 한 글자가 시를 죽이고 살린다.

경구와 과주는 강물 하나 사이인데	京口瓜洲一水間
종산은 몇 겹 산을 격하여 서 있도다.	鍾山只隔數重山
봄바람은 강남 언덕에 또다시 푸르건만	春風又綠江南岸
밝은 달은 언제나 가는 나를 비추려나.	明月何時照我還

왕안석王安石이 고향을 그리며 지은 시다. 홍매洪邁가 오나라의 한 선비 집에 전해오던 초고를 보았다. 3구의 '춘풍우록강남안春風又綠江南岸'이 처음엔 '춘풍우도강남안春風又到江南岸'으로 되어 있었다. 왕안석은 '도到' 자 위에 '불호不好'라고 쓰고 '과過' 자로 고쳤다. 다시 '입入' 자로 고쳤다가 '만滿' 자로 되고쳤다. 이같이 하기를 10

여 차례 되풀이해서 겨우 '록綠' 자로 결정하였다. 봄바람을 공감각적으로 초록이라 표현하자, 그저 봄바람이 강남 언덕에 이르렀다거나, 지난다거나, 가득하다는 등의 표현은 밋밋하기 짝이 없다. 봄바람이 강남 언덕 위로 불어 지나가자 마치 도미노가 쓰러지듯 순식간에 초록빛으로 변해버리는 경쾌한 연상을 불러일으킨다. 《용재속필容齋續筆》에 보인다.

그사이의 고심참담을 두고 방간方干은 "다섯 자 시구를 읊조리느라 몇 오라기 수염이 또 희어졌네.才吟五字句, 又白幾莖髭."라고 했다. 관휴貫休는 "시구를 찾느라 멍청히 앉아, 찬 서리 몰아쳐도 알지 못하네.覓句如頑坐, 嚴霜打不知."라 했다. "온종일 찾아도 못 얻겠더니, 때로는 저절로 찾아오누나.終日覓不得, 有時還自來."라고 노래한 이도 있다. 옛사람이 시구의 연마에 들인 노력을 알겠다. 이러한 고통도 두보의 말처럼 "새 시를 고쳐놓고 혼자 길게 읊조리네.新詩改罷自長吟"의 기쁨이 있어 감내할 만하다.

구양수의 《육일시화》에 이런 이야기가 있다. 진종이陳從易가 우연히 오래된 두보의 시집을 구했다. 책이 낡고 떨어져 글자가 빠진 곳이 많았다. 그중 〈채도위를 전송하며送蔡都尉〉란 시의 제7구에 "몸 가볍기 새 한 마리 ○○하는 듯身輕一鳥○"이라고 했다. 그런데 마지막 한 글자가 떨어져나가 보이지 않았다. 진종이는 손님들에게 빈 곳에 알맞은 글자를 채우게 했다. 어떤 이는 빨리 난다는 뜻의 '질疾' 자를, 어떤 이는 떨어져 내린다는 의미로 '락落' 자를 골랐다. 앉았다 날아간다고 '기起' 자를 택하고, 내려앉는다는 '하下' 자를 쓴 이도 있었다. 뒤에 온전한 책을 얻어 확인해보니 '과過' 자였다. 이 구절은 채도위蔡都尉의 당당한 위풍을 묘사한 대목으로 "몸 민첩

함 새 한 마리 지나가는 듯"이라야 했다. 진종이가 탄복하며 말했다. "비록 한 글자라도 그대들이 능히 미치지 못했구려."

양신楊愼의 《승암시화升庵詩話》에도 비슷한 이야기가 있다. 맹호연孟浩然의 〈옛 벗의 집을 지나다가過故人庄〉란 시의 7·8구에 "중양절 오기를 기다렸다가, 다시 와 국화 앞에 나아가리라.待到重陽日, 還來就菊花."라는 구절이 있었다. 그런데 각본에는 '취就' 자가 탈락되고 없었다. 이를 채우려 하니 '취醉'나 '상賞' 자를 꼽았다. '범泛'이나 '대對'를 고른 이도 있었다. 의론이 분분했다. 뒤에 맞춰보니 '취就' 자였다. 국화 앞에서 술에 취한다거나, 국화를 감상한다거나, 마주한다는 등의 표현은 함축이 없어 '취就'의 온건함만 못하다.

송나라 때 어느 원벽院壁에 두보의 〈곡강에서 비를 보며曲江對雨〉란 시가 적혀 있었다. "숲속 꽃잎 비 맞으니 연지가 촉촉한 듯林花着雨臙脂濕"이라 한 구절의 마지막 '습濕' 자가 떨어져 나갔다. 소식蘇軾과 황정견과 진관秦觀과 불인佛印 등이 제각기 '윤潤'과 '로老', '눈嫩'과 '락落'으로 채웠다. 윤기난다, 시들었다, 곱다, 떨어지다 등의 표현도 좋지만 확실히 원시의 '습濕'이 주는 선명하고 촉촉한 느낌만은 못하다.

소동파가 일찍이 〈병든 학病鶴〉이란 시를 지었다. 그중에 "석 자되는 긴 다리에 마른 몸을 얹었네.三尺長脛閣瘦軀"란 구절이 있었다. 하루는 소동파가 '각閣' 자를 가리고서 임덕장任德章 등에게 적당한 글자로 채워 넣게 했다. 그들은 끝내 알맞은 글자를 찾지 못했다. 소동파가 천천히 가린 것을 떼자 '각閣' 자가 적혀 있었다. '각閣'은 '놓아두다' 또는 '얹어놓다'는 뜻이다. 이 한 글자를 써놓으니, 가뜩이나 위태로운 긴 다리에 병들어 수척한 몸뚱이를 얹어놓고 힘겨

위하는 병든 학의 모습이 마치 눈앞에 서 있는 것만 같다. 서거정의 《동인시화》에 나온다.

청나라 때 매증량梅曾亮의 문집에 시미詩謎 또는 시보詩寶, 시조詩條라고 하는 유희에 대해 말한 대목이 나온다. 시미는 위의 예처럼 옛 시인의 시집에서 한 구절을 따다가 안자眼字가 되는 한 글자를 가리고, 원래 글자를 포함하여 그럴 듯한 다섯 글자를 늘어놓아 제 글자를 찾아 맞추는 놀이다. 오지선다형 문제다. 시미 유희는 뒷날 시를 배우는 한 방편으로 널리 성행하였다. 위 네 가지 예화 같은 것이 바로 이 놀이의 연원이 된 셈이다.

조선시대에도 이러한 놀이가 행해졌다. 심의의 〈기몽〉에 나오는 다음 삽화가 그 예증이다. 꿈속 문장 왕국의 천자 최치원이 "바람은 밤을 쳐서 백사장에 보내네.風敲夜子送潮沙"라 한 구절을 놓고 '송送' 자가 마음에 안 든다고 신하들에게 고치게 했다. 진화陳澕는 '과過' 자를, 정지상은 '집集' 자를, 주인공인 심의는 '락落' 자를 각각 올렸다. 한 사람은 백사장을 '지나네', 한 사람은 '모여드네', 다른 한 사람은 '떨어뜨렸네'라고 한 것이다. 천자는 심의가 올린 '락落' 자에 낙점하여 후한 상을 내렸다. 궁금해서 최치원의 《계원필경집桂苑筆耕集》을 뒤져보니 위 구절은 〈바위 위의 키 작은 소나무石上矮松〉란 시의 제4구로, 본래부터 "바람은 밤을 쳐서 백사장에 떨구었네.風敲夜子落潮沙"라고 멀쩡하게 실려 있었다. 이 또한 시미 놀이의 한 예이다.

이때 여러 글자를 차례로 원시에 대입시켜보면 의경의 미묘한 변화가 느껴진다. 각 표현의 질량을 저울질하고 정서를 감별해낼 수 있다면 그는 이미 상승의 시인이다. 명나라의 사진은 시인이 한 글자의 선택을 위해 심혈 쏟는 것을 모자 고르기에 비유했다.

하나하나 골라 써보고 거울에 비춰 비교하듯, 글자를 바꿔 넣었을 때 일어나는 미묘한 변화를 음미할 수 있어야 시안을 말할 수 있다는 것이다.

뼈대와 힘줄

정진규의 〈몸시 26〉에는 '자안字眼'이란 부제가 붙었다. "입술이든 자궁이든/사랑하는 사람아/나는 다른 곳으론 들지 않겠고/오직 네 눈으로만 들겠으며/세상의 모든 빗장도 그렇게 열겠다/술도 익으면 또록또록 눈을 뜨거니/달팽이의 더듬이가 바로 눈이거니/너와 함께 꺾은 찔레순이/바로 찔레의 눈이거니/아, 자안字眼이란 말씀도 있거니/글자에도 살아 있는 눈이 있거니/모든 것엔 눈이 있거니/나는 오직 그리로만 들겠다"고 하였다. 정말이지 시에도 눈이 있다. 시의 빗장을 옳게 열려면 시의 눈, 즉 시안을 찾아내는 안목이 있어야 한다.

시안이란 말은 소동파가 〈승려 청순이 수운정을 새로 지었다기에

僧淸順新作垂雲亭〉의 5·6구에서 "천공天功은 향배를 맞겨루어서, 시안의 덜고 더함 교묘하도다.天功爭向背, 詩眼巧增損."라 한 것이 최초의 용례다. 범성대范成大는 그의 시에서 "도안은 간데없고 시안만 남았나니, 매화가 피려 하자 눈꽃은 볼 수 없네.道眼已空詩眼在, 梅花欲動雪花稀."라 한 것이 있다. 이후 시안이란 말이 시의 창작과 감상에서 중요한 술어로 자리 잡았다. 범온范溫은 아예 자신의 시화를 《잠계시안潛溪詩眼》으로 명명했다. 청나라의 유희재는 시안이란 시의 어느 글자가 좋고 어느 구절이 뛰어나다는 식의 개념이 아니라, 전체 시의 핵심이 집중되어 '신묘한 빛이 엉겨 붙은 지점神光所聚'을 말한다고 지적한 바 있다. 시안은 글자 그대로 시의 눈알이다. 시안은 시에서 가장 정채롭고 시인의 정신이 집약된 지점, 하나만 건드려도 나머지가 따라 움직이는 일동만수一動萬隨의 경락이다. 시안은 단순히 수사적으로 자구를 단련하는 기교의 문제가 아니다. 시가 예술의 의경미意境美를 형성하는 핵심처인 것이다.

장승요張僧繇가 금릉金陵 안락사安樂寺 벽에 네 마리 용을 그렸다. 그림 속 용은 눈동자에 점이 찍혀 있지 않았다. 사람들이 이유를 묻자 점을 찍으면 용은 그 즉시 하늘로 날아 올라가버린다고 했다. 사람들이 못 믿고 비웃었다. 그가 용 한 마리의 눈에 점을 찍었다. 그 순간 천둥 벽력이 쳐서 벽을 쪼개더니 용이 구름을 타고 솟구쳐 올랐다. 점을 찍지 않은 나머지 세 마리는 그대로 남아 있었다. 이른바 화룡점정畵龍點睛의 고사이다.

화가 고개지顧愷之는 이렇게 말했다. "사람의 곱고 추함은 솜씨와 무관하다. 그림으로 정신을 전달하는 것은 바로 눈동자에 달려 있다." 눈동자로 정신이 전달된다는 '아도전신阿堵傳神'의 유명한 주

장이다. 청나라의 오대수吳大受는 그의 《시벌詩筏》에서 또 이렇게 말
했다.

> 솜씨가 뛰어난 시인이 구절을 단련하는 것은 지팡이를 던지자 용으
> 로 변해 꿈틀대며 하늘로 솟아오르는 것과 같다. 한 구절의 영활靈活
> 함이 전편을 모두 살아 움직이게 한다. 또 글자를 단련함은 용을 그려
> 눈동자를 찍자 용이 번드쳐 솟아 올라가는 것과 같다. 한 글자의 빼어
> 남이 시 전체를 기이하게 할 수 있다.

시안이란 바로 한 편 시의 눈동자에 해당하는 자리다. 시의 힘줄
과 뼈대가 바로 이곳에 모여 있다. 이로 인해 전체 시는 갑자기 생
동하는 활기를 띤다.

왕국유는 《인간사화人間詞話》에서 이렇게 지적했다. "'붉은 살구
가지 끝에 봄뜻이 들레누나.紅杏枝頭春意鬧'는 '뇨鬧' 한 글자에 경계
가 온전히 드러났다. '구름 헤쳐 달이 뜨자 꽃이 그림자를 희롱하
네.雲破月來花弄影'에서는 '롱弄' 한 글자에 경계가 온전히 드러났
다." 각 구절마다의 시안을 말한 것이다. 시는 한 글자에 죽고 산다.

한두 편 예를 들어보자. 먼저 이백의 시 〈봉황대鳳凰臺〉의 두 구절
이다.

| 삼산은 하늘 밖에 반 너머 떨어지고 | 三山半落靑天外 |
| 이수는 백로주서 가운데가 나뉘었네. | 二水中分白鷺洲 |

앞 구는 삼산이 아스라한 푸른 하늘 저편에 높이 솟아 있는 모습

을 묘사했다. 하늘 높이 솟은 봉우리는 '높이 솟았다高聳' 또는 '솟아올랐다聳出' 등으로 표현하는 것이 상식이다. 시인은 이를 뒤집어 '반 너머 떨어졌다半落'고 표현하였다. 바로 여기에 표현의 묘가 응축되어 있다. '락落'이 안자다. 이렇게 말하고 보니 구름 위로 산이 솟은 것이 아니라, 하늘에서 산이 지상으로 지금 막 내려오는 듯한 느낌을 준다. 이런 참신한 발상은 이백이 아니고는 불가능할 것이다.

다시 두보의 〈절구絶句〉의 두 구절을 보자.

강물이 출렁대자 달이 바위 옮겨가고	江動月移石
시내 비어 구름이 꽃을 곁에 두었네.	溪虛雲傍花

'이移' 자가 시안이다. 강물이 넘실대자 달빛도 덩달아 일렁인다. 물 위에 비죽 솟은 바위가 아예 둥둥 떠내려가는 것만 같다. 이때 '이移'는 얼마나 정채로운 포착인가.

발 걷어 산 빛을 끌어들이고	卷箔引山色
대통 이어 냇물 소리 나누는도다.	連筒分澗聲
아침내 오는 사람 아무도 없어	終朝少人到
두견새 혼자서 이름 부른다.	杜宇自呼名

고려 때 승려 시인 충지冲止(1226~1292)의 〈한가한 중에 짓다閑中雜詠〉란 작품이다. 산사의 고즈넉한 봄날을 노래했다. 아침에 일어나 주렴을 걷자 환한 산 빛이 끌리듯 내게로 온다. 대나무 통을 이

한시 미학 산책 —

어온 시냇물은 맑고 청정한 소리를 내며 내 뜰에 좌르륵 쏟아진다. 아무도 찾지 않는 적막한 봄날, 두견새가 아침부터 '불여귀不如歸! 불여귀!' 제 이름을 부르며 운다. 냇물 소리를 나눈다고 한 제2구의 '분分' 자는 아무나 쓸 수 있는 글자가 아니다. 대통으로 끌어온 시냇물 소리가 이제 여기서도 들리기 시작한다.

한 편의 시에서 시안은 어디에 있는가? 《여씨동몽훈呂氏童蒙訓》에서 반빈로潘邠老는 7언시는 제5자가 울려야 하고, 5언시는 제3자가 울려야 한다고 했다. 그는 '울린다響'는 것은 힘이 결집된 곳을 말한다면서 향자론響字論을 주장했다. 꼭 그런 것만은 아니지만, 일반적으로 5언시의 경우 세 번째 글자가, 7언시는 다섯 번째 글자가 안자가 되는 수가 많다. 잠삼岑參의 "외론 등불 나그네 꿈을 사르고, 다듬이 소리 향수를 다듬질하네.孤燈燃客夢, 寒杵搗鄕愁."의 '연燃' 자나, 허혼許渾의 "만 리의 산천에서 새벽꿈을 나누니, 이웃 노랫소리에 봄 근심을 전송하네.萬里山川分曉夢, 四隣歌管送春愁."의 '분分' 자가 모두 그렇다. 5언시의 경우 2·3으로 끊어 읽고, 7언시는 4·3으로 끊어 읽는다. 이때 제3자와 제5자는 이 둘의 경계에 놓인 글자다. 말하자면 두 개의 이미지를 하나로 묶는 자리다. 결합의 양상에 따라 의경이 달라진다. 이는 의미의 단위이면서 리듬의 한 매듭이다. 또한 흔히 주어와 동사의 관계에 놓인다. 위 예시에서 '고등孤燈'과 '객몽客夢'은 별개의 어휘인데, '연燃' 자가 이를 매개함으로써 둘은 하나로 묶인다. 나그네는 등불을 밝혀둔 채 깜빡 잠이 들었다. 그가 고향 꿈을 꾸는 사이 '고등孤燈'만 외로이 그리움을 '태우고' 있는 것이다.

그렇다고 시안의 위치가 늘 일정한 것은 아니다. 시구의 다양한 어법 변화만큼이나 유동적이다. 시안이 항상 제자리가 정해져 있다면 굳이 눈을 찾아 헤맬 필요가 없지 않은가. 맹호연의 "기운은 운몽택을 푹푹 찌는데, 물결은 악양성을 흔들어대네.氣蒸雲夢澤, 波撼岳陽城."는 각 구절의 두 번째 글자가 안자다. 두보의 "시절 느껴 꽃 보아도 눈물이 나고, 이별 한해 새소리에 마음 놀라네.感時花濺淚, 恨別鳥驚心."에서처럼 넷째 자가 안자가 되기도 한다.

한 글자의 스승

당나라 때 시승詩僧 제기齊己가 사방을 떠돌 때 일이다. 당시 명망 높던 시인 정곡을 찾아가 5언 율시 한 수를 올렸다. 대문간에서 명함 대신 시를 들여놓고 한참을 기다렸으나 안쪽의 기별이 좀체 없었다. 이윽고 문이 열렸다. 하인이 시 가운데 한 글자를 고쳐 오면 그때 만나주겠다는 주인의 말을 전했다. 며칠 고심 끝에 제기는 한 글자를 수정하여 다시 정곡에게 올렸다. 정곡은 이를 보고 기뻐하며 그를 기꺼이 맞이하였을 뿐 아니라 평생 시우로 교유하였다. 뒤에 제기가 다시 〈일찍 핀 매화早梅〉를 지어 정곡에게 보였다.

<table>
<tr><td>나무들 모두 얼어 꺾이려 해도</td><td>萬木凍欲折</td></tr>
<tr><td>외론 뿌리 따뜻함을 홀로 품었네.</td><td>孤根暖獨回</td></tr>
<tr><td>앞마을 답쌓인 깊은 눈 속에</td><td>前村深雪裏</td></tr>
<tr><td>간밤에 몇 가지나 꽃을 피웠나.</td><td>昨夜幾枝開</td></tr>
<tr><td>바람도 그윽한 향기를 품고</td><td>風帶幽香去</td></tr>
</table>

김홍도, 〈백매白梅〉, 18세기, 51.3×80.2cm, 간송미술관.
묘한 가락이다. 춤추는 소매마냥 능청이는 가지마다 둥근 밥풀이 쏟아진다. 피어난다.

獨立漱寒清

峕峕　樗園

새들은 흰 꽃송이 엿보는구나.   禽窺素艶來

내년에도 절기에 부응하여서   明年如應律

먼저 피어 봄 누대를 환히 비추렴.   先發映春臺

시를 찬찬히 읽고 난 정곡이 말했다. "제4구의 '기幾'자는 '일一'
자로 고쳐야 '조매早梅'가 되겠네." 이 말을 듣고 제기가 탄복했다.
쌓인 눈 속에 갓 피어난 매화의 돌올한 아름다움을 표현하는 데는
확실히 여러 가지에 핀 매화보다 단 한 가지에 먼저 핀 매화가 함축
적이면서도 도약적인 장면을 보여준다.

뒷날 제기의 시명이 높아지자 예전 그가 정곡에게 그랬던 것처럼
장회張回란 시인이 시를 들고 찾아왔다. 시 가운데 "살적은 시들어
다해가는데, 구불구불 수염은 흰 것이 없네.蟬鬢彫將盡, 虬髭白也無."
라는 구절이 있었다. 제기가 한번 읊조리고는 '백白'자가 좋지 않
으니 '흑黑'으로 고치라고 충고했다. 귀밑머리는 시들어 다 빠졌는
데 수염만 희지 않다고 하기보다 "구불구불 수염도 검은 것이 없구
려."로 하는 것이 낫겠다는 말이다. 장회는 이에 사례하고 그를 '일
자사'로 모셨다. 제기는 이렇게 '일자사'와 관련된 세 번의 일화를
남겼다. 글자의 단련이 시학 상의 큰 관심사로 대두된 사정을 보여
준다.

고사립顧嗣立의 《한청시화寒廳詩話》에 이런 예화가 실려 있다. 장
귤헌張橘軒이 시를 지었다.

밤비에 냇물 불어 상앗대에 반쯤 차니   半篙溪水夜來雨

한 그루 이른 매화 어느 곳에 피었나.   一樹早梅何處春

원유산元遺山이 읽고 나서 지적했다. "좋긴 하나 편안치 않은 데가 있다. 이미 '일수一樹'라 하고서는 어찌 '하처何處'라 말하는가? '일수一樹'를 '기점幾點'으로 고쳐 생동하게 하는 게 낫겠네." 앞서 제기의 〈일찍 핀 매화〉에서는 '기지幾枝'를 '일지一枝'로 고치라고 했는데, 이번엔 반대로 '일수一樹'를 '기점幾點'으로 바꾸라고 했다. 놓인 자리에 따라 달라진 것이다. '어느 곳에 피었나'라 하여 찾기 어렵다고 해놓고 한 그루에 핀 매화를 말하면 부자연스럽다. 겨우 몇 송이라고 할 때 생동하는 봄뜻이 더 실감나지 않겠는가.

당나라 때 임번任翻의 예화도 있다. 그가 과거에 낙방하여 집으로 가는 길이었다. 도중에 그는 절강浙江의 천태산天台山에 들렀다. 시흥詩興이 문득 일자 절 담장 위에 시 한 수를 써놓았다.

산마루 새 가을에 밤 한기 돋더니만	絶嶺新秋生夜凉
학 날자 솔 이슬에 옷깃이 젖었구나.	鶴翔松露濕衣裳
앞마을에 강물 가득 달빛이 떨어져도	前村月落一江水
산 속 계신 스님은 죽방에서 한가롭네.	僧在翠微閑竹房

시를 짓고 나서 그는 천태산을 내려와 전당강錢塘江에 이르렀다. 그런데 늦은 밤 강물에 비친 달빛을 보니, 강물이 조수를 따라 물러나자 달빛이 단지 '반강半江'에만 남는 것이었다. 그는 문득 앞서 지은 시에서 '일강수一江水'라 한 것이 잘못임을 깨달았다. 그는 마음이 불안해져서 길을 되짚어 절로 달려갔다. 그랬더니 웬걸, '일一' 자 위에는 이미 누가 한 획을 가로 긋고, 다시 세로로 한 줄을 그은 뒤 점 두 개를 찍어 '반半' 자로 고쳐놓은 것이 아닌가. 정신이

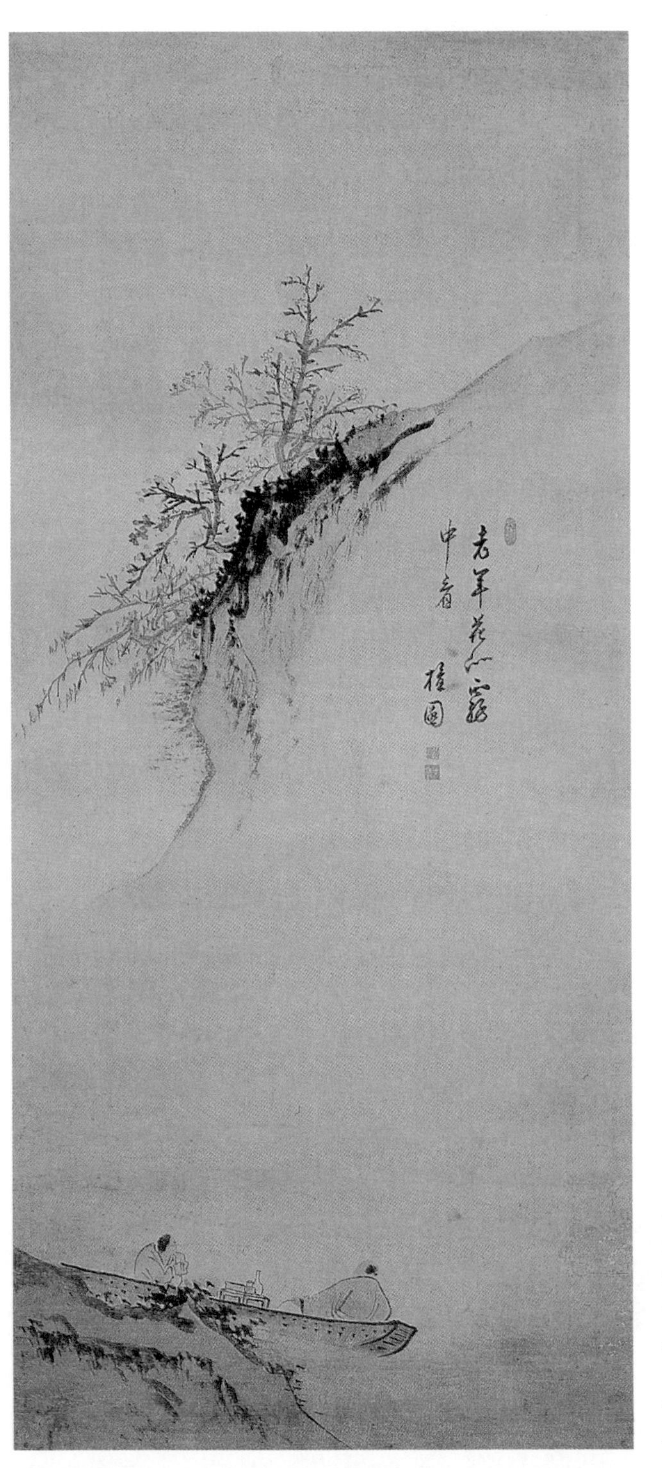

김홍도, 〈주상관매도舟上觀梅圖〉,
18세기, 164×76cm, 개인 소장.
뱃전에 기대앉아 언덕 위
매화를 바라본다. 내 인생에
저 꽃을 몇 번 더 보려나.
이런 마음이었겠지. 술병
하나 앞에 놓였고, 아이는
무료해서 제 무릎을 안았다.

번쩍 든 그는 절의 스님들에게 누가 그랬는지 수소문했다. 그가 시를 써놓고 간 얼마 후 한 관리가 지나다가 이렇게 고쳐놓고 갔다는 것이었다. 그는 백방으로 알아보았지만 결국 찾지 못해 안타까워하며 돌아갔다.

이민구李敏求(1589~1670)가 금강산에 놀러갔다가 시를 지었다.

계속된 여정에 지친 나그네는 아마득한 벼랑 툭 터진 경계 앞에서 말을 세운다. 몸이 젖은 솜 같다. 껍질이 벗겨진 고목의 속살에 시를 쓰려는데 지친 몸이 영 말을 안 듣는다. 김상헌金尙憲이 나중에 이 시를 보더니, 말없이 '미未' 자를 '반半' 자로 고쳤다. 갑자기 정채가 확 살아났다. 원래는 지쳐서 글자가 써지지 않는다고 했는데, 고친 것은 반쯤 썼지만 너무 지쳐 마저 쓸 수가 없다고 한 것이다. 나그네의 지친 상태가 더 실감난다. 남용익南龍翼(1628~1692)의 《호곡시화壺谷詩話》에 나온다.

시승詩僧 교연皎然에게 한 승려가 찾아왔다. "이 물결 제택을 머금고 있어, 티끌 묻은 갓끈을 씻을 곳 없네.此波涵帝澤, 無處濯塵纓."라 한 〈어구御溝〉란 시를 보여주었다. 교연이 '파波' 자가 좋지 않으니 다른 글자로 고치라고 했다. 그 승려는 불복하여 시를 가지고 떠나버렸다. 교연은 그가 곧 돌아올 거라며 자기 손바닥 가운데 한 글자를 써놓았다. 얼마 뒤 그 승려가 허겁지겁 되돌아왔다. 조금 들뜬 어조로 말했다. "스님 말씀이 과연 옳습니다. '파波' 자를 '중中' 자로 고치면 어떻겠습니까?" 교연이 빙그레 웃으며 손바닥을 펴 보였다. 거기에는 이미 '중中' 자가 써 있었다. 둘은 소리 내어 껄껄 웃었다.

목은 이색이 아들 이종학李種學(1361~1392)과 함께 자주 서주루西州樓에 올라가 시를 지었다.

> 서림의 성벽이 구름 끝에 들었는데　　　　　西林石堡入雲端
> 정자 나무 바람 불어 여름에도 춥구나.　　　亭樹含風夏尙寒

돌아오는 길에 종학이 이색에게 말했다. "아버님의 시 가운데 '상尙' 자는 '역亦' 자가 더 온당할 듯싶습니다." 이색은 "과연 그렇구나." 하고는 아들에게 빨리 되돌아가 고치게 했다. 아버지가 아들을 일자사로 삼은 이야기이다. 《동인시화》에 나온다. 소리의 울림 면에서도 차이가 있지만, '하상한夏尙寒'이라 하면 '여름인데도 아직까지 춥다'는 뜻이어서 지속적으로 추웠다는 뜻이 된다. 반면 '하역한夏亦寒'이라 하면 '여름이지만 또한 춥다'가 되어 지속의 의미보다 현재의 상태를 강조하게 된다.

일자사의 미감 원리

일자사의 예화에는 한 글자를 놓고 무게를 되는 미묘한 저울질이 있다. 한 글자만 바꿔도 미감의 차이가 확연하다. 그 차이를 범주화할 수 있다면 한시의 미감 원리를 찾을 수도 있다. 세 범주로 구분하여 살펴본다.

　일자사의 첫 번째 미감 원리는 '의미의 중복을 피하라.'는 것이다. 서거정은 《동인시화》에서 진관의 소사小詞 중에, "두견새 울음 속에 지는 해가 저물고杜鵑聲裏斜陽暮"란 구절을 들고, '사양斜陽'이라 해놓고 '모暮' 자를 다시 썼으니 뜻이 중첩된다고 지적했다. 또 이인로李仁老(1152~1220)가 지은 〈어양漁陽〉의 첫 구절에 "무궁화 나직이 푸른 뫼에 비치네.槿花低映碧山峯"라 한 것을 두고 이미 '벽산碧山'이라 하고서 다시 '봉峯'을 말하니 중첩됨을 못 면했다고 꼬집었다. 시는 중복을 꺼린다. 한 글자도 넘치거나 부족해서는 안 된다. 이 절제된 경지를 한유는 이렇게 말했다. "풍부하되 한 글자도 남지 않고, 간략하되 한 마디도 빼먹지 않는다.豊而不餘一字, 約而不失一辭." 한 글자만 더하거나 빼도 와르르 무너지는 그런 글, 그런 시를 쓰라는 주문이다.

　시어에서 의미의 중첩을 바로잡은 일자사의 몇 예화를 들어본다.

| 땅 적시는 천축의 비 질리도록 들리더니 | 地濕厭聞天竺雨 |
| 달 밝자 경양 종소리 해맑게 들려오네. | 月明來聽景陽鐘 |

　살천석薩天錫의 시이다. 종일 땅을 적시며 질척대던 비가 밤이 이슥해서야 갰다. 종소리는 떠오는 달빛 아래 허공으로 번져간다. 해맑은 경계이다. 우도원虞道園이란 이가 시를 보더니, 1구의 '문聞'과 2구의 '청聽' 두 글자가 중복된다며 '문聞' 자를 '간看' 자로 고쳤다. 번역 상으로도 '들리더니 ~ 들려오네'의 중복보다는 '보았는데 ~ 들려오네'의 조합이 훨씬 낫다.

다음은 조선 중기의 문인 권응인權應仁(1517~?)의 《송계만록松溪漫錄》에 나오는 예화다. 정사룡鄭士龍(1491~1570)의 시에 두 구절이 있었다.

> 조선과 중국은 만 리 길도 더 되니　　　　鰈海秦城餘萬里
> 몇 겹의 구름 나무 옅은 안개 사이했나.　　幾重雲樹隔烟微

후배인 권응인이 지적했다. "이미 '운雲' 자를 써놓고 또 '연烟' 자를 쓰는 것이 마땅치 않습니다. '운雲' 자를 '춘春' 자로 고치시지요." 정사룡은 "네 말이 과연 옳다." 하고 바로 고쳤다. '구름 낀 나무'라 해놓고 다시 '옅은 안개'를 말해 의미가 중첩되니, '봄 나무'의 '옅은 안개'가 주는 온건한 맛만 못하다.

뒤에 권응인이 이 일을 자랑했다. 동료 중 유항柳沆이 말했다. "자네도 생각이 미치지 못했네. '춘수春樹' 밑에는 '운雲' 자를 붙여야지 '연烟' 자는 본색의 말이 아닐세."라 하였다. 그의 말대로 고치면 두 번째 구는 "몇 겹의 봄 나무 옅은 구름 사이했나.幾重春樹隔雲微"가 된다. 한 글자가 바뀔 때마다 달라지는 의경의 맛이 참으로 미묘하다.

모든 것이 다 그렇지만 지나친 것은 문제다. 명나라 때 사진이 사조謝朓의 "맑은 강 깨끗하기 흰 비단 같네.澄江淨如練"란 구절을 놓고, '징澄'과 '정淨'은 의미가 중첩되니, '징강澄江'은 '추강秋江'으로 고치는 것이 더 낫겠다고 했다. 이렇게 고치자 의미의 중첩은 덜었으나, 정작 이 시가 봄철에 쓴 시인 줄은 몰랐다. 다음 구절에 "우짖는 새 봄 모래톱 가득 덮었네.喧鳥覆春洲"라 했던 것이다. 중첩을 피하려다 더 큰 문제를 낳았다. 어쨌든 반복을 피해 의미의 중첩을 막는 것이 일자사의 첫 번째 미감 원리다.

두 번째 미감 원리는 '여운을 남기고 호응을 중시하라.'는 것이다. 여운은 추상의 여백에서 생긴다. 시는 단정적 언사를 꺼린다. 사물과 시인이 만나 빚는 의경은 카메라 렌즈처럼 또렷하게 잡히지 않는다. 오히려 일부러 초점을 흐리는 데 묘한 맛이 있다. 그래도 의경의 호흡이 흐트러지면 안 된다.

다음은 섭몽득葉夢得의 〈금릉오제金陵五題〉 중 한 수이다.

생공生公의 설법은 귀신도 들었거니	生公說法鬼神聽
죽은 뒤로 빈집은 밤에도 걸지 않네.	身後空堂夜不扃
불좌佛座는 적막하고 먼지만 자욱한데	猊座寂廖塵漠漠
덩두렷한 밝은 달은 뜰 가운데 비추겠지.	一方明月可中庭

어떤 이가 소동파에게 물었다. "왜 끝구를 '만滿'이라 하지 않고 '가可'라고 했는지 모르겠습니다." 소동파는 픽 웃고 대답하지 않았다. 그가 웃은 이유는 무엇일까? '만중정滿中庭'은 밝은 달빛이 뜰 가운데 가득 찼다는 뜻이다. 이래서는 위 구절의 적막하고 쓸쓸한 분위기를 해친다. 또 '명월明月'이라 해놓고 다시 '만滿'을 말하면 중복되어 의경도 얕아진다. '가可'는 밝은 달이 뜰 가운데쯤을 비추고 있다는 뜻이다. 두텁다. 이제현의 《역옹패설櫟翁稗說》에 보인다.

다음은 두보의 〈곡강대주曲江對酒〉 3 · 4구다.

복사꽃 버들꽃 좇아 가늘게 떨어지고	桃花細逐楊花落

꾀꼬리는 이따금 해오라기 따라 나네.　　　黃鳥時兼白鳥飛

한 사대부의 집에 두보가 직접 쓴 친필 초고가 있었다. 살펴보니 처음에는 3구를 "복사꽃은 버들꽃과 얘기를 나누려 하고桃花欲共楊花語"로 되어 있었다. 그것을 엷은 먹으로 세 글자를 고쳐 위와 같이 만들었다. 이 시를 지을 당시 두보는 장안에서 습유拾遺에 임명되어 희망에 부풀었다가 얼마 못 가 좌절과 무력감에 빠져들고 있을 때였다. 그는 다만 강가에 앉아 하릴없이 꽃 지고 새 나는 모습을 바라보며 적막과 무료를 한탄하고 있었다. 복사꽃과 버들꽃이 다정히 이야기를 나누려 한다고 한 처음의 의경은 당시 그가 처한 상황에서 보면 확실히 마땅치 않다. 두보는 세 글자를 고쳐 한풀 꺾인 자신의 현재 심경을 꼭 맞게 그려냈다.

증길보曾吉甫의 〈증왕언장贈王彦章〉에 얽힌 이야기도 있다.

백옥당 가운데서 조서를 초 잡았고　　　白玉堂中曾草詔
수정궁 안에서는 곁에서 시 지었네.　　　水晶宮裏近題詩

한자창韓子蒼이 읽더니 '중中'을 '심深'으로, '리裏'를 '냉冷'으로 바꿔버렸다. '가운데'와 '곁에서'는 밋밋하고 엷었는데, '백옥당 깊은 곳에서'와 '수정궁 서늘한 데'로 바꾸자 갑자기 심원한 기운이 감돈다.

고려 때 이첨李詹(1345~1405)이 정이오鄭以吾(1347~1434)와 시를 논하다가 다음 시구를 얻었다.

정이오가 두 번 세 번 읊조리다가 '횡橫'은 '농롱籠'으로, '백白'을 '소小'로 바꾸라고 했다. 이첨이 처음에는 수긍치 않다가 마침내 그대로 따랐다. '농롱籠'은 에워쌌다는 뜻이니 '횡橫'보다 강하다. '소小'는 '백白'에 비해 약해, 쥐었다 놓았다 하는 줄다리기가 미묘하다. 앞보다 정채로움이 백 배 더하다. 더욱이 소동파의 〈후적벽부後赤璧賦〉에 '산은 높고 달은 작다山高月小'란 표현이 있지 않은가? 서거정이 《동인시화》에서 한 말이다.

정지상과 김부식金富軾(1075~1151)도 일자사에 얽힌 일화를 남겼다. 김부식이 정지상의 재주를 시기해서 죄로 얽어 죽였다. 김부식이 하루는 이런 시를 지었다.

그러자 공중에서 홀연 정지상의 귀신이 나타나 김부식의 뺨을 때렸다. "천사千絲와 만점萬點이라니, 네가 세어보았는가? 어찌 '버들은 실실이 푸르고, 복사꽃은 점점이 붉도다.柳色絲絲綠, 桃花點點紅'라 하지 않는가?" 과연 '천千'과 '만萬'으로 한정짓는 것보다 '사사絲絲'와 '점점點點'의 모호가 한결 넉넉하다. 실실이 푸른 버들가지와 온 산을 붉게 물들인 복사꽃의 정취를 어찌 숫자로 한정지을 수 있겠는가. 이규보의 《백운소설白雲小說》에 실려 있다.

시화가 전하는 김부식과 정지상의 불화의 시말은 이러하다. 한번은 두 사람이 함께 산사에서 놀 때 정지상이 다음 시구를 읊었다.

절에서 독경 소리 끝나자마자 　　　　　　　　　　　琳宮梵語罷
하늘은 유리처럼 깨끗해지네. 　　　　　　　　　　　山色淨琉璃

절집에 들어서자 독경 소리가 청아하게 울려 퍼진다. 그 소리에 씻긴 듯 하늘빛이 유리처럼 맑아졌다. 독경 소리에 쇄락해진 마음을 맑아진 하늘에서 새삼 확인하는 교감적 심상이 절묘하다. 김부식이 이 시구를 좋아하여 자기에게 달라고 했으나 정지상이 끝내 주지 않았다. 이에 앙심을 품은 김부식이 사건을 꾸며 급기야 정지상을 죽였다는 것이다.

그 뒤 김부식이 어떤 절에 놀러가서 변소에 있는데, 문득 뒤에서 정지상의 귀신이 김부식의 음낭을 꽉 잡고 말했다. "네 얼굴빛이 어찌 그리 붉은가?" 지기 싫었던 김부식은 "건너편 언덕의 단풍이 얼굴에 비쳐서 붉다."고 대답했다. 이에 음낭을 더욱 세게 움켜쥐니 김부식이 그만 죽고 말았다. 두 사람을 라이벌로 설정한 양상도 그렇고, 시 한 수, 글자 하나를 두고 티격태격하는 모습에 담긴 뒷사람의 장난기도 꽤나 고약하다.

유명한 정지상의 〈송인〉의 3·4구 "대동강 물이야 어느 때나 마르리. 해마다 이별 눈물 푸른 물결 보태나니.大同江水何時盡, 別淚年年添綠波."는 원래 '첨록파添綠波'가 아니라 '첨작파添作波'였다. 뒤에 양재梁載(?~?)란 이가 옮겨 적으면서 '창록파漲綠波'로 바꾸었다. '첨작파添作波'가 '보태어져 물결이 된다'의 뜻이라면 '창록파漲綠

波'는 '푸른 물결로 넘쳐흐른다'가 된다. 이별의 눈물이 물결을 일
으킨다는 것은 작위적 느낌을 주고, 푸른 물결로 넘실댄다는 것은
과장이 지나치다. 이제현이 지적했다. "작作과 창漲 두 글자 모두
원만치 않다. 마땅히 '첨록파添綠波'일 뿐이다." 마침내 모두 이것으
로 정론을 삼았다. 푸르게 흘러가는 강 물결 위에 이별의 눈물이 그
저 보태질 뿐이라는 것이니, 온당한 맛이 있다.

매천 황현黃玹(1855~1910)이 지은 〈압록강 가는 도중에鴨江途中〉
의 3·4구는 원래 아래와 같았다.

| 바람이 건듯 부니 나귀 걸음 빨라지고 | 微有天風驢更快 |
| 봄비를 맞고 나자 새가 모두 어여쁘다. | 一經春雨鳥皆妍 |

김택영金澤榮(1850~1927)과 이건창李建昌(1852~1898)이 보더니
4구의 '개皆'를 '증增'으로 고쳤다. '증增'으로 고치니 '새는 더욱
어여쁘다'가 되어 위쪽 구의 '갱更'과 잘 호응한다. 나귀의 걸음이
산들바람에 더욱 경쾌해졌다면 한번 봄비를 맞아 깨끗하게 씻긴
새는 한층 예쁠 것이 당연하다. 봄날 상쾌한 바람과 대지를 적시는
봄비 속에서 느끼는 생명의 약동을 경쾌하게 포착했다. 이것이 여
운을 남기고 호응을 중시하라는 일자사의 두 번째 미감 원리다.

세 번째 미감 원리는 '시상詩想의 온유돈후를 중시하라.'는 것이
다. 감각적 직설보다는 에둘러 말하는 데서 온건한 맛이 깊어진다.
모난 말보다는 각지지 않은 표현에서 중후한 체취가 풍겨난다.

| 홀로 태평하여 일 없음을 한하니 | 獨恨太平無一事 |

강남땅서 한가로운 늙은 상서로다.　　　　　　江南閑殺老尙書

장괴애張乖崖가 늙마의 한가로움을 읊은 시다. 이를 본 소초재蕭楚材가 못마땅한 낯빛으로 말했다. "지금 나라가 하나로 통일되고, 그대의 공명과 지위가 높고 무겁거늘, 홀로 태평함을 한스러워한다니 될 말입니까?" 그러고 나서 '한恨'자 대신 '행幸'자를 써넣었다. 언뜻 읽을 때는 몰랐는데 고치고 나니 두터운 맛이 한결 다르다. 태평하여 아무 일 없는 것이 '한'스럽다 하는 것과 '다행'스럽다 하는 것은 차이가 크다. 전자가 뭔 일이 안 일어나나 하고 기다리는 형국이라면, 후자는 한가로운 만년을 보내는 '노상서老尙書'의 노경을 포근하게 감싸 안는다. 한 글자의 위력이 참으로 대단하다. 장괴애가 진땀을 흘리며 사과했다.《동인시화》에 보인다.

이와 비슷한 예화가 하나 더 있다. 판서 오상吳祥(1512~1573)의 시다.

희황 적 좋은 풍속 지금은 쓸어낸 듯　　　　義皇樂俗今如掃
봄바람 술잔에만 겨우 남아 있다네.　　　　只在春風杯酒間

상진尙震(1493~1564)이 읽더니, "말을 어찌 이리도 박절하게 하는가?"라며 나무라고는 이렇게 고쳤다.

희황 적 좋은 풍속 지금에도 남았으니　　　　義皇樂俗今猶在
봄바람 술잔 사이를 살펴어보시게나.　　　　看取春風杯酒間

오상은 옛적의 즐거운 풍속을 눈 씻고 찾아봐도 찾을 수 없어 봄바람에 나누는 술잔 속에서 겨우 그 남은 즐거움을 찾노라 했다. 상진은 그때의 즐거움은 지금도 그대로 남아 있는데, 봄날의 즐거운 술자리를 보면 알 수 있다고 고쳤다. 몇 글자의 차이지만 세상을 바라보는 두 사람의 관점이 전혀 다르다. 이것이 시상의 온유돈후를 추구하라는 일자사의 세 번째 미감원리다.

일자사 이야기가 보여주는 한시의 미감 원리는 물론 이 세 가지에 한정되지 않는다. 그 경계에는 더 많은 변주들이 있다. 일자사는 한 글자를 놓고도 무게를 달아보고 섬세한 말결을 음미할 줄 알았던 옛사람들의 시정신이 빚어낸 생각의 보석들이다.

시안과 티눈

시안과 일자사 이야기는 창작상 한 글자의 차이가 만들어내는 미묘한 질감의 차이까지 십분 고려했음을 말해준다. 이렇게 표현을 절묘하게 변화시키는 것은 예술성을 추구하기 위해서지 말장난을 하자는 것은 아니다.

이수광이 《지봉유설》에서 말했다. "글을 일러 조화라고 말한다. 마음속에서는 틀림없이 예술적인데, 막상 손끝에서 이루어진 것은 결코 예술적이지 못하다." 체험에서 나온 까닭이 있는 말이다. 최자崔滋(1188~1260)는 《보한집補閑集》에서 또 이렇게 말했다. "시 조탁을 두보처럼 한다면 묘하기는 하다. 다만 솜씨가 거친 자는 조탁하려 애쓸수록 점점 더 졸렬하고 껄끄럽게 되어 공연히 애만 태우다

만다. 각기 타고난 재주에 따라 있는 그대로를 토해내어 조탁의 흔적이 없는 것만 못하다."

시안은 꼭 한 글자만 집어 말할 수 있는 것은 아니다. 청나라의 유희재는 《시개詩槪》에서 자구의 단련은 활처活處의 단련이라야지 사처死處의 단련은 의미가 없다고 보았다. 활처를 포착하는 관건은 시안을 찾아내는 데 달려 있다. 그는 계속해서 이렇게 말한다. "시안에는 시집 전체의 눈도 있고, 한 편의 눈도 있다. 몇 구절의 눈도 있고, 한 구절의 눈도 있다. 몇 구절로 시안을 삼는 경우도 있고, 한 구절로 시안을 삼는 경우도 있으며, 한두 글자로 시안을 삼는 경우도 있다." 이렇게 되면 시안의 의미 범주는 크게 확장된다. 시안론은 자칫 시인에게 수사적 기교에 탐닉케 하기 쉽다. 이때 유희재의 지적은 시안에 대한 고정관념을 깨뜨리는 통쾌함이 있다. 청나라의 오대수도 그의 《시벌》에서 이런 말을 남겼다. "지금 사람은 시를 논하면서 한두 글자에만 천착한다. 이를 가리켜 옛사람의 시안이라 하니, 이것은 사안死眼이지 활안活眼이 아니다." 나아가 그는 시에서 정채가 서려 얽힌 영롱한 지점을 찾을 수 있어야 살아 있는 눈, 즉 활안을 포착하게 된다고 했다.

시안이 없다 해서 수준 낮은 시가 되는 것도 아니다. 명나라 호응린胡應麟은 《시수詩藪》에서 시에 시안이 있는 것은 돌에 티눈이 있는 것과 같다는 이른바 '티눈론'을 주장했다. 그의 말을 들어보자.

성당시盛唐詩의 구법句法은 두텁고 깊이가 있어 마치 양한兩漢의 시와 같아 한 글자에서 구할 수가 없다. 두보 이후부터 시구 가운데 기이한 글자가 있으면 시안으로 여겼다. 이러한 구법이 있고 나서 두터움과 깊이는 찾아볼 수 없게 되었다. 옛사람은 돌에 티눈이 박혀 있으면 버루의 흠으로 여겼다. 나는 또한 말한다. 시구 가운데 눈이 있으면 시의 한 흠집이 될 뿐이다.

그는 계속해서 두보의 시를 예로 들어 비교하였다. 먼저 볼 것은 〈새벽에 바라보며曉望〉의 5·6구이다.

땅 갈라져 강 돛단배 보이지 않고	地坼江帆隱
맑은 하늘 나뭇잎 소리 들린다.	天淸木葉聞

여기서 제5구의 '탁坼' 자는 이른바 시안에 해당한다. 하지만 다음 〈흥에 따라遣興〉의 5·6구에는 시안이 없다.

땅이 낮아 황야는 크기만 한데	地卑荒野大
하늘 멀어 저문 강은 더디 흐르네.	天遠暮江遲

두 시는 구법이 서로 비슷하다. 하지만 호응린은 시안이 없는 아래 시가 시안이 있는 위의 시보다 낫다고 보았다. 이야말로 시가詩家의 최고삼매의 경지이니 안목 있는 자만이 알 수 있을 것이라고 했다.

시인은 시안을 연마할 때 집착을 버려야 한다. 진정한 의미의 시안은 시안을 감추는 '장안藏眼'의 경지에까지 이르러야 한다. 사물을 꿰뚫어보는 혜안과 통찰력 없이 그저 남의 눈이나 놀라게 만드는 수사적 기교로는 아무것도 이룰 수가 없다.

작시, 즐거운 괴로움

고음론 苦吟論

예술과 광기

대상을 향한 미친 듯한 몰두 없이 위대한 예술은 이룩되지 않는다. 불광불급不狂不及이라 했다. 미쳐야 미친다. 비록 하찮은 기예라 해도 자신을 온전히 잊는 몰두가 있어야 비로소 성취를 말할 수 있다. 예술의 천재들에게는 자신도 주체하지 못하는 광기가 있다. 그들 안에서는 열정이 뿜어내는 거친 호흡과 다른 사람을 빨아들이는 흡인력이 느껴진다.

최흥효崔興孝(?~?)는 조선 초의 명필이다. 그가 일찍이 과거를 보러 갔다. 답안지를 쓰는데 우연히 한 글자가 왕희지의 글씨와 같게 되었다. 평소에는 아무리 연습해도 안 되던 글자였다. 그는 답안을 쓰다 말고 자기 글씨에 도취되어 종일 가만히 앉아 그 글자만 뚫어지게 바라보았다. 그 글씨가 아까웠던 그는 답안지를 제출하지 않고 그냥 품에 넣고 돌아왔다. 우연히 같게 써진 한 글자 앞에서 그는 입신출세의 꿈마저도 까맣게 잊고 말았던 것이다.

이징李澄(1581~?)은 조선 중기의 이름난 화가다. 천대 받는 화공이 되는 것을 싫어해 집안에서 그림을 못 그리게 했다. 그는 다락에 올라가 그림을 그렸다. 아이가 없어지자 집에서 난리가 났다. 사흘 만에 다락에서 내려왔다. 아버지가 화가 나서 볼기를 쳤다. 이징은 매를 맞으면서 저도 모르는 사이에 눈물을 찍어 새를 그렸다. 이를 본 아버지가 그에게 그림 공부를 정식으로 허락했다.

조선 중기의 종실 학산수鶴山守(?~?)는 명창으로 이름났다. 산에 들어가 노래 공부를 했다. 신발을 벗어놓고 한 곡을 부를 때마다 모래를 한 알씩 던져, 신이 모래로 가득 차야 돌아왔다. 나중에는 신

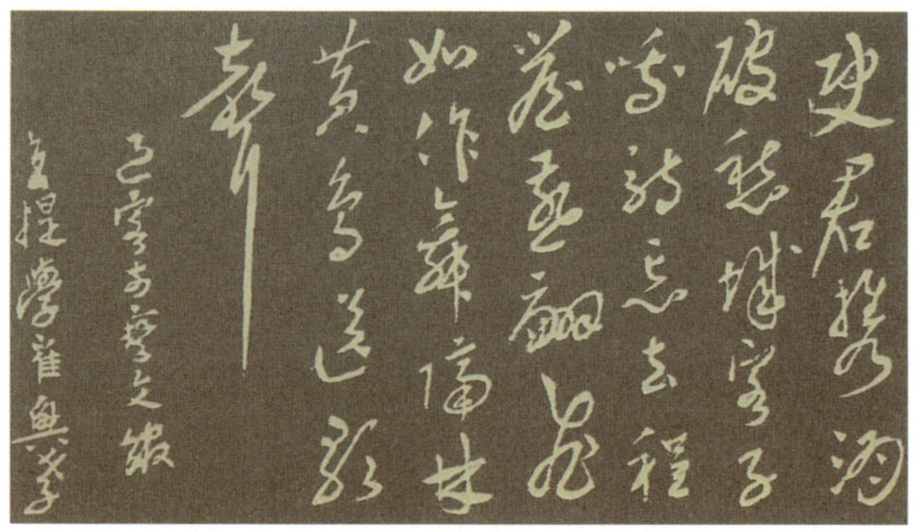

최흥효崔興孝의 글씨.

사군使君은 술잔 들어 수성愁城을 깨뜨리고 　　　使君携酒破愁城
나그넨 시 읊으며 갈 길을 잊었구나. 　　　　客子哦詩忘去程
처마 제비는 훨훨 날아 춤을 추는 것만 같고 　簷燕翻飛如作舞
숲 저편 꾀꼬리는 노랫소리 보내온다. 　　　　隔林黃鳥送歌聲

발에서 풀이 돋아났다. 한 번은 그가 도적을 만나 죽게 되었다. 서글픈 생각이 일어 바람결을 따라 노래를 불렀더니 도적떼가 감격하여 모두 눈물을 흘렸다. 빼앗았던 물건을 다 돌려준 것은 물론이고, 잘 대접해서 내려 보냈다. 박지원의 〈형언도필첩서炯言挑筆帖序〉에 나오는 이야기이다.

어디 그뿐인가. 추사보다 조금 앞선 시기에 초서에 능했던 명필 이삼만李三晚(1770~1847)은 일생에 먹을 갈아 구멍을 낸 벼루가 여러 개였다. 낙숫물이 돌을 뚫는다더니, 벼루 여러 개가 밑창 나도록 그는 열심히 먹을 갈고 또 썼다. 사광師曠은 전국시대의 유명한 악사였다. 그는 소리를 듣는 데 방해가 된다며 자신의 눈을 찔러 소경이 되었다. 예술도 이쯤 되면 이르러 간 경지를 측량할 길이 없게 된다. 최고의 경지에 오르려면 잗다란 기교쯤은 까맣게 잊어라. 정신의 뼈대를 하얗게 세우고, 영욕도 득실도 생사까지도 마음에 두어서는 안 된다.

늙음이 오는 것도 모르고

고려 때 김황원金黃元(1045~1117)이 평양 감사가 되어 부벽루에 올랐다. 누각에는 고금의 시인들이 지은 제영題詠이 많이 걸려 있었다. 하지만 눈에 차는 것이 하나도 없었다. 그는 걸린 시판을 모두 떼어내게 한 후 불을 질러버렸다. 그러고는 온종일 난간에 기대 괴롭게 읊조렸다. 끙끙대다 마침내 다음 두 구절을 얻었다.

이정李楨, 〈의송망안도倚松望雁圖〉, 17세기, 19.1×23.5cm, 국립중앙박물관.
지팡이 든 노인이 소나무 등걸에 기대 북녘으로 날아가는 기러기 떼를 보고 있다.
끝이 갈라진 몽당붓으로 썩썩 몇 번 붓질만 더해 아득한 의경을 만들어냈다.

> 긴 성곽 한 면에는 넘실넘실 강물이요　　　　　　長城一面溶溶水
>
> 넓은 벌 동편 머리 점점이 산일레라.　　　　　　大野東頭點點山

하지만 시상이 여기에서 꽉 막혀 그 이상 짓지 못한 채 마침내 통곡하며 돌아왔다. 역대의 시화에 두루 전하는 일화다.

고려 때 강일용康日用(?~?)은 백로를 가지고 남이 생각지 못한 시를 지으려고 비만 오면 짧은 도롱이를 걸치고 성문 밖 천수사天水寺 남쪽 시내로 가서 황소 등에 걸터앉아 관찰하곤 했다. 근 100일이나 날마다 수염을 꼬며 고심하다 마침내 단 한 구절을 얻었다.

> 푸른 산 허리를 날며 가르네.　　　　　　飛割碧山腰

백로 한 마리가 푸른 산을 날아가자 산허리로 흰 금이 그어져 아래 위 두 공간을 가르더란 이야기다. 그러고 나서 한다는 말이 이랬다. "오늘에야 옛사람이 말하지 못한 것을 비로소 얻었다. 뒤에 마땅히 이를 잇는 자가 있을 것이다." 과연 뒤에 이인로가 "교목의 꼭대기에 둥지를 틀고占巢喬木頂"를 그 앞에 얹어 짝을 맞추었다.

신광한이 낮잠을 자다가 소나기가 연꽃 화분을 후득이며 지나는 소리에 잠을 깨어 시구 하나를 얻었다.

> 연잎 쏟는 빗소리에 꿈 서늘터니.　　　　　　夢涼荷瀉雨

그 뒤 몇 해가 지나도록 바깥 짝을 얻지 못했다. 율시 한 수를 지었으나 그 행만은 빈칸으로 비워두고 반드시 절묘한 대구를 얻어 채우려 하였다. 박란朴蘭이 이 말을 듣고, "바위에 이는 구름 옷이 젖는다.衣濕石生雲"가 어떠냐고 했으나, 신광한은 흡족해하지 않았다. 결국 죽을 때까지 그는 이 구절의 대구를 찾지 못했다. 이상의 예화들은 선인들의 시 한 구절에 대한 애착과 노력이 어떠했는지 잘 보여준다.

권필은 평생 벼슬길에 몸담지 않았다. 이를 안타까이 여겨 벼슬을 권하는 벗이 있었다. 그는 말했다.

내게는 고서 여러 권이 있어 홀로 즐기기에 족하고, 시는 비록 졸렬하지만 마음을 풀기에 족하며, 집이 비록 가난해도 또한 막걸리를 댈 만하다네. 매번 술잔 잡고 시를 읊조릴 때면 유연히 스스로 얻어 장차 늙음이 이르는 것도 알지 못하니, 저 이러쿵저러쿵하는 자들이 나와 무슨 상관이란 말인가?

그는 타고난 시인 기질을 어쩌지 못해 불의를 좌시하지 못했다. 부딪치는 일마다 얼음에 숯 같았다. 시 지을 때만은 늙음이 장차 이르는 것조차 까맣게 몰랐으니, 그는 삶의 의미를 시 속에서 찾았던 타고난 시인이었다. 〈희제戱題〉라는 시에서 그는 술 한 잔에 시 한 수를 지으며 타는 가슴속 번민을 토로했던 자신의 삶을 이렇게 노래했다.

시는 고민 걷어가 때로 붓을 잡았고	詩能遣悶時拈筆
술은 가슴 적셔줘 자주 잔을 들었지.	酒爲澆胸屢擧觥

한시 미학 산책 — ●

뒷날 그는 광해군의 어지러운 정치를 풍자한 시 한 수 때문에 왕의 노여움을 입어 곤장을 맞고 귀양길에 올랐다가 장독杖毒으로 죽었다. 그야말로 시에 살고 시에 죽었던 시인이었다.

당나라 때 주박周樸은 경물과 만나면 괴로이 시구를 찾으며 읊조렸다. 산에서 해가 지는데 돌아오기를 잊은 적도 있었다. 좋은 시구를 얻으면 더욱 신이 나서 기뻐했다. 한 번은 들판에서 나무 해서 돌아오는 나무꾼을 만났다. 그 순간 퍼뜩 시상이 떠올랐다. 주박은 나무꾼을 붙잡고 "잡았다!"고 소리쳤다. 나무꾼이 너무 놀라 발버둥을 치다가 그만 나무를 진 채로 땅에 엎어지고 말았다. 순찰 돌던 나졸이 그 광경을 보고 도적인 줄 알고 나무꾼을 붙잡았다. 주박이 급히 말했다. "내가 저 나무꾼을 보자마자 갑작스레 기막힌 영감이 떠올라 좋은 시구를 얻었소. 그래서 나도 모르게 그만 그를 붙잡았던 것이오."라 하였다. 우무尤袤의 《전당시화全唐詩話》에 보인다.

당나라의 천재 시인 이하는 매일 아침 파리한 나귀를 타고 집을 나섰다. 나귀 등에는 낡아 해진 비단 주머니가 매달려 있었다. 길 가다 시상이 떠오르면 즉시 써서 주머니 속에 넣곤 했다. 저물어 돌아오면 그 어머니가 계집종을 시켜 주머니를 꺼내보았다. 써놓은 것이 많으면 "이 애가 심장을 다 토해야만 그만두겠구나." 하며 한숨 쉬었다. 이하는 저녁식사를 마치고 나서 그 쪽지를 가져다가 정성스레 먹을 갈아 또박또박 옮겨 썼다. 그러고는 다른 주머니에 담아 보관하였다. 술에 크게 취하거나 초상이 있는 날이 아니면 언제나 이같이 했다. 예전 원고는 다시 돌아보지도 않았다. 이렇듯 작시에 골몰한 나머지 건강을 해쳐 그는 스물일곱 살의 아까운 나이로 요절하고 말았다. 죽기 전 비단 옷 입은 사람이 나무판 하나를 가지고 와서 그에게 말했다. "옥황상제께서 백옥루가 완공되어 그대를 불러 상량문을 짓게 하려 하신다." 그는 얼마 뒤에 죽었다. 그후 세상 사람들은 아까운 인재가 요절하면, 천상에 또 백옥루가 완공된 모양이라고 말하곤 했다.

당나라 때 유희이劉希夷가 일찍이 〈백두음白頭吟〉을 지었는데, 그 한 연에서 이렇게 노래했다.

올해 꽃 지자 낯빛도 시어지니	今年花落顏色改
내년에 꽃이 피면 다시 누가 있으리오.	明年花開復誰在

짓고 나서 생각하니 시의 내용이 매우 불길했다. 이를 지워버리고 다시 읊었다.

해마다 해마다 꽃은 비슷하건만	年年歲歲花相似
해마다 해마다 사람은 같질 않네.	歲歲年年人不同

그래도 시상이 펴지지 않았다. 이에 말했다. "사생은 운수가 있는 법. 어찌 이까짓 빈 소리에 연연하랴!" 그러고는 앞서 지웠던 것까지 모두 남겨두었다. 장인 송지문宋之問이 사위가 지은 위 구절을 몹시 아껴 자기에게 줄 것을 간절히 청했다. 유희이는 그러마고 해놓고 끝내 주지 않았다. 자기를 속였다고 격분한 송지문은 하인을 시켜 흙주머니로 눌러 사위를 죽여버렸다. 그의 나이 서른도 못 된 때의 일이다. 시에 대한 광적인 집착이 낳은 패륜의 살인극이다. 《당재자전唐才子傳》에 전한다. 사실 여부야 차치하고라도, 시에 대한

이 같은 집착과 애정이 있고서야 진정으로 시를 쓴다고 말할 수 있는 것이 아닐까?

주흥사周興嗣가 하룻저녁 사이에 《천자문》을 만들어 올렸는데 수염과 머리칼이 다 세어버렸다. 돌아와서는 두 눈을 한꺼번에 실명하고, 죽을 때에는 마음이 단전을 떠난 것 같았다. 사령운謝靈運은 반나절 만에 시 100편을 짓고 갑자기 이가 12개나 빠졌다. 맹호연은 눈썹이 모두 떨어졌다. 위상魏裳은 《초사楚史》 76권을 저술한 후 심혈이 다 닳아 죽고 말았다. 《지봉유설》에 실려 있다. 창작은 이같이 피를 말리는 일이다.

눈을 상처 내고 가슴을 찌르듯

한유는 〈정요선생묘지명貞曜先生墓誌銘〉에서 맹교의 시를 두고 "시를 지을 때는 눈을 상처 내고 가슴을 찌르듯 하였다.及其爲詩, 劌目鉥心"고 했다. 실제 맹교는 한 편의 좋은 시를 지을 수만 있다면 칼로 자기 눈을 찌르고 가슴을 도려내는 것 이상의 고통을 달게 여겼을 시인이다. 그의 시는 이렇다.

밤새 읊어 새벽까지 쉬지 않으니	夜吟曉不休
괴로이 읊음 귀신조차 근심하리라.	苦吟鬼神愁
어이해 한가로이 있지 못하나	如何不自閑
마음이 몸과는 원수 되었네.	心與身爲仇

오죽하면 몸이 마음을 원수로 알 지경에 이르렀겠는가. 시를 향한 집착이 골수에 깊이 박혀 자신도 어찌해볼 도리가 없다는 푸념이다. 〈난성역에서 자고 상산의 장서기에게 부치다宿欒城驛却寄常山張書記〉에서는 시작에 골몰타가 밤을 꼬박 지새우는 심경을 이렇게 노래했다.

일경이 다 가고 삼경에 이르도록　　　　一更更盡到三更
이별의 맘 읊으려도 구절을 못 이루네.　　吟破離心句不成

〈가을날 거처에서 선달에게 부치다秋日閑居寄先達〉에는 다음과 같은 표현이 나온다.

백년 인생 뜻 맞는 일 없어도 괜찮지만　　乍可百年無稱意
하루라도 시 안 짓곤 견디기가 어렵다네.　　難教一日不吟詩

〈괴로이 읊음苦吟〉이란 작품에서도 주체 못할 창작에의 열정을 토로했다.

살아선 한가한 날 결코 없으리　　　　生應無暇日
죽어야만 시를 읊조리지 않겠네.　　　死是不吟詩

맹교는 일거수일투족을 모두 시를 위해 살았던 시인이다. 시를 빼면 그의 삶에서 남는 것은 하나도 없다. 그는 목숨을 걸고 시를 썼다.

가도도 맹교 못지않은 고음苦吟의 시인이다. 소동파가 〈유자옥의 제문祭柳子玉文〉에서 "맹교는 차고, 가도는 수척하다.郊寒島瘦"고 한 이래로 이 말이 널리 퍼졌다. 그는 3년을 애쓴 끝에 〈무가상인을 전송하며送無可上人〉의 경련에서 다음의 득의구를 얻었다.

연못 아래 그림자 홀로 가는데	獨行潭底影
나무 곁의 이 몸은 자주 쉬누나.	數息樹邊身

그러고는 감격한 나머지 그 아래에 다시 시 한 수를 써서 득구까지의 사연을 적었다.

두 구절을 삼 년 만에 겨우 얻고서	兩句三年得
한 번 읊자 두 줄기 눈물 흐른다.	一吟淚雙流
벗들이 만약에 칭찬 않으면	知音如不賞
가을에 고향 산에 가서 누우리.	歸臥故山秋

득의의 시구를 얻고 환호작약하다가 끝내 눈물을 흘리기에 이르는 시심이 자못 갸륵하다. 더욱이 벗들이 이 시를 칭찬하지 않으면 아예 죽어 고향 산에 묻히고 말겠노라 했으니, 그 자부가 대단하다.

《당재자전》은 가도가 골똘히 작시에 빠져들 때면 앞에 왕공귀인이 있어도 깨닫지 못하고, 마음은 아득한 하늘 위에서 놀고, 생각은 끝없는 속으로 들어갔다고 적었다. 또 "길 가거나 머물거나 자리에 누울 때나 밥 먹을 때나 괴로이 읊조리기를 그만두지 않았다."고도 하였다. 한번은 절뚝대는 노새를 타고 우산을 쓴 채 장안 거리를 가다가, 매운 가을바람에 길 위로 낙엽이 쓸려가는 모습을 보고 홀연한 구절을 얻었다.

<blockquote>

낙엽은 장안 길에 가득하건만　　　　　　　落葉滿長安

가을바람 위수로 불어오누나.　　　　　　　秋風吹渭水

</blockquote>

기쁨을 가눌 길 없었던 그는 난데없이 대경조大京兆 유서초劉棲楚의 집으로 뛰어들었다. 덕분에 하룻밤 구금되었다가 이튿날 아침에야 겨우 석방되었다.

한번은 이응李凝의 유거幽居를 찾아가다가 시구를 얻었다.

<blockquote>

연못가 나무에서 새는 잠들고　　　　　　　鳥宿池邊樹

스님은 달빛 아래 문 두드리네.　　　　　　僧敲月下門

</blockquote>

그러고는 두 번째 구를 '추推'로 할까 '고敲'로 할까 따져보며 손짓 발짓 하고 가다가 그만 경조윤京兆尹 한유의 수레를 가로막았다. 하인들이 가도를 한유 앞에 무릎 꿇리고 힐문하자, 가도가 사실대로 이야기했다. 한참 동안 수레를 멈추고 있던 한유가 말했다. "고敲 자가 낫겠네." 그러고는 함께 돌아가 시도詩道를 논하며 벗으로 사귀었다. 나중에는 아예 중노릇을 그만두고 과거에 응시케 했다. '추推'라 하면 문을 삐꺽 밀며 들어가는 것이니 이응과 미리 약속이 있었다는 뜻이다. '고敲'는 똑똑 노크하는 것으로 약속이 없는 불시의 방문이 된다. 못가 새도 잠든 밤의 적막을 깨는 소리는 삐꺽 하

　　　　　　　　　　　　　　　　　　　한시 미학 산책 ─ ●

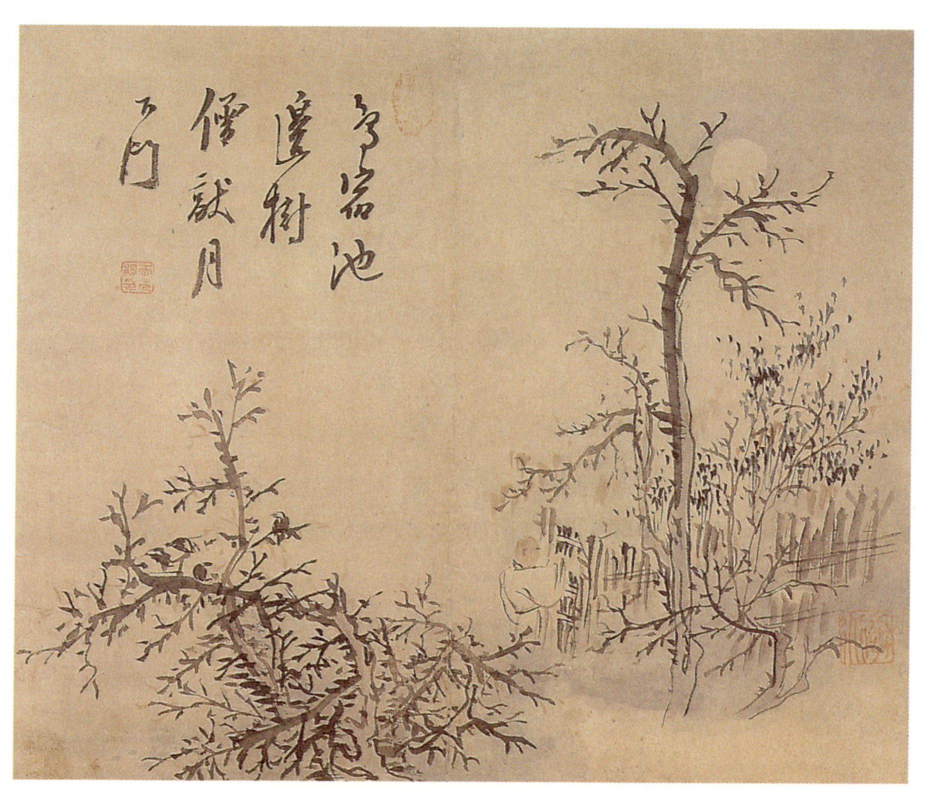

김홍도, 〈월하고문月下敲門〉, 18세기, 27.4×23cm, 간송미술관.
"연못가 나무에서 새는 잠들고, 스님은 달빛 아래 문 두드리네." 달빛 아래 스님이
사립문을 두드린다. 아래쪽 나뭇가지에 자다 깬 새 서너 마리가 보이는가. 아스라하다.

고 미는 소리보다 청명하게 울리는 똑똑 소리가 더 어울림 직하다. 그런데 왕부지는 《강재시화薑齋詩話》에서 이 일을 두고 이렇게 톡 쏘았다.

달빛 아래 스님이 문을 두드린다는 가도의 '승고월하문僧敲月下門'은 단지 망상으로 억탁한 것일 뿐이니, 마치 다른 사람의 꿈을 말하는 격이다. 설령 형용이 거의 비슷하다 해도 어찌 터럭만큼이라도 마음을 끌 수 있겠는가? 왜 그런가. '추推'와 '고敲' 두 글자를 두고 따지는 것은 바로 그가 생각으로 짓고 있기 때문이다. 만약 경과 만나 마음과 하나가 되었다면 '추'든지 '고'든지 반드시 하나뿐일 터. 경을 통하고 정에 따른다면 저절로 영묘하게 되니 어찌 수고로이 따져 의논하겠는가? "장하長河로 떨어지는 해가 둥글다長河落日圓"는 애초 정해진 경이 없었고, "물 건너편 나무꾼에게 물어본다네隔水問樵夫"는 처음부터 생각하여 얻은 것이 아니었다. 이것이 곧 선가禪家에서 말하는 '현량現量'이라는 것이다.

가도가 이 글을 읽었더라면 가슴이 뜨끔했을 것이다. 요컨대 그는 결코 달빛 아래서 문을 밀지도, 두드려보지도 않았다. 생각만으로 이게 더 좋을까 저게 더 나을까 따지며 걷다가 한유의 수레와 부딪쳤던 것이다. 왕부지는 단언한다. 만약 그가 실제 그런 경우에 놓였더라면, '추'가 되든 '고'가 되든 선택의 여지가 없었으리라고.

어쨌든 가도의 이 유난스러운 시벽을 두고 한유는 이렇게 찬양했다.

　　　　　　　　　　　　　　　　　　　　　　　　한시 미학 산책 — ●

> 맹교가 죽어서 북망산에 묻힌 뒤　　　　　　孟郊死葬北邙山
>
> 해와 달 바람 구름 문득 한가해졌네.　　　　日月風雲頓覺閑
>
> 문장이 끊어질까 하늘이 염려하여　　　　　天恐文章渾斷絶
>
> 가도를 다시 내어 인간에 있게 했지.　　　　再生賈島在人間

가도는 매년 그믐날이 되면 반드시 그 한 해 동안에 지은 작품을 책상 위에 모아놓고, 향을 살라 두 번 절하고는 술을 부으며 빌었다. "이것이 내가 한 해 동안 고심한 자취다." 그러고는 취하도록 술을 마시며 노래를 불렀다.

가슴속에 서리가 든 듯

《엽석림기葉石林記》란 책에 송나라 때 진사도陳師道의 일화가 실려 있다. 산수를 노닐다가 시상이 떠오르면 이내 돌아와 이불을 머리 끝까지 뒤집어쓴 채로 침상에 누워버린다. 가족이 이 사실을 알면 즉시 고양이나 개를 멀리 쫓고, 아기는 안고 어린애는 이웃집에 맡겼다. 그러고 나서 그가 시를 완성하기를 기다린다. 시를 완성한 뒤라야 감히 맡긴 아이도 다시 데려오고 고양이와 개도 불러올 수 있었다. 어떤 때는 사흘씩 방에 처박혀 나오지 않았다.

사람들은 결과만을 놓고 좋으니 나쁘니, 잘 되었네 못 되었네 하지만, 정작 그사이의 고심참담은 간과하고 만다. 옛사람이 작시의 괴로움을 읊은 시 몇 구를 살펴보자.

두보는 이렇게 만장의 기염을 토했다.

위인의 성벽이 가구佳句를 탐닉하여   爲人性僻耽佳句
놀래키는 말 아니면 죽어도 그치잖네.   語不驚人死不休

노연양盧延讓이 작시에 골몰하느라 수염을 배배 꼬며 노심초사하
는 모습에는 절로 미소가 떠오른다.

한 글자를 알맞게 읊조리려고   吟安一箇字
수염을 몇 개나 비벼 끊었나.   撚斷幾莖髭

두목은 시작의 괴로움을 이렇게 노래하였다.

시 읊는 괴로움을 알고 싶은가   欲識吟詩苦
가슴속에 가을 서리 서린 듯하네.   秋霜若在心

시로 태운 가슴이 얼마나 뜨거울까마는, 그간의 고초를 생각하면
차라리 가슴속에 차디찬 가을 서리를 품은 듯하다고 했다. 그런데
이 말이 전혀 엄살이나 과장으로 비치지 않는다. 스스로에게 냉혹
하리만치 준엄했던 옛 시인의 시정신 때문이다.
이백은 작시에 골몰하느라 바싹 야위어버린 두보에게 이렇게 농
弄을 걸었다.

묻노니 어찌하여 이다지 말랐는가   爲問如何太瘦生
이제껏 시 짓는 괴로움 탓일 테지.   只爲從前作詩苦

                                              한시 미학 산책 — ◉

이 말이 있자 시 쓰느라 야윈 것을 '시수詩瘦'라 일컫게 되었다. 고금의 시에서 창작의 괴로움을 토로한 것은 한둘이 아니다. 고문 위顧文煒는 이렇게 말했다.

한 글자의 온당함을 구하느라고	爲求一字穩
긴긴 밤 추위를 참아 견뎠네.	耐得半宵寒

또 당나라의 시승 제기는 이렇게 토로하였다.

좋은 시구 찾기를 범 찾듯 했고	覓句如探虎
알아줌 만나면 신선 만난 듯.	逢知似得仙

유소우劉昭禹는 밤마다 작시에 골몰하느라 넋이 아득한 하늘 밖까지 나갔다가 되돌아오는 '즐거운 괴로움'을 다음과 같이 토로하였다.

구절마다 깊은 밤에 얻은 것이니	句句夜深得
마음은 하늘 밖서 돌아온다오.	心從天外歸

황중칙黃仲則의 경우는 한층 심하다.

강개한 기운 부족함이 스스로 안타까워	自憐詩少幽燕氣
얼어붙은 하늘 향해 일부러 말 달렸네.	故向氷天躍馬行

자신의 시에 비분강개하는 기상이 부족하다고 생각했던 모양이다. 그는 자신의 시에 그러한 기상이 스미게 하려고 꽁꽁 언 추운 하늘을 향해 말을 타고 내달리는 자학을 마다하지 않았다. 이렇듯 미친 듯한 몰두 끝에 얻어진 시이고 보니, 시에 대한 애착이 유난스러울 것은 당연하다.

참을 수 없는 가려움, 기양

구양수는 글을 지으면 벽에다 붙여놓고 볼 때마다 이를 고쳤다. 완성 후에 보면 처음 것은 한 글자도 남지 않은 적이 많았다고 한다. 소동파가 〈적벽부赤壁賦〉를 짓자, 사람들은 그가 고치지 않고 단숨에 지은 줄 알았다. 막상 이를 짓느라 버린 초고가 수레 석 대에 가득하였다. 그사이의 고심참담이야 따져 무엇하겠는가. 《사문유취事文類聚》에 나온다.

송자경宋子京이 매요신에게 말했다. "나는 예전 지은 글을 볼 때마다 보기 싫어 불태워버리고 싶어진다네." 매요신이 기뻐하며 말했다. "자네의 글이 진보하는 것일세. 나의 시도 그렇다네." 매요신은 앞서 여러 시인처럼 시에 고질이 든 시인이었다. 그는 아예 〈시벽詩癖〉을 제목으로 한 시를 남겼다.

인간의 시벽이 돈 욕심보다 더하니	人間詩癖勝錢癖
애 졸이며 시구 찾다 몇 봄을 보냈던고.	搜索肝脾過幾春
주머니 빔 상관 않아 가난은 변함없고	囊橐無嫌貧似舊

시 읊어 새 시구 많은 것만 기뻐했네. 風騷有喜句多新
괴롭게 층층 하늘 만져보려 했을 뿐 但將苦意摩層宙
곤궁 속에 저승 갈 일 따지지도 않았다. 莫計終窮涉暮津

시에 대한 고질이 이쯤 되면 편작이 열이라도 고칠 방도가 없다. 일상의 모든 행동이 시와 무관한 것이 없다. 시를 쓰는 일은 이들에게 있어 매 순간을 살아 숨쉬게 만드는 원동력인 셈이다.

한유는 시를 향한 자신의 병적인 몰두를 두고 "슬프다 무익한 일에 정신을 낭비하니.可憐無益費精神"라고 자조한 바 있다. 이수광도 《지봉유설》에서 말했다. "대체로 사람의 정신을 피폐케 하고 진기를 소모하게 만드는 것은 시라는 마물魔物이 그렇게 만드는 것이다. 간혹 감흥이 일어날 때 짓는 것은 괜찮겠지만 어찌 남을 따라 내 심신의 알맹이를 손상시키겠는가."

아무 짝에 쓸모없는 줄 잘 알면서도 쓰지 않고는 못 견디는 사람이 시인이다. 쓰지 않고는 배기지 못하는 표현 욕구를 옛사람들은 '기양技癢'이란 말로 표현했다. '양'은 가려움증을 말한다. 아무리 긁어도 긁어지지 않는 가려움이 있다. 이런 가려움은 어떤 연고나 내복약으로도 못 고친다. 이와 마찬가지로 '쓰지 않고서는 배길 수 없는 표현욕'이 있으니 이것이 바로 기양이다.

시인의 마음속에는 무엇이 있기에 정신을 피폐케 하고 진기를 소모해가면서 허구한 날 시구의 조탁에만 힘 쏟게 만드는가. 시인으로 하여금 시를 떠날 수 없게 만드는 마물이 있으니, 옛사람들은 이를 일러 시마詩魔라 했다. 이규보도 매요신처럼 〈시벽〉이란 제목의 긴 시를 남겼다.

나이 이미 칠십을 지나 보냈고　　　　年已涉縱心

지위 또한 삼공에 올라보았네.　　　　位亦登台司

시 짓는 일 이제는 놓을 만한데　　　　始可放雕篆

어찌해 그만두지 못하는 건지.　　　　胡爲不能辭

아침부터 귀뚜라미처럼 읊조리려대고　朝吟類蟎蜶

저녁에도 올빼미인 양 노래 부른다.　　暮嘯如鳶鴟

어찌해볼 수 없는 시마란 놈이　　　　無奈有魔者

아침저녁 남몰래 따라와서는,　　　　夙夜潛相隨

한번 붙어 잠시도 안 놓아줘서　　　　一着不暫捨

나를 이 지경에 이르게 했네.　　　　使我至於斯

날이면 날마다 심간 도려내　　　　　日日剝心肝

몇 편의 시를 쥐어짠다네.　　　　　汁出幾篇詩

내 몸의 기름기와 진액일랑은　　　　滋膏與脂液

살에는 조금도 안 남았다네.　　　　不復留膚肌

뼈만 남아 괴롭게 읊조리나니　　　　骨立苦吟哦

이 모습 정말로 웃을 만하다.　　　　此狀良可嗤

그렇다고 놀랄 만한 시를 지어서　　　亦無驚人語

천 년 뒤에 남길 만한 것도 없다네.　　足爲千載貽

손바닥을 비비며 크게 웃다가　　　　撫掌自大笑

웃음을 그치고는 다시 읊는다.　　　　笑罷復吟之

살고 죽음 반드시 이 때문이리　　　　生死必由是

이 병은 의원도 못 고치리라.　　　　此病醫難醫

아쉬울 것 없는 일흔 넘긴 노인이 피골이 상접하도록 시작에만 몰두하는 가엾은 정황을 노래했다. 죽고 사는 것이 시에 달렸으니 이쯤 되면 병도 중증이다. 시 때문에 생긴 증세를 자가 진단해 시로 그 처방을 내렸다. 시를 떠나서는 단 하루도 살 수 없다. 이 지경에 이른 것은 모두 시마 때문이다. 이 시마란 놈에 대해서는 뒷장에서 자세히 소개하겠다.

김득신金得臣(1604~1684)도 고음苦吟의 시인으로 널리 알려졌다. 시에 한번 몰두하면 멍하니 다른 것은 돌아보지 않았다. 한번은 그의 아내가 점심상에 상추를 내오면서 쌈장을 놓지 않았다. 그는 작시에 골몰하여 밥을 먹으면서 연신 고개를 주억거렸다. 보다 못한 아내가 쌈장 없이 싱겁지도 않느냐고 물었다. 그는 "응응! 모르겠어." 했더란다. 또 한번은 비 오는 처마 아래서 오줌을 누며 시작에 골몰했다. 처마 끝에 떨어지는 빗줄기를 제 오줌 줄기로 착각해서 한참을 바지를 내린 채 서 있었다. 《동시화東詩話》에 보인다. 그도 〈시벽〉 한 수를 남겼다.

위인의 성벽이 시 짓기를 좋아하여	爲人性癖最耽詩
시 지어 읊을 제면 글자 놓기 망설이네.	詩到吟時下字疑
끝내 의심 없어야만 비로소 통쾌하니	終至不疑方快意
일생의 이 괴로움 알아줄 이 그 누구랴.	一生辛苦有誰知

한 글자라도 마음에 안 들면 흡족할 때까지 고치고 또 고쳤다. 누가 시키지도 않았는데 평생 스스로를 이렇게 괴롭히니, 그사이의 괴로움을 누가 알겠느냐는 푸념이다. 이어 그는 "아! 오직 아는 자라야 이러한 경계를 더불어 말할 수 있으리라. 지금 사람들은 얕은

배움으로 경솔하게 시를 지으면서 남을 놀라게 할 말만 지으려 든
다. 또한 어리석지 않은가?"라는 말을 덧붙였다.《종남총지終南叢志》
에 보인다.

개미와 이

> 일찍이 높은 산에 올라 성시를 굽어보니 마치 개미굴 같았다. 그 사
> 이에 얼마나 많은 사람들이 있는지 알 수 없으나, 높은 데서 바라보니
> 참으로 한번 웃을 만했다. 산이 성시보다 높다 한들 능히 얼마나 되겠
> 는가. 그런데도 이와 같으니, 하물며 진짜 신선이 허공 속에 있으면서
> 티끌세상을 굽어본다면 또 어찌 다만 개미굴일 뿐이겠는가?

허균의 《한정록》에 나오는 말이다. 실제로 옛사람이 허공을 날며
인간 세상을 굽어보는 유선시遊仙詩에는 이러한 광경을 노래한 구절
이 있다. 김시습은 〈능허사凌虛詞〉를 이렇게 노래했다.

> 굽어보니 땅덩어리 너무도 아득한데　　　　　下視塊蘇嗟渺渺
> 대붕은 잘 안 뵈고 하루살이만 우글대네.　　　大鵬飛少蟻蠓多

근교 산에 올라가 시가지를 굽어보면, 그 고물대는 모습이 신기
하다. 그 안에서 복닥이며 살아가는 인간들이 가소롭기도 하다. 이
때 불어오는 한 줄기 바람은 구름 위 신선이라도 된 양 호연지기를
심어준다. 시인은 산꼭대기에서 세상을 굽어보는 자이다. 그러면서

산 아래에서 헐고 뜯고 싸우는 인간의 작태를 비웃고, 때로 그들을
위해 눈물 흘리는 존재다. 박지원이 벗에게 보낸 엽서에는 이런 내
용도 보인다.

내가 일찍이 약산藥山에 올라 그 도읍을 굽어보았네. 사람과 물건
이 달리고 뛰는 것이 땅에 엎어져 꿈틀꿈틀하여 마치 개미굴의 개미
같더군. 한번 훅 불면 흩어질 것 같았네. 그러나 다시 마을 사람으로
하여금 나를 바라보게 한다면, 언덕을 더위잡아 바위를 따라 덩굴을
잡고 나무를 안고 꼭대기에 올라, 망령되이 스스로 높고 큰 체하는 것
은 또한 머리의 이가 머리카락에 붙어 있는 것과 무에 다르겠는가.

그러고 보면 산꼭대기 시인의 산 아래를 향한 연민과 탄식, 조소
와 비아냥거림도 아래쪽 사람들이 보기에는 같잖기 그지없는 일이
다. 재미있지 않은가. 한 사람은 위에서 아래를 보며 개미 같다고
하고, 훅 불면 날려가 버릴 것 같다고 하고, 가소롭기 짝이 없다고
한다. 아래서는 또 위를 보며 머리카락에 붙은 이 같다고 하고, 저
혼자만 공연히 고상한 체한다 하고, 꼴 같지 않게 논다고 눈을 흘기
니 말이다.

사실 실용으로 말하면 시처럼 아무 짝에 쓸모없는 것도 없고, 시
인처럼 무능한 인간들도 없다. 세상 고민을 혼자 다 짊어진 듯 끙끙
대지만, 실제로 할 수 있는 일은 아무것도 없다. 김종직은 〈영가연
괴집서永嘉連魁集序〉에서, "문장은 잗단 기예이다. 시부詩賦는 문장
중에서도 더욱 보잘것없는 것이다."라고 했다. 시는 소기小技인 문
장 중에서도 가장 하급에 속한다. 정약용은 〈오학론五學論〉에서 이

렇게 말한다. "문장학은 우리 도道의 커다란 해독이다. 문장이란 무엇인가? 문장이란 허공에 걸려 있고 땅에 퍼져 있으니, 어찌 바람을 보고 달려가 붙잡기를 바라겠는가?" 또 세상에 보탬이 되지 않는 글은 한평생 읽고 외워본들 슬프고 우울하기만 하지, 천하와 국가를 위해 아무런 도움이 되지 않는다고 하여 문학의 해독에 대해 깊은 우려를 표명했다.

한편 이이李珥(1536~1584)는 〈인물세고서仁物世藁序〉에서 "말이란 것은 소리의 정채로운 것이고, 문사란 것은 말의 정채로운 것이며, 시란 것은 문사의 빼어난 것이다."라고 했다. 권필도 "시라는 것은 말 중에 정채로운 것이다."라고 말했다. 이렇게 보면 시는 또 인간의 언어 중 가장 빛나는 금강석이다. 사실 세상에는 쓸모만으로 따지면 맥 빠지는 일들이 너무나 많다. 이른바 예술도 쓸모없기는 마찬가지다. 그것은 사람을 배부르게 해주지도 못한다. 마라톤 주자가 42.195킬로미터를 달린들 그것이 나하고 무슨 상관인가. 그런데도 우리는 이봉주, 황영조의 우승에 마음 설렌다.

당나라 때 시의 융성은 약간은 미친 듯한 열기와 목숨을 건 집착 속에서 이룩되었다. 가슴을 칼로 도려내고, 두 눈을 바늘로 찌르며, 심장을 다 토해낼 듯, 가슴속에 찬 서리가 든 듯한 고통을 감내하면서 이들은 오직 시를 위해 살았고, 시를 위해 일생의 심력을 쏟아부었다. 지금도 날마다 시집이 쏟아져 나오고 잡지마다 시가 넘쳐난다. 하지만 낙루의 감격은 고사하고 수염을 꼬는 고심의 흔적조차 찾지 못할 시가 수두룩하다. 정신은 간데없이 껍데기만 남은 시가 너무도 많다.

그렇더라도 이 아무짝에 쓸모없는 시를 짓겠다고 고금에 피를 말

 한시 미학 산책 — ◉

리며 밤을 지새우는 시인을 어찌 손꼽겠는가. 그 고심참담의 결과를 앞에 놓고 독자들은 마음의 위로를 얻고 삶의 깊은 의미를 읽는다. 시가 인간 언어의 정채로운 금강석이든, 아무 짝에 쓸모없는 해독이든 시는 시다. 금강석이 될지 독약이 될지는 오로지 시인 자신의 마음가짐에 달린 일이다.

미워할 수 없는 손님

시마론 詩魔論

즐거운 손님, 시마

앞서 이규보의 〈시벽〉을 소개하며 시마에 대해 말했다. 여기서는 시마의 정체에 대해 알아보기로 한다. 시마는 '시 귀신'이다. 시마는 어느 순간 시인에게 들어와 살면서 시인으로 하여금 끊임없이 시를 생각하고 시만 짓게 하는 귀신이다. 시마가 한번 붙으면 다른 일에는 하등 관심이 없고, 오로지 시에만 몰두하게 된다. 더욱이 짓는 시마다 절창 아닌 것이 없다. 시마는 시인에게 즐거운 괴로움을 선사하는 모순적인 존재다.

예전 시화에는 시마에 관한 삽화가 자주 등장한다. 선조 때 이현욱李顯郁(?~?)이란 이에게 붙었던 시마는 특별히 인상적이다. 이산해가 그의 시를 몹시 아껴 늘 칭찬해 마지않았다. 이달이 어느 날 이산해를 보러 갔다. 그는 이달에게 이현욱의 시를 보여주며 품평케 했다. 시 중에 소리 없이 찾아온 설레는 봄빛을 노래한 구절이 있었다.

| 걸음걸이 느리지도 바쁘지도 않건만 | 步復無徐亦不忙 |
| 동서남북 온통 모두 봄빛이 가득하다. | 東西南北遍春光 |

이달이 감탄을 금치 못한 채 말했다. "이것은 정말 문장가의 말이로군요. 어떤 시인도 이런 말을 하지 못했습니다. 이 사람의 나이가 젊으니 반드시 시마를 얻은 것입니다." 이산해는 이달의 말을 믿지 않았다. 그가 지은 시는 모두 속된 기운이 없고 격이 높았다. 뒤에 시마가 그에게서 떠나갔다. 그후로 그는 시는커녕 한 글자도 알지

못하는 무식쟁이가 되어버렸다. 그동안 이현욱이 쓴 시는 그가 쓴 것이 아니라 시마가 이현욱을 시켜 대신 구술한 것이었다.

시마는 시인에게 제멋대로 들어왔다가 어느 순간 훌쩍 떠나버리는 재미난 귀신이다. 일단 시마가 붙으면 잠시도 시를 떠나 살 수 없게 된다. 그러다가 시마가 훌쩍 떠나가면 시를 짓고 싶은 마음도 없어질 뿐 아니라, 제아무리 노력해도 좋은 시를 지을 수 없게 된다. '호사다마好事多魔'란 말이 있다. 좋은 일에는 마魔가 많이 낀다는 말이다. 무슨 일이 이상스레 잘 안 될 때 우리는 마가 끼었다고 말한다. '마'란 일이 안 되게 만드는 방해꾼이다. 하지만 이 시마란 녀석은 적어도 시인에게는 방해꾼이 아니라 언제고 환영해야 할 손님이다. 시마가 붙고 나면 그냥 하는 말도 모두 기가 막힌 시가 되지만, 시마가 떠나면 꿀 먹은 벙어리가 되니 말이다.

백낙천은 일찍이 〈취음醉吟〉이란 시에서 이렇게 노래했다.

주광酒狂에 더하여 시마까지 끌어와　　　　　　酒狂又引詩魔發
한낮부터 슬피 읊다 저물녘이 되었네.　　　　　　日午悲吟到日西

술 취한 그에게 시마까지 들러붙었다. 멀쩡히 환한 대낮부터 구슬픈 시를 읊다가 저녁까지 내처 시만 짓고 있다는 얘기다. 자신도 내가 왜 이러는지 모르겠다는 뜻이다. 이게 바로 시마의 장난이다. 그의 〈원구에게 주는 편지與元九書〉에도 이런 내용이 있다.

이제 내 시를 아껴주는 사람은 세상에 오직 그대뿐입니다. 하지만 천백 년 뒤에 어찌 다시 그대 같은 이가 나와 내 시를 알아주고 아껴

 　　　　　　　　　　　　　　　　　　　한시 미학 산책 — ●

주지 않을 줄 알겠습니까. 그런 까닭에 8, 9년 이래로 그대와 더불어 조금 형편이 나아지면 시로써 서로를 경계하였고, 조금 어려워지면 시로 서로를 권면하였으며, 떨어져 있을 때에는 시로써 위로하였고, 같이 지낼 때에는 시로 서로 즐기었으니, 나를 알아줄 것도 시요, 나를 죄줄 것도 시일 뿐입니다. 금년 봄 성남에 놀러갔을 때에 차례로 읊조리고 노래하니 소리가 끊이지 않은 것이 20여 리나 되었지요. 나를 아는 사람은 시선詩仙이라 여겼고, 나를 알지 못하는 자는 시마라고 생각했을 겁니다. 왜냐고요? 마음을 수고롭게 하고, 소리를 내면서 아침부터 저녁까지 그 괴로운 줄도 알지 못하니 시마가 아니면 무엇이겠습니까? 우연히 다른 사람과 같이 아름다운 경치를 마주하거나, 혹 꽃 필 때 잔치를 마치거나, 혹 달밤에 술이 거나해지면 한번 읊조리고 한번 읊으며 늙음이 장차 이르는 것도 알지 못하였습니다. 그러니 비록 난새와 학을 타고서 봉래와 영주에서 노니는 자의 즐거움도 이보다 더하지는 않을 테지요. 그러니 또 신선이 아니고 무엇이겠습니까?

자신의 문학 인생과 삶의 불우를 되새기는 서글픈 어조의 긴 편지다. 현세가 불우한데도 시에만 몰두하는 자신을 두고 남들은 시마에 붙들렸다고 말한다. 하지만 자신은 신선의 경지와 견주더라도 조금의 손색이 없노라며 창작의 길에서 느끼는 깊은 희열을 예찬했다.

시마와의 논쟁과 시마 증후군

한나라 때 양웅은 〈축빈부逐貧賦〉를 지었다. 평생 지긋지긋하게 따라다니는 '가난'의 축출을 시도한 글이다. 먼저 '가난'을 불러내어 내 인생을 이렇듯 고달프게 만드는 연유를 따져 묻고, 계속해서 나를 가만 두지 않는 까닭이 무엇이냐고 물은 뒤, 지체 말고 썩 물러가라고 호통을 친다. 기세가 자못 등등하다. 이에 '가난'이란 녀석이 나타나더니 물러가는 것은 좋으나 자신도 할 말이 있다며 반발한다. "추위를 견디고 더위를 참아내는 법을 어려서부터 가르쳐주었고, 걸桀이나 도척盜跖 같은 탐학의 무리를 거들떠보지 않는 기상을 길러주었다. 사람들은 모두 겹겹이 둘러싸인 곳에서 지내나 그대는 홀로 툭 터진 곳에서 살게 했고, 남들은 근심에 싸여 지내나 그대만은 근심이 없게 하였다. 이것이 모두 나의 공로가 아닌가." 이렇게 말을 마친 가난은 눈을 부릅뜨고 벌떡 일어나 계단을 내려가며 "내 맹세코 너를 떠나 저 수양산에 가서 백이숙제와 더불어 지내리라." 하는 것이었다. 이에 다급해진 양웅이 잘못을 정중히 사과하며, 다시는 원망 않을 테니 떠나지 말아달라고 만류하는 것으로 글이 끝난다.

당나라 때 한유가 이를 본떠 다시 〈송궁문送窮文〉을 지었다. 제목 그대로 '궁상을 전송하는 글'이다. 버들고리로 수레를 만들고, 풀을 엮어 배로 만들어 양식을 싣고 궁귀窮鬼를 전송하는 축문을 읽었다. 그러자 문득 궁귀가 나타나 자신을 몰아내려는 행위가 부당함을 조목조목 따진 뒤 해명을 요구했다. 한유는 지궁智窮·학궁學窮·문궁文窮·명궁命窮·교궁交窮 등 자신을 평생 따라다니는 다섯 가지 궁상의 실체를 낱낱이 열거하며, 이 때문에 괴로워 살 수가 없으니 제발 나가줄 것을 요청했다. 말이 채 끝나기도 전에 다섯 귀신이 일제히 나와 눈을 부릅뜨고 혀를 차며 항의했다. "사람이 한세상을 산다는 것은 잠깐일 뿐이다. 내가 그대의 이름을 세워 백세토록 닳아 없어지지 않도록 했으니 그 공이 어찌 작다 할 수 있겠는가. 그런데도 나를 쫓아내려 하다니 참을 수 없다."고 하였다. 주인은 부끄러워 고개를 숙이고, 기운이 꺾여 손을 들어 사죄하며, 준비했던 수레와 배를 불사른 뒤 궁귀를 윗자리로 모셔 앉혔다는 이야기다.

두 작품 모두 가난과 궁상이 시인에게 압승을 거둔다. 오죽 가난과 궁상을 달고 살았으면 몰아내고 쫓아낼 궁리까지 했을까 싶다가도, 그나마 축출에도 성공 못하고 일장훈계만 듣고 물러앉았으니 안쓰럽고 처량하다.

이규보도 이와 비슷한 작품을 남겼다. 〈구시마문驅詩魔文〉, 즉 '시 귀신을 몰아내는 글'이 그것이다. 시마와의 논쟁 역시 이규보의 참패로 끝난다. 하지만 시마의 정체를 파악하는 데 매우 중요한 단서를 제공하는 흥미로운 글이다.

이규보는 생명 없는 사물에 귀신이 붙으면 괴상하고 요사한 일들이 나타난다면서, 사람에게도 이러한 귀신이 붙는다고 했다. 사람이 처음 태어날 때에는 바탕이 순박하여 꾸밈이 없고 순후하고 정직하다. 그러다가 한번 시에 빠지면 말을 요사스럽게 하고 괴상하게 비틀어 사물을 희롱하고 남을 현혹시킨다. 이것은 모두 시마의 농간일 뿐이다. 이규보는 이제 시마의 죄상을 낱낱이 밝혀 자신에게서 몰아내려 한다고 엄숙히 선언하였다. 이어 시마의 다섯 가지 죄상을 하나하나 꼽으면서 신랄하게 성토하였다.

그날 밤 꿈에 의복을 화려하게 입은 시마가 찾아와서 이규보를
질책했다. "나는 어려서부터 그대와 함께 지내왔다. 성년이 된 뒤로
도 언제나 그대의 뒤를 따르면서 기운을 웅장하게 하고 문장을 화
려하게 하여, 과거에 해마다 급제하여 명성이 사방으로 퍼지게 했
다. 벼슬아치와 귀족들이 그대의 얼굴을 보고 싶어 하게 했으니 내
공이 적다 할 수 없다. 다만 말조심하지 않고 몸가짐을 단정히 하지
않으며, 여색에 탐닉하고 술을 즐기는 것은 네가 삼가지 않는 탓이
지 내 책임은 아니다." 시마의 질책에 그는 꼼짝없이 수긍하며 절을
하고 스승으로 다시 맞아들였다.

시인이 자신에게 시마가 붙었는지 여부를 감별하는 방법은 없을
까? 이규보는 시마가 자신에게 들어온 뒤 나타난 이상 증세를 이렇
게 적었다.

> 네가 오고부터 모든 일이 기구하기만 하다. 흐릿하게 잊어버리고
> 멍청하게 바보가 되며, 주림과 목마름이 몸에 닥치는 줄도 모르고, 추
> 위와 더위가 몸에 파고드는 줄도 깨닫지 못하게 되었다. 계집종이 게
> 으름을 부려도 꾸중할 줄 모르고, 사내종이 미련스러운 짓을 해도 타
> 이를 생각을 않는다. 동산에 잡초가 우거져도 깎아낼 줄 모르고, 집이
> 쓰러져가도 고칠 마음이 없다. 재산 많고 벼슬 높은 사람을 깔보며,
> 방자하고 거만하게 언성을 높여 겸손하게 행동하지 않는다. 면박을
> 주면서 남의 비위를 맞추지도 못하고 여색에 쉬 혹하며, 술을 만나면
> 행동이 더욱 거칠어진다. 이 모든 것이 다 네가 그렇게 만든 것이다.

한마디로 시마의 증세는 시 외에 아무것도 눈에 뵈는 게 없어지

는 현상이다. 조선시대 최연崔演(1503~1546)도 이규보를 이어 〈축시마逐詩魔〉란 글을 남겼다. 최연의 증세는 이렇다.

> 네가 오고 나서 술에 어리 취한 것 같고, 바보가 된 듯 멍하게 신음하고 구슬퍼하며 병든 사내가 되고 말았다. 네게서 벗어나려고 일 년 내내 애를 썼지만, 너를 떠나려고 산에 올라가면 너는 어느새 나를 따라 노닐고, 바다로 들어가면 너는 어느새 나를 찾아내고 말았다. 사물과 만나서는 눈길로 쏘아보며 많이 취하고도 그만두지 않았다. 내 이목耳目의 총명함을 빼앗아 보고 듣는 것을 어지럽게 만들었다. 쑥대머리가 되어도 빗질하지 않고, 마음이 거칠어도 다스릴 줄 모른다. 성글고 게을러 의논을 자초하고, 교만하고 건방져서 허물을 불러들인다. 칭찬은 여러 사람의 뒤에 있고, 꾸짖음은 다른 사람의 앞에 있게 하니, 내가 굶고 내가 가난한 것이 모두 너 때문이다.

지금 자신에게 시마가 들어와 있는지 아닌지 알고 싶으면 위에서 제시한 여러 증상을 스스로에게 비추어보면 된다. 길을 가면서도 시 생각, 밥을 먹으면서도 시 생각, 심지어 꿈에서까지 시 생각뿐, 그밖에 다른 것에는 조금도 관심이 없어지는 증세, 예의와 염치, 체모조차 우습게 보는 태도, 눈에 띄는 사물마다 허투루 보지 않고 거기에 담긴 비밀을 찾아내겠다고 달려드는 증상이 이른바 시마 증후군이다.

시마의 죄상

〈구시마문〉에서 이규보가 제시한 시마의 다섯 가지 죄상은 다음과 같다.

첫째, 세상에서 알아주지도 않는데 붓만 믿고 찧고 까불게 만드는 죄다. 사람은 처음 바탕이 소박할 때는 화려하지 않은 꽃떨기 같다. 총명함도 눈이나 귀가 채 열리지 않은 것처럼 가려져 있다. 그러다가 허술한 틈을 타고 시마란 놈이 들어와 붙으면, 이를 빙자해서 세상을 어지럽히고 남을 현혹시켜 아름답게 꾸미고, 요술을 부려 온갖 괴상한 짓을 한다. 아양을 떨면 살과 뼈가 녹을 것만 같고, 떨쳐 소리치면 바람이 일고 물결이 출렁인다. 사람들은 아무도 너를 장하다 하지 않는데 어찌 이다지 날뛰는가? 아무도 네가 공이 있다고 생각지 않는데 어찌 남을 이렇듯 헐뜯는가?

둘째, 천기를 누설하면서도 당돌하여 그칠 줄 모르고, 사람의 마음을 꿰뚫어 세상을 놀라게 하는 죄다. 삼라만상은 저마다 조화와 신비를 간직하고 있다. 그 신비를 염탐하고 천기를 누설하는 데 거리낌이 없다. 하늘이 놀랄 만큼 그 마음을 꿰뚫어보기에 신명은 이를 못마땅해하고 하늘은 불평하게 여긴다. 결국 너 때문에 사람의 삶이 각박해진다.

셋째, 삼라만상의 온갖 형상을 닥치는 대로 남김없이 옮겨내서 겸손할 줄 모르는 죄다. 천지에 가득한 구름과 노을의 아름다움, 달과 이슬의 정기, 벌레와 고기의 기이함과 새 짐승의 괴상함, 싹틔워 꽃 피우는 초목의 천만 가지 현상을 제멋대로 가져다가 보는 대로 읊조려 붓끝으로 옮기니 네 교만함을 하늘과 땅과 신명도 미워하지 않을 수 없다.

넷째, 제멋대로 상 주고 벌 주며, 정치를 평론하고 만물을 조롱하여, 뽐내며 거들먹거리는 죄다. 비위에 거슬리면 공격부터 하고, 좋아하는 사람은 곤룡포 없이도 임금으로 꾸며주며, 미운 사람은 칼 없이도 찔러대니, 무슨 권리로 상벌을 멋대로 하는가. 높은 지위에 있지도 않으면서 나랏일에 관여하고, 광대도 아닌 것이 만물을 조롱하고 뽐내며 잘난 척하니, 누가 너를 시기하지 않고, 누가 너를 미워하지 않겠는가?

다섯째, 목욕을 싫어하고 머리 빗기를 게을리 하며, 공연히 끙끙대고 인상을 써서 갖은 근심을 불러들이는 죄다. 시마만 붙으면 멀쩡하던 사람이 마치 부스럼 난 사람처럼 온몸이 지저분하게 된다. 머리는 헝클고 수염은 빠지며 몸은 비쩍 말라 이맛살을 찌푸리게 하고, 정신을 흐리게 하며, 가슴을 앓게 한다. 그 결과 근심을 불러들이고 평화를 해치고 만다.

최연도 〈축시마〉에서 시마의 죄상을 네 가지로 적시했다. 앞서 이규보가 든 시마의 죄상을 말만 바꾸었다. 첫째는 멋대로 붓을 휘둘러 어지럽게 하고, 샘솟는 듯한 생각과 봄날 구름 같은 태도로 변화함을 다투어, 이목을 현혹시키고 날로 진기를 소모케 하는 죄다. 둘째는 천지자연의 비밀을 엿보고 서책을 표절하여 오묘한 표현을 찾으며, 자구를 조탁하여 기이함을 다투며, 수염을 배배 꼬면서 정미精微함을 추구하여 마음을 격동시키는 죄다. 셋째는 온갖 형식과 격식을 만들어 변화를 뽐내고 솜씨를 자랑하여 임금의 마음을 방탕케 하고, 나라를 망하게 하는 죄이다. 넷째는 시휘時諱를 저촉하고 재앙의 기틀을 밟아 몸을 곤궁케 하고 비방을 불러들이는 죄이다.

멀쩡하던 사람을 이 지경으로 만드는 시 귀신이 있으니, 어이 내쫓
지 않을 수 있겠는가?

　이미 짐작했겠지만 이 글은 모두 반어다. 말 그대로 믿으면 안 된
다. 이규보와 최연이 제시한 시마의 죄상을 뒤집어 읽어보면 바로
시인 예찬론에 지나지 않는다. 시인은 남이 알아주든 말든 시로 자
신의 포부를 마음껏 펼칠 수 있다. 날카로운 예지로 드러나지 않은
사물의 깊은 의미를 파헤쳐 사람들의 인식을 높은 곳으로 이끌어준
다. 그뿐인가? 사물을 관찰하여 감춰진 의미를 찾아내고, 세속의
질서나 사람들의 행위에 대해 시를 통해 마음껏 비판할 수 있는 특
권을 지녔다. 겉모양의 꾸밈을 우습게 보고 한 편의 훌륭한 시를 창
작하기 위한 고초를 더욱 소중히 여긴다. 한마디로 이규보와 최연
등이 꼽은 '시마의 죄상'은 오로지 시만 생각하고 시에 죽고 시에
사는 전업 시인으로 누리는 특권에 대한 '즐거운 비명'일 뿐이다.
결국 시마란 놈은 이마에 뿔 달린 귀신이 아니라, 시인으로 하여금
시를 쓰지 않고는 배길 수 없게 만드는 '억제할 수 없는 충동'의 다
른 이름일 뿐이다.

시귀와 귀시

시마 이야기가 나온 김에 시와 귀신에 얽힌 이야기를 보기로 하자.
시화에는 시귀詩鬼와 귀시鬼詩에 대한 이야기가 유독 많다. 시마가
시인에게 들러붙어 있는 것이라면, 시귀는 일회적으로 시인의 입을
빌려 대신 노래하게 하거나, 스스로 직접 나타나 시를 읊기도 하는

귀신이다. 이 시귀가 지은 시가 귀시다.

광주 교외에는 임진왜란 때의 명장 김덕령金德齡(1567~1596)을 모신 사당 충장사忠壯祠와 취가정醉歌亭이란 정자가 있다. 그는 임진왜란 당시 의병을 조직하여 나라를 위해 싸웠으나 간신배의 모함을 입어 형장의 이슬로 사라졌다. 그와 같은 시대를 살았던 시인 권필이 어느 날 밤 꿈을 꾸었는데, 꿈속에서 김덕령의 시집을 얻었다. 시집을 펼쳐보니 첫머리에 〈취시가醉時歌〉란 작품이 실려 있었다.

취했을 때의 노래	醉時歌
이 노래 아무도 듣는 이 없네.	此曲無人聞
꽃 달에 취함도 내 바라잖코	我不要醉花月
공훈을 세움도 내 원치 않네.	我不要樹功勳
공훈을 세우는 것 뜬구름일 뿐이요	樹功勳也是浮雲
꽃 달에 취하는 것 그 또한 뜬구름.	醉花月也是浮雲
취했을 때의 노래	醉時歌
아무도 모른다네.	無人知
내 마음 긴 칼 들고 밝은 임금 받들기 원할 뿐.	我心只願長釖奉明君

세상에 김덕령의 시집이란 것은 있지도 않다. 그렇다면 그의 죽음을 안타까워한 권필이 꿈속에 본 김덕령의 시는 김덕령의 것인가, 아니면 권필의 것인가? 취가정에는 권필이 꿈에서 보았다는 이 시가 현판에 새겨져 걸려 있다.

권필의 문집에는 이 시 말고도 꿈속에서 지은 시가 여러 편 실려 있다. 어느 날 밤 꿈에 그는 빈 집에 들어갔다. 때는 저물녘이었다.

비가 부슬부슬 내리고 낙엽이 뜰에 가득했다. 문득 이별을 원망하고 시절을 상심하는 느낌이 일어 꿈속에서 시를 지었다.

텅 빈 마을 적막하여 사립도 닫혔는데	空村寂寞掩柴扉
낯선 땅에 머물자니 옛 벗도 볼 수 없네.	滯臥殊方故舊稀
저녁 해 다 지도록 아무도 오질 않고	送盡夕陽人不到
뜰 가득 붉은 잎에 부슬부슬 비 내린다.	滿庭紅葉雨霏霏

시상이 처량해서 자못 귀기鬼氣가 감돈다. 평소 얼마나 시로 마음을 졸였으면 꿈속에서 시를 짓겠는가. 요즘 시인들에게도 종종 일어나는 현상이다.

권필에게는 이런 일화도 있다. 심씨沈氏 성을 가진 선비가 종암동 어귀에서 말을 쉬고 있었다. 한 서생이 다가오더니 절구 한 수를 읊조리곤 홀연 사라져 보이지 않았다. 그가 읊었다는 시다.

봄물은 아득하고 버들개지 날리는데	春水微茫柳絮飛
들 바람 비를 불어 정의征衣에 점을 찍네.	野風吹雨點征衣
들머리 옛 무덤엔 청명이 가까워	原頭古墓淸明近
지는 해에 갈까마귀 울면서 가질 않네.	落日寒鴉啼不歸

심생은 이상한 생각이 들었다. 돌아와 권필에게 자신이 지은 것이라며 자랑하였다. 시를 본 권필이 말했다. "이건 귀신의 작품이로군. 결코 그대의 솜씨가 아닐세." 심생이 크게 놀라 사실대로 말해주었다. 《시평보유詩評補遺》에 나온다.

한시 미학 산책 — ●

이처럼 귀신이 시 짓는 이야기가 시화에 종종 보인다. 윤결尹潔 (1517~1548)이 차식車軾(1517~1575)과 이야기를 하다가 자신이 지은 5언시 한 수를 들려주었다.

우연히 석문동 골짝에 들어	偶入石門洞
밤길에 시 읊으며 외로이 갔지.	吟詩孤夜行
달빛 받아 백사장 모래 환한데	月午澗沙白
빈산에선 꾀꼬리가 울음 울었다.	空山啼一鶯

시를 듣고 난 차식이 말했다. "이것은 귀시鬼詩일세." 윤결이 깜짝 놀라 실토했다. "내가 간밤 꿈에 어떤 깊은 골짜기로 놀러를 갔었네. 백사장이 10여 리쯤 펼쳐져 있고 달빛은 마치 대낮처럼 환하더군. 어디선가 꾀꼬리 소리가 들려오고. 이름을 물어보니 석문이라 하지 뭔가. 그래서 꿈속에서 지은 거라네."《오산설림五山說林》에 나온다. 시상이 지나치게 맑고 서늘하여 산 사람이 능히 말할 수 있는 내용이 아니다.

고려 때 어떤 선비가 친구를 찾아가 술을 마셨다. 저물어 돌아오는 길에 취해 쓰러져 자는데, 갑자기 글 읽는 소리가 낭랑하게 들려왔다.

시냇물은 졸졸졸 산길은 적막한데	澗水潺湲山寂歷
나그네 시름 아득하고 달빛은 황혼이라.	客愁迢遞月黃昏

깜짝 놀라 벌떡 일어나니 누웠던 산길 옆에 오래된 무덤 하나가

김홍도, 〈소림명월도疎林明月圖〉, 18세기, 26.7×31.6cm, 호암미술관.
성근 나무 뒤로 둥근 달빛이 교교하다. 문득 귀취鬼趣가 느껴진다.

있을 뿐이었다. 귀신 박률朴㻮이 지었다는 시도 있다.

해당화 가을에 져 꽃잎이 눈 같은데	海棠秋墜花如雪
성 밖의 인가엔 문이 죄다 걸렸구나.	城外人家門盡關
아득한 언덕길을 홀로 돌아가려니	茫茫丘壟獨歸去
길은 먼데 날 저물고 산만 첩첩하여라.	日暮路遠山復山

또 권겹이 만났던 귀신은 이런 시를 남겼다.

누대의 꽃비가 십삼 천에 나리는데	樓坮花雨十三天
풍경 멎고 향도 꺼져 한밤이 고요하다.	磬歇香殘夜闃然
창밖의 두견새는 피 토하며 우노니	窓外杜鵑啼有血
새벽 산 꿈속 같고 달빛은 안개 같네.	曉山如夢月如烟

두 작품 모두《소화시평》에 보인다. 이상 살핀 몇 수의 귀시들은 시상이 해맑고 처량해서 자못 귀기鬼氣가 서려 있다. 홍만종은 이를 소개한 뒤 이렇게 말했다. "귀신도 자기 시를 아껴, 놀랄 만한 시구가 있으면 반드시 사람의 힘을 빌려 세상에 전해 자신의 재주를 드러내려는 것이 아니겠는가?" 과연 그런 것일까?

선조 때 문인 양희梁喜(1515~1581)가 눈 오는 밤에 매화를 감상하다가 시 한 구를 얻었다.

읊는 입에 눈 내리자 시조차 얼려 하고	雪墮吟脣詩欲凍

하지만 그 바깥짝은 채우지 못한 채 까맣게 잊고 지냈다. 10년 뒤 꿈에 한 사람이 나타나 말했다. "그대는 어째서 '시조차 얼려 하고詩欲凍'라 한 시구를 계속 잇지 않는가?" 그러고는 대구를 읊고 사라져 버렸다.

> 노래 부채 매화 날려 곡조에 향내 나네.　　　　　梅飄歌扇曲生香

그래서 마침내 한 짝을 이루었다. 이 시화는 이런 이야기로도 전한다. 충청도에 시에 능한 형제가 있었는데, 아우가 형만 못했다. 분통이 터진 아우가 화가 나서 요절하고 말았는데, 원귀가 되어 형에게 찰싹 달라붙었다. 집안사람들이 무당을 불러 굿을 하며 꾸짖었다. 아우의 귀신이 외쳤다. "내가 시 한 구절을 부르겠다. 대구를 잘 한다면 다시는 달라붙지 않겠다." 그러더니 '시조차 얼려 하고詩欲凍'의 구절을 읊조렸다. 형이 즉각 '곡조에 향내 나네曲生香'로 응대하자 귀신이 슬피 울며 그에게서 떠나갔다. 《동시화》에 전한다.

《동인시화》의 다음 일화도 흥미롭다. 고려 때 문인 김지대金之岱(1190~1266)가 의성관루義城館樓에서 지은 시가 널리 회자되었다. 뒤에 전란으로 누각이 불타면서 시판詩板도 함께 없어졌다. 몇십 년 뒤 오적장吳迪莊이란 이의 딸이 미쳐 발광했는데 횡설수설하는 중에 갑자기 김지대의 시를 줄줄 외우는 것이 아닌가. 그래서 이 시를 다시 시판에 새겨 전하게 되었다. 귀신이 시를 아껴 세상에 다시 전하게 한 이야기다.

그러고 보면 시 귀신에 얽힌 많은 이야기들은 모두 시를 향한 시인들의 끝없는 몰두와 집착이 빚어낸 환영일 뿐이다. 꿈속에서 귀신이 들려준 시는 실상 귀신이 들려준 것이 아니라 자신이 귀신의 입장이 되어 노래한 것일 따름이다. 시와 관련된 귀신들은 한결같이 무섭지 않고 인간에게 해코지를 하는 법이 없다. 이들 귀신이 바로 시인 자신의 분신이니 그럴 수밖에 없지 않겠는가.

귀신의 조화와 시인의 궁달

정지상이 산사에서 공부하고 있을 때 일이다. 밤에 달이 휘영청 밝아 홀로 절 누각에 앉아 있는데, 홀연히 허공에서 시 읊는 소리가 들렸다.

스님 보면 절 있을까 의심하겠고	僧看疑有刹
학이 보곤 솔이 없음 아쉬워하리.	鶴見恨無松

　귀신이 알려주는 것인가 싶었지만 무엇을 노래한 것인지는 짐작할 수 없었다. 뒤에 과거를 보러 가니 시험관이 "여름 구름 기이한 봉우리 많네.夏雲多奇峯"란 도연명의 시구를 시제 삼아, '봉峯' 자를 압운으로 내거는 것이 아닌가. 산사에서 귀신이 들려준 시구가 퍼뜩 생각난 그는 이를 넣어 시로 써서 답안지를 제출했다.

밝은 해 중천에 환히 떴는데	白日當天中
뜬구름 봉우리 모양을 짓네.	浮雲自作峯

스님 보면 절 있을까 의심하겠고	僧看疑有刹
학이 보곤 솔이 없음 아쉬워하리.	鶴見恨無松
번개는 나무꾼의 도끼 자루요	電影樵童斧
우레는 숨은 절의 종소리일세.	雷聲隱寺鍾
산이 안 움직인다 누가 말했나	誰云山不動
저물녘 바람 맞아 날려 가는데.	飛去夕陽風

여름날 뭉게구름이 허공에 수려한 산 하나를 옮겨놓았다. 스님이 보면 저 속 어딘가에 근사한 절이 있으려니 생각할 듯하고, 날아가던 학이 내려앉을 만한 소나무 없는 것을 애석해할 정도다. 착각에 빠져 있던 시인의 눈에 나무꾼의 도끼처럼 번개가 번쩍이고, 감춰진 절의 종소리인 양 우레가 치더니만, 석양 무렵 바람에 날려 산이 먼 곳으로 둥실둥실 옮겨가는 것이 아닌가. 상쾌하다. 시험관은 특히 3·4구를 보고 놀라운 표현이라며 극구 칭찬하고 높은 등수로 선발했다. 막상 이 두 구절이 귀신이 정지상에게 일러준 것임은 미처 깨닫지 못하였다. 《백운소설》에 나온다.

《성수시화惺叟詩話》에는 귀신이 시로써 김안로金安老(1481~1537)를 출세시킨 이야기가 실려 있다. 김안로가 어릴 적에 관동지방을 유람하였다. 꿈속에 귀신이 나타나서 시를 읊었다.

| 우임금의 산천 밖엔 봄기운이 한창인데 | 春融禹甸山川外 |
| 순임금 뜰 짐승 사이 음악을 연주하네. | 樂奏虞庭鳥獸間 |

그러고는 이런 말을 남기고 사라졌다. "이는 네가 벼슬을 얻을 말

일 것이다." 이듬해 그가 정시庭試를 치러 들어갔다. 연산군이 율시 6수를 내어 시험을 치는데, 그중에 "이원梨園의 제자들이 침향정沈香亭 가에서 한가로이 악보를 들쳐본다."는 제목이 있었다. 운자도 '한閑' 자였다. 퍼뜩 귀신이 읊어준 시구가 생각난 김안로는 그것을 써서 바쳐 장원 급제하였다. 김안국金安國(1478~1543)이 시관으로 그 자리에 있다가 "이것은 귀신의 말이지 사람의 말이 아니다."라고 말했다. 이에 김안로가 사실대로 말하니 김안국의 식견에 다들 탄복하였다.

조기종趙己宗이란 서생이 남학南學에서 공부하고 있었다. 그는 구두句讀도 뗄 줄 모르고 시 지을 줄도 몰랐다. 어느 날 꿈에 빈집에 들어갔는데 넓고 조용했다. 대추꽃이 막 피어 초여름의 풍경 같았다. 서생 두셋이 있었지만, 얼굴을 모르는 사람들이었다. 그들이 조기종에게 시 짓기를 청했다. 조기종이 시를 지었다.

나무 위엔 대추꽃 활짝 피었고	樹上棗滿開
빈집은 적막하여 아무도 없네.	空家寂無人
봄바람 끝없이 불어오더니	春風吹不盡
만 리에 봄풀이 새로웁구나.	萬里草多新

꿈에서 깬 뒤 그는 한 글자도 빠뜨리지 않고 옮겨 적어 벽에 붙여 놓았다. 그는 그 이튿날 갑작스레 죽고 말았다. 이것이 귀신이 시로 사람을 죽인 이야기다. 《소문쇄록》에 실려 있다.

슬픈 일 좀 있어야겠다

이제껏 여러 시화에 전하는 시마와 시귀, 그리고 귀시에 관한 일화를 살펴보았다. 모두 시가 폐부에 깊이 박힌 고질이 되어 시를 떠나서는 잠시도 살 수 없었던 옛 시인들의 시 사랑이 빚어낸 이야기다. 다만 그저 웃고 넘기기에는 석연치 않은 그 무엇이 있다. 시마는 한마디로 옛사람의 시를 향한 열정의 다른 표현이다. 시귀는 사물의 비밀을 끝까지 꿰뚫으려는 시인의 집착이다.

사조제謝肇淛가 말했다. "생각이 많으면 심화가 타오르고, 심화가 타면 신수腎水가 고갈되어 심장과 신腎이 교통이 안 되므로 사람의 생리가 끊어진다. 많은 문인이 자식을 두지 못하고 장수하지 못하니, 그 하는 일이 이러한 까닭이다." 동기창董其昌이 말했다. "그림 그리는 도는 우주가 손에 달려 있어 눈앞에 있는 것 모두가 생기 아닌 것이 없다. 그러므로 그 사람이 왕왕 오래 산다." 과연 시인은 단명하고 화가는 장수하는가. 꼭 그런 것은 아니지만, 두 사람의 말이 이치에 닿지 않는 것도 아니다. 문학을 하더라도 만약 혼후하게 하면 수명을 연장할 수 있다. 그림을 그려도 지나치게 정교함만 추구하면 혹 단명하기도 한다. 속담에 '목공은 일생 동안 궁하나, 철공은 필경 부자가 된다.'고 했다. 목공은 늘 깎기만 하고, 철공은 항상 붙여 더하기 때문이다. 이덕무李德懋가 《앙엽기盎葉記》에서 한 말이다.

시마가 떠난 시인들은 시 짓기를 그만두는 것이 옳다. 젊은 시절 날카로운 표현과 치열한 시정신으로 이목을 집중시켰던 시인들이 어느 순간 침묵의 나락 속으로 빠져드는 경우를 지금도 흔히 본다.

침묵은 그래도 보기에 아름답다. 이미 시마가 떠나버린 현실을 인정치 못하고, 이전에 벌어놓은 점수까지 죄 까먹는 조악한 시를 발표하는 모습은 보기에 민망하다. 시마가 떠나가면 시와 넋두리조차 구분하지 못하게 된다.

시마를 쫓아내겠다며 '즐거운 비명'을 지르는 이규보의 경우는 오히려 행복하다. 시마가 더는 오지 않는 시인들은 붓을 꺾든지, 아니면 차라리 〈영시마문迎詩魔文〉이라도 지을 일이다. 배부르고 따뜻함 속으로 시마는 깃들지 않는다. 모든 것이 충족된 넉넉함을 시마는 혐오한다. 무언가 결핍된 상태, 그 결핍을 채우려는 시인의 정신이 죽창처럼 곤두서 있는 지점에서 시마는 슬그머니 시인에게 스며든다. 그래서 시인은 "피가 잘 돌아 아무 병도 없으면 가시내야 가시내야 슬픈 일 좀 슬픈 일 좀, 있어야겠다."라고 노래하는 것이다. 아름답지 아니한가?

시인과 궁핍

—

시궁이후공론 詩窮而後工論

불평즉명, 불평이 있어야 운다

> 노래 삼긴 사람 시름도 하도할샤
> 닐러 못다 닐러 불러나 푸돗던가
> 진실로 풀릴 것이면 나도 불러보리라

상촌象村 신흠申欽(1566~1628)의 시조이다. 시는 왜 쓰는가? 말로는 풀리지 않을 시름이 있기 때문이다. 그런 시름도 노래 앞에서는 눈 녹듯 사라진다.

> 무릇 물건은 화평함을 얻지 못하면 운다. 초목은 소리가 없으나 바람이 흔들면 운다. 물은 소리가 없지만 바람이 움직이면 운다. 솟구치는 것은 부딪치기 때문이요, 달리는 것은 막는 까닭이며, 끓는 것은 불로 덥히기 때문이다. 금석은 소리가 없으나 이를 치면 소리가 난다. 사람의 말 또한 그러하다. 어쩔 수 없는 것이 있은 뒤에야 말하게 되니, 노래에 생각이 담기고 울음에는 품은 뜻이 있다. 무릇 입에서 나와 소리가 되는 것은 모두 불평함이 있기 때문이다.

한유가 〈송맹동야서送孟東野序〉에서 한 말이다. 사물이 우는 것은 부득이한 데서 말미암은 불평이 있기 때문이다. 불평은 마음이 평정을 잃은 상태, 달리 말해 자신의 아이덴티티를 상실한 상태다. 한유는 〈형담창화시서荆譚唱和詩序〉에서 이렇게 말한다.

> 화평한 소리는 담박하고, 근심이 담긴 소리는 아름답다. 떠들썩 즐

거운 말은 공교하기 어렵고, 곤궁한 말은 쉬이 좋다. 이런 까닭에 문
장을 짓는 것은 늘 길 위의 나그네나 초야에 묻혀 사는 인사에게 있었
다. 왕공이나 귀한 신분의 사람에 이르러서는 기운이 가득 차고 득의
한지라, 타고난 성품이 원래 이를 좋아하지 않는다면 여기에 힘쓸 겨
를이 없다.

문학은 득의가 아닌 실의에서 나온다. 아무 아쉬울 것 없는 왕공
귀인들은 문학에 목숨 거는 일이 거의 없다. 그들에게 문학은 치장
이나 나머지 일에 지나지 않는다. 낙척한 떠돌이와 불우한 재야의
문인에게 문학은 자신을 표현할 수 있는 유일하고 절대적인 수단이
다. 이인로가 말했다.

천지는 만물이 다 좋게만 하는 법이 없다. 뿔 있는 놈은 이빨이 없
고, 날개가 있으면 다리가 두 개뿐이다. 이름난 꽃은 열매가 없고, 채
색 구름은 쉬 흩어진다. 사람에 이르러서도 그러하다. 기특한 재주와
화려한 기예가 뛰어나면 공명이 떠나가서 함께하지 않는다. 이것은
이치가 그러하다.

문장도 훌륭하고 공명도 함께 누리는 이치는 없다. 뿔을 가지려
면 이빨을 포기하든지, 꽃이 아름답거든 열매의 내실을 기대할 수
없다. 날개를 단 채로 다리도 네 개이기를 바라거나, 채색 구름의
영롱한 자태가 길이 변치 않기를 바랄 수는 없다.

라이오넬 트릴링Lionel Trilling은 "현대의 문화인은 정치적으로는
부와 쾌락을 원하면서 예술적·실존적으로는 내핍과 괴로움을 원하

는 모순적 상태에 있다."고 말한다. 쾌락을 거부하고 프로이트식으로 말해 반쾌락에서 만족을 찾는 본능적 충동이 있다는 것이다. 사실 이러한 충동은 시대를 떠나 늘 존재해왔다. 모든 것이 갖춰진 넉넉한 환경에서 문학은 설 자리를 잃는다. 욕망이 좌절되고 꿈이 상처 입을 때 비로소 사람의 마음속에 이른바 정서란 것이 생겨난다. 그것이 슬픔과 분노, 격정과 눈물이 되어 터져 나온 것이 바로 시이다.

나비를 놓친 소년, 발분서정의 정신

그대가 태사공의 《사기史記》를 읽었다고는 하나, 글만 읽고 그 마음은 제대로 읽지 못했구려. 왜냐고요? 〈항우본기〉를 읽으면 제후들이 성벽 위에서 싸움 구경하던 것이 생각나고, 〈자객열전〉을 읽으면 악사 고점리高漸離가 진시황을 축筑으로 치던 일이 떠오른다 했으니 말입니다. 이것은 늙은 서생의 진부한 이야기일 뿐입니다. 부뚜막 아래에서 숟가락을 주웠다고 하는 것과 무에 다르겠습니까. 아이가 나비 잡는 것을 보면 사마천司馬遷의 마음을 알 수 있습니다. 앞발은 반쯤 꿇고 뒷발은 비스듬히 들어, 손가락을 집게 모양으로 해가지고 살금 살금 다가갑니다. 잡았다 싶었는데 나비는 호로록 날아가 버리지요. 사방을 둘러보면 아무도 없고 계면쩍어 씩 웃다가 장차 부끄럽기도 하고 화가 나기도 하는, 이것이 사마천이 책을 저술할 때입니다.

박지원의 〈답창애〉란 글이다. 창애란 이가 자신이 최근 사마천의

《사기》에 푹 빠져 있노라며 편지를 보냈던 모양이다. 그러자 연암은 《사기》를 읽는다면서 〈항우본기〉에 보이는 항우項羽의 비할 데 없는 용맹과, 〈자객열전〉에서 악사 고점리가 진시황을 쳐 죽이려고 축이란 악기로 내려칠 때의 광경을 떠올리며 사마천의 생동감 넘치는 문장력에 감탄하는 것은, 마치 부뚜막 아래에서 숟가락을 하나 주워놓고 무슨 대단한 발견이나 한 듯이 "숟가락 주웠다!"라고 소리치는 것과 다를 게 없다고 잘라 말한다. 중요한 것은 사마천의 글 솜씨가 아니다. 오히려 그가 그 글을 지을 때 품었던 마음자리를 얻는 것이다.

연암은 그 참신한 붓을 들어 사마천의 마음을 나비를 잡으려다 놓친 소년에 견주어 설명한다. 소년은 꽃잎에 앉은 예쁜 호랑나비를 보았다. 정신을 손가락 끝에 온통 집중시켜 살금살금 나비에게 다가간다. 잡았다 싶었는데 나비는 손가락 끝에 감촉만 남긴 채 훨훨 날아가 버린다. 뻗었던 손이 부끄럽고, 전심전력의 몰두가 허망해지는 순간이다. 이거다 싶었는데 결국 손에 남은 것은 아무것도 없다. 조금만 더 주의를 기울였으면 잡았으리라는 자책감, 혹시 누가 내 모습을 보지 않았을까 하는 부끄러움, 바로 이런 모종의 안타까우면서도 착잡한 마음이 바로 사마천이 《사기》를 지을 때의 마음이라고 했다.

눈을 부릅떠 고함을 지르면 간담이 서늘해져 적장이 그만 말에서 떨어져버렸다는 항우. 제후들이 감히 옆에 서지도 못하고 그저 성벽 위에 붙어 서서 싸움 모습을 구경할 수밖에 없었다는 그 항우가 유방劉邦에게 사면초가의 곤경을 당하고 달아나다가 고향에 돌아가 부로父老를 대할 면목이 없다고 자결하는 장면은 얼마나 비통했던

가. 진시황의 포학함을 징벌하고자 연나라 자객 형가는 독항督亢의
지도 속에 독 묻은 비수를 품고 진나라로 떠났다. 그는 이수易水 강
가에서 "가을바람 쓸쓸하고 이수는 찬데, 장사는 한번 가면 돌아오
지 않나니." 하고 비장한 노래를 불렀다. 그의 벗 고점리가 노래에
맞춰 축을 연주하니, 듣는 자가 두 눈을 부릅뜨지 않는 이 없었고,
머리칼은 모두 관을 뚫었다. 그러나 형가의 독 묻은 칼이 진왕을 찌
르지 못한 채 하릴없이 기둥에 박히는 순간, 형가는 진왕의 칼에 난
자당해 죽는다. 후에 고점리는 궁정 악사가 되어 축으로 진시황을
쳐서 죽이려다가 실패하여 역시 참혹하게 죽었다.

그때 항우가 천하를 쟁패했다면, 형가의 독 묻은 비수가 진왕의
가슴을 갈랐다면 역사는 어떻게 뒤바뀌었을까? 지나간 시대 영웅
들의 비분강개한 삶의 역정을 돌아보는 사마천의 마음은 어떤 것이
었을까? 역사의 운명을 바꾸어놓은 순간들, 손아귀에 쥐었다가 놓
쳐버린 역사의 파란곡절을 지켜보는 사마천의 그 마음은 못 읽고,
오로지 그 박진감 넘치는 문장의 묘사에 감탄하여 "실감나네!"만을
연발한다면, 부뚜막 아래서 숟가락 하나 주워들고 무슨 장한 발견
이라도 한 듯이 "숟가락 주웠다!"고 외치는 것과 무슨 다를 점이 있
겠는가?

사마천은 〈태사공자서太史公自序〉에서 이렇게 말했다.

옛날 서백西伯은 유리羑里에 구금되어 《주역》을 풀이하였고, 공자는
진채陳蔡에서 곤액을 당하여 《춘추春秋》를 지었다. 굴원은 쫓겨나 《이
소離騷》를 지었고, 좌구左丘는 실명한 뒤 《국어國語》를 남겼다. 손자孫
子는 다리가 잘리고 나서 병법을 논하였고, 여불위呂不韋가 촉蜀 땅으

로 옮기고 나서 《여람呂覽》이 세상에 전한다. 한비자韓非子는 진秦나라
에 갇힌 채 〈세난說難〉과 〈고분孤憤〉을 지었다. 《시경》 삼백 편은 대개
성현이 발분하여 지은 바다. 이분들은 모두 뜻에 맺힌 바가 있으나 이
를 펼쳐 풀어버리지 못한 까닭에 지나간 옛일을 서술하여 장차 올 일
을 생각했던 것이다.

5천의 보병으로 흉노의 본진을 유린하다 장렬한 전투 끝에 부득
이 흉노에 항복했던 장군 이릉李陵. 다들 비난하는 그를 외로이 변
호하다가 무제의 격노를 불러 궁형에 처해졌던 사마천은 오로지
《사기》를 완성해야 한다는 일념으로 그 치욕과 모멸의 시간을 견뎌
냈다. 《사기》를 완성한 후 서문을 쓰면서 그는 좌절 속에서 불멸의
저술을 꽃피운 발분의 저작들을 떠올렸다.

후세는 사마천의 이 '발분저서發憤著書'의 정신을 높여 기린다. 연
암이 강조한 '사마천의 마음'은 '발분'의 정신에 다름 아니다. 주자
의 풀이에 따르면 '분憤'이란 "마음으로 통하려 하지만 아직 얻지는
못한 상태"를 말한다. 공자는 '발분망식發憤忘食'을 말했고, 굴원은
《초사楚辭》〈구장九章〉 중 〈석송惜誦〉에서 "송덕함 즐기지 않다가 근
심을 부르니, 분을 내어 내 마음 펴 보이네.惜誦以致愍兮, 發憤以抒情."
라 하여 '발분서정發憤抒情'을 언급한 바 있다. 마음속에 응어리진
'분'이 있으니 이를 펴지 않고서는 견딜 길이 없다. 사마천은 《사
기》〈굴원열전〉에서 이렇게 말했다. "굴원은 왕의 듣는 것이 총명하
지 않고, 참소와 아첨이 임금의 밝음을 가려 막아, 삿된 무리가 공公
을 해치고, 방정한 것이 용납되지 않는 것을 미워하였다. 그런 까닭
에 근심하며 깊은 생각에 잠겨 《이소》를 지었다."

요코야마 다이칸横山大觀, 〈굴원도屈原圖〉, 19세기, 132×283.7cm, 일본 이쓰쿠시마 신사.
상수湘水 물가를 초췌한 모습으로 방황하는 굴원의 모습이다. 현실은 모순투성이다.
정의는 불의 앞에 힘을 못 쓰고 진심은 외면당하고 조롱받는다. 어쩌겠는가!

다음은 조선 후기 강위姜瑋(1820~1884)의 글이다.

> 가장 훌륭한 시는 재주 부리지 않고 얻은 것이다. 재주를 부려 얻은 것은 훌륭하지 않다. 난새와 봉황의 맑은 소리와 주옥珠玉의 빛나는 기운, 병든 이의 앓는 소리, 슬피 울며 흘리는 눈물이 어찌 모두 재주를 부려 얻어진 것이겠는가? 그런 까닭에 시 삼백 편은 모두 성현이 발분하여 지은 바라고 한다. 이렇게 본다면 발분하지 않고는 지을 수가 없다.

시인은 코앞에서 나비를 놓쳐버린 소년의 안타까움을 지녀야 한다. 견디기 힘든 시련과 좌절 앞에서 주저앉지 않는 발분의 정신을 지녀야 한다. 발분하는 서정 없이 어찌 남을 감동시키겠는가.

시궁이후공과 시능궁인

시화를 보면 유난히 시인과 궁곤窮困의 관계를 설명한 예화가 많다. 이는 크게 보아 '시궁이후공詩窮而後工', 시가 궁해진 뒤에 더 좋아진다는 논의와 '시능궁인詩能窮人', 시가 능히 사람을 궁하게 한다는 관념으로 나뉜다. 엄밀히 말해 이 두 생각은 상반되는 명제다. 시궁이후공은 궁핍한 환경이 시인으로 하여금 시를 잘 쓰게 한다는 말이고, 시능궁인은 시를 쓰는 행위가 시인의 궁핍을 가속화한다는 말이다.

이러한 생각은 연원이 매우 오래되었다. 처음 이 말을 한 사람은 구양수다. 그가 〈매성유시집서梅聖兪詩集序〉에서 이에 대해 언급한 이래 시궁이후공의 주장은 고전시학에서 중요한 명제가 되었다.

> 나는 세상 사람들이 시인은 영달함이 적고 궁함이 많다고 하는 말을 들었다. 어째서 그런가? 세상에 전해지는 시는 옛날 곤궁한 사람의 말에서 나온 것이 많다. 선비가 식견을 쌓아두고도 세상에서 펼치지 못하면 스스로를 산꼭대기나 물 밖에 놓아두고 즐기는 경우가 많다. 벌레나 물고기, 초목과 바람과 구름, 새와 짐승의 모습을 보고 이따금 그 기괴함을 찾는다. 마음속에 근심스런 생각이나 울분이 쌓이면 원망하고 풍자하는 마음을 일으켜, 타관살이하는 신하나 과부의 한탄하는 바를 빌려 말로 표현하기 어려운 인정을 그려내니, 대개 궁하면 궁할수록 더욱 공교해진다. 그렇다면 시가 능히 사람을 궁하게 하는 것이 아니고, 궁해진 뒤에 공교해지는 것이다.

한유가 말한 '불평즉명'의 논리를 계승했다. 선비가 마음속에 지식과 경륜을 쌓아두고도 그것을 사회적으로 실현할 수 없을 때 마음속에 근심과 울분이 쌓인다. 이것을 글로 표현하니 보통 사람이 말하기 어려운 것을 그려낼 수 있다. 구양수는 궁하면 궁할수록 시가 더욱 좋아진다고 해서 '궁窮'이 '공工'을 위한 전제임을 밝혔다. 구양수는 시가 사람의 운명을 곤궁하게 만든다는 생각에는 반대의 뜻을 분명히 했다.

그런데 실제 시화에서 시궁이후공과 시능궁인은 흔히 혼동된다. 단순히 옛사람의 개념 혼란에서 기인한 걸까? 꼭 그렇지는 않다. 뛰어난 시인의 경우 거의 예외 없이 곤궁을 달고 살았다. 두보는

〈하늘 끝에서 이백을 그리며天末懷李白〉에서 "문장은 운명의 창달을 미워한다.文章憎命達"고 했고, 백낙천은 〈여원구서〉에서 "시인은 움츠림이 많다.詩人多蹇"고 했다. 권필은 "글로써 궁해짐은 예전부터니, 가난 질병 시인의 일상일래라.文窮自古然, 貧病乃其常."라고 했다. 허균은 〈손곡산인전蓀谷山人傳〉에서 이달의 시를 이렇게 평했다. "평생 몸 붙일 곳도 없이 사방으로 유리걸식하여 사람들이 대부분 천하게 여겼다. 궁색한 액운으로 늙은 것은 실로 시 때문이었다. 다만 몸은 곤궁했어도 썩지 않을 시가 남았으니, 어찌 한때의 부귀로 이 이름과 바꾸겠는가?"

이들은 궁했기 때문에 좋은 시를 남길 수 있었다. 한편 부정할 수 없는 것은 그들이 시를 씀으로 해서 곤궁을 더욱 가중시키거나 지속시켰다는 사실이다. 그들은 시를 통해 곤궁을 잊을 수는 있었지만 털어버리지는 못했다. 오히려 곤궁을 털어낼 기회가 와도 스스로 이를 박차기까지 했다. 이때 시를 창작하는 행위는 삶에 대한 올곧음을 견지함과 같고, 시를 포기함은 현실과 타협하거나 타성에 야합하는 것을 뜻한다.

여기서 우리는 시궁이후공과 시능궁인의 사고가 역의 명제이면서도 순환적으로 맞물려 있음을 보게 된다. 즉 곤궁의 상황이 좋은 시를 낳지만, 동시에 시 때문에 곤궁의 상황이 지속되거나 가중되는 상승작용을 일으킨다. 이 점이 독자의 입장에서는 '궁하면 궁할수록 시는 더욱 좋아진다愈窮則愈工'거나 "문장이 좋아질수록 집은 더욱 가난해졌네.文章益富家益貧"와 같은 평가를 낳았다.

정리하면 이렇다. 시능궁인과 시궁이후공은 역의 명제다. 하지만 실제 이 둘은 모순관계에 놓이지 않는다. 불만족의 상태에서 만족을 구하려는 모순적 충동지향이 바로 시능궁인의 사고를 잘 설명해 준다. 시궁이후공이라 할 때 궁은 공하기 위한 충분조건이고, 공은 궁하기 위한 필요조건이다. 또 시능궁인이라 할 때 시는 궁하기 위한 충분조건이고 궁은 시를 잘 쓰기 위한 필요조건이다. 이때 궁은 물질적 빈궁보다 실의와 좌절 같은 정신적 상태에 가깝다. 단순한 경제적 결핍은 시인의 발분 욕구를 저해하는 요인이 되기도 한다. 정신적 측면이 배제된 궁은 궁이 아니라 빈貧이다.

궁한 사람의 시가 좋은 이유

군자의 배움은 혹은 일에 베풀어지고 혹은 문장으로 나타난다. 두 가지를 아우르기 어려운 것이 늘 걱정이다. 때를 만난 선비는 공렬功 烈이 조정에 드러나고 명예가 죽백竹帛에 빛난다. 때문에 문장 보기를 늘 말단의 일로 생각한다. 자신이 할 겨를이 없거나 능력이 미치지 못 한다. 뜻을 잃은 사람은 궁벽한 곳에 숨어 마음을 괴롭게 하고 생각을 위태롭게 하여 정밀한 생각을 지극히 해서, 감격하여 분을 펴는 바가 있게 마련이다. 다만 세상에 펼 데가 없는 것을 온통 문사文辭에 내맡 기는 까닭에 궁한 사람의 말이 공교하기 쉽다고 말한다.

구양수가 〈설간숙공문집서薛簡肅公文集序〉에서 한 말이다. 한유처 럼 구양수도 공렬이 죽백에 빛나는 때를 만난 사람보다 근심에 잠 긴 뜻 잃은 사람에게 기우는 뜻을 밝혔다. 일반적인 경우로 보더라 도 시는 역시 궁한 뒤에 더 좋아진다. 어디 시뿐인가? 모든 예술,

학문이 다 그렇다. 시장에서 떡 파는 사람이 있었다. 그는 노래를 구성지게 참 잘 불렀다. 노래 때문에 그 집 떡이 유명해져서 인기가 높았다. 형편이 넉넉해지자 더는 노래를 부르지 않았다. 그러자 그의 떡가게 손님도 점차 줄어들었다. 《지봉유설》에 나온다.

시궁이후공은 연원이 오랜 말이다. 《논어》에는 "날씨가 추워진 뒤에야 소나무와 잣나무가 뒤늦게 시듦을 안다.歲寒然後知松柏之後凋"고 했다. 날씨가 따뜻할 때는 송백의 굳센 절조가 특별히 눈에 띄지 않는다. 세한歲寒으로 낙목한천落木寒天의 계절이 오자 전에 미처 느끼지 못하던 송백의 푸르름을 새삼 인식하게 된다. 제주에 유배 가 있던 추사가 제자 이상적李尙迪(1804~1865)의 변치 않는 정성에 대한 답례로 〈세한도〉를 그려주었다. 이때 '세한'의 상황은 궁의 정황과 유사하다. 궁이라는 상황이 개입되어 인식에 변화를 가져다준다는 것이 시궁이후공 논의의 핵심이다. 맹자도 "마음에 곤핍하고 생각에 부딪힌 뒤에 짓는다.困於心, 衡於慮而後作."고 말한 바 있다.

한 편의 시가 뛰어난 작품으로 살아남기 위해서는 일상성을 뛰어넘는 인식의 갱신이 필요하다. 이는 현실과 밀착되어 있을 때에는 알기 어렵다. '그 무엇' 밖에 놓여 있다는 느낌이 시인의 내부에 유감을 머금게 해서, 그 결과가 다시 예술 위로 퍼부어진다는 것이 시궁이후공의 기본 생각이다. 다시 말해 궁의 상황이 가져다 준 이상과 현실 사이의 극단의 괴리감, 여기서 벗어나려는 자아의 노력이 덧붙여져 시에서 공工의 결과를 가져온다는 것이다.

소동파는 〈혜근 스님이 막 승직을 그만두었기에僧惠勤初罷僧職〉라는 시에서 이렇게 말한다.

서리 수염 병골에 덥수룩한데	霜髭茁病骨
주린 배로 낮 종소리 앉아서 듣네.	饑坐聽午鐘
시가 사람 궁하게 함이 아니라	非詩能窮人
궁한 이의 시라야 좋은 것일세.	窮者詩乃工
이 말은 진실로 틀림없으니	此語信不妄
구양수에게 이 말을 내 들었노라.	吾聞諸醉翁

그는 시능궁인이 아니라 시궁이후공일 뿐이라고 확인한 셈이다. 또 〈당나라 사람의 근심을 노래한 시를 읽다가 짓다讀唐人愁詩對作〉에서는 이렇게 노래했다.

| 하늘이 문인 재능 미진할까 염려해서 | 天恐文人未盡才 |
| 항상 영락케 해 덤불 속에 있게 했네. | 常使零落在蒿萊 |

하늘이 시인에게 가시덤불 속에서 고통을 겪게 하는 것은 안일의 환경이 그를 현실에 안주하게 할까 봐 염려한 때문이라는 설명이다. 다음은 고려 말 이색의 〈유감有感〉이란 작품이다.

시가 사람 궁하게 함이 아니라	非詩能窮人
궁한 이의 시라야 좋은 법일세.	窮者詩乃工
내 길이 지금과는 맞지가 않아	我道異今世
괴로이 광막함을 찾아 헤맨다.	苦意搜鴻濛
얼음과 눈 살과 뼈를 에이듯 해도	氷雪砭肌骨
기꺼워 마음만은 평화롭다네.	歡然心自融

옛사람 말 이제야 비로소 믿네　　　　　　　　　始信古人語
빼어난 시 떠돌이에 있다던 그 말.　　　　　　　秀句在羈窮

1·2구는 앞서 본 소동파의 시구를 그대로 가져왔다. 옛사람은 구양수를 가리킨다. 세상과 맞지 않는 데서 비롯된 궁을 추스르고자 괴롭게 광막한 벌판을 헤맨다. 살과 뼈를 에는 듯한 추위의 고통 속에서도 스스로 옳다는 자부와 창작의 기쁨에 마음은 언제나 평화롭다.

이 시궁이후공의 논리는 조선 후기 여항문인들에 의해 전폭적인 지지를 받았다. 이가환李家煥(1742~1801)은 여항문인들의 시선집인 《풍요속선風謠續選》의 서문에서 적었다.

　천하에는 성정이 없는 사람이 없고, 시를 지을 수 없는 사람도 없다. 사람은 누구나 시를 지을 수 있다. 다만 성정이 얽매이면 시는 망하고 만다. 성정을 질곡하는 것에 부귀보다 심한 것이 없다. 성정이 얽매이고 보면 재주가 아무리 높고 언어가 뛰어나도 말단일 뿐이다. 어찌 다시 시가 있겠는가. 이것이 고금에 시로 이름난 사람이 궁하고 낮은 지위에서 많이 나오는 까닭이다.

홍세태洪世泰(1653~1725)는 〈설초집서雪蕉集序〉에서 시가 작은 기예에 불과하지만 명리를 벗어던져 마음에 누추함이 없어야 잘할 수 있다고 보고, "예로부터 두루 살펴보니, 시에 능한 사람은 산림초택山林草澤의 밑에서 많이 나왔다. 부귀하고 권세 있는 사람은 반드시 시에 능하지 못했다. 이로 볼 때 시는 실로 작은 것이 아니다. 그 사람을 또한 알 수 있다."고 했다. 명리에 찌든 부귀의 인사보다는 산림에 거처하면서 마음이 맑은 자신들의 시가 훨씬 더 좋다는 견해를 피력한 것이다.

시궁이후공의 주장은 구양수가 처음 제기한 이래로 수많은 사람들의 동조와 지지가 있었다. 그러다 보니 궁하지도 않으면서 궁한 체하는 '거짓 궁'의 기이한 현상까지 벌어졌다. 명나라 때 사진은 《사명시화》에서 "요즘 두보의 시를 배우는 자는 부유하게 살면서도 궁한 근심을 말하고, 태평한 시절을 만나고도 전쟁을 말하며, 늙지 않았으면서도 늙었다 하고, 병이 없으면서도 병들었다고 한다. 이것은 너무 심하게 흉내내는 것이니 성정의 참됨이 아니다."라고 하여 시인들의 유난스런 무드 잡기를 꼬집은 바 있다.

대체로 문학은 충족에서 나오지 않고 상실과 일탈에서 나온다. 어느 여류 시인이 시를 쓸 때는 먼저 커튼을 치고 촛불을 켜서 실연의 기억과 같은 슬픈 일을 생각한다고 말하는 것을 들었다. 커튼 치고 촛불 켠다고 좋은 시가 나올 수는 없다. 자기 최면의 수식은 교언영색의 자기기만에 지나지 않는다. 여기에 그친다면 시인은 기능적인 언어조립공에 불과하다.

시와 궁달의 관계

궁의 상태는 예민한 감각을 길러준다. 가슴속의 불평이나 울분이 촉수가 되어 시를 더욱 우수하게 만들어준다. 그렇다면 궁하지 않은 사람은 결코 훌륭한 시를 쓸 수 없는가 하는 의문이 있을 수 있다. 궁한 이의 시가 모두 좋은 것도 아니다. 현달하고도 시가 좋은 경우도 얼마든지 있다.

달한 처지에 있으면서 문필에 종사하는 이들이 시궁이후공의 논의를 인정하면 자신의 노력이나 재능과는 관계없이 결코 좋은 시를 쓸 수 없다는 한계를 인정하는 셈이다. 여기서 필연적으로 시궁이후공의 논의에 대한 반격이 예견된다. 실제로 시궁이후공에 반대하는 '궁불여달窮不如達'이나 '달이후공達而後工'의 주장도 만만치 않았다.

조선 전기의 대표적 관각문인인 서거정은 《동인시화》에서 "예로부터 궁한 사람의 말은 모두 비쩍 마르고 차며 파리하고 무덤덤하다."고 하고, 그 시를 보면 초췌하고 곤궁한 기상을 볼 수 있다고 했다. 조희룡趙熙龍(1789~1866)은 《석우망년록石友忘年錄》에서 사람들이 이루고자 해도 재주와 능력이 미치지 못하므로 그런 말로 자신을 변호하는 것일 뿐이라며 이런 말을 남겼다.

사람들은 늘 말한다. 문인은 빈천함이 많고, 그림을 배우는 자는 더욱 궁박한 상이 많다고. 사해의 사람은 항하恒河의 모래알 수만큼이나 많다. 글을 읽고 그림을 배우면 반드시 빈천에 이르게 되고, 이를 배우지 않고 그림에 어두워야 반드시 부귀를 누리게 된다면 천하에 책이나 그림 같은 것은 진시황이 불태우기를 기다리지 않고도 절로 없어졌을 것이다.

김려金鑢(1766~1822)도 〈정농오시집서鄭農塢詩集序〉에서 한마디 했다.

 한시 미학 산책 － ◉

구양수가 매성유의 시를 논하면서 궁한 뒤에 시가 더욱 뛰어나다고 여겼다. 황산곡은 두보의 시를 논하면서 늙어갈수록 시가 더욱 좋아진다고 보았다. 그러나 나는 홀로 궁하다고 좋아지거나 늙어갈수록 낫게 되지는 않는다고 생각한다. 다만 뛰어난 자만이 더욱 뛰어나게 되는 것이다. 왜 그런가? 내가 삼당三唐 아래로 송원명청宋元明淸과 우리나라 문인의 시집에 이르기까지 수십 수백 종을 살펴보았다. 궁한 사람은 더욱 구슬펐고, 늙은 사람은 더욱 거칠고 졸렬해서 좋은 것이 거의 드물었다. 이로 볼 때 오직 뛰어난 자만이 더욱 뛰어나게 될 뿐이다. 궁함은 사람을 뛰어나게 하지 못하고, 늙음도 사람을 뛰어나게 하지 못함이 분명하다.

요컨대 시의 공졸은 궁달과 관계되는 것이 아니라 시인의 타고난 능력과 관계되는 것일 뿐이라고 본 것이다.

조선 중기 한문 4대가의 한 사람인 이정귀는 〈습재집서習齋集序〉에서 권벽의 시를 논하면서, 권벽은 50년 동안 벼슬길에 있었으니 결코 궁하다 할 수 없는데, 그의 시는 어찌하여 이렇게 좋은지 모르겠다고 전제하고, "문장은 하나의 재주이다. 반드시 오로지한 뒤에야 공교해진다. 번화하고 부귀하여 명성과 이욕을 좇는 자들은 오로지하기가 쉽지 않다. 그런 까닭에 예로부터 시에 공한 자는 대개 궁하고 근심하고 떠돌며 괴로워함을 함께하여 때와 만나지 못한다. 공교로움이 능히 궁하게 만드는 것이 아니라 궁함이 오로지하게 만든다. 오로지하게 되면 저절로 공교해진다."고 하여, 시궁이후공 대신 시전이후공詩專而後工을 내세웠다.

궁하다고 시가 모두 좋은 것이 아닌 것처럼 달하였다 하여 시가 나쁘란 법도 없다. 다만 중요한 것은 시인의 정신에 달려 있을 뿐이다. 시가 궁해진 뒤에 더 좋은 것은 얼마간 사실이지만, 이를 수긍하는 것이 달한 이의 시를 아예 인정치 않겠다는 편협으로 치닫는다면 곤란하다.

한편 시가 사람을 궁하게 만든다는 시능궁인의 논리도 만만치 않다. 당 현종玄宗이 맹호연을 불러 접견하고, 예전에 지은 시를 읊게 했다. 맹호연이 읊었다.

재주 없어 밝은 임금 이 몸 버리고   不才明主棄
병 많아 옛 벗도 멀어지누나.   多病故人疎

황제가 불쾌한 기색으로 말했다. "그대가 짐에게 구하지 않은 것이지, 짐은 그대를 버린 적이 없노라." 그러고는 그저 고향에 돌아가게 했다. 천금 같은 기회를 사려가 깊지 못해 놓치고 끝내 궁하게 된 경우다.

장상례張尙禮가 지은 〈궁원宮怨〉을 보자.

정원은 적막하여 물시계 소리 맑은데   庭院沈沈畫漏淸
닫힌 문엔 봄풀이 시름 함께 돋았네.   閉門春草共愁生
꿈속에서 임금 총애 마침 얻고 있는데   夢中正得君王寵
꾀꼬리 한 소리에 그만 잠을 깨었네.   却被黃鸝叫一聲

정원이 어찌나 고요한지 한낮인데도 물시계에 물방울 떨어지는 소리가 맑게 들릴 지경이다. 일 년 내내 닫아건 문 안 뜰에는 어느덧 봄풀이 근심처럼 돋아났다. 궁인宮人은 이미 임금의 총애를 기대할 수 없는 처지가 되고 만 것이다. 꿈속에서나마 그토록 그리던 임금의 은총을 받아 행복에 겨웠는데, 그마저 꾀꼬리가 심술궂게 깨우는 통에 놀라 깨고 말았다는 것이다. 이 시를 본 고황제高皇帝는 궁궐 깊은 곳 궁인의 심사를 어찌 그리 잘 아느냐며 그를 잠실에 가두어 죽여버렸다. 이쯤 되면 시능궁인이 아니라 시능살인이다.

예전에는 두보를 배우면 가난해지니 읽되 닮지 말라고 했다. 명나라 왕세정王世貞은 《예원치언藝苑卮言》에서 시능궁인의 합당함을 지적하고, 아울러 '시인의 아홉 가지 곤고한 운명文章九命'을 나열하기까지 했다.

옛사람이 '시가 사람을 궁하게 만든다.'고 했다. 그 실정을 헤아려 보면 진실로 합당한 점이 있다. 무릇 가난하고 늙고 근심하고 병들고, 떠돌거나 귀양살이하며 타관에 머무는 것은 사람이 좋아하지 않는 것이다. 그러나 시 속에 들어오면 아름답게 변한다. 옛날의 뛰어난 시인을 두루 살펴보니 진실로 온전하게 마친 자가 적었으므로 이를 위해 구슬피 탄식하고 숙연히 두려워하였다. 지난번 동인들과 함께 장난삼아 문장의 아홉 가지 운명을 만들어보았다. 첫 번째는 빈곤이고, 두 번째는 시기함이며, 세 번째는 과실, 네 번째는 좌절당해 고생함이다. 다섯 번째는 쫓겨나 귀양 감이고, 여섯 번째는 형벌을 당함이다. 일곱 번째는 요절함이고, 여덟 번째는 끝이 안 좋음이며, 아홉 번째는 후사가 없음이다.

이것은 시인에게 퍼붓는 저주에 가깝다. 홍만종은 《소화시평》에서 시능궁인의 생각을 배척하는 견해를 다음과 같이 개진하였다.

> 지금 사람들은 시가 사람을 궁하게 만든다는 말에 혹하여 시를 읊
> 으면 사람이 궁하게 된다고 잘못 생각한다. 근거가 없을 뿐더러 어찌
> 웃지 않을 수 있겠는가? 무릇 시를 읊음은 목청 좋은 이가 슬퍼 목 메
> 는 곡조로 남을 슬프게 하거나, 호방하고 번화한 노래로 남을 기쁘게
> 하는 것과 같다. 시 또한 그러하다. 궁할 때는 그 말이 궁하고, 달하게
> 되면 그 말이 달하게 된다. 시에 능한 사람이 형용하여 말로 표현함에
> 능하기 때문이다. 어찌 시인이 시로 인해 궁하게 되고 달하게 되는 이
> 치가 있겠는가?

차천로와 장유張維는 각각 〈시능궁인변詩能窮人辯〉이란 논문까지
남겼다. 시능궁인의 문제가 조정 인재를 평가하는 월과月課의 주제
로 오를 정도로 이 문제에 대해서는 역대로 많은 논란이 있었다.

탄탈로스의 갈증

이상 살펴본 대로 시궁이후공의 논의는 뚜렷한 하나의 시론이라기
보다는 시에 대한 고정관념에 가깝다. 여기에 다시 입장에 따른 찬
반이 덧붙어 논의의 양상이 자못 흥미롭다. 궁한 뒤에 시가 더 좋게
된다는 말은 예외를 인정치 않는 사실 명제도 아니고, 의당 그래야
만 할 당위 명제도 아니다. 이를 두고 역대로 많은 논란이 있어온
것은 어쩌면 당연하다.

한시 미학 산책 — ◉

불평즉명, 발분서정, 시궁이후공 등의 논의는 궁극적으로 아이덴티티의 문제를 환기시킨다. 아이덴티티, 즉 동일성은 '자신을 자기 자신이라고 느끼는 감정'이다. 즉 자신의 내면에 존재하는 이상적·관념적 자아와 실제의 자아 사이에 어떤 편차도 없는 상태를 말한다. 궁의 상황이 가져다준 실의나 좌절감은 시인의 내부에 그렇지 않았던 상태와의 격차를 증대시킨다. 이는 마땅히 그리 되어야 할 규범으로서의 자아와 그렇지 못한 현실의 자아 사이에 발생한 괴리감에 대한 인식이다. 문학을 포함한 모든 예술 활동을 인간 내부의 두 자아를 일치시켜나가려는 몸짓으로 볼 수 있다면, 궁의 상황은 더 나은 예술작품의 창조를 위한 충분조건이 된다.

회재불우懷才不遇, 즉 재주를 품고도 세상에 쓰이지 못하니 여기에서 갈등이 생긴다. 자신의 힘으로는 어쩔 수 없기에 대상에 투사하여 해결하려 든다. 그 결과가 독자의 입장에서는 공이라는 평가요, 자신의 입장에서는 동일성의 상태에 조금 더 접근할 수 있다는 위안이다. 상실감이 강하면 회복에의 갈망도 커진다. 동일성의 추구란 현실과 자아, 혹은 이상적 자아와 현실적 자아 사이에 형성된 파국적 관계를 청산하려는 노력인 셈이다.

호적胡適은 《백화문학사白話文學史》에서 이렇게 말한다. "도잠陶潛과 두보는 해학적 풍취가 있는 사람들로, 궁하고 쓰라린 이야기를 하더라도 결코 풍취를 포기하려 들지 않았다. 그들은 우스운 소리도 하고 통속적인 자유시도 쓰는 풍취를 지녔기에 궁핍하고 배고픈 중에도 미쳐버리지 않았고 타락하지도 않았다." 궁하다고 그 궁함 속에 가라앉고 마는 것이 아니라, 그 가운데서도 결코 풍취를 포기하지 않는 독립불구獨立不懼의 정신, 시의 공교로움은 이러한 정신

안에서만 보장될 수 있다. 시인은 탄탈로스와도 같은 존재다. 맛있
는 음식과 샘물을 앞에 두고도 영원한 갈증과 갈망 속에서 헤맨다
는 탄탈로스! 시인은 사서 고생하는 사람들이다.

시는 그 사람이다

기상론 氣象論

이런 맛을 아는가?

> 산에 눈이 하얗게 쌓일 때, 검은 돈피 갖옷을 입고 흰 깃이 달린 기다란 화살을 허리에 차고, 팔뚝에는 백 근짜리 센 활을 걸고, 철총마를 타고 채찍을 휘두르며 골짜기로 들어서면, 긴 바람이 골짜기에서 일어나 초목이 진동하는데, 느닷없이 큰 멧돼지가 놀라서 길을 헤매고 있을 때, 곧 활을 힘껏 잡아당겨 쏘아 죽이고, 말에서 내려 칼을 빼서 이놈을 잡고, 고목을 베어 불을 놓아 기다란 꼬챙이에 그 고기를 꿰어 구우면, 기름과 피가 지글지글 끓으면서 뚝뚝 떨어지는데, 걸상에 걸터앉아 저며 먹으며 큰 은대접에 술을 가득히 부어 마시고, 얼근히 취할 때에 하늘을 쳐다보면 골짜기의 구름이 눈이 되어 취한 얼굴 위를 비단처럼 펄펄 스친다네. 이런 맛을 자네가 아는가.

읽기만 해도 가슴이 통째로 후련한 호쾌한 글이다. 대장부의 호방함이 이에 이른다면 까짓 세속의 잡사 따위야 거칠 것이 있겠는가? 임형수林亨秀(1504~1547)가 퇴계 이황과 함께 호당湖堂에 머물 때의 일이다. 한번은 술에 취해 호탕하게 노래를 부르고 시를 짓던 그가 퇴계에게 물었다. "자네가 사나이의 장쾌한 취미를 아는가? 나는 안다네." 퇴계가 웃으며 말해보라고 했다. 위 글은 이때 한 임형수의 대답이다. 이 글만 봐도 그가 얼마나 멋진 사나이였는지 짐작된다. 애석하게도 그는 명종 때 사화에 걸려 비명에 죽고 말았다. 홍명희가 소설 《임꺽정》을 쓰면서 위 대목을 말만 바꿔 슬쩍 옮겨놓았을 정도다. 《연려실기술燃藜室記述》에 나온다.

임제도 조선의 쾌남아였다. 한번은 남의 잔칫집에 갔다가 술이

거나하여 돌아오는데, 취중에 신발을 짝짝이로 신고 나왔다. 하인
이 말했다. "나리! 신발을 짝짝이로 신으셨습니다요." 이때 임제의
대답이 이랬다. "이놈아! 길 왼쪽에서 보는 자는 내가 가죽신을 신
었다 할 것이요, 길 오른쪽에서 보는 자는 내가 나막신을 신었다 할
터이니, 무슨 상관이냐. 어서 가자." 박지원의 〈낭환집서蜋丸集序〉에
나오는 이야기다. 일찍이 평안도 평사評事가 되어 송도를 지나는데,
길가에 황진이의 무덤이 있었다. 조금만 일찍 태어났더라면 이 당
대의 명기와 멋진 로맨스를 불태웠을 것이 아닌가. 아쉬운 마음에
닭 한 마리와 술 한 병을 가지고 그녀의 무덤 앞에 따른 후 시조 한
수를 읊었다.

> 청초靑草 우거진 골에 자는다 누웠난다
> 홍안紅顔은 어데 두고 백골白骨만 남았나니
> 잔 잡아 권할 이 없으니 그를 슬허하노라.

임제는 〈의마意馬〉란 작품에서 사나이의 네 가지 통쾌한 사업을
적었다. 그중 두 가지만 살펴봐도 그의 스케일을 알 수 있다.

> 하나는 장안에 비 갠 뒤 오릉五陵에 봄볕이 따뜻할 때, 금 안장에 올
> 라타 달빛에 취하고, 옥 굴레를 한 말은 바람에 힝힝거릴 때, 담비 갖
> 옷을 술집에 전당 잡히고서 홍루紅樓에서 호희胡姬를 옆에 끼고 마음
> 껏 노닐며, 지기知己에게 두 자루의 오구吳鉤로 보답하는 것이고, 다
> 른 하나는 유연幽燕 지방의 건아들과 진롱秦隴 땅의 장사를 이끌고,
> 용호龍虎의 기이한 계책으로 천지에 진陣을 벌여놓고, 철마鐵馬에게

발해渤海를 다 마시게 하여, 왕정王庭에 큰 깃발을 세우고 밝은 빛으로
돌아가 천자를 뵈옵고 기린각麒麟閣의 단청을 환하게 하는 것이다.

유몽인이 금강산 표훈사에 놀러갔다가 그곳의 혜묵慧默 스님과
주고받는 이야기에 이런 것이 있다.

내가 올해로 여동빈呂洞賓이 신선이 되어 날아간 나이일세. 비록 산
에서 죽더라도 푸른 멧부리로 관곽棺槨을 삼고, 단풍나무 회나무로
울타리를 삼으며, 향로봉香爐峯으로는 향로香爐를 삼고, 석마봉石馬峯
으로 석마石馬를 삼아, 붉은 안개와 흰 구름과 푸른 이내를 조석朝夕
상식喪食으로 여기며, 영랑永郎 · 술랑述郎과 함께 동해 바닷가를 날며
읊조린다면 내 죽은들 또한 영화롭지 않겠는가?

실로 통쾌 남아의 기상이 약여하다. 이때 그의 나이 예순네 살이
었다. 〈표훈사 승려 혜묵에게 준 서문贈表訓寺僧慧默序〉에 보인다. 젊
은 시절에 월사 이정귀가 자기를 조정에 천거했다는 말을 듣고 쓴
〈월사에게 올리는 글奉月沙書〉은 이렇다.

지난해는 기근이 들어 아이들이 떡을 다투기에 막상 가서 살펴보니
콧물이 끈적끈적하더군요. 몽인은 강호에 있으면서 한가하여 일이 없
어 지난해에는 《춘추좌씨전春秋左氏傳》을 읽었고, 금년에는 두시를 외
우니, 이것이 진실로 해를 보내는 벗입니다. 이로써 여생을 보내면 그
뿐이지요. 아이들과 더불어 콧물 묻은 떡을 다투는 것은 원하는 바가
아니올시다.

당리당략에 얽매여 동당의 이익만을 추구하는 벼슬길을 코 묻은 떡을 다투는 아이들에 비유했다. 그 호방함 속에 일말의 누추함도 찾아지지 않는다.

시로 쓴 자기소개서

'문여기인文如其人.' 즉 글은 그 사람과 같다고 한다. 무심히 내뱉는 말 속에 이미 그의 인생관이나 처세의 방식이 드러난다. 글을 보면 그 사람을 알 수가 있다.

나그네는 긴 밤을 앉아 새우고	遠客坐長夜
외로운 절 빗소리 듣는 가을밤.	雨聲孤寺秋
동해 물의 깊이를 재어봅시다	請量東海水
내 근심과 어느 것이 깊고 얕은지.	看取淺深愁

당나라 때 시인 이군옥李群玉의 시다. '원객遠客'은 그가 고향을 떠나 먼 타관 땅을 전전하는 고단한 신세임을 말해주고, '긴 밤을 앉아 있다'는 말은 잠을 못 이뤄 잠자리를 차고 나와 앉아 있다는 뜻이다. 2구는 빗소리와 외로운 절, 그리고 가을이라는 세 명사를 서술어 없이 잇대놓았다. 가을밤 비가 추적추적 내린다. 청운의 꿈을 품고 고향을 떠나왔을 그는 여태도 이렇다 할 공명을 이루지 못하고, 외로이 절에 투숙해 있는 처량한 신세다. '고향이 그리워도 못 가는 신세'의 탄식이 절로 나온다. 지붕을 때리며 천지를 압도할

듯 내리는 가을비는 나를 마치 거대한 심연의 나락 속으로 한없이
가라앉힐 것만 같다. 마침내 시인은 자신의 이러한 근심과 동해 바
다의 깊이 중 어느 것이 더 깊은지 재어보자고 제의하기에 이른다.
주체할 수 없는 시름 속에 한없이 침몰해가는 그의 안간힘이 가슴
에 저며온다. 이어지는 내용 또한 궁상의 극치를 달린다.

궁한 근심 산보다 더욱 무겁고	窮愁重于山
만년은 머리를 짓누르누나.	終年壓人頭
붉던 얼굴 꽃다운 어여쁜 광경	朱顔與芳景
동쪽 물결 흐름에 부쳐 보냈네.	暗附東波流
비늘 날개 바람과 물 기다리지만	鱗翼俟風水
청운은 바야흐로 길을 막누나.	靑雲方阻修
외론 등불 흰 불꽃 서늘도 하고	孤燈冷素焰
벌레 소리 찬 방에 그윽하구나.	蟲響寒房幽
도연명 그대에게 물어보노라	借問陶淵明
무엇이 회포를 잊게 하던가.	何物可忘懷
한바탕 취해볼 방법도 없어	無因一酩酊
높은 베개 온갖 마음 시들하구나.	高枕萬情休

정작 앞의 네 구절에서 할 말을 이미 다해 이 나머지 구절들은 쓸
데없는 군더더기일 뿐이다. 시의 제목은 〈비 오는 밤 장관께 드림雨
夜呈長官〉이다. 실의의 낙담 끝에 그는 옹색한 대로 자신의 시재를
담아 장관에게 보냄으로써 벼슬이라도 한자리 얻어보려 결심했던
듯하다. 참으로 처량하기 그지없는 자기소개서다. 그러나 결국 그

는 이렇다 할 벼슬도 못했다.

한번은 상수湘水 강가를 지나다가 순舜임금을 따라 죽어 상수의 여신이 된 이비二妃의 사당에 시를 써놓았다. 그날 밤 꿈에 이비, 즉 아황娥皇과 여영女英이 나타나 말했다. "그대의 아름다운 시구를 받자옵고, 장차 아득한 곳에서 노닐며 원컨대 서로 따르고자 합니다." 이로부터 가슴이 답답한 증세를 얻은 그는 한 해 남짓 뒤에 세상을 뜨고 말았다. 《당재자전》에 나온다. 훗날 위장韋莊이 시문이 훌륭해 당대에 널리 회자되었으나 현달하지 못한 사람에게 진사 급제를 추증해주자고 주청하여, 이군옥은 죽은 뒤에야 겨우 보궐습유補闕拾遺에 증직贈職되었다. 이덕무의 《앙엽기》에 보인다.

고려 예종 때 정습명鄭襲明(?~1151)은 기이한 재주와 넓은 도량을 지녔지만 세상이 알아주지 않으므로 〈패랭이꽃石竹花〉이란 작품을 지어 자신의 심경을 기탁하였다.

세상 사람 모란을 사랑하여서	世愛牧丹紅
동산에 가득히 심어 기르네.	栽培滿園中
뉘 알리 황량한 들판 위에도	誰知荒草野
또한 좋은 꽃떨기 피어 있음을.	亦有好花叢
빛깔은 시골 방죽 달빛 스민 듯	色透村塘月
언덕 나무 바람결에 향기 풍기네.	香傳隴樹風
땅이 후져 공자님네 오지를 않아	地偏公子少
고운 자태 농부의 차지 된다네.	嬌態屬田翁

세상 사람들은 너나 없이 모란을 사랑한다. 모란은 부귀를 상징

316　　　　　　　　　　　　　　　　　　　　　한시 미학 산책 — ●

이선李鱓, 〈접련화蝶戀花〉, 청나라, 27.8×30.8cm, 중국 광서장족자치구박물관.
패랭이꽃은 줄기에 대나무처럼 마디가 있다. 그래서 그 이름이 석죽화石竹花다.
석石은 장수를 상징하고 죽竹은 축祝과 음이 같아 바위에 뿌리내린 석죽화는 축수祝壽의 의미가 있다.

하는 꽃이다. 모란을 아끼는 것은 꽃이 아니라 부귀를 사랑함이다. 붉고 농염한 자태, 동산 가득 대접을 받으며 호사롭게 피어난 모란. 부러울 것이 없는 당당한 모습이다. 그러나 황량한 들판 가운데에도 못지않게 어여쁜 꽃떨기가 있는 줄은 아무도 모른다. 패랭이꽃! 달빛이 밴 듯한 고운 빛깔, 언덕 너머 바람은 그 은은한 향기를 불어간다. 눈길 주는 이 하나 없는 황량한 벌판에서 바람에 혼자 하늘대는 패랭이꽃. 이 고운 자태를 보기만 하면 공자님네도 다투어 제 동산 가운데 심어놓자 하련만, 이 황량한 벌판을 그들이 왜 찾겠는가. 꽃은 바람에 흔들리며 길 가는 농부의 무심한 눈길에 답할 뿐이다.

이 시도 앞서 본 이군옥의 시처럼 자기추천서의 성격을 띤 작품이다. 그러나 정습명은 동해의 물보다 깊은 삶의 찌든 근심을 말하지 않고, 황량한 들판에서 알아주는 이 없어도 제 빛깔 제 향기를 바람결에 실어 나르는 패랭이꽃의 고결한 자태를 이야기할 뿐이다. 모란을 시샘하지도, 공자의 안목 없음을 탓하지도 않았다. 슬퍼할 뿐 원망하지는 않는다는 말에 해당한다. 이군옥이 궁상맞은 데 반해 정습명은 격조가 있다. 이군옥이 장관에게 동정을 애걸하는 꼴이라면, 정습명에게는 군자풍의 늠연함이 있다. 뒤늦게 이 시를 읽게 된 고려 예종은 "여태도 사마상여司馬相如가 있었더란 말이냐?" 하고, 그를 즉각 옥당으로 불러 올려 벼슬을 내렸다 한다. 《파한집 破閑集》에 보인다.

비슷한 형편에서 같은 의도로 쓴 작품이 어찌 이리 다를까? 그 사람의 그릇이 같지 않은 까닭이다. 인간은 삶의 외형적 조건에서 자유로울 수 없다. 그렇다고 곤궁에 찌들어 본연의 기상마저 허물어서는 안 된다. 한시 비평에서 말하는 기상론이란 바로 시인의 기질과 삶의 자세가 그의 시에 거울처럼 비쳐진다는 생각을 말한다. 그래서 시를 읽으면 만나보지 않고도 그 사람을 알게 된다.

아무도 날 찾는 이 없는

세 해의 귀양살이 병마저 들고 보니	三年竄逐病相仍
한 칸 집의 살림이 도리어 스님 같다.	一室生涯轉似僧
눈 덮인 사방 산에 사람은 오지 않고	雪滿四山人不到
파도 소리 속에서 앉아 등불 돋운다.	海濤聲裏坐挑燈

고려 때 시인 최해의 〈현재의 눈 오는 밤縣齋雪夜〉이다. 호방하여 얽매임 없는 기상과 재주를 지녀 오만했던 그는 당시 장사감무長沙監務라는 한직으로 쫓겨나 있었다. 장사長沙는 전라도 무장茂長의 옛 이름이다. 궁벽한 산 속에서 지낸 세 해 동안의 삶은 평소의 자부와 기개 때문에도 죽고 싶으리만치 괴로웠을 것이다. 세상에서 완전히 잊힌 느낌, 아무 쓸모없이 버려진 듯한 생각에 그는 잠을 못 이룬다. 육신의 병이야 약으로 고친다지만 마음의 병은 그렇지가 못하다. 2구에서는 심뇌하느라 고행하는 중처럼 비쩍 마른 모습이 나온다. 폭설까지 내려 사방 산이 온통 눈으로 뒤덮인 이 겨울, 누가 자신을 찾아올 것인가. 3구에서는 외부로 향한 조그만 기대마저 철저히 차단된 절대고독의 상황을 노래했다. 사람이 찾지 않는 이유가 사방 산에 눈이 가득하기 때문이라고 말하는 시인의 자기 위로는

안쓰럽기까지 하다.

  매서운 겨울바람은 집채만 한 파도 소리를 내며 모든 것을 다 날려버릴 기세다. 시인은 결국 잠을 못 이루고 애꿎은 등불 심지만 자꾸 돋운다. 돋우지 않으면 꺼지고 말 심지, 끝만 남은 심지는 마치 버틸 힘조차 없는 자신의 투영이다. 굳이 곧추앉아 그는 심지를 돋운다. 잠 못 이루는 것은 온 산 가득 내린 눈 때문이 아니다. 바람 소리 때문이 아니다. 온 산을 뒤덮을 만큼의 무게로 두 어깨를 짓누르는 삶의 근심, 잊힘에의 절망 때문이다. 가물거리는 등불을 꺼뜨리지 않으려 함은 혹 누군가 이 밤에라도 찾아올지 모른다는 일말의 기대를 놓지 못해서였을까? 필자는 이 시를 읽으면 언제나 "아무도 날 찾는 이 없는 외로운 이 산장에"로 시작되는 〈산장의 여인〉이란 노랫말이 떠오르곤 한다.

  서거정은 《동인시화》에서 시 속에 곤돈困頓의 기상을 볼 수 있다고 하였다. 어딘가 위축되고 초라하고 곧 허물어지고 말 것 같은 허망감이 시 전체를 감싼다. 그는 결국 일생을 곤궁과 불우 속에 살다가 세상을 떴다. 사람의 기상이 이렇듯 언어에 그대로 떠오르는 것은 신기한 일이다.

돛이 급해 산이 마치 내달리는 듯	帆急山如走
배가 가니 언덕 절로 움직이누나.	舟行岸自移
타향이라 자꾸만 풍습을 묻고	異鄕頻問俗
좋은 곳엔 굳이 시를 짓는다.	佳處强題詩
오초吳楚라 천 년의 예로운 땅에	吳楚千年地
강호라 오월의 번성한 시절.	江湖五月時

한시 미학 산책 — ●

지닌 것 하나 없다 구박치 마오					莫嫌無一物

바람과 달빛이 나를 따르리.					風月也相隨

고려 말 김구용金九容(1338~1384)의 〈범급帆急〉이란 작품이다. 바람을 잔뜩 머금은 돛이 쏜살같이 수면 위로 미끄러진다. 배가 가지 않고 양 옆 산이 달려가고 언덕이 뒤로 밀리는 형국이다. 3구에서는 낯선 풍물을 마주하여 끊임없이 샘솟는 호기심을, 4구에서는 산자수명한 이국 땅 곳곳에서 마주하게 되는 빼어난 경관에의 찬탄을 담았다. 5구에서 오초吳楚의 천 년 땅을 환기한 것은 7·8구의 의경을 끌어들이기 위함이다. 소동파도 이곳에 와서 〈적벽부〉를 노래했다. 당시 그도 좌천되어 이곳에 쫓겨와 있던 처지였다. 〈적벽부〉에서 소동파는 이렇게 노래했다. "하늘과 땅 사이에 물건은 각기 주인이 있나니, 진실로 나의 소유가 아니면 비록 터럭 하나도 취하지 말 일이다. 오직 강 위의 맑은 바람과 산 사이의 밝은 달은 귀가 이를 얻어 소리가 되고, 눈은 이를 보아 빛깔을 이루나니, 이를 취함이 금함이 없고, 이를 써도 다함이 없다. 이는 조물주의 다함없는 곳집이다." 바야흐로 때는 5월, 강물은 넘실댄다. 과거 영웅들의 체취 어린 산과 언덕을 지나는 감개야 남다를 수밖에 없다. 빈털터리의 처지에도 풍월을 끌어들이는 여유가 자못 거나하다.

김구용은 고려 말의 어지러운 시대를 살았다. 당시 친명과 친원의 갈림길에서 그는 친명 노선을 지지했다. 이로 인해 원나라에 잡혀가 귀양 가는 도중 세상을 떴다. 허균은 《성수시화》에서 그가 외교문서에 말 50필이라고 쓸 것을 5,000필로 잘못 써서, 원 황제가 고려에 양마良馬 5,000필을 바치라 했는데 바치지 못하자 그를 운남雲南 대리大理로 귀양 보냈다고 하였다. 귀양 도중 악양岳陽 땅에 이르러 병으로 죽었다. 위 시가 당시 귀양길에서 쓰였는지는 분명 치 않다. 하지만 시 속에 경쾌한 절주와 낙관적 인생관이 잘 드러나 있다. 앞서 최해의 곤돈한 기상에 견주면 얼마나 경쾌하고 밝은가?

강아지만 반기고

《패관잡기稗官雜記》에 중국 사람이 지었다는 〈득의시得意詩〉를 소개 한 것이 있다.

긴 가뭄에 단비를 만나게 될 때	久旱逢甘雨
타향에서 옛 친구와 조우한 순간.	他鄕遇故知
동방에 화촉을 밝힌 첫날밤	洞房花燭夜
과거 합격 이름이 내걸렸을 때.	金榜掛名時

　땅이 쩍쩍 갈라지는 긴 가뭄 끝에 한 줄기 시원한 소나기가 내려 거북 등 같은 논바닥을 적신다. 모든 것이 낯선 타관 땅에서 옛 친 구와 약속도 없이 만났을 때 그 기쁨을 어찌 말로 표현할까? 수줍 기만 한 신부와의 설레는 첫날밤. 과거 급제의 방에서 내 이름을 확 인하였을 때의 기쁨은 어떨까. 인간 세상의 유쾌한 득의사를 노래 한 것이다. 그러자 어떤 장난스런 사람이 여기에 잇대어 〈실의시失 意詩〉 한 수를 지었다.

　　　　　　　　　　　한시 미학 산책 － ◉

과부가 아이를 데리고 울 때	寡婦携兒泣
적에게 사로잡힌 장군의 표정.	將軍被敵擒
은애를 잃어버린 궁녀의 얼굴	失恩宮女面
과거에 낙방한 선비의 심정.	下第擧人心

북풍한설 몰아치는 겨울 골목에서 아이를 등에 업고 우는 과부. 당당하던 기상 간데없이 적 앞에 무릎 꿇은 늙은 장수. 임금의 발걸음이 아예 끊긴 궁녀. 올해에도 합격자의 명단에 끼지 못한 만년 낙방 선비. 그 마음을 누가 헤아리겠는가. 장난이지만 인생의 한 단면을 예리하게 포착했다.

과거 급제가 초미의 관심사이다 보니 시화 중에 이를 제재로 한 시가 제법 나온다. 청나라 원매는《수원시화》에서 당청신唐靑臣이란 이의 〈낙제시落第詩〉를 소개했다.

떨어지고 먼 길을 돌아왔는데	不第遠歸來
처자의 기색이 좋지가 않네.	妻子色不喜
누렁이만 흡사 반갑다는 듯	黃犬恰有情
문 앞에 드러누워 꼬리 흔든다.	當門臥搖尾

남편의 과거 급제만 바라보고 그간 온갖 고생을 마다하지 않았는데, 이번에도 또 낙방을 하고 터덜터덜 돌아오는 남편이 곱게 보일 리 없다. 아내의 구박이 서운해도 또 어쩌랴. 황구만이 제 주인을 알아보고 자리에 누운 채 반갑다고 꼬리를 흔든다. 찬밥 신세이기는 저나 나나 한가지니 동병상련의 연민은 아니었을까. 뒤로 벌렁

누워 오랜만에 보는 주인이 반갑다고 꼬리를 흔드는 누렁이의 모습이 이를 바라보는 주인의 쓸쓸한 표정과 함께 마치 영화의 한 장면처럼 선명하다.

낙제하고 제일 견디기 어려운 것은 아내의 냉대다. 당나라 때 두고杜羔가 과거에 낙방하고 집에 돌아가려 할 때, 아내가 시를 보내왔다.

낭군께선 우뚝한 재주를 지니시곤	良人的的有奇才
무슨 일로 해마다 낙제하고 오십니까?	何事年年被放廻
이제는 그대 낮을 뵙기 부끄러우니	如今妾面羞君面
그대여 오시려면 밤중에나 오소서.	君到來時近夜來

숫제 협박에 가깝다. 누구는 떨어지고 싶어서 떨어졌느냔 말이다. 낮에 말고 밤중에 오라니 남편 얼굴 보기가 민망해서라기보다 이웃들 볼 면목이 없다는 타령이다. 장부가 그렇기로 제 집을 도둑고양이 들듯 할 수야 있겠는가. 이에 발분하여 용맹정진을 거듭한 그는 마침내 이듬해 과거에서 급제할 수 있었다. 이번엔 두고가 집에 들어오지 않고 밖으로만 배돌았다. 아내가 다시 시를 지어 보냈다.

낭군께선 뜻을 얻고 나이 한창 젊으신데	良人得意正年少
오늘 밤 어느 술집서 취해 주무시나요.	今夜醉眠何處樓

일껏 공부 열심히 하라고 구박했더니 보답치고 참으로 고약하다. 그러니 평소에 잘해주라는 말씀이다. 《지봉유설》에 나온다.

궁상스럽기로 호가 난 맹교도 진사시에 응거하였으나 결과는 낙방이었다. 그는 다시 한 해 동안 열심히 공부하였지만 이듬해에도 역시 낙방하고 말았다. 그 답답한 심정을 노래하였다.

하룻밤에 아홉 번을 탄식하느라	一夕九起嗟
꿈이 짧아 집에도 닿지 못하네.	夢短不到家

거푸 낙제를 하고 보니 가슴에 불덩이가 든 듯하여 잠이 오질 않는다. 억지로 잠을 청해 누워보아도 울컥울컥 치미는 탄식은 또 어찌해볼 수가 없다. 나약해진 마음에 고향 생각이 굴뚝같지만 무슨 낯으로 돌아간단 말인가. 그래서 꿈에라도 가볼까 하여 잠을 청해 보아도 그나마 자주 깨는 통에 꿈길이 토막 나 집에 이르지도 못하고 말았다는 것이다. 세 번째 응시에서 그는 마침내 급제의 기쁨을 맛보았다. 그때의 득의를 또 한 편의 시로 남겼다.

지난날 고생한 일 자랑할 것 못 되니	昔日齷齪不足誇
오늘 아침 툭 터진 듯 생각이 가이 없다.	今朝放蕩思無涯
봄바람에 뜻을 얻어 말발굽도 내달리니	春風得意馬蹄疾
오늘 하루 장안 꽃을 온통 죄다 보리라.	一日看盡長安花

말 타면 견마 잡히고 싶다더니, 막상 급제하고 보니 종전의 고향 생각은 간데없고 장안의 미희를 끼고 놀 생각부터 급하다. 지난해의 시와 견주어볼 때 시의 기상이 판연하여 마치 다른 사람의 시 같다.

또한 통쾌하지 아니한가

정약용의 〈또한 통쾌하지 아니한가不亦快哉行〉라는 제목으로 된 20수의 연작시가 있다. 답답할 때 읽으면 속이 후련해진다. 그중 몇 수를 함께 읽어보자.

한 달 남짓 찌는 장마 퀴퀴한 기운 쌓여 　跨月蒸淋積穢氛

사지도 나른하게 아침저녁 보냈는데, 　四肢無力度朝曛

초가을 푸른 하늘 툭 터져 해맑더니 　新秋碧落澄廖廓

끝까지 바라봐도 구름 한 점 없어라. 　端軸都無一點雲

또한 통쾌치 아니한가. 　不亦快哉

한여름 무더위 끝에 맞은 초가을의 하늘빛이 경이롭다. 지루한 여름 장마와 끈적끈적하고 후덥지근한 공기, 사지는 나른하기만 하고 일할 의욕은 아예 나지 않는다. 하지만 섭리는 어김없어 어느덧 높아진 가을 하늘에 눈이 시리다. 손톱으로 톡 치면 쩅하고 금이 갈 듯 파란 하늘에 구름 한 점 없다. 상쾌하다.

푸른 시내 굽이친 곳 쌓인 돌이 둑이 되어 　疊石橫堤碧潤隈

가득히 고인 물이 답답하게 감돌더니, 　盈盈滀水鬱盤廻

긴 삽 들고 일어나 막힌 곳을 터뜨리자 　長鑱起作囊沙決

콸콸 솟는 물결이 우렛소리 같구나. 　澎湃奔流勢若雷

또한 통쾌치 아니한가. 　不亦快哉

한시 미학 산책 — ◉

상류에서 내린 비에 갑작스레 물이 불었다. 물굽이에 돌과 흙이 쌓이니 갑자기 물길이 막혀 연못이 되고 말았다. 아래로 빠져나가야 할 물이 나가지 못해 제자리만 감돈다. 답답한 마음에 긴 삽을 들고 나가 막힌 데를 터뜨리니 갇혀 답답하던 물이 우레 같은 소리를 지르며 콸콸콸콸 흘러 내려간다. 통쾌하다.

높은 산 꼭대기에 지팡이를 놓고 쉬니	岧嶢絶頂倦遊節
구름 안개 겹겹이 하계를 가로막네.	雲霧重重下界封
느지막이 서풍이 백일을 불어가자	向晚西風吹白日
만학과 천봉이 일시에 드러난다.	一時呈露萬千峯
또한 통쾌치 아니한가.	不亦快哉

가파른 비탈길을 더위잡고 올라가 산꼭대기에 걸터앉아 한 땀을 거둔다. 굽어보니 인간 세상은 구름 안개에 가려 보이지 않는다. 지금 앉은 데도 전후좌우를 가늠조차 못하겠다. 이때 어디선가 시원한 바람이 불어와 구름바다를 쫙 가른다. 그 서슬에 만학천봉이 일시에 그 자태를 드러내는 것이 아닌가? 후련하다.

활짝 펼친 운전지雲牋紙에 취중 시가 더디더니	雲牋闊展醉吟遲
수풀도 잔뜩 흐려 빗방울이 후드득.	草樹陰濃雨滴時
서까래 같은 붓을 손에 가득 쥐어 들고	起把如椽盈握筆
장쾌하게 휘두르니 먹물이 뚝뚝 듣네.	沛然揮洒墨淋漓
또한 통쾌치 아니한가.	不亦快哉

주흥이 도저하여 종이를 펼쳐 시상을 고르는데 생각과 달리 말이 이어지질 않는다. 찌푸린 하늘은 툭 찌르면 장대비가 쏟아질 듯한데 빗방울은 좀체 듣질 않는다. 연신 붓방아만 찧고 있는데, 마침내 빗방울이 후드득 떨어지니, 꽉 막혔던 시상도 동시에 툭 터져 도도한 시흥을 주체할 길 없다. 벌떡 일어나 붓을 움켜쥐고 통쾌하게 휘두르니 붓에서 넘친 먹물이 종이 위로 뚝뚝 떨어진다. 체증이 쑥 내려간다.

눈보라 허공 가득 삭풍이 매서운데	飛雪滿空朔吹寒
여우 토끼 숲에 드니 걸음걸이 비틀비틀.	入林狐兎脚蹣跚
긴 창과 큰 화살에 붉은 비단 모자 쓰고	長槍大箭紅絨帽
손을 당겨 산 채로 잡아 안장 곁에 매어단다.	手挈生禽側挂鞍
또한 통쾌하지 아니한가.	不亦快哉

삭풍이 몰아치는 겨울날, 눈이 쌓여 허리를 묻는다. 먹이 찾아 나선 여우와 토끼는 푹푹 꺼지는 눈길에 이리 비틀 저리 비틀 제 몸조차 못 가눈다. 긴 창과 큰 화살, 붉은 비단 모자까지 갖춰 썼지만 굳이 창과 활을 재어 먹일 필요도 없다. 비틀거리는 이놈들을 그저 산 채로 움켜잡아 버둥대는 대로 말 안장에 빗겨 맨다. 속이 시원하다.

정약용의 이 연작을 읽노라면 갈증 끝에 청량음료를 마신 듯 체증이 후련하게 내려간다. 이러한 경계는 아무나 되는 것이 아니다. 가슴 속에 독만권서讀萬卷書의 온축과 행만리로行萬里路의 기상을 담고서야 가능하다. 호방하기로는 다시 이런 시는 어떨까.

彈指兮崑崙粉碎

噓氣兮大塊紛披

牢籠宇宙輸毫端

傾寫瀛海入硯池

손가락을 퉁기니 곤륜산이 박살나고

입김을 불어대자 땅덩이가 뒤집힌다.

우주를 가두어 붓끝에 옮겨오고

동해 바다 기울여서 연지에 쏟아 붓네.

장유의 〈대언大言〉이란 작품이다. 제목 그대로 한껏 과장하여 붓을 뽐낸 시이다. 마치 엄청난 거인이 축구공만 한 지구를 손 위에 올려놓고 공깃돌 놀리듯 장난치는 형국이다. 이백도 이와 비슷한 시가 있다.

五老峯爲筆

三湘作硯池

靑天一張紙

寫我腹中詩

오로봉 묏부리를 붓으로 삼고

삼상三湘의 강물을 연지로 삼아

푸른 하늘 한 장의 종이 위에다

내 마음에 품은 시를 옮겨 쓰리라.

뾰족한 오로봉을 붓으로 삼고, 그 아래를 넘실대며 흘러가는 삼상三湘의 깊은 강물을 연지硯池 삼아 푸른 하늘이라는 거대한 종이 위에 가슴속에 품은 뜻을 휘갈기고 싶다는 것이다. 스케일이 자못 웅장하다.

千計萬思量

紅爐一點雪

泥牛水上行

大地虛空裂

천만 가지 하고 많은 생각이라야

붉은 화로 위에 한 점 눈송이로다.

진흙 소가 물 위로 걸어가더니

대지가 허공에서 찢어지더라.

서산대사西山大師(1520~1604)의 〈임종게臨終偈〉다. 평생 끌고 다닌 천만 가지 생각들, 이 생각들이 번뇌가 되고, 번뇌는 끝이 없어 고해 속을 헤매는 것이 우리네 인생이다. 그러나 활연개오豁然開悟의 한 소식을 얻고 보니, 까짓 번뇌는 붉게 달아오른 화로 위로 떨어진 한 점 눈송이일 뿐이다. 진흙으로 빚은 소가 물 위로 저벅저벅 걸어가니 대지가 갈라지고 허공이 찢어진다. 진흙으로 빚은 소가 어찌 물속을 걸어가며, 물 속을 걸을진대 그 소가 온전할까. 통쾌한 깨달음의 경계를 저벅저벅 물살을 가르고 돌진하는 진흙소의 서슬에 견주었다. 또 천지가 뒤집히고 허공이 갈라지는 경천동지로 전미개오轉迷開悟의 무애경無碍境을 표현했다. 또한 통쾌하지 아니한가.

자족의 경계, 탈속의 경지

다음에 소개하는 장시는 조선 중기의 학자인 구봉龜峯 송익필宋翼弼(1534~1599)의 〈족부족足不足〉이란 작품이다. 모두 40구 280자에 달하는 장편이다. '족足' 자 한 글자만으로 운자를 쓴, 중국에서도 달리 유례를 찾기 힘든 특이한 작품이다. 형식뿐 아니라 내용이 더 귀하다. 송익필의 일생 학문이 이 한 수의 시에 녹아 있다 해도 지나치지 않다.

군자는 어찌하여 늘 스스로 만족하고	君子如何長自足
소인은 어이해 언제나 부족한가.	小人如何長不足
부족해도 만족하면 언제나 여유롭고	不足之足每有餘

족한데도 부족타 하면 언제나 부족하리.　　　　足而不足常不足

넉넉함을 즐기면 족하지 않음 없고　　　　樂在有餘無不足

부족함을 근심하면 만족할 때가 없네.　　　　憂在不足何時足

순리대로 편안하니 또 무엇을 근심하리　　　　安時處順更何憂

하늘 원망 남 탓해도 슬픔은 끝 없으리.　　　　怨天尤人悲不足

내 것을 구한다면 족하지 않음 없고　　　　求在我者無不足

밖의 것을 구하면 어이 능히 만족할까.　　　　求在外者何能足

표주박의 물로도 즐거움은 남음 있고　　　　一瓢之水樂有餘

만 전짜리 음식에도 근심은 끝이 없네.　　　　萬錢之羞憂不足

고금의 지락은 족함 앎에 달렸나니　　　　古今至樂在知足

천하의 큰 근심은 부족함에 있도다.　　　　天下大患在不足

진秦 이세二世가 망이궁서 베개 높이 했을 젠　　　　二世高枕望夷宮

죽도록 즐긴대도 부족할 줄 알았지.　　　　擬盡吾年猶不足

당 현종이 마외파馬嵬坡서 길이 막히었을 때　　　　唐宗路窮馬嵬坡

다른 삶을 산다 해도 만족하지 않았으리.　　　　謂卜他生曾未足

필부의 한 아름도 족함 알면 즐거우나　　　　匹夫一抱知足樂

왕공의 부귀로도 오히려 부족하네.　　　　王公富貴還不足

천자의 한 자리도 부족함을 아나니　　　　天子一坐知不足

필부의 가난은 그 족함 부러워라.　　　　匹夫之貧羨其足

부족함과 족함이 모두 내게 달렸으니　　　　不足與足皆在己

외물 어이 족함과 부족함이 되리오.　　　　外物焉爲足不足

내 나이 일흔에 궁곡에 누웠자니　　　　吾年七十臥窮谷

남들이야 부족타 해도 나는야 족하다네.　　　　人謂不足吾則足

아침 산에 흰 구름이 피어남 보노라면　　　　朝看萬峯生白雲

절로 갔다 절로 오는 높은 운치 족하고,
저물녘엔 푸른 바다 밝은 달 토함 보면
가없는 금물결에 안계가 족하도다.
봄에는 매화 있고 가을엔 국화 있어
피고 짐이 끝없으니 깊은 흥취 족하고,
책상 가득 경서엔 도의 맛이 깊으니
천고를 벗 삼으매 스승과 벗 족하다네.
덕이야 선현 비해 비록 부족하지만
머리 가득 흰 머리털 나이는 족하도다.
내 즐길 바 함께함에 진실로 때가 있어
몸에 책을 간직하니 즐거움이 족하도다.
하늘 보고 땅을 굽어 능히 자재로우니
하늘도 나를 보고 족하다고 하리라.

|

自去自來高致足
暮看滄海吐明月
浩浩金波眼界足
春有梅花秋有菊
代謝無窮幽興足
一床經書道味深
尙友千古師友足
德比先賢雖不足
白髮滿頭年紀足
同吾所樂信有時
卷藏于身樂已足
俯仰天地能自在
天之待我亦云足

달리 무슨 사족이 필요하랴. 시는 곧 그 사람이다. 알려 해서 알게 되는 것이 아니라, 시인의 언어가 제 스스로 말해주는 사실이다. 언어가 그 사람의 기상을 대변한다는 것은 그 연원이 깊다. 무심히 뱉은 말이 씨가 되고, 화살이 되어 돌아온다. 시화에 자주 보이는 '시참詩讖'이 바로 이를 말한다. 시인은 모름지기 가슴속에 호연한 기상을 품을 일이다. 떳떳함을 길러야 한다.

씨가 되는 말

—

시참론 詩讖論

머피의 법칙, 되는 일이 없다

인간의 잔단 일들 언제나 들쭉날쭉	人間細事亦參差
일마다 어그러져 마땅한 구석 없네.	動輒違心莫適宜
젊을 땐 집 가난해 아내가 늘 구박하고	盛世家貧妻常侮
늙어 녹이 후해지자 기생이 따르누나.	殘年祿厚妓將追
주룩주룩 비 오는 날 놀러 갈 약속 있고	雨霖多是出遊日
개었을 땐 언제나 할 일 없어 앉아 있다.	天霽皆吾閑坐時
배불러 상 물리면 좋은 고기 생기고	腹飽輒飡逢美肉
목 헐어 못 마실 때 술자리 벌어지네.	喉瘡忌飮遇深巵
귀한 물건 싸게 팔자 물건 값이 올라가고	儲珍賤售市高價
묵은 병 낫고 나니 이웃집이 의원이라.	宿疾方痊隣有醫
자질구레 맞지 않음 오히려 이 같으니	碎小不諧猶類此
양주 땅 학 탄 신선 어이 기약하리오.	楊州駕鶴況堪期

이규보의 〈위심시違心詩〉이다. 세상일이 어디 뜻같이 될까마는, 하는 일마다 하도 엇박자로 되고 보니 이런 푸념도 있을 법하다. 그렇다고 입에서 나오는 대로 쉬 떠들 것은 아니다. '말이 씨가 된다.'는 속담이 있고, 농담이 진담 된다는 농가성진弄假成眞의 성어도 있다.

시화에는 시를 보고 그 사람의 출처궁달을 예견하는 삽화들이 뜻밖에 많다. 특히 앞서 무심히 한 말이 뒷날의 예언이 되는 경우를 따로 '시참詩讖'이라고 한다. 언어의 주술적 힘을 믿어 말을 함부로 하지 말 것을 경계한 것이다. 예전 이승만 대통령이 '남북통일南北

統一'넉 자를 휘호했다. 기세 좋게 나가던 붓질이 마지막 한 일 자 한 획을 힘차게 가로 긋는 순간 허리가 잘렸다. 잘 나가던 붓끝이 하필이면 한 일 자의 중간에서 두 동강이 났더란 말인가. 사람들이 이를 남북 분단의 '서참書讖'이라고들 했다. 예전 어느 가수가 '낙엽 따라 가버린 사랑'을 노래하고 젊어 세상을 뜨고, 또 어떤 가수가 "한마디 변명도 못하고 잊혀져야 하는 건가요"라고 노래해 실제 그렇게 되고 말았던 일 같은 것은 '요참謠讖'이다.

해지는 저곳이 하늘가라 말하기에	人言落日是天涯
하늘가 바라봐도 고향 집 뵈지 않네.	望斷天涯不見家
푸른 산 막아 가려 뵈지 않음 한했는데	已恨碧山相掩暎
저문 구름 푸른 산을 다시 막아 가리네.	碧山更被暮雲遮

당나라 이구李覯의 시다. 해가 지는 저 하늘 끝에 내 고향이 있다. 목을 길게 빼어 바라봐도 고향 집이 안 보인다. 나와 하늘 끝 사이를 막아선 푸른 산을 원망하려는데, 저물녘 구름이 그 산을 마저 가려버렸다. 홍만종은 《시평보유》에서 이 시를 소개하고 "사람들은 이 시가 겹겹으로 막힌 뜻이 있어 운명이 불우할 것을 염려하였는데, 뒤에 과연 그 말처럼 되었다 한다."고 하였다.

《지봉유설》에는 예전 중국의 유명한 기생 설도薛濤가 어렸을 때 지었다는 우물가 오동을 읊은 시를 소개했다.

가지는 지나는 새 마중을 하고	枝迎南北鳥
잎새는 오가는 바람 배웅하누나.	葉送往來風

설도는 본래 양가의 딸이었다. 우물가 오동을 읊는다는 것이 하필 오가는 새를 다 기뻐 맞이하고, 지나는 바람마다 잘 가라고 전송한다고 했을까? 송나라 때 한 소녀가 들꽃을 노래했다.

> 다정한 목동들이 머리에 즐겨 꽂고　　　　多情樵牧頻簪髻
> 꾀꼬리 벌 주인 없어 멋대로 묵어 자네.　　無主蜂鶯任宿房

목동과 나무꾼이 제멋대로 머리에 꽂고, 벌과 꾀꼬리가 제 집인 양 묵어 잔다는 소녀의 노래도 화류계로 나갈 그녀의 운명을 암시하는 듯하다. 결국 두 사람 모두 기생이 되었다. 시는 본성에서 나오는 것이니, 이 시구가 그녀들의 운명을 이미 예견한 셈이다.

우홍적禹弘績은 어려서 재주로 이름이 높았다. 일곱 살 때 어른이 '로老' 자와 '춘春' 자로 연구聯句를 짓게 하니 즉시 다음과 같이 지었다.

> 늙은이 머리 위에 내린 흰 눈은　　　　老人頭上雪
> 봄바람 불어와도 녹지를 않네.　　　　春風吹不消

고작 일곱 살 먹은 아이가 봄바람도 녹이지 못하는 삶의 근심을 말하니 사람들이 몹시 기이하게 여겼다. 이 시를 본 식자는 상서롭지 않게 여겨, 그가 요절할 것을 알았다. 과연 젊은 나이에 세상을 떴다. 《어우야담》에 나오는 이야기다.

《수촌만록水村漫錄》에 나오는 다음 이야기도 흥미롭다. 안명세安名世(1518~1548)가 아홉 살 때였다. 아버지가 진달래를 따서 연적에 끼워놓고 시를 짓게 하자 즉석에서 시를 지었다.

진달래꽃 한 떨기	杜鵑花一蕚
푸른 산중에서 가져왔다네.	來自碧山中
연적에 생애를 부치었으니	硯滴生涯寄
타향의 나그네와 한가지일세.	他鄕旅客同

그의 아버지가 시를 보고 울었다. 시에 나타난 뜻이 처량하고 괴로워 오래 현달할 상이 아니었기 때문이다. 뒤에 그는 사화에 연루되어 20대의 젊은 나이에 화를 당하고 말았다.

수찬修撰 안수安璲가 일찍이 시를 지었다.

지하엔 한 녹여줄 한 잔 술이 없건만	地下定無消恨酒
인간에도 혼 돌려줄 향을 얻기 어렵구나.	人間難得返魂香

시를 짓고 얼마 안 있어 그만 병을 얻어 죽었다. 세상 사람들이 시참이라고 생각했다. 《청강시화淸江詩話》에 보인다. 지하에 맺힌 한을 녹여줄 한 잔 술이 없고, 인간에 떠난 넋을 되돌릴 한 촉의 향이 없다면, 그는 저승에도 못 가고 인간에도 돌아오지 못한 채 그저 원혼으로 구천을 맴돌아야 할 판이다. 도대체 그는 무슨 마음을 먹고 이런 시를 지었을까?

형님! 그자 갔습니까?

시에는 그 사람의 기상이 절로 스며든다. 한 구절의 시만 봐도 그 사람의 궁달을 점칠 수가 있다. 양파陽坡 정태화鄭泰和(1602~1673)가 평안도 관찰사가 되었다. 당시 지은 춘첩春帖의 끝 구절에 이런 것이 있다.

늙은 수령이 일이 없어 한가로우니 태평시절이 아니고 무엇인 가? 살랑살랑 불어오는 봄바람에 취흥이 도도하다. 슬쩍 기대 눕자 꽃잎이 날려와 옷깃 위에 분홍 수를 놓는다. 세상에서 전하기를 이 시는 무한히 좋은 기상이 있으니, 정태화가 40년 동안 재상 자리에 있으면서 부귀를 누리는 것이 모두 이 한 연 가운데 있다고 했다. 《수촌만록》에 보인다.

정태화는 당시 격랑의 조정에서 전후 다섯 차례나 영의정을 지냈 던 인물이다. 하루는 정태화가 아우 정지화鄭知和(1613~1688)와 함 께 사랑에 앉아 있는데 송시열이 찾아왔다는 전갈이 왔다. 두 사람 은 당시 당파 간의 갈등으로 심각한 대립관계에 있었다. 괄괄한 성 품의 정지화가 "형님! 나 그자와 마주치기 싫소. 내 저 다락에 올라 가 있다가 그자가 가고 난 뒤 나오리다." 하고는 다락으로 올라가버 렸다. 잠시 후 영문을 모르는 송시열이 들어왔다. 원체 입이 무거운 그였던지라 정태화와 수인사를 나눈 후 피차간에 아무 말 없이 앉아 있었다. 그렇게 10분이 지나고 20분이 흘렀다. 다락에 숨어 있던 정지화는 아무리 귀를 기울여도 방에서 소리가 나질 않자 송시열이 이미 돌아간 것으로 착각을 했다. "형님! 그자 갔습니까?" 주객이 말없이 앉아 있는 방에다 대고 냅다 소리를 질러버린 것이었다. 난처해진 정태화가 임기응변으로 둘러댔다. "아! 아까 왔던 과천 산지기는 돌아가고, 지금 여기 우암 송 대감이 와 계시네." 송시열이 돌아간 후 정태화는 아우를 꿇어 앉혔다. "나는 자네가 내 뒤를 이어 영의정이 되어줄 줄 알았네. 그런데 오늘 하는 언동을 보니 영의정 그릇은 아닐세그려." 형은 혀를 차며 아우를 준절히 나무랐다. 뒤에 정지화의 벼슬은 우의정에서 그쳤다. 야담으로 전하는 이야기다.

조신준曹臣俊(1573~?)은 개성 사람이다. 《서경書經》을 3,000번이나 읽고도 계속 읽었다. 그 어렵다는 〈요전堯典〉만 수만 번을 읽었다. 과거에 합격하여 고을 원을 여러 번 지냈고 수직壽職으로 정3품에 올랐다. 그의 시에 이런 것이 있다.

비단 같은 강물은 옥인 양 맑고 練水淸如玉

백사장은 금가루를 뿌린 듯하다. 明沙鋪似金

뉘 능히 몇 말을 담아가서는 誰能挽數斛

세상 사람 마음을 씻어주려나. 淨洗世人心

옥같이 맑은 강물에 금가루를 뿌린 듯한 백사장. 이 맑은 옥과 금가루를 가득 담아 명리의 탐욕에 찌든 세상 사람의 마음을 깨끗이 씻어주고 싶다. 참으로 관후장자의 넉넉한 마음자리가 잘 나타나 있다. 또 이런 시도 있다.

느직이 일어나도 아무 일 없고	晚起家何事
남창에 해 그림자 옮겨 왔구나.	南窓日影移
아이 불러 종이 붓 찾아와서는	呼兒覓紙筆
간밤에 지은 시를 한가히 쓴다.	閑寫夜來詩

늦게 일어난 것은 간밤 시상이 해맑아 새벽까지 잠을 설친 까닭이다. 남창에 해가 들었으니 이미 대낮이다. 기지개를 켜고 아이를 불러 먹을 간다. 깨끗한 종이를 펼쳐놓고, 간밤 고심한 시구들을 정갈하게 옮겨 적는다. 한가로워 구김살이 없다. 그는 수복을 다 누리고 안온한 삶을 살다가 갔다.

정작 이런 일도 있었다. 신혼申混(1624~1656)이 안주 교수安州教授로 있다가 교리校理 벼슬에 제수되어 송도를 지나는 길이었다. 조신준의 집에 들러 시를 구하니, 조신준은 즉석에서 이런 시를 지어주었다.

요적瑤籍 오른 선관仙官이라 그 재주 빼어난데	仙官瑤籍逸群才
어인 일로 번드쳐 인간 세상 내려왔나.	何事翩然下界來
학 타고 난새 몰아 돌아갈 길 가깝도다	跨鶴鞭鸞歸路近
오색구름 피어나는 그곳이 봉래라오.	五雲多處是蓬萊

한미한 지방관으로 고생하던 그대가 중앙부서에 승진되어 가니 진심으로 축하한다는 뜻이었다. 신혼이 사례하고 떠나갔다. 조신준

이 다시 한 번 읽어보고는 깜짝 놀라 말하기를, "이 시는 신혼의 만사다."라고 하였다. 과연 신혼은 서울로 돌아간 지 몇 개월 만에 죽었다. 《수촌만록》에 나온다. 전생에 천상의 선관仙官이었던 그대가 적선謫仙으로 인간 세상에 내려왔으나 이제 곧 귀양살이가 끝나 학타고 난새 수레를 몰아 오색구름 피어나는 봉래산으로 돌아갈 것이라고 말했다. 달리 읽으면 꼭 너 죽을 날이 얼마 남지 않았다고 말한 셈이 된다. 무심코 좋은 뜻으로 지어준 시가 어째서 이리 되었을까? 알지 못할 일이다.

소년 시절 뛰어난 재주가 있었던 최전崔澱(1567~1588)이 관동 땅을 유람하면서 시를 지었다.

봉래도 한 번 든 지 삼천 년이 흘렀어도	蓬壺一入三千年
은빛 바다 아득하고 물결은 맑고 얕다.	銀海茫茫水淸淺
난새의 피리 속에 오늘 홀로 돌아오니	鸞笙今日獨歸來
벽도나무 꽃 아래에 보이는 사람 없다.	碧桃花下無人見

홀로 돌아왔지만 보이는 사람 없다는 말이 시참이 되어 그는 나이 스물 남짓에 요절하고 말았다. 시어에 자못 귀기가 서려 있다.

허봉許篈(1551~1588)이 죄를 입어 갑산으로 귀양 갈 때 친구들과 이별하는 시를 지었다.

까마귀 우는 숲에 엷은 어둠 깔려올 제	深樹啼鴉薄暮時
한 병 술로 귀양 슬픔 와서 위로하는구려.	一壺來慰楚臣悲
이 인생 살아서는 다시 볼 날 없으리	此生相見應無日

한시 미학 산책 — ●

황천길 가리키며 뒷날 기약 남기노라.　　　　　　　直指重泉作後期

　살아서는 다시 볼 날이 없다니 이 무슨 소리인가? 황천길을 가리
키며 뒷날 기약을 남긴다니 완전히 죽기로 작정한 사람의 말이다.
그는 어찌 이런 말을 했을까? 위 두 예화는 《지봉유설》에 실려 전한
다. 홍만종의 《시평보유》에도 허봉이 갑산 귀양지에서 지었다는 시
가 실려 있다.

봄 들어 세 번째로 서울 편지 받아보니　　　　　　春來三見洛陽書
어머님은 문 기대어 나를 기다리신다네.　　　　　聞說慈親久倚閭
저녁 볕 짧은데 흰 머리털 가득하리　　　　　　　白髮滿頭斜景短
사람 만나 어떠신가 감히 묻지 못했네.　　　　　　逢人不敢問何如

　봄 들어 서울 소식이 세 번째로 날아들었다. 변방에서 고생하는
자식 걱정에 어머님은 이제나저제나 아예 마을 문에 나서서 자식
돌아올 날만 손꼽아 기다리신다는 전언이다. 기우는 인생의 황혼에
자식 봉양을 받으며 안온한 노경을 보내셔도 시원찮을 텐데 흰 머
리의 노인께 이 무슨 막심한 불효란 말인가. 편지를 들고 온 사람에
게 차마 어머님의 근황은 물어보지도 못했다. 뒤에 그는 비록 사면
되어 귀양에서 풀려났지만, 앞서 지은 시가 시참이 되어 결국 성 안
에 들어오지 못하고 길에서 죽었다.
　이런 일도 있다. 이항복李恒福(1556~1618)이 인목대비 폐출을 간
한 일로 귀양 갈 때에 시 한 수를 지었다.

밝은 해 그늘져 대낮에도 희미하고　　　白日陰陰晝晦微

북풍은 나그네 옷 찢을 듯 불어댄다.　　朔風吹裂遠征衣

요동 땅 성곽이야 그대로 있겠지만　　遼東城郭應依舊

떠나간 정령위 안 돌아옴 근심하네.　　只恐令威去不歸

　대낮에도 어두운 백일은 간신배의 교언영색에 이목의 총명을 잃은 임금의 암유다. 나그네 옷을 찢는 북풍은 국모를 내친 강상綱常의 변고를 질책함이다. 요동 사람 정령위는 신선술을 깨쳐 신선이 되어 떠나갔다. 800년 만에 학이 되어 돌아와 옛 살던 자취를 찾아보니 즐비한 무덤만 늘어서 있을 뿐이었다. 허망하고 처량해서 길게 목을 빼어 울고는 다시 하늘로 날아가고 말았다. 그때 그 학이 올라앉아 울었다는 화표주華表柱와 성곽의 자취는 지금도 그대로인데 한번 떠난 정령위는 다시는 오질 않는 것이다. 이 시를 듣고 다들 눈물을 흘렸다. 이항복은 귀양 가서 얼마 안 있다가 죽었다. 사람들은 모두 시참이라고 말했다.《청창연담晴窓軟談》에 나온다.

대궐 버들 푸른데

우습다 벗님네들 마음 너무 조급해　　還笑遊人心大躁

단번에 최고봉에 오르려 하는도다.　　一來欲上最高峰

멀리서 보려 하면 근심 더욱 멀어지니　　望欲遠時愁更遠

올라도 최고봉엔 오르지 말지니라.　　登高莫上最高峰

한시 미학 산책 ─ ◉

앞의 것은 진화의 시이고, 뒤의 것은 정도전鄭道傳(1342~1398)의 시다. 같은 운으로 함께 '최고봉最高峰'을 노래했다. 정상에 닿으려고 기를 쓰고 산을 오른다. 그렇게 정상에 오르면 다시 내려와야 할 것이 아닌가. 왜들 저리 조급한가. 이것이 진화의 시가 말하고 있는 뜻이다. 높이 나는 새가 멀리 본다고 했던가. 그러나 높이 올라 멀리 볼수록 자신의 왜소를 더 깨달을 뿐이니, 굳이 끝장을 보려 하지 말라. 최고봉은 아껴두라. 이것은 정도전의 말이다. 이 두 사람의 시를 두고 이수광은 이렇게 말한다. "진화의 시는 말이 몹시 박절하여 남은 맛이 없으니 그가 멀리 이르지 못한 것은 당연하다. 정도전의 시는 마치 만족함을 아는 것 같았으나 나가기를 탐내어 그칠 줄 모르다가 스스로 화를 입었으니 역시 말할 것이 못 된다." 안목이 자못 매섭다.

다음 이제현의 〈곡령에 올라登鵠嶺〉는 조급함을 모르는 원대한 기상이 실렸다.《지봉유설》에 나온다.

마른입 입김 불고 비 오듯이 땀 흘리며	烟生渴咽汗如流
열 걸음에 열아홉 번 쉬면서 오르누나.	十步眞成八九休
뒷사람이 앞서감을 괴이하게 생각 말라	莫怪後來當面過
느릿 가도 마침내는 산마루에 이를지니.	徐行終亦到山頭

과연 느긋한 배포가 앞서 본 시보다 한 격이 높다. 비슷한 예화 하나 더. 권필의 시다.

| 어찌하면 세간의 한없는 술 얻어서 | 安得世間無限酒 |

제일 높은 누각 위에 혼자 올라볼거나.　　　　　　　獨登天下最高樓

성혼成渾(1535~1598)이 이를 듣고 말했다. "무한주無限酒에 취해 최고루最高樓에 오른다 하였으니, 사람과 함께하지 않으려 함이 심한 것이다. 이것은 위태로운 말이다." 뒤에 그는 과연 시안詩案에 걸려 죽었다. 《시평보유》에 나온다.

권필을 죽음으로 몰고 간 사건의 전말은 이렇다. 1611년(광해 3년) 봄 전시殿試에서 작은 소동이 있었다. 포의의 선비 임숙영任叔英(1576~1623)이 대책對策에서 외척의 교만 방자함과 후비가 정사에 간여함을 거침없이 나무란 글을 올렸다. 이를 본 광해군은 격노했다. 당장 그의 급제를 취소하라는 명을 내렸다. 이 소식을 듣고 권필이 분개하여 〈임숙영의 삭과 소식을 듣고聞任茂叔削科〉란 시를 지어 이 일을 풍자했다.

대궐 버들 푸르고 꾀꼬리는 마구 나니　　　　　　宮柳青青鶯亂飛
성 가득 벼슬아친 봄볕에 아양 떠네.　　　　　　滿城冠蓋媚春暉
조정에선 태평세월 즐거움을 하례하나　　　　　朝家共賀昇平樂
뉘 시켜 포의에게 바른말 하게 했나.　　　　　　誰遣危言出布衣

당시 왕비는 유자신柳自新의 딸 유씨였다. 그 아우 유희분柳希奮·유희발柳希發 등 외척들이 권세를 믿고 전횡을 일삼아 원성을 사고 있던 즈음이었다. 때문에 사람들은 첫 구의 '궁류宮柳'가 중전 유씨를 뜻하고, '청청青青'은 그 득세의 형용을 뜻하는 것임을 대뜸 알아챘다. 어지러이 나는 꾀꼬리는 난무하는 황금으로, 봄볕은 임금의

진수인陳樹人,
〈양류무춘풍도楊柳舞春風圖〉,
명나라, 135.5×61㎝,
중국 광주미술관.
실실이 노오란 금실 가지에
꾀꼬리 한 쌍이 신났다.
한 번 날 때마다 금실이 하나씩
생겨난다. 봄이 온 것이다.

상징으로 읽었다.

이듬해 2월에 김직재金直哉(1554~1612)의 무옥誣獄 사건이 일어
났다. 관련자의 문서를 조사하는데 권필의 이 시가 한 관련자의 책
겉장에 써 있는 것이 나왔다. 광해군이 읽고는 대노했다. "권필은
대체 어떤 놈인가? 감히 시를 지어 제멋대로 풍자하였으니, 그 무
군부도無君不道의 죄가 크다. 마땅히 하나하나 추문하리라." 권필이
끌려와 공초를 받았다. 왕은 몹시 화가 나서 궁류宮柳가 외척을 모
독한 것이 아니냐며 힐문하였다. 권필의 대답이 이랬다.

임숙영이 전시 대책에서 광망한 말을 많이 하였으나, 신이 이 시를
지은 큰 뜻은 좋은 경치가 이와 같다면 사람마다 뜻을 얻어 행할 일이
지, 숙영이 포의로 있으면서 어찌하여 이 같은 바른말을 하게 되었는
가 하는 것이었사옵니다. 무릇 옛날의 시인은 흥興에 기탁하여 풍간
한 일이 있었습니다. 신이 이를 본받아서 숙영이 포의임에도 감히 이
와 같이 말하였건만 조정에는 바른말 하는 자가 없으므로 이 시를 지
어 여러 신하들의 행태를 바로잡아 힘쓰는 바가 있게 되기를 바랐던
것입니다. '궁류' 두 글자는 당초 왕원지王元之의 〈전시시殿試詩〉 가운
데 '대궐 버들 3월 아지랑이 속에 낮게 드리웠네.宮柳低垂三月烟'란 구
절에서 따온 것입니다. 시를 보는 자가 시 가운데 '류柳' 자가 있기
때문에 바로 외척을 가리킨 것이라고 말한 것이지, 신의 본뜻은 그렇
지 않사옵니다.

뻔한 발뺌에 왕은 더욱 격노하여 혹독한 형벌로 권필을 신문하였
다. 당시 대신으로 있던 이덕형李德馨(1561~1613)과 이항복, 최유원

崔有源(1561~1614) 등이 역옥逆獄과 직접 관련되지 않은 일로 혹독
하게 신문하는 것이 성덕聖德에 누가 될 뿐 아니라 나중에 후회하게
될 것이라며 두 번 세 번 죄를 사하여줄 것을 울며 논하였다. 왕은
끝내 혹독한 매질을 하여 가두고 말았다. 그날 밤 대신들의 간청에
못 이겨 초주검이 된 그에게 함경도 경원 땅으로 귀양 보낸다는 전
교가 내렸다. 《조선왕조실록》이 전하는 내용이다.

　이튿날 권필은 혹독한 형벌로 걷지 못하고 들것에 실려 동대문을
나섰다. 평소에 몸이 워낙 약했고, 상처도 심해 바로 길에 오르지
못하고 동대문 밖 민가에 머물렀다. 찾아온 벗들이 권하는 막걸리
를 마시고 장독杖毒이 솟구쳐 그만 세상을 뜨고 말았다. 여기에서
또 하나의 시참이 전해진다. 처음 민가에 머물 때 주인집 문짝에 시
가 한 수 써 있었다.

삼월도 다 가고 사월이 오려는데	三月將盡四月來
복사꽃 붉은 비가 어지러이 떨어지네.	桃花亂落如紅雨
그대에게 한 잔 술 다시금 권하노라	勸君更進一盃酒
유령의 무덤 위엔 술도 닿지 못하리니.	酒不到劉伶墳上土

　그런데 시를 써놓은 사람이 3구의 '권勸'을 '권權'으로, 4구의
'유劉'를 '유柳'로 각각 잘못 써놓았다. 이렇게 바꿔 쓰고 보니 그
내용이 흡사 권필이 유씨에게 한 잔 술을 올리지만 그 술을 유柳가
받지 않는 꼴이 되었다. 이를 본 권필은 "이것은 시참이다. 내가 죽
겠구나." 하고 탄식하였다. 혹은 그가 술을 마시고 죽자, 이튿날 주
인집 문짝을 뜯어 시상尸床으로 하였는데 그 문짝 위에 이 시가 씌

어 있었다고도 한다. 때마침 주인집 담장 밖에 복사꽃이 반쯤 져서 시 속의 묘사와 비슷했다고 기록은 전한다. 유령劉伶은 자신이 길 가다 술 취해 죽으면 그 자리에 묻어버리라고 하인에게 삽을 들고 수레 뒤를 따라다니게 했다는 진晉나라 때 은사다.

《조선왕조실록》에는 "그가 죽었다는 말을 듣고 원근이 기운을 잃었다."고 하였고, 광해 또한 "하룻밤 사이에 어찌 갑자기 죽었단 말인가?" 하면서 후회하는 기색이 역력했다고 적었다. 이항복은 늘 한탄하며 "우리가 정승 자리에 있었으면서 권필 한 사람을 능히 살리지 못했으니, 선비 죽인 책임을 어찌 면할 수 있겠는가?"라고 말하곤 했다. 이것이 권필의 죽음에 얽힌 이야기의 시말이다. 바른말을 했다 하여 임금이 매질로 한 시인의 목숨을 앗아갔던 이 일은 포학한 권력에 대한 증오를 불러 뒤에 인조반정의 한 빌미를 주었다.

이상한 일이 하나 더 있다. 권필이 광해 앞에 끌려가기 며칠 전 〈춘일우제春日偶題〉란 시를 지었는데, 그 시의 내용이 또한 심상치 않았다.

늙어가매 병만 자꾸 늘어가는데	老去仍多病
생애를 티끌세상 내맡겨두네.	生涯任陸沈
구름 산은 천 리의 꿈속에 있고	雲山千里夢
시든 살적 백년의 마음일레라.	霜鬢百年心
새벽 비에 꾀꼬리 소리 매끄러운데	曉雨鶯聲滑
봄 강의 버들 빛은 깊기도 하다.	春江柳色深
이렇듯 아름답고 좋은 시절에	如何艷陽節
어찌하여 구슬피 읊조리는가.	悄悄動悲吟

시의 정조로 보아 권필은 시시각각 다가오는 죽음의 그림자를 인식하고 있었던 것처럼 여겨진다. 5·6구에서 그는 새벽 비에 씻겨 매끄러운 꾀꼬리의 소리와 봄날 강가에 휘늘어진 짙은 버들 빛을 노래한다. 그런데 이것이 봄날 약동하는 대지의 생기를 노래한 것으로 들리지 않고, 임숙영의 직척直斥과 자신의 풍유가 이어져도 꾀꼬리, 즉 권력 주변에 기생하는 황금의 난무는 더욱 기세가 드세져가고 버들 빛, 곧 유씨의 세도와 권세는 한층 도도해져만 가는 현실에 대한 암유로 읽힌다. 그러한 현실을 앞에 두고 시인은 계절의 아름다움에 몰입하지 못하고 자꾸만 구슬픈 생각에 자조의 나락 속으로 한없이 빨려 들어가고 있는 것이다. 그리고 며칠 뒤 그는 비명에 죽었다.

하늘은 재주 있는 자를 시기한다

나식羅湜(1498~1547)은 시사時事가 어지러운 것을 보고 과거에 응시하지 않았다. 오히려 스스로 자취를 감추는 데 힘썼다. 정미년에 벽서壁書의 화가 일어나자 그의 형 나숙羅淑(?~1546)과 함께 화를 당했다. 일찍이 역귀 쫓는 소리를 듣고 시를 지었다.

역귀 쫓는 북소리 온 마을에 울리니	儺鼓鼕鼕動四閭
이리저리 쫓는 소리 그 형세 어지럽다.	東驅西逐勢紛如
해마다 들었어도 흰 머리만 늘었나니	年年聞汝徒添白
나라 안의 한 귀신을 제거함 있었던가.	海內何曾一鬼除

구나驅儺 의식을 묘사했다. 해마다 이렇듯 열심히 역귀를 쫓았지만 정작 없애야 마땅할 나라 안의 한 귀신을 몰아내지 못해 흰 머리만 늘었을 뿐이다. 4구에서 말한 '나라 안의 한 귀신'은 구체적으로 가리키는 바가 있어 읽는 이들이 두려워하였다. 말뜻이 너무 드러나 죽음을 면하기 어려웠던 것이다. 《지봉유설》에 보인다.

박수량朴遂良(1475~1546)은 강릉 사람이다. 용궁 현감龍宮縣監으로 있다가 물러나 은거했다. 김정金淨(1468~1521)이 금강산에 갔다가 돌아오는 길에 그에게 들러 시 한 수와 함께 철쭉 지팡이를 주었다.

옥 같은 일만 봉 쌓인 바위 속	萬玉疊巖裏
가을의 눈서리 견딘 가지라.	九秋霜雪枝
가져와 그대에게 드리옵느니	持來贈君子
저문 해에 이 마음 알아주소서.	歲晚是心知

척박한 바위틈에 뿌리를 내리고 상설霜雪로 벗을 삼아 외틀어지고 구부러진 가지로 만든 지팡이다. 어지러운 세상에서 내가 이것을 그대에게 주는 뜻을 알겠는가? 박수량이 화답하였다.

곧아 먼저 베임을 싫어해선가	似嫌直先伐
그 가지 일부러 구부렸구나.	故爲曲其枝
곧은 성품 그래도 그 속에 있어	直性猶存內
도끼질 면하기 어려웠도다.	那能免斧斤

곧은 나무는 금세 도끼에 찍혀 재목이 된다. 그 가지를 일부러 구부림은 베임의 화를 면키 위해서였다. 그래도 곧은 성품은 감추지 못해 끝내 지팡이감이 되어 도끼질을 당하고 말았다는 것이다. 대체로 그에게 화를 피할 것을 경계한 것이다. 하지만 김정은 사화에 연루되어 화를 면하지 못했다. 《지봉유설》에 보인다.

조선 중기의 시인 성여학成汝學(?~?)은 시재가 높아 일세에 대적할 사람이 없었다. 하지만 늦도록 벼슬 한자리 못했다. 양경우의 《제호시화霽湖詩話》에 그에 대한 묘사가 있다. "내가 일찍이 그의 집에 왕래한 적이 있었다. 가보면 늘 찢어진 옷에다 찌그러진 갓을 쓰고 있었다. 귀밑머리는 더부룩하고 머리칼은 하얗게 세어 홀로 한 칸의 서재에서 종일 아이들에게 글을 가르치고 있었는데 정말로 한 세상의 곤궁한 선비였다. 시가 능히 사람을 궁하게 한다는 말은 아마도 성여학 때문에 나온 말인가 싶다." 그의 시가 궁금해진다.

이슬 풀에 벌레 소리 촉촉 젖었고	露草蟲聲濕
바람 가지 새의 꿈도 위태롭구나.	風枝鳥夢危

비 기운 꿈길을 적시어들고	雨意偏侵夢
가을볕 내 시에 물을 들이네.	秋光欲染詩

말이 공교로우나 춥고 쓸쓸한 것이 영달하고 귀하게 될 사람의 기상이 아니다. 어찌 시가 그를 궁하게 만들었겠는가? 유몽인은 《어우야담》에서 이렇게 말한다.

만물을 빚어내어 형체를 부여하는 것은 하늘의 재주이다. 조화를 따라 만물의 형상을 잘 본뜨는 것은 시인의 재주이다. 하늘보다 더 공교로운 것은 없는데 시인이 어찌 하늘의 공교로움을 빼앗을 수 있단 말인가? 재능 있는 자는 운수가 사납다. 이는 하늘이 그렇게 만드는 것이다. 하늘 또한 시기심이 많음을 알 수 있다. 재주를 주고서는 어이하여 다시 궁하게 한단 말인가?

또 이정면李廷冕이란 이가 있었다. 그는 키가 작고 얼굴에 헌 데가 있어 단사短瘄라고 자칭하였다. 어느 날 비 갠 뒤에 그가 시를 지었다.

<table>
<tr><td>뜰 진흙에 잘린 지렁이 가로놓였고</td><td>庭泥橫斷蚓</td></tr>
<tr><td>벽 햇볕에 가을 파리 모여드누나.</td><td>壁日聚寒蠅</td></tr>
</table>

이춘영李春英(1563~1606)이 늘 그 시의 묘함을 칭찬하면서도 그 궁함을 싫어했다. 뒤에 과거에 급제한 지 얼마 안 되어 죽었다. 마당 진흙에 반이 잘린 채 놓인 지렁이나 짧은 가을 햇볕을 쬐자고 벽에 달라붙은 가을 파리의 형국은 참으로 궁상의 극치를 달린다. 대개 뜰 진흙과 잘린 지렁이는 천하게 될 조짐이었고, 벽 햇볕과 가을 파리는 요절의 징조였다. 한번은 술자리에서 그가 이렇게 노래했다.

<table>
<tr><td>천 리라 벼슬길은 단맛이 다하였고</td><td>宦遊千里甘蔗盡</td></tr>
<tr><td>한 봄날 세상일은 지는 꽃만 바쁘도다.</td><td>世事一春落花忙</td></tr>
</table>

좌중의 사람들이 모두 아름답다고 칭찬했다. 다만 유몽인은 "나이 어린 사람이 어찌 이런 말을 짓는가?"라며 나무랐다. 과연 오래지 않아 요절하고 말았다. 환한 봄날에 하필 떨어지는 꽃잎의 분망함을 말하며, 아직 벼슬에 올라보지도 않고 무슨 다해버린 벼슬길의 단맛을 말했더란 말인가? 유몽인은 계속해서 이렇게 말한다.

> 아! 시라는 것은 성정의 허령虛靈함에서 나오기 때문에 먼저 요夭와 천賤을 알아 생각이 솟아나서 그리 하지 않으려 해도 그리 되고 만다. 시가 사람을 궁하게 하는 것이 아니라, 그 사람이 궁한 까닭에 시가 절로 이와 같게 된다. 재주 있는 사람은 하늘도 시기하니 세상 사람을 또 어찌 허물하겠는가? 슬프다.

이상 역대 시화에 보이는 시참과 관련된 예화를 중심으로 옛사람들의 언령言靈 의식을 살펴보았다. 말에는 정령이 깃들어 있다. 입에서 나온다고 다 말이 아니다. 생각 없이 되는 대로 쓴 한 편의 시가 어느 날 재앙이 되어 돌아온다. 말 한 마디, 시 한 구절을 삼가지 않을 수 없다. 어이 붓을 함부로 놀리랴!

놀이하는 인간

—

잡체시의 세계 1

글자로 쌓은 탑, 층시 또는 보탑시

啥

豆巴

滿面花

雨打浮沙

蜜蜂錯認家

荔枝核桃苦瓜

滿天星斗打落花

뭐지

콩이야.

얼굴 가득한 꽃

모래밭 빗방울 자국.

꿀벌이 제 집인 줄 알겠네.

여지 열매와 복숭아 씨, 쓴 외

온 하늘의 별들이 지는 꽃잎 때렸나.

한 글자에서 차례로 일곱 자까지 늘여나간 재미있는 형상이다. 운자도 맞췄다. 중국 음으로 읽어보면 그 자체로 경쾌한 가락을 이룬다. '뭐지?' 하고 묻고 바로 콩이지 뭐야 하고 받는다. 흡사 모래밭에 빗방울이 떨어진 형상이다. 벌집 같아 꿀벌이 제 집으로 착각할 지경이다. 여지나 복숭아씨나 맛이 쓴 외는 모두 껍질이 쭈글쭈글하다. 마치 하늘의 뭇별이 가련히 지는 꽃잎을 난타한 듯 참혹하다. 이것은 중국 사천 사람들이 곰보를 놀리는 노래다. 끝까지 곰보라는 말은 한마디도 하지 않았다. 그러나 진술이 '곰보'라는 어휘와 연결되는 순간, 유쾌한 웃음을 자아낸다.

일종의 말장난이다. 한시 중에는 이런 말놀이가 유난히 많다. 잡체시로 불리기도 하는 다양한 형식들을 소개하겠다.

먼저 앞에서 본 것처럼 글자가 차례로 늘어나는 형식의 시다. 글자가 층을 이뤄 늘어나므로 층시層詩라고 한다. 탑을 쌓은 모양으로 생겼다 하여 보탑시寶塔詩라고도 한다. 이백이 3·5·7언으로 늘어나는 형식의 시를 지은 것이 최초다. 이후 경쟁심리가 보태져서 1·3·5·7언이 나왔다. 나중에 조선 중기의 여류시인 운초雲楚는 무려 1자에서 16자까지 늘어나는 최장편의 층시를 남겼다. 1자에서 10자로 늘어났다가 다시 1자까지 줄어드는 마름모꼴의 창작도 있다.

다음은 고려 때 승려 시인 혜심慧諶(1178~1234)의 시이다. 1자에서 10자까지 차례로 늘어난다. 운자도 지켰다. 원 제목은 〈차금성경사록종일지십운次錦城慶司祿從一至十韻〉이다.

人

人

隨業

受 身

苦 樂 果

善 惡 因

不 循 邪 妄

常 行 正 眞

粃糠兮富貴

甲冑兮仁義

況須參玄得眞

自然換骨淸神

體不是火風地水

心亦非緣慮垢塵

沒縫塔中燈燃不夜

無根樹上花發恒春

風磨白月兮誰病誰藥

雲合靑山也何舊何新

一道通方爲聖賢之所履

千車共轍故古今而同進

사람

사람.

업을 따라

그 몸을 받네.

괴로움과 즐거움은

선함 악함의 인과로다.

사악함 망령됨 따르지 말고

언제나 바르고 참됨을 행하라.

부귀라 하는 것이 쌀겨와 같다면

인의라 하는 것은 갑옷과 투구로다.

하물며 오묘한 이치 깨쳐 참됨 얻으면

절로 바탕 바뀌고 정신도 맑아지리.

내 이 몸은 불과 바람, 땅과 흙이 아니며

마음은 인연과 염려, 티끌 먼지 아닐레라.

이어 붙인 태 없는 탑에 등불은 밤이 없고

뿌리 없는 나무 위에 꽃이 피니 늘 봄이라.

바람이 밝은 달을 갈 때에 뉘 병들고 나았으며

구름이 청산과 하나 되니 옛것과 새것 그 뉘러뇨.

시원스레 뚫린 길은 성현들께서 밟아 오신 바이니

온갖 수레바퀴가 같아 예나 지금이나 함께 전진하네.

불교의 가르침을 쉽게 풀어 설명했다. 누구나 전생의 업을 받고 태어난다. 현세의 괴로움과 즐거움은 전생 선악의 업보일 뿐이다. 한때의 덧없는 부귀에 얽매여 바른 길에서 벗어나기보다는, 무봉탑 無縫塔에 등불이 환하고 무근수無根樹에 꽃이 피듯 광명대도의 세계에서 마음을 노닐게 하는 것이 어떻겠느냐는 내용이다. 무봉탑과 무근수는 자아를 일컫는다. 실제로 글자의 배열 또한 무봉탑의 형상을 하고 있어 더 흥미롭다.

개화기의 잡지 〈청춘〉 제6호(1915. 3)에는 매우 흥미로운 시 한 수가 실려 있다. 조판의 어려움 때문에 원래 상태로 보여줄 수 없어 유감이지만, 바둑판 모양으로 가로세로 열네 자씩 배열하여, 글자는 중앙을 향하도록 방사형으로 배치하였다. 제목은 〈부벽루기浮碧樓記〉이다. 중앙의 글자에서부터 시계 방향으로 돌아가며 한 글자씩 차례로 늘려 읽는 것이다. 펼쳐보면 이 작품은 1에서 10까지 늘어났다가 다시 1까지 줄어드는 마름모꼴의 특이한 시형이다.

樓

樓

江岸

城　頭

浮　碧　空

帶　長　流

壯　觀　四　海

雄　壓　西　州

側　身　窺　宇　宙

引　手　挽　牛　斗

仙　人　所　以　好　居

騷　客　幾　多　來　遊

風　烟　四　節　各　殊　狀

人　事　千　年　等　幻　漚

乙　密　臺　邊　神　馬　不　還

麒　麟　窟　裏　古　跡　空　留

高　登　雕　欄　頓　覺　逸　興　生

迥　挹　平　原　便　欣　塵　慮　休

丹　青　曜　日　一　杯　可　消　百　憂

寒　氣　逼　骨　五　月　疑　是　九　秋

僧　歸　暮　寺　時　聞　響　竹　節

客　過　烟　浦　每　見　倚　蘭　舟

東　望　香　爐　衆　峰　兀　兀

西　指　京　洛　驛　路　悠　悠

花　明　渡　口　開　雲　錦

月　到　波　心　掛　玉　鉤

青　槐　遙　連　柳　堤

歌　曲　時　和　漁　謳

山　川　獨　依　舊

風　景　猶　帶　羞

名　區　久　別

時　序　先　遒

雖　欲　居

誠　難　留

騁　眸

搔　首

愁

愁

누각

누각.

강 언덕

성 머리.

허공에 떠

긴 물결 둘렀네.

장하게 사해 보며

웅장히 서주 누르네.

몸 기울여 우주를 엿보고

손 끌어 북두견우를 당기네.

신선들 거처하기 좋은 곳이요

시인들 얼마나 많이 와 놀았던고.

바람 안개 사계절 각기 다른 그 모습

천 년간 사람 일은 허깨비요 물거품일세.

을밀대 곁으로 신마는 돌아올 줄 모르나니

기린굴 속에는 옛날의 자취만 쓸쓸히 남았네.

채색 난간 오르니 문득 맑은 홍 일어남 깨닫겠고

멀리 평원 바라보니 문득 티끌 생각 사라짐 기뻐라.

단청에 해 비치니 한잔 술에 온갖 근심 사라져버리고

찬 기운 오싹 뼈에 스며 오월에도 한가을인가 의심한다네.

중이 저물녘 절에 돌아가니 이따금 대지팡이 소리 들리고

객은 내 낀 물가 지나다 언제나 목란배에 기댐을 보네.

동편으로 향로봉 바라보면 뭇 메들 우뚝 솟아 있고

서쪽으로 서울 쪽 가리키면 역마 길은 아득해라.

나루 어귀 핀 꽃은 구름 비단 펼친 듯하고

강바닥에 이른 달빛은 옥갈고리 걸은 듯.

홰나무는 멀리 버들 둑에 맞닿았고

노랫소린 어부가에 화답한다네.

산천만은 홀로 변함이 없는데

경치는 오히려 부끄럽구나.

이 좋은 곳을 떠나려니

계절이 먼저 가서,

더 머물고 싶어도

그럴 수 없어,

바라보다가

고개 들면,

근심

근심

　　번역도 일부러 마름모꼴로 맞춰보았다. 대동강 옆 부벽루에 올라 고금의 흥망을 굽어보는 감회를 노래했다. 형식에는 유희성이 있지만 내용에서는 장난기가 전혀 없다. 시인은 까다로운 제한을 걸어놓고, 여기에 진중한 내용을 담아 자신의 언어 구사력을 한껏 과시했다.

　　이러한 층시의 전통은 개화기 시가에서 그 편린을 보이다가 조지훈의 〈백접白蝶〉에 와서 다시 재현된다.

<pre>
밤 꽃 불 슬 고 정 가 병 하 너 조 기 가 작 꽃 별 노 한
진 다 픈 요 가 슴 들 이 는 촐 뿐 슴 은   피 섬 래
가 피 히 로 에 거 얀 갔 히 노 가 葬   는 겨
리 지 운 눈 라 花 구 사 래 을 送   밤
라 눈 물 아 瓣 나 라 숨 되 譜
물 지 픈 고 잇 진 진 고
고 가 운 히 白 뒤
습 喪 지 蝶
   章 않
   아 는
</pre>

한시 미학 산책 — ●

가운데를 접으면 마치 한 마리 나비 모양이다. 일부러 9자구를 생략하여 나비 날개의 가운데 부분을 형상화했다. 시를 회화적 형상으로 나타내려는 시도는 독일 등 외국의 경우에서도 흔히 발견된다.

회문시, 바로 읽고 돌려 읽고

청나라 때 북경에 '천연거天然居'라는 술집이 있었다. 건륭황제가 이것을 제목으로 시를 짓게 했다.

| 나그네 천연거에 올라가더니 | 客上天然居 |
| 느긋이 천상의 객이 되었네. | 居然天上客 |

두 구절의 글자 배열을 보면 둘째 구는 첫 구를 뒤집어 읽은 것이다. 말하자면 바로 읽고 거꾸로 읽어 두 구를 만들었다. 그러자 기효람紀曉嵐이 이렇게 받았다.

| 사람이 큰 절간을 지나가는데 | 人過大佛寺 |
| 절의 부처 사람보다 훨씬 크더라. | 寺佛大過人 |

역시 첫 구를 거꾸로 하여 둘째 구를 얻었다. 황제가 크게 기뻐하여 후한 상을 내렸다.

기러기 평정산을 날아가는데   雁飛平頂山

산꼭대기 기러기 떼 가지런하네.   山頂平飛雁

꽃이 만원정에 향기로우니   花香滿園亭

정원에 향기론 꽃 가득하구나.   亭園滿香花

위의 구절들 또한 앞서와 같은 원리로 이루어졌다. 한자가 아니고서는 상상하기 힘든 재미난 구절이다.

한시 가운데 회문시廻文詩라는 것이 있다. 내리읽으나 치읽으나 의미가 통하는 형식의 시체를 말한다. 그러면서도 평측이나 압운이 흐트러져서는 안 되므로 그 제한이 몹시 까다롭다. 가장 일반적인 회문시는 바로 읽어도 되고 거꾸로 읽어도 되는 작품을 말한다. 이밖에도 특별히 바둑판처럼 시문을 배열하거나 중앙에서부터 선회하여 읽고, 아니면 순환 반복해서 읽어야 의미가 통하는 것도 있다. 먼저 기본 형태의 회문시를 한 수 읽어보자.

꾀꼬리 우는 봄날 애끊는 마음   腸斷啼鶯春

진 꽃은 온 땅을 붉게 덮었네.   落花紅蔟地

이불 속 새벽잠은 외롭기만 해   香衾曉枕孤

고운 뺨엔 두 줄기 눈물 흐르네.   玉臉雙流淚

임의 약속 믿음 없기 뜬구름인 듯   郎信薄如雲

제 마음은 일렁이는 강물 같네요.   妾情搖似水

긴 날을 그 누구와 함께 지내며   長日度與誰

근심 겨워 찡그린 상 물리쳐볼까.   皺却愁眉翠

이규보의 〈미인의 원망美人怨〉이란 작품이다. 이른 새벽 창밖에서 꾀꼬리가 운다. 방 안 이불 속에는 이른 아침부터 울며 누운 여인이 있다. 그녀는 뒤숭숭한 꿈에서 막 깨어났다. 그녀의 잠을 깨운 것은 꾀꼬리의 울음소리였다. 설레는 마음에 일어나 창밖을 보니 간밤 비에 떨어진 꽃잎이 마당을 붉게 덮었다. 진 꽃잎은 그녀에게 불길한 예감과 함께 이별의 슬픔에 잠겨들게 했다. 그녀는 뜬구름 같은 임의 약속에 실낱같은 희망을 걸어왔다. 번연히 안 올 것을 알면서도 강물처럼 출렁대는 기다림으로 그녀는 하루하루를 지탱해 간다. 진 꽃잎을 바라보는 상심은 "모란이 지고 말면 그뿐, 내 한 해는 다 가고 말아, 삼백예순 날을 하냥 섭섭해 우옵내다."라고 노래했던 영랑의 마음은 아니었을까.

이번엔 거꾸로 읽어보자. 즉 앞 시의 첫 자가 끝 자가 되고, 끝 자가 첫 자가 되도록 뒤집어 읽으면 다음과 같다.

눈썹은 근심 겨워 찌푸렸으니	翠眉愁却皺
뉘와 함께 긴 날을 지내어볼까.	誰與度日長
강물은 내 마음인 양 넘실거리고	水似搖情妾
구름은 믿음 없는 임 마음 같네.	雲如薄信郎
두 뺨에 옥 같은 눈물 흐르고	淚流雙臉玉
외론 베개 새벽 이불 향기롭구나.	孤枕曉衾香
땅 가득 붉은 꽃이 떨어지더니	地簇紅花落
봄 꾀꼬리 애 끊을 듯 울어대누나.	春鶯啼斷腸

그녀는 근심 속에 인상을 찡그린다. 긴 날을 함께 보낼 사람이 없

기 때문이다. 넘실대는 강물은 그녀의 마음인 듯하고, 흘러가는 구름을 보면 신의 없는 임의 약속이 떠오른다. 그녀는 눈물로 새벽 외로운 베개를 적신다. 창밖에선 분분히 꽃잎이 지고, 꾀꼬리도 가는 봄이 아쉬워 울음을 터뜨린다.

운자를 앞뒤로 맞춰야 하고, 의미도 거꾸로 읽을 때를 대비해야 하니 제약이 이만저만이 아니다. 그런데도 시상의 전개가 자연스럽고, 앞뒤로 읽어 어느 것 하나 부자연스러운 구석이 없다.

회문시 중에는 글자를 하나씩 밀려서 읽는 것도 있다. 다음은 찻주전자에 흔히 써넣는 〈다호시茶壺詩〉이다. '가이청심야可以淸心也'라는 다섯 글자가 써 있는데, 이를 한 글자씩 밀면서 읽으면 이렇게 된다.

마음을 맑게 할 수가 있고	可以淸心也
맑은 마음으로 마셔도 좋다.	以淸心也可
맑은 마음으로도 괜찮으니	淸心也可以
마음도 맑아질 수가 있고	心也可以淸
또한 마음을 맑게 해준다.	也可以淸心

둥근 찻주전자에 돌려가며 쓴 글이라 사실 어느 글자부터 읽어야 할지 알 수가 없다. 그래서 아무 글자부터 읽더라도 뜻이 통하도록 한 것이다. 이런 것을 '자자회문시字字廻文詩'라고 한다.

이인로는 《파한집》에서 이렇게 말했다. "회문시는 제齊·량梁에서 시작되었는데 문자의 유희일 뿐이다. 옛날 두도竇滔의 아내 소혜蘇惠가 직금도織錦圖를 만든 뒤로 그 법이 이어져 송나라 때 삼현三賢 또한 모두 잘 지었다. 무릇 회문시란 바로 읽어도 순조롭고 쉬우며, 거꾸로 읽더라도 빽빽하거나 껄끄러운 태가 없이 말과 뜻이 모두 묘한 뒤라야 좋다고 할 수 있다." 이인로가 말한 소혜의 직금이란 본래는 '회문선기도직금回文璇璣圖織錦'이다. 하늘의 별자리 문양인 선기도안璇璣圖案 위에 가로세로 각 29자씩 841자를 바둑판처럼 수놓은 것이다. 그런데 이것을 돌려 읽거나 가로세로로 읽거나 대각선으로 읽거나 건너뛰어 읽는 등 여러 가지 방법으로 읽어 무려 200여 수의 아름다운 시를 얻을 수 있다. 중국에서는 역대로 이를 읽는 방법에 대한 논문이 여러 편 제출되고 있을 정도다.

이후 중국이나 우리나라에서는 여러 가지 모양의 직금도가 널리 성행하였다. 개화기 때는 《소약란직금도蘇若蘭織錦圖》란 제목의 딱지본 소설까지 나왔다. 이후로 이를 응용하거나 변용한 다양한 형태의 직금도가 선보였다. 몇 예를 보이면 뒷면의 그림과 같다. 위의 두 그림은 필사본 고전소설 《옥린몽玉麟夢》에 나오는 삽화이고, 아래 두 그림은 《규방미담閨房美談》에 보인다. 이 작품들 또한 다양한 방식으로 읽어 수십 수에서 수백 수의 시를 조합해낼 수 있다. 직금織錦이라 한 것은 남편을 멀리 떠나보낸 아낙이 비단에 한 글자씩 수를 놓아 편지 대신에 부치곤 했던 전통에서 비롯되었기 때

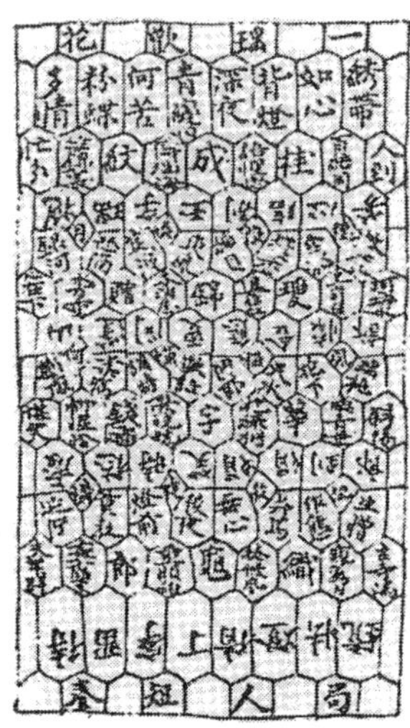

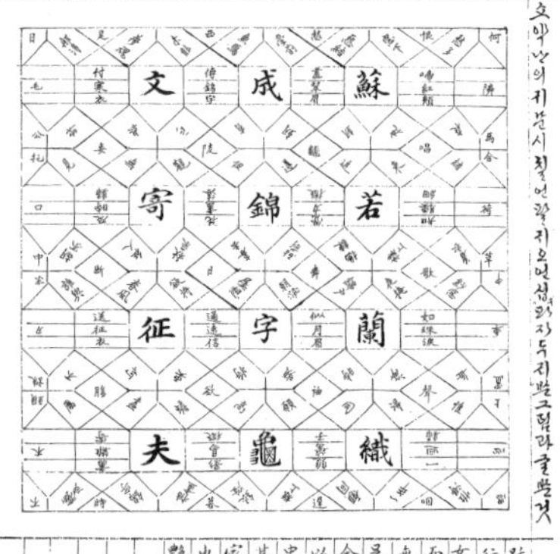

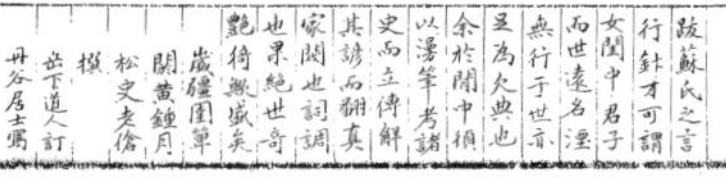

문이다.

이제 회문시 가운데 글자를 돌려가며 읽는 경우를 살펴보기로 하자. 아래 그림은 한나라 때 소백옥蘇伯玉의 아내가 멀리 촉 땅에 있는 남편이 빨리 오기를 바라는 마음을 담아 쟁반 가운데 써서 보냈다는 〈반중시盤中詩〉이다.

이 시는 어떻게 읽어야 할까. 정중앙의 '산山' 자에서 아래 '수樹' 자로 내려와 시계 반대 방향으로 돌고, 다시 그 다음 원에서는 시계 방향으로 돈다. 이와 같은 방식으로 되풀이해 읽으면 다음과 같은 3자시가 된다.

산 나무 높이 솟고	山樹高
새 울음 슬프다.	鳥鳴悲
샘물은 깊어서	泉水深
잉어는 살졌네.	鯉魚肥

빈 창고의 참새는　　　　　　　　空倉雀

늘 주려 괴롭네.　　　　　　　　　常苦飢

벼슬아치 아내는　　　　　　　　　吏人婦

지아비 보기 힘들다.　　　　　　　會夫稀

문 나가 멀리 보니　　　　　　　　出門望

흰 옷이 보인다.　　　　　　　　　見白衣

그이인가 했지만　　　　　　　　　謂當是

또다시 아니구나.　　　　　　　　　而更非

다시 문에 들려니　　　　　　　　　還入門

마음만 슬프다.　　　　　　　　　　中心悲

북으로 당에 올라　　　　　　　　　北上堂

서편 계단 드누나.　　　　　　　　　西入階

급히 베틀 실 꼬아　　　　　　　　　急機絞

북소리 바쁘네.　　　　　　　　　　杼聲催

길게 한숨 쉬지만　　　　　　　　　長嘆息

누구와 말할꼬.　　　　　　　　　　當語誰

그대가 행실 있음　　　　　　　　　君有行

저는 그리 믿어요.　　　　　　　　　妾念之

떠난 지도 여러 날　　　　　　　　　出有日

돌아올 기약 없네.　　　　　　　　　還無期

수건과 띠 묶고서　　　　　　　　　結巾帶

언제나 그립니다.　　　　　　　　　長相思

그대 저를 잊으면　　　　　　　　　君忘妾

하늘이 알 거예요.　　　　　　　　　天知之

제가 그댈 잊는대도	妾忘君
죄 마땅히 받겠죠.	罪當治
제가 행실 있음도	妾有行
마땅히 아실 테죠.	宜知之
누런 것은 금이요	黃者金
흰 것은 옥이라네.	白者玉
높은 것은 산이요	高者山
낮은 것은 골짜기.	下者谷
임의 성은 소씨蘇氏요	姓爲蘇
이름은 백옥伯玉이라.	字伯玉
사람이 재주 많고	人才多
지혜와 꾀 많지요.	智謀足
장안에 집 두고도 몸은 촉땅 가 있어	家居長安身在蜀
말 달려 자주 못 옴 얼마나 애석하리.	何惜馬蹄歸不數
양고기 천 근에다 술이 또 천 말인데	羊肉千斤酒百斛
보리 콩을 먹여서 임의 말은 살졌네.	令君馬肥麥與粟
지금 세상 사람들	今時人
지혜가 부족해서	智不足
이 편지 주어도	與其書
능히 읽지 못하리.	不能讀
마땅히 중앙에서 사방으로 돌도록.	當從中央周四角

3자로 된 구절에 남편을 향한 그리움을 담아낸 솜씨가 절묘하다. 끝에는 아예 시를 읽는 방법까지 친절하게 설명을 달아놓았다.

비슷하지만 좀 더 복잡한 예를 하나 더 읽어보자. 명나라 장조張潮가 엮은 《해낭촌금奚囊寸錦》에 실린 〈영기令旗〉란 작품이다. 위 그림에서 보듯 깃발 안에 49자가 적혀 있고, 정중앙의 '영令' 자만 검게 표시했다. 이 시를 읽는 방법은 좀 복잡하다. 중앙의 '영' 자에서 출발해서 아래로 내려와 시계 방향으로 돌면서 7자씩 끊어 읽는다. 그리고 다음 구의 첫 자는 전 구의 끝 글자를 반으로 갈라서 따온다. 예를 들어 첫 구의 끝 글자 '명銘'에서 '금金'을 취하고, 둘째 구의 끝 글자 '쟁琤'에서 '왕王' 자를 취하는 방식이다. 퍼즐을 풀면 다음과 같다.

각 구절의 끝 글자와 다음 구절의 첫 글자를 보면 절반씩 갈라 꼬리따기 식으로 접속된다. 시의 내용은 군령기의 효용과 의미를 기렸다. 그림 자체를 설명한 셈이다. 단순한 회문에 다시 하나의 파자 퍼즐을 보탠 난이도가 높은 형태다.

《해낭촌금》에 수록된 시 한 수를 더 읽어본다. 삼각형 안에 다시 삼각형을 넣은 모양이다. 삼각형의 세 꼭지점에 유석도儒釋道 세 글자를 배치했다. 제목은 〈함삼위일函三爲一〉이다. 유불도의 가르침을 하나로 통합한다는 뜻이다. 읽는 법은 꼭대기의 '유儒' 자에서 시작해서 한 바퀴 돌아 '자子' 자에서 안쪽 삼각형을 돌아 처음 '유' 자로 맺는다. 시를 읽으면 다음과 같다.

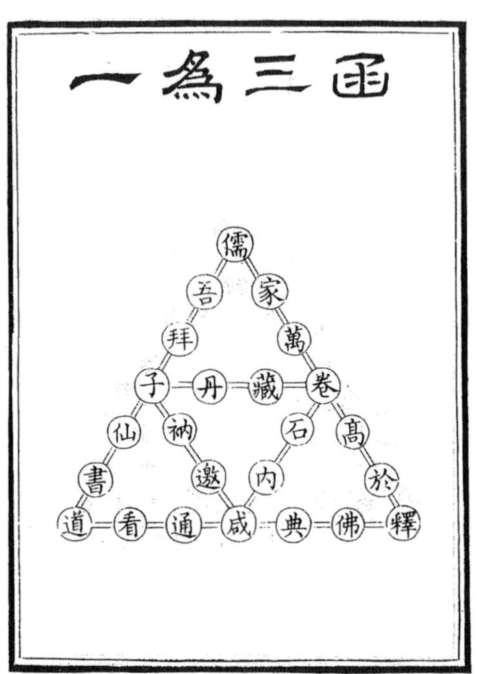

<blockquote>
신선의 단서 경전 석실 안에 간직되니 　　　　仙子丹藏卷石內

납자를 다 맞이해 오유吾儒에게 절 올린다. 　　　咸邀衲子拜吾儒
</blockquote>

　세 개의 꼭지점에 나란했던 학문이 한 줄기로 회통하여 유학으로 일원화되는 과정을 내용뿐 아니라 읽는 순서를 통해서도 드러내 보였다. 이런 형태가 한 단계 더 발전하면 다음과 같은 모양이 된다.

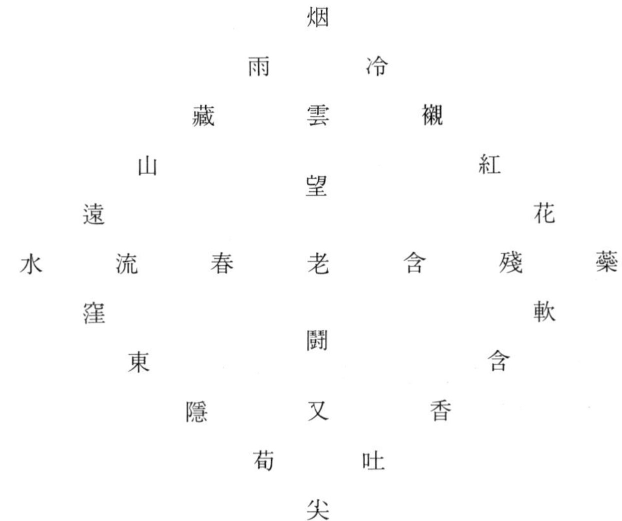

《이공시격李公詩格》이란 책에 수록된 〈반복시反覆詩〉다. 이 시를 읽는 법도 절묘하다. 겉 마름모꼴은 모두 20자로 되어 있는데, 아무 글자 아무 방향으로 읽어도 시가 된다. 대개 5언 절구 30수가량을 얻는다. 또 가운데 십자가 모양에는 모두 13개의 글자가 있다. 위에서 아래로, 왼쪽에서 오른쪽으로 읽고, 다시 반대 방향으로 읽어 7언 절구 4수가 이루어진다. 또 위에서 내려오다가 가운데 '로老' 자에서 왼쪽 혹은 오른쪽으로 읽든지, 왼쪽에서 읽어오다가 '로老'에서 위로 또는 아래로 읽든지 하는 방법으로 다시 4수를 얻는다. 그밖에 전체 29자 가운데 임의로 한 글자를 취하여 좌우로 압운을 따서 5언 혹은 7언, 또는 장단구로 읽어 다시 수십 수를 만들 수 있다. 희한한 문자 유희이다. 마름모꼴 한 수만 읽어본다.

> 붉은 꽃술 서늘함 배어 있는데　　　　冷襯紅花蕊
>
> 향기 품은 꽃봉오리 부드럽구나.　　軟含香吐尖
>
> 순초는 동쪽 물가 숨어 자라고　　　筍隱東窪水
>
> 먼 산은 비안개를 감추고 있네.　　　遠山藏雨烟

　현대까지도 이런 회문시는 창작된다. 주책종周策縱은 1962년 싱가포르를 여행한 뒤 그 소감을 담은 〈성도기유星島紀遊〉란 작품을 남겼다. 시의 원문은 스무 글자를 동그랗게 원형으로 써 놓았다. 역시 자자회문시다.

　작가는 아무 글자로 시작해도 괜찮고 어느 방향으로 읽어도 좋다고 주를 달아놓았다. 이 밖에 한 글자나 두 글자, 세 글자씩 건너뛰어 읽거나, 7언 또는 장단구로 읽을 수도 있다. 일일이 소개하자면 이것만으로도 엄청난 분량의 책이 한 권 될 터이므로 여기서는 몇 가지 용례만 제시키로 한다. 우선 시계 방향으로 읽어보자.

> 황량한 나루엔 배가 비스듬　　　　荒渡斜舟繞

모래사장 흰 언덕 맑게 개었네.　　　　　亂沙白岸晴

향기론 야자나무 그윽한 섬엔　　　　　芳樹椰幽島

아름다운 달빛과 희미한 별빛.　　　　　艷華月淡星

　또한 한 글자씩 밀려서 읽으면 순독順讀·도독倒讀으로 40수를 얻는다. 한 글자씩 건너뛰며 읽을 수도 있는데, 이렇게 해서 다시 수십 수의 시가 된다. 그 한 예를 보이면 다음과 같다.

별과 달 희미한 나무에 곱고　　　　　　星月艷幽樹

꽃 핀 섬엔 야자나무 향기롭구나.　　　　淡華島椰芳

맑은 날엔 어지러이 배 건너오고　　　　晴白亂舟渡

언덕 모래 기운 들판 둘러서 있다.　　　　岸沙繞斜荒

　이것을 7언 절구로 읽으면 약 40수가량을 더 얻는다.

빈 나루 별빛 맑고 달빛이 휘황하니　　　　渡荒星淡月華艷

꽃 고운 섬 고요하고 야자나무 향기롭네.　　華艷島幽椰樹芳

나무 향기 갠 언덕에 백사장이 어지럽고　　樹芳晴岸白沙亂

모래사장 배를 두른 기운 나루 쓸쓸해라.　　沙亂繞舟斜渡荒

　더욱이 위 시는 각 구의 처음과 끝이 두 글자씩 꼬리따기 식으로 연결되어 읽는 묘미를 더한다. 이런저런 방법으로 읽어 단 스무 글자로 만들어낼 수 있는 시의 조합이 놀랍게도 각 체를 망라하여 무려 1,000수가 넘는다고 한다. 한마디로 어안이 벙벙하다.

그림으로 읽기, 신지체

《골계총서滑稽叢書》에 이런 이야기가 실려 있다. 옛날 한 원님의 첩이 총명하여 능히 문자를 이해했다. 그 고을에 문객 한 사람이 해학을 잘하므로 원님이 아껴 격의 없이 지냈다. 하루는 원님이 첩과 동산 정자에서 봄놀이를 하고 있는데, 문객이 심부름하는 아이 편에 쪽지를 보내왔다. 내용이 이러했다.

日 心 人 腹

원님은 내용을 가늠하지 못했다. 첩이 보고 웃으며 말했다. "무에 어려울 게 있답니까? '일日' 자가 매우 기니 이는 '장일長日'입니다. '심心' 자에 점 하나가 없으니 바로 '무점심無點心'입지요. '인人' 자를 조그맣게 썼으니 '소인小人'이구요, '복腹' 자 안에 획을 비웠으니 '복중공腹中空'입니다. 그러니까 '날은 긴데 점심이 없으니, 소인이 뱃속이 비었습니다.長日無點心, 小人腹中空.'라는 말입니다. 한 상 차려줄 줄 알고 기다리는데 점심상이 없으니 밥 달란 말이옵니다." 원님이 그제야 크게 웃으며 한 상 잘 차려 내보냈다는 이야기다. 글자 모양으로 친 장난치고 제법 풍격이 있다.

잡체시 중에도 글자 모양으로 장난을 친 시가 있다. 보통 머리로는 알 수가 없어 신지체神智體라고 부른다. 예전 송나라 신종神宗 때일이다. 북방 오랑캐의 사신이 중국에 와서 중국 측 시인들을 깔보며 태도가 방자하였다. 소동파가 황제의 명으로 이를 접반케 되었다. 사신이 또 시로 소동파를 떠보려 하였다. 소동파가 말했다. "시를 짓는 것은 쉬운 일이오. 그러나 시를 보기란 조금 어렵소." 그러고는 다음 시를 써서 보여주었다. 아무리 읽어봐도 무슨 말인지 알 수가 없었다. 사신은 얼굴이 벌겋게 되어 그 뒤로 다시는 시에 대해 입을 열지 못했다. 소동파가 사신에게 보여준 시는 다음과 같다.

'정亭'은 길고 '경景' 자는 짧다. '화畫' 자는 어인 일인지 속이 비었다. '로老' 자는 크고, '타拖' 자는 옆으로 누웠다. '공節'은 획이 유난히 가늘고 길다. 대개 세 글자로 7자를 표현해서 7언 절구 한 수를 이렇게 나타냈다. 진땀을 흘리는 사신에게 소동파가 그 시를 풀이해주었다. 그 풀이는 이러하다.

긴 정자 짧은 볕은 사람 없는 그림인데	長亭短景無人畫
늙은이 마른 대지팡이 옆으로 당겨보네.	老大橫拖瘦竹節
돌아보면 끊긴 구름 하루해도 저무나니	回首斷雲斜日暮
곡강엔 산 그림자 거꾸로 비쳐 있다.	曲江倒蘸側山峯

위 그림과 이 시의 풀이를 한 글자 한 글자 대조해보면 묘미가 드러난다. '정亭'이 기니 '장정長亭'이고 '경景'은 짤막해 '단경短景'이

다. '화畫' 자는 가운데 '전田' 자 부분을 '십十' 자
대신 '인人' 자를 쓰기도 한다. 그래서 '화' 자에 가
운데가 빈 것을 '무인화無人畫'로 읽었다. 3구의 '수
首'는 돌려 써서 '회수回首'가 된다. '운雲' 자는 가
운데가 뚝 끊어져 '단운斷雲'이다. '모暮' 자는 아래
'일日' 자를 비스듬하게 써놓고 '사일모斜日暮'로 풀
었다. 절묘하지 않은가? 《동파문답록東坡問答錄》이
란 책에 보인다.

이런 장난은 소동파가 북로 사신의 기를 꺾어놓
으려고 순식간에 만들어낸 것이나, 뒤에 재미로 유
사한 창작이 나왔다. 앞의 '날은 긴데 점심이 없으
니'도 이런 장난이 상당히 일반화되었음을 보여주
는 예화이다. 우리나라 문집을 읽다 보니 조선 중기
조위한趙緯韓(1567~1649)의 문집에도 신지체 한 수
가 실려 있다. 문집을 그대로 오려 붙이면 옆의 그
림과 같다.

이를 어떻게 읽을까? 대개 신지체는 한 글자가 두 글자 또는 세
글자의 역할을 감당한다. 모두 16자이니 5언율시다. 이 퍼즐을 앞
서의 방식을 따라 풀면 다음과 같다.

작은 고을 호숫가에 임하여 있고	小郡臨湖上
높은 누각 푸른 하늘 가까이 있다.	危樓近太淸
짙은 안개 넓은 들에 어지럽더니	濃烟迷大野
황량한 성 보슬비가 흩뿌리누나.	片雨入荒城

> 먼 산에 지는 해도 스러져가고 　　　　　　　遠岫斜陽盡
>
> 횡당엔 가는 풀만 우거졌구나. 　　　　　　　横塘細草平
>
> 빈집에 아무런 일이 없기에 　　　　　　　　空齋無一事
>
> 앞 난간에 기대어 휘파람 분다. 　　　　　　長嘯倚前楹

판각이다 보니 각공이 원시의 뜻을 충분히 살리지 못한 감이 있다. 풀이한 시와 대비해보자. '군郡' 자를 작게 써서 '소군小郡'임을 보였다. '군郡' 자를 '호湖' 자 위에 얹어 '임호상臨湖上'이 된다. '루樓'를 비스듬히 눕혔으니 '위루危樓'일 것이 분명하고, '청淸' 자는 보통보다 크게 써서 '루樓' 자와 바싹 붙인 걸 보면 '근태청近太淸'이 아니겠는가. '연烟'은 굵게 써서 '농연濃烟', 즉 짙은 안개라 했고, '야野'도 크게 쓰고 획을 어지럽게 해서 '미대야迷大野'를 이끌어냈다. '우雨' 자는 반쪽을 잘라 '편우片雨'로 읽고, '성城'도 일부러 획을 거칠게 한 뒤 '우雨' 자가 파고들게 만들어 '입황성入荒城'으로 읽었다. 나머지도 이와 같은 독법으로 읽을 수 있다. 별 희한한 짓도 다 했다. 그래도 재미있지 않은가? 근엄하기만 해서야 무슨 맛이 있겠는가? 우스개에 불과해도 운치가 있다.

이상 간략히 층시와 회문시, 신지체 등으로 불리는 잡체시들을 몇 수 살펴보았다. 이 모두 한자가 아니고서는 상상조차 할 수 없는 어려운 창작들이다. 물론 장난기가 다분히 서려 있지만, 적어도 내용 면에서는 진중함을 유지하고 있는 것이 특징이다. 이는 마치 겉으로 그럴 듯한 그림을 그려놓고 그 속에 물건들을 숨겨둔 숨은 그림 찾기와 유사하다. 언어로 유희하는 퍼즐 놀이인 것이다. 이 밖에도 절로 무릎을 치게 하는 절묘한 잡체시가 수없이 많다.

실험정신과 퍼즐 풀기

잡체시의 세계 2

빈칸 채우기, 수시·팔음가·약명체

일생 동안 병고에 괴로웠는데	一生苦沈綿
이월에도 아파서 목이 잠겼네.	二月患喉嘎
삼 일 밤을 끙끙대며 잠 못 이루니	三夜耿不眠
사대 등신 멀쩡한 몸 헛것이로다.	四大眞是假
오십에도 오히려 이러하거늘	五旬尙如此
육십 살을 어이해 살 수 있을까.	六秩安可過
칠정이 날마다 지지고 볶아	七情日煎熬
팔환에 마침내 의지하리라.	八還終當藉
구경도 참으로 보잘것없어	九經眞自鄶
십 년간 구슬피 탄식하노라.	十載徒悲咤

잡체시 중에는 일정한 위치에 정해진 글자를 넣는 형태가 특별히 많다. 《동문선東文選》에 실려 있는 조선 전기 조수趙須(?~?)의 〈수시數詩〉다. 매 구의 첫 자에 차례로 숫자를 매겼다. 운자를 지켜 숫자만 빼면 여느 시와 다를 게 없다. 감기로 잠까지 설치는 고통 중에 병으로 살아온 일생을 돌아보며 허무한 탄식을 토로했다.

수시는 국문시가에도 자주 보인다. 춘향이가 변 사또의 곤장을 맞으며 부르는 〈십장가十杖歌〉가 좋은 예다. 개화기 시가에도 이 같은 예가 많다. 다음은 〈대한매일신보〉 제1050호(1909. 3. 18)에 수록된 신도옥新島玉의 〈조일진弔壹進〉이란 작품이다.

일진회원壹進會員 너희들도

이천만중二千萬中 일분자壹分子로

삼전론三戰論에 미혹迷惑받고

사대강령四大綱領 주창主唱타가

오조약五條約에 선언宣言하니

육대주六大洲에 괴물怪物이요

칠적七賊들의 노예奴隷되니

팔역민八域民의 원수怨讐로다

구추단풍九秋丹楓 엽락葉落하니

십월창승十月蒼蠅 가련하다

백년부귀百年富貴 구하다가

천재유취千載遺臭 되었구나

만세호창萬歲呼唱 하지 마라

억조창생億兆蒼生 비웃는다

숫자가 1에서 10에 그치지 않고, 백·천·만·억·조까지 확대되었다. 당시 친일단체 일진회의 매국 행태를 신랄하게 풍자했다. 숫자가 하나씩 늘어나면서 시상의 전개도 고조된다. 창작상 장난기를 수반해도 문면은 서슬 푸르다. 바로 이러한 태도 속에 잡체시의 매력이 있다. 더 많은 예를 들 수 없어 유감이지만, 한시에 소양이 깊었던 개화기 시인들은 한시의 형태를 응용하여 당시 민중의 목소리를 담아내는 데 성공하고 있다.

대개 이 종류의 잡체시는 채워 넣는 글자가 무엇이냐에 따라 얼마든지 늘어난다. 춘하추동 네 글자를 넣으면 사시시四時詩가 되고, 약초의 이름을 매 구절마다 채워 넣으면 약명체藥名體가 된다. 별자리의 이름을 넣어 성명체星名體라 하고, 《주역》의 괘명을 넣어 괘명

체괘名體가 된다. 새 이름을 넣은 금언체禽言體도 있다. 이 밖에 궁궐 이름, 장군 이름 등 일일이 예를 들 수 없을 만큼 다양한 형태가 있다.

사시시의 한 예를 보자.

봄 물은 사방 못에 넘실거리고	春水滿四澤
여름 구름 기이한 봉우리 많네.	夏雲多奇峰
가을 달 밝은 빛을 환히 비추니	秋月揚明輝
겨울 산엔 찬 소나무 빼어나도다.	冬嶺秀寒松

매 구절 첫 자가 춘하추동이다. 흔히 도연명의 작품으로 알려져 왔다. 명나라 양신의 《승암시화》에는 진晉나라 고개지의 작품이라고 했다. 봄날엔 넘실대는 못물, 여름날 기이한 산봉우리 모양의 뭉게구름, 가을날의 시릴 듯 푸른 달빛, 겨울 산마루에 고고한 자태를 뽐내는 소나무. 사시의 광경은 이렇듯 건강하니, 그 속에 살아가는 인간의 호흡도 따라서 해맑아진다.

쇠창으로 지는 해를 당기어보나	金戈挽落日
이 일 본시 기약하기 쉽지 않다네.	此事本難期
돌밭의 황량함을 일구었어도	石田理荒穢
세모엔 생각과 어그러지네.	歲暮違所思
실이 물듦 오히려 슬프다 하나	絲染尙云慟
막힌 길 슬퍼하지 말아야 하리.	途窮能勿悲
대숲엔 옛날의 어진 이 있어	竹林有古賢

맑은 풍도 높아서 따를 만해라.　　　清風高可追

바가지는 매달려도 먹지 않으니　　　匏瓜繫不食

흰 머리로 깃들어 삶 달게 여기네.　　　白首甘棲遲

흙 인형이 나무 인형 비웃으면서　　　土梗笑木偶

떠내려가 어디로 가는 게냐고.　　　漂流爾焉之

가죽신 티끌 속을 내달려봐도　　　革華走塵埃

고인의 비웃음을 살까 두렵네.　　　恐見高人嗤

감귤로도 먹고 살기 충분하거니　　　木奴足生理

모름지기 벼슬을 어이하리요.　　　何須鐘鼎爲

　　권필의 〈팔음가서회八音歌書懷〉다. '팔음가'란 시의 형식을 말하고, '서회'가 제목이다. 팔음가는 《주역》 팔괘에 맞춘 '금金(종鐘)·석石(경磬)·사絲(현絃)·죽竹(관管)·포匏(생笙)·토土(훈壎)·혁革(고鼓)·목木(축어祝敔)' 등의 여덟 가지 악기를 매 홀수 구 첫 자에 순서대로 얹는 형식의 잡체시다. 진陳나라 심형沈炯이 처음 만들었다고 한다. 한 편의 시 안에 12진辰이나 팔음을 구비함으로써 더욱 완벽한 형식미를 갖출 수 있다고 믿은 옛사람들의 의식이 담겨 있다.

　　시의 각 구절은 모두 전거가 있다. 쇠창으로 해를 끌어당기거나 쓸모없는 돌밭을 일궈 좋은 결실을 기대한 것은 애초에 이루어질 수 없는 일이었다. 혹시나 하고 애를 써보았지만 한 해를 마무리하면서 허망한 탄식을 금할 길 없다. 예전 묵자墨子는 실이 물드는 것을 보고도 슬퍼했다지만, 죽림의 맑은 풍취를 본받아 마음을 닦을 뿐 안타까워할 것은 없다. 묻혀 사는 초라한 삶이지만 모리배가 판치는 벼슬길을 어찌 부러워하겠는가.

잡체시 중에 흥미로운 것이 약명체다. 매 구절마다 약초의 이름을 하나씩 넣는 것이 규칙의 전부다. 의미 연결은 순조로워야 한다.

반하에 서울에 머무르자니	半夏留京口
병 아직 안 나았다 말들을 하네.	人言病未蘇
마땅히 고향으로 돌아가서는	只當歸故里
안개 달빛 앞 호수서 낚시질하리.	烟月釣前湖

권필의 약명체 시다. 각 구절마다 각각 반하半夏·인언人言·당귀當歸·전호前湖, 前胡 등의 약초 이름을 슬며시 끼워 넣었다. 다른 암시적 의미는 없다. 시인의 설명에 따르면 제술관으로 중국 사신을 접대하는 행차에 참여했는데, 큰 병을 앓은 뒤끝이라 사람들이 자신의 건강을 많이들 걱정했다. 약방문에 '인언人言'이란 약초가 있어 장난 삼아 지었다는 시다. '인언'은 '비상砒霜'의 별칭이다. 극독을 지녀 소량만 약재로 쓴다. 시 속의 약재들은 모두 담이나 감기 따위의 치료제로 쓰는 것들이다. 당시 그는 몸이 허해 기침 감기를 심하게 앓았던 모양이다. 사람의 말에 극독이 있다고 한 것도 흥미롭다.

구슬로 꿴 고리, 장두체와 첩자체

한충韓忠(1486~1521)은 기개가 호방하고 비파 연주 솜씨도 뛰어난 문사였다. 그가 주청사奏請使로 중국에 갔다. 용한 점쟁이가 있다는 말을 듣고 평생의 길흉을 점치게 했다. 점쟁이는 그의 사주를 따져

본 뒤 시 한 수를 적어주었다. 내용이 이러했다.

年壯氣拔天摩 把龍泉幾歲磨 上梧桐將發響 中律呂有時和

傳三代詩書教 起千秋道德波 幣已成賢士價 生何獨怨長沙

6자 8구의 시였는데 무엇을 예언한 것일까? 시를 받아든 한충은 뜻을 몰라 한참이나 고개를 갸웃했다. 점쟁이가 써준 것은 장두체藏頭體라 불리는 잡체시다. 문자 퍼즐의 한 종류로, 그 규칙은 매우 간단하다. 각 구의 맨 끝 자를 파자破字하여 그 아래 토막을 그 다음 구의 첫 자로 사용한다. 앞서 깃발 모양의 회문시에서 이미 한 차례 나왔다. 첫 구의 끝 자가 '마摩'이니 이를 파자하여 둘째 구 첫 자에 '수手'를 얻는다. 둘째 구 끝 글자인 '마磨'에서는 '석石'을 취한다. 같은 원리로 '향響'에서 '음音'을, '화和'에서 '구口'를 얻는다. '교教'에서 '문文'을, '파波'에서 '피皮'를 떼어내고, '가價'에서 '가賈'를 취한다. 끝 구의 '사沙'에서 다시 '소少'를 취해 맨 첫 자에 이어 붙임으로써 퍼즐이 완성된다. 이와 같이 해서 시를 원 상태로 복원시키면 다음과 같다.

젊은 날 장한 기운 천마를 내뽐으니	少年壯氣拔天摩
용천검 손에 잡고 몇 해를 갈았던가.	手把龍泉幾歲磨
섬돌 위 오동잎이 장차 소리 내더니	石上梧桐將發響
율려에도 알맞고 때와도 부합하네.	音中律呂有時和
입으로는 삼대 시서 가르침을 전하겠고	口傳三代詩書教
그 글은 천추의 도덕 물결 일으키리.	文起千秋道德波

폐백으로 현사 이름 모두 다 이뤘는데　　　　　　　皮幣已成賢士價

가생은 어이 홀로 장사 땅을 원망했나.　　　　　　賈生何獨怨長沙

한 사람의 운명을 예언한 시다. 행간에 심상찮은 의미를 감추었다. 처음 1·2구는 한충이 젊어 뛰어난 자질을 갖추고 때를 기다리던 시기다. 3·4구는 그가 학문적 온축을 더해 마침내 과거에 급제하고, 시대에 필요한 인재로 성장하였음을 기렸다. 5·6구는 장차 문장과 학문으로 큰 명성을 떨치리라는 예언이다. 7구의 피폐皮幣는 예전 현사를 등용할 때 임금이 하사하는 가죽과 비단 등의 예물을 말한다. 결국 7구는 임금의 지우를 입어 이름을 날릴 것을 예언한 것이다. 8구는 한나라 때 가의賈誼가 그랬던 것처럼 모함을 입어 먼 곳으로 귀양 가 비참한 최후를 맞을 것임을 예언했다.

그는 젊은 나이에 당당히 과거에 급제하여 이조 정랑, 홍문관 전한 등의 요직을 거쳐 1518년에 종계변무宗系辨誣의 막중한 사명을 띠고 주청사 남곤의 서장관이 되어 명나라로 갔다. 그러나 현지에서 남곤과 잦은 의견 대립으로 마침내 그의 미움을 샀다. 돌아와서는 충청도 수군절도사로 좌천되었고, 재임 중에 일어난 기묘사화에 조광조 일파로 지목되어 8구의 예언처럼 거제도로 유배되기에 이른다. 이듬해 신사무옥辛巳誣獄에 다시 남곤의 책략으로 연좌되어 마침내 옥중에서 비명에 죽었다. 김정국金正國(1485~1541)의 《사재척언思齋摭言》과 자신의 문집인 《송재집松齋集》에 실려 있다.

장두체藏頭體란 글자 그대로 각 구절 첫 글자에 비밀이 감추어져 있는 형식이다. 달리 옥련환玉連環이라고도 한다. 옥玉은 글자니 옥련환은 글자가 고리처럼 이어지는 꼬리따기 노래다. 겉으로 보기에는 여느 한시와 다를 것이 없다. 감춰진 규칙을 고려하면 각 구의 끝 글자가 놓이는 순간 다음 구절의 첫 글자가 제한되니, 창작상 고도의 기교와 언어 구사력이 요구된다.

낙엽 위엔 쓸쓸히 서리가 내렸고	木葉蕭蕭正着霜
상여는 병이 많아 빈집에 누워 있네.	相如多病臥虛堂
흙 계단 황량한 풀 가을인데 푸르고	土階荒草秋猶碧
시냇가 국화꽃은 늦어 더욱 향기롭다.	石澗黃花晚更香
구름 사이 햇빛 비쳐 먼 하늘이 환한데	日色暎雲明遠昊
바람은 기러길 불어 높은 뫼를 건넨다.	天風吹雁度高岡
산촌에서 사물보다 때 늦음에 놀라니	山村覽物驚時晏
어이해야 벌레 소리 침상 멀리 쫓을고.	安得蛩聲不近床

권벽의 〈추일산재秋日山齋〉란 작품이다. 소소한 가을날의 감상을 잘 포착했다. 서리 묻은 낙엽, 병들어 빈집에 누운 고단한 신세다. 황량한 듯 푸른 풀과 늦저녁에 향기로운 국화는 자신의 심상이다. 흐르는 세월이야 어쩌겠는가. 이 작품 또한 앞서의 규칙을 똑같이 적용한 장두체다. 첫 구 끝 자 '상霜'에서 둘째 구 첫 자 '상相'이 나왔고, 8구 끝 자 '상床'에서 첫 구 첫 자 '목木'이 나왔다. 꼬리따기로 이어진다.

처음 이 시를 보고 문집 어디에도 읽는 법을 설명한 것이 없어 어째서 이 시가 잡체시가 되는지 몰랐다. 일단 번역이나 해보려고 원문을 옮겨 적는데, 이상하게 구절이 바뀔 때마다 비슷한 글자가 반복되는 게 아닌가. 그래서 옥련환의 규칙을 알 수 있었다.

예전 윤봉길 의사 기념관에 들렀는데, 윤 의사가 젊은 시절 지었다는 한시가 있었다. 그 시는 이러하다.

썩지 않을 이름으로 선비 기개 밝으니	不朽聲名士氣明
선비 기개 밝고 밝아 만고에 해맑도다.	士氣明明萬古淸
만고에 맑은 마음 배움에 달렸으니	萬古淸心都在學
배워 행함 가운데 썩지 않을 이름 있네.	都在學行不朽聲

각 구절마다 끝의 세 글자가 다음 구절에 그대로 반복되고, 4구의 끝 석 자는 다시 첫 구의 첫 부분에 되풀이되는 꼬리따기 노래다. 순환구조로 맞물려 있는 것은 장두체와 같다. 아종에 해당한다. 이는 따로 첩자시疊字詩라고 한다. 다음 구절들도 모두 비슷한 발상으로 지은 것이다.

무대가 자그만 세상이라면	舞臺小天地
천지는 커다란 무대일러라.	天地大舞臺

'소'와 '대'를 중앙에 두고 '무대'와 '천지'의 위치를 서로 맞바꿨다. 간결하면서도 깊은 함축을 담았다.

思伊久阻歸期

縛　　　　　　憶

轉漏聞時離別

　이것도 첩자시다. 지은이는 송나라 때의 유명한 시인 진소유秦少
游다. 이 시는 왼쪽 '정靜'에서 시계 방향으로 7언으로 끊어 읽는다.
다만 모두 14자이므로 그냥 읽으면 두 구절로 끝난다. 그래서 뒤의
넉 자 또는 석 자가 다음 구절에 반복적으로 나타나게 서로 걸쳐서
읽는다. 겹치는 부분을 표시해서 읽으면 아래와 같다.

靜思伊久阻歸期
　　久阻歸期憶別離
　　　　憶別離時聞漏轉
　　　　　　時聞漏轉靜思伊

뜻으로 풀면 이렇게 읽는다.

돌아올 기약 늦는 그댈 오래 생각타가	靜思伊久阻歸期
올 기약 늦어지자 이별할 때 생각난다.	久阻歸期憶別離
이별할 때 생각하니 물시계 소리 들리고	憶別離時聞漏轉
물시계 소리 들으면 그대 생각 잠긴다오.	時聞漏轉靜思伊

　의미가 꼬리를 물며 이어진다. 진소유의 아내 소소매蘇小妹가 친
정오라비인 소동파의 집에 다니러 가서 오래 돌아오지 않자 아내를
그리며 보낸 시이다. 이 시를 받아본 소소매와 소동파는 똑같은 시
체로 각각 한 수씩 지어 화답했다. 그녀는 서둘러 남편에게 돌아왔
다. 그녀가 답장으로 보낸 시는 이러하다.

　　　　　　　　　　　　　　　　　　한시 미학 산책 —

蓮人在綠揚津

採

玉漱聲歌新関

이를 다시 앞서와 같은 방식으로 읽어보자.

연밥 따는 사람은 버들 나루에 있는데	採蓮人在綠楊津
푸른 버들 나루엔 한 곡조 새롭구나.	在綠楊津一関新
한 곡조 새 노래는 소리가 옥과 같고	一関新歌聲漱玉
옥 같은 노랫소린 연밥 따는 사람일레.	歌聲漱玉採蓮人

　남편의 편지를 받았을 때 그녀는 마침 오빠와 함께 호수 위에서 연밥 따는 광경을 보고 있던 참이었다. 연밥 따는 아가씨들이 부르는 노랫가락에 정신을 한창 뺏기고 있었다.

파자놀음과 탁자시

한시 중에는 앞서 장두체와 같이 파자하여 장난을 친 문자 유희가 심심찮게 있다. 글자를 쪼갰다 하여 탁자시坼字詩라고도 한다. 다음은 흔히 김삿갓의 시로 알려진 작품이다.

신선은 산 사람이나 부처는 사람 아니요	仙是山人佛弗人
기러기는 강 새지만 닭이 어찌 새이리오.	鴻惟江鳥鷄奚鳥

> 얼음이 한 점 녹자 다시금 물이 되고   氷消一點還爲水
> 두 나무 마주서니 어느새 숲이 되네.   兩木相對便成林

말인즉 구구절절이 옳다. '선仙'은 '인人'과 '산山'을 합한 글자다. 파자하면 '산인山人'이다. '불佛'은 '불인弗人'이다. 또 '홍鴻'은 '강조江鳥'요, '계鷄'는 '해奚'와 '조鳥'를 묶은 것이다. 이 네 글자를 파자하여 의미로 푼 것이 1·2구다. '빙氷' 자에서 점 하나가 녹아버리면 '수水' 자다. '목木'이 두 개 나란히 마주보면 '림林'이다. 재미있는 문자 유희다.

청나라 때 문인 사치엄史致儼이 9세에 현시縣試에 응시했다. 현령이 다음 구절에 대구를 맞추게 했다.

> 한가로이 문 가운데 달을 보면서   閒看門中月

사치엄이 즉각 응대했다.

> 생각은 마음속의 밭을 간다오.   思耕心上田

'한閒'은 글자 모양이 '문門' 가운데 '월月'이 들어가 있는 모양이다. 이와 마찬가지로 '사思'는 '심心' 위에 '전田'을 얹은 꼴이다. 대구가 절묘하다. 이런 예는 또 있다.

> 기러기는 강가에 사는 새이고   鴻是江邊鳥
> 누에는 천하의 벌레로구나.   蚕爲天下虫

이 같은 것도 모두 파자를 활용하여 같은 원리로 지은 구절들이다. '잠蚕' 자의 생김이 '천天' 자 아래 '충虫'을 넣은 모양이라 '천하충天下虫'으로 읽는 재치를 발휘했다.

> 문을 나서 멀리 보니 산마다 푸르고　　　　　　出門遠觀山山翠
> 벗을 보낸 뒤부터 달만 보면 반갑구나.　　　　朋友相送月月親

위 시에서는 '출出'을 '산산山山'으로, '붕朋'을 '월월月月'로 각각 파자하여 장난쳤다. 이러한 장난이 더 진전되면 다음과 같은 창작으로 발전한다.

> 해와 달 아침저녁 환하게 밝고　　　　　　　日月明朝昏
> 산바람에 이내가 절로 이누나.　　　　　　　山風嵐自起
> 돌 껍질은 깨뜨려도 단단만 한데　　　　　　石皮破仍堅
> 고목은 말랐어도 죽지 않았네.　　　　　　　古木枯不死
> 보고 싶은 그대여 어이 오려나　　　　　　　可人何當來
> 마음은 몇천 리나 떨어진 듯해.　　　　　　　意若重千里
> 시를 지어 황학을 노래하자니　　　　　　　永言詠黃鶴
> 지사의 마음은 끝이 없어라.　　　　　　　　志士心未已

송나라 때 무명씨의 작품이다. 산속을 거닐며 먼 곳에 있는 지기를 그리는 마음을 노래했다. 글자가 조합되는 경위를 알아보자. 처음 다섯 구는 앞의 두 글자를 합하여 세 번째 글자로 만든 것이다. 즉 '일월日月'이 옆으로 합쳐져 '명明'이 되고, '산풍山風'은 아래위로 '람嵐'이 된다. '람嵐'은 산속에 떠도는 안개 비슷한 푸른 기운, 즉 이내를 말한다. '석피石皮'는 차례대로 '파破' 자를 만들고, '고목古木'은 뒤집어 '고枯'가 되었다. 5구의 '가인可人'은 앞쪽에서 '하何'가 되고, 6구의 '천리千里'는 뒤쪽에서 '중重' 자가 된다. 다시 '영언永言'이 '영詠'으로 되고, 8구에서는 '지사志士'로 '심心'을 만들었는데, 여기서는 글자를 합하지 않고 오히려 뺐다. 같은 원리로 글자를 만들면서도 구절마다 위치나 방식에서 흥미로운 변화를 주었고, 각 구절의 가운데 글자를 조합자로 하였다는 점이 같다.

이런 형태는 좀 더 유희적으로 발전하기도 한다. 명나라 때 노단盧枏이 장난으로 노래하였다.

| 새가 바람 속에 들어가더니 | 鳥入風中 |
| 벌레를 물고 나와 봉황 되었네. | 銜出虫而作鳳 |

'풍風' 자 속으로 '조鳥'가 들어가서는 '충虫'을 물고 나왔으니, 결국은 '봉鳳' 자가 된 것이다. 그러자 그 친구 왕운풍王雲風이 대답하였다.

| 말이 갈대 물가를 거닐더니만 | 馬行蘆畔 |
| 풀을 다 뜯어먹자 나귀로 변했네. | 吃盡草以變驢 |

'마馬'가 '로蘆' 곁을 지나다가 '초艸'를 다 뜯어먹었으니 남은 것은 '로盧'뿐이다. 거기에 다시 '마馬'를 붙이면 '려驢'가 된다. 묘한 장난이다. 더욱이 왕운풍에게 '풍風' 자로 농을 걸자, 그는 노단의

'노盧'자로 되받아 응수한 것이어서 한층 묘미가 있다. 김삿갓의 다음 시도 이와 비슷하다.

> 하늘이 모자 벗고 한 점을 얻으며 天脫冠而得一點
> '내乃'가 지팡이를 잃고 띠를 하나 둘렀네. 乃失杖而橫一帶

무슨 소리일까? '천天'이 모자를 벗으면 '대大'가 된다. 여기에 다시 한 점을 얹으니 '견犬'이다. '내乃'가 지팡이를 잃으면 '료了'만 남고, 여기에 다시 띠를 하나 둘러주면 '자子'가 된다. '견자犬子', 쉽게 말해 '개새끼'이다. 문전박대를 당하고 나서 부아가 치밀어 비꼰 시다.

고대 중국에는 이렇듯 글자를 떼었다가 다시 붙이는 파자나 합자의 방식을 활용한 은어나 수수께끼가 많다. 《후한서後漢書》〈오행지五行志〉에는 한나라 헌제獻帝 때 불렸다는 동요가 실려 있다.

> 천리초는 어찌 저리 푸른가. 千里草何靑靑
> 열흘 동안 점을 치니 살지를 못한다네. 十日卜不得生

무슨 말일까? '천리초千里草'를 한데 묶으면 '동董'이 되고, '십일복十日卜'은 '탁卓' 자가 된다. '청청靑靑'은 푸르게 우거져 왕성한 모양이고, '부득생不得生'은 죽는다는 뜻이다. 당시 전횡을 일삼던 간신 동탁董卓이 지금은 저렇듯 날뛰지만 머지않아 망할 것이라는 예언성 참요讖謠였다.

고려 말에는 '십팔자득국十八子得國'으로 이씨 조선의 건국을 예

언한 노래가 있었다. 대궐 오동잎에 꿀물로 '주초위왕走肖爲王'이라
고 쓴 뒤 벌레가 글자대로 갉아먹자 왕에게 바쳐 조씨趙氏가 왕을
꿈꾼다고 모함했던 일도 같은 착상에서 나왔다.

　당나라 말 어떤 나그네가 청룡사靑龍寺란 절로 스님을 찾아왔다.
스님이 만나주지 않고 물리치자 절 문에다 시를 적어놓고 갔다.

<table>
<tr><td>감실에 새긴 용은 동해로 가고</td><td>龕龍去東海</td></tr>
<tr><td>서산에 기운 해는 숨어버렸네.</td><td>時日隱西斜</td></tr>
<tr><td>글을 숭상하는 이 이제는 없고</td><td>敬文今不在</td></tr>
<tr><td>돌멩이는 부서져 모래 되었네.</td><td>碎石入流沙</td></tr>
</table>

　알 듯 말 듯 모호하다. 제1층의 뜻은 이렇다. 청룡사에 와서 용과
같은 큰스님을 만나 불법의 대의를 깨닫고자 하였건만, 먼 길을 찾
아온 객을 문전박대로 쫓아낸다. 고약한 절 인심이다. 그래서 그는
1·2구에서 이미 용이 청룡사를 떠나버려 절의 기상도 서산의 낙일
처럼 기울어간다고 조소하였다. 큰 바위같이 중심을 잡아줄 학승이
없으니 나머지야 돌멩이 부서진 모래알 같다는 것이다.

　한편 이 시에는 제2층의 의미가 감춰져 있다. 자세히 보면 또한
파자를 활용한 탁자시이다. 1구 첫 자 '감龕'에서 반을 끊어 둘째
자 '룡龍'으로 이었고, 2구도 '시時'를 갈라 '일日'을 만들었다. 마찬
가지 방법으로 '경敬'에서 '문文'을, '쇄碎'에서 '석石'을 따왔다.

　뒤늦게야 한 중이 문득 깨닫고 말하기를, "우리를 크게 욕한 시로
구나!"라고 하였다. 그 중은 이 시에 담긴 제3층의 암호를 읽은 것
인데, 그것은 '합사구졸合寺苟卒' 네 글자이다. 이 글자들은 앞서 파

　　　　　　　　　　　　　　　　　　　　　　한시 미학 산책 — ●

자하고 남은 것들이다. 즉 '감龕'에서 '용龍'을 떼니 '합合'이 남고, '시時'에서 '일日'을 취하자 '사寺'가 남는다. 나그네는 의도적으로 '합사구졸' 네 글자를 남겨 고승은 가고 없고 남은 것은 '온 절간에 구질구질한 졸장부'뿐이라고 기롱했다. 파자를 활용한 비교적 단순한 탁자시가 이에 이르러 다시 한 단계 더 복잡하게 변했다.

이합체와 문자 퍼즐

<table>
<tr><td>연석은 여전한데</td><td>硏石猶在</td></tr>
<tr><td>현산은 무너졌다.</td><td>峴山已頹</td></tr>
<tr><td>강녀가 떠났어도</td><td>姜女已去</td></tr>
<tr><td>맹자는 오질 않네.</td><td>孟子不來</td></tr>
</table>

소동파가 벼루 뚜껑에 새긴 글이다. 현산의 돌을 캐어 벼루를 만들었다. 하도 많이 캐고 보니 현산은 모두 닳아 없어져버렸다. 캔 벼룻돌만 남았다. 강녀가 떠났어도 맹자는 오지 않는다는 말은 만리장성에 얽힌 맹강녀孟姜女 설화를 말하는 듯하다. 진시황 때 만리장성을 쌓는 노역에 끌려간 남편을 찾아 떠난 맹강녀는 남편이 이미 죽었음을 알았다. 그녀가 만리장성 아래에서 통곡하자 만리장성이 무너져 남편의 시신이 드러났다고 한다. 그녀는 그곳에서 망부석으로 굳어버렸다.

시인은 결국 무슨 말이 하고 싶었던 걸까. 다시 이렇게 읽어보자.

연硏에 석石이 오히려 있고   硏石猶在

현峴에 산山은 이미 무너졌네.   峴山已頹

강姜에서 녀女를 제거하고   姜女已去

맹孟에는 자子가 오지 않네.   孟子不來

결국은 글자 풀이를 한 내용이다. '연硏'에서 '석石'만 남기고, '현峴'에서 '산山'을 지운다. 그렇게 남긴 두 글자를 합치니 '연硯'이다. '강姜'에서 '여女'를 없애고, '맹孟'에서 '자子'를 빼서 아래 위로 합치자 '개盖'가 된다. 두 글자를 합하면 '연개硯盖', 즉 '벼루 뚜껑'이다. 소동파는 시치미를 뚝 떼고 위 네 구절을 벼루 뚜껑에 새겨놓은 것이다. 특별한 지시적 의미는 없다. 각 구의 첫 글자에 감추어둔 비밀을 노출시키지 않으려고 그럴듯한 당의를 입힌 것에 불과하다.

그 규칙은 이렇다. 앞서 본 장두체에서 한 걸음 더 나아가 첫 구의 좌우 반 토막에서 앞쪽을 떼고, 둘째 구에서는 뒤쪽을 떼어, 이를 합쳐 한 글자로 만든다. 3·4구도 마찬가지 방법으로 다시 한 글자를 만든다. 그 단어가 시의 제목이다.

이합체離合體란 이처럼 각 구절의 첫 자에서 반 토막씩 잘라 둘을 합쳐 한 글자로 만들고, 이렇게 만들어진 글자의 조합으로 제목을 삼는 형식의 시체를 말한다. 글자가 일단 떨어졌다가[離] 뒤에 다시 합쳐[合]지므로 이런 이름이 붙었다. 이합체는 장두체보다 더 고도의 숙련이 요구되는 까다로운 형식이다. 여기에도 변이형태가 대단히 많다. 후대로 갈수록 제한이 까다로워진다.

이제 본격적으로 완성된 형태의 이합체 시 한 수를 감상해보자. 장유의 작품이다.

가는 해 어느새 이미 바뀌어 徂年欻已改

장차 한가로이 노닐 만해라. 且可閑逍遙

천뢰의 울림을 취해 들으니 聽取天籟鳴

귓가에 칼 고르는 소리 요란타. 耳邊喧調刁

시대에 쓰이기는 이미 늦었고 干時良已晚

반백 머리 어지러이 흩날리누나. 二毛紛飄蕭

답답해라 명리를 붙좇는 사람 沓沓名利子

대낮에 가벼운 갖옷 뽐내네. 白日誇蟬貂

그저 두면 즐거워 절로 편한데 弛置樂自便

다시금 어부와 나무꾼 보네. 也復觀漁樵

창귀가 범에게 부림당하듯 倀鬼役於虎

사람도 요괴에 현혹된다네. 人或遭昏妖

어른 되곤 멀리 살핌 좋아하여서 結髮喜玄覽

길흉과 궁달이 사라졌다네. 吉凶窮長消

순박하게 겉치장 사절하리니 椎樸謝外飾

썩은 나무 어이해 조각을 하리. 木朽安可彫

온 세상은 쫓아 다툼 좋아하여서 擧世好趨競

나와는 서로 간에 맞지를 않네. 與我不相要

시서는 무덤 파는 구실이 되고 詩書資發塚

언어도 한갓 시끄러울 뿐. 言語徒譊譊

궁하여도 도는 잃지 아니하리라 固窮不失道

옛사람은 이미 적막하다네. 古人已寂廖

어리석다 마음을 졸이는 사람 惑哉內熱子

마음속 언제나 애가 타리니. 心裏長如焦

늘그막의 심경을 술회한 24구의 긴 시다. 어지러운 세상, 사람들은 갖옷만 뽐내고, 고요히 자신을 돌아보는 시선은 잊은 지 오래다. 《논어》에서는 "궁해도 의로움을 잃지 않고, 현달해도 도를 떠나지 않는다.窮不失義, 達不離道."고 했다. 인간은 어떤가. 공연한 허욕에 사로잡혀 속만 태우고 있지 않은가. 고요히 사물을 바라보는 시인의 담담한 시선이 독자를 깨달음의 세계로 이끄는 힘이 있다.

이제 각 구절 속에 감춘 이합의 퍼즐을 풀어보자. 퍼즐의 열쇠는 각 구절의 첫 글자에 숨어 있다. 설명의 편의를 위해 각 구절의 첫 자를 네 구씩 나눠 보이면 다음과 같다.

徂且聽耳 干二沓白 弛也倀人 結吉椎木 擧與詩言 固古惑心

앞서의 방법대로 첫 구 '조徂'에서 앞쪽 '척彳'만 취하고, 남은 '차且'는 2구의 첫 자로 쓴다. 다시 3구의 '청聽'에서 뒤쪽 '덕悳'을 취하고 남은 '이耳'는 4구의 첫 자가 된다. 따로 떼낸 두 글자를 합쳐 '덕德' 자를 얻는다. 같은 원리로 5구에서 8구의 조합에서 '수水'를 얻고, 9구에서 12구까지로 '장張' 자를 만든다. 13구에서 16구까지는 '유維' 자를, 17구에서 20구까지는 '지持' 자가 만들어진다. 21구에서 24구까지는 '국國' 자가 남는다. 결국 '덕수德水 장유張維 지국持國'이라는 여섯 글자를 얻었다. 덕수는 장유의 본관이고, 지국은 그의 자이니, 결국 위 시에 감추어둔 이합자가 지시하는 바는 '나', 즉 시인 자신이었다. 시의 내용 또한 나 자신을 술회했다.

이렇듯 정격의 이합체는 1구 첫 글자의 앞쪽 반과, 3구 첫 글자의 뒤쪽 반을 떼어 합하고, 떼고 남은 나머지 반을 각각 2·4구의 첫 글자로 쓰는 것이 정해진 규칙이다. 이 퍼즐을 풀어 얻은 글자가 시의 제목이다. 얼마나 놀라운 언어의 유희인가. 말하자면 이합체 한시는 각 구의 첫 글자를 거의 미리 정해놓고 시를 짓는 셈이다. 그러니 언어 운용상의 제한과 어려움은 말해 무엇 하겠는가. 그런데도 장유의 시를 보면 표면적으로는 그런 제한을 받은 흔적을 전혀 느낄 수가 없다.

이 밖에도 기묘한 잡체시는 수도 없이 많다. 이런 시들 속에는 그 어려운 한자를 마치 떡 주무르듯 제멋대로 가지고 놀았던 옛 시인들의 풍류가 거나하다. 장난은 장난이되 격조를 잃는 법이 없었다. 얼마나 많은 습작의 과정을 거쳤으면 언어를 이처럼 자유자재로 구사할 수 있었을까. 언어를 매만지는 장인의 근성이 이런 잡체시를 낳았다.

오늘날 잡체시가 던지는 의미는 무엇일까? 언어의 부단한 실험 정신, 질곡을 만들어놓고 그 질곡에서 벗어나기, 언어의 절묘한 직조가 보여주는 즐거움 외에도 잡체시는 오늘의 시단에 의미 있는 시사를 준다. 젊은 시인들이 실험하고 있는 각종의 형태시들은 기실 우리가 까맣게 잊고 있던 전통의 재현일 뿐이다. 세상은 돌고 돈다. 이 모든 현상들 앞에서 우리는 수없는 상호 텍스트화를 되풀이하고 있을 뿐이다.

말장난의 행간

—

한시의 쌍관의 雙關義

초록 저고리, 국수 한 사발

조선 전기의 학자 김일손金馹孫(1464~1498)이 젊어 산사山寺에서 공부하고 있을 때 일이다. 어느 날 편지 한 통이 장인에게 배달되었는데, 편지의 사연이 야릇하였다.

> 文王沒 武王出 周公周公 召公召公 太公太公

이를 현대어로 옮기면 이렇게 된다. "문왕이 돌아가시자 무왕이 나오셨네. 주공이여, 주공이여! 소공이여, 소공이여! 태공이여, 태공이여!" 예전 은나라가 임금 주紂의 포학한 통치로 혼란에 빠졌다. 문왕이 어짊으로 백성을 다스려 모든 제후가 그를 존경하여 따랐다. 그가 세상을 뜬 뒤에도 주의 포학한 정치는 끝날 줄 몰랐다. 이에 그 아들 무왕이 의로운 군대를 일으켜 은나라를 멸망시키고 주나라를 세웠다. 이때 무왕의 수레를 막고 출병의 불가함을 주장했던 이가 백이와 숙제다. 이와 달리 무왕을 보필하여 주왕조의 기틀을 다진 세 공신이 있으니 그들이 바로 주공周公과 소공召公과 태공太公이다. 후세는 이 셋을 '삼공三公'으로 기려 높였다.

이런 배경을 알고 다시 위의 편지를 읽어보면 이렇다. '어진 임금이 어진 임금의 뒤를 잇고, 다시 충직한 신하가 보필하니 아름답도다.' 산사에서 멀쩡하게 공부 잘하던 사위가 뜬금없이 장인에게 보낸 편지치고는 왠지 사연이 괴이쩍다. 김일손이 정말 "장인어른! 저 요즘 이렇게 중국 역사 공부를 열심히 하고 있습니다."라는 말을 하려고 편지를 띄웠을까? 그런 것이 아니다. 문왕은 이름이 '창昌'

이고 무왕의 이름은 '발發'이다. 주공은 이름이 '단旦'이고 소공은 '석奭'이다. 그리고 태공의 이름은 '망望'이다. 이것을 음독과 훈독으로 섞어 읽으면 이렇게 된다.

> 창昌이 닳아 발發이 나왔으니, 아침旦마다 저녁奭＝夕마다 바라고 바랍니다望.

쉽게 말해 "장인어른, 신발 한 켤레만!" 이 위 편지의 진짜 사연이다. 요 맹랑한 편지를 앞에 두고 고개를 갸웃거리던 장인은 이윽고 무릎을 딱 치고 가죽신 두어 켤레를 산사로 보냈다. 《어우야담》에 나오는 이야기다. 퀴즈의 수준이 꽤 높다.

《요로원야화기要路院夜話記》에도 이와 비슷한 장난 시가 실려 있다.

> 굉장히 썰렁한 한 고조에게　　　　大寒漢高祖
> 도연명은 도무지 오지를 않네.　　陶淵明不來
> 진시황의 아들을 치고자 하나　　欲擊始皇子
> 주머니에 항장군이 따로 없고나.　囊無項將軍

도대체 무슨 소린가? 한 고조漢高祖 유방이 어째서 썰렁하고, 시대도 다른 도연명陶淵明은 왜 그에게 안 가는가? 진시황의 아들과 주머니 속의 항 장군項將軍은 또 무슨 관련이 있나? 위 시는 이런 식으로 읽어서는 백날 골머리를 썩여도 소용이 없다. 앞서와 같은 독법으로 해결해야 한다. 한 고조의 이름은 '방邦'이고 도연명의 이름

은 '잠潛'이다. 진시황의 아들은 '부소扶蘇'이고, 항 장군의 이름은
'우羽'이다. 이를 풀어 다시 읽으면 이렇게 된다.

> 대단히 추운 방邦(漢高祖)에
> 잠潛(陶淵明)이 오질 않네.
> 부시扶蘇(始皇子, 부싯돌을 말함)를 치려 하나
> 주머니에 깃羽(項將軍)이 없네.

방이 하도 추워서 도무지 잠을 이룰 수가 없다. 그래서 부시를 쳐
서 화로에 불을 피워 몸을 녹이고 싶은데 깃, 즉 불쏘시개가 없어
불을 붙일 도리가 없다는 타령이다.
　김삿갓의 시에는 이런 말장난이 아주 흔하다.

하늘 길어 간대도 잡을 수 없고	天長去無執
꽃이 늙어 나비도 오지를 않네.	花老蝶不來
국화는 찬 모래에 곱게 피었고	菊秀寒沙發
나뭇가지 그림자 반쯤 땅 위에.	枝影半從地
강가 정자 가난한 선비 지나다	江亭貧士過
크게 취해 솔 아래 엎어졌구나.	大醉伏松下
달 옮기니 산 그림자 바뀌어가고	月移山影改
저자에선 이利를 구해 돌아오누나.	通市求利來

눈앞의 경물을 시간 순서에 따라 옮겨 적었다. 꼼꼼한 독자들은
혹 몇 글자가 눈에 거슬린다고 느낄 수 있다. 원시를 독음으로만 읽

으면 어찌 될까?

천장거무집　천장엔 거미집

화로접불내　화로에선 젓불 내음.

국수한사발　국수 한 사발에

지영반종지　간장 반 종지.

강정빈사과　강정과 빈 사과

대취복송하　대추와 복숭아.

월이산영개　워리 사냥개

통시구리래　통시에선 구린내.

김삿갓이 한 집에 묵어 갈 것을 청했다. 가난한 주인이 난처해하며 거절했다. 하지만 어쩔 수 없어 막무가내로 청하니 마지못해 천장에 거미집이 어지러운 헛간으로 안내한다. 식사라고 내온 것은 통통 불은 국수 한 사발에 간장 반 종지가 전부였다. 창가에 흘러드는 달빛을 보다가 바로 옆 측간에서 나는 구린내에 코를 쥔 채 그는 밤잠을 설치고 말았다.

시인은 요렇게 함정을 파놓고 그럴듯한 포장으로 독자들이 걸려들기를 기다리는 중이다. 이런 구전도 있다.

연일 내린 장맛비에 풀은 푸른데	草綠積雨裏
국화는 찬 모래에 곱게 피었네.	菊秀寒沙發

독음으로 한번 읽어보라. '초록적우리, 국수한사발'이다. 초록 저

고리를 입은 아가씨가 시장한 길손에게 국수 한 사발을 내오는 모습을 보고 지었다는 이야기가 덧붙어 있다. 이런 시들은 자꾸 비슷하게 가지치기를 해서 변종과 이종을 만들어낸다.

조선 후기 신광수의 작품으로 알려진 다음과 같은 작품도 있다.

네 나이 이제 열아홉인데	爾年十九齡
벌써 비파 잡고 다룰 줄 아네.	乃操持瑟瑟
빠를 젠 빠르고 높고도 낮게	速速許高低
지음에게 알리기 어렵지 않네.	勿難報知音

열아홉 난 기생의 능숙한 비파 연주 솜씨를 감탄하여 지었다는 시다. 독음으로 읽으면 섹스 장면에 대한 차마 입에 담지 못할 노골적인 묘사가 되고 만다. 그녀와 하룻밤 농탕한 잠자리를 청하는 음탕한 농담이다. 독음으로 읽고 나서 시의 번역을 읽어보면 열아홉에 벌써 남녀간의 일에 익숙하다는 중의로도 읽힌다. 물론 겉으로 드러난 해석은 독자를 현혹하기 위한 사탕발림에 불과하다. 장난이 지나치다. 이런 유의 문자 유희가 늘 시답잖은 장난질로 일관하는 것은 아니다.

낙민루 아래로 백성 눈물 떨어지니	樂民樓下落民淚
선화당 위쪽에 화가 먼저 당하리라.	宣化堂上先禍當
함경도 백성 모두 놀라서 도망가니	咸鏡道民咸驚逃
조기영 집안에 복이 어이 오래가리.	趙基榮家祚豈永

김삿갓이 함경 감사 조기영趙基永이란 자의 탐학을 풍자 고발했다
는 시다. 낙민루樂民樓와 선화당宣化堂은 함경 감영 안에 있던 실제
건물 이름이다. 독음으로 읽어보면 각 구의 앞쪽 세 글자와 뒤쪽 세
글자의 독음이 같다. 백성이 태평성대를 즐거워한다는 낙민루에서
정작 백성은 낙루落淚를 하고 있다. 교화를 선양해야 마땅할 선화당
에는 교화는커녕 재앙밖에 닥칠 것이 없다. 감사 조기영의 토색질
에 함경도민이 '함경도咸驚逃', 즉 모두 놀라 달아날 지경에 이른 것
이다. 각각의 단어에 반어적 의미를 연결시킴으로써 풍자의 칼날을
세웠다.

장님의 단청 구경

고려 때 이색이 중국에 들어가 과거에 급제하여 명성을 천하에 크
게 떨쳤다. 그가 한 절에 놀러 갔다. 그곳 스님이 마중 나와 환대했
다. "그대가 동방의 문장으로 과거에 장원으로 뽑혔다는 말을 귀에
못이 박히도록 들었소. 이제 직접 만나보니 큰 기쁨이올시다." 잠
시 후 시자가 떡을 가지고 와서 대접했다. 스님이 문득 한 구절을
지었다.

| 승소가 적게 오니 스님 웃음 적은데 | 僧笑少來僧笑少 |

'승소僧笑'는 떡의 별칭이었다. 차려온 쟁반에 떡僧笑이 조금밖에
없어 스님의 웃음僧笑이 가셨다고 말장난을 했다. 이색이 대구를 지

으려 하였으나 도저히 짝을 맞출 수가 없었다. 진땀을 빼다가 사과했다. "뒷날 다시 와서 알려드리지요." 뒤에 천 리 밖을 노니는데, 그곳 주인이 호리병에 무엇인가를 담아가지고 나왔다. 무엇인지 물어보니 '객담客談'이라고 했다. 객담은 술의 별명이었다. 이색이 환호작약하여 전날의 구절에 대를 맞추었다.

> 객담이 많이 오니 객의 말도 많아지네.　　　　　　客談多至客談多

반년 뒤에 절에 돌아가 스님에게 보였다. 스님이 크게 감탄했다. "무릇 대구는 정밀함을 귀히 여기는 법. 기일이 늦은 것쯤이야 무슨 상관이리오. 또한 천 리를 멀다 않고 와서 알려주니 이 더욱 기이하고 기이한 인연입니다." 한 구절의 시구 때문에 천릿길을 오간 미담도 미담이려니와 시구 하나로도 상대를 기선제압하려는 미묘한 경쟁이 재미있다. 쌍관의 묘미를 활용한 멋들어진 응수도 절묘하다. 《어우야담》에 실려 있다.

명나라 때 이몽양李夢陽이 강서 땅에 제학부사提學副使로 있을 때 일이다. 어느 날 자신과 이름이 똑같은 서생을 만났다. 이몽양이 다짜고짜 이렇게 읊었다.

> 인상여와 사마상여는　　　　　　　　　　　藺相如司馬相如
> 이름 서로 같아도 실상은 다르다네.　　　　名相如實不相如

인상여藺相如는 전국시대 조趙나라의 대신이고, 사마상여는 서한西漢의 문장가다. 이몽양은 서생에게 네가 나와 이름은 같을지 몰라

도 실지는 전혀 다르다며 은근한 자부를 드러냈다. 상여相如란 글자
만 네 번 되풀이해서 썼다. 서생이 즉각 대답했다.

> 위무기와 장손무기는　　　　　　　　　魏無忌長孫無忌
> 저쪽도 꺼림 없고 이쪽 또한 꺼림 없네.　　彼無忌此亦無忌

위무기魏無忌는 전국시대 위魏나라 신릉군信陵君의 이름이다. 장
손무기長孫無忌는 당나라 초 대신의 이름이다. 두 사람도 이름이 같
았고, 행동 또한 거리낌이 없었다無忌는 점이 똑같았다. 그 또한 무
기無忌를 네 번 반복해 대구를 맞췄다.

서생이 말하려 한 속뜻은 이렇다. 위무기와 장손무기는 이름도
같았고 거리낌 없이 행동한 것도 같았다. 너나 내나 다를 것은 또
뭐냐. 네가 나와 이름이 같다고 나와 맞먹으려 들면 큰 오산이라고
교만을 떨었던 이몽양은 크게 부끄러워하며 그에게 정식으로 사과
했다. 옛사람의 이름을 두 가지 뜻으로 쌍관하여 대구한 조어가 몹
시 교묘하다.

광해군 때 평양 관찰사 박엽朴燁(1570~1623)이 손님과 함께 장기
를 두고 있었다. 장기 수가 자꾸 막히자 머쓱해진 박엽은 곁에서 시
중 들던 기생 소백주小柏舟에게 그러고만 있지 말고 노래나 한 수
지어 불러보라 했다. 소백주가 낭랑하게 시조 한 곡조를 뽑았다.

> 상공相公을 뵈온 후에 사사事事를 믿자오매
> 졸직拙直한 마음에 병들까 염려러니
> 이리마 저리차 하시니 백년동포百年同胞하리이다.

나는 당신을 만난 뒤로 모든 일을 당신께 의탁고자 해도, 혹 임의 마음이 변해 나를 버리시면 어쩌나 하여 병이 될 지경입니다. 그런데도 당신은 이리 하마 저리 하자는 딴청만 하시니, 그러지 말고 함께 품어 백년해로하자는 말씀이다.

그런데 그렇게만 읽고 말 일이 아니다. 시조의 원문을 가만히 읽어보니 장기판의 짝패인 상象·사士·졸卒·병兵·마馬·차車·포包의 음이 다 들어 있다. 그뿐 아니다. 더 음미해보면 절묘하게도 지금 그녀는 능청스레 훈수를 두고 있는 것이 아닌가? "나으리! 저쪽에서 상象으로 공격해올 때 두 사士를 믿으셨던 모양인데, 졸卒이 있기는 해도 병兵으로 쳐들어올까 걱정입니다. 마馬를 이리로 옮기시고 차車를 저리로 뽑으시면 그 뒤에는 포包가 버티고 있어 끄떡없을 것이옵니다." 깜찍하고 맹랑하다.

권필이 지은 시에 이런 것이 또 있다.

먼 나그네 산사를 찾아왔는데	遠客來山寺
갈바람에 지팡이가 가벼웁구나.	秋風一杖輕
곧장 절 문으로 들어서려니	直入沙門去
사방 벽엔 단청이 환히 밝더라.	丹靑四壁明

가을 산사에 놀러온 나그네의 절 구경 모습을 묘사한 작품이다. 왠지 싱겁다. 남용익은 《호곡시화》에서 위 시를 이렇게 소개했다. 권필이 절에서 노는데 마침 장님이 절 구경 온 것을 보고 희롱 삼아 지은 것이다. 그러므로 '먼 나그네遠客'는 곧 '눈먼 나그네盲客'이다. '눈이 먼盲' 것을 '먼 데서 온遠 나그네'로 농친 것이다. '멀다'

의 동음이어를 활용했다. 남용익은 나머지 구절도 흔히 쓰는 속담의 '장님의 지팡이', '장님 곧장 문에 들어가기', '장님 단청 구경' 등의 말을 조합하여 배열했다고 설명했다.

설명을 듣고서야 위 시가 왜 시답지 않았는지 알게 된다. 겉으로 드러난 진술은 의도를 감추기 위한 사탕발림이다. 표면적 의미에만 집착해서는 이 시의 의미가 드러나지 않는다. 표면 진술과 실질 의미 사이에 의도적인 괴리가 조성되어 있어 언어적 아이러니가 발생한다. 독자의 연상능력을 자극하여 말장난을 깨닫게 유도함으로써 지적 쾌감을 제공하는 경우이다. 권필이 장님을 두고 지은 시가 또 있다.

<table>
<tr><td>백중에 사업을 경영하면서</td><td>百中經事業</td></tr>
<tr><td>삼척에 생애를 의지한다네.</td><td>三尺杖生涯</td></tr>
</table>

백중은 음력 7월 보름이다. 무더운 때 생업에 열중하는 지팡이 짚은 늙은이의 모습을 말하는 듯하다. 그래도 작가의 진의가 잘 파악되지 않는다. 다시 이렇게 풀어보자.

<table>
<tr><td>백발백중 점치는 사업 한다며</td><td>百中經事業</td></tr>
<tr><td>지팡이를 짚고서야 살아간대나.</td><td>三尺杖生涯</td></tr>
</table>

한 치 앞도 못 내다보는 봉사가 다른 사람의 미래는 백발백중 맞춘다며 점쟁이 행세로 떠듬떠듬 지팡이를 짚고 가는 우스꽝스러운 모습이 드러난다. 점치는 행위에 일부러 거창하게 '사업'을 갖다 붙

여 독자들이 금방 의도를 간파하지 못하게 우회하였다. '백중百中'
과 '삼척三尺'은 여러 의미로 쓰이기 때문에 처음에는 독자에게 모
호성을 유발시킨다.

견우와 소도둑

앞서 본 예화들은 모두 말장난에 불과하지만, 언어를 구사하는 재
치와 기지가 반짝인다. 시와 말장난은 엄격히 다르지만, 언어를 주
된 질료로 삼는 시는 본질적으로 얼마간 유희적 기분을 띠게 마련
이다. 특히 음이 같은 말이나 뜻이 여럿인 표현을 활용한 쌍관, 즉
말장난pun은 현대시에서도 흔히 보는 기교다. 말장난은 한시에도
빈번하게 애용되었다. 중국 사람의 은어 중 기관지염에 걸렸다는
말은 공처가恐妻家라는 의미로 쓴다. 왜냐하면 '기관염氣管炎'과 '처
관엄妻管嚴'의 중국 발음이 '치관이엔'으로 서로 같기 때문이다. 아
내의 관리가 지엄하니 바로 공처가가 아니고 무엇이겠는가.
　　사마천의 《사기》에서 특히 걸작으로 꼽는 것이 〈항우본기〉다. 항
우와 유방의 홍문연鴻門宴 대목은 긴박과 스릴이 넘치는 한 편의 드
라마다. 유방의 군대가 뜻밖에 먼저 함양을 점령하는 개가를 올리
자 항우의 진노는 극에 달했다. 이에 유방은 항백項伯의 주선으로
겨우 수백 기만 거느리고 항우 앞에 사죄 아닌 사죄를 했다. 함양
정벌 이후 달라진 태도를 보고 유방의 야심을 꿰뚫어본 범증范增은
굽실대는 유방의 자세에 도취되어 기고만장한 항우를 향해 자신이
차고 있던 옥결玉玦을 세 번씩이나 들어 보였다. 항우는 본 체도 하

지 않았다. 부관 번쾌樊噲의 용맹과 장량張良의 기지로 유방은 화장실에 가는 체하며 가까스로 목숨을 건져 달아났다. 범증은 이날 항우의 우유부단함을 보고 그의 곁을 떠나버렸다. 범증이 앞서 옥결을 세 번씩이나 들어 보인 것은 무슨 뜻이었을까. '결玦'은 '결決'과 음이 같다. 어서 결단을 내려 유방을 죽이라고 신호한 것이다. 뒷날 항우는 유방의 사면초가 포위에 걸려 제 칼로 목을 찔러 자살하고 말았다.

한나라의 장수 이릉이 5천의 보병으로 흉노의 본진을 유린하고 돌아오다가 사막 가운데서 흉노의 8만 기병에게 둘러싸였다. 어쩔 수 없이 투항하자 격노한 한 무제는 이릉의 어머니와 처자를 족멸하였다. 반면 흉노의 왕은 자신의 딸을 이릉의 아내로 주고 우교왕右校王을 삼는 등 융숭하게 대접했다. 무제가 세상을 뜬 후 여덟 살 난 불릉弗陵이 황위에 올라 흉노와의 화평 교섭이 재개되었다. 한나라에서는 이릉을 다시 불러오려고 임입정任立政을 흉노에 사신으로 파견했다. 한나라의 사신을 환영하는 흉노의 연회가 성대하게 열렸다. 임입정은 어떻게 해서든지 이릉에게 함께 돌아가자는 뜻을 전하려고 했지만 좀처럼 기회를 만들 수 없었다. 답답했던 그는 이릉과 눈이 마주칠 때마다 눈짓을 하며 환環, 즉 칼의 고리를 만질 수밖에 없었다. '환環'은 '환還'과 음이 같아, '함께 돌아가자'는 뜻을 그렇게 전한 것이다. 하지만 이릉은 대장부가 어찌 두 번 욕을 당하겠느냐며 함께 돌아가기를 거부하고 흉노의 땅에서 비운의 생을 마쳤다.

이렇듯 '결玦'로 '결決'을 나타내고, '환環'으로 '환還'을 전달하는 것은 한자의 동음사를 활용하여 쌍관의를 나타낸 예이다. 예전 한

시에서 이러한 쌍관의의 활용은 시적 함축을 높이는 기법으로 애용
되었다.

조원趙瑗(1544~1595)의 첩 이씨가 시를 잘 지었다. 그 고장의 어
떤 남자가 억울하게 소 도둑으로 몰려 관가에 잡혀갔다. 답답했던
그 아낙이 이웃의 이씨에게 남편의 무죄를 호소하는 소장을 써달라
고 부탁했다. 이씨는 앞뒤 정황을 적고 그 말미에 이렇게 썼다.

| 첩의 몸이 직녀가 아니옵거늘 | 妾身非織女 |
| 낭군이 어이해 견우시리오. | 郞豈是牽牛 |

견우牽牛는 글자 그대로 풀면 '소를 끌다', 즉 소를 끌고 간 도둑
이란 말이다. 자신이 직녀가 아닌데 어떻게 낭군이 견우가 될 수 있
느냐고 말해, 남편이 결코 소를 훔치지 않았다는 뜻을 대신했다. 그
재치가 놀랍고 뛰어나다. 이 시를 본 태수가 기특하게 여겨 그 사람
을 즉시 풀어주었다. 이수광의《지봉유설》에 보인다.

명나라 때 정민정程敏政은 신동으로 소문났다. 한림원에 입학하
자 당시 재상 이현李賢이 그를 아껴 사위로 삼을 마음이 있었다. 짐
짓 그를 초청해서 상 위에 놓인 연근을 가리키며 한 구절을 먼저
읊었다.

| 연꽃 인해 연뿌리를 얻게 되었네. | 因荷而得藕 |

그러자 정민정이 식탁 위의 살구를 가리키며 대구하였다.

살구 있어 매실은 필요 없지요.　　　　　　　有杏不須梅

　겉으로는 밥상 위의 음식을 놓고 한마디씩 덕담을 주고받은 것이
나, 속으로는 '내가 너를 사위로 삼고 싶다.'고 하자 '영광입니다.'
로 대답한 것이다. 왜 그럴까? 이현이 던진 '인하이득우因荷而得藕'
는 '인하이득우因何而得偶'와 쌍관된다. "어디에서 짝을 얻을 셈인
가?"라고 물은 셈이다. 정민정의 '유행불수매有杏不須梅'는 '유행불
수매有幸不須媒'로 쌍관된다. "다행히도 중매쟁이가 필요 없겠습니
다."로 대답했다. 딸을 주신다면 영광으로 알고 중매 없이 혼인할
수 있겠다는 의미다. 얼마 뒤 정민정은 재상 이현의 사위가 되었다.
　청나라 초기의 김성탄金聖嘆이 죄를 입어 사형을 당하기 직전 아
들에게 유언 대신 시 두 구절을 지어 보냈다.

연실은 그 속이 대단히 쓰고　　　　　　　蓮子心中苦
배는 속살이 맛이 시다네.　　　　　　　　梨兒腹內酸

　죽는 마당에 웬 연밥과 배 맛 타령일까? 이 구절은 그가 유난스
런 미식가임을 나타내는 것이 아니다. 그가 말하고자 한 속뜻은 이
렇다.

너희가 가여워서 마음 괴롭고　　　　　　　憐子心中苦
헤어질 생각하니 속이 쓰리다.　　　　　　離兒腹內酸

　연蓮과 연憐, 이梨와 이離의 쌍관을 활용해서 사랑하는 가족과

영결하는 비통한 심정을 심상한 언어의 포장 속에 절묘하게 감추었다.

수양버들 파룻파룻 강물은 넘실넘실　　　　　　　楊柳靑靑江水平
강 위에선 그 임의 노랫소리 들리네.　　　　　　　聞郞江上唱歌聲
동쪽엔 해가 나고 서쪽에는 비 오니　　　　　　　東邊日出西邊雨
흐렸나 하고 보면 어느새 개었구나.　　　　　　　道是無晴却有晴

당나라 유우석劉禹錫의 〈죽지사竹枝詞〉다. 봄이 와서 수양버들 가지에 물이 올랐다. 강물도 넘실넘실 물이 불었다. 청춘의 봄날, 사랑의 단꿈이 익어가는 강변의 스케치다. 연잎 사이로 배를 띄운 아가씨는 저 건너 방죽 근처에서 임이 부르는 구애의 노래를 듣다 말고 뜬금없이 화제를 돌려 날씨 타령을 늘어놓았다. 저편에선 비가 오는데 또 이편에선 햇살이 비친다. 개었나 싶으면 흐린 날씨처럼 아가씨의 마음도 요랬다조랬다 한다. '흥, 제까짓 게!' 하다가도 어느새 어떤 멋진 도련님일까 싶어 자기도 모르게 고개를 돌리게 되는 그 심정.

4구의 '청晴'은 갠다는 뜻이지만 애정의 '정情'과는 중국 음이 같다. 개었다 흐렸다 하는 날씨로 무정한 듯 유정한 알 수 없는 아가씨의 마음을 절묘하게 집어낸 절창이다. 한시에서 쌍관의란 이렇듯 하나의 글자가 동음이나 다의에 의해 한 가지 이상의 뜻을 함축하게 되는 경우를 이른다. 이러한 쌍관의의 활용은 표의문자인 한자의 특성상 한시에서 매우 빈번하게 활용된다.

가을의 긴 호수에 옥 같은 물 흐르는데　　　　秋淨長湖碧玉流
연꽃 깊은 곳에 목란배를 매어뒀지.　　　　　荷花深處係蘭舟
임을 만나 물 건너로 연밥을 던지다가　　　　逢郎隔水投蓮子
남의 눈에 띄었을까 반나절 무안했네.　　　　遙被人知半日羞

　허난설헌許蘭雪軒(1563~1589)의 〈채련곡采蓮曲〉이란 작품이다. 푸른 하늘처럼 아스라이 펼쳐진 파란 강물 위로 배를 띄웠다. 벽옥 같은 가을 강물. 하늘과 물이 어우러져 시릴 듯 푸르다. 아가씨는 남의 눈에 잘 띄지 않게 타고 온 목란배를 무성한 연꽃 속에 가만히 매어두고 만나기로 한 임을 기다렸다. 이윽고 방죽 위로 임의 모습이 어른거린다. 임은 내가 연꽃 속에 숨어 지켜보고 있는 줄도 모른 채 사방을 두리번댄다. 그가 하는 양을 숨어 지켜보다가, 안타까운 나머지 그녀는 임의 발치에 연밥을 던지고 말았다. 수줍어 '저 여기 있어요.'라고 말은 못하고 말이다.

　3구의 '연자蓮子'는 연밥, 곧 연꽃의 열매를 뜻한다. 그러나 이 작품 속에서 '연자'는 '련자憐子' 즉 '그대를 사랑한다'는 속뜻을 담아 사랑의 고백이 되었다. 그녀가 물 건너로 던진 것은 그저 심상한 연밥이 아니라 '나는 당신을 사랑합니다.' 라는 사랑의 고백이었던 것이다.

오늘 아침 핀 꽃이 내일 빛남 없음은　　　　甲日花無乙日輝
한 꽃으로 두 햇살이 부끄럽기 때문이라.　　　一花羞向兩朝暉
접시꽃은 풍도처럼 날마다 기우나니　　　　葵傾日日如馮道
천추의 옳고 그름 뉘 있어 분별하리.　　　　誰辨千秋似是非

　　　　　　　　　　　　　　　　　　　　한시 미학 산책 — ◉

임태任態, 〈요대매시의도姚大梅詩意圖〉, 19세기, 27.3×32.5cm.
쪽배를 탄 소녀들이 저마다 연밥을 딴다. 경황없는 중에도 오가는 대화가 흥겹다. 노래가 구성지다.

윤선도의 〈목근木槿〉이란 작품이다. 목근은 무궁화다. 무궁화는 아침에 피었다가 저녁이면 져서 '일일영一日榮'이라고도 부른다. 중국 사람들은 우리와 달리 덧없는 소인배의 작태에 견주곤 한다. 시인의 해석은 사뭇 다르다. 오늘 아침에 핀 꽃이 내일 아침까지 빛나지 않은 것은 두 아침의 햇살과 마주 서기가 부끄럽기 때문이다. 이렇게 보니 날이면 날마다 태양만을 향해 하염없이 고개를 숙이는 접시꽃의 줏대 없는 일편단심도 기릴 것은 없겠다. 3구의 풍도馮道는 당송이 교체되던 오대십국五代十國의 분열기에 30년간 다섯 왕조, 여덟 성씨, 열한 명의 천자를 섬기면서 도탄에 빠진 백성을 구했던 인물이다. 그는 백성이 임금보다 소중하다는 생각으로 그렇게 했지만 전통적 충의 관념에서는 패덕에 가깝다.

무궁화를 소인배라 비웃는 것도, 두 조정을 섬기지 않는 충신으로 기리는 것도 보기에 달렸다. 접시꽃의 일편단심을 충신이라 높일 것도 못 되고, 줏대 없는 아첨배라 욕해도 상관없다. 인간 세상의 시비란 원래 그런 것이니까. 2구의 '양조兩朝'는 '두 아침'이면서 동시에 '두 조정'의 의미가 된다. 열녀는 두 지아비를 섬기지 않고, 충신은 두 임금을 섬기지 않는다고 했다. '근화일일영槿花一日榮'의 상식을 뒤엎어 '불사이군不事二君'의 의미를 읽었다. 접시꽃의 일편단심을 풍도의 만수산 드렁칡 같은 처신에 비겼다. 시인의 독법은 평생을 따라다닌 비방과 시비를 떠올리면 다른 설명이 필요 없다. 쌍관의는 이처럼 시의 함축미를 효과적으로 높여주는 매우 유용한 수단이다.

새 울음 속에 담긴 사회학

새벽녘 말을 달려 외론 성에 들어서니	凌晨走馬入孤城
울타리엔 사람 없고 살구만 익었구나.	籬落無人杏子成
나랏일이 급한 줄을 뻐꾹새는 모르고	布穀不知王事急
숲 곁에서 종일토록 봄갈이를 권하네.	傍林終日勸春耕

고려 후기 정윤의鄭允宜(?~?)의 〈강성현사에 쓰다書江城縣舍〉란 작품이다. 새벽녘에 말을 달려 성에 들어섰다. 그가 밤새 쉬지 않고 달려온 것을 알겠다. 하지만 그를 기다린 것은 사람 그림자 하나 찾을 수 없는 외로운 성뿐이다. 울타리 안을 기웃거려봐도 인기척이 없다. 마당에는 잘 익어 매달린 살구 열매뿐이다. 그런데 철딱서니 없는 뻐꾸기는 급한 나랏일도 모른 채 숲가에서 어서어서 밭을 갈라고 울고 있다.

3구의 '포곡布穀'은 뻐꾹새의 한자 표기다. 포곡은 중국 음으로는 '뿌꾸'다. 뻐꾹의 음차다. 이를 의미로 읽으면 '씨 뿌려라'가 된다. 뻐꾹뻐꾹 울음이 '씨 뿌려라, 씨 뿌려라' 하는 소리로 들린다. 살구가 익은 걸 보면 계절은 여름이다. 뻐꾸기가 씨 뿌리라고 야단이다. 봄은 이미 가고 살구가 익는 여름이 오도록 농사지을 사람 하나 없어 파종도 못했다. 잡초만 우거진 들판을 바라보는 시인의 심사가 안타깝다. 고려 말 대몽항쟁기에 지어진 작품이다. 무심한 자연의 질서는 주인 없는 뜰의 나무 위에 먹음직한 살구 열매를 얹어놓았지만 정작 이를 따먹을 사람이 없다. 급한 나랏일을 전하려 밤새 말을 달려온 시인은 텅 빈 성의 뻐꾸기 울음 속에 허탈한 한숨을 내쉬고 있다.

아비는 가마솥, 어미는 세발솥 지고	父負釜母負鼎
누이는 냄비솥, 나는 노구솥 졌네.	妹負鐺吾負鍋
지고 이고 또 지고 이고	負負復負負
세금 피해 집 버리고 달아난다네.	逋租去棄家
밭 사이서 떨쳐 일어 올라갔다 내려오니	決起田間上復下
관에서 잡으러 와도 내가 무에 두려우리.	官使來捕吾何怕
그대 어이 날더러 노구솥을 지게 하나	君何令我負鍋也
노구솥 지는 것은 내 즐겁지 않아요.	吾非樂爲負鍋者

유몽인의 〈노고지리負鍋者〉란 작품이다. 노고지리를 부과자負鍋者로 표기했다. 과鍋는 노구솥이니, 부과자는 뜻으로 풀면 '노구鍋 질負 이者', 즉 '노구솥을 등에 지고 가는 사람'이란 뜻이다. 노고지리는 오월의 들판에서 우짖으며 수직으로 하늘 꼭대기까지 날아올랐다가 그대로 내려앉기를 반복하는 특이한 습성을 지닌 새다.

시인은 이 새의 이름에서 노구솥을 진 채 하늘로 오르내리며 우짖는 소년의 목소리를 들었다. 소년의 가족은 세금을 독촉하는 관가의 서슬을 못 견뎌 솥과 그릇을 머리에 이고 등에 진 채 집을 버리고 도망갔다. 소년은 죽어 노고지리가 되었다. 봄마다 춘궁기에 관가에서 잡으러 오면 이를 피해 하늘 높이 수직으로 솟았다가, 가고 나면 다시 내려온다. 그러고는 연신 '노고지리, 노고지리' 하며 제 딱한 신세를 하소연한다.

3구의 '부부부부부負負復負負'는 말장난의 뜻도 있고, 각종 솥과 그릇을 이고 지고 달아난 네 식구를 뜻하기도 한다. 동시에 '부부負負'는 부끄러워하는 모양의 형용이기도 하다. 이렇게 읽으면 이 구절은 '부끄럽고 또 부끄럽다'가 된다. 쌍관의 의미가 겹쳐 있다.

한시에는 이렇듯 새 울음소리를 음차하여 훈독함으로써 이중 의미를 담는 금언체시라는 것이 일찍부터 발달했다. 위의 노고지리는 다른 시에서는 '노고질老姑疾'로 표기하여 늙어 병든 시어머니의 병환을 안타까워하는 며느리의 효성을 칭찬하는 내용으로 바뀌기도 한다. 한두 가지 예를 더 살펴보자.

솥적 솥적	鼎小鼎小
쌀이 많아 불 때는 일 끝이 없어요.	飯多炊不了
금년엔 쌀이 귀해 끼니 잇기 어려우니	今年米貴苦艱食
솥 작아 근심 없고 곡식 없어 근심일세.	不患鼎小患無粟
다만 뒤주 속에 남은 곡식 있게 해서	但令盎中有餘粮
하루 두 번 불만 때도 오히려 좋겠구나.	乘熱再炊猶可足

장유의 〈정소鼎小〉란 작품이다. 소쩍새가 자꾸만 솥이 작다고 운다. 솥이 작기는커녕 하루 한 끼 잇기도 힘든 혹심한 흉년이다. 철딱서니 없는 새는 불 때느라 쉴 새 없다며 솥 작다고 울지만, 뒤주를 박박 긁어도 남은 곡식이 아예 없다. 하루 세 끼는 고사하고 아침 저녁으로 두 끼만 먹을 수 있어도 오히려 기쁘겠다고 말했다.

시어머니 그 무엇이 그리 나빠서	姑有何惡
너 까마귀야 '고악 고악' 욕하는 게냐.	而鳥嗔姑惡姑惡

며느리도 잘못한 거 하나 없는데　　　　　　　　　婦亦無曲

이 새는 '부곡 부곡' 말을 하네요.　　　　　　　　而禽言婦曲婦曲

구한말 어느 시어머니와 며느리가 주거니 받거니 지은 시를 모았다 해서 인구에 회자된 《고부기담姑婦奇譚》에 나오는 구절이다. 시어머니가 먼저 운을 뗀다. 까마귀가 '고악고악' 하고 운다. 고악姑惡은 뜻으로 풀면 '시어머니 나빠요'가 된다. 시어머니가 무슨 나쁜 일을 했다고 까마귀 너는 만날 시어머니가 나쁘다고 울어대는 게냐고 나무랐다. 며느리가 즉각 맞받는다. 아니, 어머니! 며느리도 특별히 잘못한 게 없는데, 그렇다면 저 새는 왜 '부곡부곡' 하고 우나요? 부곡婦曲은 '며느리가 잘못했다'는 의미다. 부곡부곡 하고 우는 새는 무슨 새일까? 좀전에 '씨 뿌려라'며 울던 뻐꾸기다. 까마귀는 시어머니가 나쁘다고 울고, 뻐꾸기는 며느리가 못됐다고 우니, 피장파장이다. 말장난의 재치가 돋보인다. 모두 쌍관의 묘미를 활용하고 있는 예들이다.

이러한 금언체 한시의 문학 전통은 개화기에 와서도 활발하게 이어졌다. 1908년 〈대한매일신보〉에 실려 있는 〈의장청조依杖聽鳥〉가운데 한 수를 보자.

새가 새가 나러든다 복국조復國鳥가 나러든다

이 산으로 가며 복국復國 뎌 산으로 가며 복국復國

청산진일靑山盡日 피나도록 복국復國 복국復國 슯히 우니

지사혼志士魂이 네 아니냐

망한 나라의 뻐꾹새는 이제 더는 '씨 뿌려라'라고 울지 않고 '복국復國', 즉 '나라 찾자'며 운다. 1920년 6월 〈개벽〉 창간호에 실렸다가 압수 삭제된 시 〈금쌀악〉과 〈옥가루〉에서도 새 울음소리의 음차를 통한 시대 풍자를 읽을 수 있다.

북풍한설北風寒雪 가마귀 집 귀한 줄 깨닫고 가옥가옥家屋家屋 우누나
유소불거有巢不居 저 까치 집 잃음이 부끄러 가치가치可恥可恥 짓누나
명월추당明月秋堂 귀뚜리 집 잃을까 저허서 실실실실失失失失 웨놋다
—〈금쌀악〉

황혼남산黃昏南山 부엉이 사업 부흥하라고 부흥부흥復興復興 하누나
만산모야晩山暮夜 속독새 사업독촉事業督促하여서 속속속속速速速速 웨이네
경칩驚蟄 맛난 개구리 사업事業 저 다 하겠다 개개개개皆皆皆皆 우놋다
—〈옥가루〉

둥지를 짓지 않은 까마귀는 북풍한설을 만나고서야 집 귀한 줄 알고 '가옥가옥家屋家屋' 울고, 제가 지은 둥지를 남에게 빼앗긴 까치는 그것이 부끄러워 '가치가치可恥可恥' 하며 우짖는다. 귀뚜라미는 '실실실실失失失失' 울며 국권의 상실을 슬퍼한다. 나라 잃은 슬픔과 치욕에 대한 암유이다. 남산의 부엉이도 다시 일어서자는 다짐으로 '부흥부흥復興復興' 울고, 속독새는 한밤중에도 자지 않고 빨리빨리 잃은 국권을 회복하자고 '속속속속速速速速' 운다. 경칩을 만나 몸을 푼 개구리마저 그 사업에 참여하겠다고 '개개개개皆皆皆皆'

울어대니, 진정 겨레의 독립은 요원한 이야기가 아니었던 셈이다.

선덕여왕의 자격지심

옛 그림에도 이러한 쌍관의 원리는 힘 있게 작동한다.《삼국유사》
〈기이紀異〉에 보면 '선덕왕지기삼사善德王知機三事'란 항목이 있다.
그녀가 재위 16년 동안 미리 알아맞힌 세 가지 일을 적은 내용이다.
그 첫 번째 이야기는 이렇다. 당 태종이 붉은빛과 자줏빛, 그리고
흰빛 등 세 가지 빛깔의 모란꽃 그림과 그 꽃씨 서 되를 신라로 보
내왔다. 여왕이 그림을 보고 말했다. "이 꽃은 필시 향기가 없을 것
이다." 꽃이 피자 과연 향기가 없었다. 여러 신하들이 어떻게 알았
느냐고 묻자 여왕이 대답했다. "꽃만 그리고 나비가 없으니 향기가
없음을 알았다. 이는 당나라 황제가 내가 혼자 사는 것을 놀린 것이
다." 신하들이 모두 탄복했다.

그런데 예전부터 모란꽃을 그릴 때에는 나비를 함께 그리지 않았
다. 모란은 부귀를 상징하고 나비는 여든 살 늙은이를 나타낸다. 모
란에 나비를 함께 그리면 여든 살이 되도록 부귀를 누린다는 것으
로 의미가 제한되어버린다. 나비는 왜 여든 살 늙은이가 되는가?
나비 '접蝶' 자의 중국 음은 '디에die'인데, 여든 살 늙은이 '질耋'
자의 발음이 또한 같아 서로 쌍관된 것이다.

욱일충천하던 대제국의 제왕이 변방의 조그만 나라 신라의 여왕
이 시집가고 안 가고에 무슨 관심이 있었겠는가? 그저 모란꽃 그림
으로 귀국의 부귀영화를 바란다는 의례적 인사를 보내온 것이었는

김홍도, 〈황묘농접黃猫弄蝶〉, 18세기, 46.1×30.1cm, 간송미술관.
고양이와 나비, 패랭이꽃과 제비꽃, 그리고 바위는 합쳐서 하나의 문장을 이룬다.

데, 재지가 넘쳐흘렀던 여왕은 자격지심에 그만 오버센스를 하고 말았던 것이다. 적어도 모란꽃 그림에 굳이 나비를 그려 넣어 여든 살 먹도록 시집도 안 가고 잘 먹고 잘 살기 바란다는 식의 격조 없는 농담을 할 당 태종은 아니었을 줄로 안다. 단지 쌍관의 원리로 전개되는 독화의 원리를 몰랐던 듯하다.

흔히 모란에 나비를 그릴 양이면 으레 고양이도 함께 등장한다. 고양이는 또한 일흔 살 늙은이를 의미한다. '묘猫' 자의 발음이 일흔 살 늙은이 '모耄' 자와 발음이 '마오mao'로 같기 때문이다. 앞쪽의 그림이 좋은 예다.

풀밭에 노란 털의 고양이가 살금살금 기어간다. 긴꼬리제비나비 한 마리가 날아들자 고개를 돌려 눈을 치떴다. 고양이 발 아래에는 제비꽃이 한 송이 피었고, 앞쪽에는 패랭이꽃이 바위 사이에 올라왔다. 고양이와 나비가 70세와 80세를 나타낸다면, 패랭이꽃과 바위는 축수祝壽의 뜻이 된다. 바위는 장수의 상징이다. 패랭이꽃은 한자 이름이 석죽화石竹花다. 줄기에 대나무처럼 마디가 있어서다. 대나무 죽竹과 축원한다는 축祝은 중국음이 '쥬zhu'로 같다. 석죽 또는 석죽에 바위를 더하면 장수를 축원한다는 의미가 된다.

제비꽃은 무슨 뜻일까? 제비꽃은 꽃대가 국자처럼 안쪽으로 굽었다. 한자로는 여의초如意草다. 여의如意는 중국 사람들이 지금도 흔히 탁자 위에 장식용으로 얹어두곤 하는 물건이다. 여의가 꼭 제비꽃의 꽃대와 같게 생겼다. 그러니까 그림에 제비꽃을 그려 넣은 것은 여의如意, 즉 '뜻대로 이루시라'는 의미를 담았다.

이제 이 소재들을 합쳐 읽으면 이렇다. "뜻 두신 일 뜻대로(제비꽃) 모두 이루시고, 나이 70(고양이), 80(나비)세까지 건강하게 오래

438

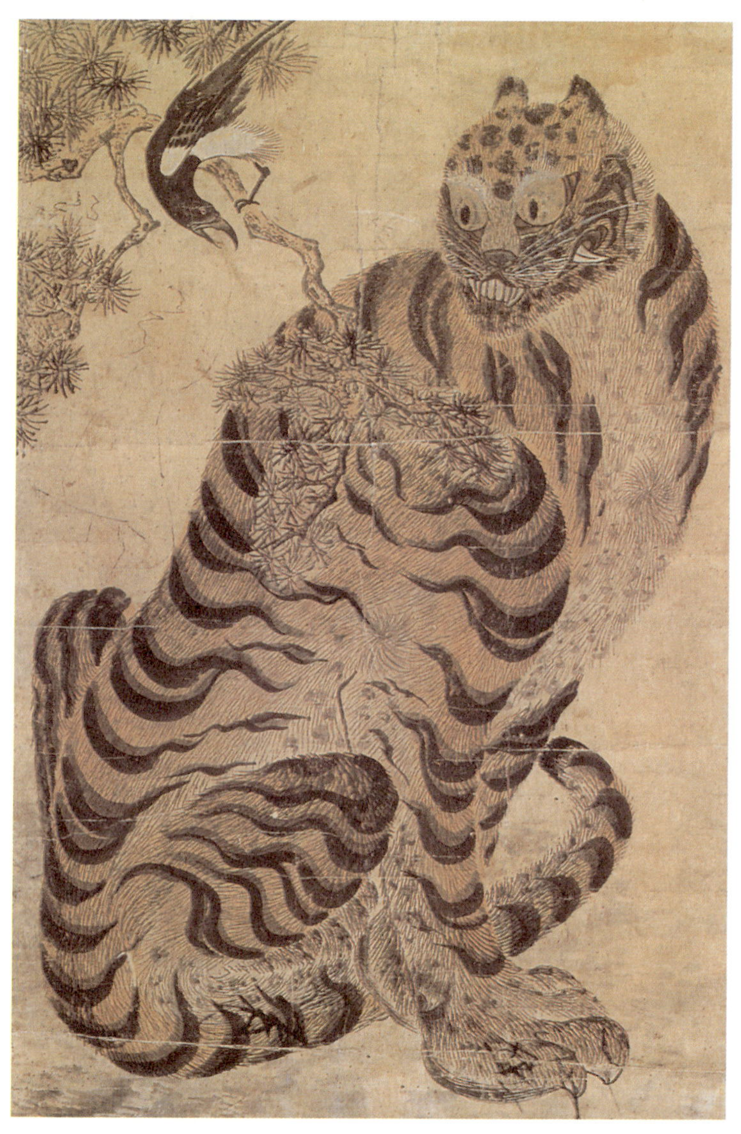

작자 미상, 〈작호도鵲虎圖〉.
머리는 표범이고 몸은 호랑이다. 소나무 가지에 앉은 까치와 서로 기세 싸움이 한창이다.

오래(바위) 사시기를 축원합니다(패랭이꽃)." 이 그림은 틀림없이 생일 선물이나 회갑기념 선물로 그려준 것이다.

인사동 거리를 지나다 보면 흔히 표범을 그려놓고 그 배경에 소나무와 까치를 그린 민화를 자주 보게 된다. 일종의 세화歲畵로서 정월에 대문 앞에 붙인다. 반드시 표범이라야 하는데, 슬며시 호랑이로 바꿔 그린 것이 많다. 이름마저 작호도鵲虎圖라 한다. 예로부터 우리 민족은 호랑이와 까치를 친근하게 여겨왔고 운운 하는 설명이 친절하게 붙어 있다. 하지만 사정을 알고 보면 표범과 소나무와 까치는 상황을 상징하는 하나의 코드일 뿐이다. 표범을 나타내는 한자 '표豹'는 '빠오bao'로 읽히니, 알린다는 뜻의 '보報'와 발음이 같다. 까치는 '희작喜鵲'이라 하여 '기쁜 소식'을 상징한다. 까치와 표범을 합쳐야 '기쁜 소식을 알린다'는 문장을 이룬다. '송松'은 보낼 '송送'과 발음이 같다. 이 그림을 '묵은해를 보내고 새해 기쁜 소식을 알린다'는 송구영신送舊迎新, 신년보희新年報喜의 의미로 읽어야 하는 까닭이다.

갈대숲에 기러기가 내려앉는 그림은 노안도蘆雁圖다. 갈대를 나타내는 '노蘆'는 '노老'와 쌍관되고, 기러기 '안雁'은 '안安'과 쌍관된다. 늙어 편안하시라는 '노안도老安圖'다. 또 버드나무 밑에 그린 두 마리 오리는 소과와 대과에 잇달아 급제하는 행운을 기원하는 뜻이다. 버드나무 '유柳'가 머문다는 뜻의 '유留'와 쌍관되고, 오리 '압鴨'은 파자하면 장원 급제를 나타내는 '갑甲'의 뜻이 되기 때문이다.

이렇게 보면 시뿐 아니라 그림에서도 쌍관이 독화讀畵의 핵심 원리로 작동되고 있음을 알 수 있다. 이런 수법은 연원이 매우 오래된

강한정江寒汀,
〈춘류쌍압도春柳雙鴨圖〉,
20세기, 135×67cm,
중국 상해미술관.
두 마리 오리는 소과와
대과에 급제하란 뜻이다.
버들가지는 그런 행운이
머물라는 의미. 수험생을
위해 그려준 그림이다.

것이다. 그리고 다분히 관습적이다. 관습이 사물의 본래 속성과 동떨어진 해석을 낳는 경우도 있다. 바닷가에 선 소나무 위에 앉아 떠오르는 해를 바라보는 학은 연하장에 단골로 등장한다. 하지만 실제로 학은 절대로 소나무 위에 앉는 법이 없다. 학은 진창에서 미꾸라지 등을 잡아 먹고 사는 새다. 학은 새 중에 가장 으뜸이 되는 일품조一品鳥다. 파도 앞에 선 것은 당조當潮이니, 높은 벼슬로 조정에 선다는 당조當朝와 쌍관된다. 소나무는 장수를 상징하는 나무다. 오래 살고 높은 벼슬에 올라 조정에 서서 부귀영화를 누리기를 축원하는 그림이다.

이상 몇 가지 예시는 사물에 언어를 결합하여 쌍관할 줄 알았던 선인들의 예술정신이 낳은 상징의 함축을 잘 보여준다. 갑오년 동학혁명 당시를 노래하고 있는 민요 "갑오세甲午歲 가보세, 을미적乙未賊 을미적"과 같은 예도 모두 쌍관의의 활용이 돋보이는 예에 해당한다. 언어 예술로서 시가詩歌 언어가 이러한 유희적 성분을 갖는 것은 지극히 자연스러운 일이다. 그것은 시가 예술 위에 신선한 호흡과 생동하는 활기를 불어넣어준다. 시인이 문자 유희에 빠져서는 안 되겠지만, 그러한 유희 속에 뜻밖에 드러나는 언어의 발랄한 생기를 일부러 멀리할 일은 더더욱 아니다.

해체의 시학

파격시의 세계

요로원의 두 선비

소설 《요로원야화기》는 숙종조의 한 시골 선비가 서울서 과거를 보고 돌아오는 길에 충남 아산 어름의 요로원에 잠자리를 찾아드는 것으로 시작된다. 병든 말에 초췌하고 남루한 행색의 나그네는 가는 곳마다 홀대와 업신여김을 받았다. 그가 여관방에서 서울의 행세하는 집안의 끌끌한 선비와 함께 묵게 되면서 벌어지는 이야기가 이 소설의 기본 줄거리이다.

서울 선비는 시골 선비의 꾀죄죄한 행색을 보고 아예 대놓고 비아냥거린다. 시골 선비는 작정을 하고 세상 물정을 전혀 모르는 촌놈 행세를 한다. 더욱 기가 난 서울 선비는 숫제 아랫것 다루듯 시골 선비를 희롱하다가 완전히 기를 죽여놓으려고 육담풍월 짓기 시합을 제안하였다. 육담풍월은 한시처럼 다섯 자 또는 일곱 자의 시를 짓되 한글과 한자를 섞어서 짓는 문자 유희의 한 종류다. 서울 선비가 먼저 운을 뗐다.

내가 시골 '내기'를 가만히 보니	我觀鄕之賭
몸 '가짐'이 몹시도 괴상하구나.	怪底形體條
언문을 '쓸' 줄도 알지 못하니	不知諺文辛
진서 '못'함 어이해 괴상타 하리.	何怪眞書沼

원문과 번역을 대조해보면 갸우뚱해진다. 육담풍월의 규칙은 각 구의 끝 글자를 한자의 의미로 새기지 않고 훈으로 읽는 것이다. '도賭'는 '내기'이니 '향지도鄕之賭'는 '시골내기'로 읽는다. '조條'

는 '가지'라서 '형체조形體條'가 '몸가짐'이 된다. '신辛'은 맛이 '쓰다'는 뜻으로 '언문신諺文辛'은 '언문을 쓴다'고 읽고, '소沼'는 '못'이라서 '진서소眞書沼'는 '진서를 못함', 즉 한문을 모른다고 풀이한다.

서울 선비는 제깟 것이 뜻인들 알랴 하는 마음으로 득의양양했다. 화답을 재촉하자 시골 선비는 짐짓 못하겠노라고 사양한다. 한층 기세가 오른 서울 선비는 화답하지 않으면 자기를 업신여기는 것으로 생각해서 방에서 쫓아내겠다며 으름장을 놓았다. 시골내기는 마지못한 척 풍월을 읊조렸다.

<table>
<tr><td>내가 서울 '것'을 살피어보니</td><td>我觀京之表</td></tr>
<tr><td>과연 거동이 '되'도다.</td><td>果然擧動戎</td></tr>
<tr><td>대저 인물을 '꾸'었다지만</td><td>大抵人物貸</td></tr>
<tr><td>의관을 '꾸민' 것에 불과하도다.</td><td>不過衣冠夢</td></tr>
</table>

'표表'가 '것/겉'이 되고, '융戎'은 '되놈'이란 뜻을 '되다'로 읽었다. '대貸'는 '꾸다'로, '몽夢'은 '꿈'인데 이를 '꾸미다'로 읽었다. '시골내기'를 우습게 보다가 '서울 것'이 된통 당한 형국이다. 언문도 쓸 줄 모른다니 진서야 일러 무엇 하겠느냐고 멸시하는 서울 것에게, 거동도 그럴 듯하고 인물도 번드르르해 뵈지만 실상은 의관을 꾸민 것에 불과한 빈 깡통이 아니냐는 시골내기의 반격이 매섭다. 순발력과 재치가 놀랍다.

'서울 것'은 그제야 정신이 번쩍 들었다. 감쪽같이 속았던 자신이 부끄럽고, 깜찍하게 속였던 '시골내기'가 맹랑했다. 이에 본격적

한시 미학 산책 — ◉

으로 서울 것과 시골내기는 시 짓기 시합으로 돌입한다. 여기에 동원된 시체라는 것이 앞서 소개한 바 있던 각종 잡체시들이다. 인명을 넣어 짓는 인명시로 겨루고, 연구聯句로 주거니 받거니 시합했다. 다시 6언으로 실랑이를 하다가, 종내 3·5·7언의 층시로 옮겨 가고, 구절마다 약초의 이름을 하나씩 넣어야 하는 약명체藥名體로 승부를 다투었다. 서울 것은 시골내기에게 끝내 한 번도 이기지 못하고 참패를 하고 만다.

이제 거꾸로 시골내기가 오행시로 겨룰 것을 제안하고 나섰다. 그 규칙은 이렇다. 1·2구 첫 자에 '목木' 자를 넣고, 끝 자에는 '토土'로 맺는다. 3·4구 첫 자는 '수水' 자로 열어, 끝 자는 '화火' 자로 닫는다. 그리고 중간에 '금金' 자를 넣어 오행의 구색을 갖추어야 한다. 시골내기가 먼저 운을 뗀다.

두 구절의 첫 자 '평萍'과 '화花'는 머리에 '초艸'를 얹어 '목木'에 속한다. '지至'와 '당堂' 자는 글자의 아래쪽 절반을 취하면 모두 '토土'다. 서울 것이 괴로운 표정을 지으며 한참을 끙끙대다가 겨우 한 구절을 잇고 4구를 마저 채우지 못한 채 손을 들고 말았다.

'유流'는 '수水'에 속하고 '조照'는 '화火'로 받쳤다. 중앙에 '금

金'을 넣어 오행을 갖추었다. 하지만 4구가 빠졌으니 시짓기 시합은 끝나지 않았다. 그가 한 구절을 마저 잇지 못하자 시골내기가 다음 한 구절로 깔끔하게 마무리 지었다.

'형澄'에 '수水'가 들어 있고, '광光'은 '화火'에서 나온다. '음飮' 은 요령부득인데, 가만히 보니 음운이 '금金'에 속한다. 기상천외의 재치로 시골내기가 서울 것에게 압승을 확정짓는 순간이었다.

《요로원야화기》는 갖은 시체를 놓고 두 선비가 각축을 벌인 이야 기이지만, 그 안에 담긴 의미는 그리 단순하지 않다. 거들먹거리는 서울 것을 압도할 만큼의 시재를 지녔으면서도 정작 시골내기는 청 운의 벼슬길에 명함 한번 내밀어보지 못했다. 오히려 전전하는 여 관마다 천덕꾸러기 신세였을 뿐이다. 모처럼 서울 것 하나가 제대 로 걸려 분풀이는 했지만, 뒷맛은 여전히 씁쓸하다.

눈물이 석 줄

한시의 어조는 조선 후기에 오면 단순하고 천편일률적인 목소리에 서 벗어나 자못 복잡한 양태를 연출하였다. 그들은 성리학적 세계 관이 규정하는 제반 조건에 길들어 있었으면서도 그것에서 벗어나 려 하였다. 시인의 태도는 자연스럽게 희극적 양상을 나타내게 되 고, 시는 진지함과 거리가 점차 멀어졌다. 희작화의 경향은 이 시기에 들어 두드러지게 나타나는 현상이다. 물론 예전에도 말장난을 위주로 한 희작이 없지는 않았다. 그러나 《요로원야화기》에서부터 김삿갓의 시에 이르는 동안 희작시들이 집단적 양상으로 등장하는 것은 특별히 주목할 필요가 있다.

희작시의 작가들이 보여주는 시정신은 탈중심주의, 탈이데올로기를 표방하는 현대 해체시의 세계와 맞닿아 있다. 비시적非詩的 대상을 시 속에 끌어들여 용도 폐기된 공허한 언어의 일상성을 파괴하고, 현실의 삶에 뿌리내림으로써 이들은 구체성과 정직성을 획득한다. 1980년대 해체시가 전통 시양식에 대한 전면적이고 과격한 파괴를 통해 관습적 시관에 도전장을 던졌다면, 김삿갓을 비롯한 일군의 시인들은 기교지상주의적 관념 시단에 대해 조소와 야유를 보냈다.

조선 후기 《어수신화禦睡新話》란 책에 실려 있는 17자 시는 그런 예 가운데 하나다. 제목 그대로 이 책에는 졸음을 막아주는 흥미로운 이야기들로 가득하다. 말하자면 당대의 개그 소화집이다. 17자 시는 세 수의 연작이다.

어느 해 가뭄이 몹시 심했다. 원님이 단을 쌓고 기우제를 올렸다. 그런데 그 장소가 기생집 근처였다. 말이 기우제이지, 원님은 잿밥에 더 마음이 있었던 것이다. 한 선비가 그 꼴을 보고 시를 지었다.

원님께서 몸소 나와 비를 비는데	太守親祈雨
그 정성 뼈 속까지 사무치더라.	精誠貫人骨
한밤중에 창을 열고 내어다보니	夜半推窓看
밝은 달.	明月

정성을 쏟아도 시원찮을 기우제를 잿밥에만 마음이 팔려 지냈다. 그 기우제에 대한 하늘의 응답은 비가 아닌 명월이었다. 원님이 이를 듣고 크게 노해 선비를 잡아다가 매질을 했다. 곤장을 실컷 맞고 나온 선비가 또 가만있지 못하고 근질대는 입을 놀렸겠다.

열일곱 자 시를 지어놓고는	作詩十七字
곤장을 스물여덟 대나 맞았네.	受笞二十八
만 언의 상소문을 지었더라면	若作萬言疏
죽었을 거야.	必殺

원님은 한층 격노하여 그를 멀리 귀양 보냈다. 떠나는 날 그 장인이 술과 안주를 차려 전송을 해주었다. 그 정성이 느꺼워 선비는 다시 붓을 들었다.

저물녘 단풍 든 언덕길에서	斜陽楓岸路
날 보내는 장인의 정이 깊구나.	舅氏送我情
서로 잡고 흘리는 이별 눈물은	相垂離別淚
석 줄.	三行

두 사람이 석 줄의 눈물을 흘렸다 함은 무슨 뜻인가? 선비의 장인이 애꾸였던 것이다. 일종의 말장난인데, 4구를 다섯 자로 맞추지 못해서가 아니라 일부러 시의 형식성을 파괴했다. 단 두 글자를 도드라지게 배치해서 마지막 반전을 더 극적으로 만들었다.

이 17자 시는 사실 우리나라 사람의 작품이 아닌 중국 명나라 때 무명씨의 작이다. 《추수섭필秋水涉筆》에 이 시가 실려 있다. 대개 두 가지 줄거리를 가진 5수의 열일곱 자 시를 하나의 서사로 꾸며 《어수신화》에 변개 수용했다. 글자의 출입도 상당하다.

이 책에는 16자 시도 실려 있다. 비슷한 실험이 좀 더 발전한 형태다.

달님이 버들가지 끝에 떠오니	月上柳梢頭
해진 뒤에 만나기로 약속합시다.	人約黃昏後
부모님 모두 곤히 잠들고 나면	父母俱睡熟
몰래.	偸

아쉬운 데이트 시간은 너무도 빨리 흘러가버려 어느덧 달이 늘어진 버들잎 사이로 떠올랐다. 뜨거운 청춘 남녀는 만남을 끝내기가 아쉽기만 하다. 그래서 들통 나지 않게 부모님이 모두 잠든 한밤중에 다시 만나 밀회를 나누자고 약속을 주고받는 장면이다.

마음은 말없는 가운데 있어	意在不言中
고개를 푹 숙이고 눈웃음 짓네.	低頭丟眼風
오늘 만약 오시지 못하게 되면	今日來不得
난 몰라.	紅

다정한 임의 소곤거림에 그녀는 가슴이 더욱 두근댄다. 혹시 부모님이 늦게 주무셔서 약속을 못 지키게 되면 어떻게 하나. 벌써 그녀의 두 볼은 붉게 물들고 말았다.

대개 이런 시들은 형식미의 굳건함을 고수하던 전통 한시에 대해 풍자와 해학의 효과를 발휘하기에 충분하다. 내용의 희화화뿐 아니라 형식도 함께 무너지는 조짐을 보인다.

김삿갓은 없다

희작시의 특징은 파격과 해학, 민중성과 익명성으로 대표된다. 특정 작가가 없을 뿐 아니라, 있다 해도 별 의미가 없다. 희작시는 기존 한시의 문법을 과감히 깨뜨린다. 소재도 사설시조가 평시조에 대해 그랬듯이 비시적 대상을 시의 소재로 적극 끌어들인다. 또한 그럴 듯한 표면 진술로 사탕발림을 해놓고, 이면에서 풍자와 해학을 겨냥하는 언문풍월도 다양하게 발달했다. 전통 한시의 기준에서 본다면 이들 희작의 파격시들은 시랄 것도 없는 장난에 불과하다. 도대체 점잖은 선비가 할 짓이 못 된다. 시시덕거리고 키득키득대는 정서에 더 가깝다.

희작시는 대체로 전승 과정에서 부연 확장된다. 예를 들어 김삿갓이 어느 자린고비 구두쇠 늙은이의 부고장에 종이를 아낀다며 '류류화화柳柳花花'라는 넉 자를 써주었다. '버들버들柳柳 떨다가 꼿꼿花花이 죽었다'는 뜻이다. 심장마비가 사망원인이었다. 이것이 한 단계 더 발전해서 '류류정정화화柳柳井井花花'가 되었다. '버들버들 떨다가 우물우물하더니 꼿꼿이 죽었다'는 것이다. 웃음의 강도가 한층 더 세졌다. 《흥부전》에서 놀부의 심술 가짓수가 이본에 따라 한없이 늘어나는 양태와 방불하다. 이런 말장난이 좀 더 세련된 시의 형태를 갖추면 다음과 같은 한 편의 희작시가 탄생한다.

원문과 풀이의 첩어 부분을 대조해보면 절묘한 말장난의 정체가
드러난다. '웅웅熊熊'은 '곰곰', '궁궁弓弓'은 '활활'로 읽는다. '봉
봉蜂蜂'이 '벌벌'로, '시시矢矢'가 '살살'이 된다. 말장난을 이쯤 하
려면 전부터 쌓인 노하우가 있어야 한다. 김삿갓의 부고장이 극단
에까지 이른 양상이다.

김삿갓은 없다. 세간에 그의 시로 일컬어지는 시는 김삿갓이 아
니고 누가 이런 시를 지으랴 싶은 것을 모아놓은 것이라고 보면 된
다. 이응수李應洙는 1939년에 처음으로 김삿갓의 시집을 간행했다.
김삿갓이 세상을 뜬 지 근 70년 뒤의 일이다. 이응수는 이곳저곳에
서 구전되던 김삿갓의 시 183수를 모아 한 권의 책으로 엮었다. 대
부분 전해들은 기록이어서 진위를 따지는 일은 애초에 바랄 게 못
된다. 극단적으로 말해 김삿갓의 시는 전부터 입에서 입으로 전해
지던 불특정 다수의 희작시들이 모두 그의 이름 아래 한데 모인 것

일 뿐이다. 김삿갓의 시로 알려진 다음 시를 보자.

> 옳은 것 옳다 하고 그른 것 그르다 함,　　　　　是是非非非是是
> 이것이 옳음 아니고
> 그른 것 옳다 하고 옳은 것 그르다 함,　　　　　是非非是非非是
> 옳지 않음 아닐세.
> 그른 것 옳다 하고 옳은 것 그르다 함,　　　　　是非非是是非非
> 이 그름이 아닐진대
> 옳은 것 옳다 하고 그른 것 그르다 함,　　　　　是是非非是是非
> 이것이 시비로구나.

이 시는 홍만종이 《소화시평》에서 김시습의 작품으로 소개했던 것이다. 시비에 대한 분별력을 잃은 개판의 세상을 향한 야유다. 그런데 이것이 슬쩍 이름을 바꿔 김삿갓의 시집 속에 끼어들었다. 뿐만 아니라 김시습은 아예 한 수 더 떠서 이런 구절도 남겼다.

> 다른 것 같다 하고 같은 것 다르다 하니,　　　　　同異異同同異異
> 같고 다름이 다르고
> 같은 것 다르다 하고 다른 것 같다 하니,　　　　　異同同異異同同
> 다르고 같음이 같구나.

허후許厚(1588~1661)도 〈시비음是非吟〉에서 이렇게 노래했다.

> 참 옳은 것 시비하면 옳음도 그름 되니　　　　　是非眞是是還非

추세 따라 억지로 시비할 것 아닐세.   不必隨波强是非
시비를 문득 잊고 눈을 높이 두어야   却忘是非高着眼
옳은 것 옳고 그른 것 그르다 할 수 있으리.   方能是是又非非

다 같은 발상에서 나온 말장난이다. 하지만 그 속에 담은 뜻까지 장난스러운 것은 아니다. 말투가 가벼울 뿐 내용은 진지하다.

김삿갓이 문 앞에서 나그네를 내쫓는 주인을 풍자해서 지었다는 〈사람이 사람 집에 왔는데人到人家〉에 다음 구절이 있다.

사람이 사람 집에 왔는데 사람대접 않으니   人到人家不待人
주인의 인사가 사람 되기 어렵도다.   主人人事難爲人

매 구절마다 '인人'자를 세 번씩 썼다. 말장난의 기미가 농후하다. 이 또한 조선 전기의 문인 기준奇遵(1492~1521)의 시와 유사한 느낌을 준다.

사람 밖에서 사람 찾으니 사람 어이 다르랴만   人外覓人人豈異
세간에서 세상 찾으니 세상 같이하기 어렵겠네.   世間求世難同世

여기서는 인人과 세世를 각각 세 번씩 반복했다. 예전 시조에 "말하기 좋다 하고 남의 말 하는 것이, 남의 말 내 하면 남도 내 말 하는 것이. 말로써 말이 많으니 말 말을까 하노라." 하던 말장난과 비슷하다.

영의정을 지낸 이서구李書九(1754~1825)가 만년에 은퇴하여 향리에 물러나 있을 때 일이다. 허름한 베잠방이 차림으로 냇가에서 낚시를 하고 있었다. 경망한 선비 하나가 시내를 건너려다, "여보, 늙은이! 나를 좀 업고 건네게." 했겠다. 늙은이는 "그러시지요." 하더니 젊은 것을 업고 시내를 건넌다. 이 친구가 늙은이 등에 업혀 까닥까닥 냇물을 건너는데 아뿔싸! 늙은이의 관자놀이를 보니 당상관이라야 할 수 있는 옥관자를 달고 있지 않은가. 시골 무지렁이 늙은이인 줄 알았다가 크게 경을 칠 판이었다. 어쩔 줄 몰라 부들부들 떨며 창졸간에 시내를 건너니, 경망한 선비는 조금 전의 서슬은 간데없이 난짝 꿇어앉아 이마를 땅에 짓찧으며 죽을죄를 빌었다. 그러자 의뭉스런 늙은이는 시를 한 수 읊어주더니 다시 건너가 모른 척 낚시질이다. 그 시가 이랬다. 외관으로 보아 육담풍월의 일종이다.

吾看世시옷
是非在미음
歸家修리을
不然点디귿

도대체 무슨 말인가? 해석을 해보니 이렇다.

내가 세상의 '시옷'을 보니	吾看世시옷
시비가 '미음'에 달려 있더라.	是非在미음
집에 돌아가 '리을'을 닦게	歸家修리을
안 그러면 '디귿'에 점을 찍으리.	不然点디귿

점점 알 수 없는 오리무중이다. 다시 보니 시옷은 '인ㅅ', 미음은 '구ㅁ', 리을은 '기ㄹ' 자다. 디귿 위에 점을 찍으면 망할 '망ㄷ' 자가 된다. 이렇게 풀어놓고 다시 시를 읽으니 이렇게 된다.

내가 세상 '사람'을 보니	吾看世人
시비가 '입'에 달려 있더라.	是非在口
집에 돌아가 '몸'을 닦아라	歸家修己
그러지 않으면 '망'하게 되리.	不然則亡

경망한 선비에게는 살아 있는 교훈이 아닌가. 장난의 수준이 장난이 아니다. 이것도 뒤에 김삿갓의 시로 둔갑되면서 처음 1·2구가 아래와 같이 슬쩍 바뀌고, 전후 이야기도 달리 윤색되었다.

허리의 아래에는 '기역'을 차고	腰下佩기역
소 코에는 '이응'을 뚫었네.	牛鼻穿이응
집에 돌아가 '리을'을 닦게	歸家修리을
안 그러면 '디귿'에 점을 찍으리.	不然点디귿

1·2구는 소의 코뚜레를 잡고 허리에 낫을 찬 채 지나가는 떠꺼머리총각을 묘사했다. 무지렁이로 세 끼니 밥만 위해 살지 말고 공부를 해서 몸을 닦아 훌륭한 사람이 되라고 권면한 것이 3·4구다. 하지만 서사의 개연성이 이서구의 시만 못하다. 자! 위의 두 시 중어느 것이 진짜 김삿갓의 작품인가?

현재 김삿갓의 시로 알려진 작품 중에 역대 야담집이나 시화에 다른 사람의 시로 소개된 것은 위의 예들 말고도 더 많다. 오늘날 우리가 김삿갓의 시로 믿고 있는 작품들이 어떤 경로로 정착되었는지는 짐작하기가 어렵지 않다. 영월 소재 김삿갓 묘를 발견하여 보고한 바 있는 박영국 선생이 1987년 김삿갓의 3회갑을 기념하여 전국에 김삿갓 시를 공모했던 바, 무려 690수의 시가 제보되었다. 앞서 본 "세상일을 곰곰이 생각해보니"도 이때 김삿갓의 시로 제보된 것 중 하나다. 김삿갓이 간 적 없는 제주도에서까지 제보가 여럿 있었다. 김삿갓의 시는 앞으로도 계속 늘어날 전망이다. 종내는 조선조의 모든 희작시가 김삿갓의 이름 아래 야권통합을 이루고야 말 모양이다.

슬픈 웃음, 해체의 시학

김준오는 자신의 저서 《도시시와 해체시》에서 이렇게 말했다. "절대적 진리도, 선도 없다는 해체주의는 세상일에 집착하지 않는 일종의 허무주의다. 왜곡된 현실을 왜곡되게 표현하는 해체시에서 온갖 비속어, 욕설 등이 서슴없이 구사되는 언어의 테러리즘을 보게 된다. 해체시의 어조는 진지하지 않고 너무나 유희적이고 거칠다." 이런 말도 남겼다. "해체주의는 자명한 이치와 질서와 도덕을 근본적으로 회의한다. 세계를 가변적이고 일상적이며 부조리한 것으로 인식한다. 자아도 더는 일관되게 세계와 교섭하고 대결하는 심리적 통일체나 종합적 기능으로 보지 않는다. 그래서 해체시는 무질서한 세계를, 파편화된 세계를 그대로 수용한다." 1980년대 해체시를 두고 한 이 언급들이 필자가 읽기에는 마치 김삿갓의 시를 두고 한 말 같다.

이대로 저대로 되어가는 대로	此竹彼竹化去竹
바람 부는 대로 물결치는 대로	風打之竹浪打竹
밥이면 밥, 죽이면 죽 생기는 이대로	飯飯粥粥生此竹
옳으면 옳고 그르면 그른 부치는 저대로	是是非非付彼竹
손님 접대는 집안 형편대로	賓客接待家勢竹
시정 매매는 세월대로	市井賣買歲月竹
온갖 일 내 마음대로 함만 못하니	萬事不如吾心竹
그렇고 그렇고 그런 세상 그런대로 지내세.	然然然世過然竹

김삿갓의 〈죽竹〉이란 작품이다. '오심죽吾心竹'은 '내 마음대로' 로 읽고, '연죽然竹'은 '그런대로'의 뜻이다. 글자가 어디로 튈지 알 수가 없다. 탈절범속脫絶凡俗한 자태로 세속을 초월한 고고한 선비 의 절개를 표상하던 대나무는 이 시에서는 급전직하 '될 대로 되 라'는 '대'로 전락했다. 중국 사람들에게는 도무지 알 수 없는 암호 문과 같다. 이두의 원리를 이용해 '낯설게 만들기'를 시도한 해체의 현장이다. 이 시도 조선 후기 시화집인 《몽유야담夢遊野談》에는 김 삿갓의 시가 아니라 세사에 달관한 어느 정승의 일화 속에 포함되 어 있다. 글자도 상당한 차이가 있다.

예전 정철이 관동 부사로 있을 때 일이다. 강릉 사람 전의민全義民 이 시를 잘 지었다. 송강이 그에게 말했다. "내가 전에 평창平昌에 갔을 때 약수藥水라는 지명이 있기에 한 구절을 지었는데 그 바깥짝을 얻지 못했네."

> 땅 이름 약수인데 병 고치기 어렵고　　　　　　　　　地名藥水難醫疾

전의민이 대답했다. "마땅한 대구가 있지만 감히 여쭙진 못하겠습니다." 송강이 억지로 권하자 그가 말했다.

> 역 이름 여량이나 주림을 못 구하네.　　　　　　　　　驛號餘粮未救飢

여량餘粮은 강원도 정선 땅에 있던 역 이름이었다. 약수의 물은 약효가 없고, 양식이 남아돌아야 할 여량엔 굶주리는 백성뿐이다. 송강이 낯빛을 고치고 그를 대했다. 시 속에 날카로운 풍자의 뜻이 담겨 있었던 것이다. 《시평보유》에 보인다. 두 구절 모두 지명을 훈으로 풀어 말장난한 것이지만, 담긴 뜻은 진지하다. 김삿갓이 함경도 일대를 떠돌다 지었다는 〈무제〉를 보자.

> 길주 길주 하지만 길한 고장 아니요　　　　　　　　吉州吉州不吉州
> 허가 허가 해놓고 허가하지 않는구나.　　　　　　　許可許可不許可
> 명천 명천 하건만 사람은 현명찮코　　　　　　　　明川明川人不明
> 어전 어전 하여도 밥상엔 고기 없네.　　　　　　　漁佃漁佃食無魚

길주에 와서 허씨 성을 가진 집에 묵기를 청했는데 거절을 당했던 모양이다. 그 분풀이를 명천과 어전의 지명에 대고 풀었다. 똑같이 땅 이름으로 장난쳤지만 진지함은 없고 가벼운 말장난에 그쳤다.

　　　　　　　　　　　　　　　　　　　　한시 미학 산책 － ◉

고을 이름 개성인데 어이 문을 닫으며	邑號開城何閉門
산 이름 송악인데 어이 땔감 없느뇨.	山名松嶽豈無薪
황혼의 축객은 사람 인사 아닐레라	黃昏逐客非人事
예의 동방 이 나라에 그대 홀로 진秦이로다.	禮義東方自獨秦

개성에서 김삿갓이 불 못 땐 찬 방에서 차마 재울 수 없다는 핑계로 내쫓기고서 그 집 대문에 써 붙이고 갔다는 시다. 4구는 예전 진나라가 외지인을 쫓아내는 축객逐客의 정책을 썼던 일이 있어 이를 빗댄 말이다.

지난 해 구월에 구월산을 지났는데	昨年九月過九月
올해 구월에도 구월산을 지나누나.	今年九月過九月
해마다 구월이면 구월산을 지나노니	年年九月過九月
구월산의 빛깔은 노상 구월이로세.	九月山光長九月

김삿갓의 〈구월산〉이다. 구월이란 어휘가 무려 여덟 번 되풀이된다. 말이 안 되는 상황을 만들어 말을 만들고서 시인은 쾌재를 부른다. 유희적 태도가 행간에 넘난다. 이런 말장난뿐이 아니다. 예전 같으면 생각지도 못할 벼룩이나 이, 아니면 입에 담지 못할 욕설도 그의 시에서는 서슴없이 등장한다. 먼저 이〔虱〕를 읊은 시를 보자.

주리면 피 빨고 배부르면 떨어지니	飢而吮血飽而擠
수많은 곤충 중에 가장 하등이라.	三百昆蟲最下才
먼 길손 품속에서 낮 햇볕을 근심하고	遠客懷中愁午日

주린 이 배 위에서 새벽 우레 소리 듣네.　　窮人腹上聽晨雷

보리알 같은 모습 누룩 되긴 어렵겠고　　形雖似麥難爲麴

풍자風字를 못 이루니 매화꽃도 못 떨구리.　　字不成風未落梅

묻노니 네 능히 선골조차 범하는가　　問爾能侵仙骨否

마고할미 머리 긁으며 천태산에 앉았는데.　　麻姑搔首坐天台

이를 시적 대상으로 노래한 것만도 대단한 파격인데, 발상 또한 흥미롭다. 먼 길손의 품속에서 낮 햇볕을 근심한다는 3구는 무슨 말인가? 나그네는 햇살이 따뜻하면 저고리를 홀랑 뒤집어놓고 이른바 이 사냥을 하기 때문이다. 4구의 우렛소리는 주린 창자에서 나는 꼬르륵 소리다. 보리알처럼 생겼어도 누룩은 될 수 없다. '슬虱' 자는 '풍風'에서 한 획을 뺀 것이니 헛김이 샐 수밖에. 선골仙骨은 자신을 가리킨다. 마고할미는 새처럼 긴 손톱을 지녔다는 전설 속 선녀의 이름이다. 7·8구는 긴 손톱으로 어디든 가려운 곳을 쏙쏙 긁어내는 마고할미가 천태산에 앉아 선골인 나를 지키고 있으니 감히 내게 붙을 생각도 하지 말라는 경고다. 삿갓 쓰고 떠도는 인생, 사방 어디 걸리는 것 없어도 이나 벼룩 따위의 괴로움만은 면할 수 없어 해학으로 풀어본 것이다. 그러니까 이 시의 주제는 '이야, 제발 내게서 떨어져다오!'이다.

우스운 것 앞에서 뜻밖에 진지해지고, 진지한 것을 단번에 희화화해버리는 시인의 희극적 태도는 한마디로 세상을 우습게 보는 태도에서 출발한다.

서당이야 진작에 알고 있지만　　書堂乃早知

조영석趙榮祏, 〈이 잡는 노승〉, 18세기, 23.9×17.3cm, 개인 소장.
햇살이 따뜻해 큰 나무 아래 노스님이 앉아 이를 잡는다.
손가락 모양을 보니 이가 혹시 죽을까 봐 살짝 집어내는 듯하다.

방엔 모두 존귀한 물건뿐일세.	房中皆尊物
생도는 모두 다 열 살도 못 돼	生徒諸未十
선생 와도 인사할 줄을 모르네.	先生來不謁

김삿갓이 고약한 시골 훈장을 기롱한 시로 전한다. 그저 읽으면
심상한 시골 서당의 풍경이 떠오르지만, 매 구절 뒤의 세 글자를 독
음으로 읽자 흉측한 욕설이 된다. 외양만 시지 고약한 말장난이다.
김삿갓의 비뚤어진 욕설은 이에 그치지 않는다.

동글동글 중 머리통 땀 난 말 불알 같고	僧首團團汗馬閬
뾰족한 선비 대가리 앉은 개 좆 같구나.	儒頭尖尖坐狗腎
목소리는 구리 방울 구리 솥을 치는 듯	聲令銅鈴零銅鼎
눈깔은 검은 후추 흰 죽에 떨어진 양.	目若黑椒落白粥

변성기를 거치지 않아서 짱알짱알하는 목소리의 중과 어디 박혔
는지 한참 찾아야 할 지경으로 눈이 작은 선비가 합세해서 김삿갓
을 구박했던 모양이다. 위 시는 이때 김삿갓의 반격으로 전해지는
데, 승속을 불문하고 무차별 공격을 감행하는 형국이다. 경박하기
그지없고, 언어에 대한 일말의 애정도 찾아볼 수 없다. 이게 무슨
시인가?

해체시가 온갖 추악함과 모순으로 가득 찬 세계를 비정하게 들춰
낼 뿐 판단하지 않는 것과 사뭇 같은 태도다. 일찍이 홍기문洪起文
(1903~1992)은 김삿갓의 시를 비천한 재담이지 시가 아니라고 혹
평했다. 근세의 한학자 여규형呂圭亨(1848~1921)은 이런 시풍이 유

행하여 정통의 한시가 타락의 나락으로 떨어지고, 이 소문이 이웃 나라에 알려질까 봐 걱정이라는 시를 남기기까지 했다.

대체로 김삿갓의 장난 시를 읽을 때마다 필자가 느끼는 감정은 서글픔과 쓸쓸함이다. 경국제세의 포부를 품고 배우고 익힌 학문과 지식을 고작 이깟 희학질에 썼더란 말인가? 그인들 이런 시를 짓고 싶었겠는가. 그에게 이런 장난질에 몰두하게끔 강요한 현실이 역으로 희대의 민중시인을 낳았다는 사실은 역사의 아이러니다. 그의 시에 이나 벼룩, 욕설과 섹스 등 비시적 대상의 시화가 지배적 특징으로 나타나는 것은 결코 이상한 일이 아니다. 비록 조부의 훼절에 말미암은 개인적 연유에서 비롯되었다고는 하나, 김삿갓의 시정신은 당대 조선 사회가 처했던 제반 역사 환경의 변모에 의해 안받침되어 사회적 성격을 부여받는다. 시는 그 사회를 비추는 거울인 까닭이다.

김삿갓이 '비천한 재담'만 일삼은 광대는 아니었다. 그가 천박한 재담으로 일관했다면 애초에 그의 시는 문자로 정착되기도 전에 사라지고 말았을 것이다.

네 다리 소반 위에 죽 한 그릇 놓였는데	四脚松盤粥一器
하늘빛과 구름 그림자 함께 배회하누나.	天光雲影共徘徊
주인아 면목 없다 말하지 마시게나	主人莫道無顏色
물 위에 비쳐오는 청산을 아끼노니.	吾愛靑山倒水來

가난한 주인이 지나는 나그네에게 묽은 죽 한 그릇을 내오는 것을 보고 지었다는 시이다. 죽이 얼마나 묽으면 앞산의 그림자가 얼

비쳤을까. 이런 시도 점잖은 체면에서 보면 되잖게 보이겠지만 자신의 인생을 물끄러미 관조하는 잔잔한 서글픔이 있어 좋다.

천황씨가 죽었느냐 인황씨가 죽었느냐	天皇崩乎人皇崩
푸른 산 나무마다 온통 소복 입었네.	萬樹靑山皆被服
밝는 날 해님 보고 조문하게 한다면	明日若使陽來弔
집집 처마마다 눈물이 뚝뚝 지리.	家家詹前淚滴滴

눈을 노래한 〈설雪〉이란 작품이다. 소담스런 서설이 내려 온 세상은 하얀 소복으로 갈아입었다. 하얀 소복을 입고 흰 눈이 내린 날 아침에는 아이들을 울리지도 말자던 노천명과는 달리, 시인은 엉뚱하게 흰 눈에서 옥황상제의 죽음을 떠올린다. 햇볕에 녹아 떨어지는 낙수를 눈물로 환치시켜버린다. 발상이 참신하고 그의 무기력한 나른함과 뿌리 깊은 비애의 정조가 가슴을 적신다. 그는 뒷날 자신의 평생을 돌아보며 34구의 〈난고평생시蘭皐平生詩〉를 남겼다. 그 중 끝 네 구절만 보이면 이렇다.

궁한 신세 속인들의 백안시를 받았고	身窮每遇俗眼白
세월 가며 터럭 시듦 마음만 상하누나.	歲去偏傷鬢髮蒼
돌아가기 어렵고 머물기도 어려워	歸兮亦難佇亦難
몇 날이나 길가에서 방황하며 헤맸던고.	幾日彷徨中路傍

김삿갓 시의 해학의 뒤안에는 이렇듯 이러지도 저러지도 못하는 체념의 비감이 감돈다. 김삿갓은 특히 과체시科體詩에 능하여 200여

한시 미학 산책 —

수를 남겼다. 과체시란 무엇인가? 문자 그대로 과거에서 요구하는, 형식이 지극히 까다로운 시체이다. 김삿갓이 장난질의 와중에 그 많은 과체시를 남겼다면 그 속에 담긴 뜻은 무엇이었을까? 나도 마음만 먹으면 체제가 요구하는 교과서적인 시 쓰기도 얼마든지 할 수 있다는 항의가 아니었을까? 어쨌든 그의 웃음은 슬프다. 그 슬픈 웃음의 뒤안길은 외면한 채, 자꾸 가십적인 살을 붙여 그를 봉이 김선달류의 '비천한 재담가'로 만드는 것은 사람들의 악취미다.

한시 최후의 광경

이러한 희작시들은 전통적 미학과 기존 가치의 규범을 과감히 해체한다. 언어가 힘을 잃은 시대의 표정을 맨 얼굴로 전달한다. 욕설과 비아냥거림, 딴전과 엇박자 등 시의 문법을 파괴하는 폭력이 난무한다. 이들은 형식을 파괴하며 가치를 재배치한다.

슬프다 문벌은 다 훌륭한 집안으로	可憐門閥皆佳族
풍진에 헛 늙으니 홀로 구슬프도다.	虛老風塵獨可悲
오로봉 아래에서 이치 논하며 앉았자니	五老峯下論理坐
세상 사람 모두가 도를 안다 일컫네.	世人皆稱道也知

《한중기문閑中記聞》에 실린 시다. 한 사람이 시답잖은 제 집안과 학문을 지나치게 뽐내므로 임제가 조롱하여 지었다는 설명이 붙어 있다. 오로봉五老峯 아래에서 이야기를 나누는 늙은이가 있다. 훌륭

한 문벌의 자손으로, 이제는 영락해서 늙고 고단한 인생이다. 이야 기야 예전 좋은 시절 조상 자랑이거나 그렇고 그런 도학 이야기일 테지만, 영문을 모르는 세상 사람들은 고담준론을 나누는 도인으로 일컫는다는 이야기다. 몰락한 양반님네의 안쓰러운 허세를 풍자했 다. 하지만 시의 참뜻은 독음으로 읽어야 비로소 선명해진다.

슬프다 문벌은 모두 개가죽이요	可憐門閥개가죽
풍진에 헛되이 늙은 도깨비로다.	虛老風塵도깨비
오로봉 아래에 노루가 앉았는데	五老峯下노루坐
세상 사람 모두가 도야지라 일컫네.	世人皆稱도야지

'모두 훌륭한 족속皆佳族'이 사실은 '개가죽'이었고, '홀로 구슬 프도다獨可悲'는 '도깨비'였다. '이치를 논함論理'이 들짐승 '노루' 가 되고, '도를 안다道也知'는 기실 '도야지', 즉 돼지였을 뿐이다. 대체 문벌이니 도학이니 하는 것이 무엇이던가. 개가죽, 도깨비같 이 허상만 있고 실상은 없는 빈껍데기가 아닌가? 노루를 보고 도야 지라 하는 세상 사람들의 어리석음은 또 어떠한가. 시인은 기실 도 를 아는 사람이라고 추켜세운 것이 아니라 돼지 같은 놈이라고 욕 을 퍼붓고 있는 것이다. 《이언총림俚諺叢林》에도 이항복이 지었다는 시가 실려 있다.

오늘 아침 남의 수레 빌려서 타다가	今朝借乘남의襄
홀연히 떨어져서 뒤꼭지가 깨졌네.	忽然落地꼭뒤傷
장안의 큰길에서 에고에고 울자니	長安大道에에哭

　　세상 사람 모두 다 미치광이라 하더라.　　　　　　世人皆稱미치狂

　우리말과 한자를 뒤섞어서 7언 절구를 지었다. 가만히 보니 중간의 한글을 덜어내도 의미에 큰 차이가 없다. 다만 중간에 한글을 끼워 말 씹는 재미를 더했다. 이것이 구한말에 오면 다음과 같이 진전된다.

　　사랑채 문간방에 처녀가 있는데　　　　　舍廊곗집處女在
　　얼굴은 무던하고 허리도 가늘구나.　　　　무던顔色가는腰
　　사람을 한 번 보고 얼른 숨어버리니　　　사람一見얼는隱
　　마치도 구름 사이 달빛이 사라지듯.　　　마치雲間月明消

　이기李沂(1848~1909)가 〈대한자강회월보〉에 실은 작품이다. 앞에서는 구절마다 한글이 2자씩 일정한 위치에 들어갔는데, 여기서는 2자 또는 4자까지 들어가 좀 더 복잡한 방식으로 구문을 만들어낸다.

　이 밖에 김삿갓의 "데걱데걱등남산登南山, 씨근벌떡식기산息氣散. 취안몽롱醉眼朦朧굽어관觀, 울긋불긋화난만花爛漫."이나, "청송青松듬성듬성립立, 인간人間여기저기유有. 소위所謂엇뚝빗뚝객客, 평생平生쓰나다나주酒."와 같은 작품들이 또 있다. 육담풍월의 파격시도 어느 순간 갑자기 나온 것이 아니라 오랜 시간의 집적 속에서 차츰차츰 이루어졌다.

　이러한 한시 양식의 해체는 아예 한글로 한시를 짓는 이른바 '언문풍월'로까지 발전한다. 언문풍월은 예전 궁녀들이 한시의 작법을 응용하여 나름의 규칙을 세워 시를 짓던 일에서 비롯된 것으로 알려진다. 김삿갓의 시에도 '타'를 운자로 해서 "사방기둥붉어타, 석양행객시장타. 네절인심고약타"와 같이 3구가 낙구된 채로 전해지는 언문풍월이 있다. 언문풍월이 본격적으로 창작된 것은 개화기에 와서다. 1900년대에는 심지어 시조문학과 경쟁관계를 유지할 만큼 기세를 떨쳤다. 여러 잡지에서 운자와 제목을 주고 현상공모를 했다. 응모작 중에 가작 수백 편을 모아 《언문풍월諺文風月》이란 책을 출판하기까지 했다. 언문풍월은 쉽게 말해 기존 한시의 작법을 패러디하여 만든 국문시가이다. 다음은 〈대한매일신보〉에 실렸던 작품이다. 제목은 〈자명종〉이고, 운자는 '가나다'이다.

두개바늘돌아가
글자마다치노나.
땅땅치는그소리
늙을로자부른다.

큰 바늘 작은 바늘이 쉬지 않고 돌면서 정시마다 종을 쳐댄다. 그 소리가 마치 늙음을 재촉하는 소리로 들린다는 재치다. 1·2·4구의 끝에 운자 '가나다'를 차례대로 달았다.

참대붙인종이가
흔들면은바람나
몹시더운여름에
친한벗이네로다

제목은 〈부채〉이고 운자는 역시 '가나다'이다. 요즘 젊은이들이
즐기는 4행시 짓기와 크게 다를 바 없다. 다만 규칙의 제한이 좀 더
까다롭다. 운자가 언제나 '가나다'인 것은 아니다.

> 명주비단고운올
> 요리조리가는골
> 어김없는네로다
> 좋은솜씨지은솔

제목은 〈바늘〉이고 운자는 '올골솔'이다. 올이 고운 명주에 요리
조리 골을 내어 바느질을 하고 나니 솔기마다 솜씨가 정갈하다는
내용이다. 이렇듯 7언으로 짓는 언문풍월은 계속 발전하여 5언고시
의 형태로 환운하여 장편화하는 데에까지 이른다. 다음은 1917년
〈조선문예〉에 실린 〈동창학생에게 부쳐〉란 작품이다.

> 개인하늘에 맑은저달빛
> 그대마음과 함께내옷깃
> 멀리비치어 서로보는듯
> 오는기러기 울고지내니
> 글월한조각 행여오는지
> 꽃은떨어져 뜰에쌓이고
> 풀은길러서 길을덮어도
> 우리벗님은 언제오시노
> 벗을부르고 우는꾀꼬리

늦은봄소리 게도듣는지
엇지사람은 새만못하리

두 구절이 한 문장을 이루고, 짝수 구 끝에는 '잇·이·오·이'등의 운을 세 구 또는 두 구마다 환운하였다. 언문풍월은 일상 소재로 운자도 다양하게 창작되었다. 이는 한시에 대한 전문적인 지식 없이도 창작이 가능했다. 따라서 특정 계층에 국한되지 않고 폭넓은 작가층을 가질 수 있었다.

의식의 변화는 내용의 변모를 부른다. 내용만으로 의식의 변화를 담아내지 못할 때 형식이 변한다. 기존 한시의 굳건한 문법은 개화기의 발랄한 실험정신 아래 헤아릴 수 없이 많은 해체의 양식들을 선보였다. 다만 그것이 치열한 시정신에 의해 안받침되지 못한 결과 새로운 형식들은 일과성의 장난기에 그치고 말았다. 하지만 이러한 실험들이 시사하는 의미는 대단히 심장하다. 오늘의 시단에서도 새로운 담론과 말하기 방식에 대한 모색은 활발히 계속된다. 기존 언어에 대한 회의와 불신의 벽을 허물고, 새로운 시의 문법을 찾아 나서려는 노력도 힘차다. 그러나 새로운 말하기가 강렬한 실험적 의도를 가졌음에도 시대정신이나 시정신에 의해 안받침되지 않는다면 이 또한 말장난에 지나지 않는다. 잡체시나 파격시가 오늘의 시단에 던지는 의미는 여전히 생생하다.

바라봄의 시학

—

관물론 觀物論

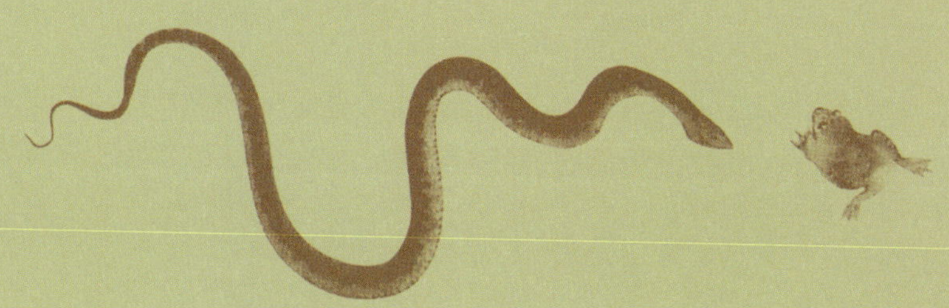

지렁이의 머리는 어느 쪽인가

　지렁이를 두고 사람들은 수미首尾도 없고 배도 등도 없다고들 말한다. 찬찬히 살펴보면 실지로는 머리와 꼬리, 배와 등이 있어 해를 피하고 이利에 나아가며, 정욕을 모두 갖추고 있다. 옹翁은 말한다. 물건의 어리석고 굼뜬 것도 오히려 이와 같거늘, 하물며 사람처럼 칠규七竅와 오장五臟을 하나도 빠짐없이 갖추고 있는 것에 있어서겠는가? 말을 듣고 빛깔을 보아 지각이 어둡지 않은데도 사람 중에 간혹 방향을 잃고 길을 헤매는 자가 있으니 슬프다.

　지렁이의 머리는 어느 쪽인가? 해를 피해 나아가는 쪽이다. 배는 어느 쪽인가? 바닥에 닿는 쪽이다. 성호 이익의 《관물편觀物篇》에 보인다. 성호의 관찰은 한 단계 더 나아간다. 칠규·오장을 갖추지 못한 지렁이도 제 몸의 해를 피해 이로움을 향해 나아갈 줄 안다. 그런데 사람 중에는 패망이 뻔히 보이는데도 눈 뜨고 그 길을 가서 제 몸을 망치고 일을 그르치는 이가 있다. 지렁이만도 못하다.

　꽃 향기로 보성保城보다 짙은 것이 없는데 사람들은 특별하게 여기지 않는 이가 많다. 옹이 지나가다가 그 향기를 맡고 말했다. 아름답다. 향기가 더할 나위가 없구나. 네가 이런 향기를 지녔더라도 이제 내가 감상하게 된 것이 다행이다. 내가 돌아간 뒤에도 끊임없이 향기를 내겠지만, 빈 들판 밖으로 날려 흩어져 아무도 알아주지 않을 테니 참 애석하다. 돌아와 이를 풀이하여 말했다. 끊임없이 향기를 내는 것이 너의 본색이라면 빈 들판에 날려 흩어진다 해도 어찌 성품에 어긋

나는 것이겠는가.

　궁벽한 곳에서 피어난 꽃이 빈 들판 위로 향기를 날려 보낸다. 그
짙은 향기를 알아주는 사람이 아무도 없다. 간혹 들늙은이가 산책
길에 그 향기와 만나 기뻐할 뿐이다. 꽃이 향기를 내는 것은 꽃의
본색에 불과하다. 빈 들판에 날려 흩어지는 것도 정해진 운명이 아
니겠는가. 꽃은 누가 알아주고 말고를 개의치 않고 향기를 낼 뿐이
다. 인간이 한세상을 살다 가는 것도 이와 다를 게 없다. 귀인의 정
원에서 정원사의 사랑을 듬뿍 받으며 피어나는 꽃이 있고, 깊은 산
속에서 저만치 혼자서 피었다 지는 꽃도 있다. 능력 있는 인재와 그
를 알아주지 않는 공평치 않은 세상길에 대한 탄식과 자조가 행간
에 깔려 있다.

　　옹이 연못을 파서 물고기를 길렀다. 밤낮으로 살펴보니 편안하면
기뻐하고, 다투면 성을 내며, 죽으려 할 때는 슬퍼하고, 쫓기면 두려
워했다. 서로 함께하면 아끼고, 등지면 미워하며, 구하는 것이 있으면
욕심을 부려 형기形氣로 드러나는 칠정七情의 모습을 모두 지녔다. 하
지만 사단四端 같은 것은 처음부터 아예 없었다. 이에 비로소 사단과
칠정이 이理와 기氣로 나누어짐을 깨달았다.

　물고기와 인간은 어떻게 다른가? 희로애락의 감정은 물고기도
있다. 편안함을 기뻐하고, 눈앞의 이익을 탐하며, 강한 적을 두려워
한다. 물고기에게 인의예지가 있는가? 염치와 부끄러움, 사양할 줄
아는 마음이 있는가? 없다. 이것이 인간과 물고기를 갈라놓는 기준

476

이다. 반대로 인간에게 이런 마음이 없다면 미물과 무엇이 다르겠는가? 다시 한두 예화를 더 살펴보기로 하자.

어떤 이가 야생 거위를 길렀다. 불에 익힌 음식을 많이 주자 거위가 뚱뚱해져서 못 날았다. 그 뒤 문득 음식을 먹지 않았다. 사람이 병이 났다고 생각하고 먹을 것을 더 많이 주었다. 그런데도 먹지 않았다. 열흘이 지나 몸이 가벼워지자 허공으로 날아가 버렸다. 옹이 이를 듣고 말하였다. 지혜롭구나. 스스로를 잘 지켰도다.

거위에게는 거위의 생리가 있다. 이를 벗어나니 병통이 된다. 그러나 보라. 자연은 자신의 리듬을 잘 알아 억지로 거스르는 법이 없다. 열흘 넘게 굶은 거위는 탐욕을 버리는 대신 자신을 잘 지켰다. 먹어서는 안 될 음식을 많이 먹고 뚱뚱해져 날지도 못하는, 그리고도 그 맛에 길들어 살을 찌우다 마침내 제 몸을 망치는 인간 거위들은 세상에 또 얼마나 많은가.

개구리는 달아나고 뱀은 뒤쫓는데, 개구리가 빨리 가면 뱀은 천천히 가서 그 형세가 마치 미치지 못할 것같이 한다. 개구리가 처음에는 한 장가량 뛰다가 조금 뒤엔 문득 멈춰서고 만다. 그때 뱀이 갑자기 와서 물어버린다. 옹은 말한다. 개구리의 빠름이 해를 멀리하기에 충분하다. 그런데도 마침내 다른 놈에게 잡아먹히는 것은 뜻이 게을러서다. 재앙과 근심이 닥치는 것은 흔히 이만하면 되겠지 하는 마음에서 비롯된다. 나라가 가까운 적국이 밖에서 엿보는데도 느긋하게 요행으로 면하기만 바라는 것도 이와 비슷한 경우다.

나빙, 〈오서도五瑞圖〉, 18세기, 91×48.5cm.
개구리는 벼랑에 매달린 거미를 노리고, 뱀은 개구리를 향해 간다.
거미는 또 제 그물에 걸릴 벌레를 기다린다. 세상 이치가 참 묘하다.

마치 오늘날 우리 사회의 병통을 맥 짚어 진단하는 말인 것만 같다. 샴페인을 너무 일찍 터뜨리는 한국인의 조급성을 개구리의 선부른 자만에 견주었다.

《관물편》은 이익이 안산에 살면서 생활 주변에서 사물을 관찰하며 느낀 단상을 77항목에 걸쳐 그때그때 기록한 것이다. 주변 사물에 대한 면밀한 관찰을 통해 그 사물들에 담겨 있는 이치를 캐어 이를 현실의 삶과 연관 짓는 실학적 사고가 담겨 있다. 사물을 살펴 지혜를 얻는 격물치지格物致知 정신의 실천이었다.

저 매화에 물을 주어라

12월 8일 아침. 매화 화분에 물을 주라고 하셨다. 날씨는 맑았다. 오후 다섯 시가 되자 갑자기 흰 구름이 집 위로 몰려들더니 눈이 한 치가량 내렸다. 조금 뒤 선생께서 누울 자리를 정돈하라 하시므로 부축해 일으키자 앉으신 채 숨을 거두셨다. 그러자 구름이 흩어지고 눈이 걷혔다.

문인 이덕홍李德弘(1541~1596)이 쓴 〈퇴계선생고종기退溪先生考終記〉이다. 묘한 느낌을 주는 글이다. 스승의 죽음을 지켜본 제자의 기록으로는 투명하리만치 담담하다. 슬픔이 묻어날 빈틈이 없다. 스승의 용태에 마음을 졸이면서도 그의 시선은 끊임없이 창밖의 날씨로 쏠려 있었다. 그는 과연 무슨 마음으로 스승이 서거하던 날의 기후 변화를 기억하고 있었던 것일까?

임종하던 아침, 의식이 오락가락하던 스승은 방 안 매화에 물 줄 것을 명했다. 제자는 그것을 무슨 조짐으로 알았다. 저물녘에 날씨가 갑자기 흐려지며 난데없는 구름이 집 위로 몰려들고 눈이 펑펑 쏟아졌다. 죽음을 예감한 스승은 자리의 정돈을 분부했다. 바싹 마른 형해를 부축해 일으키자 마지막 숨이 앉은 선생의 코 사이로 빠져나갔다. 아픈 곡성도 없었다. 침묵이 흐르는 중에 찌푸렸던 하늘이 다시 열리고, 눈발이 맑게 걷혔다. 분분한 눈발 속에서 선생 방의 매화는 그날 꽃망울을 터뜨렸던가 터뜨리지 않았던가. 글을 보면 이덕홍이 스승의 죽음과 천기를 일치시키려는 뜻이 읽힌다. 세상을 뜨기 닷새 전 선생의 동태를 이덕홍은 이렇게 적고 있다.

> 12월 3일. 설사를 하셨다. 매화분이 그 곁에 있었는데, 다른 데로 옮기라 하시며 말씀하셨다. "매형梅兄에게 불결하니 마음이 절로 미안하다."

매화를 아끼는 퇴계의 마음은 마치 하나의 인격체를 대하는 듯하다. 임종하던 날 그는 매화분에 물 줄 것을 명했고, 불결한 냄새가 매화분에 닿는 것조차 미안해했다. 사물에 자아를 얹고, 관물을 통해 천기를 읽었던 선인들의 삶의 체취가 그대로 느껴진다.

이와 비슷하게 남명南冥 조식曺植(1501~1572)의 문인 정인홍鄭仁弘(1535~1623)도 스승의 임종 즈음의 일을 이렇게 적고 있다.

> 12월 15일 아침. 인홍과 우옹宇顒을 불러 말씀하셨다. "오늘은 정신이 전과 다르니 내가 죽을 모양이다. 다시는 약을 올리지 마라." 손으

로 두 눈을 비비고 눈을 떠보시더니 "자세하고 밝은 것이 평시와 다름이 없구나." 하셨다. 또 창을 열게 하시더니 "하늘 해가 참 맑다."고 하셨다. 이날부터 선생은 약을 끊으시고 미음조차 입에 대지 않으셨다. 종일 가만히 누워 계셨으나 조금도 자세를 흩트리지 않았다.

칠정에 얽매여 사는 우리 같은 보통 사람들은 감히 생각하기 어려운 광경이다. 창 쪽을 가리키며 "빛을 더" 하고 운명했다던 서양 어느 철학자의 죽음보다 훨씬 더 장엄하다. 죽음 앞에서도 사물을 보는 눈은 닦아낸 유리알처럼 투명하다. 조식이 지은 〈무제〉라는 시를 보자.

산안개 말끔히 비 씻어가니	雨洗山嵐盡
그림같이 드러나는 뾰족 멧부리.	尖峯畵裏看
저물녘 널구름은 낮게 깔리어	歸雲低薄暮
그 모습 저절로 한가롭구나.	意態自閑閑

비가 지나가자 자욱하던 이내가 말끔히 걷혔다. 산허리엔 하루 일과를 마친 구름이 귀가를 준비한다. 그 위로 뾰족한 지리산 천왕봉의 멧부리가 새뜻하게 모습을 드러낸다. 구름은 바쁠 것이 하나도 없다. 산은 늘 그 자리에 그렇게 서 있다. 산의 이내와 안개나 구름, 이런 변화하는 것을 따라 일렁이지 않고 시인은 깊은 편안함에 잠겨든다. 유유자적하다.

산과 구름 모두 다 희고 희거니	山與雲俱白

이인문, 〈관수도觀水圖〉, 18세기, 21×30cm, 개인 소장.
지팡이 짚고 서서 물을 바라본다. 쉼 없이 흘러가는 저 물처럼 내 삶도 정체되지 않기를.

구름인지 산인지 분간 못하네.　　　　　　　雲山不辨容

구름 가자 산만이 홀로 섰구나　　　　　　　雲歸山獨立

일만이야 이천 봉 금강이라네.　　　　　　　一萬二千峯

송시열의 〈금강산金剛山〉이다. 천인千仞 절벽 위에서 바윗돌을 굴
리는 기상이다. 개골산皆骨山이라 산도 구름도 희다. 시인은 이 둘
이 구분되지 않던 상태에서 구름을 걷어냄으로써 우뚝 솟은 일만
이천 봉의 웅장한 자태를 펼쳐 보였다. 노산 이은상은 일찍이 금강
을 이렇게 노래했다. "금강이 무엇이뇨 돌이요 물이로다. 돌이요 물
일러니 안개요 구름일러라. 안개요 구름이어니 있고 없고 하더라."
고금의 솜씨가 방불하다.

만물이 변천함은 일정함이 없나니　　　　　　萬物變遷無定態

한가로이 자적하며 때를 따라 사노라.　　　　一身閒適自隨時

근년 들어 먹고살 일 살피지 아니하고　　　　年來漸省經營力

청산을 마주보며 시도 짓질 않는다.　　　　　長對靑山不賦詩

이언적李彦迪(1491~1553)의 〈무위無爲〉라는 작품이다. 소동파가
〈적벽부〉에서 말했다. "장차 변하는 것을 기준으로 본다면 천지는
일찍이 한순간도 그대로 있지 못하고, 변치 않는 것을 통해 본다면
물物과 아我가 모두 다함이 없다." 젊은 날 성취를 향한 집착과 작
위하고 경영하던 마음을 훌훌 던져버리고, 자연의 변화에 몸을 맡
겨 다만 일신의 한적을 추구할 뿐이다. 청산은 말이 없으니 그를 보
며 묵언默言의 마음을 배운다. 도학자의 구김 없는 마음자리가 잘

정민©이언적의 독락당 별채인 계정溪亭
저 계정의 난간에 앉아서 그는 늘 푸른 산빛에 눈을 씻고, 맑은 냇물에 마음을 헹궈냈다.

펼쳐져 있다. 낙천지명樂天知命의 높은 경지다. 활연한 탈속의 경계를 맛보게 한다.

관물함으로써 그 속에 구현된 이理를 읽어내고, 그 이치를 본받음으로써 인간의 삶과 연관 짓는 것은 유가 인식론의 기본 바탕이다. 송대의 이학자 소옹邵雍은 이렇게 말한다.

> 무릇 관물이라 하는 것은 눈으로 보는 것이 아니다. 눈으로 보지 않고 마음으로 보는 것이다. 마음으로 보지 않고 이치로써 보는 것이다. 천하 사물은 이치를 담지 않은 것이 없고, 성性이나 명命이 없는 것이 없다.

소옹은 눈으로 사물의 외피만 보는 것을 '이아관물以我觀物'이라 했다. 마음과 이치로 사물의 본질을 꿰뚫어보는 것은 '이물관물以物觀物'로 구분했다. '이물관물'은 '반관反觀'이라 하여 사물로 사물을 보니 그 사이에 아我가 끼어들 수 없다고 했다. 또 "사물로 사물을 보는 것은 성性이고, 아로써 사물을 보는 것은 정情이다. 성은 공변되고 밝지만, 정은 치우치고 어둡다."고 덧붙였다. 이때 성은 천리와 맺어지고, 정은 인욕과 연관된다. 그러므로 군자는 격물로 치지할 뿐 완물玩物하여 상지喪志하는 일이 없다. 앞서 이익이 자신의 관찰을 '관물편'이라 이름 붙인 것도 실은 소옹의 이 말에서 취한 것이다.

권호문權好文(1532~1587)은 〈관물당기觀物堂記〉에서 소옹의 뜻을 부연하여 이렇게 말했다.

아아! 관물의 뜻이 훌륭하구나. 하늘과 땅 사이에 가득한 것은 사물일 뿐이다. 사물은 저 혼자 존재하지 않고 천지가 낳은 바이다. 천지도 저 혼자 생길 수는 없다. 사물은 이치가 낳은 것이다. 이 이치가 천지의 바탕이 되고 천지가 만물의 근본이 됨을 알아, 천지로 만물을 본다면 만물은 각기 한 물건일 뿐이고 이치로 천지를 본다면 천지 또한 한 물건일 뿐이다. 사람이 능히 천지만물을 살펴 그 이치를 다할 수 있다면 만물의 영장이 됨에 부끄럽지 않다. 하지만 천지만물을 능히 보지 못해 그 까닭에 어둡다면 지혜로운 군자라고 말할 수 있겠는가? 박아군자博雅君子라 말할 수 있겠는가? 이런 까닭에 관물은 눈으로 보는 것이 마음으로 보는 것만 못하고, 마음으로 보는 것이 이치로 보는 것만 못하다. 만약 이치로 볼 수 있다면 만물에 환히 통하게 되어 내 안에서 모든 것이 갖추어진다.

사물의 겉모습에 현혹되지 않고, 마음으로 보고 이치로 살펴 사물의 본질에 깊이 다가서는 통찰의 경로를 설명한 내용이다. 옛 글 속에서 이처럼 관물의 의미를 곱씹고 있는 내용이 적지 않다.

생동하는 봄풀의 뜻

시인들도 소옹의 관물론을 계승하여 관물을 주제로 한 시를 많이 남겼다. 이제 관물시 몇 편을 살펴보겠다. 먼저 이색의 〈관물〉이란 작품이다.

크도다 사물을 바라보는 곳   大哉觀物處
형세를 인하여 꼴 지워지네.   因勢自相形
흰 물도 깊으면 검게 변하고   白水深成黑
황산도 멀리 보면 푸르게 뵈지.   黃山遠還靑
지위가 높고 보니 위엄 무겁고   位高威自重
누추해도 덕은 더욱 향기로워라.   室陋德彌馨
늙은 몸 말 잊은 지 이미 오래니   老牧忘言久
이끼 자욱 작은 뜰에 가득하도다.   笞痕滿小庭

만물은 일정함 없이 형세에 따라 이리 변하고 저리 변한다. 덩달
아 마음마저 이리저리 옮겨 다니면 사람이 못 쓰게 된다. 마음의 본
바탕을 굳게 지켜 거죽으로 드러나는 형상에 현혹되는 일이 없어야
겠다. 위엄으로 누르고 덕으로 향기를 뿜어 일체의 작위함을 벗어
던진다. 말을 잊고 이끼 가득한 작은 뜰을 관찰한다. 누가 심은 것
도 아닌데 저절로 마당을 덮은 이끼. 내 마음 속에서 일어나는 작용
도 다를 게 없다.

만기萬機의 꽃 비단에 만전의 이끼 피니   萬機花錦萬錢苔
조물주가 몇 날이나 마르재어 애 썼던가.   幾日天工費剪裁
물물마다 제 절로 생의가 넘치거니   物物自然生意足
관물하는 늙은이의 사념만 그윽하다.   老夫觀物思悠哉

서거정의 〈관물〉이다. 봄이 오자 조물주는 대지 위에 온통 꽃 잔
치를 벌여놓았다. 파르라니 돋은 이끼와 비단 같은 꽃밭. 그저 바라

만 보아도 생의生意가 넘쳐흐른다. 이를 바라보던 늙은이의 마음도 덩달아 유유해진다. 김시습도 〈관물〉이란 작품을 남겼다.

남쪽 가지 꽃이 펴도 북쪽 가지 차가우니　　南枝花發北枝寒
봄 마음은 두 가지라 억지로 말해보네.　　　強道春心有兩般
한 이치가 나란타면 물아 구분 없으리니　　一理齊平無物我
점검하여 제 스스로 살펴봄이 좋겠네.　　　好將點檢自家看

따사로운 봄볕과 마주한 양지쪽엔 꽃망울이 부펐다. 그늘진 반대편 가지에는 아직도 꽃 소식이 감감하다. 한 나무의 꽃 소식이 이럴진대 봄은 어느 한 편만 편애하는 것이 아니겠는가. 드러난 현상만 보면 이런 설명이 가능하겠지만, 떳떳한 한 이치가 분명할진대 어찌 두 마음이 있다 할 수 있겠는가? 결국 마음 공부는 언뜻 보아 다른 듯이 보이는 현상 속에 내재된 한 가지 이치를 수시로 자가 점검함으로써 외물에 현혹되지 않는 힘을 기르는 것이다.

요순의 사업은 천고에 우뚝한데　　　　　唐虞事業巍千古
한 조각 뜬구름이 허공을 지나간다.　　　一點浮雲過太虛
조촐히 작은 집은 푸른 시냇가에 있어　　蕭灑小軒臨碧澗
노는 고기 종일 보며 마음을 맑게 하네.　澄心竟日玩游魚

이언적의 〈관물〉이란 작품이다. 당우唐虞의 사업, 즉 요순의 일이 천고에 우뚝해도, 어찌 보면 그것은 한 조각 뜬구름이 허공을 스쳐 지난 것과 다를 바 없다. 시인은 시냇가 다락에 기대 앉아 강물에 노니는 물고기의 발랄함을 지켜볼 뿐이다. 종일 물고기만 보았는데 마음이 해맑아진다. 구름 걷힌 맑은 하늘 같다. 물속에서 노닌 것은 물고기가 아니라 내 마음이었다.

저 많은 사물들은 어디에서 왔는가　　　　芸芸庶物從何有
아득한 저 근원은 허망하지 않다네.　　　　漠漠源頭不是虛
선현의 흥감처興感處를 알고자 한다면　　　欲識前賢興感處
정원 풀과 어항 고기 살펴보길 청하네.　　　請看庭草與盆魚

이황의 〈관물〉이다. 근원은 아득하여 허망한 듯하지만 끝까지 파고들어 한 이치와 만난다. 이 일은 거창한 일도 복잡한 과정도 아니다. 예전 송나라 때 정호程顥는 뜰에 돋아나는 풀을 베지 않고 어항에 물고기를 기르며 그 생생한 뜻을 관찰하여 마음을 보존하고 성품을 기르는 존심양성存心養性의 공부를 닦았다. 공연히 폼이나 잡고 제 몸 들들 볶는 것은 제대로 된 공부가 아니다.

솔개 날고 고기 뛰는 큰 조화 가운데서　　　鳶飛魚躍太和中
만물이 부침하며 한 기운에 녹아드네.　　　萬物浮沈一氣融
봄비가 그칠 제면 뜰의 풀도 푸르니　　　　春雨歇時庭草綠
이처럼 생의로움 사람과 한가질세.　　　　這般生意與人同

권필의 〈관물〉이다. 하늘에 솔개가 날고 못에는 물고기가 뛴다. 조화의 이치는 복잡한 것이 아니다. 만물은 각양각태지만 그 바탕에 깔린 이치는 한 가지다. 그것은 봄비가 그치고 나면 마당에 풀이 돋는 것처럼 분명하고도 알기 쉽다. 바라보는 내 마음에도 그와 같이 생의가 물오른다.

소에게는 윗니 없고 범은 뿔이 없나니	牛無上齒虎無角
천도는 공평하여 부여함이 마땅토다.	天道均齊付與宜
이로써 벼슬길의 오르내림 살펴보니	因觀宦路升沈事
승진했다 기뻐 말고 쫓겨났다 슬퍼 말라.	陟未皆歡黜未悲

고상안高尙顔(1553~1623)의 〈관물음觀物吟〉이다. 오늘 잠시 승진했다 하여 기뻐할 것이 없고, 또 좌천되어 한직으로 밀려났다 해서 실망할 일도 아니다. 이래서 좋으면 저래서 나쁘고, 저래서 미쁘면 이래서 언짢으니, 군자는 의연하게 제자리에 지켜 서서 변화의 기미를 보아 몸을 맡길 뿐이다. 단순히 새옹지마의 자기 위안을 말하려는 것이 아니다.

관물시는 만 갈래로 나뉘어 백태百態를 연출하는 사물에 현혹되지 않고, 그 안에 깃든 한 이치를 투시하며 삶의 자세를 가다듬는 내용으로 되어 있다. 작위와 편견을 배제한다. 권필의 〈정중음靜中吟〉이 이를 잘 요약한다.

뜻이 차니 삿됨은 사라져가고	意實群邪退
마음 비니 한 이치 뚜렷이 밝다.	心虛一理明
고요할 제 만물을 바라보자니	靜時觀萬物
봄기운 저절로 생동하누나.	春氣自然生

만물 속에 답이 있다. 고요히 바라보라. 마음이 늘 문제다. 외물에 끌려다니면 안 된다. 가만히 응시하면 물이 흐르고 꽃이 핀다. 솔개가 날고 물고기가 뛴다. 하나도 모를 것 없다. 명징하고 투명하다.

유아지경과 무아지경

관물론이 미학의 경계로 넘어오면 앞서와는 전혀 다른 차원이 된다. 청나라 말기의 왕국유는 소옹의 관물론에서 개념을 빌려와 유아지경有我之境과 무아지경無我之境의 설을 제창했다. 이것은 철학상의 개념이 아니라 시학상의 술어이다.

> 유아지경이 있고 무아지경이 있다. "눈물 젖어 물어봐도 꽃은 아무 말이 없고, 흩어지는 꽃 그네 위로 날리며 지나가네.淚眼問花花不語, 亂紅飛過軟韆去."와 "외론 여관 문을 걸고 봄추위를 견디니, 두견새 소리 속에 기운 해가 저무네.可堪孤館閉春寒, 杜鵑聲裏斜陽暮."는 유아지경이다. "동쪽 울타리 아래서 국화를 캐다, 유연히 남산을 바라본다네.采菊東籬下, 悠然見南山."와 "차가운 물결은 담담히 일고, 흰 새는 유유히 내려앉는다.寒波澹澹起, 白鳥悠悠下."는 무아지경이다. 유아지경은 아我로써 사물을 보는 까닭에 사물과 내가 모두 나의 색채로 물들고, 무아지경은 물物로써 사물을 보므로 어느 것이 나이고 어느 것이 사물인지 알 수가 없다.

예시에서 알 수 있듯 유아지경은 시인의 주관 감정이 객관 물태에 스며 강렬한 주관의 색채를 띠는 경우다. 무아지경은 시인의 주관 정서가 전혀 드러나지 않은 채 물아가 하나가 되어 피아의 구별이 무너진 상태다. 왕국유는 이어지는 글에서 무아지경은 호걸의 인사만이 도달할 수 있다 하여 유아지경보다 무아지경을 높이려는 뜻을 분명히 밝혔다.

왕국유가 소옹의 개념에서 끌어와 유아지경을 이아관물에, 무아지경은 이물관물에 견준 것은 매우 흥미롭다. 이아관물과 이물관물의 함의는 소옹의 설명과는 자못 다르다. 소옹은 이물관물에서 한 걸음 더 나아가 이리관물以理觀物까지 요구함으로써 사물의 저편에 존재하는 도리를 밝힐 것을 요구했다. 하지만 왕국유는 이물관물을 도道의 전제 없이 다만 인간 정신이 도달할 수 있는 최고의 심미경계로 설정했을 뿐이다.

그늘진 누각에 보슬비 내려	輕陰閣小雨
깊은 뜰 한낮에야 문을 열었네.	深院晝慵開
앉아서 이끼 빛깔 보고 있자니	坐看蒼苔色
내 옷 위로 스멀스멀 오르려 한다.	欲上人衣來

당나라 왕유의 〈서사書事〉란 작품이다. 옅은 그늘이 지나가고 보슬보슬 비가 내렸다. 비가 그쳐 시인은 문을 열고 산책에 나섰다. 보슬비가 지나간 촉촉한 이끼 위에 가만히 앉는다. 시인의 옷깃 위로 이끼가 스멀스멀 올라온다. 그대로 있으면 내가 곧 이끼 덮인 바위가 될 것만 같다. 우연히 빈 뜰에 나와 앉았다가 물과 아가 하나로 만나 나누는 흐뭇한 교감이다. 사물로 향하는 아의 삼투압은 이

렇게 이루어진다. 서로 팽팽한 표면장력을 유지하다가 어느 순간
그 균형이 깨지면서 한꺼번에 빨려 들어가는 것이 아니라, 스펀지
에 물이 스미듯 서서히 눈치 채지 못하는 사이에 이루어진다. 시인
은 이제 없다.

나무 끝에 부용꽃   木末芙蓉花

산 속에서 붉은 떨기 피어났구나.   山中發紅萼

시냇가 집 적막히 사람 없는데   澗戶寂無人

분분히 피었다간 또 떨어지네.   紛紛開且落

　역시 왕유의 〈신이오辛夷塢〉란 작품이다. 가지 끝 붉은 부용꽃이
망울을 터뜨렸다. 그 곁으로 시내가 졸졸 흐른다. 시냇가엔 초가집
한 채. 집에는 하루 종일 사람의 기척이 없다. 적막한 산중에서 꽃
들은 피고 또 지며 바쁘다. 시간은 숨을 멈췄다. 꽃이 피고 지는 광
경은 누가 보는가? 화면 어디에서도 그의 모습은 찾을 수 없다. 시
인은 단지 화면 바깥에서 독자를 곁에 앉혀놓고 함께 보자고 권유
하고 있는 것만 같다. 무아지경의 시다.

옛날 내가 떠날 때는   昔我往矣

수양버들 능청댔지.   楊柳依依

오늘 내가 돌아가면   今我來思

눈비만 흩날리리.   雨雪霏霏

가는 길 멀고 멀다   行道遲遲

목마르고 배고프네.   載渴載飢

내 마음 서글퍼라　　　　　　　　　　我心傷悲

아무도 몰라주네.　　　　　　　　　　莫知我哀

변방에 수자리 살러 간 병사의 노래다. 《시경》〈소아小雅〉에 실린 〈채미采薇〉란 작품이다. 첫 네 구절은 읽을 때마다 가슴이 아프다. 목마름과 굶주림 속에서도 돌아갈 기약은 아득한데, 기억 속의 고향은 언제나 능수버들 하늘대는 따사로운 봄날이다. 변경의 괴로움은 지친 병사에게 그 고향마저 눈비만 흩날리는 스산함으로 일그러뜨려놓았다. 이것이 어찌 변방 수자리 병사의 노래이기만 할까? 고향에 돌아가 안기지 못하고 국외자로 타관을 떠도는 우리의 노래가 아닌가? 유아지경이다.

유아지경이라 해서 문면에 화자의 정서가 반드시 드러나는 법은 없다.

비를 맞고 피어나서 바람 따라 떨어지니　　　　花開因雨落因風

봄 오고 가는 소식 이 가운데 있구나.　　　　春去春來在此中

간밤에 바람 불고 비까지 내리더니　　　　昨夜有風兼有雨

복사꽃 만발하고 살구꽃은 다 졌다오.　　　　桃花滿發杏花空

권벽의 〈봄밤의 비바람春夜風雨〉이다. 물리의 순환하는 이치를 절묘하게 꼬집어내었다. 비가 와서 꽃을 피우면, 바람은 와서 이를 떨군다. 어제 만발한 살구꽃은 진흙탕에 떨어지고, 그 자리에 복사꽃이 환한 웃음을 머금었다. 슬퍼할 것도 안타까워할 일도 아닌 셈이다. 만발한 복사꽃을 바라보는 경이와 비바람에 떨어진 살구꽃의

　　　　　　　　　　　　　　　　한시 미학 산책 — ◉

빈 가지를 바라보는 허탈을 함께 포착했다. 봄은 그렇게 와서 또 그렇게 간다. 우리네 인생도 마찬가지다. 시인은 여기서 사물의 한 이치를 반추한다. 시인이 관찰자의 입장에 서 있는데도 다분히 주관적 색채로 물들게 된 까닭이다. 소옹의 관점으로는 이물관물에서 더 나아가 이리관물의 경계에 근접한 경우다. 하지만 왕국유의 시학으로는 이아관물의 유아지경에 해당한다.

진정한 의미에서 무아지경의 시는 없다. 무아지경이라고 해서 시인의 주관 정취가 없는 것이 아니기 때문이다. 시학상의 무아지경은 시인의 정신이 사물로 녹아들어 물아의 구분이 사라지고, 마침내 자신을 잠시 잊어버린 것에 불과하다. 이른바 마음이 엉기고 형상이 녹아든 '심응형석心凝形釋'의 경계다. 현대시를 가지고 살펴보자.

송홧가루 날리는
외딴 봉우리

윤사월 해 길다
꾀꼬리 울면

산지기 외딴 집
눈먼 처녀사

문설주에 귀 대고
엿듣고 있다.

박목월의 〈윤사월〉이다. 시적 화자는 장면과 거리를 둔 채 화면 밖에서 눈에 비친 장면을 포착할 뿐이다. 외딴 봉우리에 송홧가루가 날린다. 나른한 윤사월의 긴 오후가 꾀꼬리 울음 속에 뉘엿해진다. 외딴 집의 눈먼 처녀는 문설주에 귀를 대고 엿듣고 있다. 그녀가 엿들은 것은 무슨 소리였을까. 긴 봄날이 덧없어 우는 꾀꼬리의 울음소리였을까, 송홧가루를 날리는 바람 소리였을까. 시인은 끝내 아무런 설명도 보태지 않는다. 윤사월의 애절한 느낌이 문설주에 귀를 댄 그녀의 몸짓 속에 잊히지 않는 영상으로 다가온다. 무아지경이다.

영산홍 꽃잎에는
산이 어리고

산자락에 낮잠 든
슬픈 소실댁小室宅

소실댁 툇마루에
놓인 놋요강

산 너머 바다는
보름사리 때

소금발이 쓰려서
우는 갈매기

서정주의 〈영산홍〉이다. 멀리 만조의 바다는 넘실대고, 일렁이는 봄볕은 영산홍 꽃잎에 산빛으로 어렸다. 만월로 차오르는 보름사리 때에 그녀는 쓸모없는 놋요강을 툇마루에 놓아두고 낮잠이 혼곤하다. 슬픈 것은 소실댁인데 우는 것은 갈매기다. 슬픈 그녀는 정작 낮잠이 깊었고, 갈매기가 대신 나서서 소금발이 쓰리다며 끼룩끼룩 운다. 퇴짜 맞아 녹슬어가는 툇마루의 놋요강 같은 그녀의 슬픔을 누가 헤아릴까? 더욱이 그녀는 지금 만조滿潮의 때가 아닌가? 시인 은 애써 화면 밖에 몸을 빼고 있지만, 재판관처럼 그녀의 감정 속에 끼어든다. 유아지경이다.

'산지기 외딴 집 눈먼 처녀'와 '산자락에 낮잠 든 슬픈 소실댁'은 그 상황 설정도 유사하고, 7·5조 2행으로 된 형식도 비슷하다. 가난한 산지기의 외딴 집에서 바깥 세계의 소리에 귀 기울이는 '눈먼 처녀'와 놋요강을 옆에 두고 툇마루에 누워 낮잠에 빠져든 '슬픈 소실댁'은 등가의 심상을 이룬다. '슬픈'과 '쓰려서'와 '우는'의 감정 이입이 있어 〈윤사월〉보다는 주관 정취가 강하다. 거리두기의 차이 가 두 작품의 거리를 벌려놓았다. 이것이 이른바 시학상의 이아관 물과 이물관물이다.

속인과 달사

통달한 사람은 괴이한 것이 없지만 속된 사람은 의심스런 바가 많다. 본 것이 적어 괴이함도 많은 것이다. 대저 어찌 달사達士라 하여 물건마다 쫓아가서 직접 눈으로 본 것이겠는가. 하나를 들으면 눈앞에 열 가지가 펼쳐지고, 열을 보면 마음에 백 가지가 베풀어져, 천 가지 괴이함과 만 가지 기이함을 도로 사물에 부칠 뿐 자기와는 간여함이 없다. 때문에 마음은 한가로워 여유가 있고 응수함은 다함이 없다. 본 바가 적은 자는 백로를 가지고 까마귀를 비웃고, 오리를 가지고 학을 위태롭게 여긴다. 사물은 제 스스로 괴이함이 없는데 자기가 공연히 성을 내며, 한 가지만 같지 않아도 만물을 온통 의심한다.

박지원이 〈능양시집서〉에서 한 말이다. 달사의 관물은 보지 않고도 보는 이물관물, 이리관물인데, 속인의 관물은 직접 눈으로 본 것만 전부로 아는 이아관물에 머문다. 달사와 속인을 가르는 경계는 무엇인가? 그것은 '깨달음'이다. 이 깨달음에 대해 김택영은 〈수윤당기漱潤堂記〉에서 이렇게 설명한다.

천하에 이른바 도술과 문장이라는 것은 부지런함으로 말미암아 정밀해지고, 깨달음으로 말미암아 이루어진다. 진실로 능히 깨닫기만 한다면 예전에 하나를 듣고 하나도 알지 못하던 자가 열 가지 백 가지를 알 수 있게 된다. 전에는 천만 리 밖에 있던 것을 바로 곁에서 만나 볼 수 있게 되고, 지난날 어근버근하여 알기 어렵던 것이 매끄럽게 쉬 이해된다. 예전에 천만 권의 책에서 구하던 것을 한두 권이면 충분하게 되고, 전에는 법이 어떻고 판결이 어떻고 하던 자가 이른바 법이니 판결이니를 말하지 않게 된다. 그렇지만 이를 깨닫는 법은 방향도 없고 형체도 없다. 손으로 쥘 수도 없고 무어라 규정할 수도 없다. 예전에 성련이란 사람은 파도가 넘실대는 것을 보고 거문고를 연주하는 도를 깨달았다. 성련이 이렇게 해서 깨달았다고 하여, 가령 어떤 사람이 성련의 일을 사모하여 거문고를 안고 파도가 넘실대는 곳에 서 있다면 어떠하겠는가? 대저 성련의 깨달음은 여러 해 동안 깊이 생각한 결과 이루어진 것이지 하루아침 사이에 까닭 없이 이루어진 것이 아니다.

깨달음이 없이는 우리 모두는 '눈뜬장님'일 뿐이다. 눈을 뜨고 있다고 다 볼 수 있는 것이 아니다. 보려 한다고 보이는 것은 더더욱 아니다. 깨달음은 결코 거저 얻어지지 않는다. 사물을 바라보는 눈은 아무렇게나 열리지 않는다. 손끝이 갈라지는 연습 없이, 그저 기타 들고 동해 바닷가에 서 있다고 훌륭한 연주자가 되는 법은 어디에도 없다. 하지만 깨닫는 순간 모든 것은 순식간에 변해버린다. 차원이 달라진다. 속인과 달사의 경계는 종이 한 장 차이이지만, 실제로는 하늘과 땅 차이이다.

이상 살펴본 관물론은 사물을 어떻게 바라볼 것인가의 문제로 귀결된다. 어떻게 볼 것인가? 무엇을 읽을 것인가? 누구나 보고 있지만 못 보는 사실, 늘 마주치면서도 그저 지나치는 일상 사물에 담긴 의미를 읽을 수 있어야 한다. 익숙한 사물과 낯설게 만나, 그 낯섦으로 그 사물을 새롭게 만나는 것, 이것이 관물론이 시학과 만나는 접점이다. 시인은 격물格物 또는 관물의 정신에서 한 발짝도 물러서서는 안 된다. 그래야만 주변 사물이 끊임없이 발신하는 의미를 깨어 만날 수 있다. 히드라의 예민한 촉수와 같이 안테나를 세워 세계와 교신할 수 있어야 한다. 탄성계수를 유지하지 못하는 관물은 관물이 아니다. 그것은 견물見物일 뿐이다. 여기에 무슨 생의로움이 있겠는가. 눈앞 사물과의 설레는 만남, 세계와 줄다리기하는 팽팽한 긴장이 없이 좋은 시는 결코 이루어지지 않는다. 시인은 반란자다. 그의 눈이 포착하는 모든 것은 언제나 새롭다.

깨달음의 바다

—

선시 禪詩

산은 산, 물은 물

> 노승이 30년 전 참선하러 왔을 때는 산을 보면 산이었고 물을 보면 물이었다. 뒤에 와서 선지식善知識을 친견하고 깨달아 들어간 곳이 있게 되자, 산을 보아도 산이 아니었고 물을 보아도 물이 아니었다. 그러나 이제 몸뚱이 쉴 곳을 얻으매 예전처럼 산을 보면 산이요 물을 보면 물일 뿐이다.

청원유신青源惟信 선사의 공안이다. 선사는 30년간의 수행 끝에 처음 본래 자리로 돌아왔다. 한때 눈앞이 번쩍 열리는 깨달음 속에서 산은 산이 아니고 물은 물이 아닌 때도 있었다. 그러나 이제 와 다시 보면 산은 산이요 물은 물일 뿐이다. 무엇이 어떻다는 말인가? 30년 전의 나와 지금의 나는 같은가 다른가?

이 뜻을 받아 고려 때 혜심은 다시 이렇게 말한다.

> 하늘이 땅이고 땅이 곧 하늘이다. 산은 물이요 물은 산이다. 중은 속인이요 속인이 중이다. 이 이치를 이미 깨닫는다면 산은 산이요 물은 물이며, 중은 중이고 속인은 속인일 것이다.

이것이 무슨 말인가? 이 깨달음의 경지를 그는 다시 부연한다.

> 깨달은 자는 포대존자布袋尊者가 똥덩이를 들고서 "이것이 극락세계다."라 하고, 마른 생선 토막을 들고서 "이것이 도솔천의 궁전 밑이다."라 한 뜻을 알게 될 것이다. 깨달은 자는 절굿공이에 꽃이 피고,

부처의 얼굴이 온통 추함을 알게 될 것이다. 깨달은 자는 빈손에 호미를 쥐고 머리로 걸어가며, 물소를 타고서 사람이 다리 위를 지나는데, 다리가 흐르고 물은 흐르지 않는 이치를 알게 될 것이다.

선가의 깨달음은 미묘하여 말로 세워 전할 수 없다. 초조初祖 달마達摩가 동쪽으로 건너와 말로도 세울 수 없고 가르침으로도 전할 수 없는 "교외별전敎外別傳, 불립문자不立文字, 직지인심直指人心, 견성성불見性成佛"의 법을 전한 이래, 새로운 사유의 방식을 제시한 선풍禪風이 중국에 크게 떨쳤다.

선은 분별지를 마음에서 걷어내는 것이다. 명상瞑想, 즉 생각을 잠재우고, 묵상默想, 곧 생각을 침묵시키는 것이다. 그때 남는 것은 마음뿐이다. 선은 마음을 텅 비워 본래의 나와 만나는 순간이다. 명상이란 뜻을 지닌 범어의 'Dhyāna'를 선禪으로 옮겼다. 정려靜慮 또는 사유수思惟修로도 옮긴다. 다시 말해 선은 생각을 걷어내는 마음공부다. 근심과 기쁨을 마음에서 걷어내는 것이 바로 선이다. 달마는 제자와의 문답에서 선을 이렇게 설명한다.《남천축국보리달마선사관문南天竺國菩提達摩禪師觀門》에 나온다.

선禪은 어지러운 마음이 일어나지 않음을 말한다. 생각도 없고 움직임도 없는 것이 선정禪定이다. 마음을 단정히 하고 생각을 바로 하여, 생生도 없고 멸滅도 없으며 감도 없고 옴도 없이 고요히 움직이지 않는 것을 일러 선정이라 한다. 말을 비우고 생각을 깨끗이 하여 마음으로 깨달아 고요 속에 침잠하여, 갈 때나 머물 때나 앉았거나 누웠거나 언제나 고요하여 흐트러짐이 없는 까닭에 선정이라 한다.

김석신金碩臣, 〈고승한담도高僧閑談圖〉, 18세기, 36×31cm, 개인 소장.
감도 없고 옴도 없다. 텅 비었고 꽉 찼다. 나는 누군가? 너는 누구냐!

선의 경지는 사변의 길로는 다다를 수가 없다. 말을 떠나고 생각이 끊긴 곳에서 새로운 세상이 열린다. 그 세상을 어찌 말로 설명할 수 있을까? 그래도 인간은 언어를 떠나서는 살 수가 없으니, 이언절려離言絶慮를 말하고 불립문자를 말하면서도 언어에 기댈 수밖에 없다. 말의 길로는 다다를 수 없는 언어도단言語道斷의 세계를 말로 설명하려 드니, 선禪에는 자다가 봉창 뜯는 소리가 자주 보인다.

당나라 회양선사懷讓禪師의 선시를 한 수 읽어보자.

회주 땅의 소가 풀을 뜯어먹는데	懷州牛喫草
익주 땅 말의 배가 불러 터졌네.	益州馬腹脹
천하에 의원을 찾아갔더니	天下覓醫人
돼지 왼편 어깨 위에 뜸을 뜨누나.	灸猪左膊上

풀은 회주의 소가 먹었는데, 수천 리 떨어진 익주의 말이 배가 터진다. 고쳐달라고 의원을 찾아가니 엉뚱하게 돼지의 어깨에 뜸을 떠준다. 럭비공처럼 이리저리 튀니 갈피를 잡을 수 없다. 아니, 아예 갈피를 잡을 생각은 버리라고 요구하는 듯하다. 말을 떠나고 생각이 끊어진 곳의 소식은 언어로 설명하려 하면 이렇듯 헛김이 샌다.

조선시대 허백당虛白堂의 시 한 수를 읽어보자.

불꽃 속에 찬 서리 엉기어 맺혀 있고	焰裏寒霜凝結澌
무쇠 나무 꽃이 피어 환하게 비치누나.	花開鐵樹暎輝明
진흙 소가 포효하며 바다 속을 달려가고	泥牛哮吼海中走
나무 말이 힝힝대자 길에 소리 가득하다.	木馬嘶風滿道聲

말도 안 되는 말만 모아놓았다. 뜨거운 불꽃 속에 서리가 엉기는 이치나, 무쇠로 만든 나무에 꽃이 피는 이치가 있는가? 진흙 소가 어찌 포효하며, 바다 속은 어이 달리는가? 목마는 힝힝대며 거리를 메우고 달려간다.

바다 밑 제비 둥지 사슴이 알을 품고	海底燕巢鹿胞卵
불 속의 거미집선 고기가 차 달이네.	火中蛛室魚煎茶
이 집안 소식을 뉘 능히 알겠는가	此家消息誰能識
흰 구름 서편 날고 달은 동쪽으로 가네.	白雲西飛月東走

근대의 선객 효봉선사曉峯禪師의 오도송悟道頌이다. 말이 한참 꼬였다. 날짐승인 제비가 바다 밑바닥에 둥지를 틀고, 둥지 안에는 엉뚱하게 사슴이 알을 품는다. 날름대는 불꽃 속에 거미가 집을 짓고, 그 속에선 물고기가 차를 달인다. 서편으로 흐를 달은 동쪽으로 달려간다. 이것이 이 집안 소식이다. 그것을 알겠는가?

만약에 사상산을 건너려고 한다면	若人欲越四相山
토끼 뿔 지팡이를 짚어야만 하리라.	也要須杖兎角杖
생사의 바다를 건너고 싶다면	若人欲渡生死海
모름지기 밑 빠진 배를 타야 하리라.	也要須駕無底船

토끼에게 무슨 뿔이 있으며, 있다 한들 얼마나 길어 지팡이로 만들겠는가. 밑 빠진 배를 타야만 건널 수 있는 바다는 어떤 바다인가? 읽을수록 알쏭달쏭하고 들을수록 해괴하다. 사상산四相山과 생

사해生死海를 결코 건널 수 없다는 말도 아니니, 행간의 뜻은 첩첩산
중이다.

> 그림자 없는 나무 베어와서는　　　　研來無影樹
>
> 물속의 거품에다 태워버린다.　　　　燋爐水中漚
>
> 우습구나 소 등에 올라탄 사람　　　　可笑騎牛者
>
> 소 타고서 다시금 소를 찾누나.　　　　騎牛更覓牛

　　서산대사가 제자 소요逍遙 태능선사太能禪師(1562~1649)에게 내
린 게송偈頌이다. 이번에는 그림자 없는 나무를 물속에서 태운다고
한다. 무슨 말인가? 소를 타고 소를 찾는 일은 그래도 좀 알아들을
만 하다. 불가에서 '멱우覓牛'는 구도와 같다. 깨달음이 바로 앞에
있는데 미망에 사로잡혀 엉뚱한 데서 찾아 헤맨다는 의미다.

　　이렇듯 말 같지 않은 소리만 골라서 하는 까닭은 단 하나다. 따지
지 말라는 것이다. 머리로 따져 알려 들지 말고 가슴으로 느껴 직지
인심直指人心 견성성불見性成佛 하라는 말이다. 굳이 말로 하자면 이
렇게밖에 설명할 수 없는 세계를 일러주는 중이니 섣불리 사변의
잣대를 들이댈 생각일랑 아예 하지 말라는 우격다짐이다.

　　의미는 여기저기에서 끊어지고, 따라 읽으려는 순간 벼랑 끝에
선 나를 본다. 선은 자기 자신과 맞대면해서 자신을 한칼에 베겠다
는 것이다. 남을 다 속여도 자신을 속이지 못하면 아무 소용이 없
다. 만 사람이 다 인정해도 내 스스로 수긍하지 못하면 도로徒勞에
그치고 만다.

　　이런 것은 현대시 속에도 있다. 이승훈의 〈너〉를 읽는다.

　　　　　　　　　　　　　　　　한시 미학 산책 — ●

캄캄한 밤엔 아무것도 보이지 않는다 그러나 너를 만났을 때도 캄
캄했다 캄캄한 밤에 너를 만났고 캄캄한 밤 허공에 글을 쓰며 살았다
오늘도 캄캄한 대낮 마당에 글을 쓰며 산다 아마 돌들이 읽으리라

아무것도 안 보이는 캄캄한 밤에 너를 만나, 아무것도 안 보이는
허공에 글을 써왔다. 오늘은 캄캄한 대낮 마당에 글을 쓴다. 내 글
은 돌들이 읽을 것이다. 역시 요령부득이다. 시인은 '그리고'라고
말해야 할 때 '그러나'를 말하고, '오늘은' 하지 않고 '오늘도'라고
말한다. '캄캄한 밤 허공'은 아무렇지도 않게 '캄캄한 대낮 마당'으
로 미끄러진다.

아무것도 안 보이는 허공에 쓴 글은 쓰나 마나 한 글이다. 아무것
도 보이지 않는 캄캄한 밤에 만난 너는 만나나 마나 한 존재다. 만
나나 마나 한 존재를 위해 쓰나 마나 한 글을 쓰며 살았다. 무슨 말
인가? 너는 누구인가? 왜 내가 쓴 글을 '너'가 읽지 않고 돌들이 읽
는가? 이런 언어 앞에 의미화의 노력은 대부분 수포로 돌아간다.
하지만 그 너머에 무언가 있다. 그것이 무엇인가?

다음은 이성선의 〈뿔을 물어뜯다〉이다.

진흙 묻은 소가
빗줄기 몇 가닥에 목을 씻고 지나간다

번개 짐승이
달려들어 소의 뿔을 물어뜯는다

깜깜한 지상
연꽃 피는 소리 들린다

진흙 묻은 소가 빗속을 지나가자 짐승 같은 번개가 소뿔을 물어
뜯고, 그 서슬에 깜깜한 지상에선 연꽃이 핀다. 참 희한한 말이다.
동사만 연결해서 '지나가는데 물어뜯더니 소리 들린다'로 읽으면,
각각의 이미지들이 얼마나 뚱딴지같이 결합되어 있는지 알 수 있
다. 시인이 이렇듯 보이지 않는 유기체적 질서 속에 세상이 놓여 있
음을 말하고 싶었던 것 같지는 않다. 하지만 깜깜한 세상에 등불을
밝히는 연꽃이 피어나는 그 소리만큼은 번개가 소뿔을 물어뜯듯이
웅장하다. 이런 것이 선의 세계다.

선기와 시취

일본의 다쿠안 소호澤庵宗彭 화상은 유명한 검객이었다. 그는 제자
인 야규 미쓰요시柳生三嚴에게 검술에 대한 충고의 말을 남겼다. 핵
심은 마음을 항상 '흐르는' 상태로 유지하라는 것이었다. 진정한 검
술은 의식적으로 얻어진 기교를 넘어선다. 높은 경지의 검객은 자
신이나 적의 검의 움직임에 대해 생각하지 않는다. 그는 다만 무의
식의 명령에 몸을 맡긴다. 검을 휘두르는 것은 이제 그가 아니다.
실제 어떤 검객들은 적을 쓰러뜨리고 나서도 그 사실을 깨닫지 못
하는 경우가 있다고 한다. 스즈키 다이세츠鈴木大拙 교수의《선과 정
신분석》에 나온다. 항상 '흐르는' 상태로 마음을 유지하라. 흘러가

는 상태에 자신의 정신을 얹으라.

개심사開心寺에는 심검당尋劒堂이란 건물이 있다. 오대五代의 시인 영운靈雲 지근선사志勤禪師의 오도송에도 구도의 추구를 검객 찾는 일에 비유한 내용이 있다.

삼십 년 세월 동안 검객을 찾아다녀	三十年來尋劍客
몇 번이나 낙엽 지고 새 잎이 돋았던가.	幾回落葉又抽枝
복사꽃을 단 한 번 보고 난 뒤로는	自從一見桃花後
지금에 이르도록 다시 의심 없다네.	直至如今更不疑

최고의 고수를 만나 상승의 검법을 익히려고 30년 세월을 방황했다. 낙엽 지는 가을 산과 꽃망울 부푸는 봄 산을 얼마나 헤맸던가. 정작 그 길에서 전신으로 만난 것은 그토록 찾아 헤맨 검객이 아니라 산모롱이에 무심히 핀 복사꽃 한 송이였다. 단 한 번의 만남이 여태 지고 다닌 의심을 흔적도 없이 지워버렸다. 검객은 어디 있는가. 마음이 흘러가는 곳, 사물과 내가 하나 되는 자리에 있다. 함초롬히 이슬 머금은 꽃잎 위에 칼끝 같은 깨달음이 있다.

불법의 대의를 묻는 제자에게 30방의 몽둥이찜질을 날리던 덕산德山이나, 간이 콩알만 해지도록 할喝을 내지르던 임제臨濟도 속으로는 무척 답답했을 것이다. 무언가 설명해주고 싶은데 언어의 길은 막혔다. 속 시원히 뚫어주고 싶지만 문종이만 계속 들이박는다. 그래서 어쩔 수 없어 뚱딴지같은 선문답禪問答 놀이를 했다. 불립문자, 교외별전은 하도 안타까워 나온 소리지, 이 안에 무슨 심오한 뜻이 담긴 것이 아니다. 말로 일러주면 언어의 그물에 걸려들

윤두서, 〈탁족도濯足圖〉, 18세기, 23.5×17.3cm, 개인 소장.

옷자락 걷고 발을 담근다. 물끄러미 바라본다. 누가 보는가? 무얼 보는가? 이 소식을 알겠는가?

고, 이치로 설명하면 이로理路에서 길 잃고 헤맨다. 그러니 언어로 설명하기를 포기하겠다는 것이 불립문자요, 알아들을 놈만 알아들 으래서 교외별전이다. 선의 사유와 시의 방법은 이 지점에서 서로 만난다.

다음 선승禪僧들의 몇 편 시는 선기禪機와 시취詩趣가 하나로 녹아 들어 시선일여詩禪一如의 높은 경계를 유감없이 보여준다.

배고파 밥 먹으니 밥맛이 더욱 좋고	飢來喫飯飯尤美
잠 깨어 차 마시자 차 맛이 한층 달다.	睡起啜茶茶更甘
땅이 후져 찾아오는 사람도 하나 없고	地僻從無人扣戶
텅 빈 암자 부처님과 함께함이 기쁘다.	庵空喜有佛同龕

충지의 〈한가한 중에 우연히 적다閑中偶書〉란 작품이다. 배고프면 밥 먹고, 목마르면 차를 마신다. 외진 암자엔 찾는 이 없어 사립문 은 늘 걸린 그대로다. 그 속에 한 스님이 부처님과 함께 불당에 앉 아 있다. 그는 '기쁘다'고 말한다.

흰 구름 쌓인 곳에 초가집이 세 칸인데	白雲堆裡屋三間
앉아 눕고 쏘다녀도 저절로 한가롭네.	坐臥經行得自閑
시냇물은 졸졸졸 반야를 속삭이고	澗水冷冷談般若
맑은 바람 달빛에 온몸이 서늘하다.	清風和月遍身寒

고려 말의 선승 혜근慧勤(1320~1376)의 〈산거山居〉란 작품이다. 하는 일 없는 생활이지만 무위도식과는 엄연히 다르다. 흰 구름 속

초가삼간에 일말의 누추함도 없다. 시냇물은 졸졸졸 반야의 설법을
들려주고, 맑은 바람과 흰 달빛은 정신을 쇄락케 한다.

<blockquote>

높은 누대 홀로 앉아 잠을 못 이루니 　　高臺獨坐不成眠

쓸쓸히 외론 등불 벽 위에 걸려 있네. 　　寂寂孤燈壁裏懸

이따금 창밖에서 시원한 바람 불어 　　時有好風吹戶外

뜰 앞에서 솔방울 지는 소리 들린다. 　　却聞松子落庭前

</blockquote>

정관선사靜觀禪師(1533~1608)가 금강대에 올라 지었다는 시다.
저 구름 아래에 사바의 세계가 있다. 구름 속 스님이 잠 못 이루는
것은 속세에 두고 온 근심 때문이 아니다. 어두운 세상을 밝히는 보
리의 불빛만 외롭다. 꺼지지 않는 등불과 깨어 있는 나는 등가적 심
상이다. 바람은 알겠다는 듯이 문풍지를 흔들고, 솔방울은 소리를
내며 떨어진다. 모를 게 하나 없다.

<blockquote>

더듬어 지나온 길 예순하고 일곱 해 　　閱過行年六十七

오늘 아침 이르러 모든 일 끝이 났네. 　　及到今朝萬事畢

고향으로 가는 길은 가지런히 평탄한데 　　故鄕歸路坦然平

갈 길이 뚜렷하여 헤매는 일 없겠구나. 　　路頭分明曾未失

수중엔 다만 겨우 지팡이 하나지만 　　手中纔有一枝節

도중에 다리 품 덜어줌이 기쁘다. 　　且喜途中脚不倦

</blockquote>

충지 스님의 〈임종게〉이다. 어떤 삶의 끝에서 이렇듯 투명한 정
신의 자락이 펼쳐지는가. 스님은 이 게송을 남기고 옷을 갈아입은

뒤 그대로 입적하였다. 생사의 바다를 훌쩍 건너 저승길을 마치 소
풍 가듯 떠났다. 보우普愚(1301~1382) 스님의 〈사세송辭世頌〉 또한
생사의 바다를 뛰어넘는 장엄함이 있다.

인생은 물거품이요 한바탕 봄꿈이다. 성가신 가죽 부대를 벗어던
지니 속이 다 후련하다. 그 뒤엔 무엇이 남는가. 붉은 해가 서산에
진다. 슬프고 안타까울 일이 하나도 없다. 이렇듯 선시의 세계는 칼
끝 같은 깨달음을 노래한다. 언어가 무력화되고 의미가 힘을 잃는
다. 다시 정진규의 〈모기 친구〉를 읽어보자.

진종일 뛰어놀고서도 씻지 않으려 하기에 얼굴엔 온통 암괭이를
그리고서도 말을 듣지 않기에 지난 밤 모기에 물린 자리가 발갛게 부
어올랐기에 모기는 깨끗한 것보다는 더러운 걸 더 맛있어한다고 겁
을 주었더니, 그럼 모기에겐 깨끗한 것이 더러운 거고 더러운 것이
깨끗한 거네, 모기가 목욕을 해주었잖아! 더러운 걸 먹어버렸잖아!
난 모기 친구가 될 거야 그러곤 여섯 살짜리 내 상욱이는 깔깔깔 달
아나버렸다.

깨끗하고 더럽다는 말의 의미가 한순간에 증발해버리는 상쾌함

김홍도, 〈염불서승도念佛西昇圖〉, 18세기, 20.8×28.7cm, 간송미술관.
깡마른 정신 하나 들고 서방정토 향해 간다. 구름 위 연꽃 보좌에 앉았자니 눈앞이 환하다. 향기가 진동한다.

이 있다. 내게 깨끗한 것이 남에겐 더럽고, 내가 더러워 못 견딜 것도 남에겐 아무렇지 않을 수 있다. 이렇게 생각을 한번 바꾸면 모든 것이 시원스럽게 된다. 깔깔깔 웃게 된다.

선시가 선승禪僧의 전유물이란 생각은 큰 잘못이다. 선시는 하나의 사고방식이기도 하다. 불교가 있기 전에도 선시는 있었고, 불교를 믿지 않아도 선시를 쓸 수 있다.

선시는 언어가 끊긴 자리의 흔적들을 보여준다. 유재영의 〈오월〉에서도 그런 자취가 드러난다.

> 상추꽃 핀
> 아침
>
> 자벌레가
> 기어가는
> 지구 안쪽이
> 자꾸만
> 간지럽다

마당에 핀 상추꽃을 보는 5월의 아침은 싱그럽다. 자벌레 한 마리가 활처럼 제 몸을 굽혔다가 쭉 펴고, 굽혔다가 쭉 펴며 지구의 중심을 향해 나아간다. 시인은 자꾸만 간지럽다고 말하는데, 정작 간지러운 것은 지구의 안쪽인가, 아니면 시인 자신인가? 조그만 자벌레가 지구를 간질인다. 이 놀라운 깨달음 앞에 세계는 한순간 어안이 벙벙해진다. 앞선 선승들의 자취와 방불치 아니한가. 말 없는

가운데 마음을 흐르게 하는 일, 선은 시인에게 이러한 심법을 일깨
워준다.

설선작시, 본무차별

시가 선과 만나 선시禪詩가 된다. 시가 선의 경지에 이르면 시선詩禪
이다. 시와 선은 어떤 공통점이 있기에 자주 한자리에서 거론되는
가? 역대로 시와 선을 나란히 놓고 설명하는 논의는 다 소개할 수
없을 만큼 많다. 송나라 때 이지의李之儀는 〈이거언에게 주다與李去
言〉에서 "선을 말하는 것과 시를 짓는 것은 본시 차별이 없다.說禪作
詩, 本無差別."고 했다. 엄우는 《창랑시화》에서 "시를 논함은 선을 논
함과 같다. 대저 선도禪道는 오직 묘오妙悟에 달려 있고, 시도詩道 또
한 묘오에 달려 있다."고 하였다. 또 범온은 《잠계시안》에서 유자후
柳子厚의 시를 논하면서 "문장을 앎은 마치 선가에 돈오의 문이 있
는 것같이 해야 한다. 대저 법문은 천차만별이니 모름지기 한번 말
을 돌려 깨달음에 들어감이 있어야 한다."고 했다. 원호문元好問은
더 나아가 이렇게 노래한다.

> 시는 선객禪客에게 비단 위 꽃이 되고 　　　詩爲禪客添錦花
> 선禪은 시가詩家의 옥 자르는 칼이라네. 　　　禪是詩家切玉刀

　선객은 깨달음의 미묘한 소식을 시의 형식을 빌려 쓴다. 금상첨
화錦上添花다. 시인은 선의 사고방식을 배워 자신의 생각을 이미지

로 전달한다. 절옥도切玉刀가 따로 없다. 명나라 보하普荷는 〈시선편
詩禪篇〉에서 또 이렇게 설명했다.

선이면서 선 없어야 그제서 시가 되고	禪而無禪便是詩
시 속에 시 없을 때 선이 또한 엄연하다.	詩而無詩禪儼然

알쏭달쏭하다. 선과 시는 애초에 길이 다르다. 선이 시가 아니고,
시도 선은 아니다. 하지만 닮았다. 방법이 흡사하다. 선이면서 선이
없어야 시라는 말은, 선의 방법을 빌려 오되 선에 함몰되지 말라는
말이다. 시이되 시를 벗어나야 선이란 말은, 어쩔 수 없이 시를 빌
려도 시가 선일 수는 없음을 명백히 깨달으라는 주문이다. 두보는
이렇게 말했다. "시 지을 때 용사用事는 선가禪家의 말과 같아야 한
다. 물 속에 소금이 녹은 것은 물을 마셔보아야 짠 맛을 안다."《서
청시화西淸詩話》에 나온다. 물 속에 녹은 소금은 눈에는 보이지 않는
다. 하지만 마셔보면 금방 알 수 있다. 눈에는 안 보이지만 분명히
있다. 꼭 꼬집어 말하지는 않았어도 아주 또렷하다. 시와 선은 이렇
게도 만난다.
　고려 때 선승 경한景閑(1299~1374)은 〈조사선祖師禪〉에서 시와 선
이 만나는 지점을 두고 이런 문답을 남겼다.

　"달마가 동쪽으로 온 까닭은 무엇입니까?"

아득히 강남 땅 이삼 월을 생각자니	遙憶江南三二月
자고새 우는 곳에 온갖 꽃 향기롭네.	鷓鴣啼處百花香

"조사께서 서쪽에서 오신 뜻은 무엇입니까?"

뉘엿한 해 강과 산은 곱기도 하고   遲日江山麗
봄바람에 꽃과 풀은 향기롭구나.   春風花草香

이것을 묻는데 저것을 대답한다. 알듯 말듯 묘한 말씀이다. 따져서 알려 들지 말라. 그냥 그대로 숨 쉬듯 느껴라. 무슨 말이냐고 묻지 말라.

북송의 시인 오가吳可는 이런 관점에서 시를 선에 견준 〈시를 배우는 법學詩詩〉이란 제목의 시 3수를 남겼다.

시 배움은 마치도 참선 배움 같거니   學詩渾似學參禪
대 걸상 부들자리 햇수를 따지잖네.   竹榻蒲團不計年
스스로 온전히 깨침 얻기 기다려   直待自家都了得
멋대로 읊조려도 문득 우뚝 하리라.   等閑拈出便超然

학시學詩와 학선學禪은 원리가 같다. 누가 오래 시를 썼고, 누가 더 도를 닦았느냐는 조금도 중요하지가 않다. 시쳇말로 짬밥수를 따지지 말라는 뜻이다. 중요한 것은 자가自家의 요득了得, 즉 한 소식을 깨쳤느냐 깨치지 못했느냐에 달렸다. 깨닫고 나면 그 다음부터는 거칠 것이 없다. 그냥 되는 대로 읊조려도 절창 아닌 것이 없고, 눈앞에 보이는 모든 것이 부처님의 설법 아닌 것이 없다.

둘째 수는 이렇다.

한시 미학 산책 — ◉

> 시 배움은 마치도 참선 배움 같거니　　　　學詩渾似學參禪
> 머리 위에 머리 얹음 전할 것 족히 없네.　　頭上安頭不足傳
> 두보의 굴레 밖을 뛰쳐서 나와야만　　　　跳出少陵窠臼外
> 대장부의 뜻과 기운 하늘에 솟구치리.　　丈夫志氣本冲天

2구의 '두상안두頭上安頭'는 옥상가옥屋上加屋과 같은 말이다. 남의 집 위에 집 짓지 말고, 있는 머리 위에 머리 얹지 말라. 부처를 만나면 부처를 죽이고, 조사를 만나면 조사를 죽여라. 두보의 시가 제아무리 훌륭해도, 두보의 꽁무니만 따라가다 보면 죽도록 시를 써도 두보 비슷한 시만 있지 내 시가 없다. 권위에 기대지 말고 장부의 충천하는 기상을 떨쳐라. 백 날 천 날 화두를 들고 앉아 있어도 선기禪機는 절로 열리지 않는다.

다시 이어지는 셋째 수.

> 시 배움은 마치도 참선 배움 같거니　　　　學詩渾似學參禪
> 자재롭고 원성圓成함 몇 연이나 있었던고?　自在圓成有幾聯
> 사령운의 지당춘초 한 구절이 나오자　　　春草池塘一句子
> 천지가 놀라 떨며 지금껏 전한다네.　　　驚天動地至今傳

수많은 학구學究가 구도의 길에 오르지만 활연대오豁然大悟의 소식을 통쾌하게 깨치는 자는 몇 안 된다. 깨친 척하는 가짜와 깨달음 근처에도 못 가본 엉터리들이 저도 모를 공안公案 몇 개 들고 대중을 우롱할 뿐이다.

진짜 앞에서 가짜는 오금도 못 편다. 깨달음이란 무엇인가? 자재원성自在圓成이다. 저 하고 싶은 대로 해도 행주좌와行住坐臥 어느 것 하나 걸림 없이 원만하다. 숨 쉬고 밥 먹듯 자연스럽다. 이것이 선의 극치다. 시도 다를 것이 없다. 스스로를 괴롭혀 쥐어짜는 시, 안 알아준다고 닦달하는 시, 알맹이 없이 허세만 남은 시는 가짜다.

사령운은 〈못가 누각에 올라登池上樓〉란 시에서 "연못에 봄풀이 돋아나오고, 정원 버들 우는 새 소리 변했네.池塘生春草, 園柳變鳴禽"란 천고의 명구를 남겼다. 봄이 되니 봄풀이 돋아나고, 버들개지에 물 오르자 꾀꼬리의 목청이 변한다. 마치 밥 먹으니 배 부르다는 말과 다를 게 없는 이 무덤덤한 구절을 두고, 역대로 칭찬이 마르지 않았다. 송나라 때 섭몽득은 《석림시화石林詩話》에서 이렇게 말했다. "세상 사람들은 이 구절이 기막힌 줄을 대부분 잘 알지 못한다. 대개 기이한 것만 가지고 구하려 들기 때문이다. 이 구절의 교묘한 점은 바로 아무 의도 없이 느닷없이 경물과 서로 만나, 이를 빌려 글을 이루고, 갈고 다듬을 겨를조차 없었던 데 있다. 보통의 정으로는 능히 이를 수 있는 바가 아니다. 시가詩家의 묘처는 모름지기 이것을 가지고 근본으로 삼아야 한다. 괴롭게 끙끙대고 어려운 것만 말하는 자들은 대체로 깨닫지 못한 자들이다."

이렇게 오가는 〈시를 배우는 법〉 3수에서 참선의 비유를 들어 시학의 근본 원리를 설파했다. 그 핵심은 '자가료득自家了得'과 '도출과구跳出窠臼', 그리고 '자재원성自在圓成'에 있다. 즉 스스로 깨달아야 하고, 전범典範에 붙들리지 말며, 툭 터져 자재로워야 한다는 것이다. 선도 그렇고 시도 그렇다.

그러자 이번에는 송나라 공성임龔聖任이 이 시에 화답하는 시를 지었다.

> 시 배움은 마치도 참선 배움 같거니 學詩渾似學參禪
> 말이야 안배해도 뜻은 못 전한다네. 語可安排意非傳
> 깨우치면 그 즉시 성률 따윈 내던져서 會意卽超聲律界
> 달군 돌로 하늘 구멍 막아서는 안 되지. 不須煉石補蒼天

　말을 매만져 표현을 가다듬는 것이 시가 아니다. 포단蒲團 위에 앉아 독경 소리 가다듬는 것이 참선이 아닌 것과 같다. 마음에 문득 와 닿는 것이 있으면 거침없이 토해내야 한다. 성률聲律이나 계율戒律에 얽매이지 마라. 뜻이 없이는 성률도 없다. 깨달음이 없이는 시도 선도 없다. 하늘에 큰 구멍이 뻥 뚫렸다고 돌멩이 가져다가 막을 생각은 말아라. 교언영색巧言令色으로 구차미봉苟且彌縫하느니 붓을 꺾고 종이를 찢어, 혀를 물고 죽는 것이 낫다.

　깨달음 없는 참선은 공연히 제 몸을 들볶는 짓이다. 깨달음이 없는 시는 말장난에 불과하다. 심장을 토해내고 폐부를 도려내는 고심참담도 좋지만, 깨달음은 원래 없는 것을 쥐어짜는 조탁과는 관계가 없다. 옛사람의 길을 따르지 마라. 너는 너의 길로, 나는 나의 길로 선에 도달하고 시를 깨달을 뿐이다. 남의 흉내로는 안 된다. 안목 없는 세상은 자꾸만 옛길을 따라오라고 요구한다. 이렇게 쓰지 않으면 안 된다고 강요한다. 좋은 시는 끊임없는 반란의 산물이어야 한다. 친숙한 관습과의 결별, 익숙해진 접점에서 벗어나기를 쉼 없이 추구해야 한다.

거문고 소리는 어디서 나는가

숲속에 천 년 묵은 나무가 있다. 나무꾼의 도끼를 피할 수 있었던 것은 옹이가 많이 져서 재목으로 쓸 수 없었기 때문이다. 반대로 여관집의 울지 않는 거위는 쓸모가 없다 하여 목숨을 잃었다. 둘 다 쓸모없기는 매일반인데 하나는 그로 인해 수명을 연장하였고, 하나는 그 때문에 명을 재촉하였다. 자! 그대는 어디에 처하겠는가?《장자》에 나오는 얘기다. 장자는 망설임 없이 그 중간에 처하겠다고 한다. 중간은 어디인가? 박지원은 익숙한 황희 정승의 일화를 패러디하여 〈낭환집서〉에서 이런 이야기로 들려준다.

> 황희 정승이 퇴근하여 집에 오니 딸이 맞이하며 말했다. "아버지! 이가 어디서 생겨요? 옷에서 생기죠?" "그렇지." 그러자 딸이 좋아하며 "내가 이겼다!" 한다. 이번엔 며느리가 물었다. "아버님! 이는 살에서 생기지요?" "맞았다." "봐요. 아가씨! 아버님은 내가 맞다시는 걸." 옆에 있던 부인이 화를 내며 말한다. "도대체 누가 영감더러 지혜롭다고 하는지 모르겠구려. 어떻게 둘 다 옳아요?" 정승은 빙그레 웃으며 말한다. "얘들아! 이리 온. 내가 설명해주마. 이란 놈은 살이 아니면 알을 까지 못하고, 옷이 아니면 붙어 있을 수가 없단다. 그래서 두 사람의 말이 다 옳다고 한 것이야. 그렇지만 옷을 장롱 속에 두더라도 이는 있을 것이고, 벌거벗고 섰더라도 또한 가려울 테지. 땀이 무럭무럭 나서 온몸이 끈적끈적할 때 옷도 아니고 살도 아니고, 옷과 살의 그 사이에서 이는 생겨난단다."

이것과 저것의 사이, 그 중간의 텅 빈 공간에서 이가 생겨난다. 그 중간을 잡는 것이 중요하다. 소동파는 〈금시琴詩〉에서 이렇게 읊었다.

만약에 거문고에 소리가 있다 하면	若言琴上有琴聲
갑 속에 두었을 젠 어이 해 안 우는가.	放在匣中何不鳴
그 소리가 손가락에 있다고 한다면	若言聲在指頭上
그대의 손끝에선 어째서 안 들리나.	何不於君指上聽

거문고의 소리는 어디서 나는가. 거문고와 손가락의 사이에서다. 거문고에 손가락이 닿아 소리로 울리는 이 미묘한 이치를 아는가? 소리가 숨은 곳이 도대체 어디인가?

도연명의 시 〈음주〉의 뒤 네 구절을 보자.

산 기운 저녁이라 더욱 고운데	山氣日夕佳
나는 새 짝을 지어 돌아가누나.	飛鳥相與還
이 가운데 진실한 뜻이 있으나	此中有眞意
말하려니 어느새 말을 잊었네.	欲辨已忘言

동쪽 울타리에서 국화를 캐다가 허리를 펴고 먼 산을 본다. 남산 너머로 노을이 진다. 산빛은 햇살을 받아 몽환적 색조를 띠었다. 새들은 짝 지어 둥지로 돌아간다. 시인은 문득 가슴으로 다가서는 느낌을 가졌다. 그나마 말하려는 순간 혀끝을 감돌다 사라지고 만다. 언어가 힘을 잃고 사라진 자리. 남산과 시인의 사이에 아무런

간격이 없다. 내가 남산이고, 남산이 곧 나다. 언어가 끼어들 틈이 없다. 그래서 시인은 '이미 말을 잊었다'고 한 것이다. 송나라의 시 덕조施德操는 《북창자과록北窓炙輠錄》에서 이 시를 두고 "이때 달마 는 아직 중국에 오지도 않았는데, 도연명은 이미 선을 알고 있었 다."고 했다. 정곡을 통쾌하게 찌른다.

월산대군月山大君의 시조에 다음과 같은 절창이 있다.

추강에 밤이 드니 물결이 차노매라
낚시 드리치나 고기 아니 무노매라
으스름 달빛만 싣고 빈 배 저어 오노매라

사실 이 시조는 화정華亭 선자화상船子和尙의 게송을 슬쩍 바꾼 것 이다. 원시는 이렇다.

천 척의 낚싯줄을 곧장 아래 드리우니	千尺絲綸直下垂
한 물결 일렁이자 일만 물결 따라온다.	一波纔動萬波隨
고요한 밤 물이 차서 고기는 입질 않고	夜靜水寒魚不食
빈 배 가득 밝은 달만 싣고서 돌아오네.	滿船空載月明歸

포물선을 긋고 낚싯줄이 떨어진다. 바늘이 물 위에 한 점을 찍자 동심원을 그리며 일만 물결이 파문을 일으킨다. 파문이 잔잔히 가 라앉을 동안 나는 그저 바라볼 뿐이다. 깊은 밤 만뢰萬籟는 적막한 데 고기는 입질이 없다. 애초부터 이편에서도 고기에는 마음이 없 었다. 돌아오는 길 빈 배엔 고기 대신 휘황한 달빛을 가득 실었다.

한시 미학 산책 － ●

말 그대로 '텅 빈 충만'의 세계이다.

절집은 흰 구름 가운데 있고	寺在白雲中
흰 구름을 스님네는 쓸지를 않네.	白雲僧不掃
손님 와야 비로소 문이 열리니	客來門始開
골짝마다 송화松花가 늙어가누나.	萬壑松花老

조선시대 이달의 작품이다. 절집 뜰엔 구름이 낙엽처럼 쌓였다. 흰 눈썹의 스님은 푸른 눈으로 문을 열어준다. 열린 문으로 구름을 쓸자 드러나는 골짜기 능선마다에 송홧가루 날린다. 속세에서 짊어지고 온 나그네의 근심도 흰 구름 속에 파묻히고 없다.

하루 종일 남창에서 마음 비워 앉았자니	南窓終日坐忘機
뜰에 사람 없어 새가 날기 배우네.	庭院無人鳥學飛
가는 풀의 여린 향기 찾기가 어려운데	細草暗香難覓處
엷은 안개 지는 해에 부슬부슬 비 내린다.	澹烟殘照雨霏霏

강희맹姜希孟(1424~1483)의 〈병여음病餘吟〉이다. 큰 병을 앓은 뒤라 눈빛이 더없이 투명하다. 남창에 기대 해바라기를 한다. 발길 끊긴 마당에선 어린 새가 걸음마를 배운다. 첫 비상을 시작하려는 어린 새의 날갯짓에서 시인은 뜨거운 생명력을 느꼈다. 그 생명력은 가는 풀의 여린 향기로 전이되어 나의 후각을 자극하고, 희뿌연 안개와 저녁노을로 건너�뛴다. 선취禪趣가 물씬하다.

시의 생각과 선의 사고는 무던히도 닮았다. 시인과 선객은 가깝게 왕래한다. 서로 말귀가 통하고 배짱이 맞기 때문이다. 선방에 가짜 선객이 많듯이 시단에 가짜 시인이 많은 것도 같다. 대충 비슷하게 흉내 내도 사람들이 잘 모르는 점도 비슷하다. 하지만 진짜 앞에서는 둘 다 꼼짝 못한다. 숨도 쉴 수 없다.

한편으로 시와 선이 하나로 만나 선시가 된다. 절묘한 결합인 셈이다. 선시의 언어는 직관의 언어다. 의미를 해체하고, 사물로 말한다. 풍경으로 보여주고 설명하려 들지 않는다. 직관의 언어는 무책임하다. 친절하기는커녕 때로 소통 자체를 거부한다.

선시는 종종 오해되고 있다. 그저 말 안 되는 뚱딴짓소리만 선시로 말해서는 안 된다. 승려가 지은 시를 모두 선시라 할 수도 없다. 《벽암록碧巖錄》과 《전등록》이 선시를 읽는 전가傳家의 보도寶刀가 아니다. 구름을 잡는 소리를 해야만 선시라고 착각하지 말라. 선시도 일상성을 벗어나지 않는다. 우수마발牛溲馬勃이 다 선이다. 마삼근麻三斤이 부처이고, 야반 삼경의 문고리가 스승의 유체遺體다. 선시는 깨달음 없는 삶, 생존의 나날을 혐오한다.

선의 화두가 그러하듯이, 좋은 시는 타성에 젖은 뒤통수를 후려친다. 그러고 보면 문자로도 세울 수 없는 깨달음은 큰 깨달음이랄 수도 없겠다. 고려 때 혜심의 설날 법어에 이런 것이 있다. "아이는 한 살 더 먹기를 바라고, 늙은이는 한 살 더 줄기를 바랄 것이다. 누가 한 해라는 시간을 정해놓았더냐. 차라리 한 해라는 시간을 없애버림은 어떨꼬?" 통쾌하지 않은가.

산과 물의 깊은 뜻

—

산수시 山水詩

가짜 어옹과 뻐꾸기 은사

<table>
<tr><td>천옹은 어옹에게 세 주지 않으려고</td><td>天翁尙不貰漁翁</td></tr>
<tr><td>일부러 강호에 순풍 적게 보내네.</td><td>故遣江湖少順風</td></tr>
<tr><td>인간 세상 험하다 그대여 웃지 마오</td><td>人世嶮巇君莫笑</td></tr>
<tr><td>그대 외려 급류의 한가운데 있는 것을.</td><td>自家還在急流中</td></tr>
</table>

고려 김극기의 〈어옹漁翁〉이다. 어옹은 순풍을 기대하고 강호에 들어왔다. 그간의 삶은 역풍과 갖은 고초뿐이었다. 그는 현실의 거센 풍파를 피해 강호의 순풍 속에 안기려는 희망을 가졌다. 하지만 조물주는 어옹에게 순풍을 허락하지 않는다. 그를 받아들일 생각이 아직은 없는 듯하다. 여기서 시상이 한 번 뛴다. 어옹은 순풍 없는 강호에서 험한 인간 세상을 가리키며 자신의 선택을 웃는다. 하지만 시인은 웃을 게 뭐냐고 나무란다. 앞서는 천옹과 어옹이 대립하더니, 이제는 시인과 어옹이 맞선다. 어옹은 배 위에서 여유롭게 인간 세상의 험난함을 비웃는다. 뭘 그렇게 복닥대며 사느냐고. 시인은 그런 어옹을 부러워하기는커녕 연민의 눈길을 보낸다. 정작 어옹 자신이 현재 급류 속에 휘말려 있거늘, 인간 세상을 조소할 맛이 있느냐는 것이다. 어옹은 천옹과 시인에 의해 이중으로 조소 당한다. 홍만종은 《소화시평》에서 이 시를 두고 이렇게 말했다. "시인들은 어부를 노래하면서 한가한 맛을 취할 따름인데, 이 시는 위험을 말하였으니 반안법反案法이다."

이 작품은 고려 말 현실을 외면하고 강호에 묻혀 살며 고고함을 뽐내던 사이비 어부, 즉 속류 은사들을 신랄하게 풍자한 것이다. 목

이명욱李明郁, 〈어옹한유도漁翁閑遊圖〉, 17세기, 14.5×21cm.
대숲 우거진 물가에 배를 댄다. 지나고 보니 참 험한 세월이었다.
이 조촐한 물가에서 내 잠시 몸을 뉘었다 가리라.

은牧隱 · 도은陶隱 · 야은冶隱 · 포은圃隱 · 둔촌遁村 등 당시 유명 인사들의 호에서도 알 수 있듯, 격동하는 현실 앞에서 은둔의 풍조가 만연하였다. 뜻있는 이들이 모두 저만 좋자고 강호로 들어가 버리면, 정작 현실의 질곡은 누가 감당하고, 도탄에 빠진 백성은 누가 건진단 말인가.

어지러운 세상을 더럽게 보고 강호로 숨으려는 열망은 예나 지금이나 지식인들이 입버릇처럼 되뇌는 구두선이다. 오죽하면 옛 시조에서 실천 없는 귀거래에 대한 열망을 이렇게 비꼬았겠는가.

> 귀거래 귀거래 한들 물러간 이 그 누구며
> 공명이 부운浮雲인 줄 사람마다 알건마는
> 세상에 꿈 깬 이 없으니 그를 슬허하노라

입만 열면 습관처럼 귀거래를 말하지만, 정작 툴툴 털고 물러난 사람은 볼 수가 없다. 뜬구름 같은 부귀공명을 찾아 꿈속 꿈에 취해 인생을 탕진한다.

한편 다른 꿍꿍이속을 가지고 강호에 들어와 귀거래를 실천한 양 떠벌리는 뻐꾸기 은사들도 적지 않았다. '뻐꾸기 은사'란 조선 중기의 학자 권응인의 《송계만록》에 나오는 말이다. 아이들이 숨바꼭질 놀이를 할 때 술래가 저 숨은 곳을 못 보고 엉뚱한 데를 헤매면 숨은 아이는 짐짓 '뻐꾹뻐꾹' 하며 자신이 숨은 곳을 알려준다. 그는 이 모습이 꼭 가짜 은사들이 방편상 강호에 숨어서는 자기가 여기 있으니 좀 알아달라며 현실을 기웃대는 것이나 다름없다고 꼬집었다.

당나라 때 뛰어난 능력을 지녔으나 세상과 담을 쌓고 학행學行에만 몰두하는 불구문달不求聞達의 선비를 찾아 유일遺逸로 천거하는 제도가 있었다. 하루는 한 서생이 종종걸음으로 장안 길로 들어섰다. 무슨 일로 그리 바쁜가고 길 가던 사람이 묻자, 서생의 대답이 걸작이다. "불구문달과不求聞達科에 응시하려고 갑니다."《인화록因話錄》에 실려 있다. 공명을 향한 인간의 집착이 안쓰럽다.

청산에 살으리랏다

뭇 새들 높이 날아 사라져가고	衆鳥高飛盡
외론 구름 혼자서 한가롭구나.	孤雲獨去閑
서로 봐도 둘이 다 싫증 안 남은	相看兩不厭
다만 경정산이 있을 뿐일세.	只有敬亭山

당나라 이백의 〈홀로 경정산에 앉아獨坐敬亭山〉란 작품이다. 나그네는 경정산을 찾아와 산정에서 산 아래를 물끄러미 굽어본다. 골짜기 아래에서 한 무리의 새가 산 위로 비상한다. 시인의 눈길은 새 떼의 돌연한 비상을 좇는다. 새들마저 아득히 사라진 그 자리, 홀로 유유히 떠가는 구름이 눈에 들어온다. 새들은 바쁘게 어디로 사라졌을까? 왁자지껄 무리 지어 사라진 새떼는 사실 시인이 속세에서 지고 온 욕망과 번뇌의 찌꺼기는 아니었을까. 산정에 선 시인은 그러한 번뇌와 시름을 훌훌 벗고 정처도 없고 집착도 없는 구름의 마음이 되었던 것이다. 경정산은 인간사에 지친 시인에게 늘 이렇게

534

소생의 원기를 불어넣어 준다. 둘이 서로에게 싫증나지 않은 벗이 된 까닭이다. 경정산을 향한 시인의 예찬은 허세도 과장도 없는 사실로만 느껴진다.

필자에게 이 시는 "산새도 날아와/우짖지 않고//구름도 떠가곤/오지 않는다.//인적 끊인 곳/홀로 앉은/가을 산의 어스름."으로 시작되는 박두진의 〈도봉道峰〉을 연상시킨다. 그의 말대로 "삶은 오직 갈수록 쓸쓸하고/사랑은 한갓 괴로울 뿐"이다. 그래서 산에 서면 청산은 "산아, 우뚝 솟은 푸른 산아. 철철철 흐르듯 짙푸른 산아. 숱한 나무들 무성히 무성히 우거진 산마루에 금빛 기름진 햇살은 내려오고, 둥둥 산을 넘어 흰 구름 건넌 자리 씻기는 하늘, 사슴도 안 오고, 바람도 안 불고, 너멋골 골짜기서 울어 오는 뻐꾸기"(〈청산도 靑山道〉, 1연)의 위안으로 상처 입은 가슴을 어루만진다.

김부식은 〈송도 감로사에서 혜원의 시에 차운하여 제하다題松都甘露寺次惠遠韻〉에서 이렇게 노래한다.

속객의 발길이 닿지 않는 곳	俗客不到處
올라서니 생각이 해맑아지네.	登臨意思淸
산 모습 가을이라 더욱 고웁고	山形秋更好
강물 빛 밤인데도 외려 밝아라.	江色夜猶明
해오라기 높이 날아 사라져가고	白鳥高飛盡
외론 돛만 가벼이 홀로 떠가네.	孤帆獨去輕
부끄럽다, 달팽이 두 뿔 위에서	自慙蝸角上
반평생 공명만 찾아다녔네.	半世覓功名

속객의 자취가 끊어진 곳을 속객이 홀로 찾았다. 시야가 툭 터진 산마루에 올라서니 함께 짊어지고 온 속된 생각도 말끔히 씻긴다. 3·4구의 자안字眼은 '갱更'과 '유猶'에 있다. 잎 진 뒤 앙상한 가지를 드러낸 나무, 여름날의 화려에 견주면 보잘것없어야 할 그 모습이 조촐해서 '더욱' 좋다. 한밤중 어둠 속의 강물은 밤인데도 '오히려' 신비한 밝음을 머금었다. 빛이 사라진 밤중, 낙엽이 진 가을 산은 번화의 시기를 떠나보낸 뒤 물끄러미 자신을 반추하는 시간이다. 헐벗어 더욱 좋은 산, 어둠 속에 오히려 밝은 강물 빛은 집착과 욕망을 벗어던져 더욱 투명해진 시인의 마음과 똑같다. 텅 빈 충만의 세계다.

5·6구는 앞서 본 이백의 〈홀로 경정산에 앉아〉의 3·4구에서 빌려왔다. 원시의 '중조고비진衆鳥高飛盡'에서 '중衆' 대신에 '백白'을 끼워 넣었다. '고운독거한孤雲獨去閑'에서는 '운雲' 자를 '범帆' 자로 교체하고, '한閑'을 '경輕'으로 바꿨다. 한시는 이렇듯 옛 시에서 한두 글자만 교체해 새로운 의경을 만들어내곤 한다.

밤 강물 위로 해오라기는 깃을 치며 날아가 어둠 속으로 사라졌다. 새를 따라가다 시선이 멈춘 그 자리에 돛단배 한 척이 가볍게 강물 위로 미끄러져간다. 깊은 밤, 색채도 선명하게 산 허리를 긋고 시계를 벗어나는 해오라기. 어둠 속을 홀로 미끄러지듯 경쾌하게 떠가는 돛단배. 얽매이고 집착하며 아옹다옹하던 속세에서는 생각지도 못한 정경들이다. 그제야 시인은 공명에 얽매여 시비를 다투고 영욕에 집착하던 지난 삶이 얼마나 구차하고 부끄러운 것이었는지 새삼 깨닫는다. 돌아보면 그것은 달팽이 뿔 위의 알량한 싸움에 지나지 않았다. 그러므로 높이 날아가 '스러진盡' 것은, 또 홀로 가볍게 '가버린去' 것은 해오라기도 돛단배도 아니고, 반평생 공명을 향해 있던 자신의 부끄러운 집착이다. 이제야 그는 속객으로 들어온 가을 산사에서 속객의 태를 벗고, 거듭남의 정화를 체험하고 있는 것이다.

이렇듯 자연은 우리에게 떳떳한 삶의 모습을 일깨워준다. 일상에 찌들어 생기를 잃고 풀이 죽어 있을 때, 자연은 인간에게 소생의 원기를 불어넣어준다. 양洋의 동서를 막론하고, 때의 고금을 떠나서 자연이 예술의 변함없는 경배의 대상이 되어온 것은 조금도 이상할 것이 없다. 그러나 자연이 아무나 자신의 품에 끌어안는 것은 아니다.

대저 천하의 온갖 물건을 다 끌어다가 하고 싶은 대로 해보는 것은 부귀한 사람의 즐거움이다. 장송長松 그늘에서 다복한 풀을 깔고 앉아 시냇물이 졸졸 흘러가는 소리를 듣다가 돌샘의 물을 떠 마시는 것은 산림에 사는 사람의 즐거움이다. 그러나 산림에 사는 선비는 천하 사람들이 즐거워하는 것을 보더라도 마음이 조금도 움직이지 않는다. 간혹 마음으로 하고 싶은 것이 있었지만 따져보아 얻을 수 없어 그만둔 자는 물러나 이곳에서 즐거움을 얻는다. 저 부귀한 사람은 능히 온갖 물건을 마음대로 할 수 있지만 함께 할 수 없는 것이 있으니 오직 산수의 즐거움이 그것이다.

구양수가 〈부사산수기浮槎山水記〉에서 한 말이다. 부귀의 즐거움이 있고 산림의 즐거움이 있다. 이 두 가지를 함께 할 수 없을 때는 어느 것을 선택해야 할까? "길고 긴 세월 동안 온갖 세상 변하였어도 청산은 의구하니 청산에 살으리라."는 노래가 우리나라 사람들이 가장 좋아하는 가곡으로 뽑힌 것을 보면, 첨단과학의 시대일수록 산수자연을 향한 선망과 동경은 더해만 가는 모양이다.

요산요수의 변

공자가 《논어》에서 말했다. "지혜로운 사람은 물을 좋아하고, 어진 사람은 산을 좋아한다. 지혜로운 사람은 움직이고, 어진 사람은 고요하다. 지혜로운 사람은 즐거워하고, 어진 사람은 장수한다." 이후로 산수에서 노니는 일은 자못 철학적 의미를 담게 되었다. 주자는 공자의 이 말을 이렇게 풀었다. "지혜로운 사람은 사리에 통달하여 두루 통해 막힘 없는 것이 물과 같으므로 물을 좋아한다. 어진 사람은 의리에 편안하여 중후하여 옮기지 않는 것이 산과 같기에 산을 좋아한다."

> 자공子貢이 물었다.
> "선생님! 군자는 어째서 큰 강물과 만나면 반드시 바라보곤 합니까?"
> 공자께서 말씀하셨다.
> "군자는 물을 덕德에 비유한다. 두루 베풀어 사사로움이 없으니 덕과 같고, 물이 닿으면 살아나니 인仁과 같다. 낮은 데로 흘러가고 굽이치는 것이 모두 순리에 따르니 의義와 같고, 얕은 것은 흘러가고 깊은 것은 헤아릴 수 없으니 지智와 같다. 백 길이나 되는 계곡에 다다

한시 미학 산책 — ●

라도 의심치 아니함은 용勇과 같고, 가늘게 흘러 보이지 않게 다다르
니 살핌과 같으며, 더러운 것을 받아도 사양치 아니하니 포용함과 같
다. 혼탁한 것을 받아들여 깨끗하게 하여 내보내니 사람을 착하게 변
화시킴과 같다. 그릇에 부으면 반드시 평평하니 정正과 같고, 넘쳐도
깎기를 기다리지 않으니 법도와 같고, 만 갈래로 굽이쳐도 반드시 동
쪽으로 꺾이니 의지와 같다. 이런 까닭에 군자는 큰 물을 보면 반드시
바라볼 뿐이다."

한나라 유향劉向의 《설원說苑》에 나온다. 원래 《순자荀子》〈유좌宥
坐〉에 실린 글을 유향이 더 부연했다. 물의 여러 속성을 인간이 지
녀야 할 삶의 덕목과 나란히 견주었다. 노자도 《도덕경》에서 '상선
약수上善若水'라 하여 으뜸가는 선을 물에 견준 일이 있다. 물은 언
제나 낮고 더러운 곳에 처하면서 만물을 이롭게 한다. 노자는 물에
서 '유약겸하柔弱謙下'의 교훈을 읽어, 처세훈의 요체로 삼았다. 유
향은 윗글에 이어 지자요수智者樂水와 인자요산仁者樂山의 이유를 더
부연했다. 이 중 인자요산의 변만 읽으면 다음과 같다.

대저 산은 높으면서도 면면히 이어져 만민이 우러러보는 바이다.
초목이 그 위에서 생장하고, 온갖 생물이 그 위에 서 있으며, 나는 새
가 거기로 모여들고, 들짐승이 그곳에 깃든다. 온갖 보배로운 것이 그
곳에서 자라나고, 기이한 선비가 거기에 산다. 온갖 만물을 기르면서
도 싫증내지 아니하고, 사방에서 모두 취해가도 못하게 하는 법이 없
다. 구름과 바람이 일어나 천지 사이의 기운을 소통시켜 나라를 이룬
다. 이것이 어진 사람이 산을 좋아하는 까닭이다.

정선, 〈대좌관폭對座觀瀑〉, 18세기, 58×24cm, 고려대박물관.
여보게! 저 폭포 좀 보아. 겁도 없이 제 몸을 내던지네그려.
우리는 너무 비겁하게 살았어. 아등바등 전전긍긍 설설 기며 살았어.

동중서董仲舒의 《춘추번로春秋繁露》에도 이와 비슷한 언급이 있다. 이렇듯 한나라 이전 산수에 대한 해석은 다분히 유가의 이념에 물들어 있었다. 사람들은 산수 간을 노닐면서 철학적 의미를 읽으려고 애써 노력하였다.

산이 나오고 물이 나온다고 다 산수시가 아니다. 산수와 인간이 만나 나누는 교감이 있어야 한다. 산수를 내 편으로 끌어들이는 것이 아니라 내가 산수 쪽으로 향해 가서 어느덧 물아物我의 경계를 허물고 하나가 되는 동화가 있어야 한다.

뜰 가득한 달빛은 연기 없는 등불이요	滿庭月色無烟燭
둘러앉은 산빛은 청치 않은 손님일세.	入坐山光不速賓
솔바람 악보 없는 가락을 연주하니	更有松弦彈譜外
소중히 지닐 뿐 남에겐 못 전하리.	只堪珍重未傳人

고려 때 최항崔沆(?~1024)의 〈절구絶句〉다. 흔히 최충의 작품으로 잘못 알려져 있다. 뜰의 달빛이 대낮 같다. 자리를 깔자 청하지도 않은 청산이 슬그머니 들어와 앉는다. 손님이 왔으니 풍악이 없을쏘냐. 솔가지 사이로 바람이 경중경중 지나면서 악보로는 잡을 수 없는 가락을 들려준다. 맑고 상쾌한 경지다. 이 거나하고 해맑은 운치를 어찌 말로 다 하랴.

비 개인 산 뜰에 흰 모래가 드러나고	雨歇山庭露白沙
낮은 처마 절반쯤 송라松蘿가 드리웠네.	矮簷一半裊垂蘿
꽃가루 딸 마음 급해 꿀벌은 잉잉대고	採黃心急看蜂沸

밭 밟은 남은 자국 노루가 지난 게지.	籍碧痕留覺麖過
집 뒤란 동산 둘러 새 죽순 빽빽하고	屋後巡園新筍密
냇가로 자리 옮겨가니 지는 꽃잎 많구나.	溪邊移席落花多
바위 사립 손님 가자 아무런 할 일 없어	岩扉客去渾無事
차맷돌을 빙글빙글 손수 직접 갈아본다.	茶碾旋旋手自磨

다산 정약용의 〈산거잡영山居雜詠〉 연작 중 한 수다. 비에 씻겨 산집 마당에 흰 모래가 희다. 송라 넝쿨이 처마 밑으로 내려왔다. 봄이 깊어 꿀벌은 꽃 일이 바쁘다. 울 밖 푸른 이끼 위에 동글동글 발자국이 선명하다. 간밤에 노루가 놀다 갔구나. 집 뒤란에는 죽순이 여기저기서 솟는다. 온통 싱그럽다. 냇가로 자리를 옮긴다. 진 꽃잎이 낭자하다. 모처럼 찾아온 손님도 가고, 나는 다시 아무 할 일이 없다. 차나 한 잔 마셔볼까 싶어 차맷돌을 천천히 빙빙 돌린다. 개운하다.

띳집은 대숲 길로 이어져 있고	茅齋連竹逕
가을날 햇살은 곱기도 하다.	秋日艶晴暉
열매 익어 들린 가지 축 처졌는데	果熟擎枝重
날씨 차서 넝쿨에는 참외도 없다.	瓜寒著蔓稀
나는 벌 쉴 새 없이 잉잉거리고	遊蜂飛不定
오리는 한가로이 기대어 조네.	閒鴨睡相依
몸과 맘 무척이나 고요하구나	頗識身心靜
물러나 살자던 꿈 이루어졌네.	棲遲願不違

  한시 미학 산책 ─ ◉

서거정의 〈추일秋日〉이다. 초가집이 한 채 있고, 그 뒤 대숲 사이로 작은 길이 나 있다. 가을 햇살은 지붕 위에 고운 깁을 펼쳐 얹었다. 빨갛게 익은 열매가 무겁다고 가지들은 어깨를 축 늘이고, 여름내 입맛을 돋우던 참외는 가을 서리 김에 이제는 끝물이다. 벌들은 그래도 미련이 남았는지 참외 넝쿨 근처에서 마지막 꿀을 따려고 종일 부산스럽다. 그들은 벌써 겨울 준비가 한창이다. 연못에선 오리가 태평스레 목을 감고 존다. 물끄러미 바라보던 시인의 내면에 어느새 기쁨이 물오른다. 몸과 마음이 가뜬하다. 물러나 쉬자던 소원을 이제야 이룬 것이다.

천 석들이 저 큰 종을 보게나	請看千石鐘
큰 공이로 안 치고는 소리 안 나리.	非大扣無聲
만고에 우뚝한 저 천왕봉은	萬古天王峰
하늘이 울려도 울지 않누나.	天鳴猶不鳴

남명 조식의 〈천왕봉天王峰〉이다. 큰 종은 거기에 맞는 공이가 있어야 한다. 젓가락으로 두드려 범종의 소리를 어찌 들을까. 엄청난 크기의 종을 구름 위에 매달아둔 것처럼 천왕봉은 오늘도 만고상청萬古常靑의 자태로 언제나 그 자리에 서 있다. 누가 저 종을 소리 나게 울리랴. 하늘이 천둥 번개를 공이 삼아 꽝꽝 울려대도 산은 요지부동, 끄떡도 하지 않는다. 날마다 산기슭 정자에 앉아 산을 보며 나는 산을 닮아간다. 산을 종으로 유비類比하여 바라본 발상도 재치 있거니와, 선비의 의연한 마음가짐이 범접할 수 없는 기상으로 압도해온다.

백 리에 사람 소리 들리지 않고	百里無人響
산 깊어 들리느니 새 울음소리.	山深但鳥啼
중 만나 앞길을 물어보고는	逢僧問前路
중 가자 다시금 길을 잃었소.	僧去路還迷

강백년姜栢年(1603~1681)의 〈금강산 가는 길에金剛途中〉다. 1백 리 산길을 혼자서 간다. 길은 구불구불 끝없이 이어지고, 앞쪽에는 나그네를 압도하며 금강의 봉우리들이 솟았다. 종일 걷고도 아무도 못 만난 나그네는 자신의 걸음을 도무지 믿을 수가 없다. 길 가던 승려를 만나 거듭 확인했지만, 중이 저만치 가자 길은 다시 헛갈린다. 위 시로 그림을 그릴 때, 화면 속에는 시인만 그려야 옳을까, 아니면 지팡이를 들어 어딘가를 가리키는 중과 그곳을 바라보는 나를 그릴까. 새 울음소리는 또 어찌 하나.

들늙은이의 말

봄날이 무르익어 숲으로 들어가면 꼬불꼬불 숲속으로 산길이 통해 있고, 소나무 대나무 서로를 비추고 들꽃은 향기 가득 산새들은 지저귄다. 이러할 때 거문고 안고 바위 위에 올라앉아 두세 곡 연주하면 이 몸은 아득히 동중선洞中仙 화중인畵中人일세.

구름은 희고 산은 푸르다. 시내는 흘러가고 돌은 서 있다. 꽃은 나를 맞이하고 새는 노래 부른다. 골짜기는 메아리로 대답하고 나무꾼은 노래한다. 사방이 온통 적막해지니 내 마음 절로 한가해지네.

차 익어 향기 맑을 제 길손이 찾아오니 이 아니 기쁠쏘냐. 새 울고 꽃이 질 땐 아무도 없다 해도 마음 절로 유유하다. 진원眞源은 맛이 없고, 진수眞水는 향이 없네.

손님이 가고 나서 사립을 닫아거니 바람은 산들산들 해는 뉘엿뉘엿. 술 항아리 잠깐 열어 시를 새로 지었을 때, 이때가 산인의 득의처로다.

초여름 원림에서 이끼 낀 바위 앉았자니, 대 그늘엔 해가 어느새 뉘엿하다. 오동나무 그림자 사이 구름이 돌더니만, 산 구름 건듯 일어 보슬비 서늘쿠나. 평상에서 낮잠 청하니 꿈속 또한 상쾌해라.

마음에 맞는 벗과 산꼭대기 걸터앉아 이런저런 이야기, 지치면 바위 가에 하늘을 보고 누워 푸른 하늘 흰 구름이 반공에 떠도는 모습 보며 흔연히 유유자적.

대나무 책상 창가에 놓고 부들자리 깔고 앉으니, 높은 뫼엔 구름 들고 그 아래론 맑은 시내. 울타리엔 국화 심고 집 뒤엘랑 원추리를. 언덕 가득 꽃이 피어 지나는 길을 막고, 버들은 대문 앞을 버티고 서 있구나. 굽은 길엔 자욱한 안개 주막으로 이어지고, 맑은 강에 해가 지니 어촌에는 고깃배라.

서리 내려 낙엽 질 때 성근 숲에 들어가 나무뿌리 위에 앉으니, 나부끼는 단풍잎은 옷소매를 점찍누나. 들새는 나뭇가지 사이로 사람을 구경하니, 황량하던 땅이 맑고 드넓어지네.

서리 진 뒤 시내 바위 물 위로 드러나고 못물은 맑고도 고요히 잔잔한데, 깎아지른 바위 절벽 고목엔 넝쿨지고, 물에 비친 그림자를 지팡이 짚고 서서 보니, 내 마음 어느새 해맑아지네.

좋은 밤 편히 쉬며 등불 밝혀 차 끓이니, 만뢰萬籟는 적막한데 시냇물은 노래한다. 이불을 덮지 않고 책장을 뒤적임, 이 첫 번째 즐거움이오. 비바람 길에 가득, 문을 닫아 쓸어내고, 도사圖史 잔뜩 펼쳐놓고 흥을 따라 꺼내본다. 사람의 왕래 끊어 주위도 그윽하고 방도 적막함, 이 두 번째 즐거움이라. 텅 빈 산 세밑이라 눈발이 흩날리고 마른 가지 바람에 떨고 추운 새 들에 울 제, 화로를 끼고 앉아 향기론 차에 술이 익어감, 이 세 번째 즐거움이라.

깊은 산 높은 집엔 화로 향이 필요하지. 물러난 지 오래되면 좋은 것 다 떨어져. 늙은 송백松栢 뿌리와 잎, 그 열매를 짓찧어서 단풍나무 기름과 섞어 한 알씩 태워주면 또한 청고淸苦함에 보탬이 있으리라.

신흠이 야인으로 묻혀 지낼 때, 옛 선인들의 글 가운데 마음에 와 닿는 글귀를 적바림해둔 것이 있는데, 이를 〈야언野言〉이라 하였다. 위 인용은 이 어록의 일부를 추려본 것이다. 산수 속에 묻혀 사는 야인의 삶을 담백하면서도 청정하게 그렸다.

김시습은 산에 사는 즐거움을 노래한 〈산거집구山居集句〉 연작을 무려 100수나 남겼다. 집구는 이 사람 저 사람의 시에서 한 구절씩 따와서 조립해 만든 시다. 연결이 자연스럽고 운자도 맞아야 하니, 순수한 창작은 아니라도 창작 이상의 품이 든다. 서문의 일부다. "성화成化 무자년(1468) 겨울 금오산에 있을 때, 눈 오는 밤 화로를 안고 앉았자니, 고요하여 사람의 발소리도 없는데 바람과 대나무가 우수수 소리를 내어 내 흥취를 불러 일으켰다. 인하여 산동山童과 함께 재를 헤쳐 가며 글자를 써서 고인의 시구를 집구하니 산거의 취미에 마침 맞았다."

이 중 세 수를 감상해보자.

어지런 산 삐죽삐죽 냇물은 섯도는데   亂山擾擾水洄洄 凍月觀
손수 심은 찬 솔을 누워서 마주 보네.   臥對寒松手自栽 皇甫冉
십 년을 더 늙어도 담백히 지내리니   老我十年枯淡過 氷 崖
벗의 손을 잡고서 시를 퇴고하리라.   可人携手話敲推 正 齋

　뒤의 작은 글자가 원작자이다. 한 구절 한 구절을 짜깁기했는데 한 수의 자연스런 의경을 이루었다. 깊은 산속 시냇물은 어지러운 산이 일제히 쏟아낸 물을 감당 못해 회돌다가 치솟는다. 나는 심심하게 누워 들창 밖의 찬 솔을 바라본다. 직접 심은 소나무가 저리 큰 걸 보면 이곳에서 보낸 세월이 만만치 않다. 시인은 여기에 다시 10년을 더 보태더라도 '고담枯淡'한 지금의 삶을 지켜가겠노라 다짐한다. 하는 일은 무엇인가? 이따금 마음에 맞는 벗과 더불어 시를 퇴고하겠다 한다.

어지러이 놓인 책에 약주머니 뒤섞인 곳   書卷紛紛雜藥囊 陸　游
침상에 기대 앉아 수침향을 사르네.   倚床自炷水沈香 虞伯生
초가집 사립문엔 찾는 이 하나 없고   柴扉草屋無人問 顧　萱
담쟁이 울타리에 자옥한 비 빗겨든다.   密雨斜侵薜荔墻 柳柳州

　방 안에 책들이 어지럽게 쌓여 있다. 천장에는 산에서 캐온 약초가 주머니 주머니 매달렸다. 종일 이 책 저 책 뒤적이던 주인은 피곤을 느낀다. 침상에 기대 앉아 향을 사른다. 가만히 피어오르는 향연香烟 속에서 그는 문득 혼자라는 사실을 깨닫는다. 담쟁이덩굴은 어느새 흙담을 덮었다. 촘촘해진 빗발이 그가 있는 방 안을 기웃거린다. 적막하면서도 고즈넉한 광경이다.

고요한 밤 산집에 말없이 앉았자니	山堂靜夜坐無言　川　老
등허리 시큰하여 잠을 자야 하겠구나.	腰脊纔酸又要眠　千　巖
이때의 이 마음을 그 누가 알겠는가	正伊麽時誰會得　張九成
온 숲 시든 잎이 가을 매미 전송한다.	一林黃葉送秋蟬　鄭　谷

　적막한 밤 산집에 말없이 앉은 사람. 곧추세운 등허리가 뻐근해 오기 시작하니 밤도 이슥해졌다. 잠을 앗아갈 시름이나 분노는 없다. 피곤하면 자고, 깨면 고요히 사물을 바라볼 뿐이다. 이제 눈을 좀 붙여볼까. 이렇게 중얼거리던 시인은 마음속에 무언가 와 닿는 깊고 그윽한 느낌을 가졌다. 숲은 누런 잎을 떨구고 여름내 울던 매미소리도 이제는 없다.

노주인老主人의 장벽腸壁에
무시無時로 인동忍冬 삼긴 물이 나린다.

자작나무 덩그럭 불이
도로 피어 붉고,

구석에 그늘지어
무가 순 돋아 파릇하고,

흙냄새 훈훈히 김도 사리다가

바깥 풍설風雪 소리에 잠착하다.

산중山中에 책력冊曆도 없이
삼동三冬이 하이얗다.

정지용의 〈인동차忍冬茶〉이다. 책력도 없는 산중에 삼동이 깊다. 자작나무 덩그럭 불에 인동차가 끓는다. 윗목 그늘엔 무 순이 새로 돋고 눈보라 소리도 멎었다. 흰 겨울에 노주인의 장벽腸壁을 타고 찻물이 내려간다. 매월당의 시 다음에 얹어 읽으면 좋을 법하다.

가을 구름이 내 정수리를 어루만지네

유종원柳宗元의 〈영주팔기永州八記〉는 그가 영주 땅에 쫓겨 와 있을 때 울적한 심회도 달랠 겸, 주변 산수를 소요하던 일을 기록한 글이다. 다음은 〈서산을 처음 얻고 잔치하여 노닌 기문始得西山宴遊記〉의 일절이다.

금년 9월 28일에 법화사法華寺의 서정西亭에 앉아 서산을 바라보다가 비로소 기이하게 여겨서 마침내 하인을 시켜 상강湘江을 건너 염계染溪를 따라 잡초 덤불을 찍고 무성한 풀을 사르게 했다. 산꼭대기까지 올라가서야 그만두게 하고, 더위잡고 올라가 걸터앉아 노닐었다. 무릇 여러 고을의 땅이 모두 앉은자리 아래로 펼쳐져 있어 그 높고 낮은 형세의 솟아오르고 움푹 파인 것이 개밋둑 같고 구덩이 같았다. 척촌尺寸에 천 리를 촘촘히 쌓아놓은 듯 가리어 보이지 않는 것이 없었다. 푸르고 흰 빛으로 둘려 있어 멀리 하늘가와 더불어 사방을 둘러봐도 한결같았다. 이 뒤에야 이 산이 특출하여 흙무더기를 쌓아놓은 것 같은 작은 산과는 비교가 되지 않음을 알았다. 유유하게 맑은 기운을 갖추었으나 끝 간 데를 알 수 없고, 아득히 조물주와 더불어 노닐되 그 다함을 알지 못하겠다. 술잔을 당겨 가득 따르고 거나히 취하여 해가 지는 것도 알지 못했다. 푸르스름한 땅거미가 먼 데로부터 밀려와 아무것도 보이지 않을 때까지 돌아가고 싶은 마음은 일지 않았다. 마음은 엉겨붙은 듯 형체는 놓여 사라진 듯 만화萬化와 더불어 하나가 되었다.

서산 정상에서 영주의 여러 고을을 굽어보니 지금껏 보아온 산들은 모두 흙무더기에 지나지 않았다. 사방 천 리의 시야를 척촌에 압축시켜놓은 듯하여, 산은 개밋둑 같고 골짝은 구덩이에 지나지 않았다. 그 호연한 경계 앞에 그는 돌아옴을 잊고서 저 멀리서 땅거미가 밀려와 눈 아래 펼쳐진 경물을 지워버리고 마침내 자기 자신마저 지워버릴 때까지 그대로 앉아 있었다. '심응형석心凝形釋' 마음은 그대로 엉겨 붙어 찾을 길이 없고, 형체는 그대로 기화하여 흔적도 없이 사라져버려 '만화명합萬化冥合'하는 물아의 일체감을 황홀하게 맛보았던 것이다.

옛사람의 문집을 뒤적이다 보면 뜻밖에 많은 산수유기와 만나게 된다. 유기遊記는 산수를 향한 고인의 진지한 열정의 산물이다. 여기에는 자연 앞에 선 외경이 있고, 인간의 왜소를 돌아보는 겸허가 있다. 이제 산수유기는 고작 수필의 대접밖에 못 받아 설 자리를 잃고, 연구자들에게조차 외면당하는 처지에 놓였다. 구도자의 심경이 되어 산수 간을 노닐던 고인들의 그 시원스런 정신의 경계도 다시 만날 길이 없어 안타깝다.

고목이 절벽에 기댄 채 말랐는데, 우뚝함은 귀신의 몸뚱이 같고, 서리어 움츠린 것은 잿빛 같았다. 껍질을 벗은 것은 마치 늙은 뱀이 벗어놓은 허물인 듯하고, 대머리가 된 것은 병든 올빼미가 걸터앉아 고개를 돌아보는 것 같았다. 속은 구멍이 뚫려 텅 비었고, 곁가지는 하나도 없었다. 산에 의지한 돌은 검고, 길에 깔린 돌은 희며, 시내에 잠긴 돌은 청록 빛이었다. 돌들끼리 비벼 표백되고 깔리어 그런가 싶었다. 돌빛은 핥은 듯 불그스레 윤기가 나고 매끄러웠다. 한 필 비단 같은 가을 햇살이 멀리 단풍나무 사이로 펼쳐지자, 또 시냇가의 모래는 모두 담황색인 듯하였다.

우러러 토령土嶺을 보니 5리쯤 되겠는데, 잎 진 단풍나무는 가시와 같다. 흘러내린 자갈돌이 길을 막아선다. 뾰족한 돌이 낙엽에 덮였다가 발을 딛자 비어져 나왔다. 벌렁 나자빠질 뻔하다가 일어나느라 손을 진흙 속에 묻고 말았다. 뒤에 오던 사람들이 웃을까 봐 부끄러워 단풍잎 하나를 주워들고서 그들을 기다리는 체하였다. 만폭동에 앉으니 석양이 얼굴에 비추인다. 거대한 바위는 산마루 같은데 긴 폭포가 바위를 타넘고 흘러내려온다. 물굽이는 세 번을 굽이쳐서야 비로소 바닥을 짓씹는다. 물줄기가 움푹 들어갔다가 소용돌이를 치며 일어나는 모습은 마치 고사리 순이 주먹을 말아쥔 것 같고, 용의 수염 같기도 하며, 범의 발톱 같기도 하여 움켜쥘 듯하다가는 스러진다. 내뿜는 소리가 흘러내려 하류로 서서히 넘치더니, 주춤하다가는 다시금 내뿜는데 마치 숨을 헐떡이는 것만 같다. 한참을 가만히 듣고 있으려니까 나 또한 숨이 차다. 이윽고 잠잠해져 아무 소리도 들리지 않는 듯하더니 조금 있자 더욱 거세게 쏟아져 내린다.

바지를 정강이까지 걷어붙이고 소매는 팔꿈치 위로 말아 올리고 두건과 버선을 벗어 깨끗한 모래 위에 던져두고 둥근 돌에 엉덩이를 고여 고요한 물가에 걸터앉았다. 작은 잎이 떴다 가라앉는데 배 쪽은 자줏빛이고 등 쪽은 누런빛이었다. 이끼가 엉겨 돌을 감싸니 이들이들한 것이 마치 미역 같았다. 발로 물살을 가르자 발톱에서 폭포가 일어나고, 입으로 양치질하니 비가 이 사이로 쏟아졌다. 두 손으로 허우적거리자 물빛만 있고 내 그림자는 보이지 않는다. 눈곱을 씻으며 얼굴의 술기운을 깨노라니, 때마침 가을 구름이 물 위에 얼비쳐 내 정수리를 어루만지는구나.

박제가朴齊家(1750~1805)의 〈묘향산소기妙香山小記〉의 한 토막이다. 실감나다 못해 황홀한 묘사다. 그의 글을 읽다 보면 가볼 길 없는 묘향산의 굽이굽이가 마치 눈앞에 펼쳐진 듯 생생하다. 그대로 한 폭의 그림이요, 한 편의 시가 아닌가. 다시 한 대목을 보자.

금환禁寰 스님과 더불어 《법화경法華經》의 화택火宅의 비유를 강론하였다. 스님은 50여 세로 송경誦經은 잘하지만 사람과 마주하는 것은 꺼리는 듯했다. 그 형인 혜신慧信 또한 중이 되어 극락전極樂殿에 거처하는데 불경의 조예가 금환보다 낫다 한다. 내가 물어보았다.

"중노릇이 즐겁소?"

"제 한 몸을 위해서는 편합지요."

"서울은 가보았소?"

"한 번 가보았지요. 티끌만 자옥이 날려 도저히 못 살 곳 같습디다."

내가 또 물었다.

"대사! 환속할 생각은 없소?"

"열둘에 중이 되어 혼자 빈산에 산 것이 사십 년이올시다. 예전에는 수모를 받으면 분하기도 하고, 자신을 돌아보면 가엾기도 했었지요. 지금은 칠정이 다 말라버려, 비록 속인이 되고 싶어도 될 수도 없으려니와, 혹 속인이 된다 해도 무슨 쓸모가 있답니까? 끝까지 부처님을 의지타가 적멸로 돌아갈 뿐입지요."

"대사는 처음에 왜 중이 되시었소?"

"만약 자기가 원심願心이 없다면 비록 부모라 해도 억지로 중노릇은 시키지 못하지요."

이날 밤 달빛은 마치도 흰 명주 같았다. 탑을 세 바퀴 돌고 술도 한 순배 하였다. 먼데 바람 소리가 잎사귀를 살랑이니 쏴아 하고 쏟아내는 듯 쓸어내는 듯하였다.

객수에 잠을 못 이루던 서울 선비가 탑 둘레를 맴돌다가 초로의 스님과 만나 대화하는 장면이다. 명주를 펼쳐놓은 듯 희고 고운 달빛, 바람은 쏴아 물결 소리를 내고, 도도한 흥취는 몇 잔의 술로도 잠재울 수가 없다. '먼지만 날려 도저히 사람 살 곳이 못 됩디다.' 하고 스님은 고개를 내젓는다. 환속을 말하는 짓궂은 농담에는 칠정이 다 말라버렸다고 대답한다. 달빛 아래 담소의 광경이 꿈속같이 아련하다.

다음 정지상의 〈변산소래사邊山蘇來寺〉와 엮어 읽으면 딱 좋다.

옛길은 적막해라 솔뿌리 얽혔는데　　　　　　古逕寂寞縈松根
북두성 가까워서 손 뻗으면 닿겠네.　　　　　天近斗牛聯可捫
뜬구름 흐르는 물, 나그네는 절을 찾고　　　浮雲流水客到寺
붉은 잎 푸른 이끼, 스님은 문을 닫네.　　　紅葉蒼苔僧閉門
가을바람 싸늘히 지는 해를 불어가자　　　　秋風微凉吹落日
산 달이 떠오더니 잔나비 울음 운다.　　　　山月漸白啼清猿
기이하다 흰 눈썹의 한 늙은 스님이여　　　奇哉厖眉一老衲
긴 세월 티끌 세상 꿈꾼 일 아예 없네.　　　長年不夢人間喧

솔뿌리를 밟으며 태고 속으로 나그네는 걸어 들어가고, 청청한
하늘은 머리를 누를 듯 낮게 내려와 반짝반짝 별들이 손을 뻗으면
닿을 것 같다. 사는 일 하릴없어 절을 찾은 나그네를 맞는 것은 발
목을 덮는 낙엽과 푸른 이끼 낀 빗장 질린 산문이다. 아옹다옹 토닥
대며 살아온 삶이 굳게 닫힌 산문 앞에서 무연하다.

박제가는 〈묘향산소기〉를 이렇게 맺는다.

무릇 유람이란 흥취를 위주로 하나니, 노닒에 날을 헤이지 않고 아
름다운 경치를 만나면 머물며, 나를 알아주는 벗과 함께 마음에 맞는
곳을 찾을 뿐이다. 저 어지러이 떠들썩하는 것은 나의 뜻이 아니다.
대저 속된 자들은 선방禪房에서 기생을 끼고 시냇가에서 풍악을 베푸
니, 꽃 아래서 향을 사르고 차 마시는 데 과일을 두는 격이라 하겠다.
어떤 이가 내게 와서 묻는다.

"산 속에서 풍악을 들으니 어떻습디까?"

"내 귀는 다만 물소리와 스님이 낙엽 밟는 소리를 들었을 뿐이오."

한시 미학 산책 ― ●

실낙원의 비가悲歌

—

유선시遊仙詩

풀잎 끝에 맺힌 이슬

인간에 낙원은 있는가? 낙원은 없다. 따지고 보면 인생은 절망과 비탄의 연속일 뿐이다. 믿었던 것들로부터 배반당하고, 사랑하던 사람마저 하나 둘 떠나보낸 후 빈 들녘을 혼자 헤매는 것이 우리네 삶이다. 뒤돌아보면 뜻대로 된 일은 하나도 없다. 한나라 때 악부시 〈해로薤露〉는 풀잎 끝에 맺힌 이슬만도 못한 인생을 이렇게 노래한다.

풀잎 위 이슬	薤上露
너무 쉽게 마르네.	何易晞
내일 아침 이슬은 다시 내리겠지만	露晞明朝更復落
한 번 떠난 사람은 돌아올 줄 모르누나.	人死一去何時歸

고대 중국인들이 상여 메고 나갈 때 덧없는 인생을 슬퍼하며 불렀다는 노래다. 중국 위진 시대의 〈고시십구수古詩十九首〉를 보면 다음과 같은 구절들과 마주하게 된다.

인생이란 한세상 더부살이라	人生寄一世
덧없이 흩날리는 티끌일레라.	奄忽若飄塵

성문 나서 똑바로 눈뜨고 보니	出郭門直視
뵈느니 언덕과 무덤뿐일세.	但見丘與墳

사는 해 백 년을 못 채우건만	生年不滿百

언제나 천 년 근심 품고 사누나.　　　　　　　　　　常懷千歲憂

또 죽림칠현의 한 사람인 완적阮籍은 난세를 살아가는 전전긍긍
을 서글퍼했다.

인생은 티끌이나 이슬 같은 것　　　　　　　　　　人生若塵露
천도만이 아득히 유유하도다.　　　　　　　　　　天道邈悠悠

일생 동안 살얼음을 밟는 듯했지　　　　　　　　　終身履薄氷
속 타는 맘 그 누가 알아주겠나.　　　　　　　　　誰知我心焦

그러고 보면 죽림의 청담淸談이란 것도 세상 일에 초연한 방약무
인傍若無人이기보다는 어지러운 세상에서 살아남으려는 안간힘에
가깝다 하겠다. 이때 죽림은 현실의 폭력이 미치지 않는 정치적 진
공지대일 뿐이다. 도연명도 이런 비탄을 금하지 못했다.

인생이란 마치도 꿈과 같은 것　　　　　　　　　人生似幻化
종당에는 허무로 돌아가거늘.　　　　　　　　　終當歸虛無

이백은 다음과 같이 찌든 삶의 근심 끝에 아예 산발하고서 세속
을 벗어나겠다는 결심을 다지고 있다.

칼 빼어 물 베어도 물은 다시 흐르고　　　　　　抽刀斷水水更流
잔 들어 맘 달래도 시름은 더 깊어지네.　　　　　舉杯消愁愁更愁

> 인생살이 사는 동안 뜻 같은 일 없었지　　　　人生在世不稱意
>
> 내일엔 머리 풀고 쪽배 타고 떠나리.　　　　明日散髮弄扁舟

당나라의 진자앙陳子昻은 다음처럼 노래하였다.

> 전날의 고인은 볼 수가 없고　　　　前不見古人
>
> 장차 올 뒷사람도 보지 못하네.　　　　後不見來者
>
> 천지의 아득함 생각노라니　　　　念天地之悠悠
>
> 나 홀로 구슬퍼 눈물 흐른다.　　　　獨愴然而涕下

그들이 흘리는 눈물은 눈앞의 상황에 매여 일희일비하는 가벼운 슬픔이 아니다. 중국의 미학자 이택후李澤厚가 '위대한 고독감'이라는 헌사를 바친 이런 시들에는 인생을 향한 깊은 관조와 달관이 있다. 비분강개 속에 인생의 갖은 신산을 겪으면서 오히려 이들은 인생을 더 깊이 바라보는 중후함을 얻은 듯하다.

닫힌 세계 속의 열린 꿈

현실의 억압은 개체의 삶을 질식시킨다. 인간은 닫힌 세계 속에서 끊임없이 반란을 꿈꾼다. 현실에는 존재하지 않는 세계, 어떤 갈등도 없으며 모든 것이 조화롭고 충만한 세계는 어디에 있는가? 인생은 그렇듯이 슬프고, 인간은 그렇듯이 나약한 존재인가? 삶의 짙은 회의 속에서 시인들은 무의식의 저편에 저장된 언젠가 떠나온 곳,

잃어버린 낙원의 기억들을 떠올린다. 그것은 모든 것이 완벽한 꿈의 세계이다.

유선시는 고대인이 꿈꾼 상상의 세계를 노래한다. 그것은 아득한 은하수 저편 아홉 층의 하늘을 지나 있는 옥황상제가 거처하는 황금 궁전이거나, 동해 너머 출렁이는 파도 속에서 거대한 여섯 마리 거북이가 등에 업고 오르락내리락한다는 상상의 섬 삼신산으로 나타난다. 아니면 서쪽 하늘 저편 아득한 그곳, 하늘에 맞닿을 듯 솟아 있는 옥으로 된 곤륜산도 있다. 곤륜산의 둘레에는 새의 깃털조차 가라앉아버린다는 약수弱水란 강물이 300리에 걸쳐 흐른다. 날개가 아니고는 접근조차 할 수 없다. 곤륜산 정상에는 요지瑤池란 연못이 있어 밤에 천상에서 신선들이 용이나 기린, 또는 봉황을 타고 내려온다. 그곳의 주인은 서왕모西王母다. 그녀가 주재하는 파티가 밤마다 열린다. 안주는 한 알을 먹으면 3,000년을 살 수 있다는 반도蟠桃나 1,000년쯤 너끈한 안기생安期生의 대추이다. 술은 옥玉을 녹여 고은 경장瓊漿 또는 안개의 수분을 빚어 걸러낸 유하주流霞酒다. 입는 옷은 어떤가. 동해의 일곱 빛깔 무지개 실을 자아 지은 옷이다. 천의무봉이라 바느질의 흔적은 찾을 수 없다.

조선 중기의 조희일趙希逸(1575~1638)은 이 요지의 잔치를 묘사한 〈요지연부瑤池宴賦〉를 남겼다. 그의 안내로 선계를 따라가 보자. 티끌세상을 버려두고 여덟 마리 용이 끄는 수레를 타고 선계에 이른 나는, 곤륜산 요지에 올라 아침엔 옥룡타玉龍唾를 마시고 저녁엔 금아탕金鴉盪에 목욕을 하며 신선들을 벗 삼아 노닌다. 이런 중에 청조靑鳥는 서왕모의 도착을 알린다. 상서로운 무지개가 걷히면 백은의 화려한 궁궐이 모습을 드러내고, 영롱한 햇살이 비치자 황금

방黃金牓은 광채를 발한다. 그녀가 요대瑤臺에서의 향기로운 꿈에서 깨어나 운모雲母 커튼을 걷으면 삼각형으로 머리를 묶은 봉황은 칠보로 짠 학창의鶴氅衣를 가져오고, 얼룩무늬 기린을 타고 걸음을 재촉하면 채란彩鸞이 끄는 수레가 기다리고 있다. 그녀는 이를 타고 높이 올라 구름 깃발 나부끼는 곳에 도착한다. 빙설같이 흰 피부에 부용꽃 같은 수줍음을 머금고, 초승달 눈썹을 살짝 찌푸려 별 같은 눈동자를 깜빡이며 나를 맞이한다. 서왕모는 내가 이곳과 삼생의 묵은 인연이 있음을 알려주며 요지 곁에 옥으로 만든 자리를 펴고, 잔치를 베풀어 용의 육포 안주와 봉황의 골수로 빚은 술을 권한다. 천년 반도를 따오고 아홉 번 찐 기장杞醬을 내온다. 앞에선 선녀들의 멋들어진 춤이 펼쳐지고 오색구름 감도는 저편에선 맑은 노랫소리가 들려온다. 계화桂花는 떨어져 온 천지가 향기롭고 화풍은 건듯 불어 패옥 소리는 쟁그랑거린다. 이 아니 황홀한가! 심의는 〈반도부蟠桃賦〉의 서두에서 이렇게 노래한다.

삶과 죽음 부질없음 슬퍼하면서	悲生死之浮休兮
티끌세상 벗어나 먼 길 떠났네.	超塵寰以遠徂
상계의 선부仙府까지 올라가서는	跆上界之仙府兮
하토下土의 풀덤불을 굽어보았지.	俯下土之積蘇
요지를 지나서는 돌아옴도 잊으니	過瑤池以悵忘歸兮
왕모가 날 이끌고 길을 인도하였네.	王母鉥余以啓途
한 알의 신령한 복숭아를 주는데	貽一顆之神核兮
그 향기 은은하게 몹시도 짙었다오.	芳酷烈其闇闇
가만히 받아서 씹어 삼키니	漠虛靜以咀嚼兮

문득 이 몸 진인으로 되돌아가서 　　　　　　忽乎吾將返眞

어지러이 두둥실 날아올라선 　　　　　　　　紛仙仙而抯撟兮

아득한 동해 바다 넘놀았다네. 　　　　　　　邈絶垠乎東溟

서왕모의 요지연에 참여하여 선도를 먹고 진인으로 되돌아가 티끌세상의 갈등을 훌훌 벗어던진 기쁨을 구가하는 대목이다. 이후 그는 선계의 당당한 일원이 되어 직접 여러 곳을 두루 소요하며 노닌다.

선계의 광경은 어떠한가. 앞의 〈요지연부〉를 통해서도 알 수 있듯, 인간이 동원할 수 있는 상상력이란 상상력은 모두 한데 모아 엮었다. 허난설헌 또한 선계인 광상산廣桑山에서 노니는 꿈을 깬 뒤 그곳 광경을 묘사했다.

을유년에 내가 상을 만나 외삼촌댁에 묵고 있을 때 일이다. 밤중 꿈에 바다 위의 산으로 둥실 날아올랐다. 산은 온통 구슬과 옥이었다. 뭇 봉우리가 첩첩이 쌓였고, 흰 옥과 푸른 구슬이 밝게 빛나 현란하여 똑바로 쳐다볼 수가 없었다. 무지개 구름이 그 위를 에워쌌는데 오색 빛깔이 곱고도 선명했다. 옥 샘물 몇 줄기가 벼랑 사이에서 쏟아지고, 콸콸 쏟아져 내리는 소리는 옥을 굴리는 것 같았다.

스물 남짓의 두 여인은 얼굴빛이 모두 빼어나게 고왔다. 하나는 자줏빛 노을 옷을 걸쳤고, 하나는 푸른 무지개 옷을 입었다. 손에는 모두 금색 호로병을 들고 사뿐사뿐 걸어와 내게 절을 올렸다. 굽이굽이 시냇물을 따라 올라가니 기화이초가 곳곳에 피었는데 이루다 이름 붙일 수가 없었다. 난새와 학과 공작과 비취새가 옆으로 날며 춤을 추

장악張渥,
〈요지선경瑤池仙境〉,
14세기, 116.1×56.3cm,
중국 국립고궁박물원.
구름을 타고 서왕모가
내려온다. 머리 벗겨진
선인들이 두 손을 맞잡고
배례한다. 요지의 물은
찰랑대고, 밤새 잔치의
불빛이 환하겠구나.

고, 숲 저편에선 온갖 향기가 진동하였다.

마침내 산꼭대기에 도착했다. 동남쪽은 큰 바다라 하늘과 맞닿아 온통 파랬다. 붉은 해가 막 솟아오르니 물결이 해를 목욕시켰다. 봉우리 위 큰 연못은 아주 맑았다. 연꽃은 빛깔이 푸르고 잎이 컸고, 서리를 맞아 반나마 시들었다. 두 여인이 말했다. "이곳은 광상산이랍니다. 십주十洲 중에서도 으뜸이지요. 그대가 신선의 인연이 있는 까닭에 감히 이곳에 이르렀으니 어찌 시를 지어 이를 기념치 않겠습니까." 내가 사양하였으나 한사코 청하는 것이었다. 이에 절구 한 수를 읊조리자 두 여인은 박수를 치고 크게 웃으며 말했다. "틀림없는 신선의 말씀이로군요." 조금 있으려니 한 떨기 붉은 구름이 하늘 가운데로부터 내려와 봉우리 꼭대기에 걸리더니, 둥둥 북소리에 정신이 들어 깨어났다. 잠자리엔 아직도 연하烟霞의 기운이 남아 있었다.

이 꿈을 깨고 나서 그녀는 시를 지었다. 그 시의 3·4구가 이랬다. "부용꽃 스물일곱 송이, 서리 달 찬 속에서 붉게 떠지네.芙蓉三九 朶, 紅墮月霜寒." 그것이 시참이 되어 스물일곱의 나이로 그녀는 천상 백옥루로 훌훌 올라가고 말았다. 그녀의 대표작은 〈광한전백옥루상 량문廣寒殿白玉樓上樑文〉이다. 천상 광한전의 백옥루가 완공되어 쓴 상량문이다. 이 글의 선계 묘사는 더욱 황홀해서 정신이 아득해진다. 요지의 잔치를 묘사한 한 대목만 살짝 들여다보자.

선인 쌍성雙成은 나전 피리를 불고 안향룡香은 은쟁銀箏을 쳐서 균 천鈞天의 우아한 곡조를 합주한다. 완화婉華는 해맑게 노래하고 비경 飛瓊은 공교롭게 춤추어 놀랍도록 신령스런 소리를 빚어낸다. 용 머리

   한시 미학 산책 — ●

에다 봉황의 골수로 담근 술을 따라, 학의 등에 기린의 육포로 만든
안주를 받들어 올리니, 구슬 돗자리에 옥방석은 아홉 갈래 등불에 빛
이 흔들리고, 푸른 연밥과 얼음 같은 복숭아에는 여덟 바다의 그림자
가 쟁반에 가득하다.

용의 두개골로 만든 주전자에 봉황의 골수로 담근 술, 학의 등뼈
로 만든 쟁반에 기린의 육포로 만든 안주. 어디 그뿐인가. 한 알만
먹으면 3,000년을 산다는 복숭아도 있다.
이수광은 〈기몽記夢〉이란 작품에서 이렇게 노래했다.

자궁紫宮의 한밤중 신선들 모여들어	紫宮半夜群仙會
기쁜 낯빛 신선들 날 맞아 절 올리네.	群仙色喜迎我拜
방 안의 칠보상七寶床에 나를 앉게 하나니	坐我堂中七寶床
아득히 이 몸이 청련계靑蓮界에 들었구나.	怳然身入靑蓮界
반야탕을 한 잔 따라 나를 마시게 하며	餉我一杯般若湯
옥제께서 드시는 경장瓊漿이라 일러주네.	云是玉帝之瓊漿
마시자 정신이 맑고 상쾌해지며	啜罷精神頓淸爽
진토에 찌든 속을 깨끗이 씻어준다.	洗盡十年塵土腸
뜰 앞의 화로에서 가는 연기 일더니만	庭前有爐烟細起
삼생의 온갖 일들 깨치게 하는구나.	令我了悟三生事
요대 허공 생笙 불던 학, 깨어보니 간 곳 없고	瑤空笙鶴覺來失
만 리 가득 안개 또한 꿈속의 일일레라.	萬里烟霞造夢裏
바다 위 봉래산엔 오랫동안 주인 없고	海上蓬萊久無主
백낙천은 인간 괴롬 실컷 만나 겪었다오.	樂天偶餉人間苦

돌아갈 지팡이를 서둘러 만들리라 　　唯須作急理歸筇

시든 삼화수를 봄바람이 불어가네. 　　東風吹老三花樹

전형적인 몽유夢遊 구조에 의한 유선시이다. 꿈에 문득 자궁紫宮에 이끌려간 그는 여러 신선들의 대대적인 환영을 받았다. 옥례천玉醴泉의 경액瓊液을 달여 빚었다는 반야탕般若湯을 마시고 속세에 찌든 속이 깨끗해지는 환골탈태를 경험한다. 대궐 앞 화로에서 모락모락 피어오른 연기는 전생과 현생과 내세의 일을 모두 환히 보여주지 않는가. 아! 내가 봉래산을 너무 오래 방치해두었던 것은 아닐까. 봉래산을 떠나와 인간 세상을 살아가는 동안 내가 겪었던 것은 신맛 나는 '인간고人間苦'뿐이었다. 이제라도 늦지 않았다. 원래 왔던 그곳으로 돌아가자.

선계의 형상은 현실에서의 억압이 역으로 투사되어 열린 세계로의 비상을 꿈꾼 결과다. 꿈은 무의식의 세계이다. 인간의 의식이 한계에 도달할 때 무의식이 열린다. 무의식의 세계는 원초적 상징들로 가득 차 있다. 상징은 좌절되었던 본능적 충동을 만족시키려는 욕구와 관련된다. 이러한 상징들은 꿈을 통해 신비한 세계를 열어 보임으로써 현실에서 상처받고 왜소해진 자아의 의식을 확장시키고 소생시켜준다.

구운몽, 적선의 노래

《구운몽九雲夢》에서 '구운九雲'은 무엇을 상징할까? 혹자는 양소유

 　　　한시 미학 산책 　◉

楊少游와 팔선녀八仙女의 사랑 이야기이니, 결국 '아홉 사람의 구름 같은 꿈 이야기'가 아니냐고 반문한다. 제임스 게일James S. Gale 박사가 1922년에 이 작품을 영어로 번역하면서 제목을 'The cloud dream of the nine'이라 한 것은 이러한 이해의 좋은 증거다. 초기 도교의 주요 경전의 하나인 《운급칠첨雲笈七籤》에 천상 선계에 대한 묘사가 보인다. 이 가운데 "태하太霞 가운데 성대한 집이 있는데 백기白氣를 맺어 서까래를 얹었고, 구운九雲을 한데 모아 기둥을 세웠다."는 구절이 있다. 이때 '구운'은 아홉 가지 영롱한 빛깔의 구름을 뜻한다. 신선이 거처하는 장소의 의미로도 쓴다. 《구운몽》의 작가 김만중보다 앞선 시기의 시인 권필은 "가슴에 구운에의 꿈을 품었네胸次九雲夢"라고 노래한 바 있다. 구운이 양소유와 팔선녀를 합쳐 아홉 명을 뜻하는 것이 아님은 분명하다.

《구운몽》은 '신선 세계를 향한 꿈'을 노래한 작품이다. 유선적 상상력이 빚어낸 도교적 깨달음이 그 바탕에 깔려 있다. 팔선녀의 상전은 남악형산南嶽衡山의 위부인魏夫人이다. 그녀는 자허원군영상진사명남악위부인紫虛元君領上眞司命南嶽魏夫人이란 긴 이름을 지닌 도교 두 번째 위계의 여신격女神格이다. 천지의 주재자인 원시천존元始天尊에 버금간다. 성진性眞은 인간 세상에 귀양 와 양소유란 이름으로 태어난다. 이름 그대로 인간에서의 삶이란 성性의 진체를 깨닫기 위해 '소유少游', 즉 잠깐 놀다 간다는 의미일 뿐이다.

《구운몽》뿐 아니라 대부분의 고전소설 주인공은 전생이 신선이거나 선녀이다. 그들은 천상에서 죄를 지어 인간에 귀양 온다. 그때 마침 지상에서는 늦도록 자식이 없던 노부부가 백일치성을 드리게 되고, 그 정성에 감응하여 죄를 지은 신선은 그 집에 늦게 얻은 자식으로 태어난다. 잠깐 다복했던 유년을 뒤로하고 조실부모한 주인공은 버려져 거지가 되거나, 삼촌 집에서 갖은 구박을 받다가 가출한다. 전염병에 걸려 다 죽게 된 절체절명의 순간 도사나 도승의 도움으로 목숨을 건진다. 도사에게서 둔갑술과 검법과 병법을 전수받은 주인공은 마침내 천상의 비범성을 회복한다. 그는 때마침 쳐들어온 외적을 물리쳐 나라에 공을 세우고 행복하게 살다가 천상으로 되돌아간다. 이것이 이른바 군담소설 또는 영웅소설의 기본적인 구조이다. 이런 예들에서 우리는 도교적 상상력이 옛 선인들의 삶 속에서 지녔던 의미를 헤아려보게 된다.

송강 정철의 〈관동별곡關東別曲〉 후반부에 다음 구절이 있다. "꿈에 한 사람이 날다려 닐온 말이 그대를 내 모르랴 상계上界의 진선眞仙이라.《황정경黃庭經》일자一字를 어찌 그릇 읽어두고 인간人間에 내려와서 우리를 따르는가." 여기서도 어김없이 자신을 인간 세상에 귀양 온 신선이라고 여기는 적선의식謫仙意識이 나타난다. 천상의 신선이 인간 세상에 귀양 오게 되는 이유는 여러 가지다. 신선들은 아침마다 옥황상제 앞에서《황정경》을 암송해야 하는데, 잠깐 정신이 딴 곳에 팔려 한 글자만 오독해도 귀양 사유가 된다. 그 밖에도《구운몽》의 성진처럼 하라는 심부름은 안 하고 팔선녀와 놀아나다가 들통이 나서 귀양 오는 경우도 있다. 벌을 받아 귀양 온 처지이니 그 인생은 괴로운 시련의 연속일 뿐이다. 자신을 귀양 온 신선으로 내세우는 심리의 이면에는 고통뿐인 현세를 합리화하려는 심리 기제가 작용한다.

화표주 위로 학은 오지 않고 　　　　　　　　　　　華表杜鶴不來

　　　　　　　　　　　　　　　한시 미학 산책 － ●

요동 땅 저문 날엔 구름만 푸르도다.	遼山日暮歸雲靑
그때에 선도 배워 생사 하찮게 여겼어도	當時學仙傲生死
옛 땅이라 돌아와선 슬픈 정만 있었다오.	故國歸來有愴情
내사 여태 제물의 뜻도 깨치지 못했건만	而吾未了齊物義
예 와서 외려 뜬 인생 슬픔 깨닫누나.	到此轉覺悲浮生
빼곡한 저 무덤에 묻힌 이들 가운덴	纍纍叢塚土中人
또한 정을 품었던 이 많이도 있으리라.	亦有多小曾知情
봉래산은 원래부터 발해에 이었거니	蓬萊元自連渤海
어이해야 학을 타고 선계를 찾아볼까.	安得跨鶴尋仙扃
송강 거사께서는 귀양 온 신선이라	松江居士謫仙人
지난해에 요양 땅에 사신으로 왔다네.	往年按節遼陽城
옛 조문해 지은 시는 감개함 많았어도	題詩弔古多感慨
수레를 돌이키어 황제께 조회했지.	旋駕飇輪朝帝庭
인간 세상 시끄러워 다시 어이 있으리오	人間擾擾竟何有
다시는 《황정경》을 잘못 읽지 마시구려.	更莫錯讀黃庭經

　　이춘영의 〈화표주차송강운華表柱次松江韻〉 5수 중 첫째 수이다. 요동 땅 화표주에 얽힌 옛 신선 정령위의 고사에 가탁하여 세상을 떠난 송강 정철을 추모했다. 요동 사람 정령위는 영허산靈虛山에서 도를 배워 신선이 되었다. 뒤에 800년 만에 다시 학이 되어 요동으로 돌아오니, 예전 알던 사람들은 모두 죽고 무덤만 빽빽이 남아 있었다. 그래서 그는 허공을 배회하며 슬피 우짖고는 하늘로 날아 올라갔다. 덧없는 인생, 그나마 현실은 좌절과 질곡의 연속일 뿐이다. 육침陸沈의 갈등 속에서 선계를 향한 강렬한 동경은 자연스레 유선

을 향한 욕망을 낳는다. 나아가 자신의 불우를 지상선地上仙의 통과
의례 같은 고통으로 인식하는 적선의식을 낳는다.

젊어선 안기생을 따라나서서	少隨安期子
바다 위 봉래산을 노닐었다네.	海上遊蓬萊
같이 약목若木의 그늘에 앉아	同坐若木陰
둘이 함께 대추를 한 알 먹었지.	共食棗一枚
한 끼 먹을 사이라고 말을 하지만	謂言半餉間
오랜 세월 흘렀음을 어찌 알리오.	安知時劫頹
그때에 버렸던 대추의 씨가	當時棄棗核
어느새 월굴月窟을 찌른다 하네.	聞已撑月窟
선가仙家의 일이야 아득만 하여	仙家事闊絶
세상과는 자취를 달리 하누나.	與世殊軌轍
어이해야 봉래궁에 돌아가 누워	安得臥蓬闕
천추만춘 긴 세월을 누리어볼꼬.	千秋復萬春
부상의 동쪽 바다 내려다보면	俯見扶桑海
모래 먼지 자옥이 날리는구나.	十度揚沙塵

권극중權克中(1585~1659)의 〈무제無題〉다. 진秦나라 때 신선 안기
생安期生은 동해 지방에서 약을 팔고 있었다. 당시 나이가 이미 1천
살이 넘었다. 진시황이 산동지방을 돌다가 그를 만났다. 그는 적옥
赤玉의 신발 한 켤레를 남겨두고 뒷날 봉래산으로 자신을 찾아오라
는 말을 남긴 채 떠나버렸다. 시에서 시인은 자신이 안기생과 더불
어 봉래산 약목若木의 그늘에 앉아 불사의 신령스런 대추를 나눠 먹

던 신선이었다고 밝힌다. 눈 깜짝할 사이에 아득한 세월이 흘러 이제 티끌세상에서 다시 돌아갈 날을 헤어보는 착잡한 심회를 보였다. 옛 신선 안기생과의 동일시는 진세에서 새삼 느끼는 선계와의 거리감을 더욱 아득하게 만든다. 이 거리감의 사이에는 그때 버린 대추씨가 자라 달까지 도달할 정도의 시간이 가로놓였다.

이러한 관념의 밑바닥에는 개인의 힘의 한계를 훨씬 웃도는 현실에 대한 우울한 비관주의가 가라앉아 있다. 스스로를 적선으로 생각할 때 유선 행위는 언젠가 자신이 속해 있었던 잃어버린 낙원, 또는 본향으로의 귀환이며, 동시에 불완전한 현재에서 완전했던 과거로의 회귀라는 성격을 띤다.

이카로스의 날개

유선시에는 선계에서 노니는 도중 인간 세상을 굽어보는 하계조감下界鳥瞰의 묘사가 자주 보인다. 김시습의 〈능허사〉 중 한 수다.

아침엔 항해沆瀣 먹고 저녁엔 유하流霞로세	朝餐沆瀣暮流霞
허공 걷는 사람 있음 모름지기 믿을레라.	須信凌虛有作家
굽어보니 땅덩어리 너무도 아득한데	下視塊蘇嗟渺渺
대붕은 잘 안 뵈고 하루살이 우글댄다.	大鵬飛少蟻蠓多
인간 세상 어디에도 풍파 없는 곳이 없어	人間無地不風波
날개 달고 바람 타니 큰 집이 여기 있네.	八翼凌風是大家

| 하계엔 하루살이 온 세상에 가득한데 | 下界蜉蝣寰宇窄 |
| 만 길이나 쌓인 먼지 그댈 속임 어찌하리. | 塵埃萬丈賺君何 |

　이렇듯 유선시에서 하계는 하루살이만 득실대고, 풍파 잘 날이 없으며, 만 길이나 쌓인 먼지가 시야를 흐리는 부정적인 공간으로 묘사된다. 또 다른 작품에서는 티끌만 자옥하고, 급류 속에 온갖 잡귀가 질주하며, 온갖 근심이 인간의 실존을 질식시키는 공간으로 그려지기도 한다.

　하계에 대한 부정적 인식은 그곳에서의 갈등을 떠올리고 하계의 존재 양태를 무의미하고 왜소한 것으로 비하시킴으로써 선계에서 노니는 기쁨을 극대화하려는 의식의 과정이다. 동시에 이는 현세의 갈등과 좌절에 대한 자기 보상의 의미를 갖는다. 그들은 하늘 위 광한전을 노닌 꿈을 깨고 나서도 꿈속에서와 같은 득의의 시간이 현세에까지 지속되기를 열망한다. 현세에서 득의가 주어졌더라면 이들은 결코 선계를 꿈꾸지 않았을 것이다. 반복적으로 확인되는 하계를 향한 혐오감의 표현은 반동형성에 의한 양가감정의 투영이다. 현실에 대한 집착이 강할수록 선계는 미화되고 하계의 모습은 일그러져 나타난다.

흰 구름 대량大梁으로 들어가더니	白雲入大梁
창오산으로부터 피어나누나.	出自蒼梧山
선인은 흰 구름 그 속에 들어	仙人白雲裏
하늘과 땅 사이를 굽어본다네.	俯視天地間
세속의 명리에 급급한 무리	汲汲名利輩

고구려 5호분 4호묘 고분벽화 가운데 학과 용을 탄 신선.
학을 탄 신선과 용을 탄 신선이 젓대를 불며 두꺼비가 지키는
월굴月窟을 향해 간다. 흰 관을 쓴 사람이 무덤의 주인이었을 게다.

수레와 말 왔다갔다 부산스럽다.　　　　　　　　車馬相往還

황곡黃鵠이 사해를 막고 있으니　　　　　　　　黃鵠絶四海

땅의 벌레 어이해 오를 수 있나.　　　　　　　　壤蟲焉能攀

정두경鄭斗卿(1597~1673)의 〈유선사遊仙詞〉11수 가운데 한 수다. 흰 구름을 타고 하계를 굽어보는 선인과, 명리에 급급하여 부산스런 하루살이 같은 무리가 대립한다. 자신을 저 높은 하늘 위로 올려놓고, 먼지 자욱한 인간 세상을 굽어보는 것만으로도 현세의 온갖 시름과 걱정은 말끔히 사라진다.

그러나 꿈은 깨게 마련이고, 자아는 결국 변한 것 없는 현실과 마주할 수밖에 없다. 자아는 몽중 유선의 과정에서 더욱 확대된 세계와의 괴리 앞에 다시 직면한다. 탈출은 좌절의 새삼스런 확인일 뿐이어서 현실과의 불화나 첨예한 긴장 상태를 해결할 어떤 대안도 마련해주지 못한다.

밤 꿈에 푸른 동자 나를 끌고 가더니만　　　　夜夢靑童引我去

어느새 구름 안개 자욱한 곳 이르렀지.　　　　忽到雲霞最深處

신선 음악 궁궐에서 바람결에 들려오고　　　　仙樂風飄自帝所

백옥루 열두 기둥 하늘까지 솟았네.　　　　　玉樓十二高入天

오색구름 뭉게뭉게 안개인 듯 아닌 듯　　　　五色靄靄烟非烟

몸 떨쳐 날아올라 몸이 나부끼는 양.　　　　　攝身飛上身飄然

황금 가지 비취 일산 앞뒤로 벌여 있고　　　　金支翠盖相後先

좌우론 패옥 두른 신선들 늘어섰네.　　　　　左右環佩羅群仙

옥황상제 앞에서 내 길게 무릎 꿇고　　　　　余乃長跪玉皇前

한시 미학 산책 ― ●

향 사르며 공경스레 장생편을 받으니　　　　　焚香敬受長生編
한 번만 읽어도 삼천 년을 산다 하네.　　　　一讀可度三千年
처마 사이 제비는 지지배배 재잘대고　　　　簷間語燕聲呢喃
부서진 창 비 새어 찬 기운 스멀스멀.　　　破窓透雨寒寥寥
넋 부름에 무함巫咸을 번거롭게 할 것 없네　招魂不復煩巫咸
이 몸 변함없이 세간에 있는 것을.　　　　此身兀兀仍世間
눈앞의 온갖 일에 터럭만 세려 하니　　　　眼前萬事頭欲斑
언제나 길이 가서 신산神山에 깃들거나.　　幾時長往巢神山

권필의 〈기몽記夢〉이다. 꿈에 청의동자의 안내로 상계에 올라 군선群仙이 둘러싼 가운데 옥황으로부터 장생편長生編을 받았다. 한 번만 읽어도 3,000수를 한다는 그 장생편을 막 읽으려는데 창밖 처마 밑에서 재잘대는 제비 소리에 그만 꿈을 깨고 말았다. 백옥루의 웅장한 광경과 늘어선 군선의 장관이 깨진 창으로 찬 기운이 스멀스멀 돋아나는 방 안으로 급강하되면서, 시인을 기다리고 있는 것은 화려한 장식의 황금 궁궐이나 신선의 음악소리가 아니라 눈앞의 온갖 근심뿐이다. 심의가 지은 〈대관재몽유록〉의 각몽 대목도 이와 유사하다.

이색이 등을 어루만지며 좁은 방으로 데려갔다. 나를 난탕蘭湯에 목욕시키고는 금도金刀로 배를 갈라 먹물 몇 말을 들이부으며 말했다. "마땅히 40여 년을 기다려 다시 이곳에 와 함께 부귀를 누릴 터이니 근심하지 마시오." 배가 둥그렇게 불러오더니 칼로 찌르는 것 같이 아팠다. 깜짝 놀라 깨어보니 배는 불러 북과 같고, 가물거리는 등불은 꺼지려 하고, 병든 아내는 곁에 누워 끙끙 신음하고 있을 뿐이었다.

환상적 장관과 득의에 찬 날들은 간데없고, 비가 새어드는 창과 병든 아내의 신음만이 눈앞의 현실로 다가올 뿐이다. 인간에 낙원은 있는가? 낙원은 없다.

선계로의 비상은 이카로스의 날개를 연상시킨다. 그리스·로마 신화에 나오는 그는, 날개를 만들어 태양 가까이까지 날아올랐다가 날개가 녹아 떨어져 죽었다. 한계를 초월코자 하는 비상의 욕구는 결국 죽음의 징벌을 부르고 말았다. 초월의 소망을 담은 유선의 행위가 현실의 새로운 비전과 연결되지 못한다 해서 선계를 향한 꿈 자체를 배격할 필요는 없다. 실현될 수 없다 해서 더 나은 삶을 향한 열망이 배격되어야 한다면 그것이야말로 삶의 절망이요 공포가 아닐 수 없다. 유선의 과정에서 만끽한 인간 한계를 초월하는 해방감은 세속적 가치의 무의미함과 인간 존재의 왜소함을 새삼 인식케 함으로써 현실의 불우와 모순으로부터 잠시 떨어져 스스로를 객관화할 수 있는 거리를 확보해준다.

유선시는 '중세적 꿈꾸기'의 산물이다. 이러한 꿈꾸기는 허망한 몽상이나 환상이 아니다. "문학이 있다는 것만으로도 사회는 꿈을 꿀 수가 있다. 문학이 다만 실천의 도구일 때, 사회는 꿈을 꿀 자리를 잃어버린다. 꿈이 없을 때 사회 개조는 있을 수 없다." 김현의 이 말은 바로 유선시에서 '중세적 꿈꾸기'가 갖는 의미를 매우 상징적으로 드러내 보여준다. 우리의 혈관 속에 내재한 원초적 상징들을, 까맣게 잊고 있던 그 기호들을 유선시는 우리에게 일깨워준다.

시와 역사

시사詩史와 사시史詩

할아버지와 손자

> 흰둥이 앞서가고 누렁이 따라가니 　　　　白犬前行黃犬隨
>
> 들밭 풀 주변에는 무덤들 늘어섰네. 　　野田草際塚纍纍
>
> 제사 마친 늙은이는 밭 사이로 난 길에서 　老翁祭罷田間道
>
> 손자의 부축 받고 취하여 돌아오네. 　　日暮醉歸扶小兒

이달의 〈제총요祭塚謠〉란 작품이다. 영화의 한 장면 같다. 흰둥이가 컹컹 짖으며 저만치 앞서 간다. 누렁이도 뒤질세라 쫓아간다. 두 놈의 장난을 쫓던 카메라가 그 뒤에 즐비하게 늘어선 무덤으로 초점을 당긴다. 다시 무덤들이 원경으로 밀려나면서 개 짖는 소리 사이로 두 사람이 나타난다. 해질 무렵 저녁 볕이 빗기는 가운데 술에 취한 할아버지와 부축한 손자의 모습이다.

슬픔을 느끼기에는 목가적이고 평화스럽다. 이 시의 주제는 뭘까? 할아버지와 손자는 누구의 무덤에 제사를 지내러 갔던 걸까? 할아버지는 왜 저물도록 무덤가를 맴돌다가 급기야 술에 취하고 말았나? 시의 주제를 인생무상쯤으로 보고 넘어가기에는 아무리 생각해도 이 그림 속에는 있어야 할 한 사람이 없다. 소년의 아버지, 할아버지의 아들이다. 시인은 시치미를 뚝 뗐지만 소년의 아버지야말로 바로 두 사람이 제사지낸 무덤의 주인공이었다.

들판 풀밭 주변에 즐비한 무덤은 예전부터 있던 것이 아니다. 한꺼번에 들어선 무덤이다. 깊은 산도 아니고 마을 가까운 논밭 가에 솟은 무덤은 전란으로 한꺼번에 죽은 이들을 묻은 것이다. 전염병은 아닐까? 노인과 아이는 괜찮은데 아버지만 죽었으니 그쪽은 아니다. 산도 아닌 밭두둑 주변에 울멍줄멍 돋아난 새 무덤들 중에 소년의 아버지가 묻혀 있다. 아들의 무덤에 제사지내고 돌아오는 아버지의 심정, 할아버지가 왜 저러시나 싶어 말똥말똥 올려다보는 어린 손자의 천진한 눈빛. 오랫동안 잊히지 않는 슬픈 영상이다.

짧은 시 속에 함축이 매우 깊다. 시인은 임진왜란으로 이 땅에서 벌어진 죽음의 참상을 남의 얘기 하듯 장면으로 포착한다. 슬픔은 간접화되고 전쟁의 체험도 배경으로 숨는다. 오히려 인생무상의 주제를 떠올리기 십상인 이 시는 그럼에도 깊은 아픔을 내재한다.

저물녘 외론 여관 안장 안고 잠을 자니	夕投孤館抱鞍眠
부서진 집 성근 처마 하늘이 올려 뵌다.	破屋疎簷仰見天
부엌에서 새벽까지 두런두런거리는 말	聽得廚人連曉語
임진년의 괴롭던 일 저마다 얘기하네.	艱難各說壬辰年

권필의 〈숙대진원宿大津院〉이란 작품이다. 파리한 말을 끌고 먼 길을 가던 나그네는 저물어 지친 몸으로 잠자리에 들었다. 말이 여관이지, 집도 거지반 부서져 고개를 들고 보면 처마 사이로 하늘이 보인다. 침구도 없이 말안장을 안고 잠을 청하는 밤, 나그네는 아까부터 부엌에서 두런거리는 소리에 정신이 쏠려 그만 새벽까지 잠을 설쳤다. 경쟁하듯 임진년 피난길 얘기로 밤을 새운 부엌의 사연은 지친 시인의 잠을 달아나게 할 만큼 뼈저렸다.

사월이라 보름날	四月十五日
이른 아침 집집마다 곡하는 소리.	平明家家哭

천지는 변하여 쓸쓸해지고　　　　　　　天地變蕭瑟

싸늘한 바람은 숲을 흔든다.　　　　　　凄風振林木

깜짝 놀라 늙은 아전에게 물었보았네　　驚怪問老吏

"곡소리 어찌 이리 구슬프더뇨?"　　　　哭聲何慘怛

"임진년에 바다 도적 몰려와서는　　　　壬辰海賊至

바로 오늘 성이 함락되었답니다.　　　　是日城陷沒

이때 다만 송 사또께서　　　　　　　　惟時宋使君

성벽을 굳게 하여 충절 지켰죠.　　　　堅壁守忠節

백성은 성 안으로 몰려들어와　　　　　闔境驅入城

한꺼번에 피바다를 이루었지요.　　　　同時化爲血

쌓인 시체 밑에다 몸을 던져서　　　　投身積屍底

천백 명에 한둘만이 살아남았죠.　　　千百遺一二

그래서 해마다 이날만 되면　　　　　所以逢是日

상을 차려 죽은 이를 곡한답니다.　　設奠哭其死

아비가 제 자식을 곡을 하고요　　　　父或哭其子

아들이 제 아비를 곡을 하지요.　　　子或哭其父

할아비가 손자를 곡을 하고요　　　　祖或哭其孫

손자가 할아비의 곡을 합니다.　　　孫或哭其祖

어미가 제 딸을 곡하기도 하고　　　亦有母哭女

딸이 제 어미를 곡하기도 하지요.　亦有女哭母

지어미가 지아비를 곡하는가 하면　亦有婦哭夫

지아비가 지어미를 곡한답니다.　　亦有夫哭婦

형제나 자매를 따질 것 없이　　　　兄弟與姉妹

살아 있는 이들은 모두 곡을 합지요."　有生皆哭之

이맛살 찡그리며 듣다가 말고	蹙頞聽未終
눈물이 주르륵 흘러내리네.	涕泗忽交頭
아전이 나서며 아뢰는 말이	吏乃前致詞
"곡할 이나 있다면 덜 슬픕지요.	有哭猶未悲
칼날 아래 온 집안이 죄다 죽어서	幾多白刃下
곡할 이도 없는 집이 얼마인뎁쇼."	擧族無哭者

이안눌의 〈사월십오일四月十五日〉이다. 4월 15일은 임진왜란 당시 왜군에게 동래성이 함락된 날이다. 시산혈해屍山血海를 이루었던 당시의 전장에서 구사일생 살아남은 사람들은 해마다 이날만 되면 끔찍했던 만행의 그날이 어제같이 되살아나 주먹을 부르쥔다. 전란 후 동래 부사로 부임한 시인은 아침부터 들려오는 때 아닌 통곡의 아우성을 보고 붓을 들지 않을 수 없었다. 반복되는 비슷한 어구의 중첩 속에서 정서는 점차 고조되어 마침내 천지를 소슬케 하고 숲조차 떨게 하는 비분강개의 적개심을 자아낸다. 그나마 곡할 이라도 있는 집은 다행이라는 늙은 아전의 넋두리는 당시 전장의 참혹상을 바로 눈앞의 일처럼 그려 보인다.

권벽은 임진왜란 당시 73세의 노구를 끌고 피난길에 올랐다. 고통스런 피난의 와중에도 시고詩藁를 담은 상자만은 내려놓지 않았다. 보다 못한 아내가 도망다니며 죽을 겨를도 없는데 그깟 시 상자는 어디에다 쓰려느냐고 타박했다. 그는 결코 시 원고 뭉치가 든 상자만은 버리지 않았다. 더욱 놀라운 것은 노령의 피난길에서도 128수에 달하는 시를 일기 쓰듯 남겨 당시 피난길의 고초와 시시각각으로 변하는 전황을 세밀하게 기록했다는 점이다. 도적 떼가 횡행

하는 중에 길을 전전하다가 막히면 되돌아왔다. 피난길의 박절한
인심과 산에 올라 적을 피하던 일, 조복을 팔아 쌀을 산 일이며, 저
마다 달리 말하는 뜬소문에 일희일비하던 일을 죄다 시로 썼다. 평
양성의 화전 소식에 낙담하던 일과 피난민을 보자 지레 겁을 먹는
시골 늙은이의 표정도 담았다. 이들 시는 임진왜란 당시 한양성을
빠져나간 피난민들의 삶을 생생하게 증언한다. 이럴 때 시는 당당
히 역사가 된다.

시로 쓴 역사, 시사

시는 시대를 비추는 거울이다. 시의 거울에는 그 시대 사람들의 바
람과 애환이 그대로 떠오른다. 한 편의 시는 방대한 사료로 재구성
한 어떤 역사보다 더 생생하다. 사람들은 이를 일러 시사詩史라 한
다. 맹계孟棨가 《본사시本事詩》에서 말했다. "두보가 안녹산의 난리
를 만나 농촉隴蜀 지방을 떠돌며 시 속에 이때 일을 모두 진술하였
다. 본 것에 미루어 감춰진 것까지 남김없이 서술하였으므로 당시
에 이를 일러 시사라 하였다." 이것이 시사란 말의 첫 용례이다. 이
때 두보는 기주夔州 지방까지 떠돌며 많은 시를 남겼다. 뒷사람들은
그곳에 시사당詩史堂을 세워 두보의 화상을 걸어놓고 그의 시정신
을 기렸다.
  시사는 시로 쓴 역사란 뜻이다. 역사를 소재로 시를 썼다는 말이
아니라, 앞서 본 이안눌의 시처럼 시인이 직접 보고 들은 당시의 일
을 시로 기록해둔 것이 뒷날 사료적 가치를 지니게 됨을 두고 하는

말이다. 시를 읽으면 그 시대가 눈앞의 일처럼 생생하게 펼쳐진다. 굳이 역사책을 뒤질 것 없이 한 편의 시를 읽는 것이 더 낫다.

두보의 시사로는 삼리三吏 삼별시三別詩를 압권으로 꼽는다. 앞서 본 이안눌의 〈사월십오일〉도 사실은 이 작품의 분위기를 빌려왔다. 삼리 중 〈석호리石壕吏〉를 읽어본다.

저물어 석호촌에 묵어 자는데	暮投石壕村
밤중에 아전이 사람 붙잡네.	有吏夜捉人
늙은이 담을 넘어 도망을 가고	老翁踰墻走
늙은 아낙 문에 나와 내다보누나.	老婦出門看
아전 호령 어찌나 성을 내는지	吏呼一何怒
아낙 울음 너무도 괴로웁구나.	婦啼一何苦
아낙이 나서며 아뢰는 말이	聽婦前致詞
"세 아들놈 업성鄴城에 수자리 나가	三男鄴城戍
한 아들이 편지를 부쳐왔는데	一男附書至
두 아들 새 싸움서 죽었다네요.	二男新戰死
산 놈은 그럭저럭 산다 하지만	存者且偸生
죽은 놈은 그걸로 그뿐입지요.	死者長已矣
집안엔 사내라곤 아무도 없고	室中更無人
젖먹이 손자새끼 하나 있지요.	唯有乳下孫
손자가 있으니 어민 못 가고	孫有母未去
가려 해도 온전한 치마도 없죠.	出入無完裙
늙은 몸 힘은 비록 쇠하였지만	老嫗力雖衰
나으리 따라서 밤에 떠나가,	請從吏夜歸

하양 땅 수자리에 급히 응하면	急應河陽役
새벽밥은 지을 수 있겠습지요."	猶得備晨炊
밤 깊어 말소리도 끊기더니만	夜久語聲絶
흐느껴 우는 소리 들은 듯했네.	如聞泣幽咽
이튿날 앞길로 나서려는데	天明登前途
할아범 혼자서 작별하누나.	獨與老翁別

천 년 전의 일인데도 흡사 영화의 한 장면을 보는 듯 생생하다. 느닷없이 들이닥친 관리의 서슬 앞에 허둥지둥 늙은 할아범은 뒷담을 넘어 달아난다. 시간을 벌던 할멈은 눈치를 보다가 어쩔 수 없이 대문을 연다. 그녀는 이미 아들 셋을 모두 전쟁터로 떠나보낸 처지다. 그나마도 둘은 이미 이 세상 사람이 아니다. 그런데도 관가의 푸른 서슬은 늙은 할아범까지 잡아가야 직성이 풀릴 기세다. 아들 둘 죽은 것은 하나도 억울하지 않다고 너스레를 떨던 할멈은 며느리와 손자를 지키려고 아예 자신이 수자리에 나갈 것을 자청하고 나선다. 늙은 몸이지만 병정들을 위해 새벽밥이라도 짓겠다는 것이다. 이윽고 말소리도 잦아들고 시인은 어디선가 목메어 우는 소리를 들은 것도 같았다. 아침에 다시 피난길에 오르는 그를 할아범이 혼자 나와 마중을 한다. 설마 했는데 관리는 늙은 할멈마저 그예 끌고 가고 말았던 것이다.

흔히 조선 후기 삼정의 문란을 말할 때 백골징포白骨徵布니 황구첨정黃口簽丁을 말한다. 이러한 폐단이 낳은 비극을 노래한 다산 정약용의 〈애절양哀絶陽〉을 감상해본다.

갈밭 마을 젊은 아낙 곡소리 구슬프다 　蘆田少婦哭聲長
현문縣門 향해 울부짖다 하늘에 호소하네. 　哭向縣門號穹蒼
구실 면제 안 해줌은 있을 수 있다지만 　夫征不復尙可有
남근을 잘랐단 말 듣도 보도 못 하였소. 　自古未聞男絶陽
시아버진 세상 뜨고 아이는 갓난앤데 　舅喪已縞兒未澡
삼대의 이름이 군적에 실렸구나. 　三代名簽在軍保
억울함 하소해도 문지기는 범과 같고 　薄言往愬虎守閽
이정里正은 고래고래 소마저 끌고 갔네. 　里正咆哮牛去皁
칼 갈아 뛰어들자 피가 온통 낭자터니 　磨刀入房血滿席
아들 낳아 곤경 당함 제 혼자 한탄한다. 　自恨生兒遭窘厄
잠실蠶室의 궁형이 어이 잘못 있었으랴 　蠶室淫刑豈有辜
민 땅의 자식 거세 진실로 슬프고나. 　閩囝去勢良亦慽
자식 낳고 사는 이치 하늘이 준 바여서 　生生之理天所予
건도乾道는 아들 되고 곤도坤道는 딸이 되네. 　乾道成男坤道女
말 돼지 거세함도 가엽다 말하는데 　騸馬豶豕猶云悲
하물며 백성이 뒤 이을 일 생각함이랴. 　況乃生民思繼序
부잣집은 일 년 내내 풍악을 울리면서 　豪家終歲奏管弦
쌀 한 톨 베 한 치도 바치지 않는구나. 　粒米寸帛無所捐
다 같은 백성인데 어찌 이리 불공평한가 　均吾赤子何厚薄
객창에서 자꾸만 시구편鳲鳩篇을 읊는다네. 　客窓重誦鳲鳩篇

다산이 강진 유배 때 직접 보고 들은 사실을 시로 쓴 것이다. 노
전蘆田 사는 백성이 아들을 낳았다. 이정里正이 사흘 만에 찾아와 군
적軍籍에 올리고 세금 대신 소를 빼앗아갔다. 그는 방에 뛰어들어가

586　　　　　　　　　　　　　　　　　　　　　　　　　한시 미학 산책 — ◉

"내가 이것 때문에 곤액을 당한다."며 칼을 뽑아 자기의 남근을 스스로 잘라버렸다. 그 아내가 남근을 들고 관가로 가니 피가 아직 뚝뚝 떨어졌다. 문지기가 가로막아 하소연조차 하지 못했다. 그나마 이들은 벌써 세상을 떠난 아버지의 군포軍布도 꼬박꼬박 내고 있던 터였다.

백골징포는 죽은 사람의 사망신고를 받아주지 않고, 산사람에게 청구하듯 군포를 계속 받는 것이다. 황구첨정은 출생신고를 갓 마친 아이에게 징집통지서를 보내는 것이다. 눈도 뜨지 못한 핏덩이더러 빨리 입대하든지 군포를 내라고 야료를 부린다. 집안에 장정이라곤 남편 하나뿐인데 돌아가신 아버지와 난 지 사흘밖에 안 된 핏덩이의 군포를 독촉하다 이정은 목숨보다 중한 소를 끌고 가버렸다. 눈이 뒤집힌 가장은 칼을 뽑아 이정을 찌르지도 못하고 애꿎은 자신의 남근을 자르고 말았던 것이다. 《목민심서牧民心書》는 이렇게 말한다. "심하게는 배가 불룩한 것만 보고도 이름을 짓고, 여자를 남자로 바꾸기도 한다. 더 심한 경우 강아지 이름을 혹 군안軍案에 기록하니, 이는 사람의 이름이 아니라 정말 개다. 절굿공이의 이름이 혹 관첩官帖에 나오니 이는 사람의 이름이 아니라 정말 절굿공이이다." 웃어야 할 일인가, 울어야 할 일인가. 어쨌건 삼정의 문란을 말할 때 당시 이를 증명하는 어떤 통계수치보다도 우리는 이 〈애절양〉 한 편을 통해 그 시대 백성의 절규를 실감으로 듣는다. 시는 이렇게 역사가 된다.

변새의 풍광

막막한 모래벌판은 끝 간 데 없고 아득히 사람도 보이지 않는다. 황
하의 물은 감돌아 흐르고 뭇 산들은 어지러이 솟았다. 어둑어둑 참담
한데 바람은 석양에 구슬피 불어온다. 쑥대는 꺾어지고 풀은 말라 오
싹하기 마치 서리 아침 같구나. 새도 날 뿐 내려오지 아니하고, 짐승
도 내달리느라 무리를 잃는다. 정장亭長은 내게 말한다. "이곳은 옛
싸움터입지요. 일찍이 삼군이 전멸당했답니다. 이따금씩 날이 흐리면
귀곡성鬼哭聲이 들려옵니다." 슬프도다! 진秦나라 때였던가? 한漢나
라 때였던가? 아니면 근대였더란 말인가?

당나라 이화李華의 〈조고전장문弔古戰場文〉의 서두이다. 모래바람
부는 옛 전장의 황량함이 뼈를 저밀 듯 생생한 명문이다. 다시 싸움
의 광경을 상상하는 한 대목을 보자.

지독한 음기가 엉겨 막히는 겨울이 되면 청해靑海의 추위는 살을 엔
다. 쌓인 눈은 정강이를 덮고, 수염에는 얼음이 꽁꽁 언다. 사나운 새
는 둥지를 떠나지 않고 정마征馬 또한 머뭇거린다. 솜옷도 따뜻치 않
고 발가락은 끊어질 듯 살갗은 찢어진다. 이같이 괴로운 추위는 오랑
캐의 기를 돋워 살기도 등등하게 자르고 베어 죽이며, 수송 수레를 약
탈하고 군사들을 공격하였다. 도위都尉는 항복하고 장군도 죽임을 당
하였다. 시체는 큰 항구의 언덕을 가득 메웠고 피는 장성굴長城窟에
가득 찼도다. 귀한 이나 천한 이나 함께 마른 해골이 되었으니 어찌
이루 말로 다 하랴!

　한나라 이래로 중국은 늘 북방 흉노와의 전쟁에 시달려왔다. 전쟁의 끝에 남는 것은 무엇이던가? 승자도 패자도 없는 소모적인 싸움 속에 애꿎은 청춘들만 사막에 뼈를 묻었다. 이러한 역사적 배경 아래 당나라 시인의 시 중에는 멀리 변방의 풍정을 노래한 변새시邊塞詩가 유난히 많다. 이들 시는 그 풍부한 함축에서뿐 아니라 당대 변방의 고통과 삶의 괴로움을 실감의 언어로 노래하고 있다.

수레는 삐걱삐걱, 말은 힝힝 우는데	車轔轔馬蕭蕭
출정하는 군인들 허리에 활을 찼네.	行人弓箭各在腰
부모 처자 달려나와 서로 전송하느라	耶孃妻子走相送
티끌 먼지 자욱하여 함양교가 뵈지 않네.	塵埃不見咸陽橋
옷 붙들고 넘어지다 길을 막고 통곡하니	牽衣頓足攔道哭
통곡 소리 곧장 올라 하늘에 사무친다.	哭聲直上干雲霄
길가를 지나던 이 군인에게 물어보니	道旁過者問行人
군인이 하는 말이 행군 점호 잦다 하네.	行人但云點行頻
열다섯에 북쪽에서 황하를 지키다가	或從十五北防河
마흔에도 서쪽에서 둔전을 개간한다.	便至四十西營田
떠나올 때 이정이 머릿수건 매주더니	去時里正與裏頭
흰 머리로 돌아와선 또다시 변방 가네.	歸來頭白還戍邊
변방에 흐르는 피 바닷물을 이루건만	邊亭流血成海水
황제의 변방 개척 성에 차지 않으시네.	武皇開邊意未已
그대 듣지 못하였나. 산동의 이백 고을	君不聞漢家山東二百州
마을마다 논밭들이 가시밭이 되었단 말.	千村萬落生荊杞
건장한 아낙 있어 밭 갈고 김맨대도	縱有健婦把鋤犁

벼 심은 이랑엔 거둘 물건 없을 텐데.　　　　禾生隴畝無東西

하물며 진秦 땅 병사 괴론 싸움 참으면서　　　況復秦兵耐苦戰

내몰림 당하자니 개닭이나 진배없다.　　　　被驅不異犬與鷄

윗사람이 비록 물어본다고 해도　　　　　　　　長者雖有問

졸병 주제 어이 감히 원한 아뢰리.　　　　　　役夫敢申恨

게다가 올해엔 겨울이 와도　　　　　　　　　　且如今年冬

관서 병졸 쉬지를 못한다 하네.　　　　　　　　未休關西卒

고을 관리 세금 급히 재촉하지만　　　　　　　　縣官急索租

세금이 어디에서 나오겠는가.　　　　　　　　　租稅從何出

아들을 낳는 것 정말 나쁘고　　　　　　　　　　信知生男惡

딸 낳음이 좋단 말 이제 알겠네.　　　　　　　　反是生女好

딸 낳으면 이웃에다 시집이나 보내지만　　生女猶得嫁比隣

아들 낳아 잡초 속에 묻히고 마는 것을.　　生男埋沒隨百草

그대 보지 못했나 청해 호숫가에　　　　　　　君不見青海頭

옛날부터 흰 뼈다귀 거둔 이 없는 것을.　　古來白骨無人收

새 귀신은 원망하고 옛 귀신은 통곡하니　　新鬼煩寃舊鬼哭

흐린 날 비 젖으면 그 소리 처량타오.　　　天陰雨濕聲啾啾

두보의 〈병거행兵車行〉이다. 이 시를 읽어보면 왜 두보의 시를 시사라고 하는지 알 수 있다. 기약 없는 전쟁터로 끌려나가는 병정들이 함양교咸陽橋에서 가족들과 헤어지는 광경 묘사로 서두를 열었다. 곡성이 천지를 진동한다. 자옥한 먼지와 출발을 알리는 고함소리, 수레는 삐걱거리고 말도 힝힝댄다. 떠나는 군인 하나를 붙들고 물어보는 시인의 객쩍은 참견에는 "징집이 너무 잦아요."라는 무뚝

　　　　　　　　　　　　　　　　한시 미학 산책 — ●

뚝한 대답이 돌아온다. 그들이 가는 곳은 어디인가. 장강과 황하의 발원지, 곤륜산맥이 앞을 막고 있는 모래먼지 자옥한 몽골의 땅이다. 운이 좋아야 20~30년 만에 돌아올 수 있다. 어린 소년이 흰 머리로 돌아와도 다시 다른 곳에 끌려간다. 일손이 없어 민생은 도탄에 빠졌다. 전쟁 비용을 대기 위해 세금은 더욱 가혹해진다. 이 끝도 없는 악순환 속에 청해의 찬 호숫가에는 거두는 손길 없는 해골만 늘어간다. 누구를 위한 전쟁인가.

가을 변방 첫눈이 하마 내리고   秋塞雪初下
장군은 멀리 군대 출정시키네.   將軍遠出師
병영 나눔 횃불로 표시를 하고   分營長記火
말을 놓아 깃발도 거두질 않네.   放馬不收旗
찬 달 아래 장막은 습기에 젖고   月冷邊帳濕
어둔 사막 밤 정찰 더뎌만 진다.   沙昏夜探遲
군사는 모두 다 흰머리여서   征人皆白首
오랑캐 멸할 날 볼 이 누구랴.   誰見滅胡時

　장적張籍의 〈출새出塞〉란 작품이다. 가을인데 변방에는 벌써 첫눈이 왔다. 오랑캐와의 전투를 위해 장군은 한밤중에 출정을 서두른다. 야습에 나선 길이다. 소리를 죽이려고 말은 풀어두고 깊은 밤이라 깃발도 챙기질 않았다. 싸늘한 달빛에 천막에는 서리가 내려 축축하다. 깜깜한 사막 길은 지척을 분간하기 어렵다. 군사들은 모두 흰 머리의 늙은이들뿐이다. 끝도 없는 이 전쟁에서 결국 오랑캐를 멸할 날을 볼 사람은 아무도 없을 것이다. 어려서 이곳에 끌려온 병사들은 머리가 다 세도록 여태 고향에 못 돌아갔다. 그들은 결국 매서운 바람 먼지 날리는 이 모래밭에 해골을 누이게 될 것이다. 그때에도 오늘과 같은 야습은 되풀이되리라.

흉노를 소탕하려 제 몸도 돌보잖코	誓掃匈奴不顧身
5천의 용사들을 오랑캐 땅서 잃었도다.	五千貂錦喪胡塵
슬프다 무정하無定河 강변의 해골들은	可憐無定河邊骨
봄날 규방 꿈속에 그리는 사람이리.	猶是春閨夢裏人

진도陳陶의 〈농서행隴西行〉이란 작품이다. 농서는 지금의 감숙성甘肅省이다. 목숨을 초개처럼 버린 용사들의 용맹한 기상을 먼저 보이고, 무정하 강변에 뒹구는 해골을 통해 이 전쟁의 허망함을 보였다. 그들의 아내들은 여태도 남편이 돌아올 날만을 손꼽아 기다리며 매일 밤 꿈속에서 만난다. 이 대목은 읽는 이로 하여금 저도 모르게 비장한 격정에 젖어들게 한다. 변새시에는 당시 전쟁터의 스산한 분위기와 끝없이 계속되는 정복 전쟁에 지친 고통스런 신음소리가 천 년의 세월을 뛰어넘어 생생하게 살아 있다. 그래서 시는 그 시대를 비추는 거울이 된다.

궁사, 한숨으로 짠 역사

쓸쓸한 꽃 시절에 원문을 닫아걸고	寂寂花時閉院門
미인들 나란히 경헌瓊軒에 기대섰네.	美人相竝立瓊軒

> 정 머금어 궁중 일을 말하고 싶지만은　　　含情欲說宮中事
>
> 앵무새 앞인지라 감히 말을 못하네.　　　鸚鵡前頭不敢言

주경여朱慶餘의 〈궁사宮詞〉이다. 꽃은 피었는데 적막하다. 대문도 굳게 닫혔다. 임금의 총애를 잃은 지 오래되었음을 이렇게 말했다. 여럿이 함께 난간 앞에 서 있으니 총애를 잃은 궁녀는 혼자만이 아니다. 아니, 그녀들은 여태 한 번의 총애조차 받아보지 못했는지도 모르겠다. 일렁이는 청춘은 꽃과 마주하여 원망의 넋두리를 한없이 풀어놓고 싶었다. 그러나 앵무새 앞인지라 두려워 감히 말을 하지 못한다고 했다. 절묘하다. 글자마다 원망이 서려 있다.

> 쓸쓸히 퇴락한 낡은 행궁에　　　寥落古行宮
>
> 궁화만 적막히 붉게 피었네.　　　宮花寂寞紅
>
> 머리가 희게 센 궁녀가 있어　　　白頭宮女在
>
> 한가로이 현종 때를 얘기하누나.　　　閑坐說玄宗

원진元稹의 〈행궁行宮〉이란 작품이다. 궁녀의 머리는 이미 흰데 꽃은 올 봄도 붉게 피었다. 행궁의 번화함을 더는 찾을 수 없듯이 그녀의 아름다움도 스러진 지 오래다. 적막한 것은 꽃이 아니다. 그녀의 마음이다. 그녀는 무료하게 앉아서 희미한 기억 속에서만 빛나는 과거를 회상한다.

　제량齊梁 시기 이래로 시인들은 궁녀의 생활과 정감을 제재로 한 궁사를 많이 창작했다. 군왕에게 총애를 잃은 후궁들의 원망과 하소연이 주된 내용이다. 후대까지도 궁녀들의 원한을 노래한 작품들은 계속 창작되었다.

당나라 때 왕건王建은 무려 100수에 달하는 〈궁사〉를 지었다. 그의 작품은 옛일에 가탁하지 않고 신비하게 여겨지는 황궁皇宮의 일상을 세세히 관찰하고 후궁들의 실생활을 사실대로 적어 당시 사람들에게 큰 환영을 받았다. 그의 〈궁사〉 연작은 당시 추밀사樞密使 왕수징王守澄에게서 직접 들은 사실에 바탕을 두었다. 왕수징은 왕건과는 한 집안으로 호형호제하는 사이였다. 뒤에 왕건이 자신의 잘못을 풍자하자 왕수징은 노하여 말했다. "아우가 지은 〈궁사〉는 궁궐 깊은 곳의 이야기인데 어떻게 이를 알았단 말인가? 임금께 보고하겠다." 왕건은 사죄하는 시를 올리며 끝 구절에 "동성同姓의 친족이 말해주지 않았다면 외인이 구중의 일 어찌 알았으리오.不是姓同親說向, 九重爭得外人知."라고 했다. 왕수징은 자신이 연루될까 두려워 이 일을 덮고 말았다. 왕건의 〈궁사〉는 사실에 바탕을 두었으므로 뒷날 당대 궁중의 풍속사를 연구하는 데 희귀한 사료적 가치를 지닌다.

허균이 1610년(광해 2년)에 벼슬에서 물러나 수표교에 있던 종의 집에서 요양할 때 일이다. 종의 이모로 그 집에 얹혀살던 76세 된 은퇴한 궁녀를 만났다. 그녀는 선조 임금과 의인왕후懿仁王后의 성덕과 궁 안의 여러 일들, 그리고 많은 고사들을 자세하게 들려주었다. 허균은 왕건의 일을 본떠 〈궁사〉 100수를 지어 마침내 일대의 시사를 이루었다. 이 중 세 수를 살펴보자.

역귀 쫓는 소리가 침문 깊이 울리더니	驅儺聲徹寢門深
학무鶴舞와 포구락抛毬樂에 대궐이 떠나가네.	鶴舞鷄毬鬧禁林

〈담락연도湛樂宴圖〉 중 처용무와 오방처용, 18세기.
다섯 빛깔 탈을 쓰고 다섯 처용이 덩실덩실 춤을 춘다. 북이 둥둥 울리고
피리와 태평소가 가락을 맞춘다. 삿된 기운 물럿거라. 얼씬도 하지 마라.

다섯 빛깔 처용님은 소매를 떨치고   五色處容齊拂袖

여기女妓는 앞다퉈 봉황음鳳凰吟을 노래하네.   妓行爭唱鳳凰吟

세모에 역귀疫鬼를 몰아내는 나례儺禮의 광경을 묘사했다. 학무鶴舞에 포구락抛毬樂을 얹어 춤추고 노래하면, 뒤이어 오방처용五方處容이 색색의 옷을 입고 나와 처용무를 춘다. 긴 춤사위가 한바탕 흐드러지게 휘몰아친 후 오색처용이 동서남북 중앙으로 갈라 자리를 잡으면 음악이 점차 빨라지면서 "산하천리국山河千里國에"로 시작되는 봉황음鳳凰吟 가락이 울려 퍼진다. 여기女妓의 목청이 낭랑하다. 나례의 의식절차나 의궤儀軌 및 정재呈才는 《악학궤범樂學軌範》에 상세하게 나와 있다. 위 시의 내용과 꼭 같다.

붉은 수건 가면에는 소 모양을 붙여놓고   紅巾假面着牛形

징 북 소리 꽝꽝대며 갈대로 뜰을 쓰네.   鑼鼓喧闐荻掃庭

모든 집이 한꺼번에 귀신 몰아 내쫓고는   萬戶一時驅鬼出

천왕과 선녀 얼굴 대문간에 붙여둔다.   天王仙女帖門屛

나례의 민속을 연이어 노래했다. 붉은 가면에 소 형상을 그려 붙이고 징과 북을 요란하게 두드려댄다. 귀신 쫓는 데 영험이 있다는 복숭아 나뭇가지와 갈대로 뜰을 쓸며 집에서 역신疫神을 몰아낸다. 대문간에는 천왕天王과 선녀의 얼굴을 붙여놓고 역귀가 다시는 얼씬도 하지 못하게 조처해둔다. 당시 궁궐과 여항에까지 미친 성대한 나례의 광경을 묘사했다. 오늘날에 보면 민속학 방면의 사료적 가치가 적지 않다.

은대銀臺에서 보고 올린 봉전封箋이 쌓였으니 　　　銀臺投進疊封箋

벼슬아치 한 해 성적 고과함을 알겠구나. 　　　知是官僚殿最年

임금께서 열어보는 그날을 기다려서 　　　直待上前開坼日

글자 아는 궁녀가 어상御床 곁에 나아가네. 　　　解書宮女近床邊

당시 인사고과의 제도를 엿볼 수 있다. 해마다 6월 보름과 12월 보름에 각 지역 관찰사는 산하 수령의 근무 성적을 평정 고과하여 중앙에 보고한다. 가장 좋은 성적은 '최最'이고 가장 낮은 성적이 '전殿'이다. 이 전최殿最는 경관京官에게도 시행했다. 각처에서 평정한 전최지殿最紙는 밀봉하여 승정원을 거쳐 임금에게 올라온다. 지방에서 고과한 서류를 차곡차곡 쌓아두고, 글자 아는 궁녀가 어상御床 가까이 나아가 이를 읽어 재가를 여쭈었다. 허균이 이 시를 지을 당시에는 미처 생각지 못했겠지만, 이 연작은 당시 궁궐 풍습과 여러 행사 및 제도를 이해하는 한 통로가 된다. 시가 세교世敎에 보탬이 된다는 말은 그 내용의 감계鑑戒를 두고 이르는 말이다. 때로 시는 이렇듯 한 시대를 증언하는 비망록이 되기도 한다.

사시, 역사로 쓴 시

요순을 본받으면 절로 태평하련만 　　　祖舜宗堯自太平

진시황은 어찌하여 창생을 괴롭혔나. 　　　秦皇何事苦蒼生

재앙이 궁궐에서 일어날 줄 모르고 　　　不知禍起蕭墻內

헛되이 만리성 쌓아 오랑캐를 방비했네. 　　　虛築防胡萬里城

호증胡曾의 〈장성長城〉이란 작품이다. 만리장성을 쌓은 벽돌을 해체하여 적도를 따라 벽을 쌓으면 허리 높이로 지구를 한 바퀴 돌 수 있다고 한다. 그 규모에 기가 질린다. 이것을 백성을 동원해서 쌓았다. 역사는 이 일을 이렇게 기록한다.

《통감通鑑》의 한 대목이다. 녹도서에서 '망진자호야亡秦者胡也'라 예언한 것은 오랑캐가 아닌 진시황의 둘째아들 '호해胡亥'를 가리킨 말이었다. 그러나 만세토록 진나라의 왕업을 잇겠다던 시황은 오랑캐를 막으려고 만리장성을 쌓았다. 궁궐 안에서 재앙의 싹이 움트는 것을 모르고, 그깟 만리장성으로 오랑캐를 막으려 했던 진시황의 어리석음을 신랄하게 꼬집었다.

두목은 〈아방궁부阿房宮賦〉를 지어 아방궁의 극에 달한 호사를 직접 본 것처럼 노래했다.

비빈후궁妃嬪後宮과 왕자황손王子皇孫이 제 나라 궁궐에서 쫓겨나 진나라로 끌려와, 아침에 노래하고 저녁에 비파 뜯는 진나라의 궁인

전송암, 〈맹강녀묘孟姜女廟〉, 20세기.
산해관 맹강녀묘에서 바라본 만리장성의 풍경이다. 가파른 능선을 따라 구불구불 이어진 인간의 탐욕이 슬프다.

이 되었구나. 밝은 별빛 반짝이니 그녀들이 화장 거울을 꺼냄이요, 초록 구름 뭉게뭉게 일어남은 그녀들이 새벽 머리를 손질함일세. 위수渭水 강물에 기름이 둥둥 뜸은 그녀들이 쓰고 버린 화장 기름이며, 안개가 자욱이 빗기는 것은 초란椒蘭 향초香草를 사르는 연기이다. 벽력 치는 소리에 깜짝 놀라니 임금을 태운 수레가 지나감이라. 덜커덩거리며 멀리서 들리다간 아득히 그 가는 곳을 알지 못하네. 매일 화장할 때마다 고운 자태 뽐내었건만, 우두커니 서서 먼 곳을 보며 은총받기 바랐으나 얼굴도 보지 못한 것이 서른여섯 해로다.

참으로 장한 붓이다. 호사스런 아방궁에는 6국에서 끌려온 아름다운 여인들이 이제나저제나 진시황의 사랑을 한번 받아볼까 하여 오늘도 새벽부터 화장 거울 앞에 선다. 일제히 거울을 들자 은하수의 별빛 같다. 멀리서 쿵쿵대며 수레가 달려온다. 그녀들은 혹시 '오늘은' 하는 마음에 가슴이 콩콩 뛴다. 수레 소리는 그저 멀어지고 '오늘도' 하는 탄식에 날이 저문다. 그런 세월이 36년이다. 그녀들의 꽃다움은 이제 찾을 길이 없다. 두목은 다시 붓을 잇는다.

아아! 6국을 멸한 것은 6국이었지 진나라가 아니었다. 진나라를 멸한 것은 진이었지 천하가 아니었다. 슬프다. 6국이 저마다 제 백성을 아꼈더라면 진나라를 충분히 막았으리라. 진나라가 다시 6국의 사람을 아꼈다면 3세를 이어 만세에 이르도록 임금 노릇을 할 수 있었으리라. 누가 감히 진나라를 멸할 수 있었으랴. 진나라 사람은 스스로를 슬퍼할 겨를이 없었으므로 뒷사람이 이를 슬퍼하였다. 뒷사람이 이를 슬퍼하고도 거울로 삼지는 못하여, 또다시 뒷사람으로 하여금 뒷사람을 슬퍼하게 하는구나.

역사는 다람쥐 쳇바퀴 돌 듯 돈다. 누가 역사의 교훈을 외면할 수 있으랴. 시인들이 지나간 역사의 거울에 현재를 비춰보는 것은 이 때문이다. 옛 문집에는 영사시詠史詩가 으레 몇 수쯤 실려 있다. 호당湖堂에서 공부할 때 월과月課의 주제를 역사 인물로 정해 시 짓기 시합을 벌이기도 했다. 명나라 정민정이 엮어 펴낸 《영사절구詠史絶句》는 우리나라에서도 출판되어 사대부의 애호를 받았다. 이 가운데 한 수를 읽어보자. 이상은의 〈가생賈生〉이란 작품이다.

선실宣室에서 어진 이 찾다 쫓은 신하 만나보니	宣室求賢訪逐臣
가생의 재주는 겨룰 짝이 없었다네.	賈生才調更無倫
슬프다 한밤중에 자리 당겨 앉았지만	可憐夜半虛前席
백성의 일 돌보잖코 귀신의 일 물었구나.	不知蒼生問鬼神

가의는 한나라 문제文帝 때의 신하다. 20대의 젊은 나이로 황제의 두터운 신임을 받았으나 대신의 미움을 사 장사왕長沙王의 태부太傅로 좌천되었다. 뒷날 문제가 가의를 다시 불렀다. 이때 황제는 축복을 받기 위해 선실宣室에 앉아 있었다. 귀신의 일이 궁금해져서 가의에게 귀신에 대해 물었다. 가의가 설명하는 동안 한밤중이 되었다. 문제는 가의의 말에 빠져들어 저도 몰래 방석을 바싹 당겨 앉았다. 시인은 문제가 가의에게 창생을 구제할 방책은 묻지 않고, 고작 일신의 복을 비는 귀신의 일만 물은 것을 풍자했다.

사시史詩 또는 영사시는 역사적 사실을 주제로 쓴 시다. 차고술금

借古述今, 옛일을 끌어와 지금을 말하는 것은 한시의 오랜 관습이다. 시인은 맥없이 옛일을 들추지 않는다. 그들은 과거 속에서 현재를 바라보는 우회 통로를 찾고 있다.

이상 몇 수 읽어본 시사詩史와 사시史詩가 오늘에 시사하는 것은 무엇일까. 치열한 역사의식도, 현실의 부조리를 고발하는 저항정신도 시인이 먼저 흥분하면 한낱 구호로 전락하고 만다. 흥분을 가라앉힐 때 역사와 현실은 더욱 심각하게 독자의 뇌리에 각인된다. 1980년대 대자보에 가까운 그 숱한 민중시는 이제 아무도 읽지 않는다. 시의 정서는 이념과는 상관없다.

송강 정철의 시에 〈산사야음山寺夜吟〉이란 작품이 있다.

우수수 나뭇잎 지는 소리를	蕭蕭落木聲
성근 빗소리로 잘못 알고서,	錯認爲疎雨
중 불러 문 나가 보라 했더니	呼僧出門看
시내 남쪽 나무에 달 걸렸다네.	月掛溪南樹

가을날 산사의 지붕 위로 난데없는 빗소리가 들린다. 사미승을 불러 밖에 비가 오나 보라고 했더니, 어렵쇼! 요 녀석의 대답이 걸작이다. "시내 남쪽 나무에 달이 걸려 있는뎁쇼." 비는 무슨 비냐는 말씀이다. 동문서답 너머로 전해지는 홍취가 진진하다.

1980년대 후반의 일이다. 기말시험 문제에서 이 작품의 감상을 요구했다. 한 답안이 이랬다. "부르주아적 근성에 철저히 물든 정철의 봉건 착취계급으로서의 면모가 여실히 드러난 작품이다. 창밖의 일이 궁금하면 자기가 직접 문을 열어보면 되지 않는가? 그 쉬운 일도 하기 귀찮아 프롤레타리아 계층인 사미승을 부려먹고 있다."
투철한 역사의식이 담긴 이 답안이 오랫동안 생각난다. 이런 의식
아래 시는 더는 설 자리가 없다.

역사란 무엇인가? 현재의 퇴적일 뿐이다. 지금 시대의 자취를 일
러 후세는 옛날이라 한다. 그렇다면 굳이 지나간 옛날에 얽매일 필
요가 없겠다. 지금 여기에 충실하면 그것이 곧 옛날이다. 시사는 시
인의 충실한 증언이 뒷날의 역사로 자리매김된 것이다. 사시는 시
인이 과거의 거울에 비춰 현재를 읽으려는 노력의 산물이다. 인간
의 삶은 본질적으로 변한 것이 없다. 어제의 태양은 오늘도 그대로
뜬다. 지나간 역사가 오늘을 비추는 등불인 까닭이다.

사랑이 어떻더냐

—

정시 情詩

담장 가의 발자국

사랑은 아름답다. 슬퍼서 아름답고, 아름다워서 슬프다. 평소 한시를 고리타분하게만 생각하던 이도 사랑을 노래한 정시情詩를 읽고는 뜻밖이라는 표정을 짓곤 한다. 흔히 염정시艶情詩 또는 향렴체香奩體라고도 불리는 남녀 간의 사랑을 노래한 정시를 감상해보자.

비단 버선 물결 걷듯 사뿐사뿐 가더니	凌波羅襪去翩翩
중문 한번 들어서곤 아득히 사라졌네.	一入重門便杳然
다정할사 잔설이 그래도 남아 있어	惟有多情殘雪在
그녀의 발자국이 담장 가에 찍혔구나.	屐痕留印短墻邊

강세황姜世晃(1713~1791)의 〈노상소견路上所見〉이란 작품이다. 앞서가는 어여쁜 아가씨의 뒷모습에 온통 마음을 뺏겼다. 저도 몰래 뒤를 쫓아왔건만 그녀는 무정하게 눈길 한 번 주는 법 없이 대문 안으로 사라져버렸다. 굳게 닫힌 대문 앞에 갈 길도 잊은 채 그는 서 있다.

혹시 다시 나오지는 않을까. 담장 너머로나마 그 모습을 한 번 더 볼 수는 없을까. 두근대며 서성이다가, 채 녹지 않은 담장 밑 그늘의 잔설 위로 또렷이 찍힌 그녀의 발자국을 보았다. 눈 위의 발자국, 그녀가 남기고 간 발자국. 그러나 그녀가 밟고 간 것은 아무래도 눈이 아니라 그의 가슴이었던 것 같다. 4구의 낮은 담장이란 표현에 까치발로 돋워 들여다보고픈 설렘을 담았다. 그녀는 바깥문만이 아니라 중문까지 닫아걸었다. 잔설 위에 그저 남은 무심한 사랑의 자국 앞에 연모의 불길만 조용히 타오른다.

빈 처마엔 낙숫물 보슬보슬 비 내리고	虛簷殘溜雨纖纖
잠자리의 한기는 새벽 들어 더하누나.	枕簟輕寒曉漸添
꽃 지는 뒤뜰에 봄잠이 달콤한데	花落後庭春睡美
지지배배 제비는 발 걷으라 재촉하네.	呢喃燕子要開簾

이옥봉의 〈자적自適〉이란 작품이다. 규방 아가씨의 구김 없는 봄 마음을 담았다. 처마 밑에 낙숫물이 진다. 비가 오나? 새벽녘 설핏한 한기에 잠을 깬 아가씨는 가는 실처럼 내리는 비는 못 보고 처마 끝에 똑똑 떨어지는 낙숫물만 보았다. 비단 이불을 다시 덮자 다시 잠이 쏟아진다. 꽃 지는 뒤뜰, 아무 간섭 없는 봄잠이 참 달다. 게으름뱅이 아가씨가 못마땅했던 걸까? "그만 일어나요, 아가씨! 날이 훤히 밝았어요. 어서 발 걷고 지는 꽃 마중해요. 어서 일어나요, 게으름뱅이 아가씨!" 처마 밑 제비의 수다스런 목청에 나른한 봄잠을 더 이어갈 수가 없다. 천진하다.

허공을 쪼갤 듯이 그네가 솟구치자	劈去秋千一頓空
바람 먹은 두 소매가 당긴 활등 같구나.	飽風雙袖似彎弓
높이 솟다 저도 몰래 치맛자락 터져서	爭高不覺裙中綻
붉게 수놓은 꽃신 코가 빼꼼히 드러났네.	倂出鞋頭繡眼紅

박제가의 〈춘사春詞〉이다. 5월이라 단오를 맞아 그네 뛰는 아가씨. 동동 발을 구를 때마다 그네는 점점 높아만 간다. 한 번 구르고

 한시 미학 산책 — ●

두 번을 거듭 차니 사바의 세상은 저만치 발 아래다. 지난 겨우내
이런저런 근심과 봄날의 노곤하던 설렘도 앞섶을 헤적이는 바람 앞
에는 이미 간 곳이 없다. 아가씨는 흥이 나 몸을 잔뜩 도사린다. 그
녀의 소매는 한껏 바람을 머금어 시위를 놓으려는 활인 양 팽팽하
다. 가위가 천을 경쾌하게 가르듯 허공을 가르며 솟구치는 그 신명.
더 높이 하늘 끝까지 솟구쳐보자꾸나. 신명에 빠진 마음은 아뿔싸
바람이 치맛자락을 헤집는 것도 알지 못했다. 그 틈에 드러난 새로
신은 당혜唐鞋의 붉고 고운 수繡, 그 선연한 붉은빛. 치맛자락이 펄
럭였으니 신발의 코끝만 보였을까마는, 여운을 두면서도 절제하는
시선 속에 풋내 나는 연정이 익어간다.

야릇한 마음

<table>
<tr><td>오월이라 야계엔 날씨가 화창한데</td><td>耶溪五月天氣新</td></tr>
<tr><td>야계의 아가씨는 다리도 희고 곱다.</td><td>耶溪女子足如霜</td></tr>
<tr><td>야계의 물가에서 어울려 연밥 따니</td><td>相將採蓮耶溪上</td></tr>
<tr><td>파아란 머리 장식 햇빛 받아 반짝이네.</td><td>翠微匊葉輝艶陽</td></tr>
<tr><td>연밥은 암만 캐도 한 줌이 안 되는데</td><td>採採蓮花不盈掬</td></tr>
<tr><td>백사장 쌍쌍 원앙 문득 샘이 나누나.</td><td>却妬沙上雙鴛鴦</td></tr>
<tr><td>원앙은 짝져 날고 얘기도 못 나누니</td><td>鴛鴦雙飛不得語</td></tr>
<tr><td>노 저어 돌아오며 공연히 애끊누나.</td><td>蕩槳歸來空斷腸</td></tr>
</table>

성간의 〈채련곡採蓮曲〉이다. 5월 화창한 여름날, 야계의 아름다운

아가씨가 희고 고운 다리를 드러낸 채 연밥을 캔다. 그녀의 파란 머리 장식이 햇빛에 반짝이다 푸른 물에 비친다. 그 선연한 아름다움이 비길 데가 없다. 그녀는 마음이 이미 콩밭에 가 있어, 아무리 캐도 연밥은 한 줌이 되지 않는다. 그녀는 백사장에서 쌍쌍이 노니는 원앙새를 보고 문득 질투심을 느꼈다. 그녀가 연밥 따는 일에 몰두하지 못한 것은 마음속 연인 때문이었다.

그녀는 연밥을 따러 와서 사랑하는 사람과 만나 정담을 나누었으면 했다. 그 목적은 못 이루고 서로 짝을 지어 목을 비비며 사랑을 속삭이는 원앙새를 보려니까 그만 속이 상했다. 이 빛나는 청춘의 시절을 혼자 하릴없이 보내고 있는 자신의 가련한 처지가 못내 안타까웠던 게다. 소녀의 야릇한 봄 마음을 잘 포착해냈다.

구름의 마음 되어 정숙함을 생각하나	化雲心兮思淑貞
산골짝 적막하다 사람조차 뵈지 않네.	洞寂寞兮不見人
고운 풀 꽃다워라 향기를 품었건만	瑤草芳兮思芬蒀
이 푸른 청춘을 장차 어찌할거나.	將奈何兮是靑春

설요薛瑤(?~693)의 〈반속요返俗謠〉다. 《전당시全唐詩》에 실려 전한다. 구름은 유유자적하다. 아무 데도 얽매인 데 없이 자유자재하다. 구름은 욕심이 없다. 집착도 없다. 처음 그녀는 구름과도 같은 삶을 살고 싶었다. 그리하여 산 속에 들어가 머리를 깎고 비구니가 되었다. 품은 생각을 맑고 곧게 하여 부처님의 가르침을 깨닫고자 하였다. 하지만 적막한 산중엔 사람의 그림자도 뵈지 않고, 그녀의 약동하는 청춘은 무엇보다 그 쓸쓸함을 이겨낼 수가 없었다.

무엇을 이루자고 나는 이 산중에 있는가. 저 봄풀을 보아라. 저들도 싱그러움을 뽐내며 저마다 향기를 풍기고 있지 않은가. 사람이 한 세상을 살아가는 일은 사람끼리 어깨를 비비며 희로애락을 함께 나누는 것이 아니었던가. 어째서 나는 이를 모두 떠나와 깊은 산 속에서 이 청춘의 시간을 태우고 있단 말인가. 생각이 여기에 미친 그녀는 6년간의 산중 생활을 그만두고 환속하고 말았다. 기록을 보면 그녀는 신라 사람으로 당나라에 와서 좌무위장군左武衛將軍이 된 설승충薛承沖의 딸이었다. 15세 때 머리를 깎고 출가했다. 6년 뒤에 이 노래를 부르며 환속하여 곽원진郭元振의 아내가 되었다. 청춘의 감정은 출렁이는 물결 같다. 가둘수록 더 거세진다. 이를 굳이 가라앉히려는 노력은 부질없는 짓이다. 감정을 누르려는 집착이 또 하나의 미망을 낳는다. 3구에서 요초瑤草가 꽃답다고 했는데 그녀의 이름이 '요瑤'이므로 쌍관의 의미가 있다.

백면서생 도련님 준마에 올라타고	白面書生騎駿馬
낙교의 서쪽 물가 답청놀이 나오셨네.	洛橋西畔踏靑來
미인은 싱숭생숭 야릇한 맘 못 이겨	美人不耐懷春思
담장 머리 내다보며 웃음을 띄우누나.	擧上墻頭一笑開

성간의 〈염양사艶陽詞〉이다. 청춘 남녀가 서로에게 이끌리는 정은 예와 지금이 다를 게 없다. 수려한 용모의 도련님이 준마를 타고 봄 나들이를 나섰다. 낙교의 서쪽 물가라 했으니 번화한 도성 근처의 야외다. 답청은 새로 돋은 풀 위를 걷는 봄날의 흥겨운 산보다. 글방에서 공부만 하던 도련님도 봄 흥을 가누지 못했던 게다.

말 위에 오뚝 앉아 곁눈도 주지 않고 도도한 그 모습이 그만 길가집 처녀의 시선을 사로잡았다. 그녀도 봄날의 무료를 못 견뎌 호기심에 차서 때마침 길가를 내다보던 참이었다. 세상 풍파라고는 겪어본 일이 없는 듯 준수한 얼굴이 늘씬한 말 위에 올라탔다. 당당한차림새는 그가 권세가의 귀공자임을 말해준다. 두근대는 가슴, 그녀는 자기도 모르게 입가에 웃음이 번진다. 봄날의 풋내 나는 사랑이 이렇게 시작된다.

흰 모시 적삼에 눈썹 곱게 그리고서
마음속 정 둔 얘기 재잘재잘 얘기하네.
임이여 내 나이를 묻지를 말아주오
50년 전에는 스물셋이었다오.

澹掃蛾眉白苧衫
訴衷情話燕呢喃
佳人莫問郞年歲
五十年前二十三

사랑에는 국경도 나이도 없다. 익살스러우면서도 함축미가 뛰어난 작품이다. 눈썹을 곱게 그려 단장하고 흰 모시 적삼을 청결하게입은 여인이 연신 마음속의 이야기를 쉴 새 없이 재잘댄다. 그녀의사랑스런 모습은 눈에 넣어도 아프지 않을 것 같다. 그러다가 갑자기 말문을 돌려, 50년 전에는 나도 나이가 스물셋이었다고 하였다. 묻지 말라 하고는 스스로 대답하는 수사의 묘가 재치 있다. 그러니까 지금 그는 73세의 노인이다. 자신이 스물셋의 한창나이였다면그녀와 멋진 로맨스를 이루어보기라도 할 텐데 하는 아쉬움을 그렇게 달랬다. 앞의 50년은 뚝 떼어 없는 셈 치고 멋진 사랑을 이루어보자고 다짐하는 듯도 싶다. 수염이 허연 할아버지와 손녀뻘도 더되는 젊은 아가씨의 사랑 노래다. 신위申緯(1769~1845)가 자신의

김홍도, 〈사녀도仕女圖〉,
18세기, 121.8×55cm,
국립중앙박물관.
둥근 부채 손에 들고
머리엔 꽃을 꽂았다.
출렁이는 치맛자락 끝에
신코가 살짝 드러났다.
부채 들고 그녀는 어디를
보는가. 노리개 달고
그녀는 누굴 기다리나.

소실로 들어오려 하는 변승애卞僧愛란 기생에게 애틋한 사양의 뜻을
담아 주었다는 시다.

보름달 같은 임

모란꽃 진주 같은 이슬을 머금으니	牧丹含露眞珠顆
미인이 그 꽃 꺾어 창가를 지나간다.	美人折得窓前過
방긋이 웃으면서 임께 하는 말	含笑問檀郎
"꽃이 어여쁜가요, 제가 어여쁜가요?"	花强妾貌强
신랑은 일부러 장난치느라	檀郎故相戲
"당신보다 꽃이 훨씬 어여쁘구려."	强道花枝好
그 말에 미인은 뽀로통해서	美人妬花勝
꽃가지 내던져 짓뭉개더니,	踏破花枝道
"꽃이 진정 저보다 좋으시거든	花若勝於妾
오늘 밤은 꽃과 함께 주무시구려."	今宵花與宿

　　신혼의 사랑싸움을 재미있게 엮어냈다. 부귀를 상징하는 모란꽃
이 뜰 가득 피었다. 꽃잎엔 진주알 맑은 이슬이 송글송글 맺혔다.
햇살 고운 봄날 아침 그녀는 아직 잠을 안 깬 임을 남겨두고 꽃밭으
로 나선 참이었다. 문득 장난기가 동한 그녀는 탐스런 모란꽃 한 송
이를 꺾어 창가로 와서 임을 부른다. 사랑스런 모습에 신랑은 부러
장난을 친다. 꽃이 더 예쁘단 말에 그녀는 그만 새초롬해져서 꽃을
마구 밟으며 톡 쏜다. 꽃이 그렇게 어여쁘면 앞으로는 꽃하고나 살

라고 말이다. 《대동시선大東詩選》에는 이규보의 작품이라 했는데, 어쩐 일인지 그의 문집에는 없다. 제목은 〈절화행折花行〉이다. 송나라 때 시인의 사詞를 점화한 작품이다.

제 마음 일편단심 대나무 같고	妾心如斑竹
임의 마음 둥그런 달과 같아요.	郎心如團月
둥근 달은 찼다가도 기운다지만	團月有虧盈
대 뿌리는 얼키설키 서려 있지요.	竹根千萬結

성간의 〈나홍곡囉嗊曲〉이다. 소상강의 반죽斑竹 같은 일편단심으로 자신의 절개를 다짐했다. 임의 마음은 온 누리를 환히 비추는 환하고 둥근 달이다. 고결한 달빛 위에 대나무의 일편단심이 얹히니 서로 잘 어울린다. 그러나 말은 끝까지 들어봐야 안다. 환한 보름달로 임을 추켜세운 것은 딴 뜻이 있다. 저 달은 엊그제까지만 해도 보름달이었다. 그런데 어느새 그믐달이 되고 또 초승달이 된다. 대나무의 뿌리는 그렇지 않다. 달의 차고 기움에 관계없이 땅속 깊은 곳까지 얼키설키 서려 변할 줄을 모른다. 이랬다 저랬다 하는 임의 마음을 잡아두려는 여인의 마음을 애교 있게 펼쳤다. 이 시의 재미는 3구의 반전에 있다. 처음 추켜세우는 듯한 어조를 취하다가 돌연 뒤집어 미감이 발생한다. 이른바 달래고 어르는 억양법이다.

그러나 이별은 예고 없이 불쑥 찾아든다. 변치 않겠다던 전날의 언약 때문에 이별이 더욱 서럽다.

> 새벽녘 등불이 남은 화장 비추는데　　　　五更燈燭照殘粧
>
> 이별을 말하려니 애가 먼저 끊어지네.　　　欲話別離先斷腸
>
> 달도 다 진 새벽녘에 문 열고 나서려니　　落月半庭推戶出
>
> 살구꽃 성근 그림자 옷깃에 가득하다.　　　杏花疎影滿衣裳

정포鄭誧(1309~1345)의 〈정인과 작별하며別情人〉이다. 오경의 등불은 새벽에 일어나 켠 것이 아니다. 두 사람은 헤어짐이 아쉬워 밤을 꼬박 새웠다. 먼동이 트기 전에 나는 사랑하는 임과 작별하고 기약 없는 먼 길을 떠나야만 한다.

처음 마주앉았을 때 동산 위로 뜬 달이 어느새 서편으로 기울었다. 마당에 가득하던 달빛이 반밖에 안 남았다. 달이 지기 전에 문 밀고 나선 것은 갈 길이 멀어서다. 서두르는 내 옷깃 위로 살구꽃 성근 그림자가 가득하다. 좋은 봄날도 이제 얼마 남지 않았다. 우리의 사랑이 이제는 끝인가? 옷깃 가득한 꽃 그림자에 내 회한도 가득하다.

진 꽃잎 볼 적마다

> 장흥동 어귀에서 막 헤어지고는　　　　長興洞裏初分手
>
> 승학교 다리께서 애를 몰래 끊누나.　　乘鶴橋邊暗斷魂
>
> 헤어진 뒤 저물녘 방초 욱은 길에서　　芳草夕陽離別後
>
> 진 꽃잎 볼 적마다 우리 임 생각나네.　　落花何處不思君

한시 미학 산책 — ●

권붕權鵬의 여종 금가琴哥의 시다. 제목은 〈이별離別〉이다. 장흥동은 서울 남쪽의 지명이다. 불과 조금 전에 장흥동 어귀에서 임과 헤어진 그녀는 근처 승학교를 건너며 벌써 그리움에 애가 끊어진다. 눈앞에서 바라보고 있어도 그리운 것이 사랑이라 했던가. 봄날의 한때를 보낸 꽃잎이 분분히 진다.

이별 후 꽃길을 걷는 그녀의 마음은 노을빛이다. 그녀는 진 꽃잎을 보며 무슨 생각을 했을까. 한때의 아름다움을 뒤로하고 시든 꽃잎, 그 꽃잎에 청춘의 한때를 겹쳐보고 있었던 것은 아니었을까. 여기에는 그녀의 불안한 심정도 담겼다. 꽃잎이 땅에 지듯 내 청춘도 곧 시들 것이다. 그때에도 임은 나를 사랑하실 것인가.

제가 가진 마름꽃 거울을 보면   妾有菱花鏡

그대가 처음 줄 때 생각이 나요.   憶君初贈時

임은 가고 거울만 홀로 남으니   君歸鏡空在

다시는 내 모습 안 비춰봐요.   不復照蛾眉

최기남崔奇男(1586~?)의 〈원사怨詞〉다. 능화 무늬 장식을 새긴 거울을 보는 여인. 그녀는 사랑을 속삭이며 그 거울을 사준, 이제는 가고 없는 임 생각에 잠겼다. 거울을 내게 준 뜻은 그 거울로 아름다움을 가꾸라 함이었다. 임이 떠난 지금 고운 치장이 무슨 소용이란 말인가. 그녀는 추억에 잠겨 어여쁜 모습을 보여줄 사람 없는 자신의 처지와, 거울 앞에 앉아 설레며 정성껏 단장하던 자신의 모습을 함께 떠올리며 슬픔에 잠긴다. 가슴에 원망이 내려쌓인다.

봄바람 어느덧 화창해지고   春風忽駘蕩
밝은 달 떠오는 황혼 무렵에,   明月又黃昏
끝끝내 안 오실 걸 잘 알면서도   亦知終不至
오히려 문을 닫아걸지 못하네.   猶自惜關門

　제목은 〈정인을 기다리며待情人〉다. 실명씨의 작품이다. 바람이 화창하니 봄도 무르익었다. 하루해가 또 그렇게 저문다. 남의 속도 모르는 달이 두둥실 떠올랐다. 오늘은 오시려나 싶어 종일 기다린 여인은 결국 임 소식을 못 듣고 또 하루를 보냈다.

　꽃 피면 다시 오마 약속하고 떠났던 임. 봄이 다 가도록 임은 올 줄 모른다. 그녀는 봄이 오기 전부터 기다림으로 하루하루를 채워 왔다. 이제는 그녀도 임이 끝내 돌아오지 않을 것을 잘 안다. 그래도 혹시나 싶어 달이 뜰에 환하도록 사립문을 차마 못 닫아건다.

밤빛은 아득하여 오경에 가까운데   夜色迢迢近五更
뜰 가득 가을 달이 참으로 또렷하다.   滿庭秋月正分明
이불 쓰고 억지로 임 그려 잠 청해도   憑衾强做相思夢
임의 곁에 이르면 절로 놀라 깨었네.   才到郎邊却自驚

　삼의당 김씨三宜堂 金氏(1769~?)의 〈깊은 밤의 노래夜深詞〉이다. 그녀는 밤을 꼬박 새웠다. 환한 달빛 아래 모든 것이 또렷한데 임의 모습만 보이지 않는다. 달빛 비친 뜰로 임이 성큼 들어설 것만 같아 밖을 자꾸 내다본다. 안 올 줄 알면서 내다보는 마음이 슬프다.

　달빛은 그림자를 누이며 서편으로 진다. 그녀는 지쳐 자리에 눕는다. 정신은 더욱더 또렷해진다. 깜빡 잠이 들어 임을 만나면 한마디 건네기도 전에 깜짝 놀라 잠이 깬다. 임을 만나기를 얼마나 고대했는데, 정작 만나 한마디도 못한 것이 말할 수 없이 아쉽다. 만날 길 없어 밤마다 꿈길로 찾아 나선다. 이것이 사랑이다. 어렵사리 임을 만나 놀랍고 두근거려 꿈을 깬다. 이것은 그리움이다.

까치가 우는 아침

약속을 하시고선 왜 늦으시나	有約來何晚
정원의 매화도 시드는 이때.	庭梅欲謝時
나무 위 까치가 울기만 해도	忽聞枝上鵲
부질없이 거울 보며 눈썹 그려요.	虛畵鏡中眉

이옥봉의 〈규정閨情〉이다. 봄이 다 가는데 오마던 임은 안 오신다. 매화가 지기 전에는 오셔야 할 텐데. 꽃마저 지고 나면 영영 안 오실 것만 같아 그녀는 자꾸 조바심이 난다. 꽃 소식을 얼마나 기다렸던가. 꽃이 피자 이제는 임이 오시기 전에 시들까 봐 조마조마하다. 매화가 진대야 초봄일 뿐인데 그녀의 마음은 벌써 봄이 다 가버린 것만 같다.

아침 까치가 울면 귀한 손님이 온다. 까치 소리가 들리면 임이 틀림없이 올 것 같아 그녀는 거울 앞에서 눈썹을 고친다. 헛손질이 잦아질수록 그녀의 불안이 깊어진다.

근래에 안부가 어떠한지 묻사오니 　　　近來安否問如何
사창에 달 떠오면 첩의 한이 사무쳐요. 　月到紗窓妾恨多
꿈속 넋에 만약 자취 있게 한다면 　　　若使夢魂行有跡
문 앞의 돌길이 모래로 변했으리. 　　　門前石路便成沙

이옥봉의 〈운강에게 드림贈雲江〉이다. 임이 그녀를 찾은 지도 오래되었다. 깁창 달빛에 사무친 그리움에는 원망이 담겨 있다. 이 시의 묘미는 3·4구에 있다. 밤마다 임 만나러 길을 나선다. 꿈속의 일이 자취로 남았다면 집 앞의 돌길이 다 닳아 모래로 변했을 것이다. 잠을 청하는 것은 졸려서가 아니다. 꿈길밖에 임을 만날 길이 없어서이다.

이명한李明漢(1595~1645)의 시조에 위 시와 같은 내용이 보인다.

꿈에 다니는 길이 자취 곳 나랑이면
임의 집 창밖에 석로石路라도 달으련마는
꿈길이 자취 없으니 그를 슬허하노라.

초장과 중장이 위 시의 3·4구와 똑같다. 이명한이 이옥봉의 한시를 읽었던 모양이다.

봄바람에 버들가지 휘날려 흩어지고 　搖蕩春風楊柳枝
그림 다리 서편에 저녁 해가 기운다. 　畵橋西畔夕陽時
나는 꽃 어지럽고 봄날은 꿈 같은데 　飛花撩亂春如夢
슬프다 방주에 가신 임은 안 오시네. 　惆悵芳洲人未歸

이정귀의 〈유지사柳枝詞〉 다섯 수 중 한 수다. 봄바람이 버들가지를 간질인다. 다리 너머로 해가 진다. 잔광 속에 꽃도 진다. 봄날은 한바탕 꿈이었을까? 봄이 다 가도 방주의 그 임은 소식이 없다. 손꼽아 기다리던 마음도 꽃잎 따라 땅 위에 진다. 청춘이 다 시든 뒤 임이 돌아온들 무슨 소용이 있나. 그녀의 눈물은 이미 말랐다.

슬하에 아이는 말을 갓 배우겠고	膝下孩兒新學語
부엌의 늙은 종은 양식이 없다겠지.	竈門老婢舊懸瓢
정원엔 황량하게 가을 풀이 돋았겠고	林園廖落生秋草
날로 여윌 그 모습이 눈에 선히 본 듯하오.	想見容華日日凋

기준이 귀양 가 있을 때 멀리 아내를 그리며 지었다는 〈회처懷妻〉란 작품이다. 먼 변방에서 귀양 살던 가장은 문득 떠오르는 가족 생각에 가슴이 저민다. 귀양 올 때 뱃속에 있던 아이는 지금쯤 기면서 말을 배우기 시작했을 것이다. 자식의 얼굴을 모르는 아비도 있던가. 가장 없는 집의 살림은 얼마나 궁색할까. 계집종은 부엌에서 떨어진 양식을 걱정하고 있겠지. 정원엔 잡초만 무성할 게고. 그 위에 야윈 아내의 가냘픈 모습이 겹치니 견딜 수가 없다.

모든 것은 자신의 탓이다. 이런저런 생각에 그는 또 밤을 하얗게 지샌다. 자신은 나라에 죄를 지은 몸이다. 아! 언제나 다시 만나 오순도순 남편으로서 아비로서 도리를 다하며 살아볼 것인가. 그날이 진정 오기는 올까? 그는 자꾸 생각이 많다.

내가 죽고 그대가 살았더라면

정시 중에 가장 뭉클한 것은 아내를 먼저 떠나보낸 남정네들의 노래다. 고생만 하다 떠난 아내여서 가슴에 저미는 아픔이 유난하다. 망자를 애도하는 시라 하여 도망시悼亡詩라고도 한다. 몇 작품을 함께 본다.

시집올 제 해온 옷이 반 넘어 그대로라	嫁日衣裳半是新
상자 열고 살펴보다 더욱 맘을 상하네.	開箱點檢益傷神
평생 좋아하던 것을 함께 담아 보내니	平生玩好俱資送
빈산에 다 맡기어 티끌 되어 스러지라.	一任空山化作塵

이계李烓(1603~1642)의 〈부인만婦人挽〉이다. 아내가 세상을 떴다. 함께 묻어주려고 아내의 옷가지를 살피다 목이 메고 말았다. 아내의 옷상자에는 시집올 때 지어온 옷이 반 넘어 그대로다. 그녀는 아직 청춘의 나이였던 것이다. 새 옷 지어 시집올 때야 이 옷들이 한 번 입어보지도 못하고 주인과 함께 흙 속에 묻히고 말 줄을 어이 알았으랴. 노리개와 패물도 만져보매 눈물겹고, 들여다보매 생시의 모습이 떠올라 차마 볼 수가 없다. 그것들도 모두 싸서 그녀와 함께 묻는다. 하지만 다정했던 사랑의 기억이야 어디 땅에 묻는다고 잊히겠는가.

월하노인 통하여 저승에 하소연해	聊將月老訴冥府
내세에는 우리 부부 처지 바꿔달라 하리.	來世夫妻易地爲

> 나는 죽고 그대만이 천 리 밖에 살아남아　　　　我死君生千里外
> 그대에게 이 마음의 슬픔 알게 하리라.　　　　　使君知有此心悲

　김정희의 〈유배지에서 아내의 죽음을 애도하며配所輓妻喪〉이다. 추사가 만년에 제주도 유배 당시 지은 시다. 절해고도에서 실의의 귀양살이를 하던 늙고 병든 노정객에게 아내의 부고가 날아들었다. 부부의 인연으로 지난 세월, 자신의 귀양 소식에 아내는 얼마나 낙담했던가. 돌아보면 예술도 명예도 덧없는 것이었다. 아내의 영전에 곡 한 번 할 수 없는 자신의 처지가 기가 막히다 못해 참담했다.
　월하노인은 중매의 신이다. 전생에 그가 두 사람의 인연을 맺어주어 현생에 부부가 되었다. 이제 백년해로의 언약을 저버리고 떠난 그녀가 야속하다. 월하노인에게 요청해서 내세에는 부부를 바꾸어 태어나게 해달라고 하소연하겠다고 했다. 그래야 지금의 이 기막힌 심정을 그대가 알겠기에 하는 말이다. 죽은 이는 훌쩍 떠나면 그뿐이지만 산 사람의 하염없는 슬픔은 또 어찌한단 말인가?
　옛 시조에도 위 시와 비슷한 작품이 있다.

> 우리 둘이 후생後生하여 네 나 되고 내 너 되어
> 내 너 그려 긋던 애를 너도 날 그려 긋쳐보렴.
> 평생에 내 설워하던 줄을 돌려볼가 하노라.

　한시와 시조의 의경에 조금의 차이도 없다. 다음은 이서우李瑞雨(1633~?)의 〈죽은 아내를 애도하며悼亡室〉라는 작품이다.

곱던 모습 아련히 보일 듯 사라지고　　　　玉貌依稀看忽無
깨어보면 등불만 외로이 타고 있네.　　　　覺來燈影十分孤
가을비가 잠 깨울 줄 진작 알았더라면　　　早知秋雨驚人夢
창 앞에다 오동일랑 심지 않았을 것을.　　　不向窓前種碧梧

오동잎에 듣는 성근 빗소리에 잠이 깼다. 등불만 저 혼자 밝다. 알지 못할 허전함에 뒤척이다 깜빡 잠이 들었던 모양이다. 생시인 듯 아내와 만났는데 깨고 보니 없다. 오동잎에 후득이는 빗소리에 깬 잠이 원망스럽다. 벽오동 심어 봉황을 깃들이고 그 상서로움 속에 오순도순 정답게 살자 함이 아니었던가. 아내가 가고 없는 지금 지난날의 약속은 하염없는 눈물과 탄식만 자아낼 뿐이다.

김상용金尙容(1561~1637)의 시조에는 이렇게 표현되어 있다.

오동에 듣는 빗발 무심히 듣건마는
내 시름하니 잎잎이 수성愁聲이로다.
이후야 잎 넓은 나무를 심을 줄이 있으랴.

깊은 밤 넓은 오동잎에 듣는 빗소리는 얼마나 상쾌할까? 하지만 마음에 근심이 있으니 소리마다 근심을 자아낸다. 어느 때면 더위를 가셔줄 시원한 그 소리도 임 그려 잠 못 드는 밤에는 괴로운 소음일 뿐이다.

휘장 향내 스러지고 거울엔 먼지 쌓여　　　羅幃香盡鏡生塵
문 닫아건 봄날에 복사꽃만 적막하다.　　　門掩桃花寂寞春

작은 누각 그때처럼 밝은 달이 떠 있건만   依舊小樓明月在
발 걷어줄 사람 뉜지 알지를 못하겠네.   不知誰是捲簾人

이달의 〈죽은 아내를 애도하며悼亡〉이다. 훌쩍 떠난 아내의 체취
가 그리워 주인 잃은 빈 방을 찾았다. 거울 위엔 먼지가 자옥하다.
휘장에는 향내도 스러졌다. 사람 없는 빈 방이 이다지도 적막한가.
닫아건 문가엔 전처럼 복사꽃이 피었다. 달빛 받은 꽃잎이 곱기도
한데, 꽃을 보는 마음은 적막하기 그지없다. 봄이 온들 무엇하며 꽃
이 핀들 무엇하리.

달은 전처럼 떴어도 그 밤 함께 발을 걷어올리다 탄성을 발하던
그 임이 내 곁에 없다. 닫아건 문에 바깥일에 흥미를 잃은 마음을
담았다. 변함없는 자연과 덧없는 인간사가 교차되면서 적막한 심사
를 고조시킨다.

이상 사랑을 주제로 한 정시 몇 수를 만남에서 이별까지 사랑의
한살이로 엮어 감상했다. 한시에서 사랑의 노래는 기쁨의 구가는
적고 가라앉은 슬픔이 많다. 정서란 애초에 모든 것이 충족된 속에
서 터져 나오는 법이 없다. 소중한 '무엇' 밖에 놓여 있다는 생각,
안겨야 할 '어디'로부터 멀리 떨어져 있다는 마음에서 정서는 비로
소 움터 나온다.

스물네 번째 이야기

한시와 현대시, 같고도 다르게

상동구이론尙同求異論

동서양의 수법 차이

"낮은 소리 가만히 그리웠나 물어보니, 금비녀 매만지며 고개만 까
닥까닥低聲暗問相思否, 手整金釵少點頭." 여기에 동양의 수법이 있다. 서
양의 시인은 이렇게 쓰지는 않았을 것이다. "저도 당신을 사랑했어
요, 한시도 잊을 수 없어요." 하고 빨간 입술을 내밀었을 것이다. 어느
것이 낫다는 것은 별문제로 하고라도 표현 방법에서도 동양의 수법은
신비롭다.

조지훈이 〈또 하나의 시론〉에서 한 말이다. 그가 말한 동양의 수
법이란 한시의 수법이다. 직접 말하지 않는다. 다 보여주지 않는다.
이미지를 세워 대신 말한다. 현대시도 같다. 현대시와 한시는 여러
모로 참 닮았다.

한시와 현대시의 관련을 찾는 가장 쉽고 분명한 방법은 표현의
유사로 논하는 것이다. 김상용의 〈남으로 창을 내겠소〉를 함께 감
상한다.

남으로 창을 내겠소
밭이 한참갈이
괭이로 파고
호미론 풀을 매지요

구름이 꼬인다 갈 리 있소
새 노래는 공으로 들으랴오

강냉이가 익걸랑
함께 와 자서도 좋소

왜 사냐건
웃지요

　1934년 〈문장〉지에 발표한 작품이다. 남쪽으로 창을 낸 집에서
고작 한참갈이의 작은 뙈기밭에 강냉이를 심고, 괭이와 호미로 파
고 갈며 살고픈 소박한 바람을 노래했다. 구름이 언덕 너머의 세계
로 나를 꼬여도 그 유혹에는 넘어가지 않을 것이다. 새들의 노랫소
리는 기대하지 않은 선물이다.

　3연의 "왜 사냐건 웃지요"가 이 시의 압권이다. 이백은 〈산중문
답〉의 1·2구에서 "날더러 무슨 일로 산에 사냐 묻기에, 웃고 대답
아니해도 마음 절로 한가하다.問余何事棲碧山, 笑而不答心自閑"고 노래
했다. 이백이 한자로 14자나 들여 한 말을 그는 한글 단 7자로 표현
했다. 놀라운 압축 능력이다. 군더더기 하나 없이 깔밋하다. 3연이
시 속에 자리 잡는 순간 이백의 〈산중문답〉이 같이 들어온다. 이 좋
은 도시를 떠나 왜 굳이 그런 곳에서 살려 하느냐고 누가 묻는다면
그저 웃겠다고 했다. 그는 도회의 찌든 삶 속에서 구름이 언덕을 넘
어가고 강냉이가 땀과 함께 익어가는 건강한 삶을 소망했다. 이 시
가 수록된 시집이 《망향》인 것으로 보아, 시 속의 꿈은 말 그대로
희망사항에 그치고 말았던 듯하다.

　왜 산에 사느냐고 묻는데, 딱히 할 말이 없어 그저 웃고 대답은
하지 않았다. 그런데도 이상하게 마음이 전혀 답답하지 않고 오히

려 더 여유롭다. 복사꽃이 물 위로 떠가는 것을 보니 인간 세상이 아닌 무릉도원이 바로 여기가 아니겠느냐고 했다.

이수복의 〈봄비〉를 읽는다. "이 비 그치면/내 마음 강나루 긴 언덕에/서러운 풀빛이 짙어오것다."에서 정지상 〈송인〉의 "비 개인 긴 둑에 풀빛이 고운데雨歇長堤草色多"를 떠올리는 것은 무척이나 자연스럽다. 그렇다고 우연히 같게 된 한 구절 때문에 작품 전체를 영향 관계로 설명하는 것은 왠지 개운치 않다. 표현의 유사성만으로는 상호 영향관계를 입증하기 어렵다.

한시와 모더니즘

벌목정정伐木丁丁이랬거니 아름드리 큰 솔이 베어짐 직도 하이. 골이 울어 메아리 소리 쩌르렁 돌아옴 직도 하이. 다람쥐도 좇지 않고 멧새도 울지 않아 깊은 산 고요가 차라리 뼈를 저리우는데 눈과 밤이 종이보다 희고녀! 달도 보름을 기다려 흰 뜻은 한밤 이 골을 걸음이 런가? 윗절 중이 여섯 판에 여섯 번 지고 웃고 올라간 뒤 조찰히 늙은 사나이의 남긴 내음새를 줏는가? 시름은 바람도 일지 않는 고요에 심히 흔들리노니 오오 견디련다. 차고 올연히 슬픔도 꿈도 없이 장수산 속 겨울 한밤 내-

이번에는 정지용의 〈장수산長壽山 1〉을 읽어본다. 아름드리 큰 솔을 도끼로 찍어내면 쩡쩡 소리를 내며 쓰러질 것만 같다. 메아리 소리도 유난히 크게 들릴 듯한 공간이다. 산은 깊어서 고요하다. 종이

보다 흰 눈 위에 보름의 달빛이 환한 밤. 윗절에서 내려온 중과 바둑을 여섯 판이나 내리 두어도 마음속의 허기는 가시지 않는다. 깨끗이 늙은 사내가 남기고 간 냄새를 찾기라도 할 양인지 나는 그새 허전함을 못 이겨 방 안을 서성인다. 뼈에 저릴 듯 고요한 산골짝을 달이 배회하듯이. 알지 못할 시름이 마음 속 깊은 데서 일어나 적막 속에 흔들린다. 그래도 나는 슬픔도 꿈도 잊고 장수산의 겨울 한밤을 오롯이 견뎌내겠다.

묘한 느낌을 주는 시다. 벌목정정이란 표현은 《시경》〈벌목伐木〉에 나온다. 그 시를 보자.

쩡쩡 나무 찍으니	伐木丁丁
새가 앵앵 우는구나	鳥鳴嚶嚶
깊은 골을 나와서	出自幽谷
높은 나무 옮겨간다.	遷于喬木
앵앵대는 그 울음은	嚶其鳴矣
벗의 소리 구함일세.	求其友聲
저 새를 보게나	相彼鳥矣
벗의 소리 구하거늘,	猶求友聲
하물며 사람인데	矧伊人矣
벗을 찾지 않겠는가.	不求友生
신령이 이를 들어	神之聽之
마침내 화평하리.	終和且平

숲에는 쩡쩡 벌목하는 도끼 소리가 울린다. 그 소리에 놀란 새가

우짖는다. 깊은 골짝을 벗어나 높은 나무로 옮겨가는 것은 벗의 화답하는 소리를 듣기 위해서다. 새도 저렇듯 벗을 찾는데 사람이야 말해 무엇하겠는가? 이 시는 벗을 몹시 그리워함이 주제다.

두보의 〈장씨의 은거에 제하다 題張氏隱居〉란 작품에도 벌목정정이 나온다.

봄산을 동반 없이 혼자서 찾아가니	春山無伴獨相求
쩡쩡 나무 찍는 소리 산이 더욱 그윽하다.	伐木丁丁山更幽
시내 길 남은 추위 얼음 눈을 지나서	澗道餘寒歷氷雪
석문의 지는 해에 숲 언덕에 다다랐네.	石門斜日到林丘
욕심 없어 밤이면 금은 기운 알아보고	不貪夜識金銀氣
해 멀리해 아침마다 사슴 노닒 바라본다.	遠害朝看麋鹿遊
흥겨워 아마득히 나갈 곳을 헤매다가	乘興杳然迷出處
그댈 보니 마치도 빈 배를 띄웠는 듯.	對君疑是泛虛舟

혼자 그윽한 봄산 냇가를 따라 장씨의 은거를 찾아간다. 쩡쩡 도끼로 나무 찍는 소리에 산은 더욱 고요해진다. 냇가를 지나 석문을 거쳐 얼음 눈을 밟고 저물녘에야 숲 언덕에 도착했다. 그곳엔 세속 명리를 까맣게 잊고 사는 빈 배처럼 욕심 없는 벗이 있다. 이 시 또한 벗을 향한 그리움을 노래했다.

이렇게 보면 정지용의 〈장수산 1〉도 같은 맥락으로 읽어야 옳다. 그는 윗절 중과 바둑을 여섯 판이나 두고 헤어졌다. 그런데도 문득 그가 돌아가자마자 못 견디게 그리워서 깊은 밤 달빛을 보며 방 안을 서성이고 있는 중이다. 몸은 방 안에서 그가 남기고 간 냄새를 줍고, 마음은 그를 따라 눈 위에 달빛 고인 산길을 헤맨다. 슬픔도 꿈도 없는 담백한 그리움이다. 벌목정정이란 단어 하나가 정서의 맥놀이를 일으켜 저 《시경》에서부터 당나라 두보를 거쳐 현대의 정지용에까지 이어지는 정서의 다리를 놓았다. 놀랍지 않은가?

돌에
그늘이 차고,

따로 몰리는
소소리바람.

앞섰거니 하야
꼬리 치날리여 세우고,

종종 다리 깟칠한
산山새 걸음거리.

여울 지여
수척한 흰 물살,

갈갈히
손가락 펴고,

멎은 듯

> 새삼 돋는 비ㅅ낯
>
> 붉은 닢 닢
> 소란히 밟고 간다.

정지용의 시를 한 수 더 읽어보자. 인용한 작품은 〈비〉다. 16행 8연이다. 의미로 구분하면 두 연을 단위로 한 기승전결의 구조다. 돌에 그늘이 졌다. 소소리바람이 몰려든다. 모두 소나기가 쏟아질 조짐이다. 꼬리를 치날려 세우고 까칠하게 종종걸음을 걷는 것은 할미새다. 꼬리를 치들고 연신 흔들며 물가를 쏘다녀서 오죽하면 '할미새 꼬리 방정'이란 말까지 있다. 수척하던 흰 물살이 갈갈이 손가락을 편 것은 위쪽에서 비가 내려 물이 불어난 증거다. 잠시 멎는 듯 소강상태를 보이던 빗줄기가 다시금 되살아나 붉은 나뭇잎을 후드득 밟으며 저편으로 건너간다. 상쾌하고 경쾌하다.

한시로 치면 7언 절구에 해당한다, 통사 구조를 조금 바꿔 한시의 방식으로 옮겨본다.

> 소소리바람 몰려 돌 그늘 서늘한데
> 종종 다리 꼬리 세운 산새의 걸음걸이.
> 여울 진 흰 물살은 갈갈이 손을 펴고
> 붉은 잎 밟고 가는 새삼 돋는 빗낯일세.

그대로 멋들어진 한 수의 한시다. 1·2연을 굳이 맞춘다면 '소소량풍석음한蕭蕭凉風石陰寒'쯤 될 테고, 7·8연은 '난답적엽신우각亂踏

마조흥馬祖興, 〈소하척령도疏荷鶺鴒圖〉 부분, 송나라.
연밥 줄기에 앉은 할미새다. 물가를 돌아다닐 때는 긴 꼬리가
쉴 새 없이 아래위로 방정을 떤다. 까칠한 다리로 종종걸음을 치면서.

赤葉新雨脚'쯤 될 수 있을까?

정지용은 해방 직후 해방기념 조선문학가대회 때 자식을 대신 보내 왕유의 한시 한 수를 낭송하게 한 일이 있다. 선문답 같은 이 장면은 내게는 무슨 상징 같다. 그는 〈녹음애송시綠陰愛誦詩〉란 글에서 《시경》과 범성대, 왕안석, 사마광의 한시를 애송시로 들고, 끝에 가서 다시 한시 한 수를 들었다. 그 시는 이렇다.

석류꽃 잎에 비쳐 채 다 피지 않았는데	榴花映葉未全開
느티나무 그늘 침침하니 비 올 듯도 하이.	槐影沈沈雨勢來
집 적고 휘진 곳이라 오는 이도 없고야	小院地偏人不到
삿삿히 밟은 새 발자욱 이끼마다 놓였고녀.	滿庭鳥跡印蒼苔

번역도 1구만 필자가 고쳤고 나머지는 그의 솜씨다. 〈비〉의 의경과 어지간히 닮아 있다. '비 올 듯도 하이'나 '삿삿히 밟는 새 발자욱'은 특히 그렇다. 비가 오려는지 느티나무 그늘이 차다. 석류꽃은 저 비를 맞고야 봉우리를 활짝 피워낼 태세다. 뜰의 이끼에 도장 찍는 새 발자국은 까칠한 산새의 종종걸음을 연상시킨다. 금세라도 느티나무 그늘의 석류 잎을 소란스레 밟고 지나는 빗방울 소리가 들릴 것만 같다.

정지용의 시에는 이렇듯 한시의 구문과 어법이 또렷이 살아 있다. 9연으로 된 〈비로봉毘盧峯〉도 끝 연 '바람에 아시우다'를 위에 붙이면 7언 절구의 구문을 벗어나지 않는다. 〈옥류동玉流洞〉은 7언 율시의 호흡으로 읽어도 큰 차이가 없다. 〈인동차〉도 비록 5연이지만, 시상이 놓인 자리는 7언 절구의 호흡에 훨씬 더 가깝다. 가장 모던한 그의 시가 가장 한시와 닮았다. 재미있는 역설이다.

지훈과 목월의 거리

차운 산 바위 위에 하늘은 멀어
산새가 구슬피 울음 운다.

구름 흘러가는
물길은 칠백 리.

나그네 긴 소매 꽃잎에 젖어
술 익는 강마을의 저녁노을이여.

이 밤 자면 저 마을에
꽃은 지리라.

다정하고 한 많음도 병인 양하여
달빛 아래 고요히 흔들리며 가노니…….

조지훈의 〈완화삼玩花衫〉이다. '완화삼'은 글자 그대로 풀면 '꽃을 구경하는 적삼'이다. 꽃구경하는 나그네란 뜻이다. 시 속에 '나그네 긴 소매 꽃잎에 젖어'에서 따왔다. 〈완화삼〉의 첫 연, "차운 산 바위 위에 하늘은 멀어"는 두목의 〈산행山行〉 1구에 나오는 '비탈진

바윗길에 찬 산 멀리 오르는데遠上寒山石徑斜'를 단번에 떠올린다. 다만 시의 감정이 다소 과잉되어 한시의 말하기 방식에서 멀어졌다. '차운', '구슬피', '울음 운다', '다정하고 한 많음', '병인 양하여', '고요히', '흔들리고' 등이 그것이다. '저녁노을이여', '꽃은 지리라', '흔들리며 가노니'의 개방형, 영탄형의 발화로 시상은 응축되고 수렴되는 대신 확산되어 흩어진다. 이 시를 받고 박목월은 〈나그네〉로 화답했다.

> 강나루 건너서
> 밀밭 길을
>
> 구름에 달 가듯이
> 가는 나그네.
>
> 길은 외줄기
> 남도 삼백 리
>
> 술 익는 마을마다
> 타는 저녁놀.
>
> 구름에 달 가듯이
> 가는 나그네.

대상에 접근하는 두 시인의 태도는 사뭇 다르다. 오히려 목월이

완연한 한시풍이다. 똑떨어지는 명사로 맺은 매 연의 종결과, 7·5조의 규칙적인 가락이 살려내는 리듬은 농축된 시상을 맺어준다. '외줄기'로 '외로움'을 '저녁놀'로 '그리움'을 말할 뿐, '다정하고 한 많음도 병인 양하여'처럼 직접 설명하지 않는다. '타는' 것은 시인의 마음이 아니라 '저녁놀'이다. 외로운 것은 나그네가 아니라 '남도 삼백 리' 길이다. '나그네 긴 소매 꽃잎에 젖어'로 젖어들지 않는다. 길이 '칠백 리'에서 '삼백 리'로 줄었는데도, 끌리는 여운의 길이는 몇 배 더 길다. '술 익는 마을마다 타는 저녁놀'은 배경으로만 깔리는데 반해, '술 익는 강마을의 저녁노을이여'는 그 영탄적 발성으로 '나그네의 젖은 소매'를 물들인다.

한시도 지을 줄 알았고 예스러운 표현을 즐겨 쓴 조지훈의 시보다 박목월의 시가 한시의 기맥에 더 가닿았다. 사실 청록파 세 사람 중에 한시의 정서에 가장 밀착되어 있는 시인이 박목월이다. 〈윤사월〉이나 〈산도화〉는 조촐한 왕유풍의 5언 절구에 가깝다.

흰 달빛
자하문 紫霞門

달안개
물소리

대웅전 大雄殿
큰 보살

낸다. 천지자연의 조화가 음악과 하나로 만나고, 유동하는 천기 속에 시가 한데 어우러졌다.

말 거간꾼의 이야기를 적은 〈마장전馬駔傳〉에 이런 대목이 있다.

내가 아침에 쪽박을 두드리며 동냥을 다니다가 포목전엘 들어가지 않았겠나. 마침 가게로 들어와 베를 사려는 자가 있더군. 베를 골라 혀로 핥아도 보고 허공에 비춰 살펴도 보더니, 값은 말하지 않고 먼저 값을 불러보라고 주인에게 말하는 게야. 그러더니 둘 다 베 팔 일은 까맣게 잊은 듯이, 주인은 갑자기 먼 산을 바라보며 저기 구름이 피어나는 것 좀 보라고 하고, 살 사람은 뒷짐 지고 서성이면서 벽 위에 걸린 그림을 보고 있지 뭔가.

물건 값을 놓고 흥정하는 장사치의 노회한 심리전을 묘사한 대목인데, 내 보기에 이것은 시를 쓰고 읽는 이들이 명심해야 할 미묘한 법문으로만 여겨진다.

독서를 정밀하고 부지런히 하기로 포희씨庖犧氏만 한 이가 없다. 그 정신과 의태意態는 천지만물을 포괄 망라하고 만물에 흩어져 있다. 이것은 다만 글자로 쓰지 않고 글로 되지 않은 글일 뿐이다. 후세에 독서를 부지런히 한다는 자들은 거친 마음과 얕은 식견으로 마른 먹과 썩어 문드러진 종이 사이에 눈을 비비며 그 좀 오줌과 쥐똥을 엮어 토론한다. 이는 술지게미와 묽은 술을 배불리 먹고 취해 죽겠다는 꼴이다. 어찌 슬프지 않겠는가? 저 허공 속을 울며 나는 것은 얼마나 생기가 넘치는가. 그런데 이를 적막하게 '조鳥'란 한 글자로 말살시켜버리니, 빛깔도 볼 수 없고 모습과 소리도 찾을 수 없다. 이 어찌 마을 제사에 나아가는 시골 늙은이의 지팡이 위에 새겨진 새와 다르랴! 어떤 이는 그것이 너무 평범하니 가볍고 맑게 바꾼다 하여 '금禽' 자로 고친다. 이것은 책 읽고 글 짓는 자의 잘못이다.

역시 박지원의 〈답경지答京之 2〉다. 포희씨는 처음으로 팔괘를 만들었다는 전설의 인물이다. 팔괘로 우주 삼라만상의 운행을 읽고 인간의 요수길흉天壽吉凶을 판단한다. 그렇다면 포희씨의 팔괘는 천지만물이라는 책을 근사하게 읽어낸 결과가 아니고 무엇인가?《주역》 팔괘의 정신은 문자로 고정되지 않고 오늘까지도 그 생명력을 유지하고 있다.

오늘날의 독서는 어떤가. 천박한 식견으로 이미 용도 폐기된 낡은 지식을 금과옥조인 양 떠받든다. 저 혼자 보기 아깝다고 다른 사람에게도 강요한다. 취해 죽으려면 독주를 들이켜야지, 왜 술지게미만 배 터지게 먹는가? 세계와 가슴으로 만나려거든 눈을 크게 뜨고 마음을 활짝 열 일이지, 왜 좀먹고 쥐 오줌에 지린 옛 책에 코를 박는가? 왜 푸드득거리며 날아가는 새를 시골 노인의 지팡이 위 조각품으로 만들어버리는가? '조鳥'가 진부하니 '금禽'으로 바꾼다 하여 지팡이 위 새가 날갯짓을 하며 날아갈 이치가 있는가? 우리의 지식이란 이렇듯 살아 있는 사물, 가슴 뛰고 피 흐르는 우주를 사변의 틀 속에, 언어의 무덤 속에 가두어 죽이는 것은 아니었던가?

그때의 지금인 옛날

《주역》에 "궁하면 변하고, 변하면 통한다. 통하면 오래간다.窮則變, 變則通, 通則可久."고 했다. 천지만물은 변화 유동한다. 한 시대가 가면 또 한 시대가 온다. 이 도도한 변화 앞에 옛것만 좋다고 우겨서야 될 일이 아니다. 새것은 또 옛것과 별개의 무엇인가? 그럴 수는 없다. 중요한 것은 이것과 저것이 다름을 확인함에 있지 않고, 그 사이에 숨을 통하게 하여 오래 가게 만드는 일이다. 이른바 '통변通變'의 정신이 여기서 나온다. 유협은《문심조룡》〈통변〉에서 이렇게 말한다.

> 무릇 시詩·부賦·서書·기記는 이름과 실지가 상응한다. 여기에는 일정한 형식이 있다. 문사文辭와 기력은 통하여 변해야만 오래간다. 이것은 일정한 방향이 없다. 이름과 이치는 변함이 없으니 형식은 반드시 옛것에 힘입는다. 통변通變에는 정해진 방향이 없어 반드시 새 목소리를 참작해야 한다. 그래야 끝없는 길을 내달릴 수 있고, 마르지 않는 샘물을 퍼 올릴 수 있다. 하지만 두레박줄이 짧은 자는 목마를 수밖에 없고, 발이 지친 자는 걸음을 멈추어야 한다. 문리文理가 다해서가 아니다. 통변의 꾀가 성글기 때문이다.

문학에는 정해진 규범과 형식이 있다. 새것을 추구해도 이것마저 무시할 수는 없다. 새것이 힘을 얻으려면 옛것을 변화시키는 통변의 정신이 있어야 한다. 어떻게 옛것을 새것이 되게 하는가? 어찌하면 드넓게 터진 길을 통쾌하게 내달릴까? 마르지 않는 샘물에 목

을 적실까? 그 길은 방향도 없고 실체도 없다. 저마다 마음으로 깨
달을 뿐 누가 일러줄 수가 없다. 목마른 자 스스로 샘을 팔 일이다.
아무리 달고 찬 샘이라도 두레박줄이 짧으면 마실 수가 없다. 의지
를 확고히 다잡아도 물집 터진 발로는 먼 길을 못 간다. 시인은 깊
은 우물에 가닿을 긴 두레박줄을 마련해야 한다. 아무리 먼 길에도
부르트지 않는 튼튼한 다리를 가져야 한다.

> 옛것을 기준으로 지금을 보면 지금이 진실로 낮다. 그렇지만 옛사
> 람이 스스로를 볼 때 반드시 자신이 예스럽다 여기진 않았을 것이다.
> 당시에 보던 자도 또한 지금 것으로 보았을 뿐이리라. 세월은 도도히
> 흘러가고 노래는 자주 변한다. 아침에 술 마시던 자가 저녁엔 그 장막
> 을 떠나간다. 천추만세는 지금부터가 옛날인 것이다.

연암의 〈영처고서嬰處稿序〉 일절이다. 천추만세는 지금으로부터
가 옛날이다. 참 무서운 말이다. 옛날은 그때의 지금이었을 뿐이다.
지금은 훗날의 옛날이다. 현재에 충실하라. 그러면 그것이 훗날의
모범이 된다. 옛것을 맹종치 말라. 그 옛것도 그때에는 하나의 ‘지
금’이었을 뿐이다. 세월은 흘러간다. 오늘의 주인공이 내일은 무대
뒤로 사라진다. ‘지금’과 ‘여기’가 차곡차곡 쌓여 역사가 된다. 사
람은 가도 문학의 정신은 사라지지 않는다. 어제가 오늘 되게 하고,
오늘이 내일 되게 하는 원형질이 여기에 담겨 있다.
　연암은 〈녹천관집서綠天館集序〉에서 또 이렇게 말한다.

> 이씨의 아들 낙서洛瑞가 나이가 16세다. 나를 좇아 배운 지가 여러

해다. 심령이 맑게 열려 지혜가 구슬 같다. 한번은 자신의 《녹천고綠天稿》를 가지고 와서 내게 물었다.

"아! 제가 글 지은 것이 겨우 몇 해뿐인데도 남의 노여움을 산 적이 많습니다. 한마디만 새롭고 한 글자만 이상해도 '옛날에도 이런 것이 있었느냐?' 하고 묻습니다. 아니라고 하면 낯빛을 발끈하며 '어찌 감히 이 따위를 하는 게야?' 합니다. 아아! 옛날에도 있었다면 제가 무엇하러 다시 합니까? 원컨대 선생님께서 말씀해주십시오."

내가 두 손을 이마에 얹고 무릎 꿇고 세 번 절하며 말하였다.

"네 말이 참으로 옳다. 끊어진 학문을 일으킬 수 있겠구나. 창힐蒼頡이 처음 글자를 만들 때 어떤 옛날을 모방했던가? 안연顔淵은 배우기를 좋아했지만 유독 저서를 남기지 않았다. 진실로 옛것을 좋아하는 자로 하여금 창힐이 글자 만들 때를 생각하면서 안자가 미처 펴지 못했던 뜻을 짓게 한다면 글이 비로소 바르게 될 것이다. 네 나이 아직 어리니, 남이 성을 내거든 공경하며 사과하여 '배움이 넓지 못해 미처 옛것을 살피지 못했습니다.'라고 하거라. 그런데도 힐문하기를 그치지 않고 성냄을 풀지 않거든 조심스레 이렇게 대답하거라. '《서경》의 은고殷誥와 주아周雅는 삼대三代 적의 당시 글이고, 이사李斯와 왕희지도 진秦나라와 진晉나라의 시속 글씨였습니다.'라고 말이다."

당돌한 제자가 묻는다. 옛날에도 있었다면 무엇 때문에 제가 또 합니까? 스승은 벌떡 일어나 세 번 절로 화답한다. 예전 창힐은 천지만물의 형상을 살펴 글자를 만들었다. 그가 글자를 만들자 밤에 천둥번개가 치고 귀신이 울었다고 옛 기록은 적고 있다. 천기가 누설됨을 슬퍼한 것이다. 시인의 정신은 마땅히 이러해야 하지 않을까? 시인은 자신의 노래로 귀신이 울게 해야 한다. 제자 안연이 젊은 나이에 죽자 공자는 '하늘이 나를 망치는구나!' 하며 아프게 울었다. 하지만 남긴 글이 없으니 그의 상쾌한 정신은 만나볼 길이 없다. 내가 만약 그였다면 어떻게 했을까? 또 그가 나였다면? 시인의 기상은 모름지기 이러해야 하지 않을까? 창힐의 정신으로 안연의 마음을 담는다면 옛날과 지금의 경계는 더는 아무 의미가 없을 것이다. '그때'의 '지금'이었던 왕희지의 글씨가 후대 서가書家의 기준이 되듯, '오늘' '여기'서 부르는 내 노래는 뒷날 시가詩家의 보석이 된다.

사기의 불사기사

어떤 지금도 옛것의 구속에서 결코 자유로울 수 없다. 옛것을 바로 알아야 하는 이유가 여기에 있다. 옛것을 어떻게 배울까? 그 껍질을 배우지 말고 정신을 배워야 한다. 당대唐代 고문古文운동을 제창한 한유에게 한 제자가 물었다. "선생님! 글을 지을 때 무엇을 본받아야 합니까?" "마땅히 옛 성현을 본받아야지." 그가 갸우뚱하며 다시 묻는다. "옛 성현이 지은 글이 다 남아 있지만 그 말은 모두 같지 않습니다. 어느 것을 본받으라는 말씀이신지요?" "하나도 같지 않은 그것을 배워야 한다. 그 정신을 본받아야지, 그 말을 흉내 내면 안 된다." 이른바 '사기의 불사기사師其意 不師其辭'의 정신이다. 〈답유정부서答劉正夫書〉에 보인다. 또 그는 옛사람의 정신을 본받되 '사필기출詞必己出', 즉 자기 목소리를 내야 한다고 말한다.

'진언지무거陳言之務去', 진부한 표현을 내던지고 아류의 길을 버려 새 길을 열라고 주문했다.

정신은 본받고 표현은 본받지 말라니, 그럼 어찌하란 말인가? 다시 연암의 처방에 귀를 기울여보자.

> 옛사람에 독서 잘한 이가 있으니 공명선公明宣이 그 사람이다. 옛사람에 글 잘 지은 이가 있으니 회음후淮陰侯 한신韓信이 그 사람이다. 왜 그런가? 공명선은 증자曾子에게서 배운 지 삼 년이 되도록 글을 읽지 않았다. 증자가 까닭을 묻자 이렇게 대답하였다.
>
> "제가 선생님께서 집에 거처하시는 것을 보았고, 손님 접대하시는 것을 보았고, 조정에 처하시는 것을 보았습니다. 배웠지만 아직 능히 하지 못합니다. 제가 어찌 감히 배우지 않으면서 선생님의 문하에 있겠습니까?"
>
> 물을 등져 진을 치는 것은 병법에도 보지 못한 것이어서 여러 장수가 따르지 않은 것이 당연했다. 이에 회음후가 이렇게 말했다.
>
> "이것이 병법에 있지만 진실로 그대들이 살피지 못한 것일 뿐이다. 병법에 죽을 땅에 둔 뒤에 산다 하지 않았던가?"
>
> 그러므로 배우지 않음으로써 잘 배운 것은 노남자魯男子가 혼자 지낸 것이요, 부뚜막 늘인 것을 부뚜막 줄인 데서 본뜬 것은 우승경虞升卿이 변화를 알았던 것이다.

연암의 〈초정집서楚亭集序〉의 한 단락이다. 공명선은 글 한 줄 안 읽었지만 스승이란 책을 옳게 읽어낸 독서가다. 다른 제자들이 옛 경전에 눈이 팔려 있을 때, 그는 스승의 일거수일투족을 살펴 읽었다. 한신의 군대는 배수진을 쳤다. 물에 빠져 죽으나 칼에 찔려 죽으나 매일반인 상황에서 죽기 살기로 조趙나라 군대와 싸워 이겼다. 제식훈련 한번 제대로 받지 않은 오합지졸들을 부릴 줄 알았던 한신의 용병술은 일반 병법과는 정면으로 배치되는 것이었다. 그런데도 이겼다. 왜 그랬을까? 통변의 정신이 있었기 때문이다. 한신이야말로 정말 멋진 문장가가 아닐 수 없다. 시도 이런 정신으로 써야 한다.

과부가 혼자 사는 옆집 노총각에게 은근히 마음이 있었다. 어느 날 밤 비에 과부 집 담장이 무너졌다. 잘 됐다 싶어 옆집에 가서 하룻밤 재워주기를 청했다. 노총각은 단호하게 거절했다. 유하혜柳下惠라면 자신을 기꺼이 재워주었을 것이라며 과부가 원망을 퍼부었다. 노총각은 유하혜라면 아무 일 없이 밤을 날 수 있었겠지만 자기는 아니라며 원망을 감수하고 자신의 몸을 깨끗이 지켰다. 때로 배우지 않고 거꾸로 하는 것이 제대로 배우는 것이 될 때가 있다. 표현은 달라도 알맹이는 같다.

손빈孫臏은 동문인 위魏나라 방연龐涓의 책략에 말려 앉은뱅이가 되었다. 그는 제齊나라로 달아나 군사軍師가 되었다. 이때 위魏나라가 한韓나라를 공격했다. 합종의 약속에 따라 제나라는 위나라를 쳐서 한나라를 도왔다. 방연이 이를 듣고 한나라에 들어갔던 군사를 돌려 위나라 지경으로 들어온 제나라 군대를 추격했다. 손빈은 첫날 주둔지에 밥 짓는 아궁이 자국 10만 개를 만들었다. 다음 날에는 5만 개, 그 다음 날에는 2만 개로 줄였다. 사흘을 뒤쫓던 방연은 회심의 미소를 지었다. 위나라에 들어온 지 사흘도 못 되어 제나라 군사 5분의 4가 겁먹고 달아났다고 믿었다. 위나라 사람들은 평소에 제나라 사람들을 겁쟁이로 보아 업신여기는 마음이 있었다. 손빈은 이를 역이용했다. 방심하여 기병만 거느리고 손빈을 뒤쫓은 방연은 마릉馬陵에 매복해 있던 손빈의 군대에 걸려 몰살당하고 말았다.

후한 때 우승경이 강족羌族의 반란을 진압하러 갔다가 함정에 걸려 퇴각했다. 중과부적으로 밀려드는 적군을 감당할 수가 없었다. 그는 손빈의 부뚜막 작전을 떠올렸다. 하지만 그대로 하지 않고 반대로 했다. 첫날의 부뚜막 숫자를 다음 날엔 배로 늘리고, 그 다음 날엔 다시 배로 늘렸다. 추격해오던 강족은 이를 보고 후방에서 지원군이 계속 오고 있다고 착각했다. 겁을 먹은 그들은 추격을 포기하고 돌아갔다.

옛것을 본받아라. 그러나 그 정신과 원리를 본받아야지, 형식을 본받아서는 안 된다. 이 경우 원리란 무엇인가? 부뚜막의 숫자를 조작하여 적을 현혹시킨다는 것이다. 형식이란 무엇인가? 부뚜막 숫자를 늘리거나 줄이는 것이다. 손빈은 부뚜막 숫자를 줄여서 이겼고, 우승경은 반대로 늘여서 이겼다. 손빈은 적진을 향해 들어가고 있었고, 우승경은 적진에서 후퇴하는 중이었다. 방법은 반대로 했지만 이긴 것은 같다.

한신은 배수진을 쳐서 이겼다. 임진왜란 당시 신립申砬은 배수진을 쳐서 참패당했다. 파죽지세로 올라오는 왜병을 막고자 조정에서는 북변의 명장 신립을 보내 문경새재에 최후의 저지선을 구축했다. 무엇이 씌었던지 그는 난데없이 새재 방어선을 포기하고 탄금대에 배수진을 쳤다. 용감히 싸웠지만 왜병의 조총은 유효사거리가 100보였고, 아군의 화살은 고작해야 50보였다. 군대는 몰살당하고,

신립은 강물에 뛰어들어 자살했다. 임금은 황황히 밤중에 도성을 버리고 피난길에 올랐다. 같은 배수진이었건만 한신은 이겼고 신립은 졌다. 왜 그랬을까? 배수진을 쳐서는 안 될 곳에 쳤기 때문이다. 남의 흉내나 내는 시는 결코 독자의 마음을 사로잡지 못한다. 부처를 만나면 부처를 죽이고, 보살을 만나면 보살을 죽여라. 옛길을 따르지 말라.

김택영은 그의 〈잡언雜言〉이란 글에서 이렇게 말한다.

> 이충무공이 거북선으로 일본을 깨뜨렸다는 것은 세상에서 늘 하는 말이다. 그러나 충무공이 일본과 백 번 싸워 백 번 이길 수 있었던 것은 적을 제압하여 이기는 계책이 천변만화하여 계책을 내면 낼수록 더욱 기이했던 때문이지, 어찌 거북선이 한 것이겠는가? 만약 거북선 때문에 이겼다고 한다면 일본 사람들의 정교함으로 아침에 패배하고는 어찌 저녁에 본떠 만들지 않았겠는가?

과연 지당한 말이다. 원균이 이끈 수군이 부산 앞바다에 거북선과 함께 고스란히 가라앉은 뒤에도, 충무공은 명량해전에서 거북선 한 척 없이 단 12척의 배로 기세 높던 일본 배 130척을 물리쳤다. 세계 해전사에 그 유례를 달리 찾을 길 없는 기적 같은 승리였다. 설사 우리에게 거북선이 없었다 해도 충무공이 있는 한 왜군은 해상권을 장악할 수 없었을 것이다. 중요한 것은 거북선이 아니다. 그것을 운용하는 장수의 용병술이다. 아무리 해박한 이론의 무장이 있어도, 그것을 운용하는 통변의 정신이 없으면 아무 소용이 없다. 시를 쓰는 데 이론은 오히려 장애가 될 때가 더 많다. 우리 해군의 승리는 결코 거북선 때문이 아니다. 해마다 충무공 호국 얼을 선양한다는 단체의 주관으로 벚꽃 축제가 성대하게 벌어지는 해괴한 이 현실에서, 우리가 진정 되찾아야 할 것은 바다 속에 가라앉은 거북선이 아니라, 충무공의 그 거룩한 정신일 뿐이다.

도로 눈을 감아라

오늘날 한시에 대한 관심은 한갓 골동품 완상 같은 호사 취미는 아닌가? 더는 한시를 짓는 전문 시인이 나오지 않는 현실에서 한시에 관한 담론은 우리에게 어떤 의미를 갖는가?

국문학과의 교과과정을 보면 현대시론이나 현대소설론, 현대비평론 같은 강좌는 있어도, 한국시론이나 한국소설론, 한국비평론 등의 강좌는 찾아볼 수 없다. 시론과 비평론은 꼭 '현대'라는 수식어를 달고 서구의 문예이론을 전달한다. 독일문학비평사와 프랑스문학비평사, 중국문학비평사는 서점에 꽂혀 있어도, 볼 만한 한국문학비평사는 한 권이 없다. 문학사 강의는 언제나 고전문학사와 현대문학사가 따로 논다. 갑오경장이 없었다면 문학사는 어떻게 구분했을까? 이 대목에서 우리는 김옥균에게 감사하고픈 심정마저 든다.

우리에게 고급한 문예이론이 없었던가? 우리에게 깊이 있는 미학의 체계가 없었던가? 과거의 시학은 오늘의 시학에 아무런 처방이 될 수 없는가? 그렇지 않다. 다만 그것은 지금껏 해독되지 않는 파일로 남아 있었을 뿐이다. 누구를 탓할 겨를도 없다. 옛것을 오늘에 호환할 수 있는 프로그램의 개발이야말로 정말 요긴한 것이 아 닐까? 한유가 말한 '정신을 배울 뿐 표현은 본받지 않는다'는 원리 를 환기한다면 우리가 한시를 통해 퍼 올릴 수 있는 샘물은 무궁무 진하다. 기갈에 바짝 타는 목을 축이고 더위에 찌든 몸에 상쾌한 등 목을 해줄 수 있다. 가야 할 미지의 길은 끝없이 펼쳐져 있다. 짧은 두레박줄을 길게 늘이고, 먼 길에도 부르트지 않도록 들메끈을 고 쳐매야 할 것이다.

건축과 학생들이 가지고 다니는 자를 보면 삼각형 모양이다. 한 쪽은 인치가, 한쪽은 센티미터가, 나머지 한쪽엔 또 다른 길이 단위 가 표시되어 있다. 목욕탕의 온도계는 화씨로 되어 있다. 그러니 온 도계가 100도를 가리키든 120도를 가리키든 정확한 온도 관념이 생기질 않는다. 몸무게가 얼마나 되시지요? 네, 120파운드입니다. 고속도로를 시속 100마일로 달려왔어. 이래서야 무게나 속도에 대 한 관념이 바로 파악되지 않는다. 문예이론이나 미학 체계의 전달 에도 건축과 학생들의 삼각형자가 필요한 것은 아닐까 하는 생각을 한다.

자척으로 된 선인들의 이야기를 센티미터 자를 들이대어 재려든 다. 옛사람들은 길이 관념이 없다는 푸념만 늘어놓는다. 눈금을 호 환해 읽을 생각은 못한다. 연구자들은 문화의 차이나 배경에 대한 고려 없이 최신의 서구 이론을 무작정 대입하는 연구를 낸다. 가스 통 바슐라르Gaston Bachelard 번역이 나오면 그 다음해에 이 방법을 원용한 한시 연구가 출간된다. 동양과 서양의 상상력 체계의 차이 는 애초에 고려에 넣지 않는다. 르네 지라르René Girard가 소개되자 고전소설 연구자들까지 덩달아 욕망의 삼각형에 매달렸다. 뤼시앵

골드망Lucien Goldmann 때문에 문학사회학은 상종가를 달렸다. 츠베탕 토도로프Tzvetan Todorov에 매달리고 미하일 바흐친Mikhail Bakhtin에 압도당했다. 그들은 언제나 아득히 먼 곳에 있었고, 우리는 따라가기 바빴다. 그러는 사이에 미셸 푸코Michel Foucault와 자크 라캉Jacques Lacan이 나오고 자크 데리다Jacques Derrida가 지나갔다. 이제는 이 모든 것이 사실이 아니라고, 지금까지 우리가 숨가쁘게 쫓아왔던 담론이 모두 거짓이라고 한다. 모든 것은 해체되어야 한다고 한다. 그래서 얼떨결에 탈식민주의가 새삼스럽게 대두하고 동아시아 문화를 제대로 읽자는 목소리도 높아간다. 그렇지만 그런가?

그래서 이번에는 자척으로 설명하겠다고 나선다. 하지만 미안하게도 그 이야기는 알아들을 사람이 없다. 한시 연구에서 논문을 쓰자는 것인지 위인전을 쓰고 있는지 분간 안 되는 연구들은 또 얼마나 많은가? 생애나 역사 배경을 죽 늘어놓고, 거기에 작품을 꿰어 맞춰 일대기적 구성으로 재배열하거나, 자기가 연구하는 시인이 언제나 최고가 되는 당착은 병폐가 된 지 오래다. 툭하면 현실인식이고, 입만 열면 역사의식을 말한다. 그런 것이 중요하지 않다는 것이 아니다. 하지만 문학성이 담보되지 않은 의식이란 대자보나 설교와 무엇이 다른가? 미의식의 부재는 문학성의 검증을 원천적으로 봉쇄한다. 가뜩이나 한문 해독이라는 부담을 지고 가는 터에 미학의 잣대마저 흔들리니, 결국 인치를 가지고 자척을 재려 드는 격이 되고 만다.

이 책의 맨 처음을 연암으로 시작했으니, 이제 연암으로 끝을 맺겠다.

본분으로 돌아가라 함이 어찌 문장만이리오? 일체의 일이 모두 그렇지요. 화담花潭 선생이 길을 가다가 집을 잃고 길에서 울고 있는 사람을 만났더랍니다. "너는 왜 우는가?" 그가 대답하기를, "제가 다섯 살에 눈이 멀어 이제 스무 해가 되었습니다. 아침에 나와 길을 가는데 갑자기 천지만물이 맑고 밝게 보이는지라 기뻐 돌아가려 하니, 골목길은 갈림도 많고 대문은 서로 같아 제 집을 찾지 못하겠습니다. 그래서 웁니다." 선생이 말했다. "내가 네게 돌아가는 법을 가르쳐주겠다. 도로 네 눈을 감아라. 그러면 바로 네 집을 찾을 수 있으리라." 이에 눈을 감고 지팡이를 두드려 걸음을 믿고 도달할 수 있었더랍니다. 이 것은 다른 것이 아닙니다. 빛깔과 형상이 전도되고, 슬픔과 기쁨이 작용이 되어 망상이 된 것이지요. 지팡이를 두드리며 걸음을 믿는 것, 이것이 바로 우리가 분수를 지키는 관건이 되고, 집으로 돌아가는 보증이 됩니다.

〈답창애答蒼厓 2〉이다. 20년 만에 눈이 열린 장님에게 다시 눈을 감으라니, 이것이 무슨 말인가? 기적같이 열린 광명한 세상을 거부하란 말인가? 연암이 던지는 이 새로운 화두는 오늘의 우리에게도 여전히 혼란스럽다. 내가 나의 주인이 못 되고, 내 집을 찾아가지 못할진대 열린 눈은 망상이 될 뿐이다. 소화하지 못하는 지식은 지식이 아니다.

우리는 '눈뜬장님'이었다. 어느 날 갑자기 다가온 서구의 빛깔과 형상에 망상을 일으켜, 어느 골목이 바른 골목인지, 어느 대문이 제 집인지도 모르고 길가에서 망연자실 울고 있는 눈뜬장님이었다. 연암은 간명하게 일러준다. 도로 눈을 감아라. 그러면 네 집을 찾으리

한시 미학 산책 – ●

라. 나는 그의 이 말을 외래의 것을 버려 자신의 소아 속에 안주하라는 말로 듣지 않는다. 주체의 자각이 없는 현상의 투시는 혼란을 가중시킬 뿐이다. 내가 본래 있던 그 자리, 미분화된 원형질의 상태로 돌아가라. 눈에 현혹되지 말라. 네 튼튼한 발을, 네 듬직한 지팡이를 믿어라. 갑자기 눈이 열리기 전 내 앞에 놓여 있던 세계, 익숙해져 있던 세계, 나와 사물 사이에 아무런 간극도 없던 세계로 돌아가라. 그 세계가 속삭이는 소리에 귀를 기울여 본래의 제자리를 찾아야 할 것이다. 그 다음 차차 새롭게 열리는 빛의 세계를 바라볼 일이다. 문학은 발전해왔는가. 아니다. 다만 변화해왔을 뿐이다. 다시 눈을 감아라. 먼저 네가 들어가야 할 대문부터 찾아라.

인명

| ㄱ |

가도賈島 • 63, 154, 166~168, 245, 246, 248, 249, 660

가섭迦葉 • 77

가의賈誼 • 395, 601

강백년姜栢年 • 544

강세황姜世晃 • 607

강엄江淹 • 121

강위姜瑋 • 294

강일용康日用 • 239

강혼姜渾 • 61, 62, 136

강희맹姜希孟 • 527

개자추介子推 • 138

건륭황제乾隆皇帝 • 367

경한景閑 • 519

고개지顧愷之 • 52, 59, 210, 391

고문위顧文煒 • 251

고사립顧嗣立 • 216

고상안高尙顔 • 490

고조기高兆基 • 23

고종高宗 • 41

고황제高皇帝 • 305

골드망, 뤼시앵Goldmann, Lucien • 669

공성임龔聖任 • 0

공자孔子 • 76, 148, 149, 291, 292, 316, 318, 538, 662

곽휘원郭暉遠 • 71, 72

곽희郭熙 • 97

관사복管師復 • 89

관휴貫休 • 206

광해군光海君 • 241, 346, 348, 420

교연皎然 • 219, 220

구양건歐陽建 • 78

구양수歐陽修 • 58, 62, 206, 252, 295, 297, 300, 301, 303, 537

굴원屈原 • 121, 202, 291, 292

권겹權韐 • 170, 277

권극중權克中 • 570

권근權近 • 88

권벽權擘 • 134, 139, 303, 396, 494, 582

권붕權鵬 • 617

권응인權應仁 • 222, 533

용어